本书获北京市社会科学基金、北京大学新聘学术人员科研启动基金、北京大学中文系自主科研基金的资助

中国艺术话语

时胜勋◎著

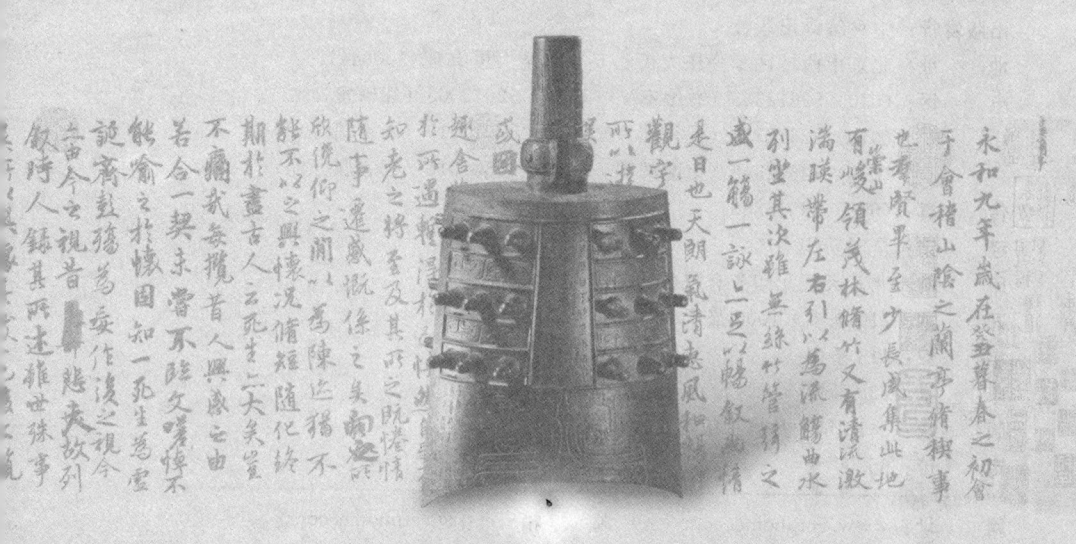

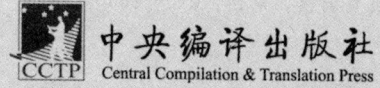
中央编译出版社
Central Compilation & Translation Press

图书在版编目（CIP）数据

中国艺术话语 / 时胜勋著. — 北京：中央编译出
版社，2015.1
　　ISBN 978 - 7 - 5117 - 2436 - 6

　　Ⅰ.①中… Ⅱ.①时… Ⅲ.①文艺理论－中国
Ⅳ.①I0

　　中国版本图书馆 CIP 数据核字（2014）第 302840 号

中国艺术话语

出　版　人：刘明清
出版统筹：董　巍
责任编辑：王　景　曲建文
责任印制：尹　珺
出版发行：中央编译出版社
地　　址：北京市西城区车公庄大街乙 5 号鸿儒大厦 B 座（100044）
电　　话：（010）52612345（总编室）　　（010）52612363（编辑室）
　　　　　（010）52612316（发行部）　　（010）52612315（网络销售）
　　　　　（010）52612346（馆配部）　　（010）66509618（读者服务部）
传　　真：（010）66515838
经　　销：全国新华书店
印　　刷：北京天正元印务有限公司
开　　本：710 毫米×1000 毫米　1/16
字　　数：413 千字
印　　张：23.75
版　　次：2015 年 1 月第 1 版第 1 次印刷
定　　价：66.00 元

网　　址：www.cctphome.com　　邮　　箱：cctp@cctphome.com
新浪微博：@中央编译出版社　　微　　信：中央编译出版社（ID:cctphome）
淘宝店辅：中央编译出版社直销店（http://shop108367160.taobao.com）

本社常年法律顾问：北京市吴栾赵阎律师事务所律师　闫军　梁勤
凡有印装质量问题，本社负责调换。电话：010－66509618

话语：文艺美学的时代主题（代序）

世界充满轮回，人生只有一次。选择学术，似乎与这个时代已渐行渐远，但这或许是人之天命，且必将继续下去。

《中国艺术话语》是我第一部关于艺术理论的书。对我来说，一个需要回答的问题是，在我从事文学理论研究的过程中，为何要写一部关于艺术理论的书呢？记得十几年前，来到北大做文艺美学研究生，有两点感受很深：一是文艺美学的哲学高度，二是文艺美学的艺术意蕴。尽管心仪，自己所从事的主要是中国现当代文学理论研究，未能过多关注文艺美学。于是，写一部关于艺术理论的著作，成为我的愿望。

文艺美学在20世纪80年代开始起步，旨在克服文学的哲学反映论与过分政治化倾向，它倡导感性解放和价值超越性意义，在80年代引领风潮。但到了20世纪90年代以后，市场化、世俗化进程加快，感性由丰富性的匮乏走向了感官的泛滥，它的反思性力量业已耗尽，被市场和资本所裹挟，成为消费主义和时尚文化的同谋者。现代性的世俗化、物质化、经济化进程也挑战着艺术的超越性维度，而这恰是艺术对人生意义的价值承诺。在新世纪，学科历史尚不久远的文艺美学受到来自学科内部、文化研究、消费主义等的多重冲击，已经如灰姑娘般无人问津了。但是，文艺美学本身所强调的超越性价值及其反思性维度仍然是社会不可或缺的微量元素，值得珍视。在此背景下，《中国艺术话语》的写作逐渐展开。

在这本书里，我从理论上讨论艺术话语的多方面的内容，但不局限于此。歌德说，"理论是灰色的，而生命之树长青"。一般而言，好像理论和生命没有关系似的。其实，"理论是灰色的"所暗示的就是，理论是生命的"土壤"或"介质"。所以，艺术话语的理论说明归根到底还在于对生命的滋养。这一生命不仅包括中国艺术生命，也包括中国文化生命、中国精神生命等，而话语是这一生命滋养的关键。

话语，是一个平常的词，它重新定义了"人是话语的动物"。话语，即"活的语言"。"活"有两个意思，一是流通性、流动性，二是活力、创造力。人通过话语来创造自我、建构世界。对艺术而言，亦是如此。中国艺术话语就是中国艺术家通过话语实践来构建自我，同时建构中国文化和中国精神。这一理解显然与反映论、感性论等拉开了距离。话语是本体论，敞开的是艺术得以存在的世界，将话语涉及的各类要素囊括其中。话语的这种在世性提示中国艺术要多元性、全方位、能动性、反思性地理解自身，既看到历史与当下，又看到未来，既看到现实性，又看到可能性，既看到中国，又看到世界。话语自觉沉淀为话语能力，由此推进中国艺术从无声走向有声，从无力走向有力，带动中国文化在新世纪的全面振兴。

中国艺术话语不能遗忘自己的世界。这一世界是由文化现代化、文化全球化、文化多元化所推动。文化现代化是未来100年的发展趋势，是与后工业社会相对应的文化发展阶段，有着新的形式和内容，就是在高速发展的社会基础上，推进人类的生活质量与精神境界的提升。文化全球化是现代社会的基本场景，它沟通了全球的社会文化联系，使民族文化走向了世界文化，但在西方文化霸权主义的裹挟下，也导致了全球西方化和同质化。随着民族文化创造力的自觉，文化多元化不断涌动，来自边缘的冲击，使得西方化的全球文化格局开始重组。中国艺术首先瞄准的是文化现代化进程，从各个方面推动中国人的生活质量与精神境界的提升。其次，反思全球西方化弊端，发掘民族文化精神资源，以面向世界的勇气，助推中国文化世界化。最后，在文化多元化的时代，敢于发出文化自信之声，共同维护全球文化的多样性和生态性。

世界充满轮回，人生只有一次。对中国艺术话语而言，也是如此。孔子说，"不贰过"。表面意思是说，人不要犯两次错误，但更应该是"不一过"，一次错也不要犯，这就要善于在间接经验中吸取教训，在反思性中前瞻未来。因为在370年前的1644年，历史不会给李自成第二次机会。在过去一百多年中，中国艺术已经有了很多失败或成功的直接经验，在不断"试错"与冒险中生成自我，而在未来的一百年或更长远的时空中，我们没有任何直接经验。未来的中国艺术将何去何从？这就需要调动我们的间接经验和反思性力量，敢于迈出自己的独立性的步伐，向死而生，向未来实现自己。

是为序。

2014 年 4 月 29 日于北京大学

目　录

导　论　文化现代化与艺术话语的中国意识

中国艺术话语研究并非凭空的、与时代相脱离的研究。艺术话语是 20 世纪学术思潮推动之新趋势、新课题,中国艺术话语全面开展于 21 世纪初,而它要面对的问题却是弥漫于整个 21 世纪乃至更远。在 21 世纪里,中国经济和文化日益崛起并将迎来新的挑战和机遇。因而,中国艺术话语必须秉有面向未来、面向世界、面向人类的文化智慧和实践勇气,以明晰、坚定的中国意识,抓住机遇,应对挑战,全方位展现中国艺术的文化力量和精神魅力,以自己的理性思考与创新实践推进中国文化的现代化进程。

一、文化现代化与工业中国的崛起

美国社会学家丹尼尔·贝尔将人类社会发展划分为三个阶段,即前工业社会、工业社会、后工业社会。他以美国等西方发达国家为例,对后工业社会进行了理论上的探讨。① 后工业社会也称第二次现代化,或者说,就是文化现代化。②

文化现代化分第一次文化现代化和第二次文化现代化,与第一次现代化、第二次现代化接近。第一次文化现代化的主要体现是,文化专业化、理性化、世俗化、商品化、个性化等。第二次文化现代化的主要体现有文化产业化、网

① ［美］丹尼尔·贝尔著:《资本主义文化矛盾》,赵一凡等译,三联书店 1989 年版。
② 当然,全球资本主义体系中的后工业化是值得怀疑的,即欧美的后工业是将工业、制造业等让渡到第三世界,于是广大第三世界则是世界工厂,而欧美却是文化现代化,兜售好莱坞等文化产业。中国文化现代化应避免这种情况的发生,即既要维持工农业等经济命脉,不能让渡到其他国家,同时要发展本国文化,促进社会现代化与文化现代化全面发展。

络化、生态化、民主化、人性化、多元化、全球化等。① 一般而言，本书中的文化现代化主要指的是第二次文化现代化。在主要发达国家，文化现代化的起步时间是 1970 年代，预计到 2100 年左右完成。从 1970 年代到 21 世纪初，这是世界主要发达国家第二次现代化起步的 40 年。这 40 年是全球化迅猛发展的40 年，欧美开拓了全球文化市场，攻城略地，中国这 40 年在做什么呢？

1978 年改革开放以来，中国已经持续高速发展了 30 多年，从经济学上而言，这是工业社会发展阶段，或第一次现代化。据估计，2015 年，中国将实现第一次现代化，第二次现代化也随之开启。② 在过去 30 多年中，中国在第一次现代化的道路上飞奔而来。中国经济总量逐年攀升，从 1978 年全球第十，到 2010 年全球第二，仅次于美国。中国经济总量在全球经济总量的占比也从1978 年的 1.8％提升到如今的 10％以上。有经济学家乐观预计，到 2020 年，中国经济总量要超越美国。然而，这并不是中国值得庆幸的地方，因为近 40年的高速发展，中国仍然是一个工业大国（第一次现代化），后工业社会转型（第二次现代化）仍然是漫漫长路，中国至少晚了西方发达国家近 50 年。即便中国经济总量超过美国，且遥遥领先，如果经济结构没有发生质的飞跃，她将仍然面临诸多文化困境。如今，高投资的第二产业所带来的严重资源问题、环境问题、生活质量问题已经使得固有的经济发展模式难以为继，谋求产业升级和文化现代化成为新的方向。

在 19 世纪前期，中国的经济总量已占全球经济总量的 30％以上，然而这是在前工业社会，中国是小农经济，人口基数极大，并没有什么可骄傲的地方。但是，进入工业社会之后，中国经济在遭遇了现代资本主义之后，自给自足的小农经济就缺乏了竞争力，在世界经济份额中，相对持续下滑，直到 20世纪后期随着市场经济的实施，中国经济才全面复苏。但是，如果仅仅就经济总量而言，中国已经实现了大国崛起，然而，就经济结构调整和后工业社会（信息与文化社会）发展水平而言，真正的崛起尚需时日。在过去的 40 年中，中国经济（第一次现代化）优先，文化（第二次现代化）滞后。

放眼望去，在世界经济体系中，中国是边缘或半边缘，是名副其实的世界

---

① 中国现代化战略研究课题组、中国科学院中国现代化研究中心著：《中国现代化报告 2009——文化现代化》，北京大学出版社 2009 年版。

② 《中国现代化报告 2007》，北京大学出版社 2007 年版。在对有关数据进行分析后预计，如果按照中国 1980 年至 2004 年的速度估算，中国第一次现代化实现程度达到 100％大约需要 8 年。即中国可能在 2015 年前后完成第一次现代化，达到 1960 年发达国家的水平。

工厂、世界工地。在新世纪，中国大江南北都在建新城，而在后工业社会核心领域——文化产业与创意产业等领域，中国依然缺乏积极的表现，欣然享受着全球化的伟大成果。在世界文化场域中，美国大片、日本动漫、韩国电视剧、欧美流行音乐、风靡西方的当代艺术，在中国几乎是万众瞩目，中国传统文化却深巷无人识。中国有丰富的文化资源，但提取的却是那久远的历史帝王剧、激动人心的革命与抗战叙事、浓厚传统的国粹、低层次的仿版服装及节目、遍地的造假景点、几近断绝的民间文艺，很少有顶尖艺术精品、新品问世，也没有成为中国经济发展的重要贡献者。

中国埋头发展经济近40年，经济总量跃居世界第二，难道第一就是我们的目标了吗？难道2020年以后，中国发展的方向，还是紧盯经济吗？其实，过去40年的发展，给世人最大的感受和印象是：中国在默默进行工业化（第一次现代化）耕耘的时候，可以完全忽略后工业社会及文化艺术问题了。然而，工业中国的崛起并不意味着文化中国的崛起。全球经济第二名，并不意味着全球文化第二名。

二、中国文化现代化的文化困境

可以说，进入新世纪，中国文化迎来了新的挑战，有以下三个基本事实无法回避：

第一，中国经济崛起与升级带动民族文化精神复兴，文化现代化的大幕已经开启。[①]

中国经济崛起是事实，然而中国经济结构没有实现升级换代，仍然处于工业大国的水平。在发达国家即后工业国家，第三产业（服务业）远远高于第一产业（农业）、第二产业（工业）之总和，其比重多数都在70%以上；而在中国，第三产业只有43.1%，低于第二产业的46.78%（2011年数据）。就目前而言，第二产业将在未来10—15年，仍然是最重要的产业。但世界经济发展

[①] 2011年召开的中国共产党十七届六中全会，审议通过了《中共中央关于深化文化体制改革、推动社会主义文化大发展大繁荣若干重大问题的决定》，是历届全会中唯一讨论文化问题的。2013年，"中国梦"成为中国社会共同奋斗的目标。其实，学者对中国梦的讨论更早，如乐黛云：《美国梦·欧洲梦·中国梦》，载《社会科学》2007年第9期；刘明福著：《中国梦：后美国时代的大国思维与战略定位》，中国友谊出版公司2010年版。

的规律已经指明,中国要实现文化大国的复兴,第三产业所在比例必须提升到 70％以上,这一过程即后工业化,或第二次现代化,除了完成第一、二产业的 结构升级外,文化的作用尤其不可忽略。对中国这样一个富有文化资源的国 家,重新审视传统与现代(非传统)的关系,重铸国魂,再造中国心(价值 观),成为突出的中国问题。

在世界四大文明古国中,中国经济潜质表现最为优秀,其次是印度。但 是,历史悠久的国家未必就是大国,比如希腊、伊拉克等,历史较短的国家未 必不是大国,如美国。美国的大国地位并不在于其历史久远,而在于它一开始 就将自己的价值观建立在现代。美国即现代美国,同理,英国、法国、德国、 意大利、俄罗斯等,无一不是经历资本主义洗礼的国家,实现了经济的飞跃。 西方诸国的现代性文化价值积淀无疑是充分的,有的甚至可以上溯至 14 世纪 的文艺复兴。即便如日本,其现代性价值积淀也长达百年,较为充分地融合了 传统与现代,尽管其自身也受困于军国主义等问题。

中国经济崛起建立在市场经济这一基础之上,而中国现代文化却长期以来 无法获得自己的独立性,在东方与西方之间徘徊于无地。可以说,当代中国是 一个价值无定的中国,是一个超级巨富之国,却缺乏文化的深层沉淀。经济总 量至上而对结构调整重视不够,重投资性的短期效应而对塑造社会的文化(道 德、哲学、艺术等)重视强度不够,大肆开采资源而对生态保护缺乏切实有效 的监督监管,唯利是图、钻营投机成风而对社会道德伦理的强调不足,过于追 求市场而忽略国家整体利益,这是非常可怕的。这与大国崛起的现实是不匹配 的,与中国文化的博大精深是不匹配的。面对文化现代化,中国准备好了吗? 这显然不是一个可有可无的问题。

第二,"后霸权时代"① 的全球文化多元化趋势日益凸显,文化多元化、 多样性正逐渐取代西方中心主义和霸权主义,成为世界潮流。② 除欧美优势文 化外,日本、韩国、印度、拉美、非洲等地的文化快速发展,给中国文化自主 化进程提出了新的挑战。

第二次现代化,比拼的不单是经济总量,更是文化的质量,如创造力、影

---

① [英] 斯科特·拉什:《后霸权时代的权力——变化中的文化研究》,程艳译,载《江西社会科 学》2009 年第 8 期。

② 文化多元主义与国家文化充满张力结构,一般而言,面对世界的时候,既要强调文化多样性, 又要强调本国文化的整体性文化认同,即文化利益和国家利益并重。

响力、竞争力、多样性、丰富性等。用约瑟夫·奈的话说，就是软实力大比拼。① 近代以来，中西之间的冲突是资本主义（大英帝国）与封建主义（大清帝国）的冲突，而后进入资本主义与社会主义的冲突（冷战），归根到底都是社会制度的冲突。在后冷战时代，在社会制度冲突相对淡化，文化问题日益突出的时候，文化价值观的问题已经浮出历史地表。同样的制度，并不意味着有同样的文化，美国、法国、英国、德国、日本等都是资本主义制度，但有着不同的文化面相，如美国的后现代，法国的浪漫时尚，英国的绅士传统，德国的理性精神，日本的混合性等。显然，片面以制度来衡量文化，是忽略了文化的相对独立性和独特性。

文化是全民的精神维系所在，她可能囊括了不同的政治、阶层、道德立场，将全民维系在一起。这就是文化的共识和认同，即民族性。② 民族性不仅表现在文化内部，也表现在文化外部。在历史上，中华文化对周边国家产生了重要的影响，产生了"华夏文化圈"（"汉字文化圈"）。在当代，世界各地华人约有 5000 万，对传扬中国文化有着不可或缺的重要作用。③ 中华文化作为世界文化的一支，有着其独特的价值。然而，中国文化并未获得当代的优势，反而成为世界文化的低谷，美国文化、韩日文化等蜂拥而至。④ 在全球文化产业份额中，美国占 40％以上，欧盟占 30％以上，中国至今尚不足 4％。中国传统文化及文化产业起步晚，走向世界亦是步履维艰，无法真正体现中国这一大国的文化地位。⑤ 世界发达文化产业大国，其文化产业占国内 GDP 比重平均值已突破 10％，美国则高达 25％，而中国仅仅 4％。也就是说，美国 16 万亿美元的国内生产总值有四分之一是靠文化产业实现的，这一数字也将是中国全部国内生产总值的一半。中国要完成的不仅是经济追赶，更是文化追赶。

---

① ［美］约瑟夫·奈著：《美国定能领导世界吗》，何小东、盖玉云泽，军事译文出版社 1992 年版。

② 这里并非否认文化的阶级性问题，而是强调文化有高于阶级性的民族性公约数，如民族性格、民族心理、民族精神等。

③ 何芳川著：《古今东西之间》，广西师范大学出版社 2008 年版，第 233—235 页。

④ 在全球放映的影片中，好莱坞电影占 85％。即使在重视市场保护的欧盟，来自好莱坞的大片也占据 80％以上的市场份额。《美国文化产业化探析》，新华网，2011 年 11 月 8 日，http://news. xinhuanet. com/world/2011—11/08/c_111153906. htm.

⑤ 美国在二战后就实施了文化立国战略，目前是世界头号文化产业大国，占有极高的文化市场份额。1995 年，日本提出"新文化立国"战略，1998 年韩国提出"文化立国"战略，于是日韩文化走向了世界。中国直到 2006 年才提出文化的国家战略《国家"十一五"期间文化发展战略纲要》，2011 年才提出文化走出去战略。国内最早提出文化输出的学者是王岳川，他在 2002 年前后提出"发现东方与文化输出"，参王岳川著：《发现东方》，北京图书馆出版社 2003 年版。

第三，市场经济繁荣在极大促进社会物质进步和艺术资本增值的同时，也使得发展的不平衡性、利益分配（公平与正义）、生态（环境污染、资源枯竭）以及消费主义（拜金主义、享乐主义、时尚主义）、非理性主义（抑郁、疯狂、自杀）问题日益突出。

我们可以做个对比，资本主义最为发达的美国，未必就是人间天堂，各类社会问题也很多。① 现代化研究专家罗荣渠指出，21世纪是现代化的第三个世纪，同时也是充满危机的世纪，其中精神危机更为可怕，"千篇一律的粗俗不堪的现代商业文化与刺激性的感官文化正在进行'后殖民主义'扩张"，因此，"在全球性的文化融合中重建新人文主义与新美学，以及哲学家提出'寻求新的人性'和建立生物伦理学，将成为21世纪的重大新课题"。②

文化固然与政治、经济等不同，但文化是一种价值关切，文化不是玩赏，而是具有深切的人文意识。面对当代中国各类问题，文化不能锦上添花，成为工业经济大国的装饰和陪衬，而应成为工业经济大国的反思者与建构者。经济第二也罢，经济第一也罢，哪怕是经济末流，文化始终是人的精神不可让渡之物。经济发展并不意味着以丧失幸福感为代价。如果市场经济的繁荣发展不能让人感到充实、快乐、幸福，而是让人充满失败感、无望感，那么这种经济繁荣就是很可怀疑的。在全球化时代，西方发达国家提供了一些新的具有人类性的精神食粮，然而，那些惊世骇俗的所谓后现代主义的艺术也值得反思。它们逃避现实，追求个人，以乖张的形式刺激、反抗社会，它们只具有某种认识作用，但缺乏审美作用。③ 在批评反思的基础上，西方艺术也可以成为中国当代文化建设的重要元素。可是，如今的中国艺术家、文学家，如果不是掉进钱眼里，对金钱缺乏了免疫力，就是掉进权眼里，对什么会员、秘书长、主席之类趋之若鹜，或者迷失了批判的眼光，沉迷于西方后现代艺术的幻影之中，从来不思考艺术的反思性、建构性问题。可以说，相比改革开放之前的30年，改革开放以来的30年，中国民族精神的凝聚力日益涣散、降解。这是非常可怕的。

中国经济的繁荣不仅仅是量的，也应是质的。文化要对社会发展负责，不仅仅是批判，还在于提供新的价值观和精神愉悦。当社会上一派媚俗、庸俗、

---

① 2014年2月28日，中华人民共和国国务院新闻办公室发表《2013年美国的人权纪录》指出，当代美国社会就有种族歧视、枪支暴力犯罪高、贫富差距加大等问题。

② 罗荣渠著：《现代化新论：世界与中国的现代化进程》，商务印书馆2009年版，第444页。

③ 冯民生：《后现代艺术是资本主义社会文化矛盾的具体反映》，载《美术》2004年第1期。

低俗，文化也就应该提供那些有品位的东西，供人们进行选择、甄别和批判。然而，如果由于它们缺乏市场而不被重视甚至忽视的时候，放弃文化建设，这显然离第二次现代化还很远。我相信，只要是好的东西，就会有市场，有她的共鸣者、欣赏者。因为市场并不是被动产生的，而是可以创造出来的。如果国家缺乏了这种长远的理性思考，那么，文化艺术就只能成为市场的迎合者、社会的媚俗者，而无法成为社会的引导者，终将被历史所遗忘。

　　显然，大国崛起的中国面临着重大的价值困境。

　　第一个问题的核心是"古今"。"古"是传统，"今"是高速发展的社会。但是，如果古今只有古有问题，而今没有问题，那就太简单了。显然，今也有问题。今天的中国是要工业大国，还是要文化大国？如果是后者，那么传统文化自然可以进入今天；如果是前者，那么今天所流行的一切也将是明日黄花。中国社会的升级换代，归根到底是中国人实现自我、中国实现真正大国的过程。古人说："仓廪实则知礼节，衣食足则知荣辱。"①　其道理是一样的。发展文化，不仅是今天的事情，也更是未来 20－50 年的社会任务，不是国家的任务，而是国家的使命。否则，中国的强国崛起、文化复兴也就无从实现。

　　第二个问题的核心是"中外"。中国开放的力度日益加大，但却没有真正走向世界，反而成为世界文化的销售地，文化自主性、软实力与竞争力不足。这依然是中国经济未能实现升级换代的必然体现。只要在后工业的全球经济体系中，中国就只能做边缘，而不可能成为中心。为何韩国、日本文化在中国流行？一个直接原因就是，韩国日本的第三产业超过了中国，其经济结构发生了质的飞越，它们已经进入后工业社会。文化从高势位流向低势位或同势位的交流，这是文化的规律。如果中国能够实现升级，中国文化就可能与世界实现平等流通或者输出。否则，我们坐拥数千年资源的历史中国和美轮美奂的自然中国，但却拍不出动画片《花木兰》和《功夫熊猫》。我们只会成为素材，而不会成为主体。在全球化和后工业社会，文化争抢的关键是主体性和创造力，而非单纯的资源储量。

　　第三个问题的核心是"心身"。身的安顿虽然有了提升，但心的安顿始终没有解决，甚至导致了身心俱疲。这是中国从工业社会向后工业社会发展的必然反映。工业社会重视的是经济产量，或者说重视的是身，而后工业社会重视的是人本身，特别是心。中国当代经济社会发展所出现的问题，一方面在于工业社会自

① 《管子·牧民》。

身的问题，比如生态污染、社会公平等，一方面在于文化没有跟进，心灵得不到充分的释放和安顿。文化现代化的核心是提高生活质量，它解决的正是心的问题。心的问题的解决不是依靠肤浅迷幻的心灵鸡汤，或者远古的宗教体验，或者迷狂的金钱投机神话，而是在高速发展的社会中，锻造心灵的精神综合能力，包括忍耐力、敏感度、思辨力、想象力、创造力等，使人掌握自然和社会，实现人的自由本性。

这些问题是中国艺术已有老问题（古今、中外、身心）在 21 世纪的"升级版"。显然，以往建立在从农业社会向工业社会转变基础上的老答案，已经不太适应这些问题了，如今立足于从工业社会向后工业社会转向，新答案的提供迫在眉睫，而新答案的关键在于对老问题提出立足时代的新解读，对于这个新解读，本书的回答是"中国艺术话语"。

三、话语叙事与价值追问

那么，何谓艺术话语？话语是人的说话和语言表述。话语不同于语言，语言可以不假说话人而存在，而话语不能，它必须是活生生的，具有很强的现场性。比如词典中"艺术"，其定义是抽象的，它属于语言－文化系统，而"为艺术而艺术"就是话语。尽管这句话也可以在艺术词典里找到，但它却是活的，因为它有发生的主体、时间、空间、内容、语境、接受者等诸多要素。这句话产生于 19 世纪的法国，表达的观点是艺术的纯审美化，反对艺术与社会现实发生联系，有艺术家接受这一看法，也有艺术家反对这一看法。① 其实，即便是"艺术"这个词，也有它的历史发生，而绝非如词典描述那样抽象。因而，词典中的"艺术"一词，也必须进行"话语化"的还原，分析这一抽象的定义在文化场域中是如何被推出、被过滤、被整合，最终被凝固化的。②

因此，话语是社会性的、动态性、现实性的，而不是封闭的、抽象的、静态的。从某种意义上说，人类的一切"符号－表意"活动都是活生生的、多义性、多样性的话语活动。这一话语活动的深层结构就是表述、叙事。如果说话

---

① 周小仪著：《唯美主义与消费文化》，北京大学出版社 2002 年版。
② 《现代汉语词典》"艺术"词条为："用想象来反映现实但比现实有典型性的社会意识形态，包括文学、绘画、雕塑、建筑、音乐、舞蹈、戏剧、电影、曲艺等。"这个定义即便抽象，也离不开现代、中国、马克思主义等语境。

语是形式结构的话，那么叙事就是深层结构。或者说，叙事正是话语的内容。故而，对话语的分析必然走向对叙事的分析。因为不能仅仅止于抽象的形式分析，而必须进入广阔的社会、思想、文化、历史语境之中。

在此可以说，话语即叙事，叙事即话语。二者也可以合称"话语叙事"，以更加凸显二者的不可分割性。法国叙事学家热奈特著有《叙事话语　新叙事话语》①，这是将叙事"话语化"，主要研究的是叙事本身的话语特征，研究范围限于文学（艺术）文本，属于经典叙事学（文本叙事学）性质。此处的话语叙事乃是指出话语本身的叙事性，也即将话语"叙事化"，研究范围不限于文学（艺术）文本，而是扩充至文化文本、历史文本等，是后经典叙事学（文化叙事学）视野下的研究。

由于话语叙事总是与人、历史、文化、社会、政治等密切相关的，它是一个舞台，是一个开放的天地，所以它将文艺研究从形式引向文化。但是，在现代中国，由于战争、阶级、意识形态等原因，艺术缺乏这样的舞台和天地，因而越走越窄，或者躲进小楼而被文本化、符号化，或者被激进政治所裹挟而被口号化、教条化、抽象化，或者由于经济发展的驱动而被实用化、功利化，或者受到西方强势文化的冲击而被东方化、元素化，不一而足，文艺的自由而广阔的文化主体性力量未能全面形成。其实，艺术天地何其广阔，只是我们没有能力发现，或者没有勇气发现而已。在此，将话语与叙事应用在中国当代艺术中，只是想通过对当代中国人文、精神、思想的追问抵达对艺术的理解和对自我的理解，重新建构适应文化现代化的新的主体性。

那么，艺术对中国的当下和未来而言，究竟意味着什么？对能否回答这样一个问题，我始终有所怀疑。作为思考者，我们不必为古今称颂艺术的文字感到兴奋，也不必为那些对艺术大加挞伐的文字表示遗憾。纵观历史，在大部分人的生命里，艺术所占据的比例其实很小，它充其量只不过是一种消遣或消费。换句话说，大部分人对人类精神的丰富和进步没有起到任何实质性的作用，而没有成为人文历史的一部分，这还不只是被历史记载那样表面的问题，比如敦煌艺术就是无数无名艺术家的杰作。回顾中国人文历史，屈原、王羲之、李白、范宽、关汉卿、袁枚、曹雪芹、徐悲鸿等一代又一代的艺术家，以其独具魅力的人格个性和精妙绝伦的艺术精品丰富和推动着"人文中国"的发展。原因只有一点，他们倾其全心于人文艺术。艺术属于有自觉人文意识和坚

---

① ［法］热奈特著：《叙事话语 新叙事话语》，王文融译，中国社会科学出版社 1990 年版。

韧个性的艺术家和思想者，但这些人始终是少数。大多数人都只在消费艺术、谈论艺术而已，成为滚滚红尘中的艺术受用者。他们并没有进入艺术，更没有栖居于艺术（诗意栖居）。只有少数人在敏锐的人文意识引导下，在艺术之路上茕茕孑立、踽踽独行，或者给这些充满劬劳的、苦难的、失意的艺术家以精神呐喊。今天，作为大多数的我们，难道不应该有这种深刻的人文意识，从而参与中国艺术进程，参与中国人文和文化现代化进程吗？

中国艺术话语研究就是在这样一种思考氛围中展开的，它"非关艺术，即关人文"，或者说，艺术和人文是中国艺术话语研究充满张力的两条线索。这一研究并非是对中国艺术话语的通史性、通论性的研究，而是强调我们如何面对当代问题进行人文省思、历史记述。我始终认为，没有抽象的话语，它总是体现着"望今制奇，参古定法"①的时代意识。中国艺术话语研究是以话语为核心的、关于中国当代艺术的理论思考。从这一点说，它"非关艺术"。中国当代艺术史，坊间多有流传②，而关于中国当代艺术话语的理论研究还相对较少，或者是一些一般性的艺术话语研究，缺乏针对性。理论研究不是对艺术的历史说明，而是对艺术及其历史的理论阐述。在我看来，理论并不总结规律，而是呈现可能性。因此，艺术史更多的是面向过去的，它是经验梳理，而理论研究则是面向未来的，它是价值敞开。③ 从这一点说，它"即关人文"。

简言之，中国艺术话语研究并不是作为纯粹经验性的艺术史或作为纯粹文本性的艺术批评而存在的，而是作为一种对艺术的人文性、价值性的思考而存在的，它在更高的层次上体现着诗（艺术）与思（哲学）的对话（话语）。④

---

① ［南朝梁］刘勰：《文心雕龙·通变》。

② 吕澎著：《1990—1999 中国当代艺术史》，湖南美术出版社 2000 年版。贺万里著：《中国当代装置艺术史》，上海书画出版社 2008 年版。鲁虹著：《中国当代艺术史 1978—1999》，上海书画出版社 2013 年版。其他门类艺术史也多有问世，如钟大丰、舒晓鸣著：《中国当代电影史》，中国广播电视出版社 2007 年版；洪子诚著：《中国当代文学史》，北京大学出版社 1999 年版等。

③ 本书并不否认有理论价值的艺术史，也不否认有经验基础的理论研究，好的研究总是兼顾经验和价值。

④ 人文是中国艺术话语的精神主线，人文有两大来源，一是西方，二是东方，特别是中国。人文或者人文主义的定义已经极为繁多，此处做化约处理，所谓人文就是事关人的自我完善及其可能性问题，它有着一种超越性的结构，是历史性（精神遗产）、现实性（时代精神）、可能性（乌托邦）的统一。

四、当代艺术的"过渡性"意义

中国当代艺术有两种含义。一是"西方化"的现代—后现代艺术。西方现代—后现代艺术，形式至上，与美无缘，反传统，摒弃道德束缚，讲求先锋、前卫，注重语言观念性、思想批判性、社会参与性的"当代艺术"。[①] 这种当代艺术以美国为大本营，欧洲为副翼，在全球影响甚广。20 世纪 60 年代以来，艺术领域急剧扩张已是不争的事实，而我们对国际当代艺术的理解还不全面。在中国的语境中，一般对艺术的理解局限于绘画、雕塑、文学、舞蹈、影视、建筑等。其实，艺术还有一个西方化的含义或曰当代化的含义，这也是国际当代艺术界所使用的，主要是视觉—造型艺术，不包括文学、音乐、电影、舞蹈等，它们多数无法形成收藏价值。当代艺术主要指的是绘画、雕塑、观念艺术[②]、装置艺术[③]、摄影、媒体艺术[④]、影像艺术[⑤]、波普艺术[⑥]、批评艺

[①] 法国美学家西门尼斯概括："看一个事物是否是当代艺术，就是要看其创新性，看它是否是前所未有的，看它是否要冲击或者挑衅，而不看它是否会被所有人所接受和喜爱。""一个事物"其意思就表明，任何事物只要表现了后面的特性就都可以称为艺术。西门尼斯著：《当代美学》，文化艺术出版社 2005 年版，第 122—123 页。

[②] 观念艺术（Conceptual Art），也称概念艺术，20 世纪 60 年代初兴起于美国，中期以后传至欧洲及世界各地。观念艺术排除传统艺术的造型性，认为艺术并不是由艺术家创作的，而是概念（concept）或观念（idea）的组合，概念艺术的素材有语言、照片、图表、地图等。

[③] 装置艺术（Installation Art），装置艺术始于 60 年代，也称为"环境艺术"，是艺术家在特定的时空里，将人类日常生活中的物质文化实体进行艺术性的选择、改造、组合等等，使其生发出新的意义的艺术形态，被认为是一种"场地＋材料＋情感"的综合展示艺术。装置艺术在西方当代美术馆的展览中已具有相当重要的地位。

[④] 媒体艺术（Media Art）是指以电子、光学等新科技语言为基础，特别是使用信息科技与网路技术为基本语言的艺术，这种艺术具有极强的观众参与性与互动性。德国是媒体艺术的发源地之一，如实验电影、录像艺术，它们的根基都是从德国发展出来的。

[⑤] 影像艺术，创始人是韩国艺术家白南准（1932—2006），他被誉为"影像艺术之父"。影像艺术是综合了摄影、电视机、电子媒体等艺术的一门崭新的艺术门类。

[⑥] 波普艺术（Pop Art），亦称为"流行艺术"，20 世纪 50、60 年代，以英国伦敦和美国纽约为中心出现的一个艺术运动，它是 20 世纪后现代主义艺术（Post—modernism）中流行最广的一种艺术形式。英国画家理查德·汉戴尔顿曾把波普艺术的特点归纳为：普及的（为大众设计的）、短暂的（短期方案）、易忘的、低廉的、大量生产的、年轻的（对象是青年）、浮滑的、性感的、骗人的玩意儿、有魅力和大企业式的。波普艺术总是以人预想不到的新鲜花样在民众中炫耀自我的新奇、离经叛道或不正经，借以引起公众注意的轰动效应。

术①、反审美艺术②、现成品艺术③、行为艺术④、贫穷艺术⑤、极简艺术⑥、素描等 15 类。在这 15 类当中，中国人较熟悉的有绘画、雕塑、摄影，其他艺术门类或不被认为是艺术，或者根本就没听说过。相对而言，中国人的艺术观较偏于传统。在这 15 类中，前 6 类又是当代艺术的主要门类。当代艺术在形式上是一个比较多元和开放的体系，但传统的绘画、雕塑依然占据半壁江山。受西方化艺术观念的影响而出现的中国艺术就是中国当代艺术的第一种含义，也可以说是"当代艺术在中国"⑦。

中国当代艺术的第二种含义是多元化时代出现在世界各地（包括中国）的共时性的艺术形态，包括原始艺术（如非洲、太平洋艺术等）、传统艺术（如中国艺术、伊斯兰艺术等）、现代艺术（如印象派、后印象派等）、新艺术（如影视艺术、网络艺术、动漫等新艺术形态）、当代艺术（美国当代艺术）以及混合－混杂性艺术（如后殖民艺术、移民艺术、全球化艺术）等等。从艺术种类上说，不限于视觉－造型艺术，也包括文学、音乐、电影、舞蹈等。在第二层意思中，当代艺术只是中国当代艺术的一种。本书的论述都偏向于后者，因为后者可以包括前者，而前者却不能涵括后者。任何将当代艺术固定化的做法都是错误的，也是不可行的。对中国当代艺术的理解不能只要纯粹性的"当代艺术"，而舍弃中国传统艺术、全球化艺术等内容。

无论何种意义上的中国当代艺术，其根本都无法脱离三个主题词——中国、当代、艺术。艺术，早已不是固定化、抽象化的某种观念了，"艺术本体

---

① 批评艺术，批评的艺术性或观念性表达，这种艺术在于表达某种独立的、个体的看法，与艺术批评有区别。

② 反审美艺术，代表艺术家是法国艺术家简尔斯·可勒里斯，其材料有各种生活用品，包括剪刀、缝纫机、钢丝、水果刀、麻布等，将其加以组合，材料的加工也比较少，风格上没有明显的审美性。

③ 现成品艺术，一般认为杜尚是现成品艺术的始作俑者，现成品艺术试图打破艺术与非艺术界限，认为一切物品都是潜在的艺术品。

④ 行为艺术（Performance Art），兴起于 20 世纪 50、60 年代，行为艺术的基本材料是艺术家的身体，并通过身体进行表演和体验，并以此达成人与物、人与环境的交流，同时呈现出某些非表演性的审美性的内涵，但有些行为艺术有惊世骇俗的反审美效果。

⑤ 贫穷艺术（Arte Povera）其含意不是针对作品本身的质量而言的，而是指艺术家所选择的材料是普通的或日用的。贫困艺术发源于 20 世纪 60 年代的意大利，意大利一些年轻艺术家用最朴素的材料——树枝、金属、玻璃、织布、石头等作为表现材料，进行拼贴、剪切进行创作，后来扩展到美国。

⑥ 极简主义艺术（Minimalist Art），兴起于 20 世纪 50 年代，又称极少主义艺术，它是在早期的结构主义的基础上发展而来的一种艺术门类，其艺术主旨就是"少就是多"，其特征有：在内容上无主题，造型手段简约、明晰，多采用单体元素，材料多为现代工业材料、常用钢材或其他工业废弃产品。

⑦ 河清著：《现代，太现代了！中国：比照西方现代与后现代文化艺术》，中国人民大学出版社 2004 年版。

论"仍然是艺术美学、艺术哲学的核心问题，它并不因为有"艺术终结"①、
"艺术史终结"② 等观点而减弱其思想意义。任何时代都必须回应艺术本体论
问题，并不断重新检讨艺术定义的问题。如果我们忽略了中国，那我们对中国
当代艺术的理解也是不全面的。有些中国当代艺术可能"很当代"，但它不是
中国艺术，比如装置艺术、波普艺术、后现代书法以及某些大片和文学作品
等，无论它怎么说是中国艺术，都与大众的审美距离过远，与传统的美学、文
化、精神上的联系过少。如果我们忽略了当代，中国当代艺术也同样是不完整
的。有些传统艺术，可能"很中国"，但很不当代，比如中国书法（篆、隶、
楷、行、草）、中国画、传统戏曲（京剧、黄梅戏）、民间艺术（剪纸、皮影），
与当代的联系并不紧密，它们是文化的"遗产"，都是中国艺术。但是，它们
是如何作为当代艺术多元形态之一而对社会发生作用的？难道只是被博物馆
化、被遗产化、被保护化吗？

　　因此，当中国、当代、艺术纠缠在一起的时候，就出现两种情况：一是反
传统（反中国、反艺术），越是当代越好，当代艺术就是代表，传统在它们那
里的含量几乎为零，这就走向了肤浅的时尚主义。二是反当代，越是传统越
好，这是传统派，在他们的作品里几乎看不到时代性，即便有也非常隐晦，这
就走向了顽固的复古主义。其实，这两种艺术形式的同时存在，完全是因为中
国身处全球化、多元化、后现代（哲学意义上的）的时代背景之中，再也不是
过往铁板一块的艺术世界场景了。然而，令人奇怪的是，这两种艺术虽然并存
但却很难融合在一起，其根本原因就在于传统与当代之间缺乏了一个"过渡"，
或者"中介"、"桥梁"。它们的意义是积淀价值，保持价值体系的循环与流通，
更显示人类精神伟岸与超迈。尼采曾言："人之伟大，在于其为桥梁，而不是
目的。人之可爱，在于其为过渡与下落。"③ 对艺术而言，也同样如此。

　　真正的过渡，既具有传统因素，又具有现代内涵，可以说是转型性艺术、
过渡性艺术。比如在 19 世纪，欧洲流行日本版画（浮世绘），极大地激发了印
象派，印象派此时正不满于学院派的清规戒律，而日本版画的世俗化取向和异
国情调的色彩、构图使印象派眼前一亮④，但印象派本身仍然是西方艺术，而

---

　　① ［美］卡斯比特著：《艺术的终结》，吴啸雪译，北京大学出版社 2008 年版。
　　② ［德］汉斯·伯尔丁著：《艺术史终结了吗？》，常宁生译，中国人民大学出版社 2010 年版。
　　③ ［德］尼采著：《苏鲁支语录》，徐梵澄译，商务印书馆 1992 年版，第 8 页。
　　④ 浮世绘，兴起于日本江户时代的风俗画，主要内容为以市民为主体的日常生活及风景、民间故
事等，技法上注重构图和色彩的对比，以及对生活的细腻感受，契合于西方对陈腐"贵族气"和学院
派陈规戒律的反对。

没有变成日本艺术。原因就是印象派是反学院派的，他们对传统也有相当程度的吸收创化（如对具象、写实传统的接续），特别是结合了西方当代人的世界观、生活经验和审美经验。换言之，印象派艺术是在意图创新之时才对日本浮世绘情有独钟，而非对日本浮世绘情有独钟后才去创新。也可以说，日本艺术是印象派的触媒和催化剂。对西方现代艺术而言，印象派就是过渡艺术，它有效链接了传统资源和当代观念。

反观中国，中国艺术创新力为救亡图存革命建设所耳濡目染熏陶内化，继续承受实用理性对艺术的主导与规范，不再生发于对艺术自身的精神突破。当然，也借鉴西方写实主义传统，但形式缺乏创新。远的不说，就从改革开放以来来说，中国艺术的历史使命是满足人民日益增长的文化艺术要求。从政治上而言，满足这种要求理所应当，但艺术又不仅仅在于满足这种要求，还在于提升、完善这种要求，尤其是中国的审美趣味之丰富与提升。人民普遍喜闻乐见的未必具有较高的艺术价值，也许人民一时不能接受的却具有较高的艺术价值，比如朦胧诗。就多数中国人而言，西方现代艺术史、当代艺术史的熏陶几乎为零。相反，传统的曲艺、国画、书法、篆刻、雕塑、园林、建筑以及影视等仍然为人民所喜闻乐见，而对印象派、立体主义、波普艺术、后现代艺术、当代艺术缺乏认知。[①] 这些艺术的产生绝非艺术本身使然，它同社会大环境有着密切的联系。它们是艺术史（审美、趣味、风格）上的现象，但并不意味着就是人们陶冶心性（文教伦理）的方式。

中国人对艺术的认知和西方人对艺术的认知有很多相似性，比如重视教化，但也有差异，尤其是近代以后。

第一个差异是道德差异（政教传统），中国人认知艺术最主要是看这个艺术家是否有德，其道德的高下决定着艺术的高下，有时候也掺杂权本位因素，而西方则不在意这一点，即便这位艺术家是个普通人，甚至神经病，只要艺术好，就喜欢，比如梵高，从来没有艺术家因喜欢梵高的艺术而想疯癫的。中国人"爱其艺而慕其人"，"心有灵犀一点通"。[②] 而西方更强调距离，距离产生

---

① 民国时期有过对西方近现代艺术的接受，但局限于艺术家和知识分子当中。新中国成立后，中国大陆地区禁止"资本主义"艺术在国内的流传，直到20世纪80年代以后，西方近现代艺术才逐渐流行，但也局限于大学生、青年人、知识分子和艺术家当中。90年代以后出现的"当代艺术"，几乎没有进入美术史教材，也更难为一般民众所认识和理解。普通中国人对当代艺术的一无所知，或者还处于西方19世纪初期传统审美阶段，应该不是什么危言耸听的事。

② 陈师曾说："所贵乎艺术者，即在陶写性灵，发表个性与其感想。"见陈师曾著：《中国绘画史》，中国人民大学出版社2004年版，第137页。

美，也产生批判性的思考。这一点的差异主要在于西方现代美学、形式主义、新批评等艺术理论的熏陶所致。他们的基本观点是斩断艺术与作家乃至人格、道德、宗教、文化的联系。

第二个差异是美学差异（"天道"传统）。中国人不太讲求美不美的问题，而是注重文化，一件艺术品好不好，就在于它是否有文化，是否体现哲学精神、时代精神、个体精神等等。而西方人则比较重视感性因素，强调感官的审美愉悦性，以及感性与理性的相互协调，并没有意识到感性要取代理性。这一点是西方感性、理性二元论的产物，也是科学、人文二元论的产物。西方人强调二者的互补性，而中国由于缺乏普遍的理性、科学上的熏陶，走的不是这种二元论，而是哲学一元论，或者道一元论①，倾向于那终极境界②。由于在欣赏艺术时有着不同的差异，中国人的艺术欣赏习惯就是注重精神和形而上，而西方人注重形式和感性。

中西差异当然不是绝对的，如黑格尔也强调艺术的形而上维度，但整体上，艺术低于哲学和宗教，因而也就有"艺术终结"之说，然后后世的存在主义思想家如尼采、海德格尔又将艺术提升到新的形而上学（存在）的高度。中国的"技近乎道"也有这方面的意味。于今而言，不能说二者到底谁更优越，但二者应增进理解和对话则是应该的。

中国当代艺术一直缺乏这种过渡艺术形态。过渡艺术形态并不意味着艺术价值低下，相反却具有丰富的内涵。中国当代艺术的传统最晚可以上溯至20世纪80年代。在文学领域是朦胧诗、意识流文学、先锋文学等，在美术上是85美术新潮，在音乐上有摇滚等。最早可以上溯至20世纪20－40年代，诸如象征主义、浪漫主义、写实主义等。但是，没有一种艺术形态被认为是过渡性的艺术形态。

原因有二：其一，它们无法有效沟通传统与当代（或外来文化）。其二，受制于线性时间观，那些有效沟通传统与当代的艺术也没有引起重视、没有被"经典化"，因此也难以作为中国当代艺术的"传统"而发挥作用。就第一点而言，外来化（西方化）的艺术形态比比皆是，无论是苏俄的现实主义，还是欧美的象征主义，或诸种当代艺术。就第二点而言，反传统（否定传统）倾向始

---

① 《周易》："形而上者谓之道，形而下者谓之器。"
② 冯友兰认为人生方面表现为四种不同的人生境界，即"自然境界、功利境界、道德境界、天地境界"，其中"天地境界"是最高境界，是自由的境界。见冯友兰著：《贞元六书·新原人》，华东师范大学出版社1996年版。

终比较明显，对中国传统艺术的技法体系、主题体系、观念体系等均加以不同程度的排斥，现实主义在 20 世纪成为中国艺术无可替代的主流就是一个说明，中国传统的含蓄、朦胧、婉约等因不合社会主流而被淡化甚至清除，而现实主义和中国传统美学观念是有着较大的差距的。当然，传统的"文以载道"与现代意识形态宣传之间也有某种联系。在这一背景下，即便标举"创化传统"的保守主义也很难有较大的作为，更多的还是重复传统、保存传统，而不能生发出一种既传统又当代的艺术形态。

何谓过渡性的艺术？批评家王林认为，要成为真正意义上的当代艺术，需要某种"中介"，这个中介就是"对当代生活的反应与反省、对当代文化的体验与批判，即我们面对当代问题的精神态度。……只有能够真正直面当代问题——生态问题、社会问题、文化问题和精神问题等等，中国画才能成为发展中的当代艺术，而不是'日渐衰败'、'只能淘汰'的保留品种"①。可以说，当代艺术并非是一个时间性的概念，而是一个极富个体生命性的概念。

检视中国现代艺术史，其中也产生了不少具有过渡品格的艺术成果，比如充满生命气息的乡土文学（沈从文、汪曾祺等），富有民族个性的现代美术（齐白石、张大千、吴冠中等），不断求变的中国现代书法（于右任、沈尹默、林散之等）。这些艺术形态承续并创化传统，又具有时代的精神气息，是过渡形态的艺术，从某种意义上说，它有效链接了古今、中西、心身。或者说，它要具备足够的兼容性和涵括力，而非相互排斥。宗白华认为传统、西方、时代是中国艺术创新的必要条件："中国画此后的道路，不但须恢复我国传统运笔线纹之美及其伟大的表现力，尤当倾心注目于彩色流韵的真景，创造浓丽倾心的色相世界。更须在现实生活的体验中表达出时代的精神节奏。"② 可以说，中国、当代（时代）、西方、艺术四要素缺一不可。

检视已有的类似过渡性的艺术，无论它们的成效有多大，都体现了中国艺术的本色，中国当代艺术理应从这里出发，而不是在非此即彼、二元对立的道路上一去不返。

---

① 王林著：《在场——王林论当代艺术家》，河北美术出版社 2008 年版。
② 宗白华著：《美学散步》，上海人民出版社 1981 年版，第 135 页。

五、从批判性到价值体系的建构

那么，面对这一"过渡性"的艺术，中国艺术话语该如何发现怎样的时代问题呢？概言之，从话语叙事角度而言，中国当代艺术存在着一个根本问题，就是重视价值的批判性和对立性。在中国当代艺术领域大致有三种批判模式：意识形态批判、文化批判和人性批判。

意识形态批判以意识形态为核心，将与其对立的意识形态的艺术视为落后、不文明、不自由、丑陋、低俗、末流的艺术，相反，则将自己的意识形态艺术视为先进、文明、自由、美好、高级、主流的艺术。文化批判从精神角度对艺术展开批判，受制于西方中心主义①、进化论等，认为某一民族的落后从一开始就注定了，于是从先秦以降都是文化退化和走邪路的历史，因此需要釜底抽薪，否弃传统，打倒"孔家店"，尤其体现在对中国"国民性"的批判上。② 人性批判是意识形态批判和文化批判更为具体的表现，大肆展现人性中丑恶的一面，如欲望、贪婪、精神分裂、乱伦、迷信、疯狂等。无论是意识形态批判的绝对纯粹性，还是文化批判的虚无主义，或者人性批判的"恶之花"，多数都对价值体系建构缺乏成熟的自觉。价值体系建构不同于价值建构，价值体系建构是一个自觉系统，能够容纳、过滤、厘定不同的价值观念，它应同时具有"兼容性"和"免疫力"。价值建构是价值体系建构的步骤，而不是全部和最终步骤。我们既需要意识形态批判、文化批判、人性批判，也需要更高层次的价值体系建构。

在价值体系建构方面，中国传统文化值得借鉴。中国传统文化既建构了"诗言志"（"文以载道"）的核心价值，还建构了"诗缘情"的辅助价值，也建

---

① 西方中心主义是一个常用词，诸如西化论（派）、西方中心论、西方普遍主义、欧洲中心主义、英－美中心主义、英语（拉丁－希腊语、拼音）中心主义、语音（声音、在场）中心主义、逻各斯中心主义、理性中心主义、科学中心主义、白人中心主义（种族优越论）、西方优越论、东方主义、帝国主义（霸权主义）、基督教中心主义（《圣经》中心主义、选民优越论）、古希腊中心主义等等，均是其表现。西方中心主义与西方并不一致。西方中心主义是将西方中心化、绝对化、高阶化、本体论化，而西方是多元文化时代的一种，尽管它很重要。因此，学习、借鉴、反思西方与反对西方中心主义并不矛盾。不过，反西方中心主义并不意味着退回到华夏中心主义、中国中心主义，而是与中国文化复兴（并非民族主义）是互相结合的，也是 21 世纪中国文化的头等任务。

② 时胜勋著：《西学·维新·传统》，河南人民出版社 2011 年版，第 218－226 页。

构了"（放）郑声"的负面价值，还建构了"礼失求诸野"的补救价值；既建构了圣人这一最高形象，也建构了君子这一典范形象，还建构小人、恶人的负面形象；既建构了中国的中心价值（中国、华夏、中原），也建构了九州的拱卫价值，还建构了"化外之地"的边际价值，也建构了"中国可以为夷狄，夷狄可以为中国"的动态价值。这就是价值体系。意识形态批判、文化批判和人性批判并没有在价值体系建构方面有自觉的意识，而只是价值体系建构的步骤，且多囿于二元对立而有失偏颇。

意识形态批判的缺失在于其过于纯粹化的价值，甚至透明的价值，极端化的表现就是"红光亮"形象。反向的建构，如"后意识形态"批判则消解这种"红光亮"，以至于连正面价值本身也消解了。"红光亮"只是太过透明化，但并不意味着没有价值。文化批判标举中西二元论，坚持要把中国文化打倒，从根子里拆解中国传统文化精神，其艺术形式就是消解传统、肢解传统、涂改传统、异化传统，最后将中国文化"元素化"、"符号化"、"破碎化"，从而融入西方中心主义之中，作为西方中心主义"大美西方"的陪衬，而不再居于"主体性"（作为他者或仆人）的地位。相反的，则认为中国文化可以一举消除西方文化的种种问题，因而走向了极端民族主义。人性批判将"作为魔鬼的人"刻画得淋漓尽致，反向的则将"作为天使的人"描摹得美轮美奂。

任何一个国度都不是世外桃源，尽善尽美，也不可能像地狱一样一无是处，它有好的，也有坏的，并且好与坏之分也并不绝对。人们在面对现实的时候会选择相应的价值进行应对。在社会一片险恶的三国两晋时代[①]，既有曹操的《蒿里行》这样富有政治关切的作品，也有王羲之的《兰亭序》和陶渊明的《桃花源记》这样纯个人性作品。这体现了中国传统价值体系的导向作用。中国传统价值体系就是儒（孔、孟、荀、理学、心学）、释（佛、禅）、道（老、庄、玄）体系[②]，大—小传统（国家—民间、精英—通俗）体系[③]等等。中国

---

① 魏晋时期士人非正常死亡有孔融、祢衡、杨修、何晏、嵇康、张华、陆机、陆云、潘岳、刘琨、郭璞、鲍照、谢灵运、谢朓等等。

② 中国人文注重"达则兼济天下，穷则独善其身"（《孟子·尽心上》），在儒家内部就构成一个体系。后世文人更是在儒、释、道之间寻找自己的精神家园。

③ 叶舒宪认为，就中国文化而言，大传统是史前文化传统（前汉字系统），小传统是有文字记载以来的传统（汉字系统）。参叶舒宪：《中国文化的大传统与小传统》，载《传承》2012年第17期。

历代诗人、艺术家就是从中国这一精神体系中寻找自己的归宿。①

故此，当代的意识形态批判、文化批判与人性批判也必将走向价值体系建构。②

意识形态建构在于祛除透明性、绝对性，增进复杂性，区分历时性和共时性，剥离抽象性，强调具体性。一个意识形态的正面价值不可能是绝对的、超时空的，而总是和具体的历史语境、现实环境等有着密切的联系。意识形态价值是一个社会的核心价值，但并不意味着其他价值不能存在，它们可以作为异于（非对立于）意识形态的边缘价值、民间价值、乡土价值、参与对话价值等而存在。

文化建构在于破除中西方二元论结构和殖民心态，倡导"信息对称"的对等对话、"求同存异"的深度交流与"高浓度"的共同建构，将中西美好的文化因素加以融合、整合，呈现出既不失民族传统又容纳西方有益因素的艺术形式。鲁迅说："外之既不后于世界之思潮，内之仍弗失固有之血脉，取今复古，别立新宗，人生意义，致之深邃，则国人之自觉至，个性张，沙聚之邦，由是转为人国。"③ 这一高屋建瓴的设想，对当代中国而言仍然任重道远。

人性建构在认清人的两面性的同时，着重建构人性美的可能性的一面，而不再一味建构完美的人性，而是复杂性的人性。这种复杂性的人性的基点仍需在天、地、神、人之间，在人、兽、神、鬼之间，在圣人、君子、小人之间，在雅、俗、浓、淡之间，在神、妙、逸、能之间，找到适当的平衡。

价值是可以通过美来实现，也可以通过丑来实现。前者让我们认同，后者让我们排斥，但排斥不是根本，排斥的目的是为了让我们真正去建构那美好的、未来的价值。我不反对批判，但我更重视价值体系的建构，以正面、核心、主流价值为核心，容纳、吸收、过滤其他价值。这种体系建构自然不是"命令式"、"霸权式"的建构，而是当代艺术基于当代人的心灵痛苦、情感焦

---

① 19世纪以后，中国古代社会进入晚期，中国精神价值体系已经不适应中国的发展，《红楼梦》虽然使反正统儒学，但从道家、佛家（一僧一道、太虚幻境）也无法开出现代中国的道路。中国传统价值体系面临新的重组。大体而言，中国现代价值体系应在中、西、马之间获得新的提升。

② 康晓光提出"大转轨"理论，即中国从经济崛起走向文化转向，再走向政治改革，在文化转向方面，将由儒家文化主导（《大转轨——全球化时代的国家转轨理论及中华民族复兴战略》）。此说强调了文化转向在国家转型的意义，不过，关于文化转向的内容，我认为更应该是一个新的轴心时代思想的出现，即中国21世纪新文化应该是融合了古代传统（如儒、释、道等）、社会主义传统、西方现代性传统，在政治、文化、经济方面各有侧重。

③ 鲁迅：《坟·文化偏至论》，见《鲁迅全集》第1卷，人民文学出版社1981年版。

虑、思想彷徨的一种精神建构。这种精神建构不回避批判，但更注重核心价值建构，从而发挥价值认同、心灵安慰、思想净化、感性休闲等不同的功能，它们和批判、调侃、戏谑等并不是矛盾的，甚至是相得益彰的。因为，没有深刻的批判性，深刻的建构性也将无法完成。

这里要说明的是，单纯的、过重的批判性往往会走向极端，或者是意识形态对抗，不是你死就是我活，将一种艺术上升为唯一的艺术（如现实主义曾经的中心地位），或者是破罐子破摔的悲观虚无主义，将一切艺术打碎，或者一步到位的激进乐观主义，比如以为全盘引进西方艺术就万事大吉了，或者是新殖民心态，对传统极尽否定之能事，以取悦西方中心主义。尽管客观上也冲击了西方艺术，但依旧无力。这些都是有损于艺术的。稳健的建构意识有效避免种种极端倾向，也避免无批判意识的旁观、吹捧、娱乐化心态，将所有核心的、正面的、中性的、负面的、对立的价值纳入一个系统当中，从而审视其不同的价值功能并厘定其地位。

价值体系建构并不意味着它是全面创新的结果，我对当今的"全面创新"持保留意见。我始终认为，价值创新应该是"正金字塔"结构，75％以上是传统（传承创新），20％是过渡性的传统（过渡性创新，或综合创新），只有5％是前所未有的（原创）。即便这5％我也很怀疑，实际上完全彻底的创新微乎其微。"正金字塔"结构其意为：我们只有有充分的背景、环境、语境等知识和思想储备，并且不断精进，敢于向上探险而不止于基础，才有可能获得那一丁点的创新。也只有在这一"正金字塔"结构中，我们才有气度充分吸纳那些批判性乃至叛逆性的价值，相反，当我们处于"倒金字塔"结构之中时，75％的就不是传统了，而是非传统的西方，20％的不再是过渡性的传统，而是过渡性的西方，5％的也不是原创，而是可怜的传统（这恰是我们的精神），这种状况就是文化毁灭、文化殖民，在中国就是全盘西化，废黜汉字、废黜华夏文化，随之而来的就是中国身份危机。①

因此，我认为中国当代艺术理应在批判性和建构性之间、传承与创新之间找到"正金字塔"的结构平衡，增进中国艺术与文化的价值体系意识，而这正是中国艺术话语研究的主要任务。

---

① 李慎之：《世界已经进入全球化时代》，见《中国的道路》，南方日报出版社2000年版。

六、艺术话语与中国叙事

中国艺术话语研究是以艺术话语为主线，以如何建构中国艺术的表述体系为目标的。表述，或者表征，Representation，原意是再现，但是再现并没有穷尽这个词的内涵。

霍尔认为，表征和语言、意义、文化密切相关。[①] 人类有两套表征系统，一是事物与概念的联系（概念图、文化），二是符号和概念的联系。由于第一系统，世界便具有了意义的可能。由于第二系统，意义由此产生。当我们共享一种文化（事物－概念图－符号）的时候，意义就可以交流、循环。从"构成主义"的角度来看，意义并不在世界本身，也不在符号本身，意义是表征系统建构的结果，简言之，表征就是通过符号（语言、声音、形象等）对概念的意义再生产。因此，用在艺术领域，艺术表述就是对意义进行建构的过程，或者建立起符号与概念的联系的过程。中国艺术的意义并非客观存在在那里的某个事物或概念，也不是某些艺术家完全个体性的产物，它们因缺乏社会性、开放性、共享性而无法流通、循环、传递，产生意义梗阻。中国艺术的意义是中国艺术家（身份）运用中国符号（语言、声音、形象等）进行的审美建构（价值）并实现意义的共享与认同（中国）、传播与对话（中外）的过程。

首先，要探讨何谓艺术话语，它的来龙去脉、内容、意义等。中国艺术话语研究立足当代性，这种立足是"反思的当代性"，是对当代持一种反思性的立场，而不是一味靠拢当代性。对当代性的反思既是接近，也是分离，从而更好地理解历史。中国艺术话语研究的当代性追问应该反思当代艺术研究的"前沿"与"问题"，即追问什么是前沿，什么是问题，要对作为艺术史前沿的现代艺术研究状况做批判性审理，并为后续研究确立基本的思想语境。作为主线，艺术话语的基本概念是中国艺术话语研究要诠释的首要问题。艺术话语是世界学术界话语转向[②]、图像转向[③]、文化转向[④]合力的结果，其根本趋向是一

①　［英］斯图亚特·霍尔：《表征的运作》，见霍尔编：《表征：文化表象与意指实践》，徐亮、陆兴华译，商务印书馆 2005 年版。

②　苗兴伟：《"话语转向"时代的语篇分析》，载《中国海洋大学学报（社会科学版）》2004 年第 6 期。

③　［美］米歇尔著：《图像理论》，陈永国、胡文征译，北京大学出版社 2006 年版。

④　［美］詹姆逊著：《文化转向》，胡亚敏译，中国社会科学出版社 2000 年版。

致的，即重视艺术自身的多样性、动态性内容，不再是从艺术本身看艺术，而是从更为广阔的时空看艺术，或曰"从形式到历史"，从"文本到文化"。① 随着视界的开阔和深拓，当代人对艺术的理解更为多元，也更为开放、稳健。艺术话语对中国当代艺术的意义在于明确"如何表述当代中国"是艺术的主题，即"中国表述"②，无论这种表述是自觉的，还是不自觉的，是正向的，还是反向的。③ "表述当代中国"并不意味着走反映论的老路，也不意味着个人主观主义的退缩，而是意味着"谁在表述"、"向谁表述"、"为什么表述"、"表述什么"、"怎么表述"等等一系列的话语实践、艺术实践和文化实践。当代性思考还应直面当代艺术发展对艺术的挑战。在众多与传统艺术迥异其趣的艺术大量涌现的时候，重提事关艺术价值本体的"什么是艺术"之问就很有必要了。西方学者提出了"类艺术"观念，强调形式对价值阐明的重要性，艺术并不仅仅是艺术，而是艺术形式与价值观念完美结合的产物。④ 这一点击中了西方形式主义和观念主义的要害，具有批判性和人文性，对中国当代艺术研究有积极的借鉴意义，它要解答的是"艺术要表述什么"这一问题。

其二，注重话语的叙事性。艺术叙事是表述实践的中心。艺术叙事要解答的是"艺术如何表述"这一问题。叙事是讲故事，但不止于讲故事，它通过讲故事完成了对价值的建构。所以，艺术叙事具有价值建构的重要意义。艺术叙事有多样的表现，除了艺术自身的叙事（艺术品、艺术事件、艺术世界），还包括艺术理论的叙事。艺术理论的叙事一方面让艺术世界"秩序化"，同时又将艺术理论自身"再秩序化"，形成"元理论"。艺术理论"经典化"是艺术话语权的重要部分。"经典化"造就了文艺和文艺理论，但并不意味着经典就无懈可击了。⑤ 理论"经典化"既包括外在运作，也包括内在的逻辑，后者更为重要，这是理论的内因。经典理论的产生对中国艺术话语权具有重要的促进作用。理论的"经典化"的根本在于实现从知识到权力知识的转变，它们通过意

---

① 周小仪著：《从形式回到历史：20世纪西方文论与学科体制探讨》，北京大学出版社2010年版。

② 在新世纪，中国文学界已经清醒地意识到，"我们要不只是介绍，而是针对当代外国的文学理论发出自己的声音，我们要建立自己的文学研究的思想体系"。实质上，"发出声音"即"中国表述"。杨义：《中国社会科学院文学研究所学刊》"创刊词"，中国社会科学出版社2007年版。

③ 轰动一时的"文论失语症"正是中国无法表述自我的某种症候。曹顺庆：《文论失语症与文化病态》，载《文艺争鸣》1996年第2期。

④ ［美］F. 大卫·马丁、李·A. 雅各布斯著：《艺术导论》，包慧怡、黄少婷译，上海社会科学院出版社2011年版。

⑤ 王宁：《经典化、非经典化与经典的重构》，载《南方文坛》2006年第5期。

识形态策略、学统化策略实现，而我认为权力知识还应该走向"反思性知识"，它通过个人化策略实现，这对学术研究而言尤为重要。艺术史叙事是艺术叙事的纵向维度，即时间维度。从性质而言，艺术史叙事有三大模式，即动力模式、空间模式和时间模式，不同的模式有不同的中国当代艺术史叙事。从根本上说，中国当代艺术史是围绕着现代性开展的，具体又表现为现实主义、浪漫主义和形式主义，但又有着自己的特色，它是中国反封建主义（启蒙主义）、反帝国主义（民族主义）、反资本主义（社会主义）的历史任务的艺术表征，因而迥异于西方现代性，由此"中国现代性"就成为中国当代艺术的基本内核。艺术史决定着我们对艺术的理解和对价值的理解，一种艺术史也就意味着一种艺术价值观。西方现代艺术史叙事范式呈现多元性的特征，表现为社会史、艺术史、技术史、精神史、形象史，同西方文明史有着密切的互证关系，认识到这一点对理解中国当代艺术非常有意必要，即：西方现代艺术是区域性艺术，而非普世性的艺术。

其三，注重话语的叙事实践或者说表述实践，特别是精神实践，这是中国艺术话语的重中之重，也是回答价值建构的关键。表述实践实质上是表述的艺术主体性与文化主体性问题。在我看来，有三个方面不可忽视：第一个方面是艺术立场，无论任何人，都持有某种立场，只是这种持有未必都是自觉的、情愿的。真正的艺术立场总是将艺术放置在广阔的文化空间之中，而非纯粹立于艺术本身。于是，我们既有艺术的立场，也会有文化的立场、社会的立场和哲学的立场。这些立场的汇合使我们对艺术的理解和对自我的理解更加全面。究极而言，艺术总是对人而言的，故此艺术立场的根本是人的立场。第二个方面是艺术身份。艺术身份强调艺术话语实践的主体维度，任何艺术从业者都有自己的身份，同时根据自己的身份组织自己的话语。就艺术家而言，真正的身份实践是"艺为心声"。全球化时代让中国艺术遭遇到身份危机，自己创作的艺术是不是中国艺术，多大程度上属于中国艺术，并不是简单的问题。中国当代艺术身份也并非和传统绝缘，建构一种新身份并不是凭空的，而必须深植于传统之中。今天我们取得的各类成就何尝不是立足传统之上的，只是有的时候我们是反传统，有的时候我们是在继承传统，有的时候我们是在创化传统而已。深植并非复制传统，立足传统就是"站在巨人的肩膀上"，从"西方化"中走出，走向"再中国化"和"再世界化"，让中国艺术立得更高、看得更远。艺术话语权是艺术身份非常具体的问题，艺术话语权是艺术话语延伸到文化、社会、政治、意识形态等领域的表现，体现了很强的政治倾向性和文化实践性。① 艺术话语权是艺术话语的权力场域，这告诫我们，艺术话语绝非一种类似纯艺术的东西，而是充满着权力的斗争、资本的增值、价值的整合与艺术秩序的重组。② 在后霸权与全球化时代，多元文化不断发展，而中国艺术与文艺理论却缺乏国际话语权，因此应该积极争取这种话语权。③ 第三个方面是艺术精神，特别是从精神资本角度审视中国艺术遗产。艺术精神资本指的是艺术自身再生产的体系化与可持续性，它连接了艺术家的人生，也连接了中国文化。中国当代艺术的当务之急并不是创造更多的经济资本，而是创造更好的文化精神资本，无论是艺术思想体系（哲学），还是主题体系（价值观），或是艺术表现力体系（技法），都应该有个人化乃至国家化的创造、积淀，它是"核心竞争力"或曰 CPU（中央处理器）。艺术精神对中国当代艺术不是皮毛，而是灵魂，在文化现代化的语境中，应重新审视中国艺术精神的当代价值，发掘其积极意义。新世纪的到来充满挑战和机遇，挑战在于，从时间角度着眼，作为双刃剑的现代性带来了财富，也导致了技术时间、虚无主义、消费主义等的出现，在此情况下，中国艺术应紧扣人文主义的时代脉搏，恢复整体性价值，重建中国艺术的精神叙事。机遇在于，新世纪是全球化日益深化的世纪，从空间角度着眼，探讨中国艺术的符号体系和全球审美共识的达成，是新世纪中国文化复兴题中应有之义。

简言之，中国艺术话语研究要表明的是，当代中国艺术并不仅仅是当代的，它同时融会传统，吐旧纳新，别开生面，自成高格。在文化全球化时代，表述中国就是在建构世界（中国作为世界的一部分），那种脱离中国、脱离传统、脱离人文的表面化的抽空中国性的世界化表述并不值得推广。④ 真正的世界性的艺术必是源自人文内核的、富有民族精神和时代意识的自主性艺术，也即有效链接古今、中外、心身的艺术，由此它才可以成为有影响力的世界性艺术，才有可能在 21 世纪中国文化现代化进程中发挥自己的重要作用，而不再是西方辉煌艺术史的"他者化"陪衬或工业经济 GDP 的装饰性陪衬。

---

① 查常平：《艺术话语权力的社会性与历史性》，载《艺术评论》2004 年第 3 期。
② ［法］布迪厄著：《艺术的法则：文学场的生成与结构》，刘晖译，中央编译出版社 2000 年版。
③ 王岳川：《后霸权氛围与太空文明时代》，载《文艺争鸣》2006 年第 5 期。
④ 施旭著：《文化话语研究：探索中国的理论、方法与问题》，北京大学出版社 2010 年版。

第一章 艺术研究的前沿症候与后理论场景

艺术话语研究通过反思当代而抵达问题本身。

中国当代艺术话语这一领域所反思的核心是当代。如果不反思当代，中国当代艺术话语也就没有了明确的所指，也就没有了方向性与针对性。故此，对中国当代艺术话语研究而言，横亘于面前的第一个问题就是：如何穿越当代的迷雾？为了能够穿越当代的迷雾，我需要选取两个与当代密切相关的词——"前沿"和"问题"。

一、追逐"前沿"的时代

在当代，"前沿"是对学术研究的内在要求，也是学术研究的使命。但这一问题，值得反思。人文学的使命就是前沿吗？或者还有比前沿更深的理性关切？

在以创新为主导的现代学术机制中，任何研究都必须具有"前沿性"。目前，"前沿"是一个极为闪亮的词，冠以"前沿"的论文、专著、报告极为繁多，非但如此，还有"最前沿"一词的使用，这种最高级的使用似乎意味着连"前沿"可能都已落伍。① 在学术管理层面，对各级各类的项目申报、论文选题而言，"前沿"已然成为一个极其重要的要求。② 这一铺天盖地的趋势大致可以说明，任何研究都对"前沿"心驰神往，无不各试身手，唯恐落入"后沿"。

---

① 如关戈：《是艺术的最前沿？还是生活的另一面？》，载《中国艺术报》2013 年 2 月 22 日；解瑁：《韦明：半个世纪以来始终站在歌剧战线最前沿的人》，载《歌剧》2014 年第 2 期。这两个"最前沿"，一反一正，恰说明最前沿的双刃性。

② 如《教育部人文社会科学研究项目管理办法》第十条第 2 款规定"课题具有学术前沿性"。教育部《普通高等学校人文社会科学重点研究基地管理办法（2006 年修订）》规定研究基地要"针对学科前沿"、"瞄准学科前沿"。但何谓前沿，我们不得而知，这种要求显然是空洞的。

在文艺领域，"前沿"的种类和存在方式也极为丰富：有全国级别的文艺学"前沿"研讨会（研修班）①，有以"前沿"命名的文艺理论重要书刊②，有将"前沿"设定为自己的重要栏目的文艺理论刊物③，有冠以"前沿"的文艺理论研究丛书④，有专门讨论文艺理论"前沿"问题的论著⑤，有专门针对当年学术研究的"前沿"报告⑥，有设有"艺术前沿"的艺术网站⑦。不仅是文艺理论，在古代文学研究、现当代文学研究、外国文学研究、华文文学等领域，"前沿"也随处可见，成为重要的吸引人的话题。即便在文学、艺术创作领域，前沿也不时出现。⑧

从修辞角度来说，前沿的确是一个"令人激动的名词"。但是"前沿"走进艺术理论的时间也相当前沿。据 CNKI 统计，文学理论（艺术理论）和前沿发生密切联系是在 2002 年前后。⑨ 在今天学术引发力已经耗尽的情况下，将某一问题（学科、专业等）冠以"前沿"也总意味着它将"充满召唤力"。⑩的确，"前沿"成为近年来文学研究领域中最突出的学术亮点之一。⑪ 如果说创新是相对于旧的话，那么"前沿"就相对于落伍（中性的意义上则指后

---

① 如 2010 年，中国中外文艺理论学会第七届年会的主题是"文学理论前沿问题"。2011 年，第四届中国画前沿展暨研讨会在北京中国艺术创作院横阵馆举行。2013 年，"电视艺术前沿专家研讨会"在北京举办，"2013 中国电视艺术创新年会——电视剧创新发展前沿问题峰会暨第三届华策论坛"在杭州举行。

② 如王宁主编的《文学理论前沿》（2004 年创办），武汉大学文学院主办的《环境美学前沿》（2009 年创办），中国传媒大学文学院主办的《美学前沿》（2002 年创办）、《语言文学前沿》（2010 年创办），江苏美术出版社出版有年度集刊《当代艺术理论前沿》（2009—2012）。

③ 如《文艺争鸣》（理论综合版）辟有"新世纪文艺学的前沿反思"专栏。

④ 如谭好哲主编：《文艺学前沿理论研究书系》，山东大学出版社 2000 年版。

⑤ 如王岳川：《新世纪中国文艺理论的前沿问题》，载《社会科学战线》2004 年第 2 期。

⑥ 如中国社会科学院文学研究所"学科学术前沿报告"课题组的"人文社会科学前沿扫描"（2003—2006）。

⑦ 如中国日报网的书画视点版块中有"艺术前沿"栏目，网址见 http://ws. chinadaily. com. cn/shsd/ysqy/，央视网美术频道有"艺术前沿"栏目，网址见 http://art. cctv. com/zixun/。这样的前沿栏目网上有很多，此不赘述。

⑧ 2007 年 12 月 15 日至 2008 月 1 月 13 日，"天行健——中国当代艺术前沿展"在北京亚洲艺术中心举行。

⑨ 2002 年 6 月，中国人民大学中文系文艺学重点学科与人大复印报刊资料《文艺理论》共同举办了"全国文艺学前沿问题与文艺理论教学"高级研修班。这次研修班不但有国内重要文艺学机构的著名学者，而且参与研修的全国范围的文艺学教师也多达 70 余名。其时，中国人民大学文艺学为国家级重点学科，此"前沿"研修班无疑扩大了前沿在文艺理论领域的重要作用。

⑩ 如相比"中国现代文学"的"中国现代文学前沿"。李怡：《"问题"与"前沿"——对中国现当代文学研究"前沿"的思考》，载《陕西师范大学学报（哲学社会科学版）》2005 年第 5 期。

⑪ 其他如"创新"、"反思"等也是经常被用到的"热词"。

方、基础），旧或许还有存在价值，而落伍则可能被认为过时了。没有"前沿性"就意味着重复、炒冷饭，没有推进学术的发展。这直接导致了"前沿"话语在新世纪的"大爆炸"。新世纪以来，如此热烈地讨论"前沿"问题可以视为学术界问题意识的加强，"前沿"问题已经成为文学研究中一种自觉的和有意识的学术追求，但同时也意味着学术界对何谓"前沿"问题存在争议。

与铺天盖地使用前沿成鲜明对照的是，对"什么是前沿"的探讨却微乎其微。在我看来，与其盲目地追逐前沿，不如静下心来考虑一下什么是"前沿"、"前沿"如何成为"问题"？

二、对"前沿"内涵的五种解读

为了确切知道什么是"前沿"，我们先从语言学角度考察。中文的"前沿"包括"前"和"沿"两个词，"前"相对于后而言，而"沿"相对于中心（或者基础）而言。"前"和"沿"并不是两个等同的概念，"前"更重要一些。在此，可以把"前沿"问题视为某一领域"新兴"问题，也可以视为"边缘"问题，即"边沿"。当然，最重要的是这种"边缘"（"边沿"）问题很可能成为日后的中心问题。

"前沿"一词的英文表达有多种。第一个是源于军事领域的 frontline，指防御阵地最前面的边沿。在中文中也同样如此。"前沿"就是"前线"、"第一线"，是投入力量最多、防御最强、活动（斗争、战斗）最活跃的领地。这个意义上的"前沿"即"前沿阵地"。因此，"前沿"问题也预示着最危险的问题，如"意识形态前沿"。"前沿"往往意味着反复的拉锯战。在以政治为主要内容的刊物中，以"前沿"命名就必然意味着去关注思想最复杂、斗争最激烈、意义最重大的领域。作为阵地化的"前沿"，是不断向前推进的，这可以说是学科发展的必然体现。今日科技界常使用的"攻关"一词就是证明。搞科研就像战斗，不断地将问题向前推进，集中优势兵力攻克难题。这种大兵团的作战方法可谓是当代科学研究的基本特征之一。因此，"前沿"绝非一个人的"前沿"，而是事关社会、经济、政治等各个领域。第二个是Forward，也表示前沿，forward 作为修饰词指的是向前的、后来的，指的是一种趋势。这个词的一个名词用法就是体育中的"前锋"。第三个是 Frontier，也是前沿的英文表达之一，指（探索活动的）新领域、未完全开拓的领域，也指某一领域的极限、尖端（extreme limit）。如果承认学科是不断发展的话，对极限问题的研究或者对某一问题的极限推进，就应该是前沿问题。前沿问题象征着某一领域的最高峰。在这个意义上，frontier 有时也多译为"尖端"。

以上是语言学角度的探讨，从人们对前沿的看法而言，大体有以下几种。

首先，"前沿"等于"最新"，表现为新材料、新现象、新方法、新趋势。对考古学、历史学等学科而言，新材料的出现的确是"前沿"问题，可以解决一些根本性的学科问题，即所谓的"改写学术史"。这种对新材料的重视也波及中国文学史、艺术史。如中国现代文学史，从开始的对显在材料的重视，到对报刊、日记等材料的挖掘，就扩展了学科领域的内容。

新现象是一个当代问题，比如艺术市场，在 20 世纪 90 年代之前没有形成，但到了 90 年代以后，艺术市场极为火爆，因此艺术市场就成为艺术领域中的新现象，很多学者对此加以关注。再如消费主义，90 年代之前也是不成气候，但到了新世纪，商品、消费一跃成为新现象，"日常生活审美化"的讨论就是其理论表现之一。新现象也指新的艺术现象，这些现象有的是具有创新性的，如"前沿剧"，做了大胆的尝试，将语言的运用降低到最低。[①] 有的仅仅是哗众取宠而已，没有任何创新性而言，甚至直接是剽窃西方或私生活而已。

新方法是学术领域的前沿。一些引介西方艺术理论的论著就直接标示为"西方当代艺术理论前沿"[②]，或者明确以最近的理论为主要内容[③]。我们知道，理论往往能够给我们提供新的参照系、思考方式，简言之就是方法。有了新的前沿理论，我们在观察当代艺术的时候就有新的方法、视角。因此，中国文艺理论研究界特别重视对西方当代艺术理论方法的引介。[④]

新趋势，指文学艺术研究所出现的新的发展情况，具有一定的发展空间，

---

① 张婷：《超越语言，前沿剧展让艺术走近每个人》，载《中国艺术报》2012 年 12 月 12 日。
② 如王瑞芸翻译的《西方当代艺术理论前沿》在 2011 年的《美术观察》上连载数期，刊于 2010 年的第一篇原名《西方当代艺术理论》，在 2011 年更名为《西方当代艺术理论前沿》。
③ ［美］佐亚科库尔、梁硕恩编著：《1985 年以来的当代艺术理论》，王春辰、何积惠、李亮之等译，上海人民美术出版社 2010 年版。
④ 王岳川著：《当代西方最新文论教程》，复旦大学出版社 2008 年版。

一个直接的体现就是学术界的"年度发展报告",有文艺学的①,也有艺术学的②。这些年度报告使我们能清晰了解当年文艺理论的一些基本情况,类似于最新问题的导游图,但缺点是重点突出而全面不足,长时段参照系也较为缺乏,也由于时尚兴趣及其他原因,持续下来的也很少。③

新材料、新现象、新方法、新趋势的确是前沿最重要的一个表现。但是,这些最新的东西有两个限度,第一是价值限度,是否最新的就是最有价值的,是最值得关注的?第二是中国限度,是否这些新的东西对中国而言是重要的、适合的。如果沉陷于线性时间模式、短时模式(年度)、西方中心主义模式之中,我们这种追新是无法沉淀为真正的中国学术的。"前沿"必须是新的,但新并不是首要的。我们需要做的是在新当中发现那些对中国而言具有重大价值的东西。

其二,"前沿"等于"重大"。这是当前的一个通行观点。④ 目前在学术评审体系中经常使用的一个词是"重大(攻关)项目",指的就是该项目的重要性,区别于一般项目。如教育部设立"重大攻关项目"的宗旨是,"支持高等学校适应国家经济社会发展的需要,把握学科前沿,开展深入、系统的创新性研究。""把握学科前沿"无疑说明重大和前沿的正相关关系。

重大往往范围广泛,并不局限于某个领域,往往是跨学科的。⑤ 重大问题牵涉面广而使得诸多问题相互交叉,于是单一学科所不能容纳的前沿不断涌

---

① 如《社会科学》的"年度文艺学学术热点扫描",章辉:《文学理论知识创新的焦虑与新媒介文化的冲击——2007 年度文艺学热点问题述评》(2008 年第 2 期)。曾军:《问题意识的突显与文化转向的深化——2008 年度文艺学研究热点扫描》(2008 年第 6 期);《历史意识·本土意识·问题意识——2009 年度文艺学研究热点扫描》(2010 年第 1 期);《文学理论的学术突围与创新努力——2010 年度文艺学学术热点扫描》(2011 年第 1 期)。如《学术月刊》的"理论回眸",有张永清的《平静与沉潜:2011 年文艺学基本理论问题研究》(2012 第 3 期)。如《学术界》"热点扫描",曾军《文艺学:重返公共话语的可能性——2013 年文艺学学术热点扫描》,载《学术界》2013 年第 12 期。

② 如《文艺争鸣》的"艺术学年度报告"(2010 年至今),涉及艺术学理论、数字艺术、广播电视艺术等。

③ 年度报告在民国时期就有,如赵景深编著的"年度世界文学"。《一九二九年的世界文学》(神州国光社 1930)、《一九三〇年的世界文学》(上海神州国光社 1931)、《一九三一年的世界文学》(上海神州国光社 1932)。仅就分量而言,赵景深的年度世界文学在内容上就很充分,信息量很大,而如今的年度学术往往一篇论文,信息量就减弱很多了。一度也有"年度西方文论选"(2000—2003,王逢振主编,漓江出版社),但未能持久。从目前而言,长达十年以上的"年度学术"尚未见到。

④ 如 2007 年 3 月 23—24 日在华南师范大学召开的"国外马克思主义重大前沿问题"学术研讨会。

⑤ 国家社科基金重大项目从 2011 年起设立了"跨学科研究重大项目","旨在鼓励通过不同学科的视角、知识、方法和人员的交叉融合,研究解决单一学科难以解决的复杂性、前沿性、综合性问题"。

现，如网络文学，就是文学研究与网络（计算机）研究的前沿交叉问题。虽然重要程度和前沿有关系，重大问题一般是前沿问题，比如中国现代化建设，这是重大问题，又是前沿问题，但是，前沿问题又不一定是重大问题，二者的侧重点是不同的。前沿只是就推进性、拓展性而言的，而不是就重要性而言的，因为各个领域都有前沿问题，而这些前沿问题未必就可以上升为重大问题，因为这些领域的重要性并不一致。重大问题尤其针对于当前的社会经济发展①，是国家战略性的项目，这些问题已经是前沿所不能包容的了。

还有一点，重大问题还包括基础问题，这是前沿问题很少关注的。② 有些基础研究尽管可能不前沿，甚至是无人问津的冷门学问，但同样可以是重大问题，如"敦煌学"。不过，一旦这些被视为重大问题，它就很可能转化为前沿问题。

大体可以说，重大问题比前沿问题要重要得多，因为前者分量重、波及范围广、牵涉问题复杂。

其三，"前沿"等于"领先"（"一流"）。如果最新是时间中的一个指标，那么领先比最新高一个层次。最新是向所有人开放的，新材料、新现象、新方法人人皆可触及。但是，领先就不一样了。领先的最大的特征是竞争性。③ 领先应用于各类竞争性的领域，如科学、技术、学术、教育等。领先的科学、技术、学术、教学就说明它们具有超强的竞争力，是行业的领跑者。对文艺研究这门学科而言则意味着竞争力、综合水平、学术声誉等。某一学科处于同类领先地位，就说它是当代某一领域的前沿。这种前沿就是历史形成的，是一代一代学人积淀而成的，因此是专属性的。后来者要赶上，需要花费更多的努力。④ 由此可知，作为领先的前沿要比最新的前沿更难。

在这里，前沿不等于最新，而是对某一问题的长期深入研究，提出了更有价值、更系统、更有说服力的学说，并由此形成了完善的物质、体制等保障。在 20 世纪中国学术史上，曾有一度说"敦煌在中国，但敦煌学在西方"。这就

---

① 国家社科基金重大项目最早设立的就是"应用对策类重大项目"（2004 年设立），"主要资助研究我国政治、经济、文化和社会发展中具有全局性、战略性、前瞻性的重大理论和实际问题"。

② 国家社科基金重大项目在 2010 年设立"基础理论类重大项目"，其目的是"重点支持一批弘扬民族精神、传承民族文化、对学术发展和学科建设起关键作用的重大基础理论和文化研究课题，着力推出具有原创性或开拓性、具有重要文化传承价值的经典之作"。

③ 在科技领域，我们经常可以看到"领先行业前沿"、"领先科技前沿"这样的提法，这样的前沿和领先同义，竞争激烈。

④ 教育领域争创"世界一流大学"的例子更为明显。相比哈佛、牛津，北大、清华要赶上它们不是几十年的问题，甚至是上百年的问题。因为在你前进的同时，别人也在前进，而且我们的前进还必须是"跨越式"的，按正常规律，几乎不可能赶上它们。

说明，西方在敦煌学研究的资料建设、学科建设、制度建设上都领先中国。最新的问题可以沉淀为前沿问题，但必须数十年如一日地进行硬件、软件的建设。

在当代艺术理论界，西方不断提出新的理论学说，因为它们背靠传统，接连时代，而中国则主要在运用这些理论，整体上处于应用的水平，而非原创的水平。原创水平就是领先水平，就是中国艺术理论界长期对艺术的纯粹性的关注，心无旁骛，致力于艺术研究。这也是导论中所说的"正金字塔"结构的良性循环制结果。为此，中国才能成为理论的输出国，而非被动的纳受国。在绘画、雕塑、影视、文学、音乐、舞蹈、当代艺术等领域，中国完全可以有自己的原创型的理论家。然而令人遗憾的是，迄今为止中国艺术理论界缺乏足够多的原创型艺术理论家，像吴冠中（富有争议的批评理论，如"笔墨等于零"）、高名潞（"意派"理论）等人，尽管这些理论在不同程度上存在争议，但毕竟是富有特色的，是有着很深的中西思想积淀的，但即便如此，这样的艺术理论家为数也并不多。更多的还是对西方艺术理论的引介、研究和对中国传统文艺理论的诠释、陈述。中国艺术理论界不熟悉现当代的理论家（过渡性的），现当代理论家被人为否定，遭遇历史变故导致思想含量降低也是一个原因。相反却更熟悉像乌里·希克（收藏家）[1]、哈罗德·泽曼（策展人）[2]、让·克莱尔（策展人）[3]、苏利文（艺术史家）[4]、丹托（艺术理论家）[5]、米勒（文学理论

---

[1] 乌里·希克（Uli Sigg），瑞士人，改革开放后第一位来中国投资的西方商人。他收藏的中国当代艺术作品已近2000件，是目前为止中国当代艺术最大的收藏家，是中国当代艺术最有影响力的人物。1998年他创立"中国当代艺术奖"。

[2] 哈罗德·泽曼（Harald Szeemann，1933—2005），瑞士著名当代策展人，对"当代艺术"持肯定态度，他成功策划了第48届（1999）威尼斯双年展，邀请众多中国当代艺术家参展，对中国当代艺术多有支持。

[3] 让·克莱尔（Jean Clair），原名热拉尔·雷尼埃（Gerard Regnier），当代法国最重要的艺术批评家之一，1995年威尼斯双年展百年展的视觉艺术主持，有《论美术的现状》（1993）。他对"当代艺术"持批评态度。

[4] 苏利文（Michael Sullivan，1916—），苏格兰人，国际著名中国艺术史家，1940年来中国参加抗日救援，期间结识了许多中国美术家，其中有张大千、傅抱石等名家，由此走进中国美术史。在此后的60多年间，他先后出版了《20世纪中国美术》、《东西方艺术的交流》、《艺术中国》等著作，这些著作成为西方大学美术史的教材，影响深远，他本人也成为西方学者研究20世纪中国美术的权威。

[5] 阿瑟·丹托（1924—），美国当代著名美学家，有《艺术终结之后》、《美的滥用》等，提出"艺术界"理论，认为艺术的定义不是先天给定的，他的"艺术终结"论成为"当代艺术"的主要支援理论。

家)① 等，以及海外的熊秉明（书法理论家）② 等这样的艺术界著名人物，或更熟悉孔子、刘勰、张怀瓘、司空图、刘熙载等传统文艺理论家。

我们的研究要成为前沿，并不在于你是否关注了新问题，而在于你对这个问题研究的是否足够深入、长久、透彻。如果中国艺术理论界不能针对自身问题进行长期的物质和精神投入，也即精神资本再生产，拓宽打牢金字塔的基础和底座，同时又要往塔尖发展，而不是止于底座，否则要想成为当代艺术理论界的前沿，似乎很难。

其四，"前沿"等于"前锋"（"前卫"）。"前锋"，在足球运动中指位于前场的运动员的称号，他们肩负着冲锋、进攻的重任，当然他们也将遭遇更多的拦截、围攻、拼抢，争斗异常激烈。在军事、政治、意识形态中，前锋也是如此，"前锋"意味着先锋、先（前）头部队、先遣队等。他们处于双方交战的最前沿位置，各种危机、危险随时可能出现。虽然"前锋"也具有领先的意味，但和第三种意义上的领先还不太一样。这里的领先主要表现了某种探索精神、大无畏精神，因为前沿充满危险，并且和主力、大部队、后方保持着密切的联系。在学术研究中，"前锋"指的多是应用研究，相对于基础理论研究。比如诺贝尔对炸药的研制，基础工作是物理学、化学等，但炸药研制则是前锋，因为这项活动可能遭遇到挫折和失败，这是应用研究的主要特色，因为它要应用到实际，因此绝对不能允许出错。而理论研究只是一种假说、猜想，并不具有直接运用于实践的功能。无论是足球的前锋，还是军事、政治的先遣队，或者学术的应用研究，它们的共同特点都是充满危险、充满危机，但又是整盘布局（无论是足球的阵型，还是作战图，或者应用实践方案）的最关键的地方，它们的胜利往往预示着整盘的胜利。③

"前卫"与"前锋"接近，也指领先、靠前的意思。但是，随着语用情况的变化，"前卫"一词更多地指时尚、离经叛道，尚未被主流认可的言行和观念，如"前卫艺术"。④ 它们的主要标志是反传统、反道德、反审美，其最主要的特征是将艺术和非艺术的界限打破、挑战道德底线、态度更加激进，呈现"另类

---

① J. 希利斯·米勒（J. Hillis Miller, 1928— ），美国著名文学批评家，解构主义批评的重要代表物，他的"文学消亡论"在20、21世纪之交在中国文学研究界曾引起轩然大波。

② 熊秉明（1922— ），著名法籍华人艺术家、哲学家，有《中国书法理论体系》，在海外传播中国艺术，曾说"书法是中国文化的核心的核心"。

③《南史·檀道济传》："义熙十二年，武帝北伐，道济为前锋，所至望风降服。"

④ 殷双喜：《社会学前卫与美学前卫——二十世纪中国艺术发展的双重变奏》，载《荣宝斋》2010年第2期。

性"、"叛逆性"。虽然多数还处于艺术领域本身，但是它们对社会观念的冲击是相当大的。[①]

上述四种对前沿的看法都有合理之处，大体而言，最新、重大指问题本身，而领先、前锋则指问题探讨所达到的较高、较好的状态。除此之外，我认为前沿还有第五种看法——"提出问题"，强调学术研究的问题意识和自觉性。提出问题与解决问题本身都很重要，但提出问题无疑更为关键。在中国艺术话语而言，前沿就是提出"中国当代艺术如何在文化现代化进程中发挥自己的不可或缺的价值建构作用？"这一问题。

现在的学术研究有两种模式：一是解决问题的模式；二是提出问题的模式。有人认为，提出问题应该在解决问题之前。其实不然，解决问题和提出问题是两种不同的模式，尽管有交叉。所谓解决问题，就是看到了问题的症结，通过各种方式去解决它。解决问题是一种工作哲学。解决问题产生的是学者。他们数十年如一日地进行工作、皓首穷经、夜以继日，像陈景润一样。提出问题则与此不同，提出问题是在解决问题的过程中出现的，敏感地预见了问题，但无法最终解决这一问题。比如德国数学家哥德巴赫提出的哥德巴赫猜想就是例子。哥德巴赫提出了问题，但并不能彻底解决这个问题。但不能说哥德巴赫只提出了问题而不解决问题就是一个二流科学家了。还有像达尔文的进化论、弗洛伊德的精神分析等等，无不是提出问题的表现。提出问题就是提出假设、猜想，有的时候是超越理性的发现。

解决问题就是解决实际问题，这个问题业已存在，而提出问题，很可能提出的不是什么实际问题，而是超时空的问题，这个问题尚不存在，只有被人提出才得以呈现。因此，提出问题就是提出方向，而解决问题只是朝这个方向努力即可。由此可知，提出问题比解决问题更难，这个更难不是时间、精力的问题，而是涉及一位学者的综合的学术素养，特别是预见性、前瞻性乃至灵感、迷狂。真正的学术研究主要不是来解决问题的，而是来提出问题的，提出高难度的、棘手的问题。学术的目的并不是去简单地解决一系列的重大社会实际问题，这些实际问题需要更多的行政、法律、制度、人力等来解决，真正的学术是提出自己意见、质疑、批评，促使人们去思考，这就是"前沿"。对中国当代艺术而言，思考"文化现代化进程中艺术的价值与意义何在"就是自己的前

---

① 2004 年在法国多尔多涅举办了"被禁止的感觉——中国当代艺术的情色话语"，这些作品（如刘铮的《三界》）后来在国内引发了很多道德争议。参《被禁止的感觉——中国当代艺术中的情色话语》，巴黎程昕东出版公司 2004 年版。

沿问题。

最新、重大、领先、前锋、提出问题，都表示一种前沿，但它们的内涵并不一样。

就最新而言，它只是前沿的必要条件，而非必要条件。前沿本义中的尖端都不必然意味着新问题，而更重要的是意味着高度、重要度和境界。然而，对前沿问题的一个严重的误解就是将前沿直接等同于"最新"。就重大而言，前沿问题更多地指向一种意义重大的有研究价值的新兴领域。如生态文学，从新的角度而言，这是以前所没有的问题，而它同时也是前沿问题。生态文学对当代文学格局产生了重大而深刻的影响。生态文学作为前沿问题不是指它的新颖性，而是指它本身蕴含着某种新的价值和生活方式。在这一点上，生态文学的确是最新问题和前沿问题的结合。就领先而言，领先拒绝落后，在某一水平保持领先水平。领先是长期积累的结果，其衰败也将是长期积累的结果。因此，保持领先就需要有居安思危的意识和图存图强的意识，不能一蹴而就，而要做长期努力。就前锋而言，前沿问题不是单纯地指新现象，而总是指向一种向前拓展的趋势，类似于生长点。前锋就比如刀刃，是最尖端、锋利的地方。

就提出问题而言，前沿就如同去追问天地而走到天涯海角一般，代表着长年累月的积累，代表着世事的变迁，代表着一个学者的心力和毅力。如果看不到明天，看不到未来，而只是着眼于当下，那么这很难提出问题，也很难去实现自己的真正价值。

三、从"前沿"到"问题"

前沿往往和问题纠缠在一起，称为前沿问题。

经济学家谷源洋认为，前沿问题主要侧重的是实际问题，如国家和社会迫切关注和需要研究的问题，尚未涉及或涉及不多的重大问题，研究过程中的难点问题。在此基础上，薛晓源认为，谷源洋对前沿问题的理解在定性上倾向于实际问题，过于单一。薛晓源认为，前沿问题有四个特征：首先具有"前瞻性"；第二"原创性"；第三"秉有问题意识"；第四"秉有现实性，即现实关怀"。前瞻性即预见性，如同古人所言的见微知著，并非是学术空想。原创性更多指的是针对性，即对某一具体问题发表意见，而非泛泛而论。问题意识指的是"带着问题意识去发现研究的问题是如何呈现的，进入研究领域、探询研究领域中的问题体系，提出解决研究问题的路径和方法"①。这是研究的自觉性和自反性。现实性则很容易理解，即强调思考时代问题，或者说当前问题。

综合而言，从研究对象上说，前沿问题大致有以下特点：

其一，前沿趋势新并持续发展，即"最新"。时代潮流，浩浩荡荡，这就是前沿。在此意义上，前沿问题就是时代问题，在自然、社会领域则同实际联系紧密。前沿也可以指前沿问题、前沿学科、前沿领域、前沿趋势等。无论是前沿问题、前沿学科、前沿领域，都首先表示这些内容是最新的、最前沿的。

其二，前沿波及面巨大，涉及问题众多，呈现跨学科性或多学科共振现象，如生态学。很多时候我们的前沿往往过于琐碎，或者层次不高。使用最多的是"学科前沿"，其实学科前沿又往往是"专家前沿"（个体或集体）的体现。从人文社会科学而言，事关人文社会科学总体发展的前沿问题应该成为学科前沿的基础。在本国学术文化前沿之上的是人类文化前沿问题，如全球化、生态问题，都是横跨自然、社会、人文领域的，它们堪称当代人类的前沿问题。

其三，前沿复杂性高，争议性大。前沿作为一个新的趋势，不是一目了然的，而是随着事情的发展而不断出现新的问题。在科学上是高科技，是交叉科学等，在人文研究上则是方法论、思维论的巨大变化。

其四，前沿重要程度高，即重大，是前面三点的自然延伸。

其五，"前沿"问题不是固定不变的问题，而是随着社会、时代、学科的发展而发展。原来不被认为是前沿问题的领域现在一跃而成学术中心。最明显的例子是 20 世纪西方文论提出的各类"边缘"问题（性、无意识、语言等）彻底改变了以作家为中心的研究模式。再如女性主义，在男权社会不可能成为"前沿"问题，因为它并不被男权社会认为是最重要的问题，因而只是"边缘"、"边沿"问题。但对女性主义而言，女性问题就是"前沿"问题，与万千女性同胞休戚与共。而随着女性主义日益扩大，这一在男权社会认为是"边沿"的问题很可能上升为"前沿"问题，成为男权社会不可回避的重大问题了。因此，"前沿"具有一种动态结构，是有着学术潜力的新兴的"边缘"问题，它很有可能决定着未来学术发展的格局。这才是真正"前沿"问题的表现。

---

① 薛晓源：《学术前沿研究报告》丛书"总序"，见方宁、陈剑澜主编：《中国文艺研究前沿报告》，华东师范大学出版社 2007 年版。

其六，"前沿"问题还涉及一种话语权力的争夺。守旧派和改革派在前沿问题上并不一致。由于学术知识结构、时代环境的变化，守旧派往往很难进入"前沿"领域，即便可以保持宽容，他们传统知识背景固然深厚，但是要在"前沿"领域作出巨大成就成为引领时代潮流的人物，显然又力不从心。"前沿"代表着新一代反叛的声音，也预示着学科蓬勃发展的趋势。①

简言之，前沿问题必然意味着蕴含着一些重大的、复杂的、深远的、共同的内容。前沿不可能是琐细的问题，也不可能是时尚的、流行的问题，也不可能是私人的、个人的问题。前沿不是来自于行政下达。前沿的重大、复杂、深远、共同指涉着学术界的集体学术敏感性。因此，前沿必然意味着交锋、对话、质疑，与时俱进，不断开放。前沿没有一言堂，没有一团和气，没有定于一尊的绝对答案。

以上是从研究对象着眼，称为"前沿问题"，而从研究深度上说，"前沿问题"就转变为"问题前沿"，是对某一问题的探讨、拓展。也就是说，某一研究成为前沿指的是这项研究居于同类研究的最高端。

首先，"问题前沿"指对某一问题的开创性、颠覆性、集大成性的贡献，这一点可以用"原创性"来加以概括。问题前沿指的就是这一问题的奠基人、开创者。这是源，或者说是这一问题的提出者。与"原创性"相关的是"专属性"，是对思想家、学者身份的确认，这一专属并非是署名的问题，而是说原创性总意味着是某个人的原创，是专属于某个学者的。

其二，"问题前沿"具体落实就是典范性，它以名篇、名著、大师、中心、团队为基本组成内容。某一"问题前沿"必定有其典范性的文本，核心人物（大师）。这就意味着"问题前沿"不仅仅指个体性的行为，还指群体性的行为。因为具有原创性的成果必定会吸引一大批的人，追随之、丰富之、发展之。

其三，"问题前沿"的人格体现就是权威，具有至高无上的地位，他/她是某一领域内的标准、楷模。权威性是由典范性奠定的，如果说典范性是看得见摸得着的硬指标，那么权威性就是看不见摸不着的软力量。

开创、典范、权威，这三点是问题前沿的具体表现，从问题前沿所达到的高度而言，问题前沿有三种境界，即"新学"、"显学"、"绝学"。

---

① 在清末民初，相对于守旧派、保皇派，革命派如章太炎等是前沿；五四运动时期，相对于老一辈革命派，新文化运动的旗手又是前沿；在大革命时期，相对于新文化运动的旗手，郭沫若、成仿吾等成为前沿。

"新学"指的是专业前沿拓展的趋势。当代艺术理论的新学最重要的还是来自西方，诸如后殖民、全球化、后现代性、生态美学等等，莫不如此。然而问题是，中国当代艺术理论自身的新学难道就没有吗？我认为是有的，如网络文艺理论、传媒文艺理论、当代社会主义文艺理论等，它们都立足于中国现实，是中国当代艺术理论的生长点。

"显学"是指在专业前沿拓展的基础上，以对某一学科、某一方向、某一问题的深入研究而在本专业独树一帜。如"显学"注重的是优势学科和强势学科。因此，注重提升自己的优势学科是最为重要的，或提供新思路，或提供新问题，或提供新方法，或提供新典范，等等。显学的深入发展往往走向学派化。今天能够有此种影响的并不多，因为流派建立需要很多的条件，不仅仅是一个人的问题。从事中国文艺理论研究的（艺术学、美学）专家很多，但要呈现流派化，显然仅仅靠某一专家还是不够的。首先是要有理论名家甚至大家，其二有强势学科，其三有合理的人才研究规模，其四有体制保障（经费、项目、出版、人员引进等）。缺乏名家、大家，或者人才设置不合理，或者没有制度化的保障等，都不利于学派的建立。

这里有必要反思一下所谓的近亲繁殖问题。目前多数大学都反对近亲繁殖，但是对流派前沿的拓展却关注不够。他们只是从形式上引进一批学者，但是很难纳入到本学科的前沿拓展上来，或者仅仅成为学科均衡发展的一个结果。实际上师徒相传未必就是近亲繁殖，恰恰是一种传统——"师承"。孔子有弟子三千，成名七十二，孔子之后儒分为八，都是不同程度对孔子思想的发展。在当代文艺理论界，师承关系同样明显。[①] 因此，将师徒关系认为是近亲繁殖是非常不恰当的比喻。人不是植物，也不是动物，而是有着主观能动性的理性主体。很多时候，师徒关系还有可能反目成仇、形同路人，有的虽非师徒关系但却私淑其为弟子等。这些都说明，学术发展不应只关注到人，而要关注到对某一学科的优势发展上来。

问题前沿的第三种境界是"绝学"，也是问题前沿的最高境界。如果说显

---

① 比如蔡仪、李泽厚、钱中文等之于社科院文艺学系统，宗白华、朱光潜、杨晦等之于北大文艺学系统，杨明照等之于四川大学文艺学系统，朱东润、郭绍虞、蒋孔阳等之于复旦大学文艺学系统，黄药眠、童庆炳之于北师大文艺学系统，等等。正是有这些学界的老前辈的存在，一个学科的成就才不是一日实现的。

学是规模效应，而绝学则指向着高度、含金量等。那么，什么是绝学呢?① 绝学并不单纯指"研究者少"，或马上要绝迹了，而是指研究的高度，即该项研究的精微、领先、意义重大等，具有着丰富的思想启示乃至历史的永恒魅力。

作为绝学的文艺研究有四个指标，一是问题难度大，二是持续时间长，三是劳动强度高，四是成果影响深远。

就问题难度而言，绝学的体现就是对"名著"、"经典"的关注。在古代文艺理论中，绝学如《乐论》、《文心雕龙》等。在当代西方文艺理论中，像古希腊诗学（柏拉图、亚里士多德）、德国古典美学《判断力批判》以及现代后现代西方文艺理论名著如《存在与时间》、《知识考古学》等，都可以称为绝学。这些作品都具有相当的难度，以至于很少人能真正透彻理解。

就持续时间长而言，绝学意味着对一个领域长达十年乃至数十年的投入。老一辈学者如季羡林对印度哲学与中印文化交流的长达数十年的研究②，杨明照对《文心雕龙》的研究长达 70 年③，可谓给后学树立了典范。中年一代的学者也有专攻于某一领域的，也做出了突出的成果，这说明学术研究的"绝学"方式仍然是有效的。④ 客观而言，当一个领域被辛勤开垦之后，会保持一个"高原现象"，再找到新的突破口很难，于是就会发生新的学术转向，典型代表如王国维。

王国维 37 岁（1913）之前专注于哲学、美学、文学研究，37 岁以后致力于甲骨学、敦煌学研究，40 岁即完成《殷卜辞中所见先公先王考》，是其甲骨学巅峰之作，而用时仅仅 2 年，晚年更是从事元史、蒙古史研究。这里丝毫不否认学术转向的意义，也不认为一个学者长期在一个领域从事研究就可以无条件的赞赏，绝学除了时间保证外，还有一个保证就是"强度"。

就强度而言，绝学意味着某个学者对某一问题心无旁骛地研究，不受到周

---

① 中国社会科学院一项关于"特殊学科"调查情况的分析认为，绝学是指"具有重要的文化传承意义，国内外从事研究的学者人数较少的学科，如契丹文、西夏文、八思巴文、甲骨文、梵文、古希腊文等"（中国社会科学院科研局《关于进行"特殊学科"情况调查的通知》，2008 年 1 月 22 日）。当然，这个意义上的绝学似乎不包括文艺学，因为从事文艺学的学者极多，其重要的文化传承意义似乎只有古代文艺理论可以担当。

② 季羡林中外文化交流史著作《糖史》（江苏教育出版社 2009 年版），写作始于 1981 年，最终完成于 1998 年，历时近 20 年，是季羡林用力最勤、篇幅最大的一部学术著作，共计 73 万余字。

③ 杨明照著：《文心雕龙校注》，上海古典文学社 1958 年版；《文心雕龙校注拾遗》，上海古籍出版社 1982 年版。

④ 如邓晓芒对康德、黑格尔哲学的研究，王岳川对后现代主义的研究，罗钢对王国维诗学的研究，孙周兴对海德格尔哲学的翻译和研究等，时间都长达十年以上。

围事物的影响，潜心治学。长度只是时间的客观表现，而只有强度才是心力的表现。一个人对某一领域做了 20 年的学问，但稀稀拉拉，那也不能成为绝学。而有的学者经过长期积累，三个月就写出好作品，如王国维的《宋元戏曲史》。王国维一生经历多次学术转向，但每次都是超强度的投入，他是一个纯粹的学者。这一点保证了他在短暂的一生中所进行的每一次学术探险都取得了相应的学术成就，有的甚至是开创性的。这就是绝学的第四个表现，影响深远。

就影响深远而言，绝学意味着对学术命脉的延续，即所谓的"继绝学"。绝学如果难以为继就成为字面意义的绝学了，但真正的绝学必须是可"继"的。继，一是表现为"启后"，二是"承前"。比如刘鹗的《铁云藏龟》，最早将甲骨文公布于众，是开创性的，像罗振玉、王国维的甲骨学研究就受到此书影响，所以对后世启发甚大。在罗振玉、王国维之间，罗对王又具有启后性，如罗振玉有《殷墟书契考释》，而王国维将甲骨学研究推及历史学研究，写成《殷卜辞中所见先公先王考》，充分证明了《史记》的可信性，并且实践了"二重证据法"。而这一点也启示了后世学者，被誉为"新史学的开山"。[①] 在这里，刘鹗偏于启后，罗、王则承前启后兼顾。无论是启后还是承前启后，启后都是学术的真谛。不过，承前也是必要的，但必须从承前走向启后，尽管启后相对难一些。

简言之，"新学"是前沿的初级层次，而它要成为"显学"甚至"绝学"，仍需时日。追踪前沿是非常重要的，王国维一生变化如此之大，可以说每个都是前沿问题。但是，我们反过来再问，王国维是否也将某一问题推进到前沿（极限）地步呢？是可以探讨的。我认为，超越前人的地方主要不是对"前沿问题"的推进，而是对"问题前沿"的推进。[②]

---

① 郭沫若曾评价说："卜辞的研究，要感谢王国维。是他，首先由卜辞中把殷代的先公先王剔发了出来……王国维的业绩，是新史学的开山。"郭沫若：《十批判书·古代研究的自我批判》，人民出版社 1954 年版。

② 20 世纪初研究甲骨文的不止罗、王、郭、董，但为什么是他们取得了举世瞩目的成就、影响深远，而不是别人，就是来自于对"问题前沿"的推进，是将"新学"（新问题）推进为"显学"（罗—王协作模式），又推进为"绝学"（四堂之一）。其中刘鹗《铁云藏龟》（1903）是开创性的，但限于目录学，且刘鹗 6 年后即去世，也结束了刘鹗在甲骨学进一步发展的可能。

四、文化现代化与艺术前沿问题

任何问题前沿的推进都在于捕捉前沿问题。上述对前沿、问题的探讨只是形式探讨，且是抽象的，而具体到艺术研究，这样的前沿问题就需要有更明确的所指。那么，何谓艺术研究的前沿问题？

目前已有多部论著探讨了当代艺术研究的前沿问题。我们的文本主要是新世纪以来的五部论著，一是王岳川的《新世纪中国文艺理论的前沿问题》；[①]二是谭好哲等主编的《文艺学前沿理论综论》；[②] 三是方宁主编的《中国文艺研究前沿报告》；[③] 四是张未民的《新世纪文艺学的前沿反思》；[④] 五是张伟的《艺术学前沿》。[⑤]

方宁版的文艺前沿的内容如下：文化研究、经典与经典重述、知识分子问题、批评何为、艺术现场、文化遗产保护、对话。除去对话，前沿问题有6个。如果说方宁版的前沿是板块式的，并没有提出明确的方向性，而王岳川版的文艺理论前沿则是命题式的、主题式的，作者的倾向性非常明确：传统与现代的"中西之争"与"古今之争"、新世纪文化价值生态意识与话语转型、全球化语境中的中国文论精神自觉、西方文论播撒中的中国文论处境、在后现代多元化和边缘性中坚持"文化互动"、后殖民理论对重释中国的方法论意义、传媒文化与中国思想传播、多极时代中国身份的"重新书写"。张未民版的前沿主要是以近年来《文艺争鸣》杂志的"新世纪理论话题笔谈"和"新世纪文艺学的前沿反思"两个栏目发表的文章为主，同时为了更全面地反映新世纪文艺学大讨论的整体面貌，也兼收了若干国内其他报刊的文艺学讨论文章。大体有以下几个内容："日常生活审美化"、文艺学建设、现实主义、媒介研究等。谭好哲版的文艺前沿是专著形式，共10章，依次探讨了文艺理论的基本概念、文学形式、语言论转向、意义阐释、民族性、民族文学、大众文化、文论范式、艺术审美等，侧重于文艺理论的内部诸多问题。张伟版的艺术学前沿主要

---

① 王岳川：《新世纪中国文艺理论的前沿问题》，载《社会科学战线》2004 年第 2 期。
② 谭好哲等主编：《文艺学前沿理论综论》，山东大学出版社 2004 年版。
③ 方宁、陈剑澜主编：《中国文艺研究前沿报告》，华东师范大学出版社 2007 年版。
④ 张未民主编：《新世纪文艺学的前沿反思》，人民文学出版社 2007 年版。
⑤ 张伟主编：《艺术学前沿》，文化艺术出版社 2007 年版。

内容有：艺术理论的理论反思、艺术美学、文化批评、门类艺术研究等，其中
"艺术理论的理论反思"针对当前若干艺术理论基本问题作了探讨。

　　根据以上对前沿的描述以及前沿的特征，如趋势新、范围宽、争议大、影
响深，结合当代语境中的艺术研究现状，我认为新世纪以来，在文化现代化进
程中，当代艺术前沿问题大致有十大话语：网络话语、传统话语、学科话语、
生态话语、现代性话语、生活（美学）话语、全球化话语、文化（研究）话
语、马克思主义话语、后殖民话语。①

　　1. 网络（媒介、传媒）话语。网络是文化现代化的重要指标。人类历史
的信息载体经历了三个阶段，一是语音阶段，二是文字阶段，三是信息化（数
字化）阶段。语音阶段受制于时空，传播较窄。文字阶段超越时空，影响面极
广，尤其是印刷术的普及，使人类心智和交流大为提高和改善。信息化阶段进
一步超越时空，以虚拟化的形式逼近了人类交流的最大极限，如电报、电话、
网络等，随时随地的交流业已实现。作为信息时代的桥头堡，互联网在 90 年
代以后发展迅猛。② 加拿大学者麦克卢汉提出的"媒介即讯息"和"地球村"，
一点不为过。网络的出现极大改变了文学艺术的存在方式，大型文学艺术网站
不断涌现，而博客、微博、微信等新兴网络功能的出现，也使得个人拥有了文
学艺术的平台。网络文艺研究是中国文艺理论的新的理论形态，侧重对网络空
间上的文学形式进行的理论研究和文学批评，包括互联网、手机短信、微信文
学等研究。③ 互联网改变了我们的时代，但互联网时代需要注意三点，第一点
是英语中心主义，第二点是西方霸权主义，第三点是作为非传统的互联网安全
（黑客、网络诈骗、信息泄露等）问题。

　　2. 传统（古代、古典、经典）话语。文化现代化离不开传统的滋养。传
统话语指的是文艺研究对传统的重视，由此形成的一系列观念和表述。其实，

---

　　① "新世纪以来"，意指公元 2000 年以来，以下十个话语在 2000 年都发生了较为显著的数量增
长，2000 年以后的研究数量较 2000 年之前的数量有了较大幅度的提升。数据依据中国期刊网，以主题
词加"文学"作为基本统计方法，辅以"学术趋势检索"，数据仅供参考。

　　② 张朝晖、徐翎著：《新媒介艺术》，人民美术出版社 2004 年版；孙绍先主编：《文学艺术与媒介
关系研究》，中国社会科学出版社 2006 年版；郭勇健著：《艺术原理新论：大众传媒时代的艺术原理》，
学林出版社 2008 年版；徐沛君主编：《传媒与当代艺术》，江西美术出版社 2007 年版；张耕云著：《数
字媒介与艺术论析：后媒介文化语境中的艺术理论问题》，四川大学出版社 2009 年版；周伟业著：《网
络美育：艺术教育的媒介视角》，南京出版社 2009 年版。

　　③ 欧阳友权著：《网络文学本体论》，中国文联出版社 2004 年版；欧阳友权等著：《网络文学论
纲》，人民文学出版社 2003 年版；谭德晶著：《网络文学批评论》，中国文联出版社 2004 年版；朱凯著：
《无纸空间的自由书写网络文学》，华龄出版社 2005 年版。

像"中华民族的伟大复兴"、"小康社会"、"和平崛起"等,均有传统话语的因素。在艺术领域,回顾传统是一个思潮。中国当代书法界提出"书法经典大家"(张海)、"走进魏晋"(王岳川)、"激活唐楷"(张旭光)等,美术界提出"笔墨文化"(程大利)等,呈现"新传统主义"的思想风貌。在文艺理论研究领域,有一个学术热点是"中国古代文艺理论现代转换(现代阐释)研究"专题,侧重于古代文艺理论对当代文艺理论的意义。① 但问题是,能够兼顾中西古今的古代文艺理论研究者仍不多见,但其方向上的启示意义是重大的。传统话语要注意三点,一是新保守主义(文化民族主义),二是反传统话语,三是传统的商业化、符号化问题。

3. 学科(体制、知识)话语。学科是学术现代化的核心。学科话语主要涉及艺术学的学科归属问题,这是艺术研究的体制性问题,主要在高等院校、科研机构,它代表着中国艺术学术研究的最高水平。这一部分的研究者比较多元。艺术学学科在 2011 年升格为一级学科,下设有艺术学理论二级学科。一些高等院校的学者积极探讨艺术学理论体系。② 广义的艺术学还包括文艺学学科。思想较前沿的一批学者,均有自己编著的文学理论教材,或以内容瘦身为特色,或以引入新内容为特色,或以个性为特色等。③ 近年来,从事古代文艺理论研究的部分学者呼吁现代转换,有的试图基于古代文艺理论自身建立一个中国文艺理论学科体系。④ 还有一部分是从事西方文艺理论研究的学者,这一部分学者的研究严格说不应算在中国文艺理论的范畴里,但他们熟悉西方文艺理论,在借鉴西方文艺理论方面有着重要意义。本类型还包括一些马克思主义文艺理论研究者和一些文学理论教材创新的研究者,他们的成果都强调落实在文艺学学科建设和教材建设上。⑤ 文艺理论知识建构和教材写作一个不能忽略

---

① 童庆炳著:《中国古代文论的现代意义》,北京师范大学出版社 2001 年版;代迅著:《断裂与延续——中国古代文论现代转换的历史回顾》,西南师范大学出版社 2002 年版;黄念然著:《中国古代文论研究的现代转型》,中国社会科学出版社 2006 年版;等。

② 如彭吉象主编:《中国艺术学》,北京大学出版社 2007 年版。

③ 董学文、张永刚:《文学原理》,北京大学出版社 2000 年版;南帆主编:《文学理论新读本》,浙江文艺出版社 2002 年版;王一川著:《文学理论》,四川人民出版社 2003 年版;陶东风主编:《文学理论基本问题》,北京大学出版社 2004、2005、2007 年版等。

④ 参阅曹顺庆:《重写文学概论——重建中国文论话语的基本路径》,载《西南民族大学学报(人文社科版)》2007 年第 3 期等。

⑤ 童庆炳主编:《文学理论教程》,高等教育出版社 1998、2004 年版;顾祖钊著:《文学原理新释》,人民文学出版社 2000 年版;董学文等著:《文学原理》,北京大学出版社 2001 年版;钱中文著:《文学发展论》,高等教育出版社 2005 年版等。

的问题是，这些研究都是在中国语境下的研究，因此必然打上了中国经验的烙印，所以这里还是审慎地把这一类型学称为"当代中国文艺理论知识建构及教材写作"①。学科话语要注意西方中心主义的学科规训，学科制度的两面性，跨学科与超学科等问题。

4. 生态话语。生态也是文化现代化的重要内容。生态话语肇端于西方生态文学和批评，最近由于生态问题的严峻而日益凸显其重要性。中国提出"生态文明"，极大促进了生态话语的开展。生态问题在20世纪后期是一个新兴的前沿问题，波及社会科学、自然科学等多个领域。随着人类活动的频繁，地球环境越来越脆弱。资源枯竭、温室效应、地球变暖、海平面上升、环境污染（重金属、雾霾、化学肥料、核泄漏等）、生物灭绝、异常气候这些自然生态问题已经使人类处于危机之中。文明冲突、都市综合征、抑郁症、自杀、过劳死（猝死）等精神生态问题也日益逼近人类。艺术如何挽救自然生态、如何完善精神生态就成为重要的时代问题。艺术与生态问题也就不再是可有可无的问题了。② 生态话语要注意：一是生态中心主义；二是生态的非实践性难题；三是中国生态话语的贡献问题。

5. 现代性与后现代性话语。现代性是文化现代化的枢纽，汇聚了多种问题。现代性成为问题是因为中国的现代化建设的必然要求，但是现代化又非现代性。现代化是走向现代的一系列社会变革和对现代性的批判性实践。现代性更多指的是精神、文化意义上的，包括建构和反思。现代性和后现代性可以分两部分，1980年代以前更多的属于现代性，1980年代以后更多讨论到后现代性，当然二者是交叉在一起的。今天，现代性、后现代性已经成为当代中国艺术研究的重要分析视角，中国艺术的未来发展也是以建构现代形态的艺术为标志的。同时，中国当代艺术是同整个世界艺术相连的，勃兴于1960年代的后现代主义在1980年代进入中国之后，中国艺术的现代性进程受到一定程度的影响。在此情况下，中国艺术迷失了既定的方向，艺术所担当的启蒙、教化、审美等功能受到后现代主义的挑战，而艺术走向了文本游戏。有些学者则积极建构起现代性与后现代性的有机联系，以应对艺术的当代危机。可以说，20

① 就个人而言，对文学艺术知识思考较深入的有余虹教授等。余虹承担了两个以知识为主题的国家项目（教育部项目"文学知识学"和国家社科基金"文学理论的论域与知识"）。2006年他发起召开"文艺学的知识状况与问题"的学术研讨会。但余虹的英年早逝使得他的这些研究无可挽回地永远中断了。

② 张文娟著：《电视文艺生态批评论》，中国传媒大学出版社2007年版；鲁枢元著：《生态文艺学》，陕西人民教育出版社2000年版；鲁枢元著：《猞猁言说：关于文学·精神·生态的思考》，社会科学文献出版社2001年版。

世纪纠缠不清的艺术问题恐怕就是现代性和后现代性问题。① 现代性话语要注意的是，现代性的多元性与一元性、中国现代性、现代性的陷阱、现代性与传统的辩证关系等问题。

6. 生活（美学）话语。在文化现代化进程中，文化生活现代化是重中之重。生活美学话语是美学话语和文化话语融合的产物，在新世纪以来，随着中国经济的增长，消费主义倾向日趋明显，生活的审美化成为人们关注的重心。② 艺术与生活的关系是现实主义的重要内容，艺术与美学的关系是艺术哲学、艺术美学的重要问题③，但艺术与生活美学关系就不同了。这里的生活美学表现有二，一是唯美主义，二是日常生活审美化，是消费主义时代的美学症候④，将美视为生活的重要部分，不是将美和生活割裂。相比纯粹自律的、精英化的美学，生活美学更加通俗、现实、浅近、时尚，它拉近了艺术和生活的距离，但是生活美学也将艺术降低到生活的水平，而很难催生伟大的艺术。真正伟大的艺术往往不是生活的，而是反生活、超越生活的，这也凸显了艺术生活美学研究价值关切维度的重要性。⑤ 生活话语还包括文化产业这一新兴领域。当然，文化产业并不局限于生活，但是文化产业实质而言就是文化消费问题，与人们的生活息息相关，比如电影、博物馆、民间艺术、展览等。

7. 全球化话语。全球化是文化现代化的基本语境。1980、1990 年代以来，

---

① 这里的艺术指包括文学在内的广义的文艺。涉及艺术现代性与后现代性的著作有，彭公亮著：《重释现代性——在哲学和艺术的边缘沉思》，中国文联出版社 2003 年版；姜文振著：《中国文学理论现代性问题研究》，人民文学出版社 2005 年版；李建盛著：《后现代转向中的美学》，江西教育出版社 2004 年版；张法著：《走向全球化时代的文艺理论》，安徽教育出版社 2005 年版；高名潞著：《另类方法，另类现代：中国当代艺术中的本土文化因素及其现代性转化》，上海书画出版社 2006 年版；周计武著：《艺术终结的现代性反思》，社会科学文献出版社 2011 年版。

② 汤麟著：《大众美学：生活和艺术现象的审美沉思》，湖北美术出版社 2006 年版；刘悦笛著：《生活美学与艺术经验》，南京出版社 2007 年版。

③ 吴调公著：《古典文论与审美鉴赏》，齐鲁书社 1985 年版；胡经之著：《文艺美学》，北京大学出版社 1989 年版；杜卫著：《走出审美城：新时期文学审美论的批判性解读》，东方出版社 1999 年版；童庆炳著：《文学活动的审美维度》，高等教育出版社 2001 年版；周来祥著：《文艺美学》，人民文学出版社 2003 年版。

④ 杨斌主编：《消费文化与艺术创新》，江西美术出版社 2007 年版；张晓凌主编：《消费主义时代中国社会的文化寓言：中国当代艺术考察报告》，吉林美术出版社 2010 年版；王正华著：《艺术、权力与消费：中国艺术史研究的一个面向》，中国美术学院出版社 2011 年版。

⑤ 徐岱著：《艺术新概念：消费时代的人文关怀》，浙江大学出版社 2006 年版。

全球化成为一个重要的趋势。[①] 全球化也成为人类所处的一种社会状况，从地理大发现就已开始，随着西方帝国主义的殖民扩张，全球化速度加快，当然也表现出残酷的一面。随着后殖民时代的到来、太空科技的发达、经济文化的不同融合，新一轮的全球化打破不同地区、不同文化相对孤立的局面，而呈现相互融合、促进的态势。文艺是文化全球化中的重要内容。全球化引起的争议是全球化是同质化还是多元化，或者是全球化还是本土化。同质化的力量当然指的是强势文化力量，如美国文化、欧美文化、基督教文化、英语文化等，多元化的力量指的是弱势力量，如东方文化、少数民族文化、本土文化、土著文化等。与全球同质化与多元化讨论相关的还包括全球整合化、全球本土化（本地化）、全球杂交化等。这说明，全球化是相互改变、渗透、影响、互动，既不是简单的多元化，也不是简单的同质化，而是新质化和新多元化。[②] 人们大可不必为同质化与多元化忧虑，实质上，只有碰撞和融合才能产生创新，而不是相反。人们能够理解差异、接受差异、创造差异，才是全球化的根本。[③]

8. 文化（研究）话语。文化是文化现代化的主题词。文化话语，是对受文化研究的影响而出现的一系列以文化为中心的艺术观念、倾向的概括。[④] 文化话语有两个方面，一是将艺术视为文化形式，是从文化高度来看艺术。这是一般所理解的文化。二是艺术研究的文化转向，既艺术主要不再研究审美，而是研究文化，特别是身份、性别、同性恋、娱乐、文化产业、文化政治、大众文化、通俗文化和流行文化，也超出了传统的艺术范围如电影、电视、动漫、广告等。由于对文化的理解不同，所以文化话语也走了两条不同的道路。第一种文化的理解，使得艺术呈现泛化的趋势，探讨艺术与宗教、艺术、哲学、心理、传统等的关系，甚至波及城市、商品等经济领域。第二种文化的理解，使得艺术具有某种时代性、当下性，因为这种文化主要是相对于精英和传统的媒介文化、通俗文化、消费文化、时尚文学、底层文化、青春文化、亚文化等。第一种文化的理解使得艺术呈现丰富的内涵和精神高度，而第二种文化的理解

---

① 北京论坛（2004）组织委员会编：《全球化背景下艺术的传统与创新：艺术分会论文或提要集》；［斯洛文尼亚］阿莱斯·艾尔雅维茨主编：《全球化的美学与艺术》，刘悦笛、许中云译，四川人民出版社2010年版。

② 王宁著：《全球化：文学研究与文化研究》，广西师范大学出版社2003年版；谢景芝著：《全球化语境下的女性主义文学批评》，河南人民出版社2006年版；叶舒宪著：《文学与人类学：知识全球化时代的文学研究》，社会科学文献出版社2003年版。

③ 高建平著：《全球化与中国艺术》，山东教育出版社2009年版。

④ 文化研究在西方具有意识形态批判的重要功能，如女性主义、种族理论等。

中国艺术话语

使艺术充满了生机，那些令人新奇又使人躁动不安的形式也同样应该得到艺术的关注，其背后的复杂权力与意识形态问题也得到披露。

9. 马克思主义（社会主义）话语。对中国文化现代化而言，马克思主义具有重要的指导意义。马克思主义话语指的是艺术研究中的马克思主义思想，主要体现就是马克思主义文艺理论。马克思主义文艺理论是中国文艺理论的重要组成部分，也是特色部分。它是整个 20 世纪中国的最重要的文艺理论流派，是建国后 30 年的主流文艺理论形态，是中国 1980 年代以后的主要文艺理论[1]，在当代也是很多研究机构的重要内容[2]。马克思主义文艺理论研究分为两个部分，一是对西方的马克思主义文艺理论家的研究，如法兰克福学派、葛兰西、萨特、杰姆逊。[3] 另一部分是根据马克思主义基本原理进行的文艺理论新阐释和新探索，对具有中国因素的"中国化的马克思主义文艺理论"的研究。[4] 比如对毛泽东、茅盾、周扬、邓小平等人的文艺思想的研究，就属于此列。这类研究包括文艺思想研究、文艺政策研究等。马克思主义文艺理论是中国主流话语形式，体现在国家的文化建设中遵循"为社会主义服务、为人民服务"的方针，倡导"百家争鸣、百花齐放"，为中国文艺理论的繁荣发展提供了理论上的必要支撑。大力加强马克思主义文艺研究，对破除西方理论的围堵，冲破西方话语霸权具有重要的战略性地位。

10. 后殖民话语。后殖民话语对第三世界文化现代化而言是不可忽视的重要维度。后殖民研究在中国艺术理论领域成为重要的学术趋势主要是受到了西方学术思想的影响，而更深刻的原因在于后殖民提出了"文化身份"这样的重要课题。它处理的东西方文化关系、宗主国与原殖民地的关系、第一世界与第三世界的关系、南北方关系等，都是当前人类社会的重大问题。不过，相比现代性、后现代性研究，从后殖民角度研究中国艺术还是不充分的。中国艺术的后殖民性也属于一个争议很大的提法。至今尚未有中国系统的后殖民艺术研究。中国没有影响较大的后殖民文学艺术批评经典文本形式，也没有以后殖民

---

[1] 方竞在《20 世纪百年学案：文学卷》（陕西人民教育出版社 2002 年版）一书中写了三个学案，文学理论是马克思主义文学理论，可见其重要性。
[2] 除了各知名大学文艺学下的马克思主义文艺理论（马列文论）外，中国艺术研究院还有马克思主义文艺理论研究室。
[3] 姜哲军、刘峰等著：《西方马克思主义艺术与美学理论批评》，社会科学文献出版社 2002 年版；冯宪光著：《在革命与艺术之间：二十世纪国外马克思主义政治学文艺理论研究》，巴蜀书社 2008 年版。
[4] 宋建林、陈飞龙主编：《中国马克思主义艺术理论发展史》，三联书店 2011 年版。

文学艺术批评为主要影响的艺术理论家，所以中国的后殖民艺术理论依然同原来的西方艺术理论中国化一样，尚未形成自己成熟的艺术理论体系和原创性艺术理论家。从事的后殖民艺术理论研究也多是一种相关性研究，即后殖民文艺批评、后殖民与艺术理论关系等。更为深入全面的"中国后殖民艺术理论"尚待来日。①

上述十大前沿话语中，网络话语、传统话语、学科话语、生态话语呈现极高增长态势，网络是全球新生事物，传统是中国的巨大资源，学科是当前学界自觉之表现，生态契合中国文化处境与趋势；现代性话语、生活（美学）话语呈现较高增长态势，现代性（现代化）和中国有着重要的联系，生活美学话语是随着市场经济的繁荣而出现的重要问题；全球化话语、文化研究话语、马克思主义话语、后殖民话语呈现一般性增长态势，全球化是时代语境，文化研究是艺术外部研究的重要方面，马克思主义话语是中国文艺研究的底色，后殖民话语与中国当代文化的定位与创新有着重要的关联。

这十大话语基本可以概括新世纪以来中国文艺研究的风貌，并且也将是未来 10—20 年文化现代化进程中的重大文艺问题。

五、后理论场景与"高级理论"反思

艺术研究有诸多前沿问题，而对这些问题的触及与理解需要理论的透视，但理论能胜任这一任务吗？艺术理论能拯救艺术吗？似乎也很难回答。

关于理论，《现代汉语词典》有一个解释："人们由实践概括出来的关于自然界和社会的知识的有系统的结论。"这是日常的对理论的普遍理解。从学术上而言，就是 20 世纪西方兴起的"高级理论"（high theory），它们晦涩艰深，一般人很难读懂，如后结构主义、解构主义等。它们是一些列命题、批评、方法的集合，体现了理论家的旨趣和价值倾向性。

理论必须由人产生，具体说就是人的智慧的结晶，而问题在于，这是谁的理论，主体的人是否能够掌控这一理论。而任何一个单独的人都不可能穷尽对某一对象的理解，所以巨无霸的理论其实是不属于理论生产者的，至少不属于

---

① 薛晓源、王宁主编：《全球化与后殖民批评》，中央编译出版社 1998 年版；徐贲著：《走向后现代与后殖民》，中国社会科学出版社 1996 年版；姜飞著：《跨文化传播的后殖民语境》，中国人民大学出版社 2005 年版。

原创的理论生产者。柏拉图如此，亚里士多德如此，康德如此，马克思如此。如果离开了人，而侈谈理论的巨大无边，无疑是人类中心主义在作祟。理论家固然需要自信，但他更明白自己的限度。今日的艺术理论、艺术概论，或者艺术原理，号称理论，但都是理论的叙事之一，而非理论本身。因为它们已经离开了艺术理论家的原初场域。理论源于创造，而如今的理论，更多的是在编织、整合。尽管我们也承认理论本身是叙事，但这是原创叙事，而那些编织、整合并不是真正的理论。在理论的编织、整合中，我们只言说理论，但不创造理论，我们只解释理论，但不推动理论。

理论本身是困难的，因为它天然就是体系性的，乃至可以说是庞大的。要使这个庞然大物不自相矛盾或者尽善尽美显然是困难的。历史上，黑格尔哲学就是一个庞然大物，虽然有其自洽性，但因其过于完美而虚假。然而，任何理论都逃脱不了这一宿命。理论对某一现象的说明，可大可小，但完备性必须得到保证，无论是从某一侧面来讨论，还是从一点来讨论，都是理论的一个表现，只是形成的知识有的可能并不具有普遍性，甚至是支离破碎。但不能因此而成为攻击理论的借口。我们知道，理论就是猜想、假说，它有待论证和证实，但理论并不是用来论证和证实的。理论表现了人类对世界的理性把握，而非事实把握。我们不能期望理性把握的一切都符合事实本身，毕竟人类不会满足于事实本身，而总是追求那超越事实的人类理想世界。

艺术理论天然并不具有真理的名号，而只是接近真理的一种知识。从来没有人说过艺术真理之类的话，不过偶有艺术真谛之类的，那属于个人化的理解，不属于艺术理论讨论的范围。真理的确定无疑和理论的探险并不一样。可惜，很多时候，某些艺术理论却扮演着艺术真理的角色，就类似某一庞然大物一样，实则如理论的黑洞，摧毁一切其他可能，从而也就窒息了艺术理论向前发展的可能。艺术的理论不仅是为艺术摇旗呐喊，不仅是辨明其机理，不仅是批判其弱点，不仅是赞扬其优点，不仅是哀叹其不幸，它还是对艺术的全程的追踪、观察、记录，也许面无表情，但却充满工作的热情。

艺术研究不能仅仅关注当前的历史，而是将艺术放入人类历史的大语境之中进行考察。屈原、陶渊明、李白、颜真卿、苏东坡、范宽，还有《兰亭序》、《溪山行旅图》、《红楼梦》，它们不断地穿越到现实，而我们也可以不断地穿越到他们的时空。艺术作为超时空的精神产品，对人而言是不可或缺的。拿走了你记忆中的中外艺术史知识、想象，没有孙悟空，没有关云长，没有林黛玉，没有哈姆雷特，没有俄狄浦斯，没有汉字书法的灵动，没有绘画的夺目，没有音乐的勾魂摄魄，没有这一切，我想你的精神会空虚很多，寂寞很多，冷清很多。正是这一连串的鲜明的艺术形象、意象，让我们日益充实起来，他们构成了我们的精神世界的重要一部分，像亲人一样在我们的世界穿梭往来。

艺术理论的产生甚至不在于让人去阅读，而在于让人去查阅，甚至让人去知道，而不止于误入歧途。理论强调创新，经过查阅，我们可以少走很多路，不去走更危险的路。让我们前行，这才是理论的本来意义。巨无霸的艺术理论只是一堆死的知识，只适用于考试，而无助于我们对艺术的理解。巨无霸的理论一个是艺术概论，这个在艺术院校里已经遭遇危机的课程。它的受欢迎程度远远不如艺术史，但艺术史绝非艺术作品的鉴赏，因为我们还没有自己的艺术史理论。对付超级巨无霸理论的唯一武器就是历史本身。历史本身的呈现也同样需要理论的参与，只是这个理论是基于历史的理论，它让艺术理论的历史鲜活起来，让理论进入艺术史，让艺术理论曾经的筚路蓝缕、披荆斩棘的艰难历程呈现出来，让那些肢解的、断章取义的、虚假的、没有血肉的艺术理论终结吧！

除了巨无霸的艺术理论外，还有一种超级理论、高深理论，高深莫测，令人望而生畏，这种理论往往需要高超的外语水平、哲学功底、逻辑思维才能读懂，不过，艺术的超级理论如今已经衰微了，超级理论只是观察艺术的一种方式，而非唯一方式，或者超级理论的存在告诫我们要远离它们，而非完全认同，因为一旦我们喜欢用超级理论来分析问题，人的主动性就丧失无疑。理论如名车一般，让我们丧失了徒步前行的可能。超级理论无数，等你悉数研读一遍之后，艺术还怎么理论，你又该怎么理论？

理论绝非如吃饭穿衣般可以日常生活化，理论不是用来说的，而是去分泌，去酝酿，去沉潜的。[①] 说到底，艺术理论是一种理论的探险、反抗、质疑，一言以蔽之，就是理论的实践，而不是对真理的圈定。有人喜欢登高涉险，艺术理论也是如此，艺术最美的地方在高山密林，艺术理论就是新时代的徐霞客，不入深山，不踏险境，艺术理论只是"导游指南"而已，苍白无力。某些艺术理论家远比我们有学识，命题、概念、人物，远胜我们多倍，但缺乏理论探索的能力，他们离开了福柯、拉康、德里达，关于艺术的理论探索即可停止。他们没有从这些理论家那里再出发，而只是附属而已。

---

① 斯图亚特·霍尔说："唯一值得拥有的理论是你必须将之打败的理论，而不是你轻松地谈论的理论。"参霍尔：《文化研究及理论遗产》，见达勒瓦著：《艺术史方法与理论》，江苏美术出版社 2009 年版，"导言"，第 1 页。

　　我们依傍前人并非依赖前人，我们进行艺术理论的探索，但绝非理论的寄生者。超级理论使我们深刻，但"自己的理论"使我们清醒。超级理论给我们带来权威，但"自己的理论"给我们带来尊严。我们不必匍匐于超级理论家面前，而忘记了"自己的理论"向前匍匐。因为，我们的目标不是理论，而是实践本身。

六、面向文化现代化的艺术

　　实际上，不仅理论有问题，艺术本身也有问题。艺术自古以来就有问题，而且代代有新问题，在当代还有古代不曾有过的问题，其中最主要的是如何面向文化现代化。

　　在前现代社会，艺术是非专业、不独立的领域，没有专门的艺术家，而是士大夫政治生活的必备的文化修养，地位非同一般。远古时代，诗、乐、舞是不分的，先秦时代的礼乐文明更是将乐提升到文明的高度。中国艺术有七个门类，文学、音乐、舞蹈、绘画、雕塑、书法、工艺等，其中地位最高的是文学，其次是绘画和书法。《左传》上曾说"立言不朽"[①]，当然这个言是广义的。尽管文学地位很高，但其他艺术门类也同样产生了大艺术家和经典作品，音乐如嵇康的《广陵散》，舞蹈如唐代宫廷舞，绘画如宋元山水画（文人画），雕塑如石窟艺术，建筑如宫殿、园林、民居等，书法如二王颜柳，工艺如青铜器、景泰蓝、唐三彩等。[②] 对知识分子而言，文学、音乐、绘画尤其重要，历来强调琴棋书画（棋指围棋，表明一种修为）的文化修为。

　　从文学角度而言，诗在中国地位最高，中国也被称之为"诗歌的国度"，主要原因之一是儒家有《诗经》，而其他艺术也只是进入"子部"。从先秦开始，"赋诗言志"就成为外交礼仪的重要内容，孔子说过，"不学诗，无以言"[③]。可以说，诗的优先地位也造就了作为诗国的中国。诗人的地位在中国艺术史也极为特殊，谈诗即谈文学甚或是艺术。中国诗坛代有人才，第一位伟大的诗人是屈原，后有诗圣杜子美、诗仙李太白、诗佛王摩诘、诗魔白乐天、诗鬼李长吉、诗豪刘梦得、诗神陆放翁，等等，都是诗歌王国里一等一的高

---

①《左传·襄公二十四年》："太上有立德，其次有立功，其次有立言，虽久不废，此之谓不朽。"

② 李泽厚著：《美的历程》，文物出版社1981年版。

③《论语·季氏》。

手。一般而言，诗歌以唐诗宋词为佳，实则，先秦至唐那优美的古诗、民歌、乐府也充满诗意。除了诗之外，最重要的是文，主要是散文，如历史散文、哲学散文、政治散文等。政治散文有政论、策论等，或汪洋恣肆，或旁征博引，如哲学散文蕴含哲理，笔意清新。历史散文于历史描述中流露兴亡之感，或具雷霆万钧之势。这些好文章也被称为"大块文章"①，读来真是一种美的享受。文章与诗的集合就是诗文，这是中国古代艺术史上的两大文体，享有崇高地位。

然而，到了近代，享誉崇高地位的、作为精英文化的诗文急剧衰落，通俗文学如小说戏曲等异军突起。诗文时代是一个规范化、典范化、精英化的时代，无论就其功能，还是就其形式，都是"正"、"雅"的文艺。这也符合前工业社会的基本现实，生活方式、文化秩序（礼乐文明）的千古不变，或者以不变应万变，不变才是最根本的。近代以来，随着商品经济的发展，通俗文艺的重要性日益凸显。中国也从礼乐文明走向了市民文明（世俗化、商业化）。到了工业社会，人类社会的流动性大增，突破旧形式、旧秩序的情况越来越多了。于是，诗歌终于从这个精英化的时代走入了通俗化的时代。

作为艺术史的前沿，现代艺术已经处于危机之中了，一个根本的原因在于艺术已经发生了天翻地覆的变化，艺术与非艺术的界限日益模糊。受到西方现当代艺术潮流的影响，中国当代艺术大踏步地走向了感官化、非道德化和娱乐化、商业化。

得力于对理性形而上学的拆解，感官化的艺术往往诉诸具体的物象，强调视觉冲击力，还有大量力比多（性与欲望）的因素，这个感官化不是形象化，形象化往往是同内容结合在一起的，虽然体现了人的野性，但感官化的根本特征就是没有深度。② 感官化的艺术使艺术沦落为刺激眼球、耳膜的艺术，它再也无法打动人心。

传统艺术强调教化，现代艺术则拒绝教化，使真、善、美分离。非道德化使艺术不再承载道德的内涵，用道德或者善来评判艺术已经过时。非道德化固然使艺术脱离了道德说教的束缚，为艺术自律赢得了空间，释放了艺术的潜能，但艺术的非道德化又使得低级、野蛮、粗俗、丑陋等堂而皇之地进入到艺术领域，使艺术不再承担伦理、道德的功能，反而承担了反伦理、反道德的功

---

① 李白：《春夜宴从弟桃李园序》："况阳春召我以烟景，大块假我以文章。"
② ［美］詹姆逊著：《晚期资本主义的文化逻辑》，陈清侨等译，三联书店1997年版。

能，这无疑也削弱了艺术的精神质地。

资本主义的大发展使得文化商品化、商业化、产业化、娱乐化趋势加剧。娱乐化固然使艺术不再正襟危坐、苦大仇深、走入平常，使艺术轻松起来①，但也使得艺术浅薄化、搞笑化、戏谑化、噱头化。娱乐本身没有错，艺术本来也有这样的功能，但是娱乐化就有问题了，是将艺术的功能窄化、低级化了，尽管不否认有大俗大雅或雅俗共赏的少数佳作。娱乐化的表现之一就是休闲化，强调轻松的文字，笑话、幽默、搞笑、言情、武侠、惊悚等类型艺术层出不穷，给人以美妙的心理感受和巨大感官刺激。娱乐化的第二个表现是表面化、平面化，漂浮在生活的表层、人生的表面，始于表面，终于表面，但其优点是能够捕捉变动不居的现实，往往形成时尚效应，受到大众的欢迎。大体而言，感官化、非道德化与娱乐化就是这个娱乐化时代的艺术表征，如果苦大仇深地进行艺术创作，如果进行一些抽象难懂的观念演绎，如果进行一些深不可测的人性探索，往往缺乏受众。娱乐时代拒绝崇高、拒绝英雄，拒绝沉思，在这个时代人都在狂欢，正可谓是全民娱乐。从学术上来说，这是后工业社会或者说后现代社会、信息社会当中的文化模式，它给艺术提出了挑战。

现代艺术观念在发展之初有两种功能：一是感性功能，二是理性功能。感性功能就是美的享受，并在这种美的享受中增进自己的感性能力，使它们更敏感、更敏锐，而非更迟钝、更麻木，而非动物性的直接呈现。理性功能是认识、批判功能，通过艺术，我们对自己的生活有新的理解，使我们更具有理性的自觉和自立意识，而非僵化、非人化。这两个功能因人而异，有的人可能对一部三流作品感动莫名，并且影响终生，而对所谓的名著感觉迟钝，或者只具备常识，人云亦云，说不出自己的独特感受和想法，而成为别人思想的消费者。

在文化现代化进程中，传统艺术的保护、传承与发扬是课题，传统艺术的反思、汰变与转型也是课题，新艺术的酝酿、产生与检验也是课题，外来艺术的引进、吸收与创化也是课题。归根到底，艺术要在文化现代化进程中实现人本身。这正是马克思所揭示的人的自由的最终实现。因此，艺术总是与人的完

---

① 娱乐化的出现不是没有原因的，随着受社会物质水平、教育水平等的提高，艺术受众日益扩大，工作量的日益降低，很多人都参与到艺术中来，但他们又非职业艺术家。另外，艺术受众多是青年人，比如大中学生、城市白领、打工族等，他们有繁重的学业压力、工作压力，在学习、工作之余又有着大量的休闲时间，迫切希望艺术能够让生活多姿多彩起来，因此艺术娱乐化顺势出现。加之社会日益结构化，正常的上升空间日益缩小，非正式的空间如选秀节目异军突起，很多人在此找到了自己的希望，而商家也找到了商机。

善息息相关。艺术要实现人的自由而全面的发展最终离不开这三点：

第一是艺术的职业精神与操守，也就是艺术家的主体性和精神性的问题。在艺术家那里，艺术是工具，但更是号角和武器，披荆斩棘，呼唤这个世界的真善美，鞭挞这世界的假恶丑。做一个独立性的艺术家，而非噤若寒蝉的艺术家。古语有："明哲保身"，有它的特殊性，但更强调"士不可不弘毅"（曾子）、"先天下之忧而忧，后天下之乐而乐"（范仲淹）、"为万世开太平"（张载）的担当精神。

第二是高超的艺术技巧，就是形式的创新，给人耳目一新之感，而不是陈陈相因，当然也是服务于形象与美学意蕴的，否则就成卖弄、炫技。技艺精湛，是千锤百炼之结果，而非偷懒之结果。技艺之精湛又非技艺本身，而是为彰显价值，用以表现理想。就目前而言，有的将一般性的动作与技艺划等号，满足于粗制滥造。有的形式过于程式化，千篇一律，或者过于卖弄，如电影的大场面、高科技、明星阵容等，技术空洞无物，缺乏更深刻的内涵，只能让受众技术疲劳。

第三是鲜明的艺术形象及其感情，这一艺术形象无非就是独一无二，不可复制，艺术家的经历、感受、情感、理想，都只属于他或她，是"绝版"。《红楼梦》比《金瓶梅》更高，就在于它创造了林黛玉、贾宝玉等鲜活的人物形象。而所谓的《续红楼梦》等，无法在历史上获得地位，就在于没有独一无二的深入骨髓的人物形象。

最后，艺术的开放空间。艺术在古代是不开放或半开放的，所以有些人无法享受，而如今随着全球化时代的到来，网络化的到来，艺术的开放性日益深化，博物馆、图书馆、展览馆等提供着更多的精神食粮。艺术的开放，就是人的开放，就是人性的开放。艺术凝聚了古往今来最精粹的人性财富，值得我们去领略、感动和思考。

艺术能否复兴它的历史地位，大概是个未知数。在第一次现代化过程中，艺术商品化，成为赚钱的工具，而随着第二次现代化即文化现代化的来临，艺术不仅成为赚钱的工具，还将成为精神的必需品。在文化现代化的进程中，如果艺术还沉浸在想着赚更多的钱的美梦中，固然可以，但不去关注个体的自我完善、人类的精神安顿与民族的文化原创力提升，这一系列的未来责任的话，那么艺术的美学复归或将遥遥无期，文化现代化的大厦也将黯然失色。

第二章 艺术话语的思想踪迹

任何学术前沿的拓展都是范式转换的结果。在 20 世纪思想史上,后结构主义转向是一个根本转向。在艺术领域,后结构主义转向具体体现为话语转向、图像转向与文化转向,它们深刻影响并改变了艺术研究的既有局面,推动了一个崭新学术前沿领域的出现——艺术话语,也给中国当代艺术研究提出了新的问题。

一、话语转向

20 世纪初兴起的语言学研究,大范围地改变了学术研究的风貌和方法。于是,任何学术研究再也无法忽略语言的重要性。然而,到 20 世纪 60 年代以后,语言学转向进一步深化,话语一跃成为新的中心,话语转向的纵深发展给包括艺术研究在内的人文学术研究提出了新的课题和思路。① 大体来说,话语在现代学术研究中经历了三个阶段。

第一个阶段是"前话语"时期,体现在 20 世纪初期的结构主义语言学研究中,此时(应用性的)话语研究从属于语言研究,还未成为独立的研究主题。索绪尔确立了语言(langue)在语言学中的首要地位,将其视为"言语活动的其他一切表现的准则"②,相比言语活动(langage)的复杂性、多面性,语言是一个确定的对象,因而也是语言学的最重要的研究对象。言语活动大体包括两大部分:一是社会部分的(语言);二是个人部分的(言语,parole)。

---

① 苗兴伟:《"话语转向"时代的语篇分析》,载《中国海洋大学学报(社会科学版)》2004 年第 6 期。

② [瑞士] 索绪尔著:《普通语言学教程》,高名凯译,商务印书馆 1980 年版,第 30 页。

二者是相互依存的，"语言既是言语的工具，又是言语的产物"①。语言是集体性的、社会性的、系统性的、原则性，而言语则是个体性的，是个人对语言系统的运用。由此，索绪尔确定了两种语言学——"语言的语言学"和"言语的语言学"。不过，索绪尔认为社会性的语言系统比个人的言语行为更具有优先性。索绪尔发现了语言的不同层次，但却规定它们属于本质与表象二元结构，使得应用性的言语的研究只能从属于语言研究。索绪尔虽然没有给予言语以充分的重视，但他的结构主义语言学的研究思路、方法却为言语研究提供了绝佳的参照系。如索绪尔强调语言研究的共时维度，这迥异于历史（比较）语言学研究模式，不注重比较、历史、社会，而注重结构、体系、内部。不过，索绪尔并没有明确排斥语言历史研究和外部研究，只是相对侧重于共时研究和内部研究。在这一内部的语言系统中，索绪尔划分为能指和所指。能指是任意性，而所指是确定性的，即概念。任意性原则也被索绪尔认为是"第一原则"。索绪尔结构主义语言学的历史意义在于，在方法上有别于此前历史主义、实证主义语言学研究，内容上有别于历时研究，而重共时研究，从将语言视为一个系统，从系统和整体视角发现语言规律。这一系列的改进和变革，在语言学、思想史上具有重大的范式转换意义。

第二个阶段是"话语语言学"时期，20世纪50、60年代话语分析的兴起及话语语言学的逐步确立，话语成为语言学的重要研究对象。随着历史社会和语言学的发展，比如新闻、传媒、国际交流、文化（跨语际）交际等的发展，原有的以对句子分析为主的传统语言学很难适应时代了。传统语言学将句子视为中心，研究句法结构，注重系统性、普遍性，但篇章结构、语境、功能等则一直缺乏必要的审视。另外，传统语言学将句法静态化、孤立化，对句法乃至篇章所涉及的文化、历史、心理等因素难以有足够多关注。故此，话语的重要性越来越明显，话语语言学逐步建立起来。话语语言学不再仅仅关注于研究语言的静态关系（结构语言学），而是从特定语境、特定主体出发，从动态的、交际的视角来研究语言交际现象。

在话语语言学领域，话语分析是一个重要的内容。话语分析是1952年由语言学家哈里斯提出的。② 哈里斯将语言学的研究从字词句上升对篇章（即连贯性话语）。可以说，话语分析是语言研究从形式（本质）到功能、从语言内

---

① ［瑞士］索绪尔著：《普通语言学教程》，高名凯译，商务印书馆1980年版，第41页。
② Z. S. Harris, "Discourse analysis," *Language* 28：1—30.

部到语言外部、从静态到动态、从字词句分析到语篇分析、从单一领域到跨学科领域的研究范式转变的表现。

在话语语言学中，话语因不同性质而有不同的表现形态，主要有两点：一是分为可数的（复数的）话语和不可数的话语。不可数的话语即专指话语分析，用以区分话语分析和语言分析，而可数的话语，则是现实存在的各类话语，是话语分析的对象。[①] 二是分为大写的话语和小写的话语。小写的话语指具体的语言使用，如会话、故事等，而大写的话语指的是建筑在其它非语言材料如肢体语言、交际事件、物质环境、思想意识等社会文化因素基础之上的话语，这种话语不是单纯语言性的，而是符号化的语言和文化。[②] 这种话语也称为"语境"。

语言学晚近的发展日益注重功能、社会研究。20世纪70年代，功能语言学逐步建立。法国语言学家马丁内就认为，语言的最重要的功能就是交际功能。韩德礼提出语言"三功能"说：理念功能、交际功能、篇章功能。交际功能涉及语气、情态、人称等。比功能语言学走得更远的是社会语言学，他们把视角从语言内部转向更为广阔的社会文化内容。[③]

第三阶段是话语的多学科、跨文化的思想史阶段。大约在语言学领域话语广泛运用的同时或稍后，思想史（观念史、社会史、文化史等）领域的话语研究也如火如荼开展起来，如后结构主义、后现代主义、新历史主义、媒介研究、文化研究等。这无疑是话语转向的必然结果。从思想意义上说，相对于高高在上的、绝对化的、本质化的语言，话语的灵活性、多样性、具体性、实践性、对话性，显然同哲学、体系、规范、本质、主体性构成重大互补，或者更真切地表明了人类的思想状况，即活动的、动态的、互主体性的状况。在20世纪60年代之前，哲学、体系、规范、语言、本质等成为思想关注的中心，具有某种形而上学的形式，但是到了20世纪中后期，话语以其独具特色的方法论、世界观转换的重大意义而获得了更多的关注。借此，后结构主义、文化研究在西方兴起，其基本轨迹是：从语言研究转向话语研究，从本质研究转向功能研究，从静态研究转向动态研究，从宏观政治研究转向微观的文化政治。

---

① Barbara Johnstone, *Discourse Analysis*, *Second Edition*. Malden, Mass.: Blackwell. 2002.

② J. P. Gee, *An Introduction to Discourse Analysis*: *Theory and Method*, London: Taylor and Francis Limited, 1999.

③ 周流溪：《近五十年来语言学的发展》，载《外语教学与研究》1997年第3—4期、1998年第1期。

二、图像转向

艺术话语的发展除了语言学这一维度外，另外一个重要维度是艺术史研究维度，具体说就是形式主义－图像学－视觉文化，即图像转向。在这一维度上，视觉艺术占据重要的地位。

现代艺术史研究所关注的主要是艺术作品的风格和形式，将这一点发挥极致的是沃尔夫林，他是艺术科学学派（或称纯艺术形式分析派）的代表人物。传统的艺术史研究注重艺术家，或者注重外部社会环境，对艺术作品本身关注并不充分、具体，而艺术科学学派则迥异其趣：其一，摒弃内容，注重形式；其二，摒弃价值判断，倡导科学、中立、客观的立场。艺术科学学派是针对传统艺术史研究过分注重内容、艺术家而忽视形式、风格，过分注重高下优劣之分，而对某些艺术加以贬低（尤其受到进化论的影响）而提出来的，因而具有历史的合理性。沃尔夫林虽然严格说不是形式主义者，但他具有形式主义者的一般气质，就是忽略外部（如艺术家）而关注内部，他所注重的就是对作品本身（特别是艺术风格）的形式分析。在其代表作《艺术风格学》（1915）中，沃尔夫林提炼了五对概念用于艺术风格分析，即线描与图绘，平面与纵深，封闭与开放，多样与同一，清晰与模糊。这五对概念中，第一对线描和图绘是最根本的，后面四对和它们构成一一对应的关系，即线描对应平面、封闭、多样、清晰，图绘对应纵深、开放、同一、模糊。[①] 它们分别以古典艺术（文艺复兴时期的艺术）和巴洛克艺术为代表。沃尔夫林对古典艺术和巴洛克艺术所做的形式分析客观上扭转了对巴洛克艺术的偏见，但随之而来的问题就是，艺术的高下优劣之分的审美价值判断弱化了，从而走向了相对主义，其对形式的过分关注，势必忽略内容、主题的重要性。对沃尔夫林形式分析加以矫正的是潘诺夫斯基。

潘诺夫斯基是结构主义图像学（一译圣像学）的重要代表人物。[②] 图像学是对图像的描述与阐释。图像学分为两个阶段，一是图像志，二是图像学。图像志偏重于描述，图像学偏重于阐释，但二者又是紧密相关的，图像学是从图

[①] ［瑞士］沃尔夫林著：《艺术风格学》，潘耀昌译，辽宁人民出版社 1987 年版。

[②] 潘诺夫斯基有"艺术史的索绪尔"的称号，也被施特劳斯认为是一个"伟大的结构主义者"。

像志发展出来的。图像志方法最早可追溯至古希腊，而图像阐释要晚得多，理论化的建构更晚至 20 世纪初，其创始人是瓦尔堡。瓦尔堡的图像学方法从更大的文化背景（语境、环境）来阐释作品的含义，不再局限于形式分析，而侧重于文化分析。将瓦尔堡图像学发扬光大的正是他的弟子潘诺夫斯基。

潘诺夫斯基图像学最重要的在于他在《图像学研究》（1939）一书中提出的图像分析的三阶段理论：前图像志描述、图像志分析、图像志阐释。① 前图像志描述所涉及的就是我们的"所见之物"，即眼见到的一切，是图像本身直接呈现给我们的东西。前图像志描述需要事无巨细，不能有任何遗漏。图像志描述所涉及的超越于"所见之物"，是"所见之物"的象征（隐喻）意义，或者各类类型化的主题，如爱情、自由、正义、审判、死亡等等。图像志描述不能仅仅局限于作品本身，而涉及更多的文化、历史、现实等因素。对西方艺术而言，图像志分析所倚傍的文献材料（文学作品）主要是古希腊神话、《圣经》、民间故事等。图像志阐释所涉及的又超越于主题，因为主题还是泛化的、类型化的，图像志阐释所涉及的乃是作品的"深层意义"。深层意义就是超越于作品本身而对整个世界的某种折射或体现。潘诺夫斯基以《最后的晚餐》为例说明这部作品表现了当时人的世界观和价值体系。②

潘诺夫斯基的图像学方法同沃尔夫林的艺术纯形式的分析是截然不同的两条道路。不过，图像学也有它的不足。最突出的是，图像学并不关注作者和美学问题。不关注作者这一点是和艺术纯形式分析一样，而不关注美学问题乃是因为图像学更多地转向于宗教、风俗、社会、经济、心理等因素，概言之文化。所以说，图像学也可以成为图像文化学，而不是所谓的图像美学。图像学的另一缺陷是，它所依据的主要文献资源来自于西方（《圣经》故事），所形成的一整套的方法论自然也更适合西方艺术（文艺复兴时期）。图像学方法生成于艺术史界对文艺复兴等近代艺术的研究，主要侧重于再现性、叙事性的艺术，而对抽象艺术、机械复制艺术（摄影）无能为力。因此，将图像学应用于现代艺术、当代艺术分析就显得捉襟见肘了。③ 那么如何解决这一艺术难题呢？视觉文化研究提出了自己的方案。

巴克森德尔被认为是视觉文化研究的奠基者。巴克森德尔的艺术史研究和

---

① ［美］潘诺夫斯基著：《图像学研究：文艺复兴时期艺术的人文主题》，戚印平、范景中译，上海三联书店 2011 年版。

② 高名潞著：《意派论：一个颠覆再现的理论》，广西师范大学出版社 2009 年版，第 97 页。

③ 杨贤宗：《潘诺夫斯基图像学方法的根源与适用范围》，载《新美术》2010 年第 6 期。

潘诺夫斯基的不同。巴氏最大的困惑是，我们对艺术史的研究都使用着非艺术性的语言。就绘画而言，我们的研究只能以文字来呈现。巴氏认为，呈现绘画本来面貌是终极无解的，因此研究的重心不在意义，即绘画本身或作者，而在原因，即艺术作品为何如此这般地呈现？对这一问题的回答，图像学侧重于作者的或文化的意图，而巴氏则转向社会、经济、宗教、文化、日常生活方面的分析。这种分析可以称之为"情境分析"（或语境分析）。特定情境下的特定生活内容可能对艺术作品的呈现具有决定性的作用。比如，如果不理解当时的舞蹈形式，就可能无法理解波提切利的一些作品。正因为如此，巴克森德尔的艺术史研究被称为"艺术社会史"。

视觉文化研究在最近二十年发展迅猛。相比图像学，视觉文化的范围更为宽阔。其一，图像学的主要对象是所谓"高级文化"的艺术史，但视觉文化研究的内容已经扩大到所谓"低级文化"的影视、摄影、媒介、广告等领域。其二，图像学具有精英主义的气质，而视觉文化研究更倾向于大众文化趣味。其三，图像学研究对象是再现性、叙事性的作品，而视觉文化研究则不限于再现性、非叙事性的作品，非再现性的作品，如抽象作品、机械复制作品都可以成为视觉文化研究的对象。其四，图像学的理论资源主要是宗教学、文化学、社会学等规范性学科，而视觉文化则大量吸收 20 世纪特别是后期兴起的各种理论。这里要强调的是，视觉文化研究不是所谓的"看图说话"，也不是"读图时代"的狂欢，恰恰相反，视觉文化蕴含着批判性和建构性的立场。视觉文化研究不仅仅止于视觉，而是在视觉中发现非视觉的人类精神、价值和意义。[1]

随着图像学、视觉文化的逐渐深入，1992 年，美国艺术理论家 W. J. T. 米歇尔正式提出"图像转向（Pictorial turn)"[2]。"图像转向"的提出无疑得力于潘诺夫斯基的图像学奠基性贡献，但更得力于 60 年代以后视觉文化的兴起。如德波的"景观社会"研究[3]，鲍德里亚、麦克卢汉等人的媒介研究。米歇尔意义上的"图像转向"具有后现代的特性，它表明这样一种立场——反理性中心主义、反逻各斯中心主义、反语言中心主义、反霸权主义，而倡导感性、视觉、形象、自由的复归。对艺术研究而言，如何更真切地呈现艺术本身始终是

---

[1]　曹意强：《艺术史中的视觉文化》，载《美苑》2010 年第 5 期。

[2]　1992 年，托马斯·米歇尔在《艺术论坛》中首次提出"图像转向"（pictorial turn）。1994 年，他出版了《图像理论——视觉再现与语言再现文集》，其中第一章为"图像转向"。图像转向的意思是语言学转向之后出现的新的动向，图像转向是克服语言霸权、文本霸权，而发现视觉经验同阅读经验同样意义重大。见米歇尔著：《图像理论》，北京大学出版社 2006 年版，第 2—7 页。

[3]　[法]居伊·德波著：《景观社会》，王昭风译，南京大学出版社 2007 年版。

艺术研究的根本问题。①

大体而言，艺术史研究领域从艺术形式主义分析到图像学，再到视觉文化研究，和话语转向的思路是一致的，就是从内部转向外部，从文本转向文化（语境），从静态转向动态（交往），体现着后现代主义、反本质主义、跨学科研究的特性。

三、文化转向

无论是话语转向，还是图像转向，艺术研究最终都走向了艺术的文化研究，或曰文化转向。② 在这一领域，福柯、后殖民主义与文化研究做了开创性的拓展。

福柯是 20 世纪法国最为著名的思想家之一。他吸收了尼采的关于权力的思想，将其应用在知识、话语层面，其最重要的贡献就是指出了权力和话语的密切关系。福柯认为文艺复兴以来，西方大体经历了四种知识型（即词与物的配置模式，或曰思想范型）③，分别是文艺复兴的"相似性"、古典主义时期的"再现"（或"表象"）、现代社会的"人"（或人类学主体主义）、当代社会的"无意识"（尼采、精神分析等所揭示）结构。④ 其中第三个阶段的知识型是福柯着力批判的，这也是福柯所说的"人之死"（或者大写的理性之死、无限之人与绝对主体性之死）的原因。

在批判了人类学主体性之后，福柯重点转向了对话语的分析。在《知识考古学》（1969）中，福柯分析了话语形成的四个维度——话语对象、陈述方式（行为）、概念和策略（主题或理论的选择）。其中陈述是话语的"基本单位"

---

① 图像学研究日益将自身与艺术史、视觉文化研究等融为一体，尤其是"新图像学"研究，如布雷德坎普（1947—），参布雷德坎普：《被忽视的传统——作为图像学的艺术史》，载《艺术设计研究》2011 年第 1 期。

② 施旭：《话语分析的文化转向：试论建立当代中国话语研究范式的动因、目标和策略》，载《浙江大学学报（人文社会科学版）》2008 年第 1 期。

③ 在《知识考古学》中，福柯说，知识型是"能在某一既定时代的各种科学之间发现的关系整体"，"它是由区分、差距、巧合组成的极灵活的整体，它们组建起来又拆散"。福柯著：《知识考古学》，谢强、马月译，三联书店 2003 年版，第 249、250 页。

④ ［法］福柯著：《词与物——人文科学考古学》，莫伟民译，三联书店 2002 年版。

（原子）①，而话语就是"陈述的整体"②。知识考古学就是考察话语的形成过程的复杂性、差异性、矛盾性、不连续性，或者说是让话语自我呈现，而非被呈现。③ 知识是"由某种话语实践按其规则构成的并为某门科学的建立所不可缺少的成分整体"，"不具有确定话语实践的知识是不存在的，而每一个话语实践都可以由它形成的知识来确定"。④ 在《知识考古学》中福柯已经涉及权力知识问题，一是话语实践对知识的决定作用，二是意识形态与科学的密切关系。

在《话语的秩序》（1971）里，福柯对权力知识（权力话语）的分析更为系统明晰。福柯认为，"在每个社会，话语的制造是同时受一定数量程序的控制、选择、组织和重新分配的"，这些程序划分为三类：一是内部程序，如言语的排斥、疯狂的区分、真理意志；二是外部程序，如阐释（评论）、作者、学科等；三是主体限制程序，即话语应用的条件和范围。为了真切解释权力运作模式，福柯提出来四个原则——反向、断裂、特殊性、外在性，在分析方法上，它们又分为两组：一组是批判性方法，针对反向原则，"试图把握我刚才所说的排斥、限制和挪用的形式；展示它们如何应需而成形，怎样被修正和置换，它们实施了怎样的限制，在何种程度上被规避"。另一组是谱系方法，针对后三种原则，"话语系列是怎样通过、不顾或借助于这些限制系统而形成的；它们每一个的具体标准是什么；它们出现、发展、变化的条件又是什么"。批判分析和谱系分析不可割裂，只是一个重视否定因素（限制、排斥），一个重视肯定因素（规律性）。⑤ 通过这些描述，话语控制无所不在，如影随形。70年代后，福柯的《规训与惩罚》《性意识史》又将前期的"话语－权力"的两重维度深拓为"话语－权力－身体"的三重维度，使福柯对权力的分析达到其学术的顶峰。⑥

以福柯为代表的话语理论主要属于后现代主义（或后结构主义）话语理论，与其相关并吸收后现代话语理论资源生发了一些新的话语理论，其中后殖民主义话语理论是最强劲的一支。后殖民话语理论有三点值得注意。

一是东方主义话语，主要以萨义德的研究为代表。萨义德在《东方学》

---

① ［法］福柯著：《知识考古学》，谢强、马月译，三联书店，第99页。
② ［法］福柯著：《知识考古学》，谢强、马月译，三联书店，第150页。
③ ［法］福柯著：《知识考古学》，谢强、马月译，三联书店，第177—179页。
④ ［法］福柯著：《知识考古学》，谢强、马月译，三联书店，第236、237页。
⑤ ［法］福柯：《话语的秩序》，《语言与翻译的政治》，许宝强、袁伟选编，中央编译出版社2002年版，第1—31页。
⑥ 杜小真编选：《福柯集》"编者前言"，远东出版社1994年版，第3—4页。

（1978）通过对殖民时期的文本进行研究后，认为东方主义正是西方审视东方的话语策略，将东方"文本化"的同时，又将其"他者化"、"历史化"，其根本思想模式就是西方中心主义与东西二元对立，并且创造了专属的"东方主义"话语，成为表述东方的原则和基础，从而使东方长久地匍匐于西方面前。① 所以，在东方主义话语里，"东方不是东方"，不是作为本我的、家的东方，显示了家的破碎和失家状态。由此萨义德也提出反殖民策略，他认为像后现代（利奥塔）对宏大叙事的拆解并不适用于东方，也即诸如革命、解放等仍然是殖民地的重要话语。

二是臣属（或译属下、底层）话语，② 以斯皮瓦克为代表。斯皮瓦克在20世纪80年代的时候参加印度的"属下研究小组"，通过对印度殖民历史的具体研究，对臣属作了深入的说明。她的代表论文是《属下能说话吗？》（1988）。③斯皮瓦克认为属下不能说话，其根本原因在于属下自身没有话语权，即便说话，也没有人听。斯皮瓦克认为臣属话语独立性的获得应该摒弃二元对立思维模式，不是在西方和本土之间做绝对的选择，而是经由去中心化、批判分析进而通过后殖民批评人文话语呈现臣属的存在境况。为此，斯皮瓦克提出了一种"策略的本质主义"，通过对本质主义积极的运用，推进属下话语的自觉和独立性。这一点在表面上与萨义德宏大叙事有效论接近，但秉持一种自觉意识。

三是混杂性（hybridity）话语，以霍米·巴巴为代表。在其《民族与叙事》（1990）导言及其论文《DissemiNation（播撒）》中，巴巴吸收安德森的"想象的共同体"的观点，进一步视民族视为一种叙事。④ 为了达到解构本质主义和二元对立的目的，巴巴思想方法论是混杂性（模棱两可）策略，如模拟（mimicry）。通过混杂性策略被殖民话语渗入殖民话语，达到对殖民话语纯粹性的拆解。同时，被殖民话语也变得不纯粹，这也引出了文化身份问题，那种本质主义、二元对立的民族文化认同对被殖民地而言业已失效。这种混杂性策略构成了所谓的第三空间，既不是纯粹的殖民文化空间，也不是纯粹的被殖民文化空间，而是混杂空间。对殖民地话语或者反殖民话语而言，巴巴提出的

---

① ［美］萨义德著：《东方学》，王宇根译，三联书店1999年版。

② Subaltern，葛兰西用语，指资本主义社会相对于资产阶级的无产阶级（主要是农民），是边缘群体。

③ Spivak，"Can the Subaltern Speak?"，Cary Nelson and Lawrence Grossberg，*Marxism and the Interpretation of Culture*，University of Illinois Press，1988. 中译参陈永国等编：《斯皮瓦克读本》，北京大学出版社2007年版。

④ Homi K. Bhabha ed.，*Nation and Narration*，Landon and New York：Routledge，1990.

"文化定位"具有启示意义，这也是他的混杂性理论所揭示的，即文化立场定位在"离家"状态——既不反对家，又不以特定之家为家，而始终处于寻家的边缘、流动状态。为此才能对本质主义、二元独立构成思想的优势，才能真正反映当代后殖民文化的实质。[①]

除了福柯、后殖民外，话语理论不可忽视的还有意识形态话语（权）理论，主要由西方马克思主义、文化研究、新左派等推动。他们有一个共同的理论资源——葛兰西的文化领导权（hegemony）。葛兰西指出一个社会集团的领导权分为两个方面，一是实际的"统治"，二是"精神和道德的领导"（或文化霸权），后者对前者而言具有重要的先决意义，并认为，文艺批评与创作应为"新文化而斗争"，而不仅仅止步于批评与创作本身。[②] 20 世纪 60 年代以后，意识形态话语理论主要探讨话语的意识形态功能，或者意识形态的话语维度，从注重对阶级斗争的分析转向了文化分析。这里不得不提文化研究学派的话语理论，其代表人物有拉克劳和墨菲（合称"拉墨"）、霍尔等人。

拉墨的话语理论受到葛兰西等西方马克思主义的影响很大，主要集中于领导权，他们旗帜鲜明地说"回到领导权斗争中去"。如何进行斗争呢？他们的关键词是 articulation（链接，中译本做"连结"）。[③] 链接与话语有着非常密切的联系，链接构成话语，但链接本身又是动态的，因而呈现的是一种差异性。链接所要破除的是这样一种观点——事物之间的必然关系，相反，事物之间的关系都是链接的结果，并且这种结果也非一成不变。除了话语外，链接还同身份有关。链接产生话语，而话语对主体身份的确定至关重要。这说明身份并不是传统意义上身份，而是具有了后现代的意义，即"后身份"。由此，领导权的斗争就由话语、链接、身份三个要素构成。链接构成了话语，并在主体身上形成身份。因此，身份的形成已经和经济、政治的关系越来越远而与话语的链接实践密切相关。这种意义的领导权就是"话语领导权"。[④]

---

① 王宁：《叙述、文化定位和身份认同——霍米·巴巴的后殖民批评理论》，载《外国文学》2002年第 6 期。

② ［意］葛兰西著：《狱中札记》，葆煦译，人民出版社 1983 年版，第 316－317，456 页。

③ ［英］恩斯特·拉克劳、查特尔·墨菲著：《领导权与社会主义的策略——走向激进民主政治》，尹树广等译，黑龙江人民出版社 2003 年版。

④ 陈炳辉：《从政治领导权、意识形态领导权到话语领导权——拉克劳、墨菲的领导权理论》，载《厦门大学学报（哲学社会科学版）》2010 年第 1 期。

四、艺术话语研究的奠基与成形

以话语转向、图像转向、文化转向为合力，艺术话语问题呼之欲出。这三大转向可以视为艺术话语划时代标志。在转向之中，艺术话语研究的实践就已经在不断开展了。所谓艺术话语就是对受到上述转向影响而出现的艺术研究新局面的一种概括和提炼。这一新局面显然迥异于传统的艺术研究，而是一种"语境－交往－文化研究"。有三位理论家在艺术话语的奠基和成形上起到了重要作用。

第一位是巴赫金，他是艺术话语研究的奠基人，是迄今为止笔者发现最早的明确提出"艺术话语"这一概念的人。巴赫金是后结构主义语言学在俄苏的代表，极具理论自觉性和独立意识，对当时具有统治地位的索绪尔结构主义语言学表达了反对意见。① 在巴赫金看来，真正的语言学应该研究话语，而非抽象的语言系统（即独白），同时不脱离社会因素。为此，巴赫金提出的"超语言学"，其研究对象便是"活的语言中超出语言学范围的那些方面，而这种研究尚未形成特定的独立学科。"这种超语言学从性质上说正是话语研究。

巴赫金认为话语的根本特性是它的对话性，"实际上话语是一个两面性的行为。它在同等程度上由两面所决定，既无论它是谁的，还是它为了谁。它作为一个话语，正是说话者与听话者相互关系的产物。任何话语都是在对'他人'的关系中来表现一个意义的。在话语中，我是相对于他人形成自我的……话语是连结我和别人之间的桥梁。……话语是说话者与对话者之间共同的领地。"② 除了话语，巴赫金深入探讨的还有"表述"。表述即索绪尔谈到的 parole，其原指个体的话语实践，但巴赫金不同意这种个人主义的主观主义，而认为"表述是社会的"③。因此，"人民交流的是思想，亦即表述"④。从一定程度上说，话语和表述是一个概念。"我们的言语，即你们的全部表述（包括创作的作品），充斥着他人的话语；只是这些他人话语的他性程度深浅、我们掌

---

① 巴赫金在当时就说："我们语言学思想的大多数代表人物受到了索绪尔及其弟子——巴利与薛施霭的影响"。巴赫金：《马克思主义与语言哲学》，《巴赫金全集》第 2 卷，河北教育出版社 1998 年版，第 404 页。

② ［苏］巴赫金：《马克思主义与语言哲学》，《巴赫金全集》第 2 卷，钱中文译，第 436 页。

③ ［苏］巴赫金：《马克思主义与语言哲学》，《巴赫金全集》第 2 卷，钱中文译，第 432 页。

④ ［苏］巴赫金：《言语体裁问题》，《巴赫金全集》第 4 卷，钱中文译，第 158 页。

握程度的深浅、我们意识到和区分出来的程度深浅有所不同。这些他人话语还带来了自己的情态、自己的评价语调，我们对这一语调则要加以把握、改造、转换。"① 巴赫金认为我们总是生活在"话语的世界"里，"在没有表述、没有语言的地方，不可能有对话关系"。② 话语是我们的存在方式，它将我们从个体汇聚为人类大我。③ 从根本上说，巴赫金的话语就是社会交往性的话语。

巴赫金话语语言学的一个重点是对言语体裁的阐述。所谓言语体裁就是言说作品的体式、形态，是典型的语言表现形式。巴赫金认为，我们说话不是在说简单的字词句，而是在说某种言语体裁："学会说话就意味着学会表述。言语体裁组织我们的言语，几乎就像语法形式（句法形式）组织我们的言语一样。""如果不存在言语体裁……那么言语交际、思想交流便几乎是不可能的了。"④ 话语不是现成地被表达出来了，而必须通过某种特定的言语体裁，以使我们的话语得到更好的表达。"作者寻找自己的话语，基本上是寻找体裁和风格，寻找作者的立场"。⑤ 显然，巴赫金已经触及话语的核心问题，并且其话语理论也被认为是巴赫金思想的最精彩的部分。⑥

第二位是罗兰·巴特，他是 20 世纪结构主义语言学向后结构主义语言学转向的关键人物之一。他以其广泛的笔触探讨了文本、神话、摄影问题。罗兰·巴特的研究有两点特别重要：一是对写作的研究，一是对文本的研究。在《写作的零度》（1953）中，巴特探讨了西方写作的历史，他认为写作介于语言结构（语言、社会、历史、文化等）和风格（作家个体、精神、性格）之间，但往往不独立，或受制于权力化的语言结构，或沉醉于个体世界。为此，为拯救写作的危机，巴特提出"零度写作"，就是处于语言结构和个人风格的中间位置。⑦ 后期巴特转向了后结构主义，在《从作品到文本》（1971）中，他清晰描述了结构主义与后结构主义在面对文学时的不同立场，即结构主义视文学作品为"具有确定意义的封闭实体"，而后结构主义则视文学作品"为不可还原的复合物和一个永远不能被最终固定到单一的中心、本质或意义上去的无限的能指游戏"。前者的研究对象是封闭的作品（语言、所指），而后者的研究对

---

① ［苏］巴赫金：《言语体裁问题》，《巴赫金全集》第 4 卷，钱中文译，第 174—175 页。
② ［苏］巴赫金：《文本问题》，《巴赫金全集》第 4 卷，钱中文译，第 321 页。
③ ［苏］巴赫金：《1970—1971 年笔记》，《巴赫金全集》第 4 卷，钱中文译，第 397、407 页。
④ ［苏］巴赫金：《言语体裁问题》，《巴赫金全集》第 4 卷，钱中文译，第 162 页。
⑤ ［苏］巴赫金：《1970—1971 年笔记》，《巴赫金全集》第 4 卷，钱中文译，第 416 页。
⑥ 凌建侯：《话语的对话性——巴赫金研究概说》，《外语教学与研究》2000 年第 3 期。
⑦ ［法］罗兰·巴特著：《写作的零度》（1953），李幼蒸译，中国人民大学出版社 2008 年版。

象则是开放的文本（话语、能指）。① 在《S/Z》中，巴特将文本区分为两种：一是"可写文本"（能引人写作），一是"可读文本"（能引人阅读）。"可读文本"就是作者创作的封闭式的文本，即作品，以作者为核心，读者再创造的可能性小。"可写文本"就是读者再创作的文本。"可写文本"预示着读者的自由，发现自己的主动性，破除"可读文本"对意义的封闭，从而解放了读者的阅读行为。② 在此意义上，巴特提出的"作者死了"就势所必然了："为使写作有其未来，就必须把写作的神话翻倒过来：读者的诞生应以作者的死亡为代价来换取。"③ 于是，读者在解放了的、可写文本的创造性中臻达"醉境"（jouissance）。④

巴特在视觉艺术话语研究上的另一大贡献是对图像学研究的拓展。符号学是巴特的视觉艺术研究的思想基础和理论武器。巴特论述视觉艺术的对象是摄影。巴特认为摄影有两个阶段：一是符号学阶段，二是现象学阶段。符号学阶段也可以成为描述阶段，而现象学阶段可以称为解释阶段。在符号学阶段，摄影分为三个层次：第一个层次是语言信息层，如标题、解说词（配文）、影像中的文字等，它不是图像性的。语言信息的功能是固定（规定、导向）意义和中转（传送）意义。第二个层次是直接意指（非编码）图像层，就是人们所见到的图像，是画面直接给予我们的，用巴特的话说就是"外延信息"，是符号的"所指"。第三个层次是含蓄意指（编码）图像层，指的是图像所蕴含的象征意义，是图像背后的意义，用巴特的话说就是"内涵信息"，是符号的"能指滑动"，新的"所指"诞生。⑤ 这三个层次和潘诺夫斯基的图像学三阶段有异曲同工之处。巴特的摄影符号学三层次的最高层次和潘氏图像学最高层次是一致的，都是探寻图像本身或背后的象征意义，从社会角度解读图像。然而，作为哲学家的巴特自然比作为艺术史家的潘诺夫斯基更高一筹。因为摄影还有一个现象学阶段。现象学方法的最重要的特征就是"悬隔"，而直面事物本身。故此在现象学阶段，观看图像就是悬隔一切，而进入图像本身，达到"醉"的状态。⑥

---

① ［法］罗兰·巴特：《从作品到文本》（1971），载《文艺理论研究》1988 年第 5 期
② ［法］罗兰·巴特著：《S/Z》，屠友祥译，上海人民出版社 2000 年版，第 55—57 页。
③ ［法］罗兰·巴特：《作者的死亡》（1968），见《罗兰·巴特随笔选》，屠友祥译，百花文艺出版社 2005 年版，第 301 页。
④ ［法］罗兰·巴特：《文之悦》，屠友祥译，上海人民出版社 2002 年版，第 6、63—64 页。
⑤ ［法］罗兰·巴特：《形象的修辞》，见《视觉文化研究读本》，北京大学出版社 2009 年版。
⑥ ［法］罗兰·巴特著：《明室——摄影纵横谈》，赵克非译，文化艺术出版社 2003 年版。

巴特的艺术话语研究具有鲜明的后现代主义特色。他的一个富有启发意义上的思想学说是"神话"。巴特眼中的神话并非远古先民眼中的神话，但它们的功能是一致的——形成价值观。神话的最大特色是将神话关系"去政治化"，或者"看起来不像是神话"。神话消泯自身有两种方式：一是转喻，二是隐喻。转喻就是部分代整体，隐喻就是相似性。在广告中，转喻隐喻使用比比皆是。品牌成为新的大众时代的"图腾"。于是，人们消费的不是商品，消费的是安全、健康、青春、爱心等等，此时商品就不再具有商品的使用功能了，而具有文化功能，或者意识形态功能。但是，这些转喻隐喻只是神话关系的某种体现而已，但不是唯一或者全部体现。为了寻获人类自身的批判理性，只有破除神话关系，还原事物的本来面貌。[①]

巴特的艺术话语研究横贯文学（话语）、视觉艺术（图像及大众文化）两大领域，并且符号学、现象学、神话学、结构主义、后结构主义、意识形态理论等构成了他的思想基础，尤其是他的哲学符号学功底，使他在分析艺术话语的时候游刃有余自成一家，是名副其实的艺术话语开创者。

第三位是皮埃尔·布迪厄，同样是一位后结构主义思想家，他对艺术话语的研究表现在两个方面：一是否定了索绪尔的结构主义语言观。[②] 他认为："创造语言并不是为了进行语言学分析，而是用来说话，用来得体地说话。"[③] 同时，布迪厄将社会学思路注入语言研究之中，注重探讨语言活动场域的支配与被支配关系。"每一次语言交流都包含了成为权力行为的潜在可能性，当交流所涉及的行动者在相关资本的分配中占据着不对称的位置时，情况就更是如此。"[④]

二是对艺术场域的分析，将语境、权力话语（福柯）和政治经济学（马克思）结合起来，深刻呈现了资本主义时代艺术的存在方式。"场"（或场域）是布迪厄最重要的术语之一。布迪厄说："在高度分化的社会里，社会世界是由大量具有相对自主性的社会小世界构成的，这些社会小世界就是具有自身逻辑和必然性的客观关系的空间。"[⑤] 他从社会学的角度切入艺术领域，将人们的审美实践同社会条件或者社会场域结合起来，认为什么样的审美，其背后都有

---

① ［法］罗兰·巴特著：《神话——大众文化诠释》，许蔷蔷、许绮玲译，上海人民出版社1999年版。

② ［法］布迪厄、［美］华康德著：《实践与反思：反思社会学导引》，李猛、李康译，邓正来校，中央编译出版社1998年版，第187页。

③ ［法］布迪厄、［美］华康德著：《实践与反思：反思社会学导引》，李猛、李康译，第188页。

④ ［法］布迪厄、［美］华康德著：《实践与反思：反思社会学导引》，李猛、李康译，第192页。

⑤ ［法］布迪厄、［美］华康德著：《实践与反思：反思社会学导引》，李猛、李康译，第134页。

相应的审美规范，这种规范就是权力规范。

在某一场域里，资本是最为重要的，进入场域的每个人都在尽力遵守规则的同时获取最大的资本——生产与再生产。场域中的"资本赋予了某种支配场域的权力，赋予了某种支配那些体现在物质或身体上的生产或再生产工具（这些工具的分配就构成了场域结构本身）的权力，并赋予了某种支配那些确定场域日常运作的常规和规则、以及从中产生的利润的权力"①。艺术场域建构了艺术行为（习性，或惯习），在艺术场域中的主体都必须遵从艺术场域所设定的法则，否则就将被逐出场域或者边缘化，但当其所占资本足够大的时候，这种行为可能上升为主流行为。由此，"规则（法则、逻辑）－习性（行为方式）－资本"成为艺术场域中的三大要素，而其运行模式则是支配与被支配关系。

布迪厄的艺术社会学研究将权力之间的支配与被支配关系放置在特定的场域之中，从而具有了微观社会学的特色，他提示我们，艺术场域永远充满着竞争与斗争（权力、利益），特别是符号、话语的斗争："是斗争本身构成场的历史；斗争才使得场有了时间性。"②

五、艺术话语研究学术史

三大转向和艺术话语研究的成形可以视为艺术话语思想脉络的第一个维度，即思想史维度，是艺术话语研究的开创阶段，提供多种多样的思想背景和理论资源。20 世纪 80、90 年代以后，艺术话语的专业研究日益发展，艺术话语研究的美学家、文艺理论家方阵开始登场。在国际文艺研究界，系统讨论艺术话语的专门著作出现于 20 世纪 80 年代。

艺术话语研究的专业化方面最突出的是门类艺术话语研究，其中最重要的是文学话语研究，这主要受到话语转向的重要影响。1985 年，荷兰语言学家冯·戴伊克编辑的《话语与文学》出版③，共收论文 12 篇，探讨话语与文学的密切联系，涉及修辞学、文体学、话语分析等领域。戴伊克还出版了《话语

---

① ［法］布迪厄、［美］华康德著：《实践与反思：反思社会学导引》，李猛、李康译，第 139 页。

② ［法］布迪厄著：《艺术的法则：文学场的生成与结构》，刘晖译，中央编译出版社 2000 年版，第 193 页。

③ Teun A. van Dijk ed. , *Discourse and literature: new approaches to the analyses of literary genres*, Amsterdam; Philadelphia; J. Benjamins Pub. Co. , 1985.

与语境》，提出了语境的"社会—认知"的属性。[1] 1989 年，英国语言学家罗纳德·卡特编辑的《语言、话语与文学：话语分析导引读本》出版[2]，同年，英国语言学家盖伊·库克的《话语》一书出版[3]，1994 年，《话语与文学》（英文版）出版[4]。这些研究多数都是由语言学家完成的，纯粹的文学理论家进行的话语研究较少。

大约同期或稍后，艺术话语研究也出现了。1986 年美国学者杰西卡·普林茨完成了自己的博士论文《艺术话语/艺术中的话语》，[5] 1991 年该书出版。[6] 该书所关注的正是后现代以后艺术将自己的注意力放在了语言、话语上这一事实。这些艺术（往往是一些概念艺术）认为语言是不可或缺的。这部书主要关注的是抽象（概念）艺术与语言的关系。该书是第一部明确以"艺术话语"命名的专门著作。2008 年，两位比利时学者 Nico Carpentier 与 Erik Spinoy 选编的《话语理论与文化分析：媒介、艺术与文学》出版[7]，该书多篇论文借鉴文化研究话语理论，将其对抗性、霸权、不确定性等观念应用到文学艺术分析，拓展了当代艺术话语研究的理论维度。

由于 Discourse 一词除了话语、（专题）论文外，也有对话、讲话、谈话的意思，故此，艺术话语本身就可能是非常动态化的。一些西方的先锋艺术家和理论家喜欢尝试用这种方式。如 1990 年美国策展人罗素·弗格森等编辑出版的《话语：后现代艺术与文化的对话》。[8] 更有甚者将艺术家的谈话、对话、访谈做成有声杂志。如《听觉艺术》，是 1973 年在英国伦敦出版的有声"杂

---

① Teun A. van Dijk, *Discourse and Context：A sociocognitive approach*, Cambridge University Press，2008.

② Ronald Carter ed., *Language，discourse，and literature ：an introductory reader in discourse stylistics*，Unwin Hyman，1989.

③ Guy Cook, *Discourse*, Oxford：Oxford University Press，1989.

④ Guy Cook, *Discourse and literature：the interplay of form and mind*，Oxford：Oxford University Press，1994.

⑤ Jessica Prinz, *Art discourse，discourse in art*（1960—1985），University of Southern California，1986.

⑥ Jessica Prinz, *Art discourse/discourse in art*, New Brunswick, N.J. Rutgers University Press，1991.

⑦ Nico Carpentier，Erik Spinoy ed., *Discourse theory and cultural analysis media，art and literature*，Hampton Press，2008.

⑧ Russell Ferguson（et al）ed., *Discourses：conversations in postmodern art and culture*，New York：New Museum of Contemporary Art ；Cambridge，Mass.：MIT Press，1990. 该书另有中文译本《艺术论述：后现代艺术与文化的对话》，吴介祯译，台湾远流出版社 1999 年版。

志"（磁带），是英国概念艺术家威廉·福尔隆创立的，主要是和当代艺术家的对话。1994 年出版《听觉艺术：当代艺术中的话语与实践》是对这一杂志的文字呈现。① 这种对话学术在思想界并不鲜见，如福柯、萨义德、布迪厄，均有访谈集，对艺术对话产生了积极的影响，在国内也有一些以对话（访谈）为主题的艺术话语实践研究。② 艺术对话大体显示了当代艺术家的前卫姿态、前沿意识和现实态度，将艺术和话语体裁（讲演、对谈、访谈等）紧密联系起来加以思考，或者将自己高深的学问以通俗而直接的方式表达出来，进而使艺术以更加积极的态度介入现实、文化、社会，不在仅仅局限于学院规范和封闭的文本。

从国内来说，艺术话语经过了从偶尔使用到明确使用，再到自觉研究的阶段。艺术话语逐渐成为当代艺术家、美学家、艺术理论家笔下的关键词。1985 年，曹威凤对艺术话语有一段描述："一篇艺术话语是思想美学内容、组织结构、语言表达手段这三要素组成的有机的整体。"③ 此处的艺术话语主要指的是整体的语篇，主要是从话语分析的角度进行作品的解读，是话语语言学研究在文学研究领域的反映。

1990 年，舒群的《图式话语与字词话语——艺术语言研究的嬗变和延伸》是笔者所知的国内第一篇专门研究艺术话语的论文，他借鉴福柯话语理论，认为艺术话语即艺术话语实践，话语实践就是某种语言的研究，因为研究本身也就是一种实践活动。④ 1993 年，中国文艺理论界召开了一次以"美学与现代艺术"为主题的学术会议。有学者将此次会议的议题之一提炼为"重建人文科学话语系统"，具体而言就是"如何在现代文化、传统文化、西方文化的交汇点上重建自身的话语系统"。⑤

1993 年，王岳川的《后现代文化艺术话语转型与写作定位》一文是国内第一篇在标题明确提示艺术话语的论文，该文将西方艺术话语前沿——后现代话语引介到国内，强调后现代文化艺术的话语转型对写作构成新的挑战。⑥

---

① William Furlong, *Audio arts : discourse and practice in contemporary art*, London : Academy E-ditions ; New York, NY : Distributed in the United States by St. Martin's Press, 1994.

② 李世涛等主持的课题：《话语的踪迹——中国当代文艺思潮、文艺理论、美学访谈与研究》（2007 年结项）。

③ 曹威凤：《试论俄语中的隐喻与篇章的关系》，载《外国语文教学》1985 年第 4 期。

④ 舒群：《图式话语与字词话语—艺术语言研究的嬗变和延伸》，载《美术》1990 年第 5 期。

⑤ 姚文放：《重建美学和现代艺术的话语系统——"美学与现代艺术"学术讨论会综述》，载《学术月刊》1993 年第 9 期。

⑥ 王岳川：《后现代文化艺术话语转型与写作定位》，载《当代作家评论》1993 年第 4 期。

1994 年，王一川提出当代美学的"修辞论转向"，其关注的"正是艺术话语同历史不可分割的关系"，强调"话语－文化语境的互赖关系"。① 实质而言，这种修辞论（话语）美学无疑是话语转向的必然反映。1996 年，柴小刚使用"纯艺术话语"一词，意指坚持纯艺术这种理念的创作观念和思潮。这里的纯艺术旨在"追求智慧的纯粹性或基本的陈述"的个体话语，它以"完美、理智、精雅为基本特征"，其核心就是形式主义。②

新世纪以来的一些文章更明确地使用和讨论中国艺术话语问题。2003 年，罗徕对网络艺术话语作了论述，并辩证思考网络艺术与传统艺术的关系问题。③ 2010 年，黄宗贤认为，当代艺术话语应该超越流俗与前卫，尝试重构当代中国自己的艺术话语，从艺术创作方面，强调了艺术话语自我意识的重要性。④ 2011 年，李兴涛提出并讨论"中国当代艺术话语体系"，认为中国当代艺术（前卫艺术）经过若干年的发展，到新世纪并没有形成自己的话语立场和话语体系，仍然跟在西方艺术后面走。⑤ 2012 年，凌晨光指出艺术话语自身的建构性特征。⑥ 暂且不论上述论断的有效性如何，我们至少可以看出，对当代中国艺术话语的建设与反思已经成为一个不容忽视的重要问题。

六、从艺术话语到中国艺术话语

就世界范围而言，从 1926 年有明确的艺术话语（巴赫金）研究开始，经过长期的学术思想积淀和相关研究的推进，在 80 年代，艺术领域中的话语研究日益扩大。对中国而言，除了艺术话语研究的思想史维度我们没有赶上外，学术史维度已经和世界接轨，我们又完成一次追赶。然而，在我看来，如果中国的艺术话语研究在专业化阶段就此止步，因为艺术话语除了思想史、学术史维度外，还有一个重要的维度没有触及，这就是艺术话语的实践史。艺术话语的实践史的拓展是艺术话语自身特性所决定的，它不是纯学术问题。

---

① 王一川：《走向修辞论美学——90 年代中国美学的修辞论转向》，载《天津社会科学》1994 年第 3 期。
② 柴小刚：《纯艺术话语是对当代艺术本质的背离》，载《连云港教育学院学报》1996 年第 1 期。
③ 罗徕：《网络艺术话语——兼论传统艺术的立场和灵魂》，载《装饰》2003 年第 11 期。
④ 黄宗贤：《艺术话语重构：跨越流俗与"前卫"的合谋》，载《文艺报》2010 年 12 月 27 日。
⑤ 李兴涛：《浅析中国当代艺术话语体系的重建》，载《大众文艺》2011 年第 18 期。
⑥ 凌晨光：《艺术作为话语分析的对象》，载《天津社会科学》2012 年第 6 期。

现代艺术话语研究其根本特性有三：一是理论反思性和能动性。艺术话语思想史表明，任何对艺术的崭新理解都是一种对既有思想的反抗、否定和超越，没有原封不动的艺术研究。理论的反思性和能动性表明艺术话语强劲的思想原动力，实现了从学术到思想的跨越。二是话语实践性，注重社会性、文化性。传统艺术研究注重审美、形式、内部，而艺术话语研究则重视艺术同社会、历史、文化的互动联系。艺术不再固守于纯艺术范畴，而是日益参与到社会文化的建构当中，并且深刻揭示了艺术是人类精神的重要表征。在这一点上，艺术话语研究实现了从思想到实践的跨越。三是文化能动性，注重对话性、交往性。艺术话语研究所处的时代是人类交往日益频繁深入的时代，新的艺术形式不仅含有本土文化的传统，还含有外来文化传统，含有意识形态的内容。艺术不是被动呈现着这些传统，而是构造着这些传统，当代艺术大大加深了人类的文化联系和精神联系，也是世界艺术的前期准备。所以，艺术话语研究的推进将实现从区域化到整体化的跨越。

由此，从学术到思想，从思想到实践，从区域到整体，这三大跨越凸显了艺术话语研究的重大的范式转换意义，凸显了艺术与社会、历史、文化、政治、生态、场域、精神、立场、策略等多方位、深层次的复杂动态关系，克服传统艺术研究固守的内部与外部、本质与功能的二元对立倾向，倡导多元性，更真切地发掘了艺术的当代存在境况。因此，艺术话语研究根本上具有本体论转换的意义，它不是仅仅对艺术话语的一种学术研究，其注重综合性、跨学科、跨文化的特性，更表明一种崭新的艺术观、价值观、方法论。反观当代中国艺术理论，各类问题层出不穷。理论霸权傲视艺术，西方霸权傲视中国，但是，真正的艺术和真正的中国艺术却很少得到充分而客观的关注。

第一，理论研究与艺术现实严重脱节。面对中国艺术，各类西方理论各试身手，但没有形成一个崭新的艺术研究领域，艺术反而成为女性主义、后现代主义、后殖民主义、文化研究的实验场。艺术话语则不然，它明确彰显艺术研究的本体地位，是艺术与话语的紧密结合，强调理论在艺术话语研究领域的自我反思、完善和提升，它不是一般的学术研究，而是一种能动的思想生发和话语实践，它比艺术学理论更直接地参与到艺术建构和文化建构当中。

第二，中国问题意识欠缺。一提中国，就被认为是保守主义，其实，中国意味着我们的身份、立场、精神，是建构世界的主体基础和文化地基。所以，中国对中国艺术而言是生死与共的。但是，在西方理论冲击之下，中国问题不断被掩盖和走样，是被他人阐释的中国，而不是自我阐释的中国。实际上，诸如："中国当代艺术史写作的西方模式与中国模式"，"艺术终结与中国艺术史叙事"，"全球化语境中的当代中国艺术身份"，"当代艺术的当代性、中国性、世界性、现代性（后现代性）"，"中国艺术话语权与软实力（价值观）"，"中国当代艺术与社会、市场、政治的关系"，"中国艺术精神资本（核心竞争力）"，"艺术范式与中国艺术创新模式"，"中国艺术批评理论创新与原创"，"'读图时代'的中国艺术存在方式"，"视觉文化转向下的中国当代艺术"，"中国艺术的跨文化交往与艺术输出"，等等，都是当代中国艺术话语亟待解决的"中国问题"。"中国问题"具体落实就是中国艺术问题，而中国艺术问题的核心就是中国艺术精神问题。因此，中国艺术话语所关注的并不单是艺术形式，不单是审美或美学问题，而更是当代中国人的跨文化交际能力、想象力与创造力，彰显中国价值，发扬中国智慧，传递中国精神。

第三，艺术理论原创性不够。各种理论资源只是对艺术进行一种阐释、解读，但是理论的最高境界是创造、超越自己。如果仅仅止于解释，理论的完满性、完美性得以表现，但它无助于人们更高层次的认识。真正的理论都是勇于去创造新的解读，敢于触碰未曾解释、未曾接触过的问题。福柯的"权力话语"，巴赫金的"元语言学"，巴特的"神话"、"文本"，布迪厄的"资本"，莫不如此。就中国艺术话语研究而言，它不单是引进西方艺术话语研究，不单是翻译介绍西方话语研究，不单是进行当代中国各类艺术话语的分门别类的研究，它不单是要追问当代中国艺术应该具有何种形态，更重要的在于，艺术话语研究要追问：谁需要这种形态？向谁表述（即谁在倾听）这种形态？这种形态是什么形态？这种形态是如何被建构出来的？为何具有这种形态？这种形态存在于何处、何时（艺术语境）？如何具有这种形态？这就是中国艺术话语的原创性的问题域。

可以说，当代中国艺术已经到了需要对当代中国艺术的话语结构与规律、合法性、身份、立场、意图、策略、表述方式、文化语境、社会机制等做出反思性梳理的时候了[①]，而归根结底的一个核心问题就是艺术"如何表述当代中国"：吸取艺术话语的思想史与学术史资源，确立当代中国艺术话语的表意实践意识，即面对艺术"如何表述当代中国"这一问题，有深刻的自觉和切实的行动，这才是横亘在当代艺术界最前沿的中国问题。

---

① 王宁、曹顺庆、池昌海、施旭：《重建当代中国学术话语》，载《社会科学报》2009 年 6 月 4 日；施旭著：《文化话语研究：探索中国的理论、方法与问题》，北京大学出版社 2010 年版。

第三章 艺术话语的关键词诠释

一、对艺术话语的现象学描述

结合相关话语研究，立足艺术实际，艺术话语可以用以下语句加以现象学描述。现象学描述不是对事物的定义（如科学的、形而上学的、本质主义的），而是对事物本身可能性的呈现（类似于艺术创作活动）：

> 艺术话语是活的语言，在特定情境下，特定话语主体为实现某种话语意图，通过选取特定方式进行艺术（或艺术中所表现出来）的各类表述（讲述、叙事、言谈、思想体系）等，由此形成的一系列交往事件，它们出现在艺术创作与实践、艺术欣赏与批评、艺术消费与市场、艺术理论与研究等不同领域。在有的时候，艺术话语也指艺术话语活动。

"活的语言"，就是指语言的生命化，是流通中的语言。关于艺术话语，有四点需要注意。第一点是特定情境，可以是具体的话语语境，也可以是更大的生活世界、文化世界。第二点是特定主体，即身份，任何话语都有不同的身份定位，没有哪种超身份的话语实践。同样是某种艺术话语，对不同身份而言，其表现也迥然不同。第三点是形式因素，是话语的实体因素，包括符号、语言、形式等。第四点是事件，指的是话语是一个过程，这个过程未必是有终结的，很可能久远过去的某些话语仍然还有影响。情景、主体、形式、事件是话语的重要因素，那种将话语孤立为静态的文本（形式）是不符合话语本身的。

当然，这一描述不能称之为定义，因为话语本身所涉内容太过复杂。

话语总是存在于一定的空间、场域当中，没有一种抽象的、脱离空间的话语。因此。从话语的言说空间性质而言，艺术话语由内话语和外话语构成。

艺术内话语是艺术中所表现出来的话语，是艺术的自我讲述（展开、建构、实现），其主体主要是艺术家，其话语情景可以是艺术的、审美的、美学的，也可以是其他的，比如政治的、道德的、宗教的，其形式主要是艺术的。此时，话语是艺术的重要组成部分，成为创作的基本方法论、世界观，是艺术家自我话语的符号化表现形式。比如说某位艺术家的艺术话语，说的就是这位艺术家通过话语的运作使自己的艺术设想付诸现实。艺术内话语包括艺术技巧、形式、语言等的运用，也包括符号化（作品）的艺术家本人的精神、性格、立场，简称"精神－方法论体系"。一些当代艺术家则致力于这种话语的探索。[1] 所以，从一定意义上说，艺术内话语主要是一种"表现（个体）－表征（符号）体系"。从历史而言，张玉能认为艺术受到话语生产的三个阶段——符像生产、言语生产、数码生产的制约，符像生产注重模仿，言语生产注重表现，数码生产则产生了虚拟文本和超文本，导致了传统艺术（以固定作品为标志）的"终结"。当然，艺术话语生产本身是不会终结的。[2]

艺术外话语，是关于艺术的话语，是讲述艺术的话语，主要不凝结为艺术形式（也有一些是凝结为艺术形式的，比如司空图的《二十四诗品》），而是诉诸某种程度不同的理性形式，比如创作语录、经验谈、评论、理论、研究等，主体主要是艺术批评家、艺术理论家以及其他艺术相关人士，其话语情境与艺术内话语类似。从另一角度而言，任何相对独立的艺术话语都有内话语和外话语两类，比如艺术批评，内话语就是艺术批评的自我展开，而外话语就是关于艺术批评的各类话语，如"艺术批评学"。其他类似，此不赘述。

要注意的是，艺术内话语和艺术外话语并未绝缘，艺术的自我讲述背后很可能还有一个比这个自我讲述的话语更隐秘、更强大、更具有支配性的外话语，如艺术观念体系，决定着艺术自我讲述。由此可见，不能将内话语与外话语截然相分，而应辩证、动态地加以理性的审视。

---

[1] 崔灿灿：《当代艺术的话语探索——2010—2011 年 a4 当代艺术中心》，载《美术馆》2010 年第 1 期。

[2] 张玉能、张弓：《论话语生产的类型转换与艺术的"终结"》，载《文艺理论研究》2008 年第 5 期。

二、艺术话语的形态与意义

除了上述空间场域方面，艺术话语还有形式维度，所谓形式维度就是艺术话语整体的表现形态。尽管艺术话语千差万别，有不同的表现形态，大体而言可以分为三个层次。

第一层是意识（观念）层，意识层分为个人意识和集体意识，当然也包括精神分析学派讨论的潜意识、集体无意识或文化无意识等。意识层话语一般是非话语（非语言）的话语，并不是直接呈现出来的，是话语的前语言形态。意识层虽然不诉诸语言、符号，但它的意义却是重大，意识层是某一文化体的根基和赖以发展的根本。因此，很多艺术研究都是围绕观念展开的。

第二层是话语层，话语层是诉诸各类表述（语言、符号、话语等）的艺术意识，也是一般意义上我们谈到的话语。这一层的话语包括两个方面：一是非体系的，比如个人意见、单篇的言谈（创作）、专题论述等，是关于某一方面的话语。二是体系的、系列的表述、论述等，这就是第三层——体系层。

第三层的体系层分为两类。一类是"表现体系"，主要是作为艺术的话语体系，或艺术性话语体系，比如某位艺术家形成的自己独特的艺术方法论体系、独特的精神立场等，也称之为个性化、风格化、流派化过程。有些艺术家并没有上升到艺术话语体系层，还处于模仿、学习、尝试阶段。任何一位艺术大师，都必须上升到艺术话语体系层阶段，唯此他才具有艺术创作的独立性、自觉性和自由性。

体系层的另一种类型是"思辨体系"，主要是艺术理论话语，是体系化的个人思想表达。艺术话语的理论—思辨体系也可称之为元话语，如艺术哲学（美学）、艺术理论、艺术批评。这一类也是比较自觉的艺术话语实践，比如女性主义艺术话语、后殖民主义艺术话语等等。而第二层中非体系的艺术话语，多数围绕一些重要主题展开，比如性别话语、身份话语、立场话语等。在使用的过程中，逐渐显现它们的重要性，并有可能上升为理论形态。

在如今艺术已经被划分为创作、批评、理论、市场、传播等多个领域的时候，各自之间的裂痕日益加深，如何弥合艺术界的裂痕，增进艺术界的互动，就成为艺术研究的重要任务。面对如此之多的不同的艺术活动，艺术话语是一个比较适合的术语。

首先，艺术话语统摄了艺术创作与艺术批评、艺术理论，将它们都视为话语实践形式，有效弥合了二者相互对立的局面。其二，艺术话语较艺术理论更具包容性的概念，它既可以包括尚未体系化的艺术创作，也可以包括尚未体系化的艺术理论（如艺术市场、艺术传播等方面）。无论是艺术话语的"表现－表征体系"，还是艺术话语的"理论－思辨体系"，都只是艺术话语的一个层面，并无法涵盖全部艺术话语，尤其那些不自觉、处于发展成形中的艺术话语，也具有相当的潜力，因而不能忽视。其三，从艺术和思想提升的角度而言，研究艺术话语能够促进艺术创作和艺术理论的双重提升。事实上，就当代中国艺术话语状况而言，具有原创性的艺术创作、艺术理论还相对薄弱，而相关的艺术话语却是相当丰富的，如果能够从艺术话语研究中不断提升创作意识、理论意识，那么无疑对中国当代艺术的整体创新是有意义的。

由于艺术话语既有自觉的系统的艺术体系话语，又有不自觉的非系统的艺术非体系话语，还有大量的随处可见但又习焉不察的艺术意识、无意识、潜意识，所以为了全面呈现艺术领域里话语的丰富性、层次性和复杂性，艺术话语是一个可选的方案。

三、艺术话语的结构

长期以来，对文学艺术的研究学术界往往以艾布拉姆斯的"四要素"为准则，即世界、作家（艺术家）、接受者、作品。[①] 探讨艺术与世界的关系，这样的理论就是模仿论、反映论；探讨艺术与作家的关系，这样的理论就是作家论、创作论；探讨艺术与欣赏者的关系，这样的理论就是接受论、消费论、批评；探讨艺术自身，这样的理论就是形式主义、结构主义理论。在当代主流文艺理论教材中，四要素说随处可见。但是，这种将动态、丰富的艺术世界划分为四个方面，虽然一定程度了协调了不同理论，但在根本上使艺术呈现为支离破碎的局面。此外，"四要素"说还隐含着"文本中心主义"和"相对主义"的倾向。"文本中心主义"就是以作品为核心进行讨论，"相对主义"是说各种关系都涉及作品，比如作品和作者，作品和社会等，实际上仍然是"文本中心主义"的表现。那么，如何完整地展现艺术世界的本来面貌呢？我认为一个较

---

① ［美］艾布拉姆斯著：《镜与灯》，郦稚牛等译，北京大学出版社 2004 年版。

好的选择就是艺术话语。

从动态的话语实践角度而言，艺术话语具体有 8 个层面构成："6W2H"。[①]在分析艺术现象的时候，"6W2H"较之"四要素"更为妥切和全面。举例而言，同样是面对《红楼梦》这样的作品，"四要素"说划分为四大块：第一块是作品与清代社会的关系，比如有的学者认为《红楼梦》是清代社会的"百科全书"。第二块是作品与作者的关系，即《红楼梦》与曹雪芹的关系，探讨曹雪芹的身世及其遭遇，探讨曹雪芹如何构思、创作等。第三块是作品与读者的关系，探讨《红楼梦》在清代及其后世如何被接受，怎么被接受。第四块是作品本身问题，探讨《红楼梦》内部的篇章布局、人物关系、语言等等。客观上说，四要素充分展现了《红楼梦》多彩的世界，但四要素仍然是不充分的。以"6W2H"结构，探讨《红楼梦》的时候将会呈现更多的问题和方面。

那么，何谓"6W2H"呢？

第一个 W 是"谁在说（或者写、画、创作，下同）"（who），强调的是话语的创造者、发出者，任何话语都是特定创造者和发出者的话语，或个体或群体，或男或女，等等。"谁在说"从一定意义上说决定着话语的身份，比如女性在说，其话语在某种程度上就带有女性的身份，当然未必绝对，复合主体、多重身份现象也很多。和"谁在说"相对的就是"谁不在说"，是缺席的、不在场的主体，包含着沉默、失语、授权、边缘化等复杂现象。在《红楼梦》里，"谁在说"并不意味着完全是作家论。因为除了曹雪芹在说，贾宝玉也在说，妙玉也在说，家长在说，青年人在说，中国文化本身（医学、饮食、茶、服饰等等）也在说，中国哲学（儒道佛）也在说。"谁"是一个复数，故此是作家论所不能囊括的。

第二个 W 是"为何说"（why），指的是话语主体的动机、意图、目的，没有抽象的话语动机，都是具体的，因而也是多样的，比如艺术（审美）的、政治的、文化的、宗教的、社会的、经济的，等等。有的时候，话语意图是自觉的、主动的、直接的，有的时候话语意图是不自觉的、被动的、间接的。这一点还涉及话语的表现方式问题。以《红楼梦》为例来说，既然"谁在说"都充满无尽的阐释空间，那么其后的"为何说"将更为复杂。具体而言，作品中的贾宝玉为何如此说，是人物追求个性解放使然，还是他的天性使然，或者是

[①] 陈望道在《修辞学发凡》中提出"情境"的六个方面：何故（why）、何事（what）、何人（who 与 whom）、何地（where）、何时（when）、何如（how）。实为七个方面，此处增列"说得怎么样"（话语效果）。参陈望道著：《修辞学发凡》，上海教育出版社 1997 年版，第 7—8 页。

作者曹雪芹个人的投射？是什么因素决定决定他要如此说？显然，"为何说"也不能等同于创作动机和目的。

第三个 W 是"何时说"（when），在什么时间说，指的是特定的历史阶段，任何话语都是特定历史阶段的话语，是历史性、时代性、时间性的言说，没有超时间的话语。在正确的时间说出的话语，就是有效话语，相反则是无效的。时间性的变迁深刻影响着话语的意义问题。比如个性解放，五四时代是合法性话语，但到了抗战时期，就相对弱化，当然这也涉及特殊的中国（文化空间）问题。以《红楼梦》为例，它的主人公（贾宝玉）时间是青少年，大约 8 到 15 岁，它的作者时间是中年，即曹雪芹 30—40 岁之间，它的历史时间是乾隆时期，或者说康乾盛世后期，它的文化时间是中国文化没落之时，它的世界史时间是近代（18 世纪）。这些时间的参差错落也使我们更好地理解《红楼梦》的意义。可见，"何时说"并不直接等同于创作时间，它涉及了更多复杂的时间要素。

第四个 W 是"何处说"（where），指的是话语所处的社会、文化、意义空间（场合），比如学科空间、团体空间、民族空间、社会空间、文化空间、国际空间等等，任何话语都是在特定空间中发出的。另外，话语的跨界表明话语的有效性和影响力问题。同时，"何时说"、"何处说"又综合为话语的时空形式场域。以《红楼梦》为例，它的精神空间（就重要程度而言）是"太虚幻境"，它的政治空间是以贾府为核心的江南四大家族（贾、王、史、薛），它的生活空间是"大观园"，它的情感空间是爱情（宝黛之恋），它的作者空间是没落贵族家庭（从江南繁华之地到北京郊区），它的社会空间是清代社会，它的文化空间是道佛（儒缺席，或置于被批判的地位），它的世界空间是东方（远东）。《红楼梦》即在上述空间中展开自己的言说，在不同的空间，作品的意义也就发生了变异。

第五个 W 是"对谁说"（whom），或者"谁在听"（或欣赏、阅读、接受等），指的是话语对象，说的话语总是给特定的人听的，独白不是话语的本质，不过独白也至少预设两个听者——自我与虚无。"对谁说"强调的是话语主体要有明确的对象意识。说话人和受话人构成对话关系，也是话语的实现。话语的实现也就是语言的实现。保罗·利科就说："话语是实现了的语言。"① 以

---

① ［法］保罗·利科著：《哲学的主导趋向》，李幼蒸等译，北京商务印书馆 1988 年版，第 168 页。

《红楼梦》为例，它到底是曹雪芹无求于读者的自我诉说，还是有求于读者理解的诉说？这种诉说究竟是单向的，还是双向的？这种诉说如果是单向的，它又为何引发了如此之多的人的共鸣？是否意味着这种诉说是普遍性的诉说？《红楼梦》之诉说究竟意味着"说"的延绵，还是意味着"所说"之物？前者对时间敞开，而后者只对历史敞开（索引派的表现即是证明）。可见，"对谁说"也不仅仅是接受论范围所能概括的。

第六个 W 是"说什么"（what），指的是话语内容，话语内容是为了实现话语意图的，是言之有物，否则空洞无物只能意味着意图虚无或者意图的无法实现。这是一般性话语研究关注最多的，其实"说什么"并不是话语的全部。以《红楼梦》为例，鲁迅曾说过不同的人读《红楼梦》会倾向于不同的内容。[①] 这些内容不是说出来的，而是读出来的。不过，读出来的只是说出来的一种变异形式。"说什么"，既包括"有意所说"，也包括"无意所说"；既包括赞成，也包括反对；既包括语言所说，也包括沉默所说；既包括主动所说，也包括被动所说；既包括有意所说，也包括无意所说。"说什么"是立体的，它呈现了作品本身错综复杂的话语内容和张力结构。

第一个 H 是"怎么说"（how），指的是话语形式、体裁、组织、结构，是话语主体为实现话语意图而选取的各类话语策略（方法、规则、套路、模式）。从说的形式而言，就有对话与独白，说服与命令，正式与非正式，（个人）意见与（权威）建议，体系与非体系等等。没有一成不变的策略，而只能依据话语的不同要素选取不同的、具体的策略。"怎么说"还包括没有说出的东西，比如言外之意、沉默、停顿等。[②] 以《红楼梦》为例，它是中国古典小说的高峰，其艺术手法炉火纯青，然而这个"怎么说"并不指艺术手法。说话的目的并不是让作品完美无瑕，而是在作品中蕴含丰富的意义。炉火纯青的艺术手法并不产生伟大的作品。"怎么说"独属于《红楼梦》本身，它如泣如诉，它欲言又止，它万般惆怅，它肝肠寸断，是通过这"可说的"传达那"不可说的"。[③] 这才是"怎么说"的本质。

第二个 H 是"说得怎么样"（how about），原是一种询问，实质上也即为

---

① "是中国许多人所知道，至少，是知道这名目的书。谁是作者和续者姑且勿论，单是命意，就因读者的眼光而有种种：经学家看见《易》，道学家看见淫，才子看见缠绵，革命家看见排满，流言家看见宫闱秘事……。"（《鲁迅全集·集外集拾遗补编·〈绛洞花主〉小引》）

② 一个典型的例子就是约翰·凯奇的《4 分 33 秒》的后现代音乐，乐声全无，给人的只是"音乐会"过程中的偶然声音而已，所以也称"偶然音乐"。

③ 《老子》的"道可道，非常道"，大抵就是这个意思，即意义的不可言说性。

一种话语效果的探寻，既包括话语主体的自我期许、自我审视、自我反思，也包括话语行为之后对话语接受者接受效应的一种追踪考察。"说得怎么样"有时会出现误读、曲解的局面，与话语意图事与愿违，这既有主体的原因，比如缺乏话语实践的自觉，在某些方面考虑不周等；也有对象的原因，如对象的复杂性超出话语主体思想掌控范围；也有其他相关的原因，比如文化语境等。"说得怎么样"的一个重要方面就是话语权。所有的言说要素都归结为话语意图的实现——话语权。话语权既包括表述自决权，也包括话语霸权。二者的冲突和矛盾涉及话语政治问题，是福柯、后殖民主义等研究的重要内容。以《红楼梦》为例，它终究没有说完，但却一直在"说"和"被说"。作者曹雪芹从来就没有真正满意，所以要不断地增删修改，呕心沥血。这种言说期许见证了一部伟大作品，而如今言说期许已经迅速转化为销量期许了。但是销量期许并没有实现，相反，读者是最好的评判标准。《红楼梦》流传后世，拍案叫绝者不绝如缕，其原因无他，就在于《红楼梦》在言说中实现了言说本身，而不止于文字游戏。

通过上述分析，较之"四要素"说，"6W2H"在分析艺术作品时表现了它特有的优越性，突出特点是立体化，或者说是"万花筒化"。相比"四要素"规定的模仿－反映、作者－创作、读者－接受、作品－形式，"6W2H"极大拓展了艺术作品的内容。"6W2H"的另一特点是互动性，或者环环相扣。"四要素"比较明确地划分了四大块之间的交流、互动较为缺乏，而"6W2H"则以"说"（话语）为核心，将所涉及的方方面面的因素加以统和考虑，每一个环节都或多或少与其他环节有关联，从而展现了鲜活的艺术作品世界。简言之，由于话语本身动态特性，从话语角度出发分析艺术作品也就意味着激活了艺术作品。

四、艺术话语的内容

上文主要从形式角度而言，从具体内容而言，艺术话语大体分为三个层次——艺术话语词汇层、艺术话语命题层、艺术话语思想层。如果说艺术话语的形式是就其"如何表现"而言的，那么艺术话语的具体内容则指艺术话语"表现了什么"。在通行的艺术表现理论中，主要强调的是作品的表现手法、艺术手法、创作技巧等技术性因素。如《格尔尼卡》，是毕加索最为著名的一件艺术品，如果单从艺术手法而言，作品的立体主义一直以来都是一个重点，但仅此而言，无法做出更细致的分析，也限制了我们对《格尔尼卡》的深度理解。在这里引入的艺术话语内容不同于艺术手法。

艺术话语内容的第一层是词汇层，如术语、概念、关键词，它们构成了艺术话语的元素。当然，在不同的艺术领域，词汇层是不一样的。在音乐领域，词汇就是旋律、节奏等，在雕塑领域就是质地、造型等，在绘画领域就是线条、色彩、构图等，在书法领域就是线条、使转、提按、墨色等。任何一位艺术家在进行创作的时候都有他的一整套的词汇。词汇是艺术话语的抽象形式，是艺术话语的重要节点，具有很强的稳定性，比如中国书画艺术创作中的皴、透视、铁画银钩等技法，[1] 魏晋文艺的"深情"等情感，艺术理论（美学）中经常讨论的想象、意象[2]等。

毕加索：《格尔尼卡》

以《格尔尼卡》为例，作品中的词汇就是色彩、形状、线条、构图的特殊处理和安排。在色彩上，《格尔尼卡》明暗对比强烈。白色在西方被认为是纯洁的象征，但是在作品中，这些刺眼的白色恰恰被周围的暗色（黑色和灰色）所笼罩，给人以喘不过来气的感觉。在形状上，画面的主要形状是圆形、三角形、不规则形状，圆形褪去了具体物象而呈现普遍化和抽象化趋势，三角形则给人尖锐的张力感，不规则形状则彰显了世界的凌乱和战争的破坏性。在线条上，作品大开大合，中央是巨大的纵横交织的直线，如利刃劈开这个世界，动

---

① 邱振中著：《中国书法167个练习：书法技法的分析与训练》，中国人民大学出版社2005年版。
② 成复旺主编：《中国美学范畴》，中国人民大学出版社1999年版。

物和人体的线条充满饱胀感并且极度变形，另外，受伤害的人体和动物身上的线条短促如刀割。在构图上，长方形的构图用以展现战争所带来痛苦的广泛性，巨大的三角形构图突出了这个世界的不和谐感，视线和人物动作的一律向上和向左的构图，突出了空袭巨大的破坏力如热浪一样不可抗拒，不平衡构图（明暗）预示着世界的倾塌。简言之，黑白灰的色彩，三角形为主的形状，极端化运用的直线等等，这就是《格尔尼卡》的艺术话语词汇。

第二层是命题层，包括判断、陈述、定义、命题等，它们构成了艺术话语基本框架。用艺术命题有两类，一类是价值判断，一类是艺术作品序列的个性化表达。就前者而言，任何艺术创作都含有不同程度的价值判断。就后者而言，任何一件艺术作品都不可能是孤立的，它总是处于作家作品序列或者流派作品序列之中。对这两点，很多人可能不以为然，他们认为艺术是感性形式，是不能用理性的标准来衡量艺术的。其实，这里的命题，包括前面的词汇，以及后面的思想，都是引申用法。艺术虽然是感性形式，但它依然能够进行意义表达和价值判断，这就是艺术话语命题。

以《格尔尼卡》为例，作品的命题层就是对非正义战争的强烈控诉。但作品并非用直接的语言来表达，也没有在题目上做出说明，而是用了另外一种方式。《格尔尼卡》的话语命题有三个层次：一是对战争发动者的控诉；二是对战争受害者的同情；三是对未来的某种信念和希望。对战争发动者的控诉是通过"证据"来实现的。最直接的表现莫若战争带来的苦难。画面中的四个女人（其中一个为母亲）、一个婴儿、一个战士、一匹马就是表现。四个女人或无助，或绝望，或惊慌失措，一个婴儿已经失去生命，一匹马被刺穿身躯，在发出最后的哀鸣，这一切表明正常的生活在战争面前荡然无存。间接表现之一就是战争发动者的冷漠。画面左侧的公牛就是如此，它毫发无损，冷漠无情，看着战争的一切，无动于衷。间接表现之二是桌子上的一只鸟（可能为和平鸽）处于晦暗不明的地方，它惊慌失措，向上发出哀嚎，不再展翅代表和平。对战争受害者的同情主要是通过战争的残酷画面实现的。对苦难描写的惟妙惟肖并不意味着同情，那也可能意味着无动于衷。在《格尔尼卡》中，毕加索没有使用具象化的方式，而是高度凝练化的白描。如除了那头牛微微张开的口之外，四个女人、战士、马无一例外都在哀嚎，甚至是声嘶力竭。这不仅表现出受害者的控诉和呐喊，也是作者在通过受害者之口传达作者的控诉和呐喊。对未来的某种信念和希望，也是话语命题的重要内容。画面中央那匹受伤的马所保护的不起眼的小花，以单纯的花瓣展现着希望。画面上方一名妇女伸出手臂所紧握的油灯，它的光线甚至强于电灯，这说明真理之光比现实之光更为强大。艺术话语命题不是通过语言形式表现出来，而是通过艺术形式表现出来。这些命题使得艺术作品不止于技法，而具有了人文深度。很多艺术作品纯粹玩技法，但它的技法没有抵达真理和意义。

第三层是思想层，是对艺术某些或整体问题的专深性、精深性的表述。思想层则比命题层层次要高，进入阐释层次。深刻的艺术命题本身就是思想性、体系性的。当然，不能说单体形式就不能上升为富含思想的体系形式，如从创作上说，对张择端的《清明上河图》而言，这一单件作品因其容量巨大而自成体系。不过，更多的还是由众多作品本身（即所谓不同的命题）构成的艺术体系。对艺术家而言，艺术思想层是衡量其大师地位的重要标准，王羲之、曹雪芹、徐悲鸿等，在艺术技法体系、精神气质、价值关切等方面，都远高于一般艺术家。

以《格尔尼卡》为例，这件艺术品是毕加索人文主义精神的集中体现。在西方现代艺术史上，艺术越来越脱离道德、宗教、文化的束缚日益走向了纯艺术化，但是纯艺术化的方向并没有给艺术带来福音，相反，它可能正在将艺术引入歧途。在毕加索著名的作品中，差不多都是以具体人物为核心，并深刻表达人文主义关切。《两姐妹》整幅作品是蓝白灰，背景的黑色预示无尽的苦难，蓝白相间的画面给人以忧郁和寒冷之感，在生活的重压之下，两姐妹身形瘦削，两眼无神。在《亚威农的少女》里，立体构图给人以冷峻之感，女性身体在此不再是养眼的对象，粉红色的身体在结冰化、凝结化的处理中已经显得苍白。画面中央的蓝色如锋利的刀刃一般似乎更加突出了这个世界的冰冷。在《和平鸽》里，和平鸽本身没有了光鲜的外表，而是逸笔草草，黑色的线条更加凸显了和平的代价。在《格尔尼卡》里，这种人文精神更加鲜明。《格尔尼卡》不正预示了人类文明的无助吗？从左边怀抱失去孩子可怜无助的母亲身上，从右边双臂朝天呼喊苍天而苍天不语的那位妇女身上，我们不可以隐约看到奥斯维辛集中营那惨烈的画面吗？可以说，毕加索如果仅仅止于词汇的锤炼，止于对某一事件的批判，那么他还不是一个伟大的艺术家。毕加索之所以伟大，就在于他对现代人类文明的思考和批判，对现代人精神的关注和探索。通过那夸张变形扭曲的形象，他展现了艺术本来的意义。

艺术词汇层、命题层、思想层并不局限于艺术创作领域，在艺术批评、艺术理论也同样重要。词汇层是艺术话语的文化世界，有很多艺术家、美学家或艺术理论家创造了自己的艺术创作语言、艺术理论语言，比如范宽就创作独特的山水画语言，比如海德格尔、德里达等也提出了很多新概念。命题层是对艺术的直接陈述形式。很多艺术家、艺术理论家尽管创造了很多概念，但缺乏这种凝练式的命题，比如，一些书法家技巧虽然很好，但就是无法形成自己的艺术命题（价值判断）。有些艺术家的作品局部有创新（词汇创新），但单个作品却无法做到境界提升（价值判断创新），或者单个作品令人耳目一新，但全部作品却给人以千篇一律之感，这是思想单一化的表现，不能将自己的思想落实于大千世界之中。

真正的艺术话语是深度的精神—方法论体系话语，是活的思维运作，在这一运作过程中，他们进行概念（词汇）的阐释、创造，命题（价值判断）的编织，思想（人文主义）体系的营造，不仅创作了美妙绝伦的艺术精品，也为我们贡献了体大思精的艺术理论大厦，有效敞开了我们理解艺术的新空间和新视界。

五、艺术话语的方法论与价值关切

艺术话语既是一种现实存在，也是一种研究实践，而实践就需要方法论的强大支撑。缺乏相应的艺术话语方法论，艺术话语自身的价值就难以展现。

在如何借鉴西方话语分析方法应用于中国文化话语研究方面，施旭作出了积极的尝试。他在《文化话语研究》一书中通过理论梳理和案例分析系统全面地探讨了中国文化话语研究的基本原则，倡导本土立场、中国特色、世界视野。在理论范式上，他强调："以'天人合一'的本体论为基本世界观"；"以'辩证统一'的知识论为基本思想方法"；"以中华文化'言不尽意'的言语生成规则和理解规则，'贵和尚中'的言语交际道德为中国理论的核心"；"以理性、经验、体察、话语——人生循环对话等理解策略为研究方法的基本原则"；"以本土价值和全球价值为研究方法的基本评价标准"，"以人类共同关心的事物、现象为问题意识"。[①]"天人合一"、"辩证统一"、"言不尽意"、"贵和尚中"等都切合中国文化实际，对理解中国文化话语，实践中国文化话语，无疑具有重要的指导意义。同时，施旭又强调中国与世界的对接，兼顾本土价值和全球价值，注重人类共同问题，这也将使得中国文化话语研究具有更加明确的

---

① 施旭著：《文化话语研究》，北京大学出版社 2010 年版，第 52 页。

问题意识。施旭先生所阐释的结合中国实际的文化研究方法论也给艺术话语提供了基本的参照。

艺术话语是文化话语的一支，但又有着自己的特殊性。鉴于艺术话语的特殊性，在研究方法论上艺术话语研究应有它自己的方法论，其中四点较为重要。第一点是文化话语分析。

目前而言对话语分析并没有终极的定义，但大体而言，话语分析的对象是话语，问题主要在于如何进行话语分析。传统的话语分析主要重视语篇分析，持一种内部视角，进行微观话语分析，晚近以来话语分析逐渐吸收多种方法，出现一种宏观话语分析的趋势，也即文化话语分析。

芭芭拉·约翰斯通（Barbara Johnstone）认为，话语分析独具的方法论意义使其成为一种方法，而不能成为一门学科。[①] 不过，从学科角度而言，探讨话语分析自身的某些特征也是必要的，但作为一种方法则是其主要身份，这一点是毋庸置疑的。在该书中，约翰斯通提出了话语分析的六种角度，或曰方法。第一是话语与世界，这里的世界指的是话语置身其中的意义世界，不同的意义世界使用不同的话语，话语也呈现不同的意义世界。第二是话语与语言规则，一般情况下，语言派生话语，但在约翰斯通看来，话语更具灵活性，而不能被语言所规约。第三是话语与话语使用者，即话语角色，在话语中有不同的角色，比如说话人与受话人。第四是话语（语篇）之间的关系，注重话语与话语、语篇与语篇之间的互文关系，任何话语都不是孤立的，它们之间其实相互构成了话语语境、氛围、场域、前理解等。比如话语层面的传统与现代，就具有互文关系。第五是话语与媒介，主要有两类，口语和书面语，当然宽泛来说话语媒介也比较复杂，比如影视文学、说唱艺术、通俗小说、网络小说等，它们所处的媒介也有差异。第六是话语与话语意图。话语意图是话语实现的根本，没有话语意图，话语也就无从实现。话语意图决定了话语的选择，不同的话语意图如政治意图、审美意图、道德意图等，产生的话语也就不同。[②]

借鉴约翰斯通的方法论，结合中国艺术话语的实际，艺术的文化话语分析有以下三个方面：首先，注重艺术话语与外在世界的关系，这里的世界主要是文化世界，将艺术话语研究放置在中国话语与世界话语互动的特殊语境之中，

---

① Barbara Johnstone, *Discourse Analysis*, Oxford：Blackwell,2002.

② 关于约翰斯通《话语分析》的介绍，还参考了成晓光的《作为研究方法的话语分析——评〈话语分析〉》（载《外语教学与研究》2006 年第 2 期）、吴建清的《话语分析的训练——〈话语分析〉（第二版）述评》（载《当代外语研究》2010 年第 4 期）等文，特此致谢。

可以称为话语情境、话语境况，等等。这一点主要是结合了约翰斯通所说的话语与（文化、意义）世界、话语间（前话语）关系两个角度。在理解中国古典艺术的时候，如唐诗，用一套西方的方法来分析中国艺术，显然是驴唇不对马嘴。既然中国古典艺术生于古典中华世界，就应该用符合这一世界的方法分析它所产生的艺术，而不是相反。相反，在理解中国当代艺术的时候，如 F4（张晓刚、王广义、方力钧和岳敏君），仅仅从中国或者仅仅从世界、西方，也无法全面把握，而必须将其放置在全球化、后殖民、后冷战、消费主义等语境中加以考量，才能真切把握它的来龙去脉。这种文化世界分析方法使我们认识到，分析任何一种艺术，都必须寻找到它特有的文化世界，将它们从原有的文化世界中抽离出来，用迥异于这个世界的方法去分析，那无疑只会增加误读，而不是增进理解。

其二，注重主体性，强调话语实践行为的参与者的重要意义，包括话语主体、话语客体、话语行为、话语意图（意向、目的、动机）、话语效果等，这一点主要结合了话语参与者和话语意图两个角度，因为任何话语意图都是某一个或某一集体话语参与者所具有的，这一点可以视为艺术立场。话语主体既具有施为的特性，也具有被施为的特性，也即主体既是去建构的，也是被建构的。中国当代艺术的主体性已经完全分化，既有主流意识形态的主体性，又有艺术市场的主体性，还有文化（传统）的主体性，还有西方化的主体性，还有不同性别的主体性、不同年龄的主体性、不同阶层的主体性、不同地域的主体性，等等。艺术主体性分析就是艺术身份分析。任何一件艺术品必然是某种身份的或直接或间接的表达。艺术身份和艺术的话语命题密切相关，缺乏了身份分析，艺术话语命题分析就会失去方向。艺术话语绝非斩断艺术和主体的联系，而是探究主体在艺术中究竟如何实现自我（小我、大我、超我等）。

其三，注重话语形式研究，对不同的艺术话语形式进行研究，比如前文所述的前话语层、话语层、超话语层等，关注新媒介形式下的艺术话语，以及话语形式与语言规范的某些关系等。这一点主要是结合了话语语言规则、话语媒介两个角度。中国当代艺术在形式创新上较为缺乏。一方面传统形式主要是一种传承，另一方面新形式主要是一种挪用和拼贴，那种独属于某部作品或某个艺术家的艺术话语形式还比较欠缺，特别是独属于某件艺术品的艺术话语形式，更为欠缺。在很多时候我们知道某个艺术家成就不错，但我们对他们代表性的作品却一头雾水，就是因为他的话语方式并没有具体化。目前市场化趋势的加快，艺术家的自我复制也日益突出。一种独创性的技法可以创作无数幅作品，它带来了市场价值，但却无法带来艺术价值。

当然，话语分析最重要的还在于将话语视为动态的过程，而非固定的、静止的对象。话语与语言相比，语言可以静静地躺在词典里，但话语则是活生生的，它有话语参与者、意图、文化视界等多重现实性因素，在此意义上，话语即实践。话语自身这种实践的、动态的、行动的特点使话语分析必须呈现话语背景（如传统、他者等）、中景（如过程等）、前景（如理想、未来等）、内景（意图）、语景（如符号、形式等）、景深（深度与内涵）、景质（清晰、透明与否等）等各方面的因素。将话语分析视为一种工作哲学，这才是话语分析的魅力。

艺术话语方法论的第二点是艺术谱系。艺术谱系也是艺术话语的一种表现，尤其具有方法论的意义。艺术谱系排除中心，而是力求呈现更多的空间视野和潜在可能。

谱系 Genealogy，某一事物发展演化的轨迹、路线。谱系类似于家谱，有起源，有变异，有交叉，有组合，有中断。通过谱系，某一事物得以确定自己的位置。与艺术谱系相似的有艺术结构，但相对而言，艺术结构是静态的、纲要性的，而艺术谱系则是动态的、历史的，甚至也是琐碎的，和具体的环境、人等有着密切的联系。福柯认为："谱系学是灰色的，注意细节的……谱系学要求耐心和对话细节的知识与广泛的原材料的积累。"谱系不要求唯一的解释，而是尽可能呈现更多的解释。

艺术谱系的使用最早在 20 世纪 90 年代左右[1]，但还未普遍化。对艺术谱系的理解有以下几个方面。

第一是艺术史谱系，将艺术谱系理解为艺术史结构，不同的历史阶段有不同的主题。如邵亦杨对西方当代身体艺术谱系的分析，根据不同时期的身体被表现的形态的差异，将身体艺术谱系划分为行动中的身体、隐形的肉身、支离破碎的身体三个方面。[2] 艺术史谱系还指艺术史的谱系，即探讨艺术史这门学科的发生、流变、主导思想、基本特征、表现形态等内容。[3] 艺术史与艺术史谱系是不一样的，艺术史是一个客观存在，而艺术史谱系则是对各类艺术史叙事的某种呈现，因此也不同于艺术史叙事。

---

[1] 黄式宪：《中国电影导演"星座"及其艺术谱系》，载《当代电影》1992 年第 6 期。
[2] 邵亦杨：《身体策略与社会政治——西方当代身体艺术谱系》，载《美术研究》2012 年第 1 期。
[3] 刘耀春等：《西方艺术史谱系和〈意大利文艺复兴时期的文化与社会〉》，载《博览群书》2008 年 2 期。

第二种是艺术内部谱系，分析艺术本身的艺术创作方法、形象的渊源、结构、轨迹等，包括艺术品本身的艺术谱系和某一类型的艺术谱系，后者类似于艺术家谱。如施旭升对京剧艺术谱系的探讨，从起源、结构、变异等不同角度进行了分析，并且提出了谱系化（规范化）的概念，强调从动态、发展的角度审视京剧艺术，这一点是有启发意义的。①

第三种是艺术流派谱系，近于门派、师承、世系，主要用于艺术家分析。② 这里的师承既可以是正式的师承，也可以非正式的师承，前者如拜师求艺，后者如私淑弟子，或者通过文本进行学习吸收等。艺术流派谱系的优点是能够将艺术家的思想经历、艺术历程呈现出现，但缺点是过于表面，特别是一些非正式的方面，很难能够量化和规范化。一般情况下，艺术流派谱系只规定了大方面的一致性，但不排除一定范围的创新，否则固守上辈艺术，该流派必将衰微，而艺术大家总是转益多师的。

第四种是话语谱系分析方法论。前面的谱系多从静态着眼，而这里的话语谱系分析方法论则是一种动态的实践。郑工认为："谱系学亦称'历史编撰学'，其出发点是解释性的，且是时下的，力求建立一种语境式的批评实践，突出'此时此地性'。在这样一种解释过程中，通过文献的查证，特别是通过与某一观点相关的文献资料，对证某一思潮或观念的思想来源及其表现形式，但又不陷入观念史的写作方式，一味寻求关于'起源、连续性和总体性'的解释"，由此建立"以个人话语为基点"的"历史阐释"。③

艺术谱系的动态化、网络化、非中心化的特点使得其具有较强的艺术话语品格，在分析艺术各类问题上都有相应的合理性和说服力。因此，艺术谱系作为艺术话语的一个重要部分将会引起更多的重视。

艺术话语方法论的第三点是关键词方法，是话语分析方法的进一步深入和具体化，强调对某一概念、关键词的充分研究。在学术上，这种方法也叫"小题大做"，强调小切口，但不失其重要意义。艺术话语研究不是大而无当、大而化之的宽泛讨论，而是对重要关键词的研究。当然，关键词既可以是词，也可以是命题。词如"美学"、"艺术"、"形式"、"××主义"、"话语权"、"立

---

① 施旭升：《京剧艺术谱系论》，载《南京大学学报（哲学·人文科学·社会科学版）》1999 年第 1 期。

② 马三立：《京津相声演员谱系》，载《天津文史资料选辑》第 33 辑，天津人民出版社 1985 年版。

③ 郑工：《问题域、核心概念与话语谱系——有关中国现代美术思潮的研究方法》，载《美术研究》2007 年第 4 期。

场"、"身份"、"精神"，命题如"为艺术而艺术"、"重要的不是艺术"（粟宪庭）①、"中国画的死亡"（李小山）、"笔墨等于零"（吴冠中）②、"时代呼唤中国书法经典大家"（张海）③、"文化书法"（王岳川）④ 等。在艺术作品里，这种关键词研究也同样有它的意义，比如毕加索的三角形，蒙德里安的方格，彼洛克的线条，等等。关键词方法既包括话语描述，即对这些话语的研究做出全面客观的分析，也包括话语实践，即通过这些话语呈现艺术。前者可以称之为表述艺术话语，后者可以称之为艺术话语的自我表述。在前者研究不充分的情况下，后者的实践则显得有些探险的意味，尽管探险也不意味着一定成功，但我相信，探险本身就是有意义的。

艺术话语方法论的最后一点是价值关切，价值关切似乎不应视为一种方法，而应该视为一种意图或目的。和方法论相比，它属于"不可言说"或"不可多说"的部分，需要我们深度的精神体悟、情感认同。但是这"不可言说"或"不可多说"的部分未必是最不重要的部分。包括艺术话语研究在内的当代中国话语研究，都无一例外需要这种价值关切，无论是关注中国文化，关注中国艺术，还是关注中国话语，都表明话语研究绝非象牙塔，绝非与文化、社会、历史绝缘。简言之，价值关切既是话语研究的起点，也是话语研究的终点，艺术话语亦如此。

---

① 粟宪庭著：《重要的不是艺术》，江苏美术出版社 2000 年版。
② 吴冠中著：《笔墨等于零》，江苏文艺出版社 2010 年版。
③ 西中文主编：《时代的呼唤——关于书法经典与大家论集》，河南人民出版社 2009 年版。
④ 王岳川著：《书法文化精神》，北京大学出版社 2008 年版。

第四章　走向艺术话语本体论

　　没有永恒的学术前沿，只有永恒的学术前沿探讨。然而，前沿探讨并不仅仅意味着是在探讨某一问题，而是意味着在经受焦虑、挫折与失败的过程中见证学术本身和人本身。对作为人文学术的艺术研究而言，更是如此。这里以文学话语为例，探讨艺术话语本体论的可能路向与潜在意义。

一、从目的论到本体论

　　文学本体论是衡量文学的重要指标。在 20 世纪 80 年代，作为克服文学反映论、认识论弊端的努力之一，文学本体论曾一度繁荣。虽然文学本体论研究经历了 90 年代的相对沉寂，但新世纪以来，文学本体论研究并未断绝。① 这说明文学本体论不仅是历史的，也是当下的。盛宁认为，文学研究的关键是"文学本体论研究"，并且区分了文学本体论与文学目的论（功能论）。② 因此，鉴于文学本体论的特殊性，在新世纪重提文学本体论不仅是必要的，也是迫切的。③

　　那么，何谓文学本体论？就当代中国关于文学本体论的讨论，大体可以分

---

　　① 欧阳友权著：《网络文学本体论》（中国文联出版社 2004 年版）、王岳川著：《艺术本体论》（中国社会科学出版社 2005 年版）、苏宏斌著：《文学本体论引论》（上海三联书店 2006 年版）、张瑜著：《文学本体论新论》（上海三联书店 2010 年版）等。

　　② 盛宁：《文学本体论与文学批评的方法论——关于西方当代文学批评理论的两点思考》，载《外国文学评论》1987 年第 3 期。

　　③ 本章主要探讨文学话语，目的是为艺术话语门类话语（音乐话语、雕塑话语等）研究提供一个个案。选择文学话语，一方面在于文学在众多艺术中的突出地位，另一方面在于对文学较为熟悉。尽管文学和其他艺术有差异，但在本体论层次，它们就更多的相似性和可通约性。

为以下四个方面：其一，实体本体论，将文学本体落实在某个实体上，如形式、文本、作品、生命。其二，本质－功能本体论，将文学本体落实在某个本质（属性）或功能上，如人性、审美、意识形态。其三，存在本体论，将文学本体落实在文学的存在方式上，如文化、媒介（信息）。其四，过程－活动本体论，将文学本体落实在文学的活动、过程上，如实践、对话。相对而言，实体本体论类似"阿基米德支点"，但多偏于某一物，无法展现文学世界的丰富性和复杂性；本质－功能本体论，深陷本质主义泥淖，在方法论上难以自拔；存在本体论着眼于文学存在形式，有形而上学化、哲学化的倾向，难以具体落实；而过程本体论则强调了具体的实在性、活动性、实践性甚至异质性，较具有优势。① 本书偏重的正是过程本体论。这是重提文学本体论的第一条理由。

长期以来，人们总是将文学价值论等同于文学本体论，凡是认为重要的、有价值的东西，都是本体的东西，如形式、文本、审美、人性、精神、情感、生命、文化、道德、宗教、接受、阅读、生态……虽然文学本体论所关注的对象必然是有价值的，但有价值的对象未必就是本体论要素。从古至今，由于文学价值论的强烈影响。文学本体论往往多关注目的、功能、价值，而唯一偏重文学本身的是形式－语言本体论，由现代形式主义（新理论、结构主义等）文论所开拓，但它们只是开启，并不意味着文学本体论最终完成。这是重提文学本体论的第二条理由。

但是对形式－语言本体论，人们一直有这样一种误解：第一，将形式－语言本体论等同于内部研究，认为形式－语言本体论只专注作品内部，斩断了与社会、历史、文化的广阔联系；第二，将形式－语言本体论视为形而上学、机械本体论，认为它强调形式一元论，忽视内容，或对内容重视不够；第三，将形式－语言本体论等同于作品（实体）本体论，关注作品本身，对文学活动关注不够，特别是对作家、世界、读者的有意忽略。

在此，我可以明确表示，本书中的形式－语言本体论绝非上述人们所理解的那样，也并不等同于形式主义文论所宣称的本体论。本书的形式－语言本体论恰恰是既关注内部，又关注外部，既强调形式，又强调内容，既强调文学作品，又强调文学活动。形式－语言本体论认为文学有其自身的本性，使文学能够和其他非文学区分开来，也使文学自我区分。区分就即寻找差异。区分指数

---

① 叶纪彬、李玉华：《新时期文学本体论研究的回顾与反思》，载《文艺理论研究》2001 年第 5 期。

越高，越能将文学作品和非文学作品区分开来，越能够使文学成为文学。当然，这里不是说世界、读者、作者等文学价值论维度不重要，而是说它们和形式－语言的区分指数并不一致。[①] 文学本体论与价值论、目的论也并不排斥，它们只是不同的研究领域而已。

然而，尽管文学本体论在现代得以确立，但是在中国，文学本体论的影响一直弱于、小于文学价值论。这是重提文学本体论的第三点理由。

从文化背景而言，自古以来中国都受到"实用理性"的规范和引导，对纯形式（语言学、逻辑学）方面的探讨较弱。一方面是形式（语言）长期不能引起重视，如"言不尽意"、"技近乎道"、"不落言筌"，多数表现出"意中心"、"道中心"倾向。另一方面是形式（语言）理论得不到重视，如墨家学派的语言学思想就长久被埋没（如墨子的"以名举实，以辞抒意，以说出故"等），语言学理论长期在"小学"层面（音韵、文字、训诂）上进行，缺乏理论的深入精进。

到了 20 世纪，中国的文学本体论同样受到目的论（功能论）的强烈影响，第一点是意识形态（政治、革命、阶级）本体论，脱胎于传统的政教本体论，起步于清末民初，后来吸收了马克思主义，成为 20 世纪中国占据统治地位的文学本体论模式，"文学救国"、"文学革命"、"人民文学"就是体现。第二点是审美本体论，脱胎于西方的表现本体论，并融合了中国传统中的一些道家、佛家（集中体现在老庄、魏晋、晚明）因素。相比意识形态本体论、审美本体论，作为纯粹的文学本体论的形式－语言本体论在 20 世纪的中国发展并不完善，其黄金时间仅仅是 10 年而已（80 年代）。在 20 世纪，由于本体论混同于、受制于目的论、价值论的思维惯性，由于对形式主义本体论的偏见，由于学科专业化的发展，语言学与文学研究没有充分融合，总体制约并延误了中国文学的本体论的系统研究和理论建构。

在过程本体论日益凸显其重要性的情况下，在文学本体论与文学价值论长期混同不辨的情况下，在中国注重本体的文学研究开展尚不充分的情况下，难道不可以在新的时代语境中对文学本体有新的思考吗？

我的答案是肯定的，这个答案就是"文学话语"。当然，提出答案，就需要面对质疑："为什么是文学话语？"

---

① 区分指数，也称区分度指数，是测量学名词，指试题（题目）在区分不同水平的人群上的效果。用在文学本体论领域，区分指数就将文学作品从其他作品区分出来的标准。

二、文学话语本体论的演进轨迹

1980 年，中文首次有"文学话语"这一概念。① 作为一个概念，汉语中的
"文学话语"的出现仅仅 30 年左右，是一个名符其实的新概念，当然也是一个
新问题。那么，面对这一现象，我的问题是，文学和话语又是怎么走到一块
呢？对这一问题的回答就必须探讨文学在 20 世纪的观念变迁。

文学观念即人们是如何理解文学的，文学的要素有哪些，其中一个重要的
要素是语言。但在 20 世纪文学研究领域，文学与语言的结缘却并非向来如此，
大致经历了三个阶段。

第一个阶段是"文学－文字"阶段，在 20 世纪初很明显。文学与文字的
关系自古以来就被人强调，并惯性地体现在现代中国文学界。如林传甲的《中
国文学史》(1910)，前三编的内容主要是文字、音韵、训诂，是传统小学的重
要内容。再如鲁迅的《汉文学史纲要》(1927，1938)，首先讨论的也是文字。
这种关于文学起源的探讨可以称为"小学模式"②。不过，文学－文字也有其
不足。一是书面优先，多关注书面语言（文字），对口头语言关注较少。二是
"字中心主义"倾向，对单体的（汉）字关注较多，如字的形象美、音乐美等，
而对词、短语、句子、篇章等关注不够。三是同样是文字作品，有些则不是文
学，对此文学－文字无法做出解释。③ 于是，文学－文字就必须进一步向前
扩展。

第二阶段是"文学－语言（形式）"阶段。形式主义推动了语言研究，改
变了文学研究的风貌，对西方影响深远，但是在中国，它们的影响显然不足。
影响来自哪里呢？答案是：苏联文学理论，代表人物是高尔基。高尔基在《和
青年作家谈话》(1934) 中认为，文学有三个要素：语言、主题、情节。"文学
的第一个要素是语言。语言是文学的主要工具，它和各种事实、生活现象一
起，构成了文学的材料。"④ 由于 1949 年之后，中苏特殊密切的政治联系，学

---

① 胡壮麟：《语用学》，载《国外语言学》1980 年第 3 期。

② 时胜勋著：《西学·维新·传统——现代中国文论的多元文化话语》，河南人民出版社 2011 年
版。

③ 长久以来，literature 都指的是包括文学在内的全部文字作品（文献），只是到近代才窄化为想
象性、虚构性文字。

④《高尔基论文学》，广西人民出版社 1980 年版，第 8—9 页。

术领域也受到极大影响，"文学的第一要素是语言"、语言"工具论"也就自然在中国广为传播，最明显的体现就是形成于 60 年代并在 80 年代占统治地位的两本统编文学理论教材——以群的《文学的基本原理》（1963、1964，1979）和蔡仪的《文学概论》（1979），它们都直接引用了高尔基的观点，并且明确地说"文学是语言的艺术"。不过，相比意识形态、内容等，语言的排序位置是非常靠后的。由于教材中对文学－语言关系的强化，使得"文学是语言的艺术"成为一个不言自明的命题。但是，到了 90 年代以后，"文学是语言的艺术"受到质疑，学者们反思并批评了语言工具论、反映论、从属论。王一川认为，这一命题自身有两大缺陷，其一是将语言工具化，其二是忽略民族语言（母语、汉语），"对于汉语文学来说，结束有关'文学是语言的艺术'的笼统谈论而专谈文学是汉语的艺术的时刻，应当说已来到了"①。在我看来，还有第三个缺陷，就是形式主义的语言观，形式主义虽然重视语言，但抽空了语言的思想内涵，斩断了语言与外部的关系，驻足于内部形式，不期然走向了另一极端。由此可知，文学－语言也不得不做进一步的拓展。

第三阶段是"文学－话语"阶段。话语，尽管含义不同，但有一点是共同的，即"使用中的语言"，或者说是"富含意义的符号行为"②。话语在人类交际（交往）活动中一直都有着重要地位，虽然结构主义语言学强调语言的系统，但对日常的、个人的言语关注不够。

话语的被重视首先来自于反结构主义语言学。20－30 年代，反结构主义的语言学首先出现于苏联，代表人物是巴赫金。巴赫金在《马克思主义与语言哲学》（1929）一书中分别批评了个人主观主义语言学（洪堡）和抽象客观主义语言学（索绪尔），进一步探讨了言语交际（交往）的重要性，其中论述的焦点之一就是话语。在巴赫金看来，话语的特点是："纯符号性、意识形态的普遍适应性、生活交际的参与性、成为内部话语的功能性，以及最终作为任何一种意识形态行为的伴随现象的必然现存性。"③ 以更加具体、实践、动态的视角观照话语问题。反结构主义语言学鼎盛于 20 世纪 60、70 年代的法国，代表人物是罗兰·巴特、杜夫海纳等人。巴特强调文本，区别于作品。文本又分可读、可写两类，可写文本表现了话语的狂欢。杜夫海纳认为艺术是"超语言

---

① 王一川：《"文学是语言的艺术"吗?》，载《文学自由谈》1997 年第 5 期。

② Jan Blommaert, *Discourse: A Critical Introduction*, Cambridge University Press, 2005, p2.

③ 《巴赫金全集》中文版第 2 卷，钱中文译，河北教育出版社 1998 年版，第 356 页。

学的最佳代表"。"超语言学"是"超意义"的，此时意义成为"表现"。① "超语言学领域"就是表现的领域、创造的领域，是活的语言——话语，所以杜夫海纳说，"作品在说话，艺术是话语"，② 并强调不是从语言理解文学，而是从文学理解语言。

其二，20 世纪中期，存在论语言哲学对话语（言说）的拓展，代表人物是海德格尔和维特根斯坦。语言哲学的思想进路不同于语言学，语言哲学强调语言的本体论地位。海德格尔的著名命题是"存在在思中形成语言，语言是存在的家"。其他一切都不是存在的家，语言和存在的关系是澄明，而不是逻辑的分析、理性的证明。所以"人以语言之家为家。思的人们与创作的人们是这个家的看家人"。③ 原初的语言就是诗性的语言，而不是对象性的语言。因此，语言是在言说自己，而不是所谓的人说语言。维特根斯坦后期对日常语言活动进行了深入的思考，提出"语言游戏"说，任何一种言说都伴随相关的行动，也必须遵循一定的规则，这种规则来自于生活本身。因此，说话就是生活（形式）的体现。④ 海德格尔和维特根斯坦都强调语言对生活、存在的本体论意义，是索绪尔提到的"言语的语言学"进一步落实和深入，给后世语言学产生了重要影响。

其三，50 年代，话语语言学（Text－linguistics）兴起，带动了对超句法的话语（篇章）的研究。话语语言学的话语除了超句法这一要素外，另一要素是"交际"。⑤ 任何交谈、对话都不是单纯通过句子完成的，尽管在有些时候句子甚至词都可以成为话语，但只有这些词、句实现了交际目的才可以称为话语。故此，话语是交际的基本单位。话语分析也就是在促进人与人之间的理解与合作。⑥ 应用话语语言学重视与文学研究的结合，拓展了文学研究的方法和

---

① ［法］杜夫海纳著：《美学与哲学》，孙非译，中国社会科学出版社 1985 年版，第 79 页。
② ［法］杜夫海纳著：《美学与哲学》，孙非译，中国社会科学出版社 1985 年版，第 117 页。
③ ［德］海德格尔：《关于人道主义的书信》（1946），熊伟译，见《海德格尔选集》，上海三联书店 1996 年版，第 358 页。
④ ［英］维特根斯坦著：《哲学研究》，李步楼译，商务印书馆 2004 年版，第 17 页。
⑤ 话语语言学建立之初，话语语言学就明确指出，话语语言学的两个任务，一是话语规律的研究，二是"关于正确交际的科学"。尤其的德国学派，更加注重交际目的。参王福祥著：《话语语言学概论》，外语教学与研究出版社 1994 年版，第 2 页。
⑥ ［美］詹姆斯·保罗·吉著：《话语分析导论：理论与方法》，杨炳钧译，重庆大学出版社 2011 年版。

内容，也出现了一批相关成果。① 话语语言学对篇章的重视日益拉近了语言与修辞学、文体学的关系。除了话语语言学，还有一种注重语言交际功能的语言学分支——功能语言学，对语言的各种功能（如交际功能）进行专门探讨。功能语言学（批判性话语分析）强调认知心理，不同于传统的认识论，对个体性、构造性、文化性关注较多。②

其四，语用学的发展。50 年代兴起了言语行为理论（奥斯汀），至 70 年代，语用学的日益成熟。何兆熊认为，语用学的两个要素是意义和语境，比单纯强调意义的语义学向前拓展了一步。③ 90 年代以后，文学语用学得以确立，进一步拉近了语言学与文学研究的距离，将文学视为人类言语交际的一种形式。文学语用学不但扭转了此前语用学多注重口语的倾向，也扭转了文学研究过分注重形式主义的传统，将文学研究纳入社会、历史、文化的时空之中加以考虑，注重语境、接受状况等。④

其五，90 年代，文学与话语的密切关系进入中国文学理论界。表现之一，主流文学理论教材引入话语。1992 年，童庆炳主编的《文学理论教程》是首部讨论"文学与话语"的教材，该书认为文学首先意味着它是人们的说、写、听、读、思等活动及其产品，这就是话语活动和话语产品，或者说是话语。⑤《文学理论教程》对文学的定义是："文学是话语蕴藉的审美意识形态。"随着这部教材的广泛传播，这一定义也流行起来。⑥ 表现之二，文学理论研究引入话语。1996 年，"文论失语症"成为中国文论界的重要问题⑦，紧随这一问题的是中国文论的"话语重建"⑧，由是而起的是对中国文论（文学理论）话语问题的关注，使话语在文学理论界广泛传播，从话语角度研究文学理论问题蔚

---

① Teun A. van Dijk ed. , *Discourse and literature*, Amsterdam；Philadelphia：J. Benjamins Pub. Co. , 1985. Carter, Ronald. *Language, discourse, and literature: an introductory reader in discourse stylistics*, Unwin Hyman, 1989. Cook, G. *Discourse*, Oxford：Oxford University Press, 1989. Guy Cook, *Discourse and literature: interplay of form and mind*, Oxford University Press, 1994.

② ［英］费尔克拉夫著：《话语与社会变迁》，殷晓蓉译，华夏出版社 2003 年版。

③ 何兆熊：《语言、语义与语境》，载《外国语》1987 年第 5 期。

④ 王欣：《九十年代语用学研究的新视野——历史语用学、历时语用学和文学语用学》，载《外语教学与研究》，2002 年第 5 期。

⑤ 童庆炳主编：《文学理论教程》，高等教育出版社 1992 年版。

⑥ 童庆炳主编：《文学理论教程》，高等教育出版社 1992、1998、2004、2008 年版。

⑦ 曹顺庆：《文论失语症与文化病态》，载《文艺争鸣》1996 年第 2 期。

⑧ 曹顺庆、李思屈：《重建中国文论话语的基本路径及其方法》，载《文艺研究》，1996 年第 2 期。

然成风。①

从文字到语言，再从语言到话语，文学话语终于成为重要的研究对象。这不是某个人的意志的结果，而是历史的选择。文学－语言、文学－话语构成了20 世纪文学研究领域语言学转向的两个阶段。文学语言注重文本内部分析，文学话语则注重文本的内部－外部分析、语境、交际过程。文学话语从根本上是"后形式主义"的，但不是形式主义的。

三、文学话语的定性、定值与定异分析

本章第一部分将文学话语置身于文学本体论这一问题域，说明文学话语具有本体论的地位，这是文学话语的"语境"。第二部分讨论文学与话语紧密结合在一起的历史进程，是"知其然"，那么何谓文学话语呢？这是对"所以然"的疑问，也是对历史必然性的本体回答。对这一疑问的回答需要引入四种分析模式。第一种是定性分析。

1. 文学话语的定性分析：话语实践

定性分析是说文学话语究竟具有何种"决定性内涵"，主要针对的是话语，大体有三种方式。

第一种是将文学话语定性为"文学言语"，代表人物是鲁枢元。他旗帜鲜明地提出以语言学长期忽略的言语为中心的"文学言语学"。文学言语学（或超语言学）的特征是：突破原有的语言工具论观念，强调语言的本体论、存在论地位；突破了原有的以系统、结构为基础的标准语言学模式，还原语言学研究的丰富内容（如对索绪尔提到的言语的重视）；强调言语主体的创造性介入；言语在知觉中整合；言语在理解中绵延。② 鲁枢元的文学言语学体现了一种注重原始性、生命性、创造性、超越性、精神性、表现性的诗性语言特征。

第二种是将文学话语定性为一种"话语实践"。话语实践导源于马克思主

---

① 据 CNKI 统计，截至 2011 年标题涉及"文论话语"（文学理论话语）的有 112 篇，"文论话语"专著不下 10 部，如曹顺庆著：《中国古代文论话语》，巴蜀书社 2001 年版、杨俊蕾著：《中国当代文论话语转型研究》，中国人民大学出版社 2003 年版、高玉著：《"话语"视角的文学问题研究》，中国社会科学出版社 2009 年版等。

② 鲁枢元著：《超越语言——文学言语学刍议》，中国社会科学出版社 1990 年版，第 139－141页。

义的"语言实践"。① 语言实践的进一步拓展是话语实践。"文学话语实践"这一提法出现在 20 世纪 90 年代。张进认为,"文学是人类追求审美解放的话语对话实践",其中最具特色的在于文学的话语实践特征,话语实践即对话实践,是一个包含写作、文本、阅读的综合过程。在这里,对话不是方法论,而是本体论的。② 张玉能对"话语实践"有一个说明。他将人类实践划分为三个部分,即物质生产、精神(意识)生产和话语(语言)实践。所谓话语实践,是"在物质生产和精神生产的基础上,主要以语言为手段处理人与他人的关系,以解决人与人之间的交往以及与之相关的现实生存和生存发展的问题……话语实践对于人类来说,是一种具有实践本体论意义的活动"。简言之,"话语实践是人类运用语言(符号)进行交往的活动"③。张瑜借鉴奥斯汀的言语行为理论,将其应用到文学研究,认为文学言语行为理论是一种"新型的话语实践论文学观"④。话语实践所强调的是话语的对话性、交往性,并且将其上升到本体论地位。

第三种是将文学话语定性为"话语形态"。唐代兴将文学研究的对象设定为文学形态,以弥合形式与内容的二元对立弊端。所谓文学形态就是文学话语形态,不同于作为话语行为之结果的文学文本。文学话语形态包括四个方面,即文体、文本、时空、书写,分别对应于体式、叙述、描述、行为四种文学话语模式。四者的综合即为文学语言生产模式与生存修辞形态。⑤ 这一理论上的建构结合了生存哲学、审美意识形态、修辞学等多个领域,总体来说偏重于生存诗学方向。⑥

无论是"文学言语"、"文学话语实践",还是"文学话语形态",它们的共同特征是不再坚持传统的"文学是语言的艺术",而将活动(交际、对话)中的话语(或言语)视为文学的核心要素之一。

---

① 马克思在《德意志意识形态》明确说:"语言是一种实践的、既为别人存在并仅仅因此也为我自己存在的、现实的意识。"《马克思恩格斯选集》第一卷,人民出版社 1995 年版,第 81 页。

② 张进、马晓峰:《文学话语实践论——兼及文学批评的存在方式》,载《社科纵横》1998 年第 4 期。

③ 张玉能:《实践的类型与审美活动》,载《吉首大学学报》2001 年第 4 期。

④ 张瑜著:《文学言语行为论研究》,学林出版社 2009 年版。

⑤ 唐代兴:《文学话语形态:文艺学研究的新视域》,载《西南民族学院学报(哲学社会科学版)》2001 年第 12 期。

⑥ 唐代兴著:《语义场导论——人类行为动力研究》,四川大学出版 1998 年版。

2. 文学话语的定值分析：价值阐明

第二种分析模式是定值分析，即文学话语究竟具有何种"值的规定性"，主要针对的是文学，用于区分文学话语与非文学话语。

定值分析的第一种情况是将文学话语确定为"人"，这源于高尔基的"文学是人学"，他强调文学的"标题"正是人。[①] 在现代中国，五四时期的思想焦点之一是"人的觉醒"，周作人明确提出"人的文学"、"平民文学"，其思想基础是西方的人道主义。[②] 其后，中国马克思主义文艺理论提出"人民文学"，强调阶级性、人民性。[③] 20 世纪 50 年代，钱谷融讨论"文学是人学"，认为文学不能是纯粹的反映论，还应表现理想的人。[④] 80 年代，人的"主体性"问题得以彰显，与此同时，生命本体论也开始勃兴。上述关于"人的文学"的讨论并没有引向话语层面，但它们自身就是关于人的自主性、独立性、主体性的话语。南帆认为，与历史话语"再现社会"相比，文学话语"再现个人"，关注的是"世俗的人生"，也即"日常生活"。[⑤] 人的话语显然不专属于文学话语，即便是个人话语也不专属于文学话语。首先，人（个人、平民、人民）是外在于文学的价值，它可以经由文学形式的阐明进入文学，其二，人不仅关涉文学，也关涉非文学（如哲学）。所以，人不能作为文学话语的质，不足以区分文学与非文学。

定值分析的第二种情况是将文学话语确定为"审美"。审美可以作为文学话语的属性，但作为定值分析，审美就不能作为核心。原因有四：其一，鉴于审美对主体的特殊功用（如精神解放、灵魂净化、美育等），审美偏于目的论（价值论）。其二，审美与现代性密切相关，既具有现代性的内涵，又具有对现代性的批判内涵，比如审美对工具理性、历史理性的批判等，后者无疑进一步突出了审美的目的、功用、价值。其三，审美活动广泛发生于人类社会，不纯粹属于艺术或文学。其四，审美也是一种价值，同的人的价值一样，存在于人类社会实践中，是外在于文学的价值体系，也可以经由文学形式的阐明而进入文学。故此，审美也不是文学的质，不足以区分文学与非文学。

定值分析的第三种情况是将文学话语确定为"文学性"。形式主义明确指

---

①　李辉凡：《我国高尔基文艺思想研究的几个问题》，载《俄苏文学》1981 年第 3 期。

②　周作人：《人的文学》，原载《新青年》第五卷第六号，1918 年 12 月。

③　毛泽东：《在延安文艺座谈会上的讲话》（1942），原载《解放日报》1943 年 10 月 19 日。

④　钱谷融：《论"文学是人学"》，载《文艺月报》1957 年第 5 期。

⑤　南帆：《历史话语与文学话语》，载《天津社会科学》2012 年第 1 期。

出："文学研究的主题不是笼统的文学，而是'文学性'，即使一部作品成为文学作品的东西。"① 他们找到的第一个要素就是语言。他们非常强调艺术语言与日常语言的区别，提出"陌生化"原则。形式主义的文学性的根本意向是强调文学话语与日常话语的区别。这种区别也被视为对日常语言的超越。② 第二个要素是形式，他们排除内容的影响，只将内容视为形式的某种功能。第三个要素是能指，文学只是能指自身，而不负载任何所指。第四个要素是手法，也称技巧。③ 形式主义的文学性定值大大拓展了对文学本体的理解，但是形式主义回避了一个重要问题，即文学性因何（为何）而起？为什么需要文学性？真的可以摒弃一切内容吗？所以，我认为文学性也不是文学话语的质，也不足于区分文学与非文学，因为文学不仅仅是纯粹形式。

定值分析的第四种情况是将文学话语确定为"价值阐明"。鼻祖是黑格尔，强调形式与内容的完美结合。当代艺术理论家大卫·马丁和雅各布森进一步拓展了形式内容理论，将价值引入其中。他们认为，文学内容是被阐明（澄明、揭示）的"主题"（subject matter），方式是通过艺术形式来进行揭示。④ 所谓主题是外在于作品的各类价值，主要是人文价值（也包括审美价值）。艺术中直接给定的不是"主题"（外在的某些价值），否则那就是直接形式的思想、观念、价值判断。艺术中直接给定（直接可感）的，是"内容"，是艺术形式揭示、澄明、彰显出来的价值。如果缺乏了价值阐明的维度，肆意玩形式，那的确是很"文学性"（或"纯文学"）的，但那不是真正的艺术。"价值阐明"就是形式对价值的阐明（澄明、揭示），是通过文学形式对价值的阐明（澄明、揭示）及其所达到的境界。用于阐明价值的文学形式越高超（原创性），价值阐明的程度越高，价值也就越鲜明、突出，越能引起长久而密集的价值关注，作品所达到的境界也就越高，也就越能经受历史的考验而成为历久弥新（接受）的经典。

价值阐明是定值分析，能够将文学与非文学区别开来。文学与非文学的区分有两类，第一类是艺术性的非文学，包含比文学的更大的艺术，如电影话

---

① ［法］托多罗夫编选：《俄苏形式主义文论选》，蔡鸿滨译，中国社会科学出版社 1989 年版，第 24 页。

② 张守海：《论述文学语言的超越性》，载《黑龙江教育学院学报》2001 年第 4 期。

③ ［俄］什克洛夫斯基：《作为手法的艺术》（1917 年），方珊译，见《俄国形式主义文论选》，三联书店 1989 年版。

④ F. David Martin, Lee A. Jacobus, *The Humanities through the Art*, sixth edition, The McGraw—hill Companies, Inc, 2004. 参《跨文化交流》（英文版），北京大学出版社 2009 年版，第 158－159 页

语、美术话语等。它们与文学话语的差异主要在于形式（语言），它们的共同本质是对价值的阐明。第二类是非艺术性的非文学，分为四个层级：一是人文学，如历史学、哲学、美学、文学理论等，它们与艺术的共同点是都针对价值，都强调价值判断；不同点是人文学术对价值主要进行概念化的阐释和分析，而不是艺术的基于感性（非概念）的形象阐明。二是社会科学以及自然科学，它们和人文学的共同点都针对价值，但区别在于，社会科学以及自然科学不强调价值判断，只注重对价值事实的描述，在方法上强调科学、客观、精确。比如医学对癌症的分析，其根本任务就是对癌症起因、规律的科学研究，而不涉价值判断。三是文化（精神文明），是长期价值活动所形成的成果和倾向（前结构、前理解），是一切价值的发源地，在这里不仅有纯粹的价值内容，如对真、善、美的重视等，以及各类思想化、观念化的价值判断，就连形式本身也包含（积淀）着价值，如文字、符号等。四是物质性的价值实践，如生产活动、经济活动、政治与阶级斗争等，也称物质文化，它们是基于一定价值之上的物质实践活动，区别于艺术、人文、科学研究和文化等纯粹的精神活动，但后者也从来不与物质实践活动绝缘，只是各有侧重。

价值阐明的定值分析使文学话语与非文学话语（艺术的与非艺术的、精神的与物质的）区分开来，由此确立了文学话语的自觉独立意识。

3. 文学话语的定异分析：价值阐明的差异性

定性、定值分析并非对文学话语问题的最终解决，因为同属于文学性话语实践的文学话语，种类何其多也，那么如何区分它们呢？这就要引入第三种话语分析——定异分析（差异性分析），用于区分文学话语内部的不同话语形态。定异分析可以从纵向和横向两个途径来考察。

（1）文学话语纵向谱系：价值（阐明）与（价值）阐明

纵向途径是从文学的上下两个途径进行。纵向的向上分析，最初的是某一作家的某一部具体作品的文学话语。第二级是某一作家的文学话语。第三级是作家置身其中的流派的文学话语①，或者称为类型化的文学话语，如通俗文学话语、精英文学话语等②。当然，通俗文学话语里面可以划分武侠文学、市井文学话语等等次级类型的话语。第四级是流派置身其中的区域的文学话语。③

---

① 谭善明、杨向荣：《"新写实"小说话语：平庸抑或深刻》，载《天府新论》2005 年第 5 期。

② 吴秉杰：《两种不同的文学话语——论通俗文学与"纯文学"》，载《文学评论》1990 年第 2 期。

③ 田静：《吴越文化风骨与湖州当代小说话语》，载《文艺争鸣》2005 年第 4 期。

第五级是区域文学置身其中的民族（或国家）的文学话语。① 第六级是民族（或国家）文学置身其中的世界（人类）的文学话语。它们依次强调作品性、个人性、流派性、区域性、民族性和世界（人类）性。纵向话语分析的差异性在于"价值（阐明）"的含量、程度、广度不一。

纵向的向下分析，即文类分析。最常见的是诗歌、小说、散文、戏剧（剧本）话语等，它们之间可进行话语比较②，或者抒情文学、叙事文学等。一级文类分析之后还可以分为二级文类分析，如诗歌里面的抒情诗、叙事诗、散文诗话语等。文类分析再往下往往和类型（流派）分析结合，比如从小说话语到长篇小说话语，而长篇小说多数就从类型开始划分，比如长篇历史小说、长篇武侠小说、长篇市井小说、长篇言情小说话语等。文类分析之间的差异是"（价值）阐明"差异，即它们以特有的形式进行（特定）价值的阐明，并且不同形式都有相对的价值倾向性。

（2）文学话语横向谱系：价值阐明的身份性、系统性与历史性

横向文学话语分析分为空间横向和时间横向。空间横向的文学话语有一个相对的文学话语中心，如中国文学话语，相对它的是日本文学话语、美国文学话语等民族文学话语，有时也称中西（东西）文学话语。③ 再如汉民族文学话语，相对它的是满族文学话语、藏族文学话语等少数民族文学话语。又如鲁迅文学话语，相对它的是周作人文学话语、郭沫若文学话语等。空间横向的差异性混合了"价值（阐明）"与"（价值）阐明"，既表现阐明的差异性，又表现价值的差异性，简言之是身份性。

时间横向分析包括共时和历时两个方面。共时的文学话语分析即空间横向的文学话语分析，如中日文学话语的横向分析，不强调时间性、历史性，强调结构性，这里引入了价值阐明的系统性维度。历时的文学话语分析的是不同历史、不同时间的文学话语，如唐代文学话语与宋代文学话语。这里引入了价值阐明的历史性维度。

横向（空间与时间）文学话语是不能相互割裂的，比如中日文学话语差异性分析，既是身份性的，也是系统性的、历史性的。

---

① 李晓峰：《论中国当代少数民族文学话语的发生》，载《民族文学研究》2007 年第 1 期。

② 孔帅：《试比较诗歌语言与小说话语的差异——兼谈当下两种体裁的不同命运》，载《长春工业大学学报（社会科学版）》2010 年第 2 期。

③ 雷体沛：《不可超越的情结——东西小说话语中的"意义"》，载《河池师专学报（社会科学版）》1997 年第 1 期。

（3）文学话语的纵横谱系：价值阐明的综合分析

文学话语的纵向谱系与横向谱系是不可分割的。比如纵向向上分析，单个作品话语、个人文学话语、区域文学话语、民族文学话语、世界文学话语就呈现时代（时段、时间）的差异性。比如横向空间分析的中国文学话语、日本书学话语等，可以纵向向下分析的中国诗歌话语、日本诗歌话语等。也就是说，任何文学话语类型都能从纵向和横向两个维度进行分析。

文学话语的定异分析既考虑价值（阐明），又考虑（价值）阐明，同时还引入了身份性、系统性与历史性，甚至它们是紧密结合在一起，使得对文学的差异性分析更为严谨，突出文学本体论内涵，而不是大而无当的分析。

四、文学话语的定形分析

定性、定值、定异分析分别解决了文学话语相关问题，但还有一个问题尚未触及，即"文学话语有怎样的构成？"对这一问题的回答，我们还需要引入第四种话语分析——定形分析，即对文学话语的价值阐明的结构、形态、特征、功能进行分析。

1. 文学话语形式

文学话语形式也就是文学话语的价值阐明形式，简单说就是"怎么说（写）"。[1] 怎么说（写）大致包括以下五个方面：

（1）话语形式。一是交际话语，指文学话语选用日常交际的语言，如文言与白话、书面语与口语、民族形式与外来形式等。二是艺术话语，是作品内部的艺术性的语言、话语，相对于外部的交际语言，具有自己的特点，即价值阐明。童庆炳认为，文学话语（语言）有三个特点，即内指性、本初性、陌生化等。[2] 为了使价值得到阐明、引起注意甚至引起惊奇、震惊，就需要调动一切语言经验、技巧、方法。三是话语风格。话语风格是话语形式的最突出的表现，其中最重要的就是作家个体性话语风格，其他如流派话语风格、时代话语风格、民族话语风格等。[3]

---

① 周桂君：《文学话语书写与相对性的认同》，载《西南大学学报（社会科学版）》2009年第3期。
② 童庆炳：《文学语言论》，载《学习与探索》1999年第3期。
③ 谭运长：《文学话语风格简论》，载《文艺理论研究》1994年第3期。

（2）话语层次。根据现象学、新批评的看法，文学话语层次可以划分为文字（语音）层、意义层、意象层、形而上层四个层次。根据中国传统文学理论，文学话语层次可分为言、象、意三个层次。但是这两种层次论都将语言摆在了初级位置。根据黑格尔论述的关于（物质）形式与（精神）内容的辩证关系，形式大于内容的形式化的艺术与内容大于形式的概念（思想）化的艺术，都是文学话语的初级层次，形式与内容的完美结合（即价值阐明的完美性）才是最高层次。这种形式与内容的完美结合也称为"话语蕴藉"。①

（3）话语体裁。任何文学话语的说与写都是在说某一特定的话语体裁，体裁也就是体式，是长期文学话语实践形成的相对固定的话语模式。第一是文类，是诗歌、小说、散文、戏剧，以及相关变体。第二是叙事体和抒情体，这是就话语体裁的主要任务而言的，叙事是为了讲故事，抒情是了表情达意。第三是母语体与翻译体。母语体就是母语文学，是纯粹的民族语言文学，形式与思想是合一的，心手双畅。翻译体是翻译文学，是通过新的形式来重新表达原有文学。第四是邀请体、挑衅体与独语体。邀请体，邀请读者进入，作品对读者开放，处处为读者着想，它们多采用常规主题、常规方法、常规方式、常规结构，希望得到读者的理解和认可。挑衅体，或在内容上故意挑战常规、世俗，或在形式上拒不使用常规形式，前者如《金瓶梅》，后者如《尤利西斯》的意识流。独语体，以更加强大的精神气息面对读者，常规信息量降至最低，个人精神性的因素达到最高，完全是自足式的，使读者难得其门，以至于知音难觅。

（4）话语结构。一是显隐结构。方汉文将文学话语区分为显在的话语和隐在的间隔和沉默。间隔、沉默并非外在于话语，而话语也并非都是显的。二者相辅相成，使后者具有前者所没有的含义。② 二是虚与实。虚实和显隐（隐秀）不同，显隐是指意义的显在与隐在，而虚实指符号含义的确定性与非确定性。实指的是符号含义的确定性，而虚指的是符号含义的不确定性。在文学作品中，虚实相互配合，以虚为主，这种虚的不确定性、不确实性需要进一步的填充，用英伽登的话说，虚类似于"召唤结构"，其间存在大量的空白点，有待读者的意义充实。其三是对话结构。在巴赫金看来，独白体（非独语体）一切都是作者的意志，作者是全知全能，主宰一切，世界是统一的，而复调则超

---

① 童庆炳主编：《文学理论教程》，高等教育出版社 2008 年版。
② 方汉文：《文学话语中的间隔与沉默》，载《外国文学评论》1990 年第 4 期。

出了作者的意志，作品世界超出了作者意志，世界是不统一的。在这样的文学世界里，不再是作者的独白，而是各个角色之间的真实的对话。

（5）话语策略。话语策略是为了实现某种意图而对上述话语形式、话语层次、话语体裁、话语结构等进行的有意识筛选、变形、选择、重组。话语策略是话语身份、价值、意图在文学作品的表现。有的时候，话语策略就是艺术生存的策略。①

2. 文学话语身份、价值、意图

身份即价值。任何一种身份都以相应的价值为依托，有多少身份就有多少价值，如个体身份、民族身份、底层身份、女性身份、宗教身份等，无一例外都具有相应的价值。意图就是价值的自觉性，有意识地彰显、表征、述说支撑身份的价值。文学说什么？说价值。文学话语身份与意图不是纯粹的作家论，因为文学话语主体并不单单指个体实体。

俞学雷认为，文学话语有三方面精神内容。"谁在说话？答曰：是人类相通的人性，是民族文化的心理结构，是话语者所处的时代精神，是话语者主体的禀赋才情，是它们在说话，是它们构成了人类文学话语的精神维度。"② 大体可以说，人性和民族文化心理结构是大我，时代精神是中我，作者是小我，而小我是文学话语得以实现的根本。大我、中我、小我都附带有价值，即人类价值、民族价值、时代价值、个体价值等。

詹七一从文学话语的意义承诺方面分析了三种文学话语在意义承诺方面的不同。所谓承诺就是价值判断和价值倾向性，可以说是"为谁说话"。主流文学是替他人承诺，先锋文学是自我承诺，大众文学是消费性承诺。③ 不同承诺的意义和价值裂痕也尖锐提示当代文学应该进行何种承诺、该为谁说这样的严峻现实问题，尤其在统一的价值体系崩解之后的价值多元化时代，身份的冲突无法避免。

3. 文学话语语境

语境一词最早是由马林诺夫斯基在 1923 年提出。④ 他将语境分为两类，

---

① ［美］乔纳森·费恩伯格著：《1940 年以来的艺术：艺术生存的策略》，王春辰、丁亚雷译，中国人民大学出版社 2006 年版。

② 俞学雷：《文学话语的精神结构探微》，载《湖州师范学院学报》2001 年第 2 期。

③ 詹七一：《文学话语与意义承诺》，载《思想战线》2002 年第 2 期。

④ 该术语首次出现于马丁诺夫斯基给 Ogden 和 Richards 所著的《意义的意义》一书的补录中，当时用的是 context of situation，即情景语境。

一类是语言性语境，一类是非语言性语境，比如情景语境和文化语境。非语言性语境的提出是马林诺夫斯基的重要贡献。前苏联语言学家巴赫金的"超语言学"非常重视语境的作用，他明确说："任何一个话语中我们都可以获得、感受和理解说话人的言语意图，正是后者决定了话语的完整性、范围和界限。"① "话语的意思完全取决于它的语境。"② 其后，语境研究在语言学领域日益壮大。国内最早论述语境的一般认为是陈望道的"六何"（见前引）。随着语境研究的深入，"语境学"也随之出现。③

胡壮麟从内容着眼，将语境分为三个方面——上下文语境、情景语境和文化语境④，具有代表性。王建华在其《现代汉语语境研究》中，从语境的存在状态着眼，将语境划分为三类：言内语境、言伴语境、言外语境。言内语境包括句际语境（也称上下文语境）和语篇语境，是以语言形式存在的语境。言伴语境指伴随话语的各类现实性的语境，包括现场语境和伴随语境。现场语境指话语行为的现实性因素，比如时间、空间、话题、背景等。伴随语境和话语主体密切相关，由话语主体自身的某些要素构成，比如个性、学识、语言习惯等。言外语境包括文化语境和知识语境，前者是历史性的，涉及社会、历史、文化等要素。后者主要是认知性的，涉及人的认知水平。⑤

2008 年，英国学者 Dijk 出版了《话语与语境》一书，提出了一种新的语境理论。传统的语境理论都倾向于客观论，诸如说话者的性别、身份、阶层、年龄等，如果以客观论为主的话，那么同样的客观情况，说话者的方式应该一致，而不应有差别。那么导致这种差别就不能单纯从客观方面来讨论，而应从主观的、心理的角度讨论。于是 Dijk 提出了一种"社会－认知语境"理论，认为是参与讨论的人设定了讨论场景，也即是交往本身设定了特殊的场景，而非外在客观的因素设定场景。

文学话语语境指的是价值生成的特定性。我认为文学语境大致有以下几个方面。

其一，语言语境。语言语境是文学最主要的语境，包括文内语境、文外语

---

① ［苏］巴赫金著：《巴赫金全集》第 1 卷，钱中文译，河北教育出版社 1998 年版，第 266 页。

② ［苏］巴赫金著：《巴赫金全集》第 1 卷，钱中文译，河北教育出版社 1998 年版，第 428 页。

③ 如王占馥著：《语境学导论》，内蒙古大学出版社 1993 年版；王占馥著：《语境与语言运用》，内蒙古教育出版社 1995 年版；刘文义著：《语境学》，河北人民出版社 1996 年版；冯广艺主编：《汉语语境学概论》，宁夏人民出版社 1998 年版；高登亮等著：《语境学概论》，中国电力出版社 2006 年版。

④ 胡壮麟编著：《语篇的衔接与连贯》，上海外语教育出版社 1994 年版，第 181－188 页。

⑤ 王建华等著：《现代汉语语境研究》，浙江大学出版社 2002 年版。

境和互文语境。文内语境指由文本内部要素所构成的语境，根据程度不同可分为上下文语境和全文语境。上下文语境是特定语段内的语境，全文语境是全文所构成的语境，全文构成了作品的世界。互文语境包括文内和文外两个方面，前者指比上下文更大的要素如结构、情节、人物、事件等相互构成语境，后者指文外其他文本（以引语方式）成为文内语境的重要因素。文外语境指纯粹超出文本之外不专属于文本的语言语境，如语法、修辞、逻辑等。

其二，非语言语境。非语言语境是指语境构成不依靠语言，或者主要不凭借语言。作品内部没有非语言（符号）语境，作品内的一切语境都依靠语言（符号）来构造。作品的非语言语境主要是文外的非语言语境，如传统文论经常提到的社会时代环境、作家（读者）精神状况等。这些语境主要依靠时代氛围、人物行为与精神观念所决定，主要不依靠语言形式，或者是内语言形式（思想、心理、认知模式等）。

其三，语言－非语言语境，既有语言因素又有非语言因素，或者二者并无偏重。语言－非语言语境主要是文化语境，如其他文学作品、艺术、语言文字、思想学说、精神观念等。其他文学作品、语言文字、思想学说可以归于文外语言语境，比如其他文学作品的体裁语境、文类语境等，而艺术、精神观念则是文外非语言语境（或内语言语境）。

其四，语言（非语言）－权力语境，即文学场语境。布迪厄认为，场的基本要素是权力（力量）支配与再生产关系，因此场域里充满了权力的斗争和重组，基本依据就是资本，除了经济资本（对财富的支配和再生产）、社会资本（对人力的支配和再生产）这些非语言、非符号的资本外，还包括语言的、符号的资本——文化资本、象征资本（对符号的支配和再生产）。[①]

根据霍尔等人的观点，语境有高低之分。语境与语义共同决定意义的产生和传递，语境与语义的重要性成反比，语义本身重要，则语境的重要性降低，语义本身不重要，则语境的重要性增高。前者被称为高语境（high－context），后者被称为低语境（low－context）。高语境文化的代表是中国、日本等，他们往往在意"言外之意"，而像德国、瑞士等低语境文化，他们往往重视语言本身所表达的。前者委婉含蓄，后者直截了当。[②] 当不同文化之间进行交流的时候，就要处理不同的语境问题。与高语境文化交流就不能止于语言表面，而

---

① 刘忠著：《知识分子影像与文学话语场》，上海文化出版社 2010 年版。

② E. T. Hall, *Beyond Culture*, Garden City, NY: Doubleday, 1976.

必须深掘对方的言说语境。同理，与低语境文化打交道，就不要过度追究言外之意，而应专注于语言表述本身。

4. 文学话语解读

话语的根本宗旨是实现交际、对话的目的。但交际、对话目的未必都能实现。根据交际、对话目的的实现情况，话语解读也表现为不同的类型。

一是正解读。正解读有两种情况：一是作品话语本身层次低，价值阐明程度低，和解读水平相当或低于解读水平，大部分读者都能正确解读。第二种情况是，作品本身层次高，价值阐明程度高，高于一般解读水平，但被一些专业的、理想的解读者解读了。

二是负解读。负解读有两种情况：一种是作品本身层次高，价值阐明程度高，高于一般解读水平，导致对作品的解读不充分。第二种是误读。误读分有意误读和无意误读。无意误读受解读水平和自觉性不足的限制，而有意误读是为了解读之外的目的，而采取了错误的解读，是"为我所用"甚至"走火入魔"的解读。

三是过度解读。过度解读是指作品本身并无此类含义，或者含义并没有深抵此处，但却被强行附加上去的。比如《红楼梦》表现了某种叛逆性，但不能过度解读为表现了某种革命性。过度解读有正解读的基础，也表现出负解读的特性，但其特点是附加性、溢出性，是解读过多造成的。

四是规范性解读。规范性解读有两种情况，一是意识形态解读，根据某种意识形态，只能解读符合某一意识形态规定的作品并按照意识形态所规定的方向解读，不允许有相反的情况，否则不利于维护意识形态。二是霸权解读，类似于意识形态解读，但主要是对外的，通过制定、规范、引导、限制解读模式，使其不可能有相反的解读，其目的是对外扩张并维护某种文化（意识形态）霸权。

五是创造性解读。创造性解读指解读的创造性、自主性和独立性，分为三类。第一类是推进性解读，在原有解读的基础上，发现了新的含义。如《简爱》，长期以来都以女性奋斗为主题，但后殖民文学批评却发现了《简爱》的东方主义主题，疯女人梅森的形象成为新的中心，后者就是相对于前者的创造性解读。第二类是文学作品的文学改编与影视改编，好的改编往往是打上了改编者的思想。第三类是文学翻译，翻译不是掏空思想的翻译，而是打上了译者的思想。

六是开放性解读。开放性解读有两种情况：一是超文本（网络、互文性），使得解读呈现开放态势，新的要素不断进入。二是跨文化解读，随着文化视野的不断扩大，解读的丰富性日益凸显。

5. 文学话语功能

文学话语功能并不等于传统的实用论，也不仅仅针对接受者，而是强调文学话语在创造、解读的过程所实现的功能。

一是人文塑形功能。南帆认为文学话语是改变人文环境的重要方式。文学通过自己的话语革新使社会话语的变动进一步放大。文学话语与日常话语的疏离使文学处于永无止境的跋涉之中，因而也预示着文学要取得成功就必须"自我放逐"。[①] 文学通过自我建构实现文化建构，或者说文学通过文化建构实现自我建构。正是在此意义上，我们说"文学是文化（动态意义上的"文化"）的"。

二是政治（社会）功能。文学话语的政治功能有三种情况。一是文学话语成为政治势力（权力、力量）的传声筒，文学成为图解政治的符号，缺乏自己的独立性，相应导致了文学话语与政治力量的冲突。二是文学话语通过自己的形式使政治价值得以阐明。文学话语对政治价值的阐明使文学成为文学政治话语，真正意义上的文学政治话语是那种饱含士大夫精神和知识分子精神的政治价值关切，是范仲淹的"先天下之忧而忧、后天下之乐而乐"，是萨义德的敢于"说真话"。三是文学话语权，属于文化政治。文学话语权既表现为自律性、独立性，也表现为通过文学来实现某种文化政治的目的。正是在此意义上，我们说"文学是意识形态的"。

三是审美功能。文学话语是对价值的阐明（经由形式），而价值阐明本身既是感性（审美）的，又是对感性（审美）的完善。马克思说："只有音乐才能激起人的音乐感，对于不辨音律的耳朵说来，最美的音乐也毫无意义。"音乐感（文学感、美感、审美）的形成是靠音乐（文学、艺术），也就是说审美是靠艺术获得的，这就是审美功能。由于价值阐明，文学使我们对价值（真、善、美）更加敏感，使我们的精神世界更加丰富（如孔子的"兴"），同时也使我们的感性（审美、文学感）更加完善。正是在此意义上，我们说"文学是审美的"。

四是启示功能。启示功能不是认识功能，但基于认识。文学话语的启示功能并不是说像科学那样给我们提供精确、客观的知识，而是给我们一种思考。文学作品不是让我们对社会有更精确的认识，让我们知道社会是什么样的，而是让我们更加理解社会，进而理解自我。正是在此意义上，我们说"文学是人学"。

---

① 南帆：《文学话语的维度》，载《文艺评论》1994 年第 6 期。

五、文学话语研究的问题与意义

文学话语的动态构成不止前文所述五个方面，对文学话语的深入研究将开启文学话语的丰富世界。文学话语作为一种国际性的研究范式，在国外已有蓬勃发展，但是国内的文学话语研究则相对不足，表现有五个方面：

其一，国内的文学语言研究一直占据主流地位，相关论著数量远远大于文学话语研究。迄今为止发表的题为"文学语言"的论文不下千篇，而涉及"文学话语"的专题研究也不过百篇而已，只占十分之一。

其二，国内的文学话语研究起步较晚，国内专门讨论文学话语的论著首次出现在 20 世纪 90 年代初①，较为密集地出现也是在 2000 年以后，总体上比国外晚了近 20 到 30 年。

其三，文学话语研究的上位研究（文学理论话语、文论话语）与下位研究（文学批评话语、文学史与作品话语）较为充分②，而文学话语的本位研究不足，相关国外成果也缺乏必要的翻译、介绍、引进。文学话语究竟有怎样的构成、特点、规律等亦未有突出的呈现。

其四，文学话语研究原创性不足，虽有文学理论话语（文论话语）研究与文学话语应用研究，但多借鉴西方理论，具有中国特色的"文学话语研究"并没有完善起来，缺乏原创性的中国文学话语研究的理论体系、方法论及其相关实践。

其五，文学话语的一般性关注较多，而对汉语（以及其他少数民族语言，或曰母语）的文学话语的特殊性关注不够，无疑削弱了当代汉语（中国）文学话语理论建构的民族文化地基。

那么，为什么文学话语研究在国内开展如此滞后和缓慢呢？大致原因有五个方面：

其一，语言学话语转向尚未深入中国思想文化界，语言工具论（实用论）、形式论观念仍然根深蒂固（其中也有中国传统的基于"道中心"的语言观的影响），对语言持抽象的、系统的、内部的、技术的、初级的理解这样的观念仍然占据主流。

---

① 方汉文：《文学话语中的间隔与沉默》，载《外国文学评论》1990 年第 4 期。

② 讨论中国当代文学话语（或文学史话语）的论著不胜枚举，如《中国女性文学话语流变》、《中国现代自由主义文学话语之建构》、《20 世纪中国文学主流话语研究》等。

其二，对话语的理解整体还未达国际水平，对话语的理解多局限于文本，或视同语言，对话语的范式意义认识不足，话语语言学、文学语用学等应用学科在中国刚刚起步，以交际、交往、对话、语境等为主要特征的话语思想尚未在中国文学理论研究界充分传播开来。

其三，国际上语言学与文学研究的跨学科互动已成趋势，但国内文学研究与语言学研究缺乏深度的融合，文学研究者缺乏最新语言学方面的理论素养、专业训练和强烈兴趣，而语言学研究者又缺乏对文学研究方面的重视，材料多局限于古代文献，显示了文学、语言研究"两张皮"的情况，相互的激发、促进不足。

其四，文学话语研究对文学本体关注不够，对本体论缺乏重视，学术兴趣不足，总是受到社会、政治、经济、文化等的影响，对文学理论话语关注较多，而对文学本体话语关注不够，文论话语的兴趣没有沉淀为实践（文学实践）话语的兴趣。

其五，母语自卑论仍未彻底克服，崇英媚外的语言观念在教育、学术领域根深蒂固，贬低、无视母语现象严重，缺乏明晰的跨语际文化交流的文化立场，对国际间文学交流、翻译的文化意义重视不够，对母语缺乏敏感性，而敏感性的最好体现就是文学。[①]

当然，原因不止这五点，但这五点已足够限制文学话语的研究了。如果不打破语言工具论形式论的倾向，如果不引入交往性、实践性、社会性的话语观念，如果不进行文学研究与语言学研究的深入融合创新，如果不专注于文学话语本体的研究，如果不破除母语自卑论和提升对母语敏感性，那么设想文学话语研究在中国的蓬勃发展，就无疑是痴人说梦。

在新世纪，中国文学界已经清醒地意识到："发展与我们这个有着几千年文学史，有着世界性影响的大国相称的文学学术研究，是摆在我们面前的一项艰巨的任务"，"我们要不只是介绍，而是针对当代外国的文学理论发出自己的声音，我们要建立自己的文学研究的思想体系。"[②] 面对这样一个任务，任何文学研究者都责无旁贷，因此，文学话语本体论并非某一人的问题，而是中国的问题。

[①] 对汉语的公正评价是新世纪以来的趋势。有感于汉语自卑论盛行一个世纪之后，诗人郑敏在新世纪提出"是时候了：汉语必须找回它自己"，这是非常有见地的。参郑敏著：《思维·文化·诗学》，河南人民出版社 2004 年版，第 115 页。还有很多学者思考汉语走向世界的问题。参凌德祥著：《走向世界的汉语》，文化艺术出版社 2006 年版。

[②] 杨义主编：《中国社会科学院文学研究所学刊》"创刊词"，中国社会科学出版社 2007 年版。

第五章 价值追问与艺术人文学

艺术始终是人类的价值之一，即所谓美。追问"什么是艺术"，也即追问"什么是艺术的价值"，或者什么是美的艺术。尽管本身讨论了艺术话语本体论，区分了价值论与目的论，但并不意味着二者的截然对立，而是相辅相成的。在艺术话语本体论视野下，艺术话语所要揭示、彰显、阐明的恰恰是价值，对价值的追问将使艺术话语秉有反思性、超越性的精神维度。然而，现代艺术的发展给艺术的定义和分类提出了挑战，"艺术终结"①、"艺术史终结"②不绝于耳，似乎艺术与生活的界限消失，美和丑的界限消失。在新的历史时期，"什么是艺术"的问题并没有远离艺术界，而是更深层次地挑战着艺术智慧。因此，重提"什么是艺术"之问就势所难免了。但是，此处的回答却不同于一般的回答，因为，对某物的理解总是在一定语境中的理解，因此重提并回答"什么是艺术"之问首先不能脱离艺术语境。

一、艺术语境与"类艺术"概念

艺术语境已经广泛使用在当代艺术研究领域，语境意识以及语境的设置，乃是在特定的限定中寻求批评的有效性的必要前提，理解某一事物离不开对某一事物所置身其中语境的自觉意识。③ 这种对艺术的理解可以称之为"语境化"理解，也即前提理解。在 20 世纪的文艺理论中，语境始终是一个重要方面，主要表现为文本中心主义的内部语境（如结构主义、新批评）、以艺术生

---

① ［美］卡斯比特著：《艺术的终结》，吴啸雷译，北京大学出版社 2008 年版。
② ［德］汉斯·伯尔丁著：《艺术史终结了吗?》，常宁生译，中国人民大学出版社 2010 年版。
③ 丁宁：《批评与语境》，载《江苏画刊》1992 年第 1 期。

产过程为中心的中层语境（文艺社会学）和以社会语境为中心的外部语境（后殖民主义、文化研究）。① 不同的语境塑造着我们对艺术的理解。处于文本中心主义语境中，就不可能关注到更为广阔的社会场景。同理，处于社会语境中，那么对文本的观察也无法做到事无巨细。

从创作而言，艺术语境同样潜移默化地起着作用。艺术创作语境包括现实环境和问题情境（创作，艺术家）两个维度。现实环境即客观环境，问题情境是现实环境的主观化，是被艺术家主观认定的现实环境，"它与客观存在的现实环境共同构成了中国当代艺术语境范畴"②。艺术语境又可分为内部语境和外部语境。内部语境有符号语境是内部语境，以及作为言伴语境的问题情境。外部语境包括创作语境和展示语境：一个是立足于创作，一个立足于传播。语境之间的一致性导致艺术作品的有效性，而语境语境之间的不一致会导致意义危机。③ 可以说，文艺创作绝对不是抽象的、真空的创作，而总是和诸多语境密切相关。

从艺术史角度而言，理解某种艺术同其文化语境密切相关。如中国山水画，就不单单是艺术问题。中国山水画的艺术语境至少由四个方面构成：第一是哲学思想，第二是士大夫归隐情结，第三是诗文入画，第四是书法入画，它们形成了"山水画艺术的语境风格和特征"④。任何一个种类的艺术都包含不同层次和方面的语境因素，这些因素有的是潜移默化起作用的，比如哲学、民族性格等，有的是艺术史长期发展而导致艺术之间的相互借鉴和融合，从而丰富了艺术的表现力。

根本上说，艺术语境是艺术赖以产生的思想氛围与前提条件。从艺术史角度而言，艺术语境史大体可以分为四个阶段：第一阶段是"不自觉性"，比如远古时期，对艺术的理解受制于当时的宗教、文化，此时的艺术还不是独立的，或从属于宗教，或者地位低下。第二阶段是"自觉性"。艺术获得独立的地位，对艺术的理解日趋成熟，整个社会对艺术有相当高的共识。比如西方在18世纪，形成了专门的学科——美学。第三阶段是"反思性"。统一的艺术理解趋于崩溃和瓦解，不同的艺术观念不再相安无事，而是相互否定、排斥。比

---

① 孙晓霞：《构建三层艺术语境研究模式》，载《云南艺术学院学报》2009 年第 2 期。

② 惠波、邵直军：《问题情境与现实环境——关于中国当代艺术语境的思考》，载《南京艺术学院学报（美术与设计版）》2006 年第 3 期。

③ 邵直军、郁梅：《中国当代艺术语境的现实分析》，载《连云港师范高等专科学校学报》2007 年第 3 期。

④ 陆雁华：《谈影响艺术语境的因素》，载《美术向导》2010 第 4 期。

如中国近代和西方现代，对既有艺术观念都发起了不同程度的挑战，艺术终结即发生于此。第四阶段是"自由性"，不同的艺术观念经过长期的碰撞、反思、融合，形成了一种更高层次的艺术理解。

从空间角度而言，艺术语境分为作品语境、血缘语境、社会语境、政治语境、自然语境、符号语境、心理语境、文化语境、观念语境等等。从当下的具体时空角度而言，中国艺术的最重要的现实语境有全球化语境、后殖民语境、消费主义（市场经济）语境、生态语境等。全球化语境引发了一体化与本土化、世界化与民族化、现代与传统、竞争与合作等的争论。后殖民语境引发的是东方与西方、第一世界与第三世界、同质化与差异化、对抗与对话等的争论。消费主义语境引发了精英与大众、高雅与通俗、文化与市场、精神与物质等的争论。生态语境引发的是社会与自然、开发与保护、科技与人文等的争论。

自觉将艺术置于不同语境中（时间、空间、当下时空），并强调在这种语境中的个体或群体的文化选择，对艺术的理解与实践也将不同。20世纪以来，现代艺术、后现代艺术迅猛发展，它们否定传统，强调原创性和实验性，常常使用新的技术，这些迥异于传统的艺术形式使得过去被普遍接受的对艺术的定义和分类越来越困难。非但如此，自人类文明兴起以来，艺术的定义和分类就从未止息，其原因在于艺术被放置的位置（即语境设置）迥然不同。于是关于"什么是艺术"这一事关艺术本体的问题的回答，可谓言人人殊。

在《什么是艺术》中共收录了28种主要的艺术观念，如"艺术即模仿"（柏拉图），这是柏拉图主义语境的产物，"艺术即真理"（海德格尔），这是存在主义的产物，"艺术即文本"（罗兰·巴特），这是后结构主义的产物，"艺术即自由"（阿多诺），这是西方马克思主义的产物，等等。[①] 不同的哲学思想就构成一种艺术语境。

"什么是艺术"总是和另外两个问题相关，一是"什么是非艺术"，二是"什么是好艺术"？因此，艺术定义总是与艺术的区分（谱系、秩序）密切相关。传统意义上对艺术的区分——将艺术分为"美的艺术（fine art，一译"纯艺术"）"和"流行艺术（popular art）"，或者分为"高雅艺术（highbrow art）"和"通俗艺术（lowbrow art）"。人们所肯定的主要是纯艺术、高雅艺术，而对流行艺术、通俗艺术加以贬低，但二者究竟具有何种实质性的区分

---

① ［美］沃特伯格著：《什么是艺术》，李奉栖等译，重庆大学出版社2011年版。

呢？似乎还很少有人去认真关注，比如通俗文学在学术界仍然很流行。但是，这种"雅/俗"简单的划分"常常会将人引入歧途"①。因为，上述两种区分其实并没有触及艺术的核心问题，因为依据艺术施为者和接受者的道德、教养以及多少来界定艺术，显然是外在的。那么，如何进行艺术的区分呢？F. 大卫·马丁②与李·A. 雅各布斯③在《经由艺术的人文学》④一书中鲜明提出了一种新的区分方法——"艺术和类艺术"。

类艺术的概念是欧美学界在新世纪提出的当代艺术学术语。作为当代西方主流艺术教材之一的《经由艺术的人文学》⑤，在 1975 年到 1997 年长达 22 年间的的五个版本中，类艺术这一概念并未出，而是在 2004 年的第 6 版中才出现的。也就是说，类艺术观念在西方的出现尚不足 10 年。不过，类艺术的概念始自 2004 年，但类艺术的观念却并非始自 2004 年。实际上，类艺术概念的出现是《经由艺术的人文学》一书理论发展的必然产物。那么，《经由艺术的人文学》是一种什么样的艺术理论，在这种理论语境中，我们对艺术的理解又得到什么拓展呢？

二、价值："类艺术"的语境基础

《经由艺术的人文学》的核心观念不是别的，正是价值。价值构成了我们队艺术的深入理解。

---

① ［美］大卫·马丁、李·A. 雅各布森著：《艺术导论》，包慧怡、黄少婷译，上海社会科学院出版社 2011 年版，第 395 页。

② 大卫·马丁（F. David Martin），美国艺术哲学家，先后任教于芝加哥大学、布克内大学，1983 年退休，主要研究领域为艺术人文学，著有《艺术与宗教体验》（Art and the Religious Experience）、《面对死亡：主题与变异》（Facing Death: Theme and Variations）。

③ 李·A. 雅各布森（Lee A. Jacobs），美国当代文艺理论家，康涅狄格大学英语系荣休教授，先后任教于哥伦比亚大学、布朗大学等，主要研究领域为英国近代文学，出版著作《人文学：价值的进步》（Humanities: Evolution of Values）等。

④ Martin, F. David, and Lee A. Jacobs, The humanities through the arts, New York: McGraw-Hill, 2004. 该书中译为《艺术导论》，共出版两次，一是《艺术与人文：艺术导论》，上海社会科学院出版社 2007 年版，另一是《艺术导论》，上海社会科学院出版社 2011 年版，译者均为包慧怡、黄少婷。

⑤ 《经由艺术的人文学》自 1975 年出版以来，反响极大，在美国 40 个州，被哥伦比亚等 260 余所大学用作教材，可以说是美国艺术理论主流教材之一，至 2010 年已出版到第 8 版。

何谓价值？价值就是"我们所在乎的某种东西，某种有意义的东西"[1]。价值是我们所关心的实质性的东西，价值就是兴趣的对象。[2] 如果我们对所有东西都无动于衷，那么价值的问题也就无从提出。价值和人类利益密切相关，"任何涉及人类利益的事物都是价值"，都"与人类的利益息息相关"。[3] 在《经由艺术的人文学》中，作者对价值有四个方面的界定。

首先，从性质而言，价值分两类，一类是正面价值或积极价值，一类是负面价值或消极价值。正面价值是那些能让我们满足或能带给我们快乐的对象，比如美丽、愉快、明亮等，负面价值就是令人不悦的坏的方面，或让我们感到痛苦的对象，如丑陋、痛苦、悲剧等。但正面价值和负面价值又不是绝对的，如果表面看似负面价值的东西，实则能够给我们带来好的结果，那它就是正面价值，比如拔牙很痛苦，但利于健康，那么拔牙就是有价值的。

其二，从价值的存在状态而言，价值分为三类，即内在价值（intrinsic values）、外在价值（extrinsic values）与内外兼顾的价值（intrinsic－extrinsic values）。内在价值是我们自己的价值活动带来的感觉或情感，比如快乐、痛苦等。外在价值是通向内在价值的途径或方式，比如用来购买美味的钱财，比如给身体带来健康的健身运动等。内外兼顾的价值则既能产生即时的感觉（价值），还进一步通往更深层的价值。比如好吃的又利于健康的食物，从美味（直接的感受）而言，这种食物是内在价值，是即时性的，就利于健康而言，这种食物又是外在价值，是间接的、中介式的，因此这种食物是内在价值和外在价值兼顾的。一般而言，兼顾内在价值和外在价值的正面价值是大家所追求的。不过，兼顾内在价值和外在价值的负面价值则需要警惕，比如海洛因等毒品，它能带来强烈的快感，这是内在正面价值，但它通向的不是更深层次的正面价值，而是负面价值——痛苦、空虚和死亡。

在艺术欣赏上，欣赏艺术能够给我们带来内在的价值，同时也会给我们带来更深层的价值——满足感："对一首诗的感悟常会提高我们对其他诗歌的敏感；对音乐中某个伟大瞬间的感悟常会增强我们的勇气，去面对生存中的悲剧侧面；对舞蹈的感悟常会使我们的气度变得更加优雅；对视觉艺术的感悟则常

---

[1] ［美］F. 大卫·马丁、李·A. 雅各布森著：《艺术导论》，包慧怡、黄少婷译，上海社会科学院出版社 2011 年版，第 1 页。

[2] ［美］F. 大卫·马丁、李·A. 雅各布森著：《艺术导论》，包慧怡、黄少婷译，上海社会科学院出版社 2011 年版，第 439 页。

[3] ［美］F. 大卫·马丁、李·A. 雅各布森著：《艺术导论》，包慧怡、黄少婷译，上海社会科学院出版社 2011 年版，第 34 页。

会使我们的视觉和触觉变得更加灵敏。"① 这是就对个人而言的更深层次的价值，其实艺术的更深层的价值还在于"对他人的理解"，尤其教会我们对他人的"同情心"，这是一切道德感中的最本质的东西。② 如果我们感受不到这种同情心，那么艺术的价值就是被放逐的。那些纳粹集中营的某些最为残暴的守卫在实行暴行的同时或之后却播放古典音乐，这就是艺术价值失落的表现，因为艺术欣赏没有导向更深层次的同情心，也就是丧失了人文价值。

其三，价值来源问题。关于价值来源，有两种理论：一是价值主观论，一是价值客观论。价值主观论认为价值取决于评判者，价值客观论认为价值来自于客观事物本身。而马丁与雅各布森则坚持价值关系论（the Relational theory of value，也译价值相对论），价值来源于"客观事物与主观趣味的相互关系"③。价值关系论并非调和折中，而是将价值的生成放置在更为灵活、开放的场景中。实际上，价值主观论和价值客观论都有绝对主义、本质主义的嫌疑。价值关系论认为，一件艺术品的价值在没有被欣赏之前是潜在的，只有当它被某个敏感的有见识的人发现时，其本身的潜在价值就实现了。因此，艺术品的价值就是"只有在具有潜在价值的事物和某人的趣味相遇时，价值才被实现"④。那么，何谓潜在价值呢？潜在价值并不是绝对的，它总是同人类利益关系密切。从艺术角度而言，人们更关注艺术本身的内在价值，比如艺术给我们带来的欣赏的愉悦、美感等。

其四，价值功能，就是价值有什么用。价值的功能有二：一是自为状态的价值事实（或事实性价值，factual values），二是自律状态的价值规范（或规范性价值，normative values）。它们可以简称为"实然"（is）和"应然"（ought）。价值事实是科学所描述出来的，不包含好坏的判断，而价值规范则包含好坏的判断。比如吸食大麻的后果，诸如提神与致人死亡等，这是科学所揭示出来的，而禁止吸毒则是价值规范。价值事实和价值规范是密切相关的。缺乏价值事实，价值规范就缺乏依据。但是，价值现象的呈现又不仅仅是科学

---

① ［美］F. 大卫·马丁、李·A. 雅各布森著：《艺术导论》，包慧怡、黄少婷译，上海社会科学院出版社 2011 年版，第 440 页。
② ［美］F. 大卫·马丁、李·A. 雅各布森著：《艺术导论》，包慧怡、黄少婷译，上海社会科学院出版社 2011 年版，第 441 页。
③ ［美］F. 大卫·马丁、李·A. 雅各布森著：《艺术导论》，包慧怡、黄少婷译，上海社会科学院出版社 2011 年版，第 441 页。
④ ［美］F. 大卫·马丁、李·A. 雅各布森著：《艺术导论》，包慧怡、黄少婷译，上海社会科学院出版社 2011 年版，第 441 页。

一途，实际上科学关注的只是事实，科学无法对体验做出描述。艺术虽然不能像科学论文一样对价值事实作出清晰的说明，但对价值体验的描述却丰富着价值事实。艺术家"将那些在价值现象中为科学所忽略了的侧面及推论揭示出来"，而人文学者"则是澄清那些在价值现象中为科学与艺术共同忽略了的侧面及推论"①，而后者则主要是人文学科与艺术的差异。

三、从价值人文学到艺术人文学

作为新近出现的艺术术语，"类艺术"与人文学密切相关。价值是人文学研究的核心问题，事关人类利益。

价值是人类关注的核心问题。在不同的人文活动领域，价值的表现并不一致。科学与人文学的区别在于，科学的主要特征是完全科学的和客观的，不夹带任何主观的价值判断，即主要在于价值事实。而在人文学科中，严格的事实和科学的准则不占据主导地位②，人文学（包括艺术）所涉及的价值主要是价值规范。简言之，科学家讨论的价值主要在于"实然"，即"是什么样子的"，而不是"应该是什么样子的"。"应该是什么样子的"可以称为"应然"，应然在人文学学科内就是所谓的价值判断。

在人文学领域，人们关注价值就是关注与我们的心灵、精神相接近的东西，"我们所需要的是一种对人类感情及相关价值观的探索：不光是我们个人的感情和价值观，还有其他人的。我们需要一种能提升我们对自我、他人以及这个世界的敏感度的研究"③。

价值人文学有三项主要内容不可或缺。一是情感与价值，它们是价值研究的两大核心。价值总是我们所关注、关心的东西，更多地带有情感的因素。二是个人、他人和世界的价值，这是价值研究的三大维度，仅仅关注个人或者他人，而没有触及他人或者世界的维度，价值研究仍然是不完全的。三是"敏感度"，这是价值研究的根本。与敏感相对的是迟钝，对价值的迟钝无疑是价值

---

① ［美］F. 大卫·马丁、李·A. 雅各布森著：《艺术导论》，包慧怡、黄少婷译，上海社会科学院出版社 2011 年版，第 442 页。

② ［美］F. 大卫·马丁、李·A. 雅各布森著：《艺术导论》，包慧怡、黄少婷译，上海社会科学院出版社 2011 年版，第 445 页。

③ ［美］F. 大卫·马丁、李·A. 雅各布森著：《艺术导论》，包慧怡、黄少婷译，上海社会科学院出版社 2011 年版，第 4 页。

研究的最大困境。所谓敏感，就是"用敏锐的目光去洞察事物"，而要做到敏感没有别的方法，只能是"觉察并相信万物之间存在种种差别"。没有差别的意识，敏感就无法实现，试想当你认为世界万事万物都一个道理的时候，你就不会敏感地关注某个事物，而总是大而化之地看待。做到敏感至关重要，唯此我们才能认识到"价值的某些方面并不是客观指标所能够衡量的"，也就是说普遍性的价值并非真正是普遍的，总有它未能抵达的地方，只要是我们未曾抵达这些地方。故此，"做一个敏感的人就要尊重人文学学科"，因为人文学科"能够帮助我们对种种价值变得更加敏感，对那些我们身为独立的个人所重视的事物变得更加敏感"①，所以变得更加敏感就是意识到价值的限度、特殊性和可变性。

同样是人文学，艺术和人文学其他学科亦有差别。它们的区别主要有二：

第一，艺术家揭示价值，"价值在艺术中得到了清楚而持久的体现"，这是艺术优于科学和人文学科学的地方，但并不意味着艺术就优越于科学和人文科学。作为人文学者的艺术家，他们在创造着能触及某种价值的作品。"他们对于自己身处其中的社会所关注的东西——或者那个社会的价值——是特别敏感的。"② 这些价值就是他们创作的主题。艺术家必须创造出各类各样的形式，以更好地传达价值和阐释主题。和揭示价值不同，人文学科学主要是分析研究价值，也就是对价值做学术研究。

第二，在方法论上，人文学科以概念为主，艺术以感觉为主。在艺术中，感觉将居于主导地位。概念先行必然削弱我们的艺术感觉，使我们无法沉浸其中。那样我们只是在分析作为对象的艺术品，而不是将艺术品作为可游、可居的精神体验场所。艺术体验总是模糊而直接的，而不是清晰、确定的，艺术体验是敞开一种新的生命空间，而不是对数据、事实的阅读。概言之"是感觉将我们引向了作品的特质"，或者说，"要想以最激烈、最完满的方式体验艺术，就必须把感觉摆在首位"。③ 我们丝毫不否认概念、分析、思考在艺术活动的重要作用，但它不能凌驾于感觉至上，因为艺术的真正特质在于揭示价值、展现价值、展示价值，将价值活灵活现地展现出来，而不是反思价值，不是将价

---

① ［美］F.大卫·马丁、李·A.雅各布森著：《艺术导论》，包慧怡、黄少婷译，上海社会科学院出版社 2011 年版，第 4 页。

② ［美］F.大卫·马丁、李·A.雅各布森著：《艺术导论》，包慧怡、黄少婷译，上海社会科学院出版社 2011 年版，第 446 页。

③ ［美］F.大卫·马丁、李·A.雅各布森著：《艺术导论》，包慧怡、黄少婷译，上海社会科学院出版社 2011 年版，第 439 页。

值概念化。在艺术活动中，我们要调动我们的感觉，包括听觉、视觉、形式感、形象感等，唯此我们才能领会艺术中的价值丰满性。

艺术家对艺术的阐明有两种方式，一是对正价值的呈现，二是对负价值的批判。因此，艺术给我们呈现的世界就不仅仅有美好的一面，还有不美好的一面，而后者则有益于我们对不好的方面做出自己的理解，并与之斗争。艺术在于呈现和揭示价值，当我们欣赏艺术的时候就产生了价值的交流，我们的价值交流对象可以是本民族的艺术家，也可以是其他民族的艺术家，可以是艺术作品中所显现的人物，也可以是过去的我们或者未来的我们。

筛选价值的活动就是品味。很多人往往对自己的品味过于封闭，以为兴趣无争辩。实际上，价值筛选也就意味着筛选掉了其他价值，而将部分价值作为自己的核心价值，对其他价值充耳不闻。人文学强调，真正的艺术品取决于"它们阐释人类经验的能力，这种阐释必须足够成熟，能经得起反复的检验"[1]。因此，"人类性"和"成熟度"是艺术价值的关键所在。如果作品缺乏"人类性"，只具有纯粹的地方性或者"非人类性"，缺乏"成熟度"，则没有深度，或者仓促、草率，也就无法成为恒久的经典。

由于在艺术中，价值的呈现更加明显、更加持久，或者说艺术"使价值更加朗朗可见"[2]。因此，艺术是看待人文学的最重要的方法之一。艺术更集中地展示了社会的价值，任何事关历史和社会价值的研究，在穷尽了一切事实之后，还应对艺术所揭示的价值加以关注。故此，艺术与历史、哲学、宗教密切相关。

历史研究不仅是科学的、人文学的，同时也更是艺术的，艺术作品对人类的价值——"对生死、福祸、荣辱、盛衰以及人与神、命运与归宿等等问题的看法"——有更好的揭示，历史研究缺乏了对艺术的关注，"历史就只剩下对事件的简单串联了"[3]。最典型的例子就是，了解法西斯的暴行，不仅仅在于死亡的数据，还在于去研究《格尔尼卡》，唯此才能"更深入地体会到人类的

---

① 〔美〕F. 大卫·马丁、李·A. 雅各布森著：《艺术导论》，包慧怡、黄少婷译，上海社会科学院出版社 2011 年版，第 5 页。

② 〔美〕F. 大卫·马丁、李·A. 雅各布森著：《艺术导论》，包慧怡、黄少婷译，上海社会科学院出版社 2011 年版，第 5 页。

③ 〔美〕F. 大卫·马丁、李·A. 雅各布森著：《艺术导论》，包慧怡、黄少婷译，上海社会科学院出版社 2011 年版，第 444 页。

苦难"①。于是,这种历史研究才是具有人文性的历史研究。艺术与哲学(伦理学、美学、形而上学)具有天然的关系,哲学家鲜有不关注艺术的,如康德、黑格尔、马克思等,美学更是以艺术为主要对象的,故此美学才有"艺术哲学"之称。艺术还和宗教有着密切的关系,艺术同样含有对终极价值的揭示,但并不意味着一定在彼岸的世界,如拉斐尔的《西斯廷圣母》不就有人性与母爱的意味吗?可以说,在艺术中,人文学得到更鲜明的体现。

四、艺术新观念 FPCS

将艺术置于人文学语境中来讨论是艺术人文学的理论基础。艺术人文学与人们所习见的"人文艺术"并不一致。人文艺术将艺术放置在人文修养(所谓的"通识教育")这一维度,显然只是艺术人文学的最低层次。艺术人文学不仅关注作为人文修养的艺术,还注重艺术对人文学的意义,即艺术使人文学更加凸显。艺术人文学的最高境界就是为人文学提供清晰、新颖的课题,因为艺术彰显价值、阐明价值、揭示价值,在此意义上,艺术是"人文学之母"。

那么,在艺术人文学语境中,如何回答"什么是艺术"这一问题呢?"什么是艺术"是一切艺术研究所不能回避的问题。我们知道,厘定何谓艺术品会有很多种方式,而最主要的方式是下定义,然而在艺术人文学(如马丁与雅各布森)看来,下定义总有不周延的地方。为了避免这种情况,艺术人文学使用了一种描述的方法,认为判定什么东西是艺术品有四个维度,即 FPCS 模式:形式(form)、观者的介入(participation)、内容(content)、主题(subject matter)。

形式是艺术理论中的重要概念。在这里,所谓形式就是部分与部分之间以及部分与整体之间的关系。或者简称为"可见的一致性"(perceptible unity)。艺术形式的最重要的特征就是这种高度的一致性,是区分艺术与非艺术的关键。艺术形式是艺术媒介的组织形式,它能够澄清或揭示表现对象(主题)。具体而言,艺术品种的线条、色彩、质地、形状、布局等,都是艺术形式,它们都是以最有效的方式整合起来的,其目的就是为了"揭示、阐明、启发生活

---

① [美] F. 大卫·马丁、李·A. 雅各布森著:《艺术导论》,包慧怡、黄少婷译,上海社会科学院出版社 2011 年版,第 437 页。

中有价值的东西——即某种主题，赋予它全新的含义"①。缺乏了最有效的方式即可见的一致性，这种主题是很难揭示出来的。我们日常生活中看到的形式多是分散性的（disunity）。只有在艺术中，这种形式才具有高度的一致性。

形式分为细节、区域和整体三个层次。细节是艺术形式的小的部分，区域是大的部分，整体由艺术形式的细节、区域所构成。细节与细节的关系是细节关系，区域与区域之间的关系是区域关系，而细节与整体的关系、区域与整体的关系是结构关系。细节、区域、结构三大关系在艺术中并不是对等的，有时艺术细节占主导地位，有时是区域或整体占主导地位，或者三者比例平衡。

形式的一致性对艺术而言面对两个困境：一是某物具有高度一致性的形式是否就是艺术品呢？回答是否定的，因为艺术不仅仅是形式，还在于对价值的揭示，如果高度一致性的形式缺乏对价值的揭示，那它就不是艺术品。二是某物如果不具有高度的一致性，是否就不是艺术品呢？回答也是否定的。有些艺术家刻意回避那种高度有效的一致性，相反，他们试图以一种非一致性来揭示某种价值。而当这种非一致性没有价值的内涵时，它也就丧失了评判艺术的标准了。实际上，艺术形式的一致性有着多重的方向，艺术形式的一致性是无法穷尽的，而一味进行艺术形式的非一致性试验而不是结合价值本身，那么这种艺术也将不是好的艺术，而将是丑陋的艺术。

艺术形式和观者的介入有着密切的联系，引起观者的介入在于艺术形式的一致性，只有具有艺术形式的一致性的作品才能引起观者的介入。

观者的介入有两个特点，一是观者必须是介入的，而不是旁观（spectator）的。观者的介入是 thinking at，而非 thinking from，后者是和思考对象分离的，而前者则是融合的。旁观就与作品拉开了距离，没有进入作品之内。很多时候我们在欣赏作品的时候并没有进入作品，而是关注于这件作品的作者、背景等。此时作品和我们处于主客对立的状态，而没有浑然一体。介入，不是我们左右事物，而是事物左右我们。在艺术领域，艺术形式所达到的效果就是左右我们的感觉，从某种意义上说，"艺术形式使我们的介入变得可能"②，让我们在欣赏艺术时不得不采用介入的关注。艺术使人们远离了那种日常的、普通的、理所当然的态度，而进入艺术品所构成的新的意义世界之

---

① ［美］F. 大卫·马丁、李·A. 雅各布森著：《艺术导论》，包慧怡、黄少婷译，上海社会科学院出版社 2011 年版，第 23 页。

② ［美］F. 大卫·马丁、李·A. 雅各布森著：《艺术导论》，包慧怡、黄少婷译，上海社会科学院出版社 2011 年版，第 31 页。

中。二是这种介入是持久性，而不是短暂的。持续性的介入或者注意不是意志的结果，而是艺术自身召唤我们的，即"被关注的事物必须以其奇绝壮丽折服我们，使我们着迷，并且再也不必对之强行施加注意力"①。也就是说，艺术作品比本身的艺术形式就有一种吸引力。但是这种吸引力要达到持续性的关注显然是非常困难的。一些视觉冲击力的作品猛一看使人耳目一新，但不能给人以持久的关注，这说明艺术形式所具有的吸引力只能给人以直接的形式感，而不是那种内涵的形式感。

艺术形式并不是艺术品的终结，实际上，艺术形式是超越自己的，也就是超越那种高度的一致性的。在艺术形式的高度一致性之中，我们还看到更重要的东西，这种东西就是内容。内容是艺术品的重要维度，如果作品没有内容，它也就不是艺术品。内容是艺术品的意义，包含于形式中。艺术形式倾力表现出来的东西就是内容。内容和形式并不是两分的。艺术品的内容必须内蕴于艺术作品本身，是由形式呈现和给定的。缺乏艺术形式或者艺术形式感不足就导致内容的贫乏和苍白。

主题是"外在于艺术品的某些价值"②，"是一种我们在做出艺术的诠释之前便能觉察的价值"③。内容和主题密切相关，但并不混同，内容是通过艺术形式被揭示出来的主题，即内容是"被阐明的主题"④。艺术中直接给定的不是主题，而是内容。主题从来都不是直接出现在艺术作品之中的，而是被艺术形式改造的，必须经由内容被阐明、澄明，将那些次要的、无关的、偶然的方面去掉，将那些主要的、相关的、必然的方面强化，从而"使主题的分量更加显著"。概言之，艺术形式"阐明主题，使其栩栩如生"⑤。

艺术对主题的改造蕴含的意义是深刻的，它使我们意识到，在生活中我们多么需要艺术。如果艺术缺乏了对主题的更精粹的、更得当的、更有效的展示，那么我们将在日常生活的庸碌中不自知，也无法在科学的客观中感悟生命

① ［美］F.大卫·马丁、李·A.雅各布森著：《艺术导论》，包慧怡、黄少婷译，上海社会科学院出版社2011年版，第28页。
② ［美］F.大卫·马丁、李·A.雅各布森著：《艺术导论》，包慧怡、黄少婷译，上海社会科学院出版社2011年版，第23页。
③ ［美］F.大卫·马丁、李·A.雅各布森著：《艺术导论》，包慧怡、黄少婷译，上海社会科学院出版社2011年版，第34页。
④ ［美］F.大卫·马丁、李·A.雅各布森著：《艺术导论》，包慧怡、黄少婷译，上海社会科学院出版社2011年版，第23页。
⑤ ［美］F.大卫·马丁、李·A.雅各布森著：《艺术导论》，包慧怡、黄少婷译，上海社会科学院出版社2011年版，第34页。

的价值。"艺术永久地充实着我们的灵魂，使其更加自洽；艺术帮助我们从审美的角度出发布置周边环境；艺术使文明成为可能。"①

与艺术品的四个维度相关，艺术人文学在批评方面分为三个类型，描述性批评（descriptive criticism）、阐释性批评（interpretive criticism）和评价性批评（evaluative criticism）。描述性批评的对象是艺术形式，尽可能地将所感知到的艺术形式描述出来，力争不忽略作品的任何细节。阐释性批评的对象是艺术内容。艺术的内容是通过艺术形式而彰显出来的，也是艺术外在主题在作品中的间接显现。阐释性批评不是批评主题本身，而是艺术中的主题即艺术内容。但是，艺术内容是内在于形式的，不是直接被给定的，因此需要我们的阐释。评价性批评是对艺术形式或内容作出优劣的判断。评价性批评有三个原则，完美性（perfection）、睿智性（insight）和不朽性（inexhaustibility）。完美性的原则适用于艺术形式，睿智性标准适用于艺术内容——揭示了某种主题，不朽性指观者介入的持久性，好的艺术品往往使接受者百读不厌、百看不厌，这样的作品就是"杰作"（masterpieces，或称经典）②。

五、"类艺术"与非艺术

艺术人文学认为，一件艺术品包含四个紧密结合的维度（FPCS），即艺术形式、观者介入、内容和主题，没有揭示某种价值，形式与内容没有合一的艺术品就是类艺术。类艺术概念的出现进一步落实了艺术人文学，凸显了价值在艺术活动中的核心地位。

理解了何谓艺术品，当我们在面对非艺术品、亚艺术品的时候就具有理论的自觉了。在本书的开头，类艺术这一概念已经出现，那么，何谓类艺术？艺术和类艺术的差别是什么？其中价值在类艺术中有何表现呢？

依据艺术人文学，类艺术与艺术的区别主要有三点：首先，艺术揭示（reveal）某种价值，而类艺术没有揭示某种价值，它或者专注于形式本身，或者专注于某种事物，类艺术不具有这种揭示性的力量（revelatory power）。其

---

① ［美］F. 大卫·马丁、李·A. 雅各布森著：《艺术导论》，包慧怡、黄少婷译，上海社会科学院出版社 2011 年版，第 35 页。

② ［美］F. 大卫·马丁、李·A. 雅各布森著：《艺术导论》，包慧怡、黄少婷译，上海社会科学院出版社 2011 年版，第 60 页。

二，艺术的形式和内容是统一的（form—content），而类艺术的形式和内容不具有统一性，尽管它有一定的形式。其三，艺术阐明主题（clarification of subject matter），而类艺术则没有。这三点是艺术和类艺术的基本差别，但并非绝对，为了更为具体地理解何谓类艺术，马丁与雅各布森将类艺术划分为两大类：传统的类艺术和先锋的类艺术。二者除了上述三点共同外，其不同之处在于：传统的类艺术是封闭式的，墨守成规、强调技艺，避免偶然性、创作者与媒介分离、观众与作品分离，而先锋的类艺术与此相反，是开放式的、反对墨守成规，忽视技艺，鼓励偶然性，创作者与媒介不是绝对分离的，观众与作品也不是绝对分离的。

传统的类艺术，主要包括四类：插画艺术（illustration）、装饰艺术（decoration）、工艺品（craftworks）和设计（design）。

插画艺术也称为具象艺术，其特点主要是写实（realistic），只具有高度的写实性，或者与被表现的事物具有高度的相似性，比如蜡像艺术，或者只具有非凡的技巧性。这些作品追求的只是逼真的效果，但并不去阐述某种价值。具象艺术（写实艺术）主要有广告、民间艺术、流行艺术、宣传品、庸俗艺术等。广告是具象艺术。在广告中可能采取了某些艺术的元素，但整体上，广告不是艺术品，它的实用性极强，主要是为了推销商品。当然，购买这件商品及使用这件商品的时候，人们还在消费广告所带来的各种情景，比如舒适、高雅等，在这方面广告是无所不用其极。民间艺术是相对于精英艺术或职业艺术（professional）而言的，"民间艺术表现了平民社会的社会习俗，表现了一般人的生活，表现了大众的价值观"①。从技巧性而言，民间艺术往往是稚拙的、直截了当的，在内容上，注重实际，有着浓厚的乡村风情。尽管民间艺术的技巧是高超的，但大部分民间艺术在技巧性上存在明显的局限，缺乏系统性的专业训练，在技法体系和创新上严重不足。流行艺术（popular art）以更通俗更具体的事物来表现某种观点，因而欣赏者不需要过多的训练就能够理解，它们多数是类艺术，而不是艺术。属于具象艺术的还有宣传品（propaganda），宣传品尽管形式技巧高超，但主题是某种（如政治）宣传和灌输，而不是让我们对主题有所反思，甚至不容反思。庸俗艺术（kitsch），其表现方式做作、粗俗、怪异、煽情，甚至带有色情的意味。庸俗艺术的共同特点是媚俗、粗俗、

---

① ［美］F. 大卫·马丁、李·A. 雅各布森著：《艺术导论》，包慧怡、黄少婷译，上海社会科学院出版社 2011 年版，第 400 页。

低俗，迎合大众口味，刺激感觉，而不是让大众进行深度的思考。

装饰艺术与具象艺术不同，它尽可能地使用抽象的方式，而不是具象的方式，因为具象往往引起注意力，而无法关注被装饰的事物。装饰的功能使其只能是从属的地位，而不能取代被装饰物。"装饰艺术不揭示任何内涵，因此也不需要全情投入。"装饰艺术的价值在于给我们的生活"提供一种恰当的环境或背景"，"优秀的装饰艺术让人得到休憩"①。装饰艺术成为陪衬，而无法成为价值阐发的主角。

工艺品包括手工艺品和科技工艺品两类。前者主要通过手工制作出来，后者主要通过机器制作出来。但工艺品主要是手工艺品，而非纯机器制品。由于工艺品主要是手工艺品，所以不可能是大量生产出来。工艺品通常是"具有实用性，优美而赏心悦目的物品"②，因而不是艺术品。工艺品不是艺术品就在于工艺品无法通过赏心悦目的形式"揭示对象"，它只让我们停留在工艺本身。

设计在艺术创作中并不鲜见，但独立出来的设计就是类艺术。设计只是艺术品的"种子"，而不是真正的艺术。我们不会对设计的图纸、方案产生多少美感。

先锋的类艺术包括观念艺术（idea art）、行为艺术（performance art）、惊骇艺术（shock art）、虚拟艺术（virtual art）。

观念艺术是 1916 年以来形成的一系列以反抗传统为主要特征的艺术形式，主要代表有达达主义、杜尚主义、概念艺术。观念艺术反抗传统价值，在艺术表达上追求观念化、概念化。观念艺术挑战传统的艺术观点，尤其挑战传统艺术的"具体化"的观点，这无疑降低了艺术形式的作用，有的观念艺术甚至不凭借形式，而是通过图表或语言描述来直接表达。尽管观念艺术在 20 世纪居于耀眼地位，但从艺术人文学着眼，它们仍然不是艺术。

行为艺术不是表演艺术（如舞蹈），表演艺术主要在舞台上，而行为艺术可以在任何特定场地表现。行为艺术不是戏剧，它缺乏剧情。行为艺术的形式是开放的，强调偶然性，也不注重技巧，在行为艺术中，艺术家和观众是互动的，他们共同构成了行为艺术。

惊骇艺术具有惊骇的效果，引起震惊、反感、厌恶，在内容上多是人类社

---

① ［美］F. 大卫·马丁、李·A. 雅各布森著：《艺术导论》，包慧怡、黄少婷译，上海社会科学院出版社 2011 年版，第 418 页。

② ［美］F. 大卫·马丁、李·A. 雅各布森著：《艺术导论》，包慧怡、黄少婷译，上海社会科学院出版社 2011 年版，第 418 页。

会和心理的阴暗面、丑陋面。惊骇艺术的结局往往是沦为"谈资",而不是艺术体验的对象。面对惊骇艺术,"我们从不投入进去","在第一眼的震惊之后,我们立即转身离去"。① 一些惊骇艺术往往故作高深,自我辩解,其实是误入歧途、走火入魔,过于自我,无法真正理解艺术的可交流的性质。

虚拟艺术,即计算机艺术。计算机艺术将现实和虚拟的界限打破,创造出一种与现实相似的模拟现实。在虚拟艺术中,我们身临其境并与其构成互动,因而我们自身也成为虚拟艺术的一部分。

可以说,我们的日常生活中充斥着类艺术,尽管类艺术可能是引人注目的,赏心悦目的,巧夺天工的,胸有成竹的,面目狰狞的,亦真亦幻的,但是类艺术"无法揭示表现对象,它缺少一种能够为我们生活提供价值的内涵",类艺术也无法让我们"全情投入",② 因为它们缺乏一种启示性的力量,往往被直接的形式感所遮蔽。

六、从艺术人文学到中国艺术人文学

艺术人文学是当代西方新兴的一种艺术理论,在这一语境中,艺术与价值发生着更为密切的关系,在甚嚣尘上的后现代主义与消费主义的围攻下,艺术人文学的出现对中国艺术研究无疑具有启发意义。

首先,艺术研究应以价值为核心,这是人文学的主题。人文学研究不是区域研究,不是对某一民族的研究,而是强调价值对人类的重要性。对艺术而言,我们要做的是"超越一件艺术品的事实,探究它所揭示的价值"③。这个价值不仅是自我的价值,还是包括他人在内的人类的价值,因为必须将艺术研究上升到价值本体论的高度。④ 古希腊以来,苏格拉底强调的"未经反思的生

---

① 〔美〕F. 大卫·马丁、李·A. 雅各布森著:《艺术导论》,包慧怡、黄少婷译,上海社会科学院出版社 2011 年版,第 431 页。

② 〔美〕F. 大卫·马丁、李·A. 雅各布森著:《艺术导论》,包慧怡、黄少婷译,上海社会科学院出版社 2011 年版,第 434 页。

③ 〔美〕F. 大卫·马丁、李·A. 雅各布森著:《艺术导论》,包慧怡、黄少婷译,上海社会科学院出版社 2011 年版,第 6 页。

④ 坚持这一立场的艺术理论家并不在少数,如英国艺术史家罗斯玛丽·兰伯特认为,"无论什么时候,我们对建筑、绘画和制作品的理解,也都是自我理解的一部分"。兰伯特著:《剑桥艺术史:20世纪艺术》,钱乘旦译,译林出版社 2009 年版,第 82 页。

活不值得过"成为哲学思考的动力。艺术人文学强调理解艺术也是"探究自己价值"的过程。① 在价值的人类性上，作者对西方以外的价值基于充分的肯定，还特别强调艺术的文化交流功能、艺术激发同情心等，这在从西方中心主义向多元文化转变的时代，尤为可贵。

其二，艺术研究凸显艺术对价值的独特功能，阐明价值。一般的艺术概论或者文学概论没有凸显艺术或文学的审美维度，而没有意识到价值深度。有些文艺理论注意到价值在文艺的重要性，但价值在文艺中的特殊性并没有给予充分的揭示，因而往往落入文学功能论、实用论（接受维度）的旧路，无法使文艺价值从娱乐价值、道德价值、宗教价值、哲学价值中独立出来。艺术人文学认为，艺术的根本特质在于对价值的阐明。艺术和人文学都是以价值为对象的，但艺术阐明价值，人文学则研究这些价值。艺术阐明价值的方式就是通过艺术形式，艺术形式必须和被阐明的主题（即内容）完美地结合。在这一点上，艺术人文学在理论上从主题（世界）、内容、形式、观者介入四个维度有效推进并丰富了以世界、作者、接受者、作品为核心的四要素说。这也使艺术价值成为世界价值的显现者，进一步佐证了马克思主义"艺术是人类把握世界的方式之一"这一哲学命题。

其三，艺术研究应注重开放性，注意艺术间的互动，注重艺术与其他人文学的互动。人文学研究使用科学的方法，但科学的客观性、规范性、精确性不占主流，因此，如果在艺术研究中使用了过于严苛的方法，那将是违背人文学研究的精神的。艺术研究并不是确立某种本质主义的艺术判断标准，而是开启艺术世界的自律性空间。这种自律性空间有艺术与类艺术互动，有艺术间的互动，也有艺术与其他人文学科的互动。艺术与类艺术互动使我们对真正的艺术更加敏感，增进我们对纷繁复杂艺术现象的判断力。艺术间的互动使我们意识到艺术之间并不是截然相分的。艺术与其他人文学的互动使我们意识到，人文学与艺术是密切相关的，经由艺术的人文学更具丰满性，那些没有经由艺术的人文学也将是不完全的。

最后，艺术研究应该坚守独立性和人文性，敢于对非艺术说"不"，而非唯唯诺诺。20世纪中后期，艺术越来越具有惊世骇俗、晦涩难懂等特征，这无疑给艺术带来了挑战。当代中国艺术也同样出现类似情况。对这些新兴的艺

---

① ［美］F. 大卫·马丁、李·A. 雅各布森著：《艺术导论》，包慧怡、黄少婷译，上海社会科学院出版社2011年版，第5页。

术形式，艺术人文学没有一概地将这些艺术放置在真正艺术的领域，而是用类艺术的概念来统摄它们。这一点虽然仅仅是一个概念，但却表明艺术研究的独立性品格，显示了人文学者在面临时代难题时的坚定立场。[①] 尽管有些艺术有真理、有思想、有美、有善，但这些都不是判定艺术的决定性标准。真正的艺术不在于千变万化的形式或单纯的某些价值，而在于对价值的淋漓尽致的阐明，让人"沉醉于其间"[②]，而不是相反，使艺术沦为惊骇、娱乐、说教、概念、赏心悦目……艺术彰显价值，使价值清晰可见。任何违背这一方向的所谓艺术，都将是类艺术，不是艺术的核心，它们尽管有自己的功能，也有成为真正艺术的潜在性，但它们根本上无法真正使我们沉浸于对价值的揭示中，也无法使我们更真切地理解世界和我们自己。

在当代中国，对艺术修养化、实用化、概念化理解已经成为文艺研究的常态。艺术不如技能，不如经济，不如哲学，于是人们抛弃艺术而拥抱技能，用粗制滥造的艺术大赚其钱，习惯抽象的逻辑思辨（反映论）而不再认识到艺术对细微人性的呈现。在中国古代，"技近乎道"是艺术的形而上学原则，就是强调艺术对终极意义的抵达。古代中国艺术也从未将外在目的作为自己的目的，赚钱始终为艺术家所不齿。艺术不如哲学（思辨理性），如黑格尔所言，但那是理性霸权主义对艺术的俯视，艺术和哲学一样抵达对人生意义的揭示：中国古代诗学中的"物感"、"比兴"、"寄托"、"意境"就是证明，在此艺术让我们身临其境，而哲学则翔于高空。因此，艺术高于技术，外于实用，媲美于哲学。

对中国而言，艺术人文学所要揭示的人文价值取向尤为重要。如今，在泛文化研究与消费主义的冲击下，中国当代文艺不能滑向市场只为经济价值而一去不返，也不能在西方中心主义或后殖民主义的泥淖中无以自拔。对中国艺术研究界而言，接续中国悠久的人文传统，彰显中国价值和华夏美丽精神，借鉴西方艺术人文学最新成果，对中外当代艺术敢于发出自己的独立的声音，切实推进"中国艺术人文学"的建立，应该是中国艺术研究的时代任务之一。

[①] 以色列美学家齐安·亚菲塔则持更激进的态度，视其为"非艺术"（nonart）。见亚菲塔著：《艺术对非艺术》，商务印书馆2009年版。

[②] ［美］F. 大卫·马丁、李·A. 雅各布森著：《艺术导论》，包慧怡、黄少婷译，上海社会科学院出版社2011年版，第447页。

第六章 从艺术叙事到理论叙事

表述 representation，也译为表征、表象，是文化研究的核心词之一。表述（表征）是"生产文化的主要实践活动之一"①，可以说表述不仅仅是表达问题，它意味着包含精神、文化、思想等在内的价值建构过程。

表述不仅表达意义，还产生意义，或者说有怎样的表述，就有怎样的意义，甚或规定了产生何种意义。意义并不是终极和唯一的，而是随着表述状况的变化而变化。当表述语境、表述主体、表述客体、表述策略等发生变化，意义也就随之发生变化。同时，表述本身也建构着表述语境、表述主体、表述客体、表述策略。因此，表述也就永无终结。我们其实并不是表述的主导者，毋宁说是表述主导着我们。

在艺术话语领域，表述活动的核心问题就是艺术叙事。

一、艺术即叙事

对艺术本身而言，艺术就是说话，即话语。艺术本身并不指作品，而是包括创作、文本、接受等在内的整体艺术世界，这就是艺术话语本体论。

艺术说话，其意思就是表述。任何艺术都是以某种方式表述出来的艺术，这种情况就是艺术叙事。"任何关于艺术创作的批评和研究，从阐释文本得以展开的过程来看，都是一种叙事。换句话说，任何艺术创作之所以能够具有价值，正是在特定叙事模式或者话语结构的建构下才形成的。"②

---

① ［英］斯图尔特·霍尔编：《表征》，徐亮、陆兴华译，商务印书馆 2005 年版，"导言"，第 1 页。

② 高岭：《当代艺术叙事的多样性》，载《文化报》2009 年 9 月 3 日。

叙事是叙事学的研究对象。叙事学的发展大致以 20 世纪 80 年代为界划分为两个阶段。第一个阶段是"经典叙事学"阶段，即结构主义叙事学阶段，特点是"以文本为中心，将叙事作品视为独立自足的体系，隔断了作品与社会、历史、文化环境的关联"。第二个阶段是"后经典叙事学"阶段，其特点是"将叙事作品视为文化环境中的产物，关注作品与创作语境和接受语境的关联"①。像女性主义叙事学、修辞叙事学、认知叙事学等，就是后经典叙事学。从经典叙事学到后经典叙事学，表现了叙事学从内到外的思想转向，或者"后形式主义"的叙事学。但"经典叙事学"作为系统性的叙事语法研究（作品分析并不是主要任务）并没有过时，只是体现了不同的研究路向。并且，如果"后经典叙事学"离开经典叙事学提供的一整套语法，将寸步难行。

从叙事学角度而言，叙事是叙述者对具有事件关系的一系列的事件的表述（叙述）。② 叙事有四个关键词：一是叙事者，指事件建构的施为者，但未必就是作家本人，叙事者涉及身份、视角等。二是事件，在一定时间、空间发生的、关涉若干人物的事情，并不仅仅指事实事件，也指虚构的事件。三是事件关系，指不同事件的某种分离、聚合、结构关系，纯粹无关的事件之间不构成事件关系。四是表述（叙述），表述是侧重于话语层面的形式、语言、策略的叙事活动，同叙事者密切相关。

对艺术家而言，他需要表述。对读者而言，也需要表述。表述代表了你的创作，也代表了你的阅读。作为表述的话语，就是将一些行为符号化、外在化，以可见、可感的方式通达艺术本身。叙事就是表述、呈现某一事物、某一事件的一种特定结构和组织方式。表述构成叙事，叙事是表述的完整结构和结果，表述是叙事的内在机理和规则。二者相互依存不可分割。

叙事学最早关注的是文字性叙事，如叙事文学，但后来的叙事学将视角延伸到非文字领域，如电影叙事、绘画叙事、雕塑叙事等。其实，叙事存在的领域非常广泛。罗兰·巴特认为，"有了人类历史本身，就有叙事"③。

托多罗夫将叙事分为故事和话语两个方面，故事涉及表述什么，如事件、人物、背景等，话语涉及如何表述，涉及叙事形式和技巧。不过，我认为艺术叙事除了故事、话语外，也关涉内涵。所谓内涵，就是说艺术为何要对某一事

---

① 申丹著：《西方叙事学——经典与后经典》，北京大学出版社 2010 年版，"绪论"，第 6 页。
② 罗钢著：《叙事学导论》，云南人民出版社 1994 年版。
③ ［法］罗兰·巴特：《叙事作品结构分析导论》，见《叙事美学》，王泰来等译，重庆出版社 1987 年版，第 60 页。

物进行如此这般的叙事，以什么样的情感、立场、价值观来进行叙事。内涵将话语（形式）、故事和叙事者结合在一起。查常平认为，艺术叙事有两个要素必不可少：一是"对个体生命情感的关注"，二是"艺术家个人的语言图式"。二者的结合可以用个性化的"形式－精神"来概括。缺乏了这种个性化的形式－精神，纯粹的形式、纯粹的事件、风格化的表现，都不能说是最好的艺术，当然也就不能实现对中国的叙事。① 实际上，"个体生命情感"、"个人的语言图式"的凸显的动力恰恰来自于叙事对象（故事）。如果对这个故事没有艺术化的感动、缺乏认同和思考，艺术叙事将不可能发生。

二、艺术叙事的建构性

叙事属于话语，故叙事具有建构性。罗兰·巴特认为："叙事作品的功能并不是'表现'，而是构成一幅景象……叙事作品不是让人看见，它不模仿"②。所谓建构性，指的是叙事并非仅仅是形式，它建构价值、建构意义、建构世界。叙事的建构性首先不是意味着对现实的真实摹写、复制、拷贝，也就是说，它不是"现实主义"的，但现实主义却是一种叙事。

叙事的建构性使叙事超出了文学范围，而广泛出现在哲学、历史学、社会学等领域。在哲学层次，利奥塔提出"元叙事"（也称宏大叙事）。③ 所谓宏大叙事就是启蒙运动以来关于科学、真理的叙事，而实际上它们只是一个个的"故事"，而绝非意味着终极真理。④ 新历史主义代表人物海登·怀特认为，历史并非客观的记录，而是一种近似文学的、虚构的叙事。⑤ 历史叙事挑战了将历史记录视为历史本身的传统看法。佩里·安德森提出，民族是"想象的共同体"，是想象（如文化、艺术、历史等）将一群人聚拢在一起，并没有一个抽

---

① 查常平：《"叙事中国"何以可能》，载《美术观察》2009 年第 9 期。

② ［法］罗兰·巴特：《叙事作品结构分析导论》，见《叙事美学》，王泰来等译，重庆出版社 1987 年版，第 98 页。

③ 利奥塔说："元叙事或大叙事，确切地是指具有合法化功能的叙事。"这种具有合法化功能的叙事也称为真理叙事。利奥塔著：《后现代状况——关于知识的报告》，车槿山译，三联书店 1997 年版。

④ 艺术史大师贡布里希就将自己的艺术史著作起名为《艺术的故事》，别开生面，表现了对历史的谦卑，是非常可贵的。贡布里希著：《艺术的故事》，范景中译，广西美术出版社 2008 年版。

⑤ ［美］海登·怀特著：《元史学：十九世纪的欧洲想象》，陈新译，（译林出版社 2004 年版）、《后现代历史叙事学》，陈永国、张万娟译，（中国社会科学出版社 2003 年版）等。

象的、纯粹的民族共同体，而总是特定时空的文化建构。① 这些对叙事的理解已经超出狭义的叙事学领域，而具有文化、思想、学科范式的意味。因此，对叙事的理解也需持一种开放的立场，不是将叙事仅仅理解为讲故事，当然也不能将叙事仅仅理解为虚构，实际上，叙事既有事实因素，也有价值因素。因此，这里将叙事理解为一种基于事实的话语表述和意义建构并重的活动及其结果。

由于叙事具有建构性，艺术叙事也同样如此，艺术叙事的建构性是指艺术通过自我表述或者借由艺术讲述，实现艺术建构和文化建构。

根据叙事基于事实的建构，艺术叙事的建构性分为两类。一类是事实建构，对某一艺术（要素）本身做出来龙去脉、前因后果的说明。这里要注意，事实建构中的事实既包括现实性的事实，也包括艺术性的事实，或称"虚拟事实"，前者如作家经历、艺术作品序列等，是艺术家传记、艺术史的对象，后者如艺术作品的事实，比如小说中的时间、地点、人物关系等。事实建构并非事实的罗列，毫不相关的事实如果缺乏必要的联系，将不能被认为是叙事，也即不是事实建构。即便像编年史、大事记等，也都具有事实建构的特征，因为它们对事实都进行了筛选、排序等。

另一类是价值建构，针对某个事物做出价值优劣高下的评判和表现。价值建构既是建构价值，也是建构本身的价值性。就前者而言，艺术要建构某种价值，如人、自由、精神、本体等。就后者而言，建构本身的价值性是指，抒情建构、零度建构、叙事建构、写实建构、浪漫主义建构、宏大建构、小建构、东方主义建构等等，都包含着一定的价值。建构的价值性实质上就是建构本身价值范式，它比建构价值更隐秘、更根本。

艺术叙事的事实建构和价值建构并不截然相分，事实建构都包含一定的价值因素，而价值建构都应以相应的事实为基础。比如《红楼梦》，本身包含了作品本身的事实性因素，如人物关系等，同时也包含了价值性因素。没有大量的事实性建构，如人物、事件，价值建构也将无从谈起，而如果没有价值建构，事实性建构也将是混乱无序的信息堆砌与罗列。好的艺术叙事总是将事实建构和价值建构融合为一体。

艺术叙事作为一种话语建构，不同的哲学观点对其看法不一。

第一种观点偏重于建构对象的真实性，是反映论、认识论所坚持的，具体

---

① ［美］安德森著：《想象的共同体：民族主义的起源与散布》，吴叡人译，上海人民出版社 2005 年版。

体现就是科学主义（作为方法论的现实主义），认为话语建构必须符合现实，而符合现实的话语建构就是真实的、真理的、正确的表征。这一观点遭到了反本质主义的强烈批评。

第二种观点偏重于建构本身，认为建构本身即意味着世界，20 世纪语言学转向后的西方思想界大体采取这种态度，如后现代主义。后现代主义认为，真理并不存在，真理也无法自行显现，我们看到的世界就是表征世界，任何一种话语建构都在建构一种世界，而不是对某一"绝对世界"进行模仿，那种所谓的"绝对世界"也只不过是一种表征而已。这种观点的体现者有个人主义、多元主义、形式主义等。它们不重外在现实，而侧重于表征形式、表征活动本身，因而有相对主义的倾向。再如后殖民主义，它们认为东方在西方那里仅仅是一个话语建构，并不存在真实的东方。① 再如传播学家麦克卢汉提出的"媒介即信息"②，强调方式（如语言、文字等）决定了信息的产生。

第三种观点则试图调和上述两种观点，试图弥合绝对世界和话语表征的关系。实际上，这涉及了人类思想的限度问题。人类总是有限的，而世界是无限的，人不可能以自己的有限去丈量无限。福柯所说的大写的人死了，就是这个意思。③ 那个自居于世界中心的人并不能真正把握世界，人人都应该意识到自己的局限性，而局限性才意味着不会将任何一种叙事凌驾于其他叙事之上。人类叙事面对的不是一个绝对叙事，而是世界本身。

但是，在人类中心主义和意识形态霸权的制约下，在绝对叙事还存在的情况下，任何一种叙事似乎都不会自居为边缘化的、个体的、特殊的表征，而都试图上升为具有影响力的、普遍的、绝对的表征。这种无限世界与有限话语表征之间、有限话语表征相互间的互动、碰撞、分裂就构成了当代文化叙事的基本状况，也更突出了话语表征的实践性、动态性维度。

三、艺术叙事的三重维度

艺术叙事中的艺术有三层意思，由此规定了三种不同的艺术叙事。

艺术的第一层意思是指艺术品。就艺术品这一层意义来说，艺术叙事有两

---

① ［美］萨义德著：《东方学》（1978），王宇根译，三联书店 1999 年版。
② ［加拿大］麦克卢汉著：《理解媒介：论人的延伸》，何道宽译，商务印书馆 2000 年版。
③ ［法］福柯著：《词与物：人文科学考古学》，莫伟民译，三联书店 2002 年版。

类，一类是艺术品叙事，另一类是非艺术品叙事。艺术品叙事指的是叙事是在艺术品中进行的，是体现在作品中的艺术家的表述，是"各种门类艺术赖以存在及显现的审美形式本体"，"艺术的表现形式本身就是一套有规则的叙事话语"。①

艺术品叙事，包括自我叙事和目的叙事两类。自我叙事就是艺术自身的自我呈现方式，从某种意义上说，艺术叙事就是基于艺术家个性的艺术的形式化、符号化的表现。倾向于艺术品本身艺术叙事指的是艺术品特有的叙事结构、特征等，比如小说叙事。② 倾向于艺术家的艺术叙事可以视为某位艺术家的艺术世界观和方法论体系。③

目的叙事是通过艺术进行叙事讲述，以呈现历史、文化、个体价值为目的。④ 目的叙事是指基于一定价值关怀，对某一事物的叙事。如 2009 年第四届成都双年展"叙事中国"就是目的叙事。目的叙事有种方式：一类是宏大叙事，专注的对象是历史、文化、传统等重大事件、人物，方法上强调系统性、结构性、有序性；另一类是小叙事，专注的对象是个体、边缘、他者、日常生活等小事件、小人物，方法上强调非系统性、非结构性、无序性。宏大叙事在遭遇后现代的质疑之后，其威力已大不如前，兴起的更多的是小叙事，但小叙事如果没有一定的宏观视野，那么小叙事本身就将流于表面。

目的叙事和自我叙事并不是相互排斥的，只是一个重视内在，一个重视外在。目的叙事如果缺乏了自我叙事，那么目的叙事本身也将是残缺不全苍白无力的。同样，自我叙事如果缺乏了目的关切，纯粹关注个体和形式本身，也将是抽象空洞的。

第二类非艺术品叙事，它指的是叙事不在艺术品中进行。如读者的表述（欣赏心得），包括接受者、批评者（批评论文），甚至也包括了作为读者的艺术家（创作谈），因为他或她也可以成为读者。非艺术品表述里最重要的是艺术批评话语、艺术理论话语、艺术史话语等。

---

① 杨乃乔：《西方的后民族主义与东方的民族性——关于世纪之交艺术话语权力的争夺》，载《民族艺术》1998 年第 1 期。

② 吴培显著：《当代小说叙事话语范式初探》，湖南师范大学出版社 2003 年版；查振科著：《对话时代的叙事话语——论京派文学》，春风文艺出版社 2005 年版；谢纳：《都市空间与艺术叙事——中国现代主义小说叙事的"空间化"》，载《解放军艺术学院学报》2011 年第 4 期。

③ 高岭：《虚拟非现实——杨黎明的抽象艺术叙事》，载《艺术与投资》2008 年第 1 期。

④ 颜胤盛、王清清：《电视与新媒体构建的宏大艺术叙事——北京奥运会开幕式的思考》，载《求索》2010 年第 12 期。

　　艺术的第二层意思是指艺术事件。事件可以是事情，但比事情更特殊，是指历史上或社会上发生的不平常的大事情或特殊事情。所以，事件一词在西方得到了部分哲学家的关注。德里达说："解构是一种认为历史不可能没有事件的方式，就是我所说的事件到来的思考方式。"① 德里达提到的"事件到来"的思考方式非常重要。福柯在《方法问题》中提出了历史学研究的"事件化"方法。"事件"总是历史的、具体的，事件化的研究方法也强调历史性和具体性，而不是"最整齐的、必然的、不可避免的、最终外在于历史的机械主义或现成的结构"。② 实际上，海德格尔已使用"Ereignis"（日常意义即为事件）一词，该词孙周兴译为"大道"，是海德格尔后期重要的概念。③ "事件到来"使人意识到事件与自己的相关，同自己的切近。历史不是一个任人面对的死的对象，历史就是一件即将、正在、刚刚到来的具体事件，环绕我们周围，无法避免，没有任何先在的理论可以完全把握它，也没有任何已有的成见可以穿透它，唯一能做的就是直面这个事件，考察它的来龙去脉。因此，德里达说："解构不是一种方法或者某种工具，你不能将其用到外部之物。解构是正在发生的事情，发生在内部的事情。"④ 解构就是"自我解构"，解构就是"正在解构"。德里达对此显然有清醒的意识。解构展现的是事物本来的样子。解构所质疑的不是事实本身，而是对事实的"非事实性"的观看和叙述（叙事与话语）。历史是事件到来，解构就是以事件到来的方式在事件之中去思考历史。解构面向未来，体现了一种前理解和先行见到，具有方法论意义。实际上，事件的发生必然出自人们对未来的某种预测和估计，同时其所造成的后果则远远超出这种预测估计，所以，事件本身是难以琢磨的，即使事件已经过去。

　　所谓艺术事件就是围绕某一（某类、某地、某国等）艺术作品、艺术家、艺术活动、艺术观念等而出现的一系列事件（或过程）及其结果，是具体的、实际的、非理论化的。事件既具有离散性，又具有凝聚性。离散性是指事件本身的多重因素并非紧密统一，甚至截然相反，很多因素被不其然地卷入或被剔

---

　　① 《德里达中国讲演录》，杜小真、张宁译，中央编译出版社 2002 年版，第 68 页。
　　② 参阅 Foucault, Michel. *The Foucault effect：studies in governmentality：with two lectures by and an interview with Michel Foucault*,Chicago:University of Chicago Press,1991,p.78.
　　③ 参阅海德格尔著：《在通向语言的途中》，孙周兴译，商务印书馆 2004 年修订版，"译后记"。当然，海德格尔并不认可将 Ereignis 翻译为 event（事件）。海德格尔用 Ereignis 意在超出形而上学传统，可见 Ereignis 一词的使用也具有一种非形而上学性，只是事件（event）过于日常化了。
　　④ 转引自凯文·奥顿奈尔著：《黄昏后的契机：后现代主义》，王萍丽译，北京大学出版社 2004 年版，第 55 页。

除。凝聚性是指事件本身又具有某种向心结构,使诸多要素聚拢在一起。事件的最重要特征是过程性、开放性、连锁性,如某一事件可能导致了另一事件。艺术事件可大可小。小的艺术事件可以指某位少女因阅读《红楼梦》太过投入而伤心抑郁而亡,大的艺术事件可以指 20 世纪中期大陆艺术界和台湾艺术界的分野。艺术事件不止一个,可以由很多事件错综复杂地交织在一起。从内容上说,有侧重艺术品内部的事件,原型、主题、人物、情节、作品序列等,有侧重艺术家的事件,如经历、师承、交友、艺术家序列等,有侧重艺术活动的事件,如生产、销售、展览、宣传等,有侧重艺术观念(思潮、流派)的事件,如起源、成形、变异、争论、艺术观念序列等。

艺术的第三层意思是指艺术世界(或场域)。艺术品存在于艺术世界之中,艺术世界由与艺术相关的各类观念和物质共同建构而成,其间充满变动性、秩序性和矛盾性,艺术世界并非铁板一块,它甚至是有着深刻的裂缝。根据艺术世界的聚合程度,艺术世界既可以是高度一体化的艺术世界(如意识形态化的艺术世界),也可以是多元化的艺术世界(如学术性、流派性的艺术世界),或松散化的艺术世界(林林总总的小型的艺术世界)。从内容上说,艺术世界不仅包含艺术家、作品、读者等艺术要素,还包含市场、政治、文化、社会、宗教、日常生活等很多非艺术要素。艺术世界的根本就在于成为艺术秩序的制定者、掌控者、引导者之一,为此需积累各类资本,如艺术资本、文化资本、符号资本、理论资本等话语资本,以及话语化的经济资本、社会资本等。艺术世界里的各类活动也都可以话语的方式(直接或间接)表征出来,因此,艺术世界的叙事主要是权力(权力话语)叙事。权力叙事自然不是独立的,它总是和其他要素一起或建构、或维护、或改变、或反叛某一艺术世界。

艺术世界、艺术事件、艺术品之间是辩证的关系。艺术品存在于艺术世界之中,艺术世界的内在运动模式就是艺术事件。艺术品产生于事件,但又影响事件。艺术事件构成了艺术世界,而艺术世界的巨大变化(可称为大事件、划时代事件)又进一步改变了艺术世界;同时,艺术世界又规定、制约了艺术事件的发生流变模式。

艺术品叙事、艺术事件叙事、艺术世界叙事是就空间而言的,从时间而言,它们均有自己的时间性叙事——艺术史叙事,这一部分在后面章节还将探讨。由艺术品构成的艺术史就是艺术作品史,这也是最常运用的,中国艺术史,即中国艺术作品史,呈现历史上出现的代表性作品,或者说是"作品序列"。由艺术事件构成的艺术史就是艺术事件史,如艺术思潮史、艺术流派史、艺术观念史等，或者说是"事件序列"。由艺术世界构成的艺术史就是艺术世界史，如当代的艺术世界、现代的艺术世界等，可以称之为"世界秩序"。从涉及的内容含量而言，作品史最单纯，艺术世界史最复杂，艺术事件介于二者之间。因此，艺术作品序列的变动往往意味着一个艺术事件，比如将某些作品剔除艺术史，将某些作品放入艺术史，或者用新的眼光重新审视艺术，这就是所谓的"重写艺术史"或"艺术史重写"。① 而这一艺术事件背后又有着艺术世界秩序的某种变化，比如对此前曾忽略的某一艺术品、艺术家、艺术思潮、艺术流派，艺术界达成了新的共识或者局部共识，乃至相持阶段的争议。

四、艺术理论的初级叙事

任何非唯一性的事物都将是一种叙事。故此，艺术理论即艺术理论叙事。任何一种理论只是一种叙事而已，而不是意味着终极真理、绝对标准。理论的根本任务并非触及终极真理，而是建构艺术世界，将无序的、杂乱无章的艺术世界"秩序化"。

秩序化有两个方面，一是"本质化"。所谓本质化就是"从现象到本质"、"从浅层到深层"的过程。本质化过程使我们能够看到事物表象下的深层联系。整个艺术世界到处都是随机出现的各类事件，但这些事件究竟有何内在的联系，其背后有着怎样的基础，是艺术理论所要关注的。通过本质化，艺术理论确立了艺术世界的"现象－本质"的二元关系，但并非二元对立关系。这种二元关系是现代世界的基本思维模式，可称为古典模式。

但是，这一古典的深度模式遭遇三个挑战。第一个挑战是实证科学。实证科学强调直接的观察、经验、证据，主要针对现象，不做形而上学的思辨分析，也不进行形而上学前提的预设。第二个挑战是后现代主义。在后现代时期，现象－本质（能指－所指）二元模式被打破了，后现代取消了本质，取消了所指，只有现象，只有能指，认为现象背后没有本质（或者说现象本身就是本质），能指与所指的必然关系不复存在。所以后现代主义提倡平面模式而拒斥深度模式。第三个挑战是中国古代的有机模式，如"天人合一"、"阴阳互

---

① 布列逊是欧美"新艺术史"的主要代表之一，他运用符号学理论展开艺术史研究，和传统的实证性路子不同。参布列逊著：《传统与欲望：从大卫到德拉克罗瓦》，丁宁译，浙江摄影美术出版社2003年版。

动"、"虚实相生"等，二者无所谓现象、无所谓本质，双方的互动才是事物的根本。中国有机模式不是二元论，而是互动论、生命有机论、整体论。

深度模式遭遇实证科学、后现代主义、中国古代有机哲学后，现代艺术理论发生了很大变异。现代艺术理论究竟如何建构艺术世界，哪种建构才更能符合事物的本来面貌？艺术理论的深度模式武断划分了现象从属于本质这种优先层级，无疑是不正确的。不能因本质的存在而忽视现象。它应该积极吸收实证科学和后现代的合理性内涵。同时也应意识到实证科学与后现代主义的缺陷。实证性的艺术理论回避对艺术世界做形而上学的说明，它们的优点是对材料、事实的分析非常到位，但缺点是事物之间的必然性、本质性联系没有得到深入的说明。虽然实证科学根本上反对形而上学，但它仍有形而上学的预设——经验是抵达真理的重要方式。但是仅有经验往往是不够的，经验如果不进行理论的提炼，仍将是无序化的。后现代主义反对本质主义并取消本质，开启了本质理解的多元化，但取消本质之后的世界就变得虚无，后现代执着于事物的表象，但他们又不像实证科学那样进行严谨、科学的分析，反而又将现象本质化，在现象的狂欢中不期然跌入翻转的本质主义的泥淖而无法自拔。

中国古代有机哲学富有民族特色，它顽强拒绝任何理性的狂妄自大，倡导体验、体悟，以生命的本然性进入艺术世界，无疑给现代艺术理论以积极的启示，但问题是有机哲学所面临的最重要的挑战是它的话语体系无法进入现代艺术体系，它们不断地被言说，但无法自我言说。从某种意义上说，西方现象-本质的深度模式是西方思想文化长期发展的结果，从古希腊的逻各斯到近代的自然科学、思辨哲学，无不表现了对终极真理的渴望。这种渴望归根到底是对人类有限性的超越。但是在中国，终极真理不在别处，而正在追问的此处——人身上，这种立足生命本然，执着生活本身，是中国传统思维的核心。中国人对人生有限性的超越不是一种外在超越（如宗教、世界终极真理），而是内在超越，其最著名的体现就是孔子的"未知生，焉知死"[1]，还有后世张载的"四为"[2]，都将终极真理放置在有限的人生实践上。所以在中国，真理即人生的真理，而非世界的真理。但是，这一传统思维并没有实现从传统到现代的转型，传统的自我言说方式未能形成。

秩序化的第二个方面是"普遍化"。大量的个别艺术事件在艺术世界发生，

---

[1] 《论语·先进》。
[2] "为天地立心，为生民立命，为往圣继绝学，为万世开太平"，被冯友兰称为"横渠四句"，语出《横渠语录》。

但是这些事件哪些是最具代表性的，哪些是最重要的、具有普遍性意义的？这也是艺术理论所要关注的。所谓普遍化就是从个别、特殊到普遍。如果说本质化是深度模式的话，那么普遍化就是广度模式，是它的辐射力度有多强。普遍化是对本质化的一种补充。本质化强调事物之间的纵向联系，而普遍化强调某一事物的横向联系，即代表性。

普遍化有两种方式，一是"普遍化的个别"，即典型。典型化是马克思主义文艺理论的关键概念之一，原指文艺作品通过典型环境塑造典型人物，使典型人物负载普遍性的内涵。"普遍化的个别"指的是这个个别体现了普遍化的内涵，比非普遍化的个别更集中、更紧凑、更鲜明、更具代表性。尽管黑格尔、马克思都强调个别与普遍的统一，但"普遍化的个别"更多的是一种艺术建构。如文艺作品中的人物形象与原型相比就是普遍化的个别，尽管原型也可以是"普遍化的个别"，但没有文艺作品中的人物形象更具有代表性。比如《三国演义》为了突出关羽的智勇双全，很多事例并没发生在关羽身上，但在《三国演义》中却放在了关羽身上，这就是"普遍化的个别"，为了是个别更加普遍化而进行的艺术建构。①

典型不仅适用于艺术创作，也适用于艺术理论创作。用在艺术理论领域，"普遍化的个别"就是对某一艺术理论话语体系（这个艺术理论话语体系是个变量，即变动不居的）的"赋值"，也即将某一艺术理论话语体系确定化，也即个别化，使某一概念能够涵盖更多的理论内容。就中国艺术理论而言，一个明显的例子就是"意境"说。② 中国古代艺术理论有无数的概念，如"比兴"、"神韵"、"气象"、"风骨"等，是变动不居的，而将中国古代艺术理论"赋值"为意境，就将中国古代艺术理论确定化了，同时也单一化了。而实际上，意境并不是贯穿中国古代文艺历史始终的概念（甚至贯穿始终的概念几乎没有），甚至也不是核心概念，但经过王国维的创造性转化之后，一种涵括古今意境思想（甚至成为中国古代艺术理论的最高代表）的新的意境理论实现了"普遍化的个别"，甚至成为中国文艺理论的最高、最具代表性的理论。我们知道，"普遍化的个别"本身是一个建构过程，因此其优点是思想的风云际会，将相关的思想加以聚合，但缺点是思想的无限膨胀，将不相关或者关系不大的思想生硬

---

① 比如"温酒斩华雄"的并非关羽，据《三国志·孙破虏传》记载："（孙）坚复相收兵，合战于阳人，大破卓军，枭其都督华雄等。"当然，历史的细节已经不可考了。

② 蒲震元著：《中国艺术意境论》，北京大学出版社 1999 年版。

缀合，使其承载其无法承载的内容，理论的无限膨胀必然导致"学说的神话"①。

二是"个别的普遍化"。"普遍化的个别"是从普遍化的角度来说明个别的，侧重于建构方面，而"个别的普遍化"则是从个别来说明普遍化的，侧重于事实方面。这里有三个例子。第一例子是佛家强调的"一花一世界"②。佛家的"个别的普遍化"是基于事物的因缘，万事万物之间并非不相关，你的存在很可能与很多相关的存在有关，因此你就不是单纯的个别。第二个例子是存在主义对个体性的强调。存在主义的"个别的普遍化"基于现代社会对个性的压抑，个体被规范化了，丧失了自我的特性，因此强调个体性，同时也是自我实现超越的一种方式。第三个例子是混沌学的"蝴蝶效应"。混沌学的蝴蝶效应是强调某一系统对初始状态的敏感，比如"千里之堤毁于蚁穴"，或者也可以说是事物从量变到质变的过程。从艺术理论而言，同样是"意境"说，就要从某一特殊的意境思想出发，比如王昌龄的"意境"，条分缕析勾勒呈现此时此地此一意境的普遍化关联，以及后世是如何改造、变异这一概念的。由此可知，"个别的普遍化"由于个别的特殊性、具体性、有限性，其普遍化联系呈现"放射性衰减"状态，也即对此时此地的影响要大于彼时彼地的影响。

无论是"普遍化的个别"还是"个别的普遍化"，都说明普遍化不能和个别相脱离，没有抽象的、不包含个别的普遍化。二者的区别只是一个重建构，一个重事实。"普遍化的个别"具有理论的张力，是结构性的、聚合性的，而"个别的普遍化"则具有事实的张力，是描述性的、放射性的，二者不可偏废。任何艺术理论的普遍化都必须将"普遍化的个别"与"个别的普遍化"相结合，明白各自的优势和限度。

从目前而言，本质化与普遍化是理论的精髓。艺术理论的根本目的就是寻找到事物之间的联系，无论是深度模式还是广度模式。因此，理论只是一种假说，只是提供一种理解艺术世界的方式而已。艺术理论所构建的艺术世界并不等同于艺术世界本身，任何将艺术理论所建构的艺术世界等同于艺术世界本身的作法，既误解了理论的建构性，也忽视了艺术世界的本然性。

----

① "学说的神话"是昆廷·斯金纳的观点，性质上属于误读或者过度阐释，即后世将前人的观点强行纳入某种思维框架，而不顾作者原初意图与思想的原初语境。"换言之，某种先验的理论范式使我们在研究中形成了一系列的期待，即某一位思想家在某一思想主题上应该说些什么的期待"。罗钢：《学说的神话——评"中国古代意境说"》，载《文史哲》2012年第1期。

② 《华严经》："佛土生五色茎，一花一世界，一叶一如来。"

这里需要说明的是，本质化与普遍化并不意味着本质主义和普遍主义。本质化、普遍化均指的是理论运作的过程，这一过程是依据事物本身而进行的，而本质主义、普遍主义则预设某种事物具有单一的、固定的、纯粹的本质或者超时空的普遍性。理论拒绝任何本质主义和普遍主义，并时刻对本质主义和普遍主义进行批判和反思。

艺术理论对艺术世界的秩序化总是通过构建艺术观念、书写艺术史、制定艺术标准等达到对艺术世界的重新认识。艺术理论叙事对艺术世界的秩序化有三个层次：

一是逻辑自洽性，有自己的话语逻辑和论证体系，使自己的学说有充分的说服力。二是合法化，是权威论述，有重要的理论家、思想家的论述，如中国古代文艺理论中的孔子话语、孟子话语、刘勰话语等，从而使该文艺理论的论证具有了合法效力。三是普世化，就是将这种经过合法化后的论证上升为普遍论证，包容或者排斥其他叙事，强调对所有事物都有效力。至此，某一艺术理论也就完成了从小叙事上升为大叙事的历程。从小叙事到大叙事的过程也意味着它的"秩序化的位移"，将自己无法解释的现象强行纳入解释体系，不独中国古代儒家艺术理论，今日西方艺术理论也在非西方盛行。可以说，艺术理论的秩序化总是有限度的，于是，其后的"再秩序化"也将不可避免。

五、艺术理论的高级叙事

那么，何谓艺术理论的"再秩序化"呢？从某种意义上说，任何叙事都是理论叙事。只是这个理论叙事的层次有高有低。初级的理论叙事只是看法、意见，称之为"前理论叙事"，这就是"初级秩序化"。高级的理论叙事则意味着一整套的理论原则、方法，用利奥塔的说法就是宏大叙事，这就是"高级秩序化"。"再秩序化"发生在"初级秩序化"和"高级秩序化"两个层面。

"初级秩序化"的"再秩序化"就是高级理论叙事对初级理论叙事的"再秩序化"。最典型的体现就是认为中国古代艺术理论只具有初级形态，而不具有高级形态，所以只能进行"再秩序化"。

"初级秩序化"的"再秩序化"的模式有三：第一个模式是"六经注我"，将古代艺术理论加以肢解、整合，纳入到自己的高级理论叙事之中。放眼看去，我们的文艺理论教材、专著，这种方式比比皆是，有人说古代文艺理论实

143

现了现代转化，但我认为古代文艺理论死了。第二个模式是古代文艺理论的本身的"再秩序化"，其典型体现就是各类的"中国文学批评史"（如郭绍虞的《中国文学批评史》）、"中国古代美学思想史"、"中国古代艺术理论史"。第三个模式是古代文艺理论自身的"资料化"，如"古代文艺理论丛编"、"古代文论选"等。"资料化"虽然最大程度地保留了中国古代文论的原初形态，但选取哪些资料？哪些资料最重要？无疑也是一种"再秩序化"。

以中国古代文学艺术理论的"再秩序化"为代表的初级形态的"再秩序化"，有两个缺陷。第一个缺陷是生硬地将已具有成熟形态的中国古代文艺理论视为初级形态的文艺理论，美其名曰"不科学"、"不系统"。[1] 第二个缺陷是"再秩序化"本身的努力并不能保证完全符合中国古代文艺理论的实际，只是中国古代文艺理论叙事之一种而已。当然，这里不能说中国古代文艺理论就不能"再秩序化"了，而是说它的"再秩序化"绝非初级形态的"再秩序化"，而是高级形态的"再秩序化"。高级形态的"再秩序化"就是高级理论的自我反思、自我超越乃至自我解体。

我认为，高级形态的"再秩序化"有三个原则必须坚持，一是"了解之同情"，二是"语境化"，三是对话实践。

什么叫"同情之了解"呢？陈寅恪说："凡著中国古代哲学史者，其对于古人之学说，应具了解之同情……（吾人）必须备艺术家欣赏古代绘画雕刻之眼光及精神，然后古人立说之用意与对象，始可以真了解。所谓真了解者，必神游冥想，与立说之古人，处于同一境界，而对于其持论所以不得不如是之苦心孤诣，表一种之同情，始能批评其学说之是非得失，而无隔阂肤廓之论。"[2]"了解之同情"是对某一高级形态的艺术理论要有起码的尊重，不能以主客二元对立的方式进行武断的肢解。"了解之同情"既是科学的态度，也是道德的态度。从科学上说，我们应该摒弃偏见，客观公正地对待对方。从伦理上说，我的理论和对方的理论从根本上说都是同行理论，不能文人相轻，不能厚古薄今，不能厚此薄彼。我认为王国维强调的"学无中西、无古今、无有用无用"是非常有启发意义的。

"语境化"是说，对某一艺术理论的理解必须放置在该理论得以产生的特殊的文化语境、社会语境、个体语境当中，不能抽离它的语境作随意的解释。

---

① 朱光潜著：《诗论》，上海古籍出版社 2001 年版，"抗战版序"（1942），第 1 页。
② 陈寅恪：《冯友兰中国哲学史上册审查报告》，见《陈寅恪文集之三——金明馆丛稿二编》，上海古籍出版社 1980 年版。

用一个通俗的例子来说，做研究的很强调"竭泽而渔"，把水放干净，把所有的鱼都抓住。但是，鱼本身是有生命的，它游于水中，自由自在，我们通过这些干巴巴的死鱼能了解多少这片水域的生命气息呢？所以要"语境化"，考察这片水域的水质、温度和鱼的游向、动态，这样才能发现这片水域的生命气息。任何材料都有它的语境，并且语境决定了它的意义。

对话实践。对话不是独白。对话是一种沟通，一种辩难，一种质询，一种追问，但不是生硬的苛责、谩骂。对话第一要学会倾听，倾听对方说什么、怎么说，第二是要思考为什么说、为什么这么说，第三要反思，这样说的对不对、合理不合理、充分不充分，有哪些前提错误。有些做理论的一不倾听，或者只听了一半，就发表不满；二不思考，照本宣科，你说什么，我就听什么；三不反思，正确与谬误均和我无关。对话不是单纯的纳受，而是创造性的生产。对话拒绝武断的批判，也拒绝无知的言听计从。

"了解之同情"、"语境化"与对话实践使我们和古人、他人可以坐在一起讨论问题，一起面对艺术世界本身。

第七章　艺术理论的经典化叙事

　　任何思想都非无根之木。

　　这个根就是传统，而传统正是经典化的思想。从古代中国而言，我们的传统正是儒、道、释，以孔子、老子、庄子以及佛教经典为传统。缺乏这种传统，古代中国的思想就无法构成谱系。因此，理论的经典化殊为重要。

　　从中国现代文艺理论而言，这种经典化的理论还较为缺乏。无论是有学者激进地认为中国现代文艺理论缺乏原创而不值一提，还是在西方文艺理论的高歌猛进中一再失语，这似乎表明中国现代文艺理论一直以来都处于某种学科盲点之中，它或不被人所重视，或成为自说自话的博物馆理论。中国现代文艺理论在这种"不古不今"、"不中不西"中，难道就没有它充分的历史存在合理性和当下意义吗？在我看来，现代文艺理论与当下文艺理论研究具有一种本体论关系，说得更直白些就是"父辈与子辈"的关系或者"师辈与生辈"的关系。中国强调师承，你的老师是谁，老师的老师是谁。设想一下，没有章太炎，何来鲁迅这样的章门弟子？没有朱自清，何来王瑶的现代文学史写作？尽管子不必同于父、生不必同于师，然而就是在这种连续性（同）与不连续性（异）的悖论中，历史才得以不断前行。

一、艺术理论的学术史路线

　　文艺理论的历史有两种，一是学术史，二是思想史，它们构成了文艺理论相互交织的两条路线。①

---

　　① 陈平原在《"学术史丛书"总序》中提出学术研究的三种路向，即学术史、思想史和文化史。学术史注重学术本身，即所谓"辨章学术，考镜源流"，而思想史、文化史注重学术的外部关联，大体可以化约为学术史与思想文化史两途。

什么是学术史线路呢？简言之，就是指在某一问题或者领域，研究者做了哪些工作，哪些是原创，哪些是转换、发展，哪些做得充分，哪些还可以拓展，等等。学术史线路注重知识的生成逻辑，强调原创性和推进性，反对重复及变相重复。文艺理论的学术史路线大体有三个层次的推进：

首先是主导思想推进，具有历史性、时代性，一般很难有超越时代的主导思想。任何文学理论都是在一定的思想基础上开展的。这个思想基础就是主导思想，类似于古代中国的"道"，决定着我们对文学的理解，决定着对文学知识的选取、构架及其内在逻辑关系。简言之，主导思想建构着文学世界，有什么样的主导思想，就有什么样的文学理论。主导思想构成了文艺理论的历史语境，语境改变了，文艺理论的风貌和精神也随之改变。

从大的主导思想来说，中国现代文艺理论的发展经历了三个阶段，第一个阶段是近代思想时期（19 世纪末到 20 世纪初期），王纲解纽，新潮涌动，主要（通过日本）借鉴欧美现代哲学、美学、文艺理论思想（如德国古典哲学、存在主义、心理分析、新批评、马克思主义、现代主义等）及西方传统诗学、近代诗学（浪漫主义、现实主义），主要特征是"援西入中"、"以西释中"、"以西化中"，文艺理论深深打上了"西方化"的烙印。除此之外，传统古代文艺理论思想还占据一定地位，在 20－30 年代形成了"中国文学批评史"学科，但没有形成相关的理论。第二阶段是经典马克思主义文艺理论时期（20 世纪中期），是第一阶段的一体化时期（即马克思主义上升为唯一的主导思想），在马克思主义得到普遍落实的情况下出现泛化和非学术化情况，主要特征是哲学化与意识形态化，现实主义、认识论、反映论成为理解文学的重要法则。第三阶段是主导思想模式的开放化时期（20 世纪后期以后），主导思想逐渐吸收其他相关的思想，扩展对文学的理解，文学的审美、感性、个体性等维度被强化了，主要特征是"多元一体"①。

其二是理论内容推进。主导思想对理解文学是根本性的，但丰富性无法保证，主导思想并不能为我们提供绝对的、现成的、一成不变的真理，而只是给我们一个视角，真理的探索需要具体的实践来完成和实现，因为文学理论总是历史的、具体的，而非超时空的。就知识的性质而言，主导思想主要是哲学的、形而上的、世界观的，往下的是理论内容，是形而中的。理论内容的丰富

---

① "多元一体"语出费孝通对中华民族的说明，一体并非指汉族，而是多民族共同体，多元指各民族本身的特征。

有助于对文学理解的全面性，因为任何主导思想既敞开问题，也遮蔽问题，没有相关理论内容的丰富，主导思想就会成为一种思想霸权。所谓理论内容指的是系统性的知识还没有上升为主导思想，是主导思想的支援力量。从学科角度而言，有哲学（非主导思想意义上的哲学）、自然科学、美学、艺术学、心理学、语言（文字）学、民族学、人类学、文化学、社会学、经济学、生态学、考古学等，强调多学科理论的融入，主要是局部方法论借鉴和内容借鉴等。从文学内部而言，文艺理论内容的推进主要表现为文艺理论与文学史研究、文类研究、比较研究等的相结合，促使文艺理论走向具体化，如鲁迅的《中国小说史略》，既是文学史著作，也具有相当的小说理论含量。

在近代思想时期，现代中国文艺理论的理论内容比较多元化，但基本上是以哲学、社会学、美学（思辨美学）、心理学、教育学（美育）为主，由于当时这些学科在中国还属于草创期，所以文学理论的理论内容还比较单薄。经典马克思主义思想时期，现代中国的文学理论长期以来都是以哲学、社会学两大学科等为主，强调反映论、工具论、阶级论，其他相关学科受到压制，美学、心理学、教育学弱化，没有得到很好的学术拓展，很难进入文学理论研究内容当中，缺乏独立性，比如连形象思维都上升到哲学的高度等。开放思想时期，理论内容不仅恢复了近代思想时期的理论内容，还得到了大的拓展和深化，形成或出现了文艺美学、文学语言学、文学符号学、文艺生态学等学科，学术方法日趋多元。

其三是文学材料推进。如果说主导思想是形而上，理论内容是形而中，那么文学材料是形而下的。形而上、形而中和形而下并不意味着它们优越性的差别，而只是就其表现方式而言的。实际上，形而下的东西同样重要。文学材料是具体的、丰富的，它们是文学世界的直接呈现者，因而有着基础性的作用。

文学材料推进表现在三个方面，一是主导思想和理论内容的倾向性。主导思想和理论内容都有一定的倾向性或者知识偏好、优势等，是在一定的观念指导下或者在某一专业领域进行的研究，并非全方位、无偏见地考察文学。有的文学理论对某些文学现象表现出明显的倾向性，比如传统的诗文评，只重诗文，戏曲小说一概不收。有的文学理论只讨论和自己的理论关系密切的文学作品，比如心理分析对心理小说的偏爱、作家少年经历的喜好，而很少触及其他类型的文学。尽管文学材料得到推进和更新，但主要还在于主导思想和理论内容本身的倾向性，而非直接来源于文学材料，也即非"自下而上"的文学研究拓展。不过，这客观上促进了我们对文学的理解，因为尽管有很多专业的、片面深刻的文学理论，但它们都为理解文学提供了一种视角。

二是艺术史（文学史）规律。主导思想和理论内容给我们提供的总是某一视角下的文学理解，而文学史视野给我们的则是一定历史时期的文学理解，比如最早的有神话、史诗，而后有诗歌、小说等，就诗歌而言，先有四言诗、五言诗，后有七言，最近则出现影视文学、网络文学、短信文学等，同时产生了相应的文学理论。新的文学样式和类型的出现既丰富了文学世界，也在丰富着文学理论，甚至更正着既有的文学理论。那种可以概括古今乃至未来一切文学的文学理论是不存在的。

三是全球化与世界文学。殖民时代以来，西方与东方的关系都处于西方中心主义的控制之下，表现在思想文化学术上就是东方主义。① 西方文学理论是西方文学经验的思想提升，但它并不适用于非西方。西方理论对东方文学的关注是理论关注，而非文学关注。西方文艺理论应该体认到东方文学是西方文学理论所不可解释的或者不能完全解释的。比如《朗文世界文学选》（第二版）就收入了 23 位中国作家的作品，如孔子、老子、庄子的经典文本，还有唐诗、《西游记》和《红楼梦》的精彩章节。② 这说明东方文学的阐释对西方文学理论提出了新的挑战。③ 因此，阐释东方文学就需要切合本身的东方文学理论。同样，更高层级的世界文学就需要世界文学理论来解释，那需要西方和非西方的学者共同努力。

文学材料考验着文学理论的普遍性问题，如果文学理论不具有这种资格而生硬地上升为解释世界一切文学的文学理论，那么这样的文学理论就是霸权理论。因此，对文学材料而言，要保持一种清明的悬隔偏见、还原事实的态度，直面文学本身，而不受制于特定的视角、方法，立足历史和时代，唯此，对文学的理解才会全面、客观，文学理论才会不断走向文学自身。

---

① ［美］萨义德著：《东方学》，三联书店 1999 年版。

② 王宁、戴姆拉什：《什么是世界文学？——王宁对话戴维·戴姆拉什》，载《中华读书报》2010年 9 月 8 日。

③ Michel Hockx, Ivo Smits eds. ,*Reading East Asian Writing：The Limits of Literary Theory*,London：Routledge Curzon, 2003.

二、艺术理论的思想史路线

与学术史路线既有联系又有区别的是另一条路线，即思想史路线。思想史也称为观念史（the history of ideas）。"观念史的任务是描述特定历史时期的思想假说，说明它们在相继时代的变异。"① 什么是观念（思想假说）？观念有两层含义。第一层含义，观念对本学科有着根本性的意义，并且又不局限在本学科、本专业，而是具有一种跨学科的弥漫性。这种影响，我们把它称之为有"学科知识范式转换"意义的学术研究，相应的思想史维度就是学术思想史，比如像进化论，不仅影响生物学，还影响社会科学，甚至影响人文科学。第二层含义，观念也不局限于学科知识领域，"观念具有跨越自身范围而弥漫到其他领域的奇妙功能"，它广泛影响到学术界、文化界、思想界乃至人的生活方式，甚至触及伦理、道德、政治等领域，有很强的社会文化关切性。这种影响，我们把它称之为"触及历史性重大命题"的学术研究。

从文学理论而言，思想史视野也就是将文学理论放置在整体的学术世界和社会文化世界中来考察。具体而言，具有思想史意义的文学理论一方面具有重大的学科转换意义，其方法、立场、命题对文学研究产生重要而直接的影响乃至扩展到哲学、美学研究等领域。另一方面，文学理论触及或回应了历史性重大命题，成为某一时代思想的精神表征甚至思想动力。因此，文学理论的思想史可以从学科范式转换和触及历史性重大命题两个方面来说。

思想史意义的第一点是学科范式转换。那么，有哪些中国现代文艺理论具有学科范式转换的意义，从而影响甚至扭转了文艺理论、文学研究的方向？要回答这一问题，可以先看看西方哲学文艺理论的作为。

康德、黑格尔、叔本华、尼采、弗洛伊德、胡塞尔、海德格尔、拉康、布迪厄等人，他们做哲学史或学术史研究，但都有一整套自己的哲学体系。② 非但如此，他们还广涉科学、逻辑、美学、心理学、艺术学、历史学等领域。即便专门研究心理学的弗洛伊德，对文学艺术的分析也令人注目。其他还有像语言学（如什克洛夫斯基的形式主义）、历史学（如海登·怀特）、文化研究（如

---

① 曹意强：《什么是观念史?》，载《新美术》2003年第4期。

② 相比之下，以研究哲学史著称的文德尔班，尽管是新康德主义的代表，但在哲学原创领域则缺乏大的影响。

斯图亚特·霍尔)、社会学（布迪厄、鲍德里亚）等也对文学研究产生了重要影响。它们就是具有学科范式转换意义的学术研究。

当然，文学研究对其他学科产生学科范式转换意义的也不是没有，比如萨义德的后殖民主义文学研究，斯皮瓦克的女性主义学批评等。对它们而言，后现代思想具有学科范式转换意义，而它们对相关文化研究而言，也具有学科范式转换意义。而像纯粹的文学批评家如艾布拉姆斯、特里林、佛克马乃至希里斯·米勒等，其引人注目的程度显然不如前者，它们的学科转换意义多数仅仅限于文学领域，不过对中国文学理论却产生了学科范式转换的意义。这就说明，有没有具有学科范式转换的文艺理论必须具有深厚宽广的哲学地基和哲学素养。

检视现代中国文艺理论，具有这样学科知识范式转变的哲学性、科学性、文学性的文学理论研究呢？

首先，中国的哲学家往往以哲学史研究为主，即便有专门的哲学家，对美学、艺术、文学的发言也并不多见。像胡适、冯友兰、任继愈、侯外庐等主要是哲学史家，尽管也有相当的哲学思考。如胡适，他接受的主要是杜威的实用主义，但自己的原创哲学思想并不充分，影响他的文学研究的主要是实用主义，而非胡适自己的哲学史研究或哲学思想。胡适的哲学史研究实际上也没有实质性地影响现代文学研究，相反他的《白话文学史》却是一个突出的例子，但不否认他的《中国哲学史大纲》对哲学史写作产生范式意义。① 在新儒家那里也大体如此，他们的研究主要是一种融会中西的历史阐释研究，如牟宗三。虽也有涉猎艺术的，如徐复观、唐君毅等，但很难说他们对当代文学艺术研究产生了实质性的影响，产生了相关的文学理论。这和康德、黑格尔、叔本华成鲜明对比。中国哲学家从事于哲学史研究，是否同中国的"述而不作"传统、清代考据学、近代引进的科学主义及专业化等有关系呢？这可以进一步研究确证。但是王国维为何涉猎哲学、美学、文学、历史学、文字学、文献学，而没有成为一个专门家？似乎又不能一概而论。

其二，社会科学家，从事语言学、心理学、历史学研究的学者，也很少见到他们对文学、美学、艺术研究产生了重要影响。比如语言学家王力，有这方面的著作（如《诗词格律》），但没有根本性地影响文学研究，这和索绪尔成鲜明对比。唐钺的心理学研究也没有触及文学，这和弗洛伊德成鲜明对比。朱光潜的文艺心理学研究是应用研究的，和纯粹的心理学研究并不相同。梁启超、

---

① 陈其泰：《胡适：〈中国哲学史大纲〉的新范式》，载《史学集刊》2005 年第 3 期。

缪钺等人的历史研究和他们的文学研究基本上是相互独立的，而非学科范式转换意义上的，更加专业的历史学家如李济、傅斯年、蒋廷黻更是如此，这和布罗代尔、海登·怀特成鲜明对比。能谈得上影响的，陈寅恪是个特例，他提炼的"史诗互证"、"二重证据法"是具有重要的学术眼光的，被认为在文学批评领域有一定影响的历史学家。①

其三，文学理论家的文学理论研究是否对文学理论研究、文学研究或者哲学、美学、艺术研究产生了重要的学科范式转换意义呢？这个是有的，如王国维、鲁迅、周作人、朱光潜、宗白华等。王国维的影响广泛触及现代哲学、美学、艺术理论、文学理论、文学批评、中国文学史、比较诗学、教育史、语言文字学、历史文献学、思想史、翻译理论等，是中国现代重量级学者。相比王国维，鲁迅的影响主要在现代思潮（左翼、马克思主义）、文学、艺术（美术）、美学、教育、翻译等领域，从现代思潮而言，鲁迅比王国维的现实影响要强。② 周作人、朱光潜、宗白华等则要窄一些，大抵多在文学、艺术等领域，现代思潮方面要弱。

思想史意义的第二点是触及历史性重大命题。

历史性重大命题不是时尚命题，很多时候，追踪热点成为文艺理论研究的一个方法，其实这是表面的。尽管历史性的重大命题也可以表现为时尚问题，但二者并不在同一层次上。历史性重大命题是说这一命题产生了历史性的影响，扭转了时代的发展方向，具有前瞻性、战略性的意义。要提出历史性的重大命题则需要多方面的素养，不能仅仅局限于文学理论，甚至不是单纯的"知"，还包括"行"。历史性重大命题实际上已经溢出文艺理论领域，进入文化、社会、政治、精神、思想的层面了。

那么，在中国现代文艺理论史上，有没有触及历史性重大问题的文艺理论呢？在这一方面中国现代文艺理论并不鲜见。比如梁启超触及的启蒙与新人问题，蔡元培触及的美育问题，胡适、陈独秀等人触及的文学革命与新文艺问题，郭沫若、成仿吾触及的革命文学问题，鲁迅触及的左翼文艺问题，40年代的延安文艺运动触及的阶级与工农大众文学问题，80年代的文艺理论触及的审美问题，90年代文艺理论触及的文化研究、全球化、生态批评等问题。

---

① 傅璇琮：《一种文化史的批评——兼谈陈寅恪的古典文学研究》，载《中国文化》1989年第1期。

② 主要原因是王国维在政治上保守，与时代关系矛盾且复杂，后期又转入冷僻的历史文献研究，且于1927年自沉，而鲁迅在政治上激进，作为文学家始终处于时代前沿，且鲁迅活到了1936年。

这些问题都是重大的时代性问题，其持续的时间都在十年以上。这说明20世纪的中国现代文艺理论处于一个变动极大的态势之中。一些人天真地认为可以找到贯穿20世纪文艺理论始终的问题，如审美、启蒙、革命、救亡等，这恰恰是忽略历史复杂性的体现。关键不是这些问题的一以贯之，而是时代改变了它们的方向，赋予了它们不同的历史内涵。那种一以贯之的历史叙事恰恰是不存在的，只是理论叙事，而非历史本身。触及历史性重大命题就是强调文艺理论介入现实，这种介入既可以是参与式的，也可以是反思式的，甚至是批判式、否定式的。

但是，介入现实会出现两种情况：一是政治化介入，二是学术化介入。政治介入虽然成效明显，但无法产生恒久隽永的学术魅力。我认为，学术化的现实介入是值得提倡的，它表明学者清明的政治理性和知识分子精神。这就是说，文艺理论学术研究对时代、社会发言要注重严谨性、深刻性、学理性，而非直白的口号和置人于死地的论战，如果仅仅注重时效性，那么经过历史的汰变就很难沉淀为高深的学术。文艺理论触及历史性的重大命题是自然地体现在文艺理论的学术研究之中的，而非以文艺理论为工具进行历史性重大命题的浮泛诠释和解说。

无论是学科范式转换还是触及历史性重大命题，作为思想史的文艺理论必须保有相当的学术含金量，唯此才能保证文艺理论的学术高度，才能保证文艺理论的思想影响是基于学术的，而非舆论的、权力的、政治的、意识形态的。强调这一点是基于三方面的考虑：第一，文艺理论研究是学术研究，以求真为目的，并不以求善为旨归，尽管价值判断也很重要。求真就是推进性，去伪存真，去粗取精，它拒绝重复，拒绝模仿。在某些时候，对真相的赤裸裸揭露比单纯的价值判断更震撼人心。第二，思想史影响中的学科范式转换意义重大与否，往往由学术研究的含金量决定，所谓含金量就是它的能量系数，也即原创性、弥漫性、穿透性，它或使人眼前一亮，或使人得万千启示，或使人拨云见日，这一点必须以学术性为本位。第三，在思想史影响中的触及历史性重大命题方面，历史问题不会简单重复，所以一代有一代之使命，但是对历史的理解却是累积性的。同样是革命，有维新，有辛亥，有五四，有抗日，有思想改造，有文革，有改革，有后革命，尽管都是革命的形式，文艺理论对它们的触及却迥然不同。在这一点上强调学术性，是因为每一时代总是在前代的基础上理解历史，而不是对历史话语的肤浅重复。这种重复使我们无法进入历史，也必然被未来所遗忘。

为了更具体地理解中国现代文艺理论的学术史与思想史路线，这里以王国维的《人间词话》为例来说明，看看《人间词话》的学术史地位和思想史地位究竟如何。

三、学术史中的《人间词话》

《人间词话》无疑是中国现代文艺理论经典中的经典。[①] 文艺理论经典不仅是权威、标准、楷模、高度，还不断引领、启发后人，"为后学开示无数法门"[②]。

《人间词话》在学术史方面有何推进呢？我们从主导思想、理论内容、文学材料三个方面来说明。

其一，在主导思想方面，《人间词话》的主导思想已经不是所谓的儒家主导思想（以善为主），代之而起的是西方现代哲学美学（以真为主），主要是叔本华的美学思想（具体说就是"直观"）[③]，这个在《红楼梦评论》里表现得更直接、更明显。相比传统诗学，这是《人间词话》主导思想推进的一个表现，即迥异于传统的以儒家为主的主导思想。但是问题在于，这一主导思想并非王国维之原创，而是一种传播、嫁接、改造，类似的例子在现代文艺理论当中还有很多。[④] 尽管有所拓展，但在运用的时候也颇多失误，这无疑削弱了王国维诗学的原创性，也削弱了《人间词话》的经典地位。[⑤] 但是，用迥异于传统的西方思想作为主导思想，已是巨大的推进，这种"差异性的推进"（非原创性推进）虽然今天看似简单，但在当时却是极富学术眼光的。[⑥]

---

① 黄霖认为，《人间词话》"在中国近代文学批评史上具有崇高的地位"。见《人间词话》，上海古籍出版社 1998 年版，"王国维《人间词话》导读"，第 1 页。

② 语出蔡元培为《鲁迅全集》所作序言。

③ 陈鸿翔、肖鹰等学者等认为，《人间词话》的思想根源与席勒密不可分。参陈鸿祥：《〈人间词话〉〈人间词〉注评》，江苏古籍出版社 2002 年版，第 4—7 页；肖鹰：《被误解的王国维"境界说"——论〈人间词话〉的思想根源》，载《文艺研究》2007 年第 11 期。

④ 相比西方近代诗学，或者放置在近现代世界文论史上，王国维的《人间词话》就不再显示其思想推进性了。

⑤ 罗钢以《人间词话》为例，认为王国维的文论思想是对西方思想的"横向移植"，并非"中西融合"。

⑥ "差异性推进"的危险在于自动解除了与传统、自我的密切关系，因此差异性推进很可能陷入"断裂性推进"，这一断裂性推进又被善意地自诩为"跨越式推进"，"中国用了多少年赶上了西方"，就是这一论调的表现，这一点尤需警惕。

其二，在理论内容方面，在《人间词话》当中，传统的教化文艺理论的形而上（道）维度、教化、道德的内容减弱了，相应的是现代哲学、美学、心理学、伦理学等理论内容的增加，表现了抑形式扬个性的理论内容，给《人间词话》的阐释也提供了不少空间。此外，也不能忽略传统思想中庄子哲学、魏晋玄学以及晚明个性解放思想（如"童心说"）等所具有的意义。要说明的是，一方面这些思想内容只是中国传统诗学的偏统、小传统，另一方面它们是否对王国维产生实质性的影响，也需进一步探讨。[①]

其三，在文学材料推进方面，《人间词话》在这一点上体现非常明显。词经南宋而衰，明末清初的云间派鉴于词的衰弱状态而倡导五代北宋词，但未能形成气候。浙西词派、常州词派等后来居上，它们倡导南宋词，注重雅词传统，注重形式。清末，王国维扬五代北宋而抑南宋词，张扬个性、精神等内容，对李后主的词，赞誉尤多。在词学史上，这一点的推进显然对清代词学有纠偏作用。可以想见，如果没有王国维的词学研究，李后主等人的词恐还沉睡在历史深处。当然，这种文学材料的推进是从属于王国维的主导思想和理论内容的，而且这一纠偏又非王国维首创（如云间派、纳兰性德等），并且又走向另一极端，成为一种批评偏见了。

从特定的学术史角度而言，《人间词话》的推进主要表现为借鉴西方现代哲学美学对传统词学加以阐释，理论内容上也更趋现代、多元，文学材料也得到推进，但从世界文艺理论史的角度而言，可以看出，《人间词话》主导思想的原创性不足、与传统精神融合度不足、理论内容的丰富性不足和文学材料的客观性不足，这四个不足无疑削弱了其学术经典的地位。

四、思想史中的《人间词话》

从思想史角度而言，《人间词话》是否具有学科知识范式转换的意义并触及了历史性重大命题呢？

从学科知识范式转换上说，概而言之有以下几点：

其一，《人间词话》彰显了审美无功利性的重要意义。《人间词话》和王国

---

① 就笔者阅读经验，王国维虽未撰写老子、庄子、魏晋玄学的文章，但王国维在《中国名画集序》、《此君轩记》、《二田画庼记》中常引用庄子的话来说明问题。

维其他美学论著都秉承这一观点，被认为是文学自律性的滥觞，较之梁启超的直接将文学视为启蒙的工具而言是有重大的推进性意义的，并且对文学、艺术研究有着重要的影响，至今也未消歇。

其二，中西对接所具有的范式意义。王国维借鉴西方现代方法进行传统文学的阐释，相比《红楼梦评论》，《人间词话》中的西学却不是表面的，而是成为王国维诗学的内在血脉，故而，由于这种隐蔽性，也使得对《人间词话》充满了误读。王国维的化于无形的"援西入中"历来被后世文学研究传为美谈，甚至奉为圭臬。但是，《人间词话》与《红楼梦评论》并无实质上的改变，相反将矛盾（中西思想文化的差异性）进一步隐蔽化。可以说，这种中西对接所具有的范式是形式大于内容。① 简言之，《人间词话》从一开始就不可能是绝对的、超历史的，它的范式意义也是有限的。

其三，王国维诗学的思辨内涵以境界（意境）为核心②，较之古代的朴素辩证法更为现代，主要表现为一以贯之的理论性和方法论上的二元性。就前者而言，王国维是一个有自己思想体系的现代学人，他的阐释有明确的理论依据和针对性。③ 就后者而言，二元性更加缜密，比如有我与无我（学报本第 3 则，时报本无），理想与写实（学报本第 5 则，时报本无），客观与主观（学报本第 17 则，时报本无），隔与不隔（学报本第 40、41 则，时报本第 26 则），写景与写情（学报本第 39、41、56 则），入与出（学报本第 60 则，时报本无），等等，或融合二者或区分高下。理论一贯性和方法论上的二元性，使王国维诗学表现了比较明显的理论辩证特色，也是典型的现代性思维方式，并且这种逻辑性容易走向单一化、片面化，有的时候又充满矛盾。

其四，王国维诗学的形式主义论证以及文学史演变说，也有一定的借鉴意义，即"一代有一代之文学"，④ "始盛终衰"（学报本第 54 则），形式发展最终又成桎梏，因而需要新的形式。只是这个形式主要是相对于内容的形式，而

---

① 彭玉平认为，《人间词话》从手稿本到学报本，再到时报本，体现一种"去西方化"的倾向，这一点我认为是合理的，只是由于历史的局限性，《人间词话》的"去西方化"仍然是不彻底的。参彭玉平：《被冷落的经典——论〈盛京时报〉本〈人间词话〉在王国维词学中的终极意义》，载《文学遗产》2009 年第 1 期。

② 叶朗分析了王国维意境所指后认为，王国维的境界其实是意象。意境比意象要高，因为"境生于象外"（刘禹锡）。参叶朗著：《中国美学史大纲》，上海人民出版社 1985 年版。

③ 夏中义认为，《人间词话》是中国文学理论史上的第一部"体系性"的著作，古代著作固然有思想性，但不能称之为体系性。夏中义：《西学与中国文学的百年错位及反正——以王国维从〈红楼梦评论〉到〈人间词话〉的发展变化为中心》，载《河北学刊》2011 年第 6 期。

④ 此句出自《宋元戏曲考》，《人间词话》即为此句的某种体现，故放此。

非本体的形式，即形式主义文艺理论意义上的形式，因此也就无法开启现代中国学术的语言学转向。①

其五，文学史意义。《人间词话》在清代后期词学扬南宋抑北宋的时候，王国维推崇五代北宋词，为重新认识中国词史奠定了基础。在时报本中，纠正了学报本只论五代、北宋、南宋、元代词的弊端，还增加了学报本中没有的清代词（时报本第 27 则）、近代词（时报本第 28 则）及词学史（时报本第 29 则），使词史更加明朗。当然，囿于兴衰更替观念，其重点仍在五代北宋词，其收束在元代，已进入元曲领域了。

不过，《人间词话》的学科知识范式转换意义也不是绝对的，不必胶柱鼓瑟。

其一，词话的方式在王国维之后难以为继，这种现代与传统的相结合并不具有普遍性，是特定历史阶段的产物，或者说是过渡时期的产物，后来的发展大概只在钱钟书的《谈艺录》等著作中有体现，但钱钟书之后仍然后继乏人，这无疑说明现代文艺理论和传统文艺理论的结合在现实面前究竟意味着失败，还是未完成？或者这种形式只能属于古代、过渡期？还是需要另创新的形式？其实王国维自己已经回答了这一问题，答案就是《宋元戏曲考》。《宋元戏曲考》是一本学术专著，只言片语的词话、诗话等已经不再成为主流。

其二，"境界说"在理论性质上归属于近代的思辨诗学，虽然有传统的感悟诗学的成分，但性质上已经不属于感悟诗学，与中国传统诗学渐行渐远。②由于过渡时代的性质，王国维又表现出向传统回归的努力。另外，《人间词话》和现代的实证性、科学性诗学也有不同，后者注重材料、论证、全面、客观性，也就是我们今天说的文学研究。这一点的体现是《宋元戏曲考》。也可以说，《人间词话》还不够现代化，呈现过渡性质。

其三，王国维诗学表现了比较强烈的抑中扬西的理论倾向，独标"境界"

---

① 李贵生：《纯驳互见——王国维与中国纯文学观念的开展》，载（台湾）《中国文史研究集刊》第三十四期，2009 年。

② 中国传统诗学的根本是"比兴寄托"，即所谓的"兴寄"传统，《诗经》、《楚辞》是其源头，余续到清代的常州词派。参罗钢：《历史与形而上学的歧途——王国维与常州词派之一》，载《北京师范大学学报（社会科学版）》2009 年第 3 期。叶朗认为王国维的"意境说"其实只是"意象说"，并且也没有超越王夫之（叶朗认为王夫之是意象说的集大成）。意境是中国美学的独特范畴，而意象只是一般范畴。参叶朗著：《中国美学史大纲》，上海人民出版社 1985 年版。

而将其它诗学概念视为末梢①，虽然表现了王国维的理论自信，但没有和其他思想构成对话关系，有话语霸权的倾向，生硬地区分本末又有简单化的嫌疑。

其四，《人间词话》表现比较强烈的理论先行的意味，即先有主导思想，而后选取相应文学材料以说明这一主导思想，或者说，王国维需要一种新的理论来强化自己的文学理解（即文学兴趣、偏好）。② 因此，《人间词话》绝非一般的诗文评或者文学批评，而是一部体现王国维诗学观念、文学兴趣的文艺理论著作或者理论批评，其中的文学批评大抵是为了论证和表现那些主导王国维的文艺美学思想。

以上是学科范式转换的意义及问题，思想史意义的另一方面是触及历史性的重大命题，这是学术研究社会价值的体现。

首先，王国维的"人间"思想在《人间词话》与《人间词》已达成熟。何谓"人间"，前人多有论述，大体指人生、人世，类似于存在主义基于个体对世界的思考。我的问题是，为何在清末或者20世纪初，王国维会有如此深刻的"人间"思想？有一点是可以肯定的，就是王国维深刻的悲观主义，是苦闷的一代学人。这不仅因为他自幼体弱多病，还因为他人世的坎坷，30岁左右便失去父亲、妻子、继母等多位亲人，1912年避难日本，衣食了无着落，更有一点是中国文化在清末的极度衰落，乃生"亡国之感"。王国维倾力西学最终未能获得解脱，或者说他无可解脱，即便是晚年从事经史研究，也同样煎熬于政治与学术之间，真"惶惶如丧家之犬"。从这一点来说，王国维将李后主引为知己是最恰当不过的。这种以个体沉思人世的立场与态度尽管充满迷惘、痛苦，但我认为这是学人的本色，真正印证了"一代有一代之学术"。

其二，《人间词话》在注重形式的同时又反对唯形式主义，提倡"在神不在貌"，倡导文艺审美无功利性，对"真景物"、"真感情"（学报本第6则，时报本第4则）、"赤子之心"（学报本第16则，时报本无）、"血书"（学报本第18则，时报本无）、"创意"（学报第33则，时报本第17则）的强调，也符合文艺创作的实际，其"盛衰"论又是时代思潮之一——进化论的表现，客观上

---

① "言气格，言神韵，不如言境界。境界，本也；气格、神韵，末也。境界具，而二者随之矣。"（手稿本第46则，学报本无，时报本第2则）

② 彭玉平认为，手稿本的体例体现了王国维诗学的传统特质，学报本体现了西方化的色彩，时报本体现了"去西方化"的努力。从文化背景而言，王国维首先浸淫传统文化，这一点无可否认。王国维接触西学是在1898年前后，系统研读西方哲学是在1902年。但从思想上而言，西方哲学具有强劲的吸引力和冲击力，这一点导致两种可能，一是建立以西方为核心的思想体系，二是用西方思想来解读传统，王国维走的是后者。

对后世"文学革命"有一定的影响，比如对胡适、李长之等人，还将他誉为"文学革命的先驱"①。这一点可以视为学科范式转换意义，不过已经进入了思想史影响的范围了。但这种思想影响是间接的，或者说是不自觉的，也不是当时的（如对五四新文学运动），而是隔代的。

其三，《人间词话》扬北宋五代词，强调真，其初衷也许并不是为后世文学革命，似乎有其他的苦衷。一般来说，王国维在政治上偏向保守，在词学理论上又提出"古雅"说②，表现出抑今扬古、抑中扬西的文化态度，似乎是一个保守主义者，但我认为，王国维是保守的激进主义者或者激进的保守主义者，他的保守是以中国为立场，他的激进是西方化和反现实，从根本上会说，王国维试图借助西方从久远而勃勃生机的历史当中（如词之兴盛的五代北宋、曲之兴盛的元）汲取精神营养，重新振奋古老的中国文化，再造新的华夏文明。在王国维的学术视野里绝非陈陈相因的清末文学，而是更为高扬向上的"新古典精神"。从这一点说，我认为王国维是"中国文化复兴"的先驱。

其四，其它相关论述对社会的影响也非常突出。最具代表性的是人生的"三境界"（学报本第 26 则，时报本第 9 则）说，已经溢出文学史，而具有人生、学术的普遍意义了，被人引了无数遍。③ 今人谈起王国维，几乎离不开"三境界"。其它还有"赤子之心"（学报本第 16 则，时报本无）等，不过，多数都还局限在文学艺术领域，不如"三境界"有影响。

其五，《人间词话》成为中西文艺理论的交汇点，传统的形式与现代的精神并存，成为了解中国传统文艺理论和西方文艺理论的一个入门，从目前它的版本和发行量就约略知晓。不过问题是，入门归入门，《人间词话》仍然无法超越《文赋》、《文心雕龙》、《判断力批判》等这样的中西文艺理论、美学经典。

从主导思想、理论内容、文学材料推进而言，《人间词话》都具有扭转学

---

① 现代文学批评家李长之认为："他承了传统的中国式的批评的方式，颇又接受了点西洋的思潮，有他独到的见地，而作了文学革命的先驱。"（李长之：《王国维文艺批评著作批判》，载《文学季刊》[创刊号] 1934 年 1 月）

② "古雅"是王国维在《论古雅之在美学上之位置》（《教育世界》杂志第 144 期，1907 年）中专门讨论的审美概念："古雅者，可谓之形式之美之形式之美也。""形式之美"是为天才所创，而"形式之美之形式之美"为普通人追慕经典所获，"虽无艺术上之天才者，其制作亦不失为古雅"，因而注重历史、传统、经典，过分强调则趋向保守。

③ "三境界"说从 1906 年《文学小言》的"三阶级"，直到 1915 年时报本的《人间词话》，可以说是王国维思想学术最有心得之处，令其无法释怀，其晚年走向历史学研究似乎也从某种程度上印证了"三境界"。

界的作用，在思想史上触及个性、自由、启蒙等问题，这无疑确定了其经典的属性，但也不是没有问题。从学科范式转换而言，由于《人间词话》是一部有着强烈倾向性的文艺理论著作，其全面性不如《文心雕龙》、《艺概》，持论也有所偏颇。就其内容而言，也不如后来的"文学概论"，其特别的启发意义在于它是"个性化的理论生产"，这一点是难能可贵的，这是理论的本然。从触及历史性重大命题而言，《人间词话》的思想史意义丝毫也不弱，虽然它更个人化、隐秘化，对当时社会及后世的影响也只是局部的、间接的，但我认为王国维是隐约但正确地把握了中国文化精神，在自己的时代为历史提交了一份自己的答卷。

这里对《人间词话》的探讨不是膜拜经典，也不是解构经典，而是还原经典。仅就其本身而言，《人间词话》不可复制（尽管可以模仿），因为是特定时期、特定个体的思想结晶，但又是可以超越的。后世从《人间词话》那里所得到的不是原则、规范、知识、概念以及思想体系，而是启示、反思和超越。不是在《人间词话》"无限光明"的照耀下，不再寻找黑暗，而是相反，黑暗决定着我们对光明的理解。后人必须在前人的基础上推进学术，并深刻触及新的历史性重大命题。

五、"前经典"与主体性发挥

无论是学术史还是思想史，从《人间词话》的出现可以知道，文艺理论研究不是单一线路的，也不是无层次的平面化操作，而必须是知识和思想的双重拓展，只有这种拓展才可以进入文学理论体系，或者说只有在历史上有着重要的地位和影响，才可以进入历史的序列。简言之，文艺理论研究不仅仅成为历史的记录者，而应成为历史的创造者。

虽然今世已无王国维，也再无《人间词话》，但是今天仍需要文艺理论，因为只有创新才可以产生经典，即便是孔子"述而不作"①，其本身也包含着创新的因素。那么，怎么创新才可以成为经典呢？有两个方面：一是创新模式，二是与创新模式相一致的主体性力量。二者的结合造就经典。这说明，创新不是纯粹知识性的，而是在特定知识场域中的主体性的精神发挥，大体而

---

① 《论语·述而》。

言，创新要成为经典有三种情况。

第一种情况就是龚自珍说的"但开风气"①，开创性、创始性、奠基性的，具有学科范式转换的意义。

在文学研究里这样的例子很多，比如王国维的《人间词话》与《宋元戏曲史》、鲁迅的《中国小说史略》、陈钟凡的《中国文学批评史》、胡适的《白话文学史》、朱光潜的《西方美学史》、王瑶的《中国新文学史稿》、李泽厚的《美的历程》、胡经之等人的"文艺美学"都是该领域的第一部（篇）或第一批，无论是在内容上，还是在方法上，都具有重大推动意义。当然，开创性由于是第一部，难免粗疏，有失偏颇，其学术地位有高有低，但其筚路蓝缕之功是无法埋没的。然而，不是任何第一都可称为奠基之作的，如果无能者为之只能填了一块并不结实的补丁而已，而无法为后来者提供思想启示。因此，开风气、填补空白是否成为经典视自身能力而定，而不能泛泛而论。所以，是否成为奠基之作是同主体能力不可分割的。成为开山之作就需要开山的能力，有的人心有余而力不足，半部著作抱憾终生，有的则是抢占地盘，根本无暇耕种，也无法树立自己的经典地位。从主体能力而言就是开宗立派，从主体身份而言就是鼻祖、宗师。这一开创性往往是极其艰难的。而且有些奠基之作并非有意为之，而是无心插柳柳成荫，这更需要我们注重创作经典的能力问题了，而仅仅是经典的意识。

第二种情况是最高水平，用现代学人经常说的话就是"最上乘"②，是炉火纯青的典范之作，是"学术高原"。

如果是开创性是最初，那么这个最高就是将这一问题做到极致，所谓"君子无所不用其极"③。因为人生有先后，先知先觉无数，但又不能说后生后觉就不能有创造经典的机会了。王国维的《宋元戏曲史》（1913 写作，1913—1914 年连载于《东方杂志》）固然在时间上占先，而稍后吴梅的《顾曲麈谈》（1913 年写作，1914 年连载于《小说月报》）等则代表曲学研究的高度。④ 不过，二者几乎同时，笔者倾向于认为《宋元戏曲考》和《顾曲麈谈》都为开创之作，吴梅 1920 年的《中国戏曲概论》可以视为一个最高，1936 年周贻白的

① "但开风气"原为龚自珍对学术独立精神的阐述，原诗为："河汾房杜有人疑，名位千秋处士卑。事事平生无齮龁，但开风气不为师。"（见龚自珍：《己亥杂诗》）用此处以强调学术研究的开创性，后来胡适也以此句自许。

② 梁启超：《论小说与群治之关系》，原载《新小说》第一期，1902 年 11 月 14 日。

③ 《礼记·大学》。

④ 在同时撰著中国戏剧研究的还有齐如山（《说戏》）、姚华（《曲海一勺》）等。

《中国戏曲史略》也同样如此。这就是最高，最高是没有时间先后顺序的，后来者也可以是最高，先到者也可以是最高，但双方是不排斥的，就像一条曲线，总是有几个高峰存在的。说得更直接些，所谓高峰就是流派。因为，开创也有大有小，有元典开创性，有流派开创性。元典开创性在古今学术史上少之又少，在中国学术史上大体也就只有孔子和老子可堪此任。更多的还是流派开创性，如理学之于二程、朱熹，心学之于王守仁等。这里的最高更多指的是这种流派的开创性。最高水平之作是对最高峰的一次又一次冲击，是"如切如磋"①，是"惊涛拍岸"②，那种花拳绣腿是无法臻达最高的。从主体能力而言，最高就是高手，有着上乘功夫，是某一流派、领域的支柱。可以想见，如果一个流派、一个领域没有几个高手的话，这一流派、领域也就没有了生命力。

第三种情况是"集大成"③，用蔡元培的话说就是"囊括大典，网罗众家"④，是总揽收束全局之作。

如果在我们出生之前奠基之作已经有了，做不了开创者，并且前面已是高手如林，很难再杀出一条血路，那么我们的研究是否就没有成为经典的可能呢？不是的，还有一条道路，这就是"集大成"，就是遍览天下学问，吸取众家之长，终成一家之学，它们一般多是多卷本著作，内容繁多、体系庞大。从流派上说，就是该学派的最后一位大家，如戴震是清代徽州朴学的集大成者。从学科来说，就是该学科的综合性的大著、大家，比如冯友兰（独著《中国哲学史》，全7册）是中国哲学史写作的集大成者。这个看似简单，其实也相当不容易，众人合编的另说。如果说奠基之作不仅要生得早，更需要敏锐的眼光和形成经典的能力，最高水平需要数十年如一日地在某一个地方累积锤炼，而集大成则需要勤奋的阅读、综合的吸收，要有公正的态度，要有去粗取精、去伪存真的高超能力，这种"操千曲而后晓声，观千剑而后识器"⑤，显然不是一件很容易的事情。当然，从目前的学术而言，这种集大成之作还相当缺乏，比如多卷本独著的"中国现代文学批评理论通史"、"中国现代美学通史"等还

---

① 《诗经·卫风·淇奥》。

② ［宋］苏轼：《念奴娇·赤壁怀古》。

③ 集大成，孟子对孔子的赞誉，意指孔子集古代思想文化于一身，后世即以"大成至圣先师"、"大成至圣文宣王"做孔子尊号。大成还相对于小成（见《礼记·学记》），接近于最上乘。

④ 此句原为对大学之概括，这里转喻学术研究，见蔡元培：《〈北京大学月刊〉发刊词》，原载《北京大学月刊》创刊号，1919年1月。

⑤ ［南朝梁］刘勰：《文心雕龙·知音》。

至今阙如。①

任何一种创新模式都不是十全十美的,真正的经典充满着悖论。"开创之作"往往具有学科转换意义和思想史意义,它们独辟蹊径、别有洞天,但失之简略粗疏,却也预示着可能性的方向(也包括错误的方向),等待后人的开掘和反思。这说明,提出问题比回答问题更重要。"最上乘"之作往往以学术的专深、高深、精深著称,或呈现某一方面的深刻场景,或查漏补缺,或精进一步,但有时不及其余,甚至有门户之见或者肆意夸大。我们称之为善意的学术偏见。"集大成"之作往往以知识的全面、综合著称,投身学术的海洋,披沙拣金,历尽千山万水,充满学术抱负,但往往失之繁冗拖沓,以至于很难最终完成。从一定意义上说,《人间词话》既是开创之作,又是最上乘之作,也是集大成之作。② 但是,集"三美"于一身,同时意味着集"三悖论"于一身。尽管有这样那样的悖论,但悖论是学术的本色,也是人的本色,思想的本色,那种四平八稳、千篇一律的学术研究不足以彰显学术的自由精神与独立品格。

经典对文艺理论研究的重要性不在于经典成为具体的目标,写一本书就要成为一本经典,写一篇论文就要成为一篇经典,而是说经典是我们最终的目标,也是一生的最高目标。前面的都是我们的准备工作,只有厚积才能薄发。很多人强调"著作等身",这是非常必要的,但著作等身之后还要有"经典的流传",它代表着我们的思想高度。但是,这个思想高度并非是纯而又纯,它充满着生命的悖论,因为经典并非都是当世的回报。王国维并不因《人间词话》被奉为经典就获得经费、职称,他为当世所重(被聘为清华国学院导师)主要是因为他的历史学、甲骨学、文献学、考古学成就。③ 再则,即便《人间词话》不被奉为经典,它仍有着它的意义。因为,学术独立、精神探险所带来的超迈心灵体验才是其最大的回报。王国维强调"一切学问皆能以利禄劝,独哲学与文学不然","若哲学家而以政治及社会之兴味为兴味,而不顾真理之如

---

① 就目前的学术研究的计划性、项目性、集体性而言,这种学者个人十年、数十年的研究很难立竿见影,因而一两年就能完成的短、平、快学术泛滥成灾。

② 温儒敏、杜书瀛等学者认为王国维是现代文学批评的开创者、垦拓者、创立者,李铎等人将王国维视为"古典文论的终结"。

③ 1926 年,俞平伯开始对《人间词话》进行整理出版并作序,1928 年陈子展给予《人间词话》以高度评价:"《人间词话》虽寥寥不过三千多字,但都是深辨甘苦,惬心当理之言,非读破万卷、玩索有得,不能道其只字。他真是算得中国新世纪第一个文艺批评家!"(陈子展著:《中国近代文学之变迁》,中华书局 1928 年版,第 60—63 页)。虽然后世评价更是赞誉有加(经典化),但王国维并不曾听到。

何，则又决非真正之哲学"。① 王国维文学理论不名于 20 世纪初，但他感怀世事潜心治学、汲汲于人生之真理，这一点才是王国维学术的魅力。

六、"经典化"的策略

经典的创造是主体性与历史性的融合：我们的主体性发挥是否达到自己的最高水平和历史的最高水平，而不是一味低水平的重复，无论是重复历史，还是重复西方，或者重复自己。在如今学术研究过分文本化、实证化、科学化、批量化、功利化的时代，强调文艺理论研究的学术与思想的双重进路和探险，尽管可能无助于中国当代文艺理论经典之创作，但提供一种新的思想氛围，显然并非无关紧要。这实质上是说，经典创造属于我们自己，但是否成为经典，又取决于历史、时代的长期筛选。

从过程而言，经典大体经历了"前经典"、"经典化"、"解经典"（或后经典）三个阶段。前文是以《人间词话》为例，探讨了"前经典"问题。实际上，《人间词话》还有一个"经典化"和"解经典"的阶段。

先看"经典化"，自 1908 年《人间词话》开始发表，② 之后近 20 年，它了无影响，直到 1926 年北京朴社出版《人间词话》单行本，俞平伯首次作出评论，对其价值予以高度评价，此后，《人间词话》便迅速引起学界重视。③ 这18 年间《人间词话》从了无影响到卓有影响，大致有四方面的原因：其一，王国维晚年转入史学研究，限制了其在文学研究上的精进。其二，《人间词话》所刊刊物传播面有限，无论是《国粹学报》，还是《盛京时报》。其三，1925

---

① 王国维：《文学小言》，载《教育世界》第 139 号，1906 年 12 月。

② 《人间词话》，王国维手稿本共 125 则，1908—1909 年刊于《国粹学报》，共 64 则，1915 年 1月刊于《盛京时报》，共分 7 期，31 则。

③ 俞平伯的"序"大抵奠定了《人间词话》的经典化方向：首先，《人间词话》文学创作与理论提炼的结合，"能体会"、"能超脱"、"自来诗话虽多，能兼此二妙者寥寥；此《人间词话》之真价也"。"此中所蓄几全是深辨甘苦惬心贵当之言，固非胸罗万卷者不能道。"其二，《人间词话》的体系性，"其实书中所暗示的端绪，如引而申之，正可成一庞然巨帙，特其耐人寻味之力或顿减耳"。其三，对词话体的推崇，"明珠翠羽，俯拾即是，莫非瑰宝；装成七宝楼台，反添蛇足矣。此日记短札各体之所以为人爱重，不因世间曾有 masterpieces，而遂销声匿迹也"。其四，以论带史的文学批评，"作者论词标举'境界'，更辨词境有隔不隔之别；而谓南宋逊于北宋，可与颉颃者惟辛幼安一人耳，凡此等评衡论断之处，俱持平入妙，铢两悉称，良无闲然"。（参彭玉平：《俞平伯与〈人间词话〉的经典之路——〈人间词话〉百年学术史研究之一》，载《学术研究》2008 年第 2 期。）而后世经常说的"中西融会"，则未见踪影。

年，王国维出任清华国学院导师，学术影响如日中天，无形中带动了人们对其学术的注意。其四，俞平伯《序》的权威性及朴社单行本传播较广。从一定意义上说，《人间词话》的经典化是伴随着王国维国学大师的出现而出现的，没有作为国学大师的王国维，《人间词话》恐不至于有如此之大的影响。新中国成立后，王国维被认为是保守主义者或者资产阶级学者而评价过低①，到了新时期，王国维才获得比较正面的评价，但正面评价的范围非常有限②，只是到了 90 年代以后，随着"思想家淡出、学问家凸显"，王国维的学术地位才被广泛认可。③

《人间词话》的经典化只是经典化的一个案例。根据经典化的知识－权力关系，经典化策略有三种：意识形态策略、学统策略、个人化策略。

意识形态策略或文化领导权策略，就是被某一意识形态所认定的经典。比如中国古代将《四书》、《五经》认定为经典，就是这种表现。经典对某一意识形态的作用极其重要，或者说这些经典就是意识形态的"文本化的核心"。在文艺理论领域也同样如此。比如在众多的现代文艺理论著作当中，毛泽东的《讲话》就是被意识形态认定的文艺理论经典，它成为国家制定文艺政策、指导文艺发展的重要思想依据。《讲话》来自于意识形态，也回归于意识形态。这种经典在于，只要意识形态存在，这种经典就一直存在，即便意识形态会有一时的变化，但不会出现根本性的变化。意识形态化的经典自身并不意味着不具有学术价值，如《讲话》对"人民性"的探讨等，但更多的还是意识形态（政治、政策）价值。意识形态价值和学术价值并没有高下之分，对任何一个意识形态而言，都必须要有这种经典，这种经典的存在确保了意识形态的主导权。

学统策略，就是从学理角度而言，某一著作（也包括人、概念等）对后世产生了持续不断的重要影响，并且不断地强化它的这一地位。这种学统策略主

---

① 舒芜认为，王国维的学术和文学理论是"五四以后中国资产阶级学术和文学理论的祖师"。（《近代文论选·序》，1959 年）

② 李泽厚在《中国近代思想史论》（人民出版社 1979 年版）中首次为王国维正名，认为《人间词话》是"闪烁着光华的中国近代屈指可数的美学著作"。

③ 从学术趋势上说，80 年以后特别是在 90 年代以后，随着温儒敏的《中国现代文学批评史》（北京大学出版社 1993 年版）、张少康的《中国文学理论批评发展史》（北京大学出版社 1995 年版）等对王国维的经典化定位，和周策纵、叶嘉莹等海外王国维诗学研究在国内的影响，王国维的地位才正式确立。根据 CNKI 的统计，研究王国维的论文在 1980 年－1995 年之前年均论文 20－30 篇，1996 年以后年均论文在 50 篇左右，到了 2005 年以后，更是达到年均 100 篇以上。

要发生于学术层面，而并不过多涉及外在的政治、社会等因素。在现代文艺理论著作中，《人间词话》就是学统化的经典。学统化的策略主要表现为对该文本的"累积性"的正面评价，比如它具有新的方法、新的观念、新的体系等，以突显它对后世的影响。这种影响表现为两种情况，一是大势所趋，《人间词话》和其他现代文论一样，表现着"中西融合"等倾向（如鲁迅的《摩罗诗力说》等），《人间词话》的影响只是形式的，并非实质的。这种经典实际上是作为"代表性"的经典，就是说它在同类情况中非常具有个案意义。后世推举《人间词话》并不仅仅是推举《人间词话》本身，而更多地是对"中西融合"等新的学术观念的推举，即《人间词话》所负载的不是它本身而是其所代表的观念。① 二是某一理论由于其自身学术能量而对后世产生影响，比如《中国小说史略》是中国小说史的第一部和非常具体地影响、规范着中国小说史的写作。这种经典并不是"代表性"的经典，而是作为"开创性"经典而存在，是以其独一无二的具体内容影响了后世。无论是"代表性"的经典，还是"开创性"的经典，都是学术层面的经典，并没有特别的高下之分，只是造成影响因素不尽相同而已。

个人化的经典是经由某些个人认定而成为经典。曾有一段时间，对中国现代文学大家有不同的座次排列，很多人们耳熟能详的大家不再成为经典了。这样的例子可以举美国学者夏志清的中国现代文学作家研究，他对张爱玲、钱钟书、沈从文特别重视，这是个人化的认定。② 夏志清的经典认定已成为学术化的认定，而有的学者认定则属于个人嗜好，比如有的不喜欢鲁迅，喜欢张恨水、金庸，那就只能是个人意见而已。一般来说，个人化认定的经典只具有有限的意义，而不是无限扩大的。这一方面在于个人化认定取决于自身的学养、地位，另一方面在于被认定的经典是否得到大多数人的认可。当然，个人化认定也可以上升为某种新的学统化的认定。比如王瑶的认定就成为经典认定。不过，这种个人化的认定是意识形态认定的个人化的表现，而非纯粹个人化的认定。与此相对，夏志清的经典认定则更多的是个人化认定，这种认定也影响到中国本土的学术研究，通俗文学家的地位也获得提升，也具有一定的普遍性，

① 张少康说：王国维"是这个历史发展的重大转变时期最具代表性的文学理论批评家"。《中国文学理论批评史教程》，北京大学出版社1999年版，第493页。

② 王瑶首先在《中国新文学史稿》（新文艺出版社1954年版）中确定的"鲁、郭、茅、巴、老、曹"序列，后来成为"中国现代文学史"教材上的通行看法。夏志清则在《中国现代小说史》（耶鲁大学出版社1961年英文版）中对张爱玲、钱钟书、沈从文甚为推崇。"张、钱、沈"遂与"鲁、郭、茅、巴、老、曹"成鲜明对比。

达到对意识形态认定的修正和补充。①

意识形态认定、学统认定、个人认定强化了经典的地位，但并非一劳永逸地解决了问题。意识形态经典由于其学术价值与时代性息息相关，故此常常面临着与时俱进的挑战。如果做得好，意识形态经典就会不断焕发生机，比如儒学从"五经"到"九经"，再到"十三经"，从"汉学"到"宋学"（程朱理学），就是例子。在文艺理论领域，毛泽东的《讲话》是经典，并且随着时代还不断生发新的意义。学统经典由于学术研究在于反思和推进，以至于其本身的学统地位也在遭受质疑，或者新的学统经典不断产生。就拿《人间词话》而言，有学者认为它是经典，有学者不认为它是经典，甚至有学者认为它对现代文学与批评没有产生实质性的影响。② 这主要在于《人间词话》经典化时间并不长。它是在80年代以后确立的，其本身的学术较为复杂，还在于学者对新文论的不断期许，并不认为《人间词话》就已经是最终的方向了。个人化的经典五光十色，它是经典的过滤，也体现着个人的思想。个人化的经典可能走向学统化、意识形态化的经典，从而改变某一领域的历史叙事，但也可能只是沉淀为个人的思想见证而已，无论它是反经典的，还是非经典的。

意识形态经典具有现实性的话语权力，尤其在意识形态领域，它不允许有新的替代性的经典，但倡导由新的著作来论述、阐发这一经典。学统化的经典并不具有现实性的话语权力，但却潜移默化地影响着学术的方向。比如韦勒克与沃伦的《文学理论》、伊格尔顿的《文学理论导论》、艾布拉姆斯的《镜与灯》等都在很大程度上影响着中国当代文学理论的研究，以至于我们很难跳出。这种学统化的经典就值得认真反思了。学者反思了《人间词话》那种理论自身的复杂性，而对《镜与灯》这样的"单纯性"经典之所以在中国得以确立的文化语境等缺乏必要的反思。从某种意义上说，《人间词话》固然是不成功的，但成功的《镜与灯》对中国文艺理论界又何益呢？在这个时候，我们似乎应该呼唤一种个人化的经典。个人化的经典是以个人之思面对意识形态化和学统化经典的不足，立足于个体原创性、批判性思考，形成时代性的思想结晶，也许它不合时宜，不合胃口，但对历史而言却弥足珍贵。

---

① 王瑶弟子温儒敏等人著《中国现代文学三十年》（北京大学出版社1998年版）单章论述的除了鲁郭茅巴老曹外，还有沈从文、赵树理、艾青。

② 孙绍振认为，王国维的境界说既没有得到西方文论界的认同，也没能真正对中国现当代文论发挥作用，就连中国现代新诗的评论，也很少将之纳入基本范畴作为阐释和评论的准则。《从中西文论的独白到中西文论对话》，载《文学评论》2001年第1期。

意识形态经典、学统经典和个人经典都实现了从知识到"权力知识"的转变，但其权力知识的表现并不一致。意识形态经典的权力知识是"领导权"，在有时候也称之为霸权。领导权具有决定性的影响，具有强制性，是该领域当之无愧的核心权力。学统经典的权力知识是"规范权力"。规范权力不是领导权，领导权只有一个，而规范权力可以有多个。规范权力具有约束性，但不具有强制性，它如"神话"（宏大叙事）一般保持自身的吸引力。个人化经典的权力知识是批判性与质疑性的权力知识，从某种意义上说它是"反权力知识"的，但并不意味着它就没有意识形态和学统的因素。比如夏志清的中国现代文学研究，虽然他不受制于中国的意识形态，但却受制于西方的意识形态，虽然他不受制于中国的学统，但却受制于西方的学统。作为两大系统，即中国本土学术和汉学，二者之间不仅体现为个人对个人，也可以体现为学统对学统，甚至意识形态对意识形态。

个人化经典之所以珍贵并不因为它掺杂较少的学统、意识形态因素，而在于它能够对学统、意识形态的作为持较为冷静、理性、独立的思考。当然，从一定意义上说，某种纯粹的、抽象的、绝对的个人化思考是不存在的，它总是表现为学统与学统、意识形态与意识形态的对立、对抗、对话。但是，真正的个人化的经典并不一味追求摒弃学统、意识形态，而是能够通过个人化的反思实现对学统、意识形态的反思，包括对自身所处的学统、意思形态的反思与自觉，唯此才能真正实现经典不仅仅从知识转变为"权力知识"，更应转变为"反思性知识"。

第八章　艺术史叙事模式与中国现代性

艺术史叙事是中国当代艺术的难题之一。

首先要明确的是，历史学和历史并不等同。历史是客观存在，而历史学是对这一客观存在的搜集、整理解释、建构与拆解。从叙事角度而言，历史学即"历史叙事"。因此，历史具有唯一性，而历史学不具有唯一性。我们所看到的历史都是历史学化的历史，是局部的历史，而不是唯一、客观、全面的那个历史。历史学的出现，才使历史的多元性得以彰显。①

一、艺术史叙事的动力模式

历史叙事根据不同的内容可以分为三类，第一类是历史叙事的动力模式，动力模式的核心内容是，人类的历史总是按照某种动力在前行。②

根据动力结构的不同，动力模式有三种表现：一是以物质为动力的史学模式，是物质运动推动了历史发展，但是某一物质运动（如资本主义）并非超历史，它的兴衰更替说明了这种模式的局限性；③ 二是以精神为动力的史学模式（以韦伯为代表），精神的不断运动推动了历史发展，但是精神的特殊性使得精神运动史的局限性同样巨大；④ 三是以社会结构方式为动力的史学模式（以涂尔

---

① 朱其说："一种叙事需要另一种叙事来对抗，建立自己的新艺术史叙事一直是我们这一代批评家的理想。"朱其：《建构新艺术史叙事》，载《美术之友》2004 年第 4 期。

② 杨秀峰：《历史动力学说之检讨》（1935），载《近代史研究》1984 年第 3 期。

③ 华民：《资本主义的发展动力、制度创新及其危机》，载《复旦学报》2006 年第 6 期。

④ ［德］马克·斯韦伯：《新教伦理与资本主义精神》，于晓、陈维纲等译，三联书店 1987 年版。

干、安娜学派为代表)，社会结构的综合运动（布朗运动）① 推动了历史发展，但是社会结构动力模式所要证明的——资本主义——恰恰是它不能证明的。可以说，这三种模式并非终极真理，它们只是历史理解的一部分，同时也是历史的一部分。

历史与历史学本身的张力结构是历史学的动力。② 对当代中国艺术的历史书写也同样如此。吕澎的艺术史写作将物质动力与精神动力结合在一起，认为从 80 年代到 90 年代的中国艺术是精神不断下降的历史，同时是市场动力不断上涨的历史，由此以启蒙为中心的艺术话语蜕变为以市场（商品、消费）为中心的艺术话语。③ 还有学者从"后革命"（德里克）角度将当代艺术史视为革命行为与话语终结之后的历史表现，但"后革命"并非是反革命的，而是受到革命话语的有形、无形的制约，并且它最终要形成自己的历史。④

二、艺术史叙事的空间模式

历史叙事的第二类是空间模式，根据空间表现的不同又分为"唯一/多元"的数量模式、"主流/非主流"的能量模式、"中心/边缘"的地理模式和"本地/他地"的现场模式。

唯一性历史叙事认为只有一种历史叙事是合法的，其他任何历史叙事都是不合法的。这种唯一性的历史叙事就是将历史叙事等同于历史本身。这种唯一性的历史叙事就是意识形态化的历史叙事。多元性历史叙事认为，存在多种历史叙事，任何一种历史叙事都有合理的地方，但不是终极的历史叙事。从空间角度而言，作为客观的历史，具有唯一性，但历史本身无法完全展示，必须通过历史叙事得以展示。因此，历史的唯一性（非历史学的唯一性）与历史叙事多元性是兼顾的，在此意义上，那个被唯一化的历史叙事只是历史叙事之一而已。

"主流/非主流"模式是唯一/多元模式在能量上的表现，数量被弱化了。

---

① 布朗运动，是任何物质的分子，不论在什么状态下，都在做永不停息的无规则运动。用在人类社会，则是说社会也是充满无规则运动，规则、规律等反而是特例。
② 季国清：《历史的因果性与历史学的因果性》，载《理论探讨》2001 年第 3 期。
③ 吕澎著：《中国当代艺术史 1990—1999》，湖南美术出版社 2000 年版。
④ 胡是平：《后革命的启示：中国当代艺术史叙述的可能性》，载《文艺研究》2007 年第 6 期。

主流的历史叙事就是宏大叙事、光明叙事、集体叙事、支配性叙事，而非主流的历史叙事就是小叙事、黑暗（黑色、灰色、暗色）叙事、个体叙事、非支配性叙事等。非主流叙事往往扮演着主流叙事的反思、质疑、批判的角色，但非主流叙事并不因反对主流叙事而能成为历史真相本身，无论是主流叙事和非主流叙事，它们都是历史真相之一，而非全部真相。

"中心/边缘"模式是主流/非主流模式在地理上的表现，尤其表现在西方艺术史上。西方中心主义的历史叙事认为只有西方的历史叙事是中心的、重要的、主导的，其他非西方的历史叙事都是依附的、次级的、从属的。殖民主义、资本主义的世界（资本、政治、文化）体系就是如此，西方是历史的中心、始源、方向，非西方是西方的边缘、派生物、追随者。① 在世界（西方化）艺术史叙事中，浓墨重彩的是西方，而非西方（如非洲、东亚等）只是西方的陪衬，没有自己的独立性、重要性，只是一笔带过。②

在一些当代中国艺术史著作中，明确将中国当代艺术史放置在西方世界之中的这种方法论并不鲜见。高名潞认为："必须得把中国过去几十年的艺术现象放到被西方影响了近一个世纪的历史背景中去检验，不能只从我们自己的本土背景去考虑"，"国际体制化已经成为中国当代艺术的发展基础。所以，中国的当代艺术既不能从单向的纯粹美学和文化学的角度去界定，也不能完全从自身的社会背景去界定"。③ 与此相反则是另一种方式，即从中国艺术本土立场与本土经验出发进行考察，发现那些被压抑的东西。④ 客观而言，纯粹以西方中心主义为叙事原则的艺术史书写业已失效，真正的问题在于，如何立足中国本身，将世界与中国、西方与中国、中国与中国的诸多因素综合在一起，寻求艺术史写作的中国方法、中国立场。

"本体/他地"模式探讨的是艺术的本地化与他地化问题。这也引出一系列的民族、历史、文化等问题，就艺术史而言，一件艺术品在本地有着它的原生态场景，如文化背景、历史语境、精神氛围、完整艺术链条等等，简言之即"地气"、"现场"。当这一艺术品从这一原生态场景中被剥离（流失、掠夺、收藏、博物馆化等），它就被"他地化"了。随着"他地化"成为既成事实，本体

---

① ［美］沃勒斯坦著：《现代世界体系》第一卷，罗荣渠等译，高等教育出版社 1998 年版。
② 盛葳：《艺术史叙事的"绑架"与"拯救"》，载《中国文化报》2009 年 8 月 20 日第 003 版。
③ 高名潞著：《墙：中国当代艺术的历史与边界》，中国人民大学出版社 2006 年版。
④ 和爱东：《方法论叙事与散落历史间的真实——中国当代艺术史写作的方法论探讨》，载《美术大观》2010 年第 6 期。

化原生态场景也就随之湮没不闻了。人们观赏大英博物馆的古希腊雕塑，但不去古希腊。人们欣赏了很多艺术品，但不清楚这些艺术品所置身其中的艺术世界。

三、艺术史叙事的时间模式

历史叙事的第三种是时间模式，也称线性模式，分为抽象化的形式方面和以价值判断为基础的内涵方面，但二者并不是截然相分的。

从形式而言，线性模式的历史叙事分为两种。一是连续性，连续性的历史是说，历史具有必然性、承接性、发展性的关系，简言之是因果联系。根据连续性的程度不同可分为三种①：一是决定论（也称目的论），某种必然性因素支配着历史的发展。决定论有内在决定论和外在决定论，外在的决定论是指外在于历史的某些因素（即非人的因素）如命运、天意、天命等决定着历史发展的方向。内在决定论指历史按照自身的目的（即所谓的内在必然性，包括历史本身和人本身）朝前发展，比如维科、黑格尔、马克思主义的历史观。二是进化论。进化论有三种理解，第一种是生物学的进化论，这是达尔文原初意义上的进化论，其要点是生物进化、共同由来、物种增殖、渐变理论、自然选择等。第二种是社会学的社会达尔文主义，倡导物竞天择、适者生存，这一观念对现代中国思想影响深刻。第三种是哲学范式意义上的进化论。② 作为范式，具有跨学科的特性，它的基本原则并不局限于特定领域（如进化论之于生物学），另外，历史进化论绝非指历史从低级到高级的不断完善的过程（即社会进化），还包括基因、文化、环境、自然选择等相关要素在内，简言之，历史理解的范式。三是无目的的合目的性的历史。"历史只能在无目的的合目的性中实现其在时间一维上的更替。"③ 无目的的合目的性的历史其关键在于，首先是无目的，然后是合目的的，是后起的合目的性将先前的无目的性变得合目的性和有章可循。这就是历史本身。

和连续性相对的是不连续的历史叙事。历史的不连续是指，历史不具有必

---

① 一般而言，历史决定论分为四种、神学目的论的历史决定论、唯心主义的历史决定论、机械论的历史决定论和唯物主义的历史决定论。参翟志强：《西方历史决定论研究》，载《考试周刊》2007年第5期。

② 赵敦华：《哲学的"进化论"转向》，载《哲学研究》2003年第7期。

③ ［美］赫伯特·A.西蒙著：《人工科学》，武夷山译，商务印书馆1987年版。

然性、承接性、发展性关系，历史是无序的、偶然的、缺乏实质性的联系。这种不连续既可以是空间上的不连续（无序），也可以是时间上的不连续（断裂）。历史有不连续（必然性）的因素，但不能彻底不连续。一个根本的原因在于，彻底的不连续并不能解释历史现象本身。

实际上，历史既有连续性的一方面，也有不连续性的一方面，对此可以有两种理解。第一种理解：历史存在本身既是连续的，又是非连续的，在一定情况下，非连续性成为连续性，这主要因为历史是反向因果性，是后来者聚拢了已发生（或被认为是已发生）的事物。一个典型体现就是"层累"，越往后，历史越丰富，也即聚拢的东西也就越多。"它不是由时间序列上在先的事物决定在后的事物，而是由时间序列上在后的事物决定在先的事物。"① 正是因为有了后者，历史才呈现连续性。第二种理解：历史对当代人而言，既是一个历时的存在，又是一个共时的存在。就前者而言，就是"唐→宋→元→明→清"，就后者而言，就是"唐—↓宋—↓元—↓明—↓"。也就是说，清代的某些东西并不必然是都承续了明代，而很有可能上溯到了元，或者宋，或者更远的时代。历史不仅历时地作用于后世，也共时地作用于后世。

高名潞对中国当代艺术史叙事连续性和不连续性作了深入的思考。他首先提出当代艺术史的核心问题，有没有"线性的发展脉络和逻辑"？高名潞认为，当代艺术在西方有一个线性的叙事结构，20 世纪的西方艺术遵循现代、后现代的线性逻辑（从一定意义上说就是资本逻辑、市场逻辑），当代艺术是最新的，是不断地对过去艺术的拆解、否定。这是严格意义上的时间性等同于历史性，即"潮流不再"。但是，中国当代艺术却不是如此的。那么，如何描述中国当代艺术史呢？为此，高名潞提出一种基于空间的"多元交叉"观念，以探讨艺术史的历史复杂性。"这启发了我们在描述书写中国当代艺术历史的时候，不能只看到一个从改革开放到 80 年代、再到 90 年代乃至 21 世纪十年这样一个时间线形的发展逻辑，也并非近的就是新的。我们必须看到一种同时发生的空间关系和错位。"所谓"空间关系和错位"是说，同一时间的不同空间的事物可能呈现了时代性（或曰共时性），如红卫兵的波普运动和西方的波普运动。不同时间的不同空间的事物可能呈现了历史性，如俄国批判现实主义（而非社会主义现实主义）与 80 年代的中国现实主义。不同时代的事物之间也可能不具有历史性，它们之间并没有递进、否定、进步、发展的关系，如 80 年代的

① 季国清：《历史的因果性与历史学的因果性》，载《理论探讨》2001 年第 3 期。

艺术和 90 年代的艺术，它们的主要艺术逻辑并不一致。这也就给中国当代艺术史叙事提出了难题。那么，如何建立中国当代艺术史叙事呢？鉴于 90 年代以来，当代艺术分化为学院艺术、传统艺术、当代艺术，在用一种艺术史逻辑来书写业已失效的情况下，高名潞认为"中国当代艺术的多元历史叙事需要建立"，要"跳出绝对的前后、新旧对立的单线进化理论，看到契合、错位、离异甚至对抗的历史诸现象在生发中的复杂形态"。正基于此，"当代艺术中没有一种现成的历史线条"，"它们是纠缠在一起的"。①

历史叙事时间模式的第二个方面是内涵，分为价值判断为正（好）的进化、价值判断为中性（不好不坏）的静止、价值判断为负（坏）的退化。进化的历史就是不断向前的历史，所谓世界潮流，浩浩荡荡。静止的历史是指历史逻辑没有变化，是停滞的、静止的，没有新的实质性的变化，典型的例子就是"放牛娃的故事"：放牛挣钱娶亲生子，而后孩子重复这样的历史，以至子子孙孙无穷匮也。退化的历史就是原初的历史才是最完美的，历史的不断向前，反而比过去更差、更淡。简言之，就是"一代不如一代"。如刘勰认为："推而论之，则黄唐淳而质，虞夏质而辨，商周丽而雅，楚汉侈而艳，魏晋浅而绮，宋初讹而新。从质及讹，弥近弥淡。"② 进化的历史（包括复兴的历史）是历史乐观主义，静止的历史没有表情，或者只有冷漠和麻木，前人如此，今人便如此。退化的历史（停滞化的历史）是历史悲观主义，为了破除这种消极性，"复古"成为不二选择。③

就当代中国艺术而言，退化、静止、进化都有表现。从进化而言，有的认为，从文革到 80 年代，再到 90 年代，以至于到新世纪，中国艺术是蓬勃发展的。④ 从退化而言，有的认为，80 年代是当代艺术的黄金时期，90 年代以后的中国艺术并没有达到 80 年代的水准。"那个时代的作品尽管语言幼稚，但都具有那个时代的大气、使命感和真诚的精神力度，这也是现在的当代艺术比不上的。"⑤ 新时代的艺术陷入市场化、商品化无以自拔，或者只是在"吃老本"，"消费 80 年代"。从静止而言，有的认为，80 年代的艺术和 90 年代的艺

① 高名潞：《没有线条的历史——对中国当代艺术史叙事的思考》，载《文艺研究》2011 年第 7 期。
② ［南朝梁］刘勰：《文心雕龙·通变》。
③ 刘绍瑾：《中国复古诗学文学退化史观的美学审视》，载《文学评论》2005 年第 5 期。
④ 当代艺术，特别是"85 美术运动"，在 80 年代就遭遇批评，被认为是资产阶级自由化的表现，尽管反"文革"、反"左"思潮是积极的。
⑤ 朱其：《85 美术新潮的神话终结》，载《艺术评论》2007 年第 12 期。

术没有本质差别，都是在模仿西方艺术，只是西方艺术的"中国版"而已，没有形成自己的特色，无所谓好无所谓坏。当然，无论是进化、静止、退化都是历史叙事之一，并不意味着历史本身。

历史本身涉及什么呢？有两点——时间性和历史性。

时间性，就是流逝性、不可逆性，是纯粹的物理性概念，如时间上的前一秒和后一秒的关系，就是时间性关系。一切历史性都以时间性为基础，但时间性本身并不意味着历史性。时间性只是历史性的形式。

历史性的基础是时间性，但又有超越时间性的冲动。历史性有两个方面：一是指历史连续性与非连续性关系，我和非我既构成关系又无关系，二是指历史意义（某一事物的在历史中的意义），即我在历史中有意义。历史性既是时间性的，又是超时间性的。如果历史中存在的人，自甘于成为时间性的人，只有非连续性，而没有连续性，没有意义，那将是痛苦的。时间性没有意义，意义在于历史性，在于连续性与非连续性的聚合关系，即价值。简言之，历史性是一个本体论概念，是人类意义和价值的载体。

就当代中国艺术而言，80 年代的中国艺术和 90 年代的中国艺术具有时间性（上一个 10 年和后一个 10 年），这个毫无疑问，但是前者和后者之间是否具有连续性，则是个疑问，因为 80 年代中国艺术（按其艺术逻辑）可以发展到更高的状态，但未必就是所谓的 90 年代的中国艺术，也许 80 年代的艺术就此中断，或者 80 年代的艺术被 90 年代的艺术取代、消解而无存在的必要，只是 90 年代中国艺术的原因而已，大家只要看 90 年代的艺术就可以了，这是假设 90 年代艺术按艺术逻辑包容吸收 80 年代的理想情况，但事实未必如此，很可能还有另外一种情况：80 年代的艺术可能在新世纪的某个年代（比如 21 世纪 40 年代等）再次被接续。

就历史意义而言，80 年代中国艺术的历史意义可以发生在当时，历史乐观主义支配了时代（就文革而言），而到了 90 年代以后，历史悲观主义可能支配了时代，人们不断地怀念 80 年代。80 年代的中国艺术究竟有何意义，不仅是对 80 年代而言，也不仅是对 90 年代而言，而是对历史本身而言的。90 年代艺术，新世纪艺术，同样如此。

四、中国当代艺术的现代性叙事

如果说当代中国艺术的历史叙事与历史性是就哲学层面而言的，那么对当代中国艺术史的叙事还要进入历史的现场，审视是何种因素并以何种方式建构了当代中国艺术。

当代中国艺术与西方艺术史思潮密切相关，但又有着自己的特征。从艺术与资本主义现代性的关系角度（即艺术史的现代性叙事）而言，近代以来西方艺术思潮大体经历了三个阶段。第一个阶段是资本主义上升期（反封建的资产阶级革命）的启蒙主义艺术思潮，以科学、理性、民主、自由为核心。第二个阶段资本主义现代性批判期的浪漫主义的情感论、现实主义的反映论、形式主义（现代主义）的抽象（象征）表现论。第三个阶段是资本主义晚期的后现代主义（大众文化、波普文化、先锋性实验性的"当代艺术"），兴起于 20 世纪 60 年代。[①] 从第二阶段开始，资本主义的启蒙现代性分裂为制度现代性和文化现代性（美学现代性）。无论是启蒙主义，还是浪漫主义、现实主义、形式主义，或者后现代主义，它们都面对世界、自我和艺术，但采取的态度、方法并不一致。它们都是在西方现代性这一基础上产生并反作用于现代性。[②]

18 世纪末兴起的浪漫主义对启蒙现代性所鼓吹的理性的不信任，主张回归感性、自然。浪漫主义的表现论注重艺术家与自我（自然、人性）的表现关系，以克服现代性对人的钳制。浪漫主义对现代性的批判引起注重个性、远离社会、回归自然，在促进社会变革上缺乏更积极的表现，因此现实主义兴起。

19 世纪中期兴起的现实主义同样是对启蒙理性的一种反拨，提倡感觉经验，其思想基础是实证主义（孔德）。现实主义"宣称以准确观察为基础，表现普通民众以及他们的日常现实生活"[③]。现实主义以其广阔的历史视野，细腻的描写，深刻的思想，对现代社会进行了全方位多角度的剖析，揭示现代性

---

① 杰姆逊认为，资本主义的文化逻辑依据资本的发展不同表现为三个阶段：第一阶段是市场资本主义时期的现实主义，第二阶段是垄断资本主义时期的现代主义，第三阶段是多国化（跨国）资本主义时期的后现代主义。参詹明信著：《晚期资本主义的文化逻辑》，张旭东编、陈清侨等译，三联书店1997 年版。

② 杨春时：《现实主义、浪漫主义在中国的误读与误判》，载《社会科学战线》2007 年第 4 期。

③ Maryanne Cline Horowitz, ed., *New Dictionary of the History of Ideas* (6 Volume Set), Thomson Gale, 2005.

的种种弊端，如批判现实主义对社会的有情揭露，自然主义对社会的无情揭露等。

形式主义（现代主义）的鼻祖是印象派，印象派所反对的主要是学院派，学院派并非是批判性的现实主义，而是建立在模仿论基础上的古典主义。艺术上的古典主义实际上是陈旧（贵族）意识形态在文化的表现。印象派为了打破刻板、陈旧、传统的方法，发现了心灵的新形式，因此表现主义艺术兴起。表现主义不是典型的浪漫主义，浪漫主义是强烈感情的自然流露，表现方式是直抒胸臆，而表现主义则是情感的曲折表现，摒弃旧形式，创化新形式。形式主义（现代主义）的抽象论注重艺术自我心灵的形式表达，以符号抗拒资本主义对艺术的收编，如现代主义对社会的荒诞性、异化的揭露。形式主义（现代主义）在 60 年代以后演化为后现代主义，以更加决绝的方式挑战传统权威。

后现代主义在西方的出现有一个重要背景，就是西方发达国家进入了文化现代化进程。此时，西方进入了更高级别的全球垄断资本主义，文化的产业化进程随之加快。艺术商品化、市场化成为主流。拍卖、收藏、展览、经销、宣传等成为主题。为了获得更好的市场效益，艺术摒弃了传统艺术中的精神性，而走向了以创新为导向的当代艺术模式。艺术接受者也不再是原来的欣赏者，而成为投资者，或者成为保值的艺术通货。那些现代主义艺术（如梵高等）随之被推高，成为千万美元级的艺术品，成为世界各大银行的收藏对象。艺术比黄金还要珍贵。在表现内容上，表现现代人的精神状态成为艺术的核心内容，久远的田园风光已经流入俗套，革命历史叙事业已远去，只有现代性，只有那转瞬即逝的东西，才是当代人为之沉醉和迷狂的东西。

可以说，后现代主义是契合西方高度发达的社会环境的。一是无产（工人）阶级已经边缘化，代之而起的是白领、粉领精英，庞大的中产阶级力量，他们拥有较为丰厚和稳定的经济来源。从维持生命到提高生活质量，成为他们的投资方向。二是人们的休闲时间日益增多，文化（如体育、旅游、艺术等）成为工作之外的重要内容。面对这种新的社会环境，艺术迎来了新的发展契机。但是，正因为如此，它要撼动整个资本主义大厦也愈加困难。在全球垄断资本主义的推动下，艺术产业，包括制作、营销、贸易等，产生大量的财富，一个又一个艺术公司成为新的权贵。它们富可敌国，既享受金钱的狂欢，又获得万人的敬仰和追捧。人们在惊险的、刺激的、酣畅的艺术体验中，完成了对资本主义制度现代性的反抗。

五、中国当代艺术史的现代性变异

20 世纪以后，这一西方艺术史序列共时地进入中国，发生了诸多变异。现代中国（1919 年以后）有三大任务：一是争取科学、自由、民主的反封建任务，也就是"启蒙"；二是争取民族国家（政治、文化）独立的反帝（帝国主义，即垄断资本主义）任务，也就是"救亡"、"图存"；三是反资本主义的社会主义（革命与建设）任务，也构成反（资本主义）现代性的一部分，这一任务在近代中国是没有的。反封建的启蒙主义、反帝国主义的民族主义、反资本主义的社会主义是现代中国文艺的三大思想基础。

从反封建的角度而言，现代文艺具有启蒙主义的性质，积极吸收西方现代文明。但是，反封建主义并非是反传统、反历史，西方的文艺复兴并非从中世纪一直反到古罗马、古希腊，相反，这些迥异于中世纪封建主义的思想文化反而被发扬光大。而在中国，反封建主义则有滑向反传统的倾向，将中国历史一竿子打到底，民族虚无主义、历史虚无主义抬头。①

从反帝国主义角度而言，现代文艺具有反殖民（后殖民）的民族独立与解放的性质，深刻挖掘民族文化遗产、创造当代文化新精神与新形式，抗拒帝国主义。但是反帝国主义的民族文化建设撞在反封建主义的启蒙主义的礁石上，处境尴尬。

从反资本主义的角度而言，现代文艺具有意识形态性（也包括一部分的现代性批判内容）。反资本主义有两个方向：一是社会主义的反资本主义，二是民族文化的反资本主义。如梁启超对西方现代文明的忧虑，② 以及中西方文化论战中的部分观点。③ 但由于民族文化的反资本主义恰恰撞在反封建的启蒙主义的礁石上，使得民族文化反而缺乏影响力，这与日本、法国、英国等恰成鲜明对比，于是被凸显的就是社会主义的反资本主义。

反封建主义的启蒙主义、反帝国主义的民族主义、反资本主义的社会主义

---

① 如古史辨学派对中国上古史的怀疑，是将科学主义方法论引入人文学领域，科学优越论恰恰导致对历史记录的怀疑和不信任，但历史记录并非是历史本身，而是价值本身，故此古史辨学派冲击的恰恰是中国价值体系。

② 梁启超著：《欧游心影录·新大陆游记》，东方出版社 2006 年版。

③ 郭湛波著：《近五十年中国思想史》，上海古籍出版社 2010 年版。

三大任务是交错在一起的，这使得任何一项任务都不再是绝对的、纯粹的、孤立的，都必须和其他两项任务紧密结合在一起。

这三大任务迥异于西方，也使得现代中国文艺走了一条和西方不同的道路。在这一背景下，20世纪的中国文艺就与西方近现代文艺出现某种程度的交错局面。首先，西方的浪漫主义、现实主义的资本主义自我批判（即现代性批判）演变为封建主义批判、帝国主义批判和意识形态批判，成为中国现代性建设的一部分。其二，现实主义、浪漫主义成为方法论，它们的区别也仅仅是方法上的不同。其三，受到苏联文艺思想和社会主义意识形态的影响，现实主义、浪漫主义又被意识形态化了。后面两个方面又使现实主义优越于浪漫主义，即方法论的优越性和意识形态的优越性。

现实主义和浪漫主义的这一变异，使其成为中国现代性上升期的主要艺术方法论。现实主义成为反封建、反帝国主义、反资本主义的最主要的方法。中国浪漫主义（即启蒙主义化的浪漫主义）强调的为人生、为生命的个性主义、人道主义也使其具有重要的反封建的社会作用，并且和中国古代的庄子、魏晋文艺、晚明文艺发生了超时空关联。在现代中国艺术上，浪漫主义从来都不是在批判业已建立的现代性文明，而是在促进现代性文明的建设，如林风眠、刘海粟的新美术运动。① 这种现代性和西方启蒙运动时期的现代性是一致的，高名潞称之为"整一的现代性"②，但和启蒙运动之后分裂的现代性是不一致的。

相比而言，20世纪中国艺术的形式主义（现代主义）发展极为缓慢。③ 当然，形式主义也不可脱离现代中国的三大任务，但中国对形式主义的理解也同时是方法论化的，并没有最终走向抽象主义、观念主义。形式主义内在地同现实主义、浪漫主义有着密切的联系，后者都有导向形式主义的可能。如现实主义走向了自然主义，只重描摹，无关判断，以至于有白色写作。浪漫主义也有这样的倾向。中国现代浪漫主义一方面被现实主义吸收、同化，所谓的"两结合"就是如此。另一方面它走向了形式主义。走向形式主义的浪漫主义又分为三个阶段：第一阶段是弱形式的浪漫主义，情感表现为主，形式为辅，在这里"自我即形

---

① 高超：《西方浪漫主义在中国现代美术中的嬗变》，载《美术研究》2009年第1期。

② 高名潞：《西方的两种分裂的"现代性"和中国的"整一的现代性"》，载《艺术生活》2008年第2期。

③ 形式主义（现代主义）思潮在现代中国总体影响偏弱，主要集中在20世纪20到30年代，如艺术运动社（林风眠）、决澜社（倪贻德）、中华独立美术协会（梁锡洪）等。参王宏：《躁动的现代艺术之梦——20世纪20—30年代中国现代艺术运动及传播研究》，四川大学美术学硕士论文，2003年，黄宗贤指导。

式"，情感外倾，形式也不假雕琢，如郭沫若的《女神》，这是现代中国最常见的浪漫主义，可以说是无节制的浪漫主义。第二阶段是强形式的浪漫主义，形式为主，情感为辅，不再满足于直白的情感表现，注重情感表现的形式性，情感内敛，在这里"形式即自我"，如中国现代文学上的象征主义，代表性艺术家有李金发、穆木天、九月派等，是有节制的浪漫主义。在美术领域，中国画家也倾向于接受象征主义。英国艺术史家苏立文描述现代中国画坛时说："一般说来，中国的画家都没有太多的冒险精神。于是，一种谨慎的印象主义，有节制的浪漫主义，以及含混不清的象征主义在中国兴起"，那种更为形式化的"达达主义和立体主义被中国画家避开"。① 三是纯形式的浪漫主义，严格意义上说已不是浪漫主义，而走向了高度形式化的表现主义、抽象主义（抽象表现主义）、观念主义，在这里"形式即形式"。

到了当代，特别是 80 年代以来，形式主义（现代主义）异军突起，冲击了现实主义的主导地位，对艺术史叙事提出了挑战。进入新世纪，后现代艺术进一步冲击当代中国艺术，其走高的市场地位使得重新思考当代艺术史成为无法回避的问题。

高岭认为，当代中国艺术有两种基本叙事方式：一是现实主义叙事，另一是形式主义叙事。② 现实主义叙事强调，当代（写实主义）艺术再现了当代现实，但问题这种再现只不过是一种建构，再现现实只是一种愿望。现实主义叙事是现代中国艺术中最主要的叙事模式，同现实政治、意识形态等密切相关，在一定意义上说，现实主义叙事仍有其合理性和存在的必要性。形式主义叙事明显不同于现实主义叙事，因为它注重的是形式本身，特别是对抽象化和观念化的强调。同样，形式主义叙事也是在建构某种艺术世界，在这一点上，现实主义叙事和形式主义叙事本质上是一致的，因为没有纯粹的现实，都是一种艺术建构而言。这种观点有效打破将现实主义叙事和形式主义叙事视为对立的惯性思维方式，而有利于较为全面客观地审视当代艺术多元叙事背后的融合、对话、创新的可能性。

不过，当代艺术史的多元叙事不仅要注意它们的共同性的原因，也要注意它们的差异性的原因。其实，现实主义已经发展了一整套成熟的方法论体系，因而更加关注内容，对新形式的探讨并不感兴趣，这是引发形式主义（基于浪漫主义）的重要原因，以至于朦胧诗刚出现的时候，就遭遇误解。形式主义为何执着

---

① 苏立文著：《东西方美术的交流》，陈瑞林译，江苏美术出版社 1998 年版，第 209 页。
② 高岭：《当代艺术叙事的多样性》，载《中国文化报》2009 年 9 月 3 日。

于对形式的探讨？我认为，一方面因为现实问题的日趋复杂，既有的、传统的形式已经不适应这一时代任务，必须从价值的最为抽象的凝练物——形式入手，如五四新文化运动就断然放弃旧形式（文言文）。另一方面，只有创造新的形式才可以更彻底地和社会保持必要的距离，更能清晰地观察社会。在此意义上，形式体现了新的价值。

六、寻绎中国当代艺术的现代性内核

那么，当代中国究竟需要何种艺术？

实际上，现代中国的三大任务并未彻底完成。其一，对封建主义的肃清，西方从最早的文艺复兴到资产阶级政治制度、文化逻辑最终确立的 17、18 世纪，用了近 500 年，而中国的反封建主义（并非仅仅是结束帝制）从五四运动开始至今尚不足 100 年，并且中国封建主义的历史比西方要长很多。在当代中国，封建主义的一些不良因素仍然起作用。比如政治上的官僚主义、官本位、权力本位，渗透到政治、经济、文化等各个领域，崇尚伟人、英雄、明主、贤人等，而民主作风和个性要求有待进一步提升。表现在艺术中，就是缺乏那些充满个性的、勇于抗争的人物形象，总是帝王、将相、英雄等形象。比如人际关系上强调熟人、同乡、同姓等，对陌生人充满防备，而现代社会是流通、交流频繁的社会，与生人打交道是重要内容，此时，契约精神有待提升。表现在艺术中，就是艺术的规范化机制未能健全，成为圈子艺术。比如逻辑思维上，强调模糊，以感性压制理性，而对精确性和理性重视不够。表现在艺术上，就是表面的情感过重，而深度的理性意识不够。

其二，反帝国主义的反殖民任务并未最终完成，虽然帝国主义的直接侵略已经不再（中国国家的政治独立），但 20 世纪中期以后，殖民主义转向了新殖民主义、新帝国主义①，西方对非西方的渗透更加曲折隐秘，具有自觉性、独立性、竞争性的现代民族文化新体系（所谓文化原创力、软实力）仍需进一步建立和完善。② 随着意识形态斗争的隐秘化，在一些不起眼处仍然充满了帝国

---

① 周穗明：《"新帝国主义"及其批评评述》，载《国外社会科学》2004 年第 3 期。
② 反帝国主义的反殖民主义还有两个任务：一是国家统一（指台湾地区），这是帝国主义的历史遗留问题，这一问题由于反封建主义、反资本主义任务而更加复杂。二是本土化与全球化，全球化是资本主义的全球化，它对本土化构成挑战，积极应对全球化也是反帝国主义的重要任务。

主义的霸权。西方的全球垄断资本主义不断提供更多的"进入壁垒",大规模地进行全球洗牌,将非西方的元素清除或边缘化。比如在语言上,轻视母语,重视外语(英语);在艺术上,轻视本土艺术,而重视西方当代艺术;在文化观上,轻视传统文化,重视西方文化。这些最终将导致民族文化记忆力、原创力与竞争力的下降。这一涉及民族文化安全的问题应该引起我们的充分重视。

其三,反资本主义的社会主义革命任务虽已完成,但社会主义建设的任务才刚刚起步,社会形态的先进性并不意味着社会文化的先进性,因此社会主义思想文化建设的规模、质量、历史都有待进一步拓展。社会主义从本质上是解放生产力、实现人的自由全面的发展。在全球资本主义体系中,社会主义的力量虽然弱小,但其方向是正确的,尽管道路曲折。从理论上说,高度发达的资本主义也必然走向社会主义。在中国,社会主义已是决定性的,但缺乏相应的文化、观念跟进,如果一味追求经济繁荣,而忽视文化,这是有悖于社会主义的初衷和原则的。因此,大力推进社会主义新文化价值观建设就是关键性的问题了。这与文化现代化的目标是一致的,也是进一步克服和超越资本主义文化弊端的必然选择。

从中国现代性角度而言,现代中国的历史任务仍将是反封建主义(启蒙主义的人文批判)、反帝国主义(后殖民主义的文化批判)、反资本主义(意识形态的现代性批判),它们的重要程度可能因时代的不同而不同,但鉴于中国特殊的历史经历,这三大任务缺一不可。这是处于中国现场的学术思想所必须面对的历史问题。

就艺术而言,当代中国艺术史叙事不可能是单纯的、一元的,而将是以启蒙主义(理性、自由、民主、人文)、民族主义(文化精神、文化身份)和社会主义(阶级性、意识形态)为思想基础的当代中国艺术史叙事,也是迥异于西方叙事框架之下的当代中国艺术史叙事。[1] 启蒙主义将促进新的现代性文化的产生,民族主义将促进新的民族文化的产生,而社会主义将促进新的社会主义文化的产生。三种文化的合力就是促进中国的文化现代化进程。当然,这里不是强调所有的当代艺术及其叙事都同时针对三大任务,只要针对任何一项任务,那么,这样的艺术也就必然是中国的艺术,也是中国叙事的艺术。

---

① 河清著:《现代,太现代了! 中国:比照西方现代与后现代文化艺术》,中国人民大学出版社2004年版。

第九章　艺术史多元叙事与西方现代性

一、如何评价现代艺术？

2009 年第 9 期的《学术月刊》发表了一组笔谈文章，作者分别是曹妍黛、王祖哲、陈炎和亚菲塔，内容针对 20 世纪艺术，或者现代艺术。在这一组文章中，王祖哲、陈炎、齐安·亚菲塔（Tison Avital）所持的观点偏于批判，曹妍黛的观点偏于肯定。[①] 在同年第 12 期上发表了董志刚的文章，论点近似于曹妍黛。[②] 不过，后续的讨论很少见。[③] 究其原因，大致有二：第一，这场争论的核心是以色列美学家亚菲塔有关现代艺术的激进看法为触发的。亚菲塔的著作《艺术对非艺术》（剑桥大学出版社英文版 2003 年），被王祖哲译成中文，2009 年 3 月在商务印书馆出版。不过，亚菲塔的艺术理论在中国却并未引起人们的广泛注意。第二，鉴于现代艺术的巨大的时空存在，它流派纷呈、概念繁多、作品庞杂、背景复杂，使得对其做总体审视极为困难。

现代艺术的价值丝毫不用否认。这既是历史主义的态度，也是科学主义的态度。我们不能匆忙对现代艺术的好坏作简单的判断，好或者不好，而必须思考，什么是现代艺术？我们如何去审视现代艺术？现代艺术之于现代（西方）究竟意味着什么？现代艺术在艺术史镜像中究竟如何实现了对西方文明的

---

① 曹妍黛：《西方艺术的现代转型》，王祖哲：《失去了灵魂的现代西方艺术》，陈炎：《西方艺术的文化困局与美学败绩》，载《学术月刊》2009 年第 9 期。

② 董志刚：《危机中的革命——西方现代艺术的形成及其美学意义》，载《学术月刊》2009 年第 12 期。

③ 王鹏、郭凯：《深思与反思——现代艺术革命的四次突破》，载《美术教育研究》2012 年第 3 期。

呈现？

关于何谓现代艺术①，或者何谓 20 世纪艺术，其诠释范式并不止一种。美国艺术理论家达勒瓦指出流行于艺术史写作的几种语境诠释的分析方法：观念史、马克思主义、女性主义、同性恋、文化研究、后殖民等。② 不同的理论产生了不同的语境，在不同的语境中，艺术被重新建构。达勒瓦的分析侧重于理论，而我认为可以在历史维度进一步拓展。大致而言，理解现代艺术有五种重要叙事范式（即艺术史叙事范式）：社会史、艺术史、技术史、精神史、形象史。这五种范式也从另一方面凸显了艺术与西方（现代性）文明的多样性联系。

二、社会史与资本主义

社会史叙事是从现代主义的生长环境——现代资本主义社会来思考。现代艺术无疑是产生于资本主义这一历史语境之中的。艺术与资本主义的关系成为社会史范式的核心问题。

资本主义划分为经济－制度的资本主义和精神－文化的资本主义③，二者关系紧密。经济－制度的资本主义的核心就是私有制，即对剩余价值的私人占有。精神－文化的资本主义或者适应、或者批判经济－制度的资本主义，但归根到底是受制于经济－制度的资本主义，简言之是对精神、思想的垄断。④"资产阶级的市场文化决定文人的方式，他也是出卖劳动力换取报酬的人。"⑤实质而言，精神－文化的资本主义就是资产阶级的意识形态。资本主义重视人，强调个人主义，个人的聪明才智乃至不择手段得到最大的发挥。但是，资本主义是双刃剑，由于是基于私有制的经济－政治制度，它在给社会带来巨大财富的同时也强化了社会不公，总是有大部分的人受到压制、剥削，因此资本

---

① 现代艺术广义上讲可以划分为两个阶段：一是从印象派到 20 世纪中期，精英化的现代艺术，这也是狭义上的现代艺术；20 世纪中期至今为大众化的现代艺术，也称"当代艺术"。

② [美] 安·达勒瓦著：《艺术史方法与理论》，李震译，江苏美术出版社 2007 年版。

③ 马克思主义将社会结构划分为经济基础与上层建筑，其中上层建筑又划分为政治、法律制度和意识形态。这里将经济基础与制度放在一起，是相对于意识形态而言的。

④ [英] 锡德尼·维伯、比阿特里斯·维伯著：《资本主义文明的衰亡》，秋水译，上海人民出版社 2005 年版，第 42—43 页。

⑤ 张旭东著：《发达资本主义时代的抒情诗人·中译本序》，三联书店 1989 年版，第 7 页。

主义是同对它的批判密不可分的。

18 世纪的启蒙运动，极大推动了资产阶级革命（法国大革命），然而革命以后，资产阶级取得了胜利，但随之而来的是其自身所无法克服的矛盾——启蒙理想向现实政治妥协（皇权、贵族、大资产阶级）。"和启蒙学者的华美约言比起来，由'理性的胜利'建立起来的社会制度和政治制度竟是一幅令人极度失望的讽刺画。"① 革命激发了人们的激情，但革命成功后，成果没有被共享，旧秩序被重建了。在批判资本主义方面，浪漫主义走在了前列。相较于理性主义对秩序的强调，浪漫主义注重内在情感，反对理性的钳制，是对资本主义社会现实和封建消极思想的双重批判。但是，浪漫主义批判并没有改变社会状况，又一波的批评出现了，这就是批判现实主义。"批判的现实主义揭发了社会的恶习，描写了个人在家庭传统、宗教教条和法规压制下的'生活和冒险'，却不能够给人指出一条出路。批判一切现存的事物倒是容易，但除了肯定社会生活以及一般'存在'显然毫无意义以外，却没有什么可以肯定的。"② 批判现实主义是属于资产阶级范畴的文学，是资产阶级"浪子"的文学。现实主义着意于揭露，因为他们仍然相信资本主义有进一步改良的机会，但是他们在政治上是非革命的，所以无法提出某种新的社会理想，有的甚至表现出悲观的情绪等。比批判现实主义走得更远也更彻底的是无产阶级批判。无产阶级力量（工人）逐渐壮大，成为资本主义批判的主角。在文学领域，出现了无产阶级文学，如"巴黎公社文学"，是对资本主义批判最为严峻的一波。③ 无产阶级批判在后来发展为成熟的马克思主义文艺学，其强调的典型环境与典型人物、历史与美学、人民性与阶级性、经济基础与意识形态等，不仅深入揭示了资本主义文学的社会本质，也建立了无产阶级文艺思想体系。

进入 20 世纪以后，资本主义从自由资本主义先后进入垄断资本主义、国家垄断资本主义、跨国垄断资本主义。于是，资本主义批判也进入更为复杂的局面，它走了三条道路。第一是理论上的批判。理论批判有两个表现，一是西方马克思主义和后现代主义（哲学）。西方马克思主义是在资产阶级内部进行资本主义批判，倾向于文化工业批判，代表是法兰克福学派。法兰克福学派反

---

① 《马克思恩格斯选集》第 3 卷，人民出版社 1995 年版，第 408 页。

② 《高尔基论文学》，广西人民出版社 1980 年版，第 96 页。

③ 这一力量在 1917 年俄国十月革命后发展为社会主义文学，对外则持续批判西方资本主义，并最终走向意识形态的对抗。在苏东剧变之后，意识形态批判弱化，基于民族国家的文化政治建设成为中心任务，世界社会主义运动处于低潮。

思启蒙理性，对文化工业的齐一化加以拒绝，但开出的药方却是走向艺术感性①，将社会解放的任务转向艺术，这无疑让艺术承载不可承受之重。西方马克思主义资本主义批判还表现为对"文化领导权"的重视，强调从上层革命。②

第二是文化上的批判。文化批判是理论批判的泛化，广泛触及社会领域的方方面面，如性别、身份、全球化、媒介、意识形态等，主要思潮有后殖民主义、文化研究、女性主义、多元主义等，是在新的历史时期进行的资本主义文化批判。文化上的批判的目的并非兜售某种文化，而是通过文化上的批判，让边缘的、非主流的文化发出自己的声音，进而解构资本主义的纯粹性、正当性、合法性与霸权性。但是，文化上的批判可能被西方文化民主主义收编，而成为景观、陪衬，根深蒂固的西方文化中心主义仍然不可撼动。

第三是艺术上的批判。艺术批判主要表现在现代主义与后现代主义（艺术）。现代主义与后现代主义是晚期资本主义在文化领域的叛逆性表现。20世纪西方遭遇重大的社会危机，一是经济危机不断出现并难以最终克服。二是社会危机不断恶化，工业化生产使人丧失了个性，人与人之间的隔膜日益深厚。三是科学主义盛行，人文价值衰落，使人沦为机器的奴隶，原子弹的出现使人类的价值虚无感、毁灭感增强。四是两次世界大战，尤其是二战德国纳粹对犹太人的屠杀，使艺术无法在残酷的现实面前顾影自怜。③五是50年代以后，西方物质财富得到快速积累④，消费主义在当代盛行，使艺术沦为商品的奴隶。在这种背景下，现代艺术和后现代主义采取的主题多是荒诞、虚无、变形、丑陋等，形式也更加乖张，在艺术中寻找残存的自由和希望。艺术因此变得不再纯粹、不再优美、不再崇高。丹尼尔·贝尔在分析资本主义文化矛盾的时候说，资本主义所遭遇的文化矛盾有三个，即现代主义、非理性和享乐主义。现代主义消泯传统，非理性倡导感性，享乐主义走向物质化，这无疑对资本主义文化精神产生了重大冲击。现代艺术表现为三个方面：一是道德与艺术分离，二是提倡创新，三是注重自我。这三点成为现代艺术反抗资本主义制度

---

① ［美］马尔库塞著：《爱欲与文明》，黄勇、薛民译，上海译文出版社2005年版。

② ［意］葛兰西著：《狱中札记》，葆煦译，人民出版社1983年版。

③ 阿多诺更是表现了对艺术的不信任，他的"奥斯维辛之后写诗是野蛮的"更是令人警醒，在人类空前灾难的前提下，颂歌已经不合法了，否则那也仅仅是花瓶和点缀。

④ ［美］古费著：《回潮——复古的文化》，三之光译，商务印书馆2010年版，第123页。

化、规范化的最好方式。①

资本主义从 18 世纪开始经过 300 年的发展，在意识形态上先后经历了启蒙意识形态、阶级意识形态之后，进入文化霸权意识形态阶段。② 在资本主义文化霸权意识形态的围攻下，艺术无法实现人自身，严肃的批判文艺实际上遭遇意识形态的钳制，并且它们还不遗余力地进行艺术意识形态的全球渗透。③ 尤其是美国，它的意识形态扩张不仅冲击非资本主义意识形态（社会主义），也冲击民族性的资本主义意识形态（如对法国、印度等）。④ 现代主义为了实现某种意识形态的反抗，它们找到了一个突破口，这便是艺术，通过拆解传统艺术谱系，达到拆解资产阶级意识形态加诸其身的各类枷锁，同时为自己在既有的资本主义文化体系中赢得象征资本与话语权。

面对现代艺术，资产阶级采取体制化策略，纳入到规范化的艺术空间之中，将艺术推向形式化、观念化，而非与社会实际有着密切的联系。⑤ 这种情况的实质就是马克思主义深刻指出的"艺术商品化"，艺术不再受到道德、精神、文化的制约，而是成为资本的马前卒，只要能带来利润，艺术无所不能。⑥ 这一点尤其危险，资本主义实际上斩断了现代艺术和社会的水乳联系，而将现代艺术视为某种缓解力比多的场所，并从中渔利。资本主义社会建立了一种开放的、包融的精神氛围，任何插科打诨的艺术形式都可以存在，削弱其社会批判的力度，让其沉迷于某种形式的创新之中，通过大量的策展等机制组织起新时代的艺术体系，而这样的体系已经越来越"非现实化"。⑦ 在这种艺术体制内，资本主义社会不仅可以完全消化现代主义与后现代主义的批判性，榨尽这些艺术家的创造力和激情，他们不再投注于艺术，而是专注于艺术市场、博物馆、画廊、展览、销量（票房）。

现代主义资本主义批判在文化上是革命的，在政治上是保守的。西方现代

---

① ［美］丹尼尔·贝尔著：《资本主义文化矛盾》，赵一凡、蒲隆、任晓晋译，三联书店 1989 年版。

② 罗中起：《意识形态与资本主义艺术生产》，载《文艺理论与批评》2007 年第 6 期。

③ ［英］桑德斯著：《文化冷战与中央情报局》，曹大鹏译，国际文化出版公司 2004 年版。

④ 河清著：《艺术的阴谋》，广西师范大学出版社 2008 年版。

⑤ 还有一种情况是极权主义对现代艺术的镇压，尤以德国纳粹为甚，"堕落艺术"就是纳粹的发明，其实到后来，它们也被吸收了，成为资本主义反抗极权主义的美丽注脚。

⑥ 西方艺术市场的火爆就可见一斑，艺术的价值已经不再受制于道德、美学、政治，而是受制于资本，道德、美学、政治都成为资本逻辑的棋子。

⑦ 相比传统艺术，当代艺术更缺乏群众基础，由于传统艺术出新很难，于是当代艺术的"玩创新"适合了一部分投机人士，迅速蹿红，并获得大量的文化资本，受到西方的青睐。

主义（后现代主义）艺术的困境在于，由于资本主义现代性的制度方面和文化方面的二分性，使得文化现代性的诸多诠释和表现无法根本性地撼动制度现代性，这种制度现代性体现为一种程序的合理性和合法性，在"政治正确性"的虚幻外表下依然是根深蒂固的资本主义霸权意识形态。

三、艺术史与叛逆性

由于阶级的存在，原始社会至今的艺术史都是阶级的艺术史，是统治阶级与被统治阶级相互斗争、妥协的艺术史，也是统治阶级内部调整的艺术史。这说明任何固有的艺术史都可能含有阶级性的因素。但是，这样的解释只是一种解释，而非全部解释。这一解释主要侧重于政治、意识形态等，这就需要从艺术自身的角度来谈，这就是第二个叙事范式——艺术史。艺术史范式注重艺术表现形式。在艺术史框架中，现代艺术就成为一个不断反叛旧形式并进行形式创新的过程。

现代艺术可追溯至 17、18 世纪，这是现代艺术的基本参照系。17 世纪的古典主义与以古希腊、罗马艺术为范本的艺术思潮，强调理性（笛卡尔）。与古典主义相对的是巴洛克艺术，"古典主义代表节制，强调理性，而巴洛克艺术则醉心于运动与效果"①。相对而言，巴洛克艺术不重庄严、肃穆、优雅，风格豪华、铺陈、光艳，反映了贵族和上流社会的审美趣味。洛可可艺术也同样反对古典主义，更加强调形式美，但从浪漫滑向了享乐、奢华，风格更为繁琐、纤巧。到了 18 世纪，古典主义又获新生，开始对巴洛克与洛可可艺术进行反叛，出现了新古典主义。新古典主义是资产阶级在艺术上的宏大叙事。在艺术形式上，新古典主义与古典主义一样，均强调理性，对非感性的表现并不关注。新古典主义的优点是庄严、肃穆、宏壮，但其极端是陈陈相因，走向刻板，缺乏生气，不能引起更多的共鸣。

19 世纪中后期，昂扬向上的资产阶级精神业已不再。无病呻吟、矫揉造作的浪漫主义也消退了它当初的革命性。在艺术领域，过分学院化、规范化的新古典主义已经成为桎梏。此时，有两股艺术思潮——文学上的象征主义（颓废主义、唯美主义）运动与美术上的印象派出现在了艺术史的舞台。发生于法

---

① ［法］彼埃尔·卡巴纳著：《古典主义与巴洛克》，董强译，吉林美术出版社 2002 年版，第 6 页。

国的象征主义不满意现实的刻板，反感直白的浪漫主义，其观念和作品表现了反道德、反理性、注重内在和形式的倾向。象征主义传播到了英国出现了唯美主义，成为反叛英国维多利亚时代保守的道德风气和粗俗的物质主义的先锋，拒绝将艺术视为道德的宣传品。与象征主义一样，美术领域的印象派艺术也是反主流的，它实现了对古典艺术的三重变革。第一重变革是实现了艺术创作从模仿论到表现论的变革。印象派一反古代的模仿论、反映论观念，这种观念认为艺术应该重视模仿现实，印象派吸收当时新的光学理论。① 他们认为并不存在那个唯一真实的现实，而是变化的真实，所以印象派必须忠实描述那稍纵即逝的印象，在瞬间中把握永恒。第二重变革实现了艺术表现内容从宏观世界转向了日常世界的变革。古典主义在艺术内容上以宗教、神话、历史等为主，忽视日常生活、自然风景，而印象派则捕捉日常生活、自然风景的片段。第三重变革是实现了艺术形式从理性主义到表现主义的变革，印象派特别重视艺术家的内在感情的形式表现及其创新，打破原有的刻板化的艺术形式，使艺术从反映现实的理性主义束缚中挣脱出来，使艺术获得解放。

象征主义（颓废主义、唯美主义）与印象派都是对此前艺术原则的反叛，开启了现代主义，但是它们也都因自身原因而没有进一步发展下去。象征主义因为在形式上过分追求华丽堆砌和装饰的效果，相反则削弱了内在心灵的表达。唯美主义随着王尔德的被捕而停歇了。此后兴起了表现主义文学，更加注重内心世界的曲折表达。这一点与后印象派异曲同工。后印象派反对印象派过于对光色的追求，因而限制了对自我内在感情的表现，恰恰又走向了客观的现实主义。后印象派艺术大师如塞尚、梵高、高更，不再执着于客观本身，而是强调主观化的客观，注重色块的构成关系，而非透视关系。梵高、高更的作品就体现了色彩的明亮构成关系。后印象派认为，线是不存在的，明暗也不存在，只存在色彩之间的对比。物象的体积是从色调准确的相互关系中表现出来。除了色彩，后印象派也注重形体，尤其以塞尚为代表。他经过长期的观察和实践，提出自然的物象都可以概括成圆柱形、圆锥形和圆球形等几何形。后印象派彻底扭转了艺术表现客观化的倾向，将主观化凸显了出来。

此后兴起的野兽派和立体主义将后印象派对色彩、形体的追求发挥到极致。野兽派注重色彩，透视，明暗被放弃了，手法粗放，色彩对比更加强烈，

---

① "物体的色彩是由光的照射而产生的，物体的固有色是不存在的。"约翰·雷华德等著：《印象派绘画大师》，广西师范大学出版社 2002 年版，第 1 页。

富有强烈的情感张力。立体主义注重形体，与后印象派注重形体的构成性、整体性不同，立体主义追求的是形体的破碎性、组合性。后印象派残存的透视法在这里被彻底放弃，将立体视角放入绘画之中，也即从平面绘画中看到的不是透视法成型的物象，而是立体的物象。立体主义的根本核心就是通过艺术让人们看到一切，或者说，一切都是可以看到的。这种违反视觉原则的做法无疑将艺术推向了某种概念、玄思或者冥想。

除了野兽派、立体主义外，表现主义和未来主义也是 20 世纪初期的艺术流派。狭义的表现主义受到后印象派的影响，注重自我内在性的艺术形式，专注于精神、观念，在情感基调上较为晦涩、暧昧、忧郁乃至绝望。如康定斯基将艺术形式进一步抽象化，认为艺术必须关心精神方面而不是物质方面。[①] 马列维奇的"绝对主义"更是进一步放逐了自然形体，将绘画还原到最简单的元素（如色彩、线条、形状等）上来。康定斯基和马列维奇还是后世抽象主义的先驱。相比表现主义，未来主义则充满乐观，拥抱现代文明（车站、工厂、飞机），注重速度、技术。在《未来主义宣言》中，马里内特宣布："由于一种新的美，世界变得更加光辉壮丽了。这是速力之美。"[②] 但是，第一次世界大战的爆发让未来主义的乐观顷刻化为乌有。一种更加反抗传统的艺术运动兴起了，这就是达达主义。

与拥抱未来（其实拥抱的是现实）的未来主义相反，而达达主义则不然，它认为世界大战是社会价值观崩溃的表现，此前人们所信仰的一切都是不合法的。因此，达达主义从根本上是反传统、反艺术的。它更为激进地冲击传统艺术模式，这使得艺术的定义越来越困难。此时，杜尚出展了那著名的小便池，引起了定义艺术的进一步混乱。达达主义对后现代艺术的重要影响是将现成品艺术化，也即物件化。此外，达达主义还发挥了艺术的表演化、抽象化、拼贴化，对后世的波普艺术、装置艺术、行为艺术、新写实主义产生了重要影响。

第一次世界大战结束（或后期）后，艺术界出现了两个分化：一是继续表达对现实的不满与批判，其表现就是超现实主义。超现实主义对现实不信任，它要发掘比感官现实更现实的精神现实，即超现实。超现实主义的思想基础是弗洛伊德的精神分析学说，因此超现实主义艺术多数表现了梦境。二是从事社会文化的建构，侧重于形式方面，有结构主义、风格派、包豪斯等。俄国结构

---

① ［俄］康定斯基著：《艺术中的精神》，余敏玲译，邓扬舟审校，重庆大学出版社 2011 年版。

② ［意］马里内特：《未来主义宣言》，见《现代主义文学研究》（上），中国社会科学出版社 1989 年版，第 362 页。

主义艺术积极介入新的政权，强调"将艺术带入生活"。风格派的代表是蒙德里安，他最著名的画就是"栅格画"，将几何图式、直线、单纯的颜色发挥到极致。包豪斯的建筑艺术颇为实用且激进。它们在艺术设计方面做了积极的尝试，当然其所负载的精神内容较超现实主义要弱，也更偏重实用性，后遭到纳粹的关闭。

现代艺术在 40—60 年代发生了重大变化，它将 20 世纪初出现的各类新的艺术表现形式发挥到了极致。第一点是抽象表现主义绘画的出现。抽象表现主义的重心并不在表现上，而在抽象上，只是将这种抽象更加个人化、风格化，在抽象表现主义那里，为了更好地表现自己，就需要更好的、更独特的抽象。极简主义也是抽象表现主义的一个表现，它将具象艺术进一步简化，力争呈现事物的原貌，不加任何的装饰，极端化就是现成品艺术。抽象表现主义将意义赋予抽象本身，拒绝探讨意义的必然性，也不赋予形式以深度内涵。第二点是波普艺术的出现。波普艺术就是流行艺术，将流行的各类社会文化元素（如广告、明星、商品等）纳入艺术之中。沃霍尔使用版画的形式，但将时尚内容作为表现对象，批量化生产，虽然每个作品本身并不同，模式化非常明显。汉密尔顿的拼贴画也表现了对时尚问题的关注和思考，即现代社会人们被物所包围，但真正的生活也许并不在此。李奇登斯坦的漫画创作，流传甚广，但漫画真的可以成为艺术，也引发了很多的思考。波普艺术和抽象艺术是相反的，它追求大众，因而通过现成物而使得艺术更加贴近大众，但现成物从某种意义上也是一种抽象化，只是这种抽象化更加空洞、直白。

60 年代以后，各类后现代艺术风起云涌。后现代艺术是比现代艺术更先进更前卫的艺术形式，像杜尚的《泉》一样，大量使用现成品，诸如观念艺术、装置艺术、行为艺术、大地艺术、虚拟艺术等等。它们的共同趋势是打破艺术与非艺术、艺术与生活的区别，以至于"什么都可以是艺术"①。有数据表明，现代主义运动到 80 年代已呈现衰减状态，即新的艺术运动的提出越来越少了。② 这似乎表明在经历了一个世纪的现代主义运动之后，它将面临一个新的本体论问题——现代艺术何去何从？

纵观现代艺术的发展流变历程，从 19 世纪中期的印象派、象征主义开始，艺术领域主要趋势就是反传统：一是反道德、倡个性，艺术不再负载道德的内

① ［英］罗斯·狄更斯著：《现代艺术，怎么一回事？》，朱惠芬译，浙江大学出版社 2011 年版，第 114 页。

② ［以色列］亚菲塔著：《艺术对非艺术》，王祖哲译，商务印书馆 2009 年版，第 68 页。

容，相反成为个体表达自我精神的方式；二是反客观、倡主观，模仿论、反映论等传统艺术奉为圭臬的现实主义艺术原则遭到反叛和唾弃，主观、内在得到充分的重视；三是反形象、倡形式，形象的因素日益被压缩，形式的分量不断扩大，最终出现了抽象表现主义；四是反精英、倡大众，艺术不再成为一部分人的特权，新的流派不断出现，最终实现了艺术大众化，如波普艺术。由于和传统的关系越来越疏离，导致人们对现代艺术的理解越来越难困难（波普艺术似乎是一个例外），基于这一点，现代主义（就美术而言）往往被认为是一种"抽象艺术"。这主要有三方面的原因：第一是物件化，打破了艺术与现实的关系，其极端就是装置艺术。第二是极少主义（极简主义），通过简单的元素的不同构成、组合等来传达某种形式的意味。第三是行为化，艺术创作越来越需要人的参与，其代表就是行为艺术，比如克莱因的一些作品。这三点都是传统艺术所不重视的。这的确让现代艺术晦涩难懂，但一个根本的问题在于，晦涩难懂是否就意味着抽象呢？

四、技术史与技术精神症候

从社会史、艺术史角度而言，现代艺术无疑都是对现实的批判和对过去艺术形式的一种反叛，并且现代艺术反传统是现代艺术的肯定者和否定者所一致认可的，关键问题在于，现代艺术凭借什么反传统？这就需要从技术史角度来思考问题。

技术对艺术的改变主要有三个方面。首先，技术对社会的改变，比如工业革命，大范围、大规模地改变了社会的运行机制。技术促进了经济发展、商业繁荣，人们的生活越来越便利、快捷、丰富。于是，艺术成为新技术推进下新的生活的精神表征，一些新的艺术活动现象出现并完善了，如艺术沙龙、艺术品市场等。其二，技术带动了社会观念的变化：技术带来了物质的大繁荣，日益丰富多彩的现实生活成为人们关注的重心；技术带来了进步观念和乐观主义，技术在不断改进，新的技术在不断产生，生活会越来越好，技术会越来越先进；技术形成了"现代性"观念。现代性观念的核心就是注重当下、现实

（真实）、日常，对久远的历史、飘渺的理想不再关注。① 像现实主义、象征主义、现代主义、未来主义等都是技术现代性在艺术中的表现。其三，技术对艺术本身的改变。技术对艺术本身的改变受到艺术自身的限制，比如语言艺术（文学），技术对其本身的改变很小，而有的艺术如电影、摄影、雕塑、绘画等，技术对其本身的改变很大。技术不但催生了摄影、电影这样的新艺术，也促使雕塑、绘画等采用了新的技术形式，比如钢铁雕塑（综合材料）、新色彩原料（丙乙烯）绘画等。

　　长久以来，技术的进步极为缓慢，也使得艺术保持了发展的稳定性和功能的多样性。在古代，艺术具有和现代的科技一样的地位，艺术具有四大功能，一是精神性的功能，包括宗教、文化，艺术是某一时代的精神表征，或者表征某种精神，比如原始艺术、宗教艺术以及偏于某种民族文化精神的艺术等。艺术关注的不是形式美，而是深刻的宗教内涵。二是记录功能，艺术记录个人、历史，比如史诗对英雄事迹的纪录，肖像画、自传体小说、山水画、游记等对人物、自然的纪录。三是生活教育功能，比如装饰生活，娱乐等，注重感官的愉悦与文化修养。艺术成为生活的重要内容，比如中国古代的六艺（礼、乐、射、御、书、数）与四艺（琴、棋、书、画），西方的七艺（逻辑、语法、修辞、数学、几何、天文、音乐）。四是审美功能，主要是一种基于感性的精神愉悦，主要不负载（但并不排斥）道德、知识、生活功能。四种功能并不是完全排斥的，在一些艺术理论家眼中，它们的结合能达到最好的效果，比如寓教于乐、雅俗共赏、"兴观群怨"② 等。

　　到了现代，随着技术的发达，艺术四大功能发生了变迁。第一，宗教文化功能大多消失了，这是因为技术取代了宗教文化成为时代的中心，至少宗教文化功能已不能主导技术了。艺术的宗教文化功能的消失一个重要的推动因素是象征主义、唯美主义、印象派对日常生活和普通人物的重视，使艺术表现内容从对重大的历史、宗教的描写转向了对日常生活的关注。第二，艺术的记录功能也消失了，现代科技的电话、互联网、照相术（摄影）等已经实现了记录的现实化。对现实的重视记录从原先的艺术转到了科技。只要想想现在的旅游，人们再也不会吟诗作画，而是不断地照相、录像。当然，有些摄影和录像也在

---

　　① 尼古拉·第佛利将现代性概括为"与时代同步"、"描绘你看到的"、"服从于真实"、"未完成"等特征。参尼古拉·第佛利著《19世纪艺术》，吉林美术出版社2002年版。

　　② 《论语·阳货》："子曰：'小子，何莫学夫《诗》？《诗》可以兴，可以观，可以群，可以怨；迩之事父，远之事君；多识于鸟兽草木之名。'"

走向艺术化，如摄影艺术、影像艺术等。第三，艺术的生活功能也被文化工业、娱乐业等分流了，它们给人们带来更多的笑声和快乐。艺术设计、娱乐产业等更注重商业性、装饰性、娱乐性，其艺术性只是陪衬。如今人们更倾向于将仿制品、复制品用来装饰生活，而很少去博物馆、艺术馆去欣赏艺术了。第四，宗教文化功能、记录功能、生活功能消失之后，艺术审美功能得到了发展，艺术对感性能力的培养和提升越来越重要了。艺术的审美功能，向上不再简单描摹某种精神性的东西①，但不排斥这种精神性的东西，向下不再触及实用功能，比如记录、娱乐等，因为艺术无法和它们相比。

技术的超级发达催生了技术拜物教，如立体主义、未来主义、波普主义、大地艺术等，都是技术影响艺术的直接表现。艺术丧失宗教功能之后，当它再以人文、精神、历史为内容时，如果不是传播某种大众精神价值的话（如好莱坞大片），它就将被认为是不合时宜的、卖弄技巧的。艺术的宏大叙事在遭遇后现代和技术的双重解构之后，其结果就是，艺术或者在小叙事里讨生活，成为个体或小圈子的窃窃私语，或者通过技术传播人们耳熟能详的故事，技术的画面感（所谓的修复技术、怀旧电影等）成为人们最好的怀旧和自我安慰，至于负载于技术的艺术究竟有何启示意义已经不再重要。

实际上，今天的艺术更加技术化。架上绘画（油画）的优势不再，取而代之的是装置艺术、行动艺术、现场艺术等。技术的发达并不创造新的文化价值，它只是将一般化的价值普遍化，成为某种意识形态宣传机制的组成部分。技术取代艺术成为现代的意识形态。技术的炫耀、华丽已经成为欣赏艺术的重要标准。这其实是重复了艺术衰落的老路，即过分形式化。艺术的反叛性要么被视为"纯艺术"而将其与社会隔绝，或者因无技术含量而无法跻身于当代艺术谱系，于是艺术走向了插科打诨、玩世不恭，遭遇技术冲击的艺术一波一波地败下阵来。

技术有三大特点。一是观念性。所谓观念性是指某项技术所要达到的实际效果。观念性的基础是实验性，一个观念就是一个模式、假说。在艺术领域，观念就是艺术家灵光乍现时刻的思想火花。从某种意义上说，观念就是创意。所以现代艺术里面观念丛生，一个流派有自己的观念，一个艺术家也有自己的观念。这些观念无一例外地都有它的目的指向，其结果就是现代艺术日益走向

---

① 精神性功能的消失主要是文化功能，彰显的主要是个人精神的功能，艺术越来越个人化、私人化，艺术的共同交流功能越来越弱。

观念化、概念化，而不是形象化。二是材料性。材料性表现为新材料和观念材料。现代科技开发了越来越多的新材料，尤其是化工、化学材料，这些材料被用于艺术创作之中。不同的材料，其艺术表现力是不一样的，比如油画材料和墨。观念材料不是说材料是观念的、看不见的，而是观念化的材料，这些材料主要不体现为形象性，而是为了体现某种观念。比如在波普艺术那里，这种观念材料更多，如轮胎、破布、垃圾等。三是工艺性。工艺性是说技术的高、精、尖，为了实现某个产品所形成的高度技术化的方法、程式。工艺性是观念通过材料而实现的，在工艺性中，观念和材料均得到强化，这种强化一方面在于熟练化，一方面在于机器化。熟练化的工艺是手工工艺，机器化的工艺是机器工艺。不过，当代艺术机器制作远远大于手工制作。

根据技术的三大特点，艺术技术化也表现在这三个方面。第一是观念化。技术总是在实现某种观念，观念并不存在于文字说明中，而是通过技术本身实现观念。比如装置艺术、行为艺术、观念艺术，艺术主要在于体现某一观念，而这种观念往往很难通过艺术本身达到，而更多地需要某种外在的诠释。第二是材料化，比如一些新材料艺术，博伊斯使用的毛毡、油脂、蜂蜜等，波洛克使用的新的绘画材料等。第三是工艺化。随着技术的发达，艺术品超越了个人的局限性，越做越大，比如大地艺术，越来越"多人化"，一件作品往往都是许多人合作的结果，越来越机器化，需要更多的机器参与其中。

虽然技术使艺术剥离了其他功能，给艺术带来了挑战，但在这种挑战中，艺术也获得了新生。现代艺术在新观念、新材料、新工艺的推动下，获得了自己的表现力，也以迥异于传统的姿态跻身于艺术史序列之中。

五、精神史与精神蜕变

社会史注重的是经济基础和社会处境，艺术史主要侧重艺术本身的发展规律，技术史侧重的是技术对艺术的特别影响，第四种模式是精神史范式。精神史路径侧重的是某一时代特定的生活方式与思想倾向。

据统计，世界上著名的文学艺术家中，完全健康的只有百分之十左右，而在不同程度上有疯狂、沮丧、悲哀或自杀倾向的却占百分之九十，典型的表现是躁郁症。① 联合国曾概括现代人的三个 1%，即精神病（抑郁症）1%，自杀 1%，艾滋病 1%。② 精神病和自杀具有非常密切的联系，精神病和自杀，可以说在艺术家中是一种普遍现象。③ 艺术家和精神疾病的关系很少得到关注。王岳川曾指出，人类在现代性社会中发生了三种疾病模式。第一阶段是 19 世纪的肺病模式。肺结核在 19 世纪在西方大流行，被称为"白色瘟疫"。肺结核病在 19 世纪的文学艺术中比比皆是，很多艺术家也不能幸免，如雪莱、席勒、勃朗宁、梭罗和勃朗特姐妹等。肺结核是资本主义工业化压榨下所必然发生的。

第二阶段是 20 世纪前期的精神分裂模式。精神分裂有五个表现：一是理性与感性分裂，导致的结果就是艺术的非理性；二是美与丑分裂，导致的结果就是艺术的丑化；三是道德与非道德的分裂，导致的结果就是艺术的非道德化，如情色化、欲望化；四是群体与个体的分裂，导致的结果就是抑郁症、孤独症；五是精神与物质的分裂，导致的结果精神不再受制于物质，精神逸出物质，就是狂想症，在艺术上的表现就是概念化、观念化。精神分裂模式是现代资本主义科技理性极端发展的必然产物。

第三阶段是 20 世纪后期的投机模式。④ 投机模式就是冒险模式，后现代消费主义怂恿下的产物，具体表现就是炒作、包装、寻找噱头、哗众取宠等。投机模式的根本目的就是要爆得大名、一夜成名，将名利最大化。投机模式在艺术中的表现就是艺术的商品化、市场化、营销化，投商品之机、市场之机、营销之机，艺术家与艺术品在商品、市场、营销的滚滚洪流之中无以自拔。投机模式贡献了昙花一现的艺术家，但它不贡献真正的艺术家。

从精神史角度审视现代艺术，我们会发现，现代艺术家在社会重压之下寻找救赎之路的艰难与无奈。西方现代艺术所处的 19—20 世纪，其文化语境、生活方式、历史处境均不同。19 世纪是一个道德至上的时代，即维多利亚时代。传统艺术对现代艺术的指责就是野蛮、粗俗，缺乏道德内涵。但是，到了 19 世纪后期，涌动不安的反叛从印象派开始之后就一发不可收拾。到了 20 世纪，巨变频繁发生。两次大战带来的屠杀、残酷促使人们思考战争的根源，控诉战争的罪恶。五月风暴，一代人的情怀，玩世不恭成为艺术的标签。垮掉的

---

① 陈明：《西方艺术家中精神病与自杀现象分析》，载《美与时代》2006 年第 4 期。
② 王岳川著：《发现东方》，北京大学出版社 2011 年版。
③ 朱辉军：《艺术家自杀现象》，载《社会科学家》1990 年第 5 期。
④ 王岳川：《后现代话语错位与知识分子价值选择》，载《战略与管理》1994 年第 1 期。

一代，对社会说不，表达被遗忘的一代人的思绪。随着二战后各国实行了福利社会，注重经济发展，西方迎来了黄金时代，物质财富得到极大的积累，消费主义随之而起。文化产业异军突起，广告、服装、奢侈品、品牌等，不断激起人们的消费欲望。在这样大巨变的一个多世纪内，西方艺术表现了五个方面。

第一个表现是从学院到都市，从精英到大众，道德、历史、文化等不再成为艺术的核心要素。18 世纪出现的艺术自律的真正实现要到 19 世纪的印象派。学院派更多的信奉传统的艺术观念，注重道德与模仿，而新兴的艺术运动日益不满艺术所承载的道德内涵和保守的文化态度。艺术在道德的重压之下难以有所作为。学院派艺术日益受到来自下层的新兴的艺术群体的冲击，诸如沙龙等。学院派形成了僵硬的艺术体制，也实现了对艺术的垄断，这无疑使得中下层艺术家愈发感到不满。艺术从原来的科班化，转向了团体化、流派化，它们并不产生于学院，而是来自大都市生活的切实感受。

第二个表现是对现代生活的不满，反对规范、秩序，注重自由。现代生活的发展使得媚俗艺术极度膨胀，一些艺术家不满于西方现代生活的刻板、奢靡。这种不满导向三个方向：一是揭露和批判，现代生活无比光鲜的外表下其实龌龊不堪，批判现实主义即是如此；二是理想化，描摹某种理想化的生活图景，比如对原始世界、东方世界、生态世界乃至星空的向往，高更、毕加索的艺术表现就是体现；三是对艺术形式的反叛，极端体现就是达达主义。对现代生活的不满实际上意味着对现代生活的艺术表现形式的不满。

第三个表现是对异域、原始的向往。西方是现代社会高度发展的社会，一切都已经规范化、熟悉化，已经激不起艺术家内心的感动，于是他们向往一种不平常的生活。这种生活主要就是异域生活，到那种与西方完全不同的世界，体会艺术的灵感。向往异域有两个表现，一是内容上注重异域生活的异域性（中国、日本）、原始性、野性，二是技术上的与西方不同的表现体系，比如非洲木雕、日本浮世绘、中国山水技法等。

第四个表现是返诸内心，追求内在精神。现代艺术从一开始是反神圣化而倡导世俗化的，但随着神圣化的降解和世俗化的扩张，现代艺术又开始重新审视神性并反世俗化，他们表现一种深刻的精英主义意识，他们发现的不是人自身的魅力，如情感、道德、身体等，而是发现人思想的魅力、观念的魅力、心灵的魅力，代表就是印象派。印象派遭遇的挑战是照相术，现代艺术遭遇了照相术后，模仿论顷刻倒塌。于是现代艺术走了两条路，一是从更高的形式上模仿，对写实绘画加以贬低和排斥。二是回归心灵，形式成为心灵的投射。现代主义是一个倾向于用形式思考的艺术，而不是一个倾向宣泄的艺术（如浪漫主义）。

第五个表现是从内容到形式。重视形式是现代主义的最重要的特征。模仿论的失效和心灵的凸显使得艺术思考如何才能将心灵表达得更清楚，现代主义思考的结果就是走向形式。传统艺术也强调形式，但形式是服从于形象的，而现代艺术则走向了纯粹的形式。纯粹的形式包括线条、色彩、形状乃至物体本身。一幅现代主义的绘画作品可能充满了各类的线条、色彩，更甚者在于，一件装置作品是各类物件的组合，完全不是传统意义上的形象。对形式的重视也是现代艺术被称为"抽象主义"艺术的主要原因。

从 19 世纪中后期到 20 世纪，西方艺术的变化是深刻的，它实现了艺术的自律化。当然，艺术自律化也给艺术带来沉重的灾难性后果。这种灾难性后果是社会灾难性后果在艺术上的表现，艺术产生了自我的分裂。现代艺术脱离了学院与道德的规范而如断了线的风筝一般在风雨中无所依傍。现代艺术脱离了对现代生活的基本认同就走向了现代生活的反面，犹如抓着自己的头发要离开地球一般，只能带来更沉重的悲剧感和虚无感。现代艺术脱离了对本土文化的重新发掘和反思，而走向了玄远的非西方文明，不期然又体现着西方中心主义的优越感。现代艺术脱离了对外在世界的体认，而进入内在精神的黑洞之中。现代艺术脱离了内容，走向形式的狂欢，必然压缩了形式的复杂内涵，也压缩了心灵的复杂内涵。

真正的现代艺术应该通过自律化重新确立艺术的核心问题——心灵与形式。真正的现代艺术并非纯粹的形式主义，而是心灵的形式化。因此，真正伟大的现代主义必须建立在心灵这一地基之上，如果现代艺术只是唯形式主义，那么它就和机器生产无异，也就无法产生思想的启迪意义。

六、形象史与心灵结构

以上四种路径可以完全解释现代艺术吗？大体而言，这四种路径是经常用到的，但是我认为上述四种路径仍然是不足的。其一，在时间上仍集中于19—20世纪，或者资本主义。其二，在空间上集中于西方，东方只是陪衬的客体。其三，在艺术分析上采取某种二元化的立场，比如反传统、形式至上等。有没有一种新的可能呢？以色列美学家齐安亚菲塔的"艺术范式"理论是个有益的启示。

范式是科学家库恩提出来。① 范式具有根本性的特征，它不是一时一地的。亚菲塔是西方世界第一个将范式应用于艺术创作领域的人。从艺术范式的角度而言，20 世纪的现代艺术是否构成了一个范式呢？或者说现代艺术与传统艺术是否是两个范式或更多的范式当中的成员？通过详细的考察，亚菲塔认为迄今为止 4 万年来的艺术范式只有一个，就是形象范式。形象范式的本质特征并非是形象，而是"心印"（或译"心迹"）。艺术，"就是某些基本的心灵属性，以把像颜色、形式等等因素组合起来为手段，而得到的一种表达方式和体现方式"②。心印不是那种客观化、抽象化的理念，而是人类的心灵结构。简言之，艺术体现着人类的心灵结构。对心灵结构的体现主要通过形象来实现，但形象并非是平面的，而是立体的、综合的、整体的。

心印不是单一的属性，而是某种相辅相成两个元素的融合，比如联结性与拆解性等等。这些心印亚菲塔用熵和负熵来表示，积极的一面称为负熵，消极的一面称为熵。在心印模式中，熵和负熵处于辩证关系当中，靠近负熵的一极比靠近熵的一极更具有支配力。比如联结性一拆解性，亚菲塔概括为"联断"。这种态势亚菲塔借用中国道家哲学来诠释。亚菲塔认为，心印有十大模式，即联结性一拆解性、开放性一封闭性、递归性一单一性、转化性一恒定性、等级性一任意性、对称性一不对称性、否定性一肯定性、对照性一非对照性、决定性一非决定性、互补性一排异性，其中联结性一拆解性居于主要地位。联结和拆解是密切相连的，联结既把某物联结起来，又将某物从某种场域中拆解（区分）开来。这个过程就是抽象的过程。联结分为四个层次，物质的联结性、感性的联结性、符号的联结性、体系的联结性。一幅抽象画只具有物质和感性的联结性，符号和体系的联结性是缺乏的。比如杜尚的小便池，只具有物质的和感性的联结性，但不具有符号和体系的联结性，因为抽象是象和符号的属性，而不是物件的属性，物件不是符号体系的产物，尽管小便池有着功能的联结性，即它的实用性。

用心印来诠释人类艺术史究竟有何意义呢？

首先，心印或艺术范式是从艺术发生学的角度来探讨艺术的。艺术的发生于人类的历史息息相关。人类思维分为视觉思维和概念思维，从时间上说，视觉思维最早出现。在公元前 5000 年左右（甚至更早），文字产生了，史前绘画

---

① ［美］库恩著：《科学革命的结构》，金吾伦、胡新和译，北京大学出版社 2003 年版。
② ［以色列］亚菲塔著：《艺术对非艺术》，王祖哲译，商务印书馆 2009 年版，第 395 页。

发生了分化，文字分流了史前绘画的交流－记录功能，而表现－创造功能即艺术开始独立发展。后者是形象性的，特别是视觉性的，前者是概念性的，朝抽象的方面发展，最后出现了哲学。但这种分化是否意味着艺术落后于文字、哲学呢？非也。艺术有独特的功能和组织方式，而不能一味地走向文字化、哲学化和抽象化。

其二，心印在视觉思维、形象艺术中有什么样的组织方式呢？"在艺术中，诸心印的实现是借助于审美因素和语言符号体系或图画符号体系才得以成就的。"① 审美因素就是语言、形式、色彩等，符号体系至关重要，它具有可交流性、可读性，或者说具有文化性。审美因素不是独立的，而符号体系也不是凭空建立的，二者是紧密结合在一起的。抽象艺术只具有审美因素，而缺乏符号体系，因为它们过分个人化，而不具有共识性。

其三，从艺术范式的角度来审视现代艺术就会发现，所谓抽象艺术其实完全不是抽象艺术。抽象和形象不是两分的。抽象分为概念抽象和图画抽象两类。因此，说形象艺术没有抽象完全是大谬不然。根本上，抽象是一个双向互动的过程。图画抽象和概念抽象有何区别呢？概念抽象原则上比图画抽象高得多。或者说，概念抽象才是抽象的最高形式。比如汉字"牛"，是对所有牛的概括，这就是概念抽象，但一幅画怎么也无法概括普遍的牛，无论它怎么抽象、变形，它总是具体的牛，具体的牛角、具体的牛尾等等。概念抽象之所以比图画抽象高得多是因为图画抽象的复杂性是明确的，或者说是有限的，而概念抽象的复杂性是含混的，或者说是无限的。汉字"牛"可以指涉所有的牛，而任何一幅关于牛的画无法用来表示所有的牛。

图画抽象的复杂性分为三个层次，即句法复杂性、语义复杂性、感知到的复杂性。句法复杂性指艺术语言元素的数量，语义复杂性指的是对某一句法的理解，感知到的复杂性就是我们感到的那种复杂性，如相片。句法复杂性、语义复杂性、感知复杂性同抽象层次呈反比关系，即句法越是复杂，语义越是丰富，感知越是具体，抽象层次就越低。就艺术而言，意义的丰富性来源于句法的复杂性和语义的复杂性，而非感知复杂性。由此可知，艺术的句法、语义、感知越是简单，其艺术越是抽象（图画抽象），其含义也就越少，也就无法负载丰富的内涵。艺术的句法、语义越是具体、丰富，其艺术越是形象，就越是有着丰富的内涵。真正好的艺术，并非感知的复杂性，而是句法、语义的复杂

---

① ［以色列］亚菲塔著：《艺术对非艺术》，王祖哲译，商务印书馆2009年版，第434页。

性，是建构的复杂性。现代艺术恰恰不是走向抽象的，因为真正的抽象是概念的抽象，它所指涉的内涵并非如概念抽象那样无限，毋宁说更具体，但现代艺术的抽象因为句法、语义的简单化而削弱了其内涵的丰富度。"现代主义把形象绘画还原成对颜色和形状的任何搭配方式，在这时候却把形象绘画的句法原则和语义原则消灭殆尽。"[①]

现代艺术的表现手法正是拼贴、拆解、组合，而不是遵循某种语法规则，它们不可分析，因为它是分散的，缺乏必要的联接性；也无法还原，因为它本身就是最后的单元素，比如"单色画"，它不可能再还原下去；它也是不可逆的（对形象而言），抽象艺术"随意化"后只能是抽象艺术，而无法成为形象艺术。与此相反，形象艺术是可分析的，因为形象艺术有结构、建构、语法，是可还原的，因为它由大量的复杂性要素构成，可以还原为色彩、符号、构图等；也是可逆的（对所谓的抽象而言），即任何形象艺术"随意化"后都可以成为抽象艺术。简言之，抽象艺术的基础正是形象艺术，而非独立的一种艺术范式。这也深刻体现了形象艺术范式的拆解－联接二元互动互补模式，而抽象艺术却将拆解进行到底。

在形象范式看来，传统艺术并非仅仅指涉形象，形象背后是一整套的心灵结构，现代艺术只是看到了心灵结构的表面，而对心灵结构没有充分的意识。现代主义在拆解形象艺术的形象方面可谓不遗余力，也取得了辉煌成绩，但它并没有最终超越既有的心灵结构，或者说仅仅偏重于一方面。现代艺术拆解主义的极端就是艺术和非艺术界限的完全失效，这个失效不仅伤害艺术本身，也伤害生活本身，更伤害心灵本身。或者用孟子的名言更为合适，"学问之道无它，求其放心而已矣"[②]。简言之，现代艺术是一个过渡的范式，我们需要一种新的、更高的艺术范式，以更好地体现人类的心灵。

社会史、艺术史、技术史、精神史、形象史是理解现代艺术的五种叙事范式。概而言之，社会史侧重于艺术与资本主义社会的关系，艺术史侧重于艺术自身对新形式的关注，技术史立足于现代艺术的技术要素，精神史侧重于艺术家的心态，形象史侧重于艺术对人（西方）内在心灵的关注（艺术自身的语法与逻辑）。当然，除上述五种叙事范式之外，还有其他叙事范式，如男性－女

---

① ［以色列］亚菲塔著：《艺术对非艺术》，王祖哲译，商务印书馆 2009 年版，第 126 页。
② 《孟子·告子上》。

性范式（性别范式）、西方－东方范式（后殖民与全球化范式）、传统－现代范式等，限于篇幅，这里从略了。

　　要说明的是，对艺术史的理解并没有定于一尊的终极叙事范式，所有范式只是理解艺术的一个视角，而非全知视角。其实，任何一种艺术史都是一种范式，只是这个范式能量有大小、适用范围不一、解释有效性不一而已。今日我们探讨对现代艺术的理解，归根到底不是去抵达一种终极的理解，而是抵达一种对现代艺术赖以生成的（西方）文明本身丰富性的理解。对理解东方艺术或者中国艺术而言，也应如是观，因为理解艺术就是理解艺术本身，理解文明本身。

第十章 艺术立场与人文价值

学术研究从来都不是死的学问。在大国复兴与文化现代化的历史新时期，学术研究之于民族，犹如骨血之于躯体。所谓骨血，就是立场。人有立场，学术有立场，艺术亦有立场。艺术立场就是一个在中国当代艺术界新兴的前沿艺术话语。① 艺术立场已经成为当前艺术研究、艺术评论的关键词了，尽管在文艺理论教材中，它还身影难觅。在这种情况下，我所关注的问题是："艺术立场对中国当代艺术意味着什么？""它仅仅是创作论吗？""它对人类精神的完善有着何种意义？""艺术应该坚持何种立场？"用简洁的话说，就是关于艺术立场的前提反思和话语透视。

一、艺术立场与艺术智慧

立场，特别是阶级立场，曾经一度在中国盛行，因为阶级立场的有无或坚定与否是政治身份区分的关键，而到了现在，立场已经不如先前那样有着浓厚的阶级性、政治性了，但仍然有着不可忽视的意义。所谓立场，常识之见曰：认识和处理问题时所处的地位和所持有的态度，或自身认识处理问题的立足点、出发点、归宿点。作为立足点、出发点、归宿点，立场的重要性自不待言，是牵一发而动全身。正唯此，人们才认为：立场决定着你的观点方法，决定着你的态度感情。简言之，立场就是人们言行的原则、目的、宗旨和根本。

用在艺术领域，艺术立场有狭义和广义两个方面。狭义的艺术立场指的是

---

① 王岳川、丁方：《当代艺术的海外炒作与中国身份立场——关于中国当代先锋艺术症候的前沿对话》，载《文艺研究》2007 年第 5 期。支宇：《再传统——中国当代艺术的文化立场与记忆模式》，载《当代文坛》2014 年第 1 期。

"以艺术为立场"，也就是说这种立场是艺术的，但艺术本身又有着不同的内涵，同样是艺术立场，也可能是针锋相对的，比如现代艺术和后现代艺术。广义的方面指的是"艺术中的立场"，从外延上是包括第一个方面的，也即"以艺术为立场"是"艺术中的立场"的一个。

艺术立场，这四个字虽看似平常，但却问题重重：艺术立场为何最近被人广泛使用和讨论？如何艺术领域中进行立场的选择和定位？艺术立场的根本究竟是什么？

在我看来，立场意味着你的智慧。智慧是智力、学识、精神、意志的合一。就如中国古典诗学所言的"才、识、胆、力"之集合。① 艺术智慧的最鲜明的体现就是艺术态度。态度综合了你的才干、学识、胆量、功力。因此，态度决定命运，态度决定成功。在艺术领域，有什么样的态度，就会有什么样的艺术。玩世不恭，油头滑面，花拳绣腿，流于戏谑，这是艺术态度的负面表现，即负态度、负立场，这根本上是缺乏精神投入的表现，只是泛起一层黄沙而已，而根本没有"正乾坤"。真正的艺术态度，或正态度、正立场，是"入于世又出于世"，爱恨交错的深情冷眼，体现着你的感性体验的敏锐与理性思考的沉静。在远与近、收与放、冷与热之间确立自己的艺术态度。艺术态度并非不允许欢声笑语，但绝非单纯的肤浅搞笑，而是从会心的笑声中体会人生的酸甜苦辣。因此，一味催情（言情剧）、催泪（悲苦剧）、催笑（搞笑剧）并不意味着是好艺术。好艺术固然带来多种多样的审美感受，但好艺术更带来我们对人生境界的感悟。

有些时候，艺术态度总是决绝的，可以称之为"艺术硬度"。所谓硬就是硬骨头、"铜豌豆"②，它不允许闪烁其词、朝三暮四，是就是是，不是就是不是。有些艺术家就缺乏这种"硬度"，遇到强权就噤若寒蝉，遇到暴力明哲保身，遇到苦难就抽身而去，在人生的场景上看不到他的身影。艺术态度并不意味着心口必一，言行必一，但是你可以选择沉默，可以选择隐忍，但不允许同流合污，违心地说空话、套话、鬼话。③ 其实，一个艺术家很难将某种决绝的艺术态度保持终始，因此艺术态度更显示着你的道德的意志力量，也就是你的艺术智慧，而真正伟大的艺术家也诞生于此。

---

① ［清］叶燮：《原诗》："大约才识胆力，四者交相为济。苟一有所欠，则不可以登作者之坛。四者无缓急，而要在先之以识。使无识，则三者俱无所托。"

② ［元］关汉卿：《南吕·一枝花·不伏老》："我是个蒸不烂煮不熟捶不扁炒不爆响珰珰一粒铜豌豆。"

③ 季羡林说过这样一段话令人深省："要说真话，不讲假话。真话不全讲，假话全不讲。就是不一定把所有的话都说出来，但说出来的话一定是真话。"

二、中国当代艺术立场的历史滑动

艺术立场的提出并不是现在。从话语的使用而言，比较明确使用艺术立场的文字出现在 90 年代初期。[①] 新世纪以后，使用逐渐增多。为什么艺术立场这一关键词会成为一个新兴的话语呢？它在历史中是怎样滑动而寻获自己的意义呢？

在新时期之前的三十年，艺术的首要立场就是政治性、阶级性、道德性，很少提到审美性、艺术性。进入新时期之后，中国文化思潮开始转型，整个社会逐渐从高度政治化的模式中走向正轨，人文（学术性、艺术性）思想开始复兴，使得艺术从政治性、阶级性、道德性的束缚中解脱出来，艺术的自由性、审美性、人文性乃至思想性大为彰显，与 80 年代的思想文化一道成为时代精神的表征形式。阶级性让位于艺术性、思想性，可以视为中国当代艺术立场的第一次转型。

艺术立场的第二次转型发生在 90 年代以后。在经济领域，中国大步朝市场经济转轨，人们纷纷投身经济领域，"十亿人民九亿商"，而艺术一度边缘化[②]，加之一批先锋艺术家的远赴海外，国内艺术在 90 年代商品大潮中几无立锥之地。[③] 而另一方面，艺术商业化趋势也开始涌动，领风气之先的是流行音乐，其后影视，最后文化产业如雨后春笋般兴起，使得艺术从羞答答地拿稿费、版税开始费尽心机地大赚其钱。商业运作已是艺术生存的根本保证。由此，艺术放下了孤芳自赏的身段，开始全面拥抱市场，宣传、包装、炒作、媚俗成为艺术的不二法门。仅仅十年，中国当代艺术就从神圣的地位下降到商品的地位。在 80 年代，艺术的审美性拥有极高的地位，人们很少提到经济性、商业性，只要你提到钱，就会被认为很俗。而在 90 年代市场经济转轨之后，

---

① 苏开华：《评〈湘江之战〉的艺术立场》，载《中国图书评论》1991 年第 1 期。

② 1993 年第六期《上海文学》发表了王晓明、张宏、徐麟、张柠、崔宜明等人的对话文章《旷野上的废墟——文学和人文精神的危机》，历时两年的"人文精神讨论"由此展开，可以视为一个时代的文化症候。

③ 最为明显的表现是，纯文学、纯文艺的刊物难以一时适应商品大潮，而纷纷停刊，1998 年，《昆仑》、《漓江》、《小说》相继宣布停刊，随后陆续停刊的还有《湖南文学》、《东海》等省级文学期刊。没有停刊的刊物，发行量也锐减。

"下海"潮风起云涌①，艺术在经历了一阵低迷之后，随着文化产业化、文化市场化浪潮的兴起，艺术终于又获得了它在 80 年代的地位，只是前一次靠的是思想和艺术，而这一次靠的是金钱（畅销、亿元票房等）。而金钱并无法保证艺术的质量，实际上 90 年代以来的当代艺术并没有真正超越 80 年代的艺术水准，当前的艺术由于特别需要顾及大众，所以只是更趋于平均化而已，艺术的悖论也就是：既然需要艺术来赚钱，也就无暇于艺术本身了。

新世纪以来，随着全球化语境与中国融入世界步伐的深入，西方艺术资本大举进入中国，从而使中国当代艺术面貌遭遇新的改写，西方艺术标准几乎成为中国艺术的当然标准。中国当代艺术在经历意识形态退隐、美学退隐之后，消费化、市场化的艺术已经无法招架美国化艺术的巨大冲击，美国的高科技、流水线制作和消费社会更是中国所不能比拟的，而且美国化艺术背后的意识形态因素也不可小觑：有哪些美国大片严肃认真地描述过中国和中国人？或者认真地倾听过中国人的心声？而总是有中国人醉心于美国大片的视觉盛宴，并且哀叹中国电影落后美国多少年。美国艺术已经耳濡目染地改变了中国人的艺术欣赏习惯。全球西方化已经演变为全球美国化，在市场占有率上，美国文化艺术在世界上具有压倒性的优势。②而已经退隐了意识形态性、审美性之后的中国当代消费化艺术除了跟风、模仿、重复外，并无法从根本上树立自己的艺术精神。因为美国艺术就是以反艺术精神为特征的，美国艺术就像摊大饼一样，把一切稀释掉。高速运转的美国艺术机器绝对不以产生经典为目的，而是要在量上全球化，要美国艺术的星条旗飘扬在全球。

其实，中国在经历长达 30 年的经济增长，也必然带动一种新的文化意识和艺术意识，既要分享全球艺术市场，又要兼顾文化价值，也即兼顾全球化与本土化，因为中国当代艺术不是美国艺术的支流，而是站立在数千万文化精神之上的新艺术。故此，在事关政治性、人文性、艺术性、文化性等问题上，谈论中国当代艺术立场就绝对不是一件可有可无的事情了。

---

① 下海，即做生意，下海的主体主要是政府机关、企事业单位的工作人员（如教师），他们放弃在传统体制内的位置，去创业经商、谋求更大的发展。

② 据中国文化软实力研究中心等机构联合发布的《文化软实力蓝皮书：中国文化软实力研究报告（2010）》（社会科学文献出版社 2011 年版）显示，美国占世界文化市场的比例是 43%，而中国不足 4%，连美国的十分之一都不到。

三、艺术立场的多样性

在我看来，艺术立场并非仅仅是一种纯粹抽象的研究，而是关乎当代艺术本身。就其内在逻辑而言，用一句话概括就是"始于艺术，终于哲学"。

艺术自律一直以来都是一个艺术所不能释怀的目的，但很难实现。在历史上，艺术总是从属于政治、道德、宗教、文化等，而很难有自己的地位。这里的艺术立场，即狭义的艺术立场，或者审美立场、美学立场，注重的是艺术性。所谓艺术立场就是以艺术本身为目的，但在表现上有不同的方向，对此需要有清醒的意识。

其一是艺术唯美主义立场，或者感官主义立场，就是将艺术视为人生的头等要务，时时处处体现艺术，艺术唯美主义的宗旨就是"美化人生"，将人生艺术化，但其末流就是日常生活的泛审美化，包括服装、饮食、家居、美容、出行等各个方面都强调艺术性。到了这种地步，艺术本身显得繁琐化、庸俗化、肤浅化了。① 有人可能认为艺术唯美主义已经打破了艺术和生活的界限，但这不过只是表面现象而已，看似和普通人的生活无异，其实这往往是有钱人的调味品而已。而对那些深处底层、边缘的人来说，日常生活的审美化还是太过于奢求了。如今的奢侈品消费，包括名表、名烟、名酒、香水、服装、高档家具、艺术品收藏等，均有艺术唯美主义的因素。但是这种立场不值得提倡，因为它立于艺术之外，并且它的那个美也已经畸形化、形式化（艺术设计）。只不过在艺术之名被后现代主义等败坏之时，艺术的芳名却在这里得到肆无忌惮的膨胀，最终也一样扼杀了艺术。

其二是反艺术立场。反艺术立场虽然不是以艺术为立场的，但却将反艺术的立场彻底化。② 所谓反艺术其实反的正是传统艺术、古典艺术和精英艺术，或者更准确说就是现代艺术之前的全部艺术，特别是绘画和雕塑，如今大行其

---

① 唯美主义大约有两种：一是集中于艺术领域，强调艺术自律（类似于纯艺术立场），另一是扩展到生活，这是唯美主义的生活实践，此处指第二种。参周小仪著：《唯美主义与消费文化》，北京大学出版社 2002 年版。

② 阿多诺也提出"反艺术"概念，但意思相反：艺术坚持自己之为艺术，反对把自己变成商品和消费品，为此它把自己变成了"反艺术"。参薛华著：《黑格尔与艺术难题》，中国法制出版社 2008 年版，第 194 页。

道的各类后现代艺术、装置艺术、行为艺术、观念艺术等等就是如此。① 如果说艺术唯美主义还标榜"美",而反艺术立场则完全将"非美"或者"丑"发挥到至极。反艺术立场尽管也混淆艺术和生活的界限,只不过不是像艺术唯美主义一样还要美化生活,而是直接把生活当做艺术——"生活怎样,艺术就怎样"。如果说艺术唯美主义所坚持的立场是"艺术即生活"的话,那么反艺术所坚持的立场就是"生活即艺术"。客观而言,反艺术立场表达了一部分草根的精神诉求,但这一点精神诉求往往缺乏独立性,很容易成为插科打诨或者被另一种意识形态所裹挟,成为丧失精神的艺术把戏。

其三是纯艺术立场。纯艺术立场则坚持艺术本身,拒绝艺术之外的任何价值,摒弃艺术承担政治的、道德的、宗教的、文化的内涵,而只关注艺术本身,从而表现为一种审美救世主义、审美乌托邦倾向。秉持纯艺术立场,将艺术从广阔的生活世界中抽离,因为在纯艺术立场看来,生活已经腐朽不堪,不可拯救,没有价值。故而,艺术家在所谓的"艺术领域"里经营自己的理想,其积极的方面在于充分调动了人类的自由性、理想性,建构了一个远离尘嚣的世外桃源,但弊端在于将人性的野性、动物性发挥到极致,其末流则以"艺术"的名义上演蒙昧、野蛮乃至疯狂,醉心于涂鸦、抽象的形式、潜意识和性。这就滑向了艺术唯美主义、反艺术立场,这是需要警惕的。纯艺术立场斩断了与生活的血肉联系,固然可以去掉一些消极的东西,但无疑也将人间的真情给斩掉了。离开了生活本身,人除了偏执和疯狂外,别无选择。纯艺术立场贵在一个纯字。纯,纯粹、纯净、纯洁,但其过纯则会走向精神洁癖、花房艺术(温室艺术、非免疫艺术)、野蛮艺术,纯艺术立场所预设的恢复艺术本身的目标无疑也将落空。

最后是艺术批判立场,或者说是艺术反思性立场。所谓艺术批判立场是指对艺术本身有着清醒的意识,艺术既不是政治、道德、宗教的附庸,但又不回避政治、道德、宗教,甚至还介入这些领域,艺术批判立场也不是将生活等同,因为生活本身并不能概括艺术,艺术批判立场的根本精神就是义无反顾地维护人类审美精神的高贵性和稀缺性。② 艺术就是微量元素。但艺术批判立场并不自居于精英,而是自甘于这种微量元素,就像吃饭的盐一样。没有盐,食物不仅无味,人类更会营养不良,盐就是那一点点的东西,却举足轻重,不可

---

① 河清认为,后现代艺术的根本内容就是以美国的先锋艺术(即后现代艺术)反对欧洲传统艺术(主要是绘画、雕塑等视觉艺术),河清著:《艺术的阴谋》,广西师范大学出版社 2005 年版。

② 刘小枫选编:《人类困境中的审美精神》,东方出版中心 1994 年版。

或缺，但光吃盐也不行，盐的泛化、滥用同样会带来问题。另外，艺术批判立场很容易滑向艺术犬儒主义，像阿 Q 的"老子先前阔多了"，还有很多的艺术痞子，他们既看到不合理，想去批判，但又提不出新的看法，于是采取玩世、混世、游世的态度，玩术语、玩口号、玩意念，而没有丝毫的实质性行动。由此，艺术批判堕落为一种标榜自我的符号而无关艺术，成为商业的卖点，沦为市场逻辑的马前卒，或者人类命运的无情看客，这无疑是艺术批判立场的悲哀。

四、文化立场与民族性的两难处境

文化立场可谓是当今艺术立场讨论中的核心话题了。[①] 文化立场包括中国立场、民族立场，注重的是民族性。艺术的文化立场首先要面对的问题是，如何在全球化当中确立自己的艺术立场？究竟采取何种态度？对西方艺术的简单模仿和挪用是有悖于中国精神和全球化本意的。在我看来，面对全球化，中国艺术的需要做的就是对民族价值的深度挖掘和理论阐释。然而，谈民族性或文化立场，却不期然地引来很多麻烦。

其一，中国是一个多民族的国度。你的艺术究竟是哪个民族哪个文化的艺术，又如何上升为中国的民族性艺术？其实，民族性有两个层级。第一个层级是民族文化共同体意识，强调民族团结，各民族文化间的交往、互动和进步。第二个层级是民族意识，强调每一个民族本身所独具特色的行为习性、心理模式、精神态度等，比如汉、藏、彝、壮等民族艺术，均可以表现不同的地方特征。此外，民族意识还衍生为族群意识，诸如秦、晋、湘、越等区域文化艺术等，表现出一定的区域人文地理特征。[②] 这两个层级用一个词概括就是"和而不同"。民族文化共同体意识是"和"，民族意识是"不同"，而"和"是最终的方向，具有非常重要的意义，因此，艺术沙文主义（chauvinism）和艺术分离主义（separatism）都将有害于民族艺术的发展。但是，进一步而言，目前国内的民族艺术的发展着实令人堪忧，不仅各少数民族艺术的生存有问题，而

---

① 如王爱松著：《当代作家的文化立场与叙事艺术》，南京大学出版社 2004 年版。
② 如刘树元、王昌忠著：《文化立场与艺术表达：浙江新时期小说创作研究》，沈阳出版社 2008 年版。

且很多族群艺术也面临失传的危险。① 如何处理少数民族艺术与汉族艺术的关系、如何处理民族艺术与现代社会的关系，需要更多的艺术实践和制度保障，而最大的问题莫过于如何避免艺术的同质化（homogenization）倾向，因为当代艺术已经缺乏了独异性，相似的艺术在各地出现，千篇一律，艺术沦为技术，而不是精神性和文化性的灌注，这将是艺术的致命危险。

其二，谈论民族立场有两个误解：一个是被视为文化保守主义，以为民族立场是拒绝优秀的西方文化，重新回到传统的故纸堆中讨生活；另外一个是东方主义或者后殖民主义，为民族立场在制造虚假的民族内容和形式，以迎合西方中心主义的胃口。② 保守主义的判词主要是由激进主义者做出的，他们认为中国的现代化还不彻底，传统中消极的、束缚人性、蒙昧野蛮、非科学的东西依然根深蒂固，需要进一步的加以肃清。这一看法自然有合理之处的，但民族立场绝非顽固不化，复古守旧，而是强调民族精神和民族传统的新内涵，将那些被忽视的仍然有意义的精神元素加以打捞并重新阐发。所谓民族立场就是差异性的原创力，没有差异性，原创力就是无源之水，那些放弃了民族立场所进行的所谓的"综合"只是拙劣的模仿和拼贴，而不可能成为新的、具有差异性力量的文化。东方主义的判词是由强形式的民族主义者做出的。③ 民族主义者认为，只有本国本民族的人才能真正理解自己，其他人的理解只是一种观看、观察，不能身临其境，不能代表我们。这一看法也并非没有可取之处，对于"生于斯、长于斯、葬于斯"的故土，这份感情只有自己能够理解和认同，其他人无法真切地意识到这一点。不过，从认识论上着眼，"当局者迷，旁观者清"，适时吸收他人的看法也有助于自身的理解。否则那种固步自封、视传统

---

① 如甘肃省艺术研究所的研究表明，解放后，已经有30多种民间说唱艺术和民间工艺灭绝了，而现在濒临灭绝的说唱艺术和民间工艺至少也有30多种，比如秦州平腔、平凉静宁县的"喊牛腔"曲牌、曲谱已消失，敦煌曲子"啭变"的文本保存在甘肃的东西也已经寥寥无几。哈萨克族的"鹰笛"的传统工艺也已消失。还有甘肃的"皮影"，曾经盛极一时，在环县、陇东、定西、岷县、兰州地区、河西地区都有自己特色的皮影，而到现在为止这些皮影的工艺也都全部失传。见《从300到60甘肃民间艺术种类锐减》，载人民网2004年1月17日，http://unn.people.com.cn/GB/14769/21687/2301460.html. 其他各地的民间艺术失传情况同样不容乐观。

② 如张艺谋的电影《大红灯笼高高挂》中虚构的一些关于灯的民族习惯。当然，从电影里进行民族阐释也并不符合艺术批评的原则，不过艺术接受往往会朝这个方面倾斜，以至于老百姓根本就不去区分小说戏曲中的关公形象和历史上的关公本人有多么不同。

③ 民族主义有三种表现：第一种是民族主义的强形式，坚持民族的纯粹性，主要表现为文化民族主义、保守主义等。第二种是民族主义的中形式，坚持民族独立性、自主性，主要表现为政治民族主义。第三种是民族主义的弱形式，坚持民族的开放性、包容性，主要表现为后民族主义、新民族主义等。

为理所当然不可改变的原教旨主义（fundamentalism）观念必然阻碍中国艺术对世界艺术的广泛交往与联系，更遑论新的中国艺术的生成了。话反过来说，倾听别人的意见又不意味着放弃我们的决定权，尤其不能迎合西方艺术理论对中国艺术的肆意规约，那么中国艺术失落的将不仅是认识论、方法论价值，还将是文化本体论地基。

其三，谈论民族立场（文化立场）还将遭遇一个新的问题，就是世界艺术谱系与秩序问题。前面两个问题主要围绕国内问题，而这一问题主要是国际性问题。国际性问题主要在于：中国艺术是否仅仅是西方文化人类学的注脚？或者西方当代艺术的支流？新的国际性的中国艺术究竟是原汁原味的中国艺术，还是变异了的、扭曲了的或是创新了的中国艺术？中国艺术在国际艺术秩序中的地位究竟如何？有没有参与完善和创建国际艺术的可能和能力？中国艺术究竟是否具有普遍性的人文价值和艺术水准？……显然，这一些列问题都有待于艺术家、理论家和批评家的深入思考。

五、社会立场的文化空间

所谓艺术的社会立场其实就是艺术的公共责任担当与道德秩序维护，在古代这就是天下意识。然而，有些艺术家却遗忘了自己的社会立场，只看到金钱，只看到地位，只看到评委，而看不到社会，看不到人，看不到精神和心灵。有的艺术甚至坚持反社会的立场，无关集体、社会、人类，而只触及小我、私我。一些艺术家腰缠万贯一掷千金，也不会对诸如道德败坏、人性沦丧、社会不公、生态恶化、奢侈浪费、拜金主义、享乐主义等社会问题有所驻心，他们所关心的只是形式和金钱，这其实正是艺术社会立场缺失的表现。艺术如果成为符号的纯粹形式、成为资本的俘虏、政治的传声筒、道德的宣教者，那么，艺术离社会、离人心将很远很远。

社会立场的根本问题在于维护社会正义与担负公共责任。艺术来源于社会，也将回馈于社会。艺术的社会正义维护和公共责任担当有三个途径。第一条途径是作品直接参与社会价值的建构、维护、完善，也即主题创作。第二条是艺术界（协会、联合会等）的公益行为，如艺术界的主题展览、演出①，对一些重大问题发表集体的看法等，或如用艺术表达艺术的公共责任，像义演、义拍、义卖、募捐等，再如通过公共艺术表达对公共事务和文化生活的关心，如大型展览、艺术晚会、城市艺术等。② 第三条是艺术家个人作为公众人物，意识到自己的言行的公共性，最大范围地热心并负责任地参与公共事务。艺术公共性参与程度的增强从另一方面扭转了艺术过于个人化、私人化的趋势，那些以色情、暴力、变态、丑陋为特征的种种艺术就很难在公共价值方面有较大的作为。

我认为，艺术的社会立场中有三个方面值得重视。

一是民间立场，站在普通大众的角度看待艺术，为普通大众思考，深入理解普通大众的精神世界和心灵需求。说得更通俗一点，就是"通过艺术为大多数人思考"。当然，艺术站立在民间立场上并不是目的，而是强调大众的精神需要被关注，而不是被精英、官方、主流所忽视。民间立场并非无节制，因为艺术并非因民间而成精品，艺术是否为精品取决于它的文化和美学含量。如果大众是什么就表现什么，毫无节制和不加筛选，那么这样的艺术立场就会滑向反艺术立场。

二是天下立场。天下是对国家、民族的超越，但不是放弃它们，而是意识到，当代世界只是国与国的关系，还没有切实进入世界的阶段。天下有二义，一是处身性，天下总是和我们的生活息息相关，这是中国哲学所揭示的。③ 二是天下的整体性，不是数量的聚合，而是境界的提升，能够站在更高的层次看问题。④ 艺术的天下立场在于，你站得越高，看得越远，从天下观中国，观世界，才不至于迷失自己。

三是知识分子立场，艺术家是知识分子群体的一员，似乎还很少有人意识到这一点，因为很多人囿于艺术创作产生的不是知识而是艺术这样的观念。实际上，这里的知识分子（intellectuals）指的是观念、思想的创造者和守护者，而不意味着一定以知识为内容。知识分子立场说白了就是独立表达对社会的看法。萨义德认为："知识分子代表的不是雕像般的偶像，而是一项个人的行业，

---

① 比如关于救灾、防艾、禁毒、妇幼、底层（农民工）、关怀残障人士、生态保护等的主题艺术活动。

② 秦凤、杨勇编译：《公共艺术介入生活》，中国美术学院出版社 2010 年版。

③ 《礼记·大学》强调"修、齐、治、平"，将人的修为与天下的担当紧密结合在一起。

④ 《老子》中有："以身观身，以家观家，以乡观乡，以邦观邦，以天下观天下。"天下是中国人的最高层次的观世界的视角。

一种能量，一股顽强的力量，以语言和社会中明确、献身的声音针对诸多议题加以讨论，所有这些到头来都与启蒙和解放或自由有关。"① 可以说，独立的精神和思想是知识分子的天职和使命，没有这一点，艺术家不可能上升为知识分子，也就不会成为人类的精神领袖。所谓精神领袖："他比任何人都更清晰地意识到人类的精神理想，比任何人都更自觉地追求这些理想，比任何人都更强有力地用自己的言论影响他人。"② 只要想一想西方的雨果，中国的鲁迅，就能够理解知识分子立场对艺术的重要意义了。中国当代艺术曾经作为意识形态反思的急先锋赢得了她的历史地位，而在受到市场的无限亲睐的时候，她似乎在名利双收中弱化了这一点，甚至退回到了更加保守的怀旧主义。于是，中国当代艺术成为新的象征资本，其骨子里的清高已经消失殆尽。

六、艺术智慧抵达哲学之境

哲学立场，也即思想立场。很久以来，艺术就和哲学有着生死与共的精神联系。《老子》既是哲学，也是诗。古希腊悲剧《俄狄浦斯王》也蕴含着哲学的内涵。所谓艺术的哲学立场就是艺术去思考人类性的问题。这种价值关切的意识，并不局限于民族或者艺术，在这里，艺术和哲学相互沟通。③

艺术的哲学立场就是将艺术对人类的思考加以艺术化的表达，同时也使艺术哲学化。艺术的哲学立场并不是黑格尔意义上的艺术终结论的翻版，不是意味着只有哲学才是精神的最高体现。尽管长期以来，艺术就被终结在哲学里、宗教里，如柏拉图等。但是，艺术的哲学立场非但不是终结艺术，而是强调艺术与哲学、宗教、历史的对话，使艺术成为拥有文化底蕴的艺术。正是在此意义上，哲学性的艺术、宗教性的艺术、历史性的艺术才具有深厚的人文内涵。而艺术要表现哲学的、宗教的、历史的内涵又非仅仅依靠旁白、说教（这不是它的强项），而必须使用丰富的艺术形式，诸如诗语、形象、符号、线条、乐音等等。在很多时候，一句诗或许比一段陈述更能表现丰富的内涵。在西方主流艺术教材大卫·马丁和雅各布斯所著的《艺术导论》一书中，他们就坚持真

---

① 崔卫平编：《知识分子二十讲》，天津人民出版社 2009 年版，第 298 页。

② ［俄］弗·谢·索洛维约夫等著：《精神领袖——俄罗斯思想家论陀思妥耶夫斯基》，徐振亚、娄自良等译，上海译文出版社 2009 年版，第 3 页。

③ 王岳川著：《二十世纪西方哲性诗学》，北京大学出版社 1999 年版。

正的艺术在于"揭示价值",而人文学科则反思这些价值,由此艺术和人文学科、哲学具有相似的问题意识。① 然而,艺术的哲性内涵并非将晦涩进行到底,而是如中国哲学所标举的"易"一般,是"去蔽"②,是"澄明"③,是"目击道存"④,因为是生命本身给予我们对生命的理解,而非其他外在的形式。在今日,很多哲学日益晦涩化、专业化,很多艺术日益概念化、惊世骇俗化,我认为,提倡一种"诗意的哲思"和"哲性的诗语",或许另有一番意义。

像贝多芬的《英雄交响曲》,罗丹的《地狱之门》,卡夫卡的《城堡》,高更的《我们从哪里来?我们是谁?我们到哪里去》,还有曹雪芹的《红楼梦》,就是这方面的代表。但是,你不能说这些作品就是哲学本身(比如说贝多芬是哲学家),也不能说这些是哲学的附庸。哲学是人类思维的终极所在,因为哲学是爱智慧,是学会死亡,是向死而生,艺术抵达哲学之境,乃是艺术立场的题中应有之义。而诗,广义的文艺,历来就是发自心灵的情感精神的外化,具有和宗教、哲学一样的启示价值。那些执意要将艺术片面化、专业化或者日常生活化,不是将艺术向天地人文境界推进,不是去承担人类命运的终极思考,那么这样只会让艺术越走越狭窄。

七、人文价值与整体性诉求

艺术立场作为艺术的根本性的意识,直接决定了艺术的风貌。那么,在艺术立场的多维侧面中,我们如何选择?如何定位?

有学者提出一种无立场的观点,目的在于坚持立场的自我反思性,破除立场的对立性,以寻求一种新的更具包容性的思想境界。⑤ 无立场在于破除立场本身的本质主义倾向,这一点我是认可的,但是破除本质主义并非取消本质,

---

① [美] F. 大卫·马丁和李·A. 雅各布斯著:《艺术导论》(英文第六版),包慧怡、黄少婷译,上海社会科学院出版社 2011 年中译本。

② 《荀子·解蔽篇》:"圣人知心术之患,见蔽塞之祸,故无欲、无恶、无始、无终、无近、无远、无博、无浅、无古、无今,兼陈万物而中县衡焉。""何谓衡?曰,道。故心不可不知道,心不知道,则不可道而非可道。"

③ 《礼记·大学》"三纲"之首为"明明德"。《礼记·中庸》强调诚明心性:"自诚明,谓之性;自明诚,谓之教。诚则明矣,明则诚矣。"

④ 《庄子·田子方》:"仲尼曰:'若夫人者,目击而道存矣,亦不可以容声矣。'"

⑤ 如赵汀阳《一个或所有问题》(江西教育出版社 1998 年版)、彭富春《哲学与美学问题:一种无原则的批判》(武汉大学出版社 2005 年版)等人的观点。

因此，我认为，无立场虽然不是一种立场，但绝非将这个立场一笔勾销，而应更加注重立场的能动性和反思性，而非顽固坚持某种尚未进行反思的立场。艺术立场除了对立性外，还有多重性、变异性等特征。真正的艺术立场并不是简单调和这些，而是寻找到艺术立场的共识基础和对话机制。

所有的艺术立场只是在开启人本身的各个方面（生理、心理、神理等），并趋于人本身的整体性，而不是将人单一化、碎裂化、片面化、绝对化。后者可以是某种现实，但绝非目标。人本身的整体性就是人自身基于现实的创造性、丰富性与可能性，简言之就是实现人本身，这种实现人本身也正是将人从有限引入无限，并从无限反观有限，从而避免误入人类（包括男性）沙文主义和中心主义的迷途，这也正是后殖民主义、女权主义、生态批评等要反对的。中国艺术在西方中心主义和民族虚无主义的泥淖中已经越陷越深，她不应继续这样的命运，而应该恢复中国久远的人文传统和中国价值。人类历史不是简单进化的历史，而是实现自身的历史，破除束缚人性的各类精神枷锁和符号魔咒，真正抵达人性的自由、自主与完善。庄子、王羲之、陶渊明、李白等哲人、艺术家、诗人何尝不是如此。难道中国古代就一片黑暗，没有自由，没有伟大，没有崇高？对人类精神最高境界的追求代不乏人，只是那永远都是少数。艺术的终极任务无非是给全人类带来福音。然而，在当代世界上，个体、社会和人类的完整性和丰富性都还未彻底获得，在人与自然的生态问题上、在人与社会（区域、民族之间）的利益纷争问题上、在人与人的性别问题上、在人与精神的分裂异化问题上，艺术立场大有作为，但艺术立场却并非是一劳永逸的，而必然意味着是一个不断求索定位坚守的艰难过程。这不仅是西方艺术，也是中国艺术的任务。艺术从来不止于单纯的形式，艺术形式目的在于为了更好地表现人自身的创造性和自由性，即"技近乎道"。艺术属于少数人，因为艺术并不自然成为人生命的一部分，但艺术向所有人敞开。在此意义上上，普遍性的艺术启蒙与文化自觉的问题仍然有着它的重要意义。

在我看来，中国艺术立场只有在人本身的整体性（而不限于中国人）这一大前提下才能彰显它的意义，因为除却人本身，并无立场可言。那些反人类的、反人性的、反人道的、反人文的所谓艺术立场也根本上不是艺术立场。当代艺术也不能在"去中国化"的歧路上一去不返，将"去中国化"进行到底，其最终就是将去人文化进行到底，于是艺术也就不再是艺术。那些以各种名义压制发自人类本性（如康德所言的"无目的的合目的性"）的本土艺术、原创艺术、新兴艺术，或者将某种艺术肆意夸大为唯一神圣的艺术而排挤其他艺术，如西方中心主义那样，都是有违于人本身的整体性的，都是没有看到艺术与人本身的整体性的密切联系的。

艺术从来不是一枝独秀，而是风起云涌、多姿多彩，人类历史也同样如此。在后霸权时代①，艺术多元化的发展已成必然趋势，而艺术为人类的沟通、对话与自我克服与完善建立了超时空的形象世界，在此，艺术和哲学、宗教、历史等具有同等的文化双螺旋结构。艺术并非小道，乃在于艺术是人类实现自我的方式之一。

从中国当代艺术而言，她只有立于人本身的整体性之内，坚持中国性和世界性、人文性与艺术性的辩证统一，才能将艺术放置在坚实的地基之上，真正体现中国艺术的高迈文化智慧和人文价值。相反，如果艺术立于中国之外（非中国性），立于人本身的整体性之外（非人文性），再奢谈所谓的艺术立场、艺术创新、艺术身份，并无意义，也不能从根本上促进中国艺术自主性程度的提升，更遑论促进中国人文价值世界化与人本身整体性之完善了。

---

① ［英］斯科特·拉什：《后霸权时代的权力——变化中的文化研究》，载《江西社会科学》2009年第8期。

第十一章　艺术身份与精神自赎

学术研究的根本宗旨在于发现新现象并对其加以理论上的概括和提升，艺术身份就是这样一个问题。在 20 世纪 80、90 年代，艺术身份一词的使用率极少①，而 2000 年（特别是 2010 年）以后，艺术身份的使用频率呈现爆炸性的增长态势②。可以说，艺术身份是当前艺术话语中的一个新兴的前沿关键词。③那么，问题就来了，艺术身份究竟因何而起，又有着何种意义呢?④

一、身份的焦虑

艺术身份不仅仅是抽象的理论问题，还是更具体的历史问题，总体上体现某种身份的"焦虑"。焦虑是大变革时代的必然，它让我们重新思考那些不言自明的东西。身份的焦虑在艺术本身和艺术家身上表现的最为明显。

自从 1917 年杜尚将一个工业制品——男性小便池堂而皇之地命名为《泉》并试图在艺术博物馆里展览开始，现代艺术观念就遭遇重重危机。何谓艺术，何谓非艺术，乃至"艺术终结"论，这一连串的问题几乎伴随着现代艺术发展

---

① 从历史角度而言，1982 年，人民美术出版社编辑王丕来先生是"艺术身份"的最早使用者。王丕来：《谈连环画的读者对象问题》，载《出版工作》1982 年第 1 期。

② 据 CNKI 统计，（全文中）含有艺术身份的文章，1990 年之前 3 篇，1990—1999 年 27 篇，2000—2009 年 523 篇，年均 50 篇，2010—2013 年就有 648 篇，年均 150 篇以上，可见身份问题不仅是一个"当代"问题，更是一个"当下"问题。

③ 艺术身份一词的使用还得力于"身份"（特别是"文化身份"）一词在 90 年代以来学术界的广泛使用，艺术身份大抵可以视为文化身份讨论的进一步落实。

④ 关于身份在文艺理论领域的具体情况，参拙著：《中国文论身份研究》，河南人民出版社 2011 年版。限于篇幅，本书集中于"艺术身份"。

史的每一个阶段，困扰着无数艺术家和艺术理论家。

艺术身份首先指某一艺术门类相对其他艺术门类的独立、平等的地位。王丕来在《谈连环画的读者对象问题》一文中提到"连环画的艺术身份"。在他看来，"艺术身份"这一概念是正面的，强调连环画作为艺术（从类别上说）并非低级，其实，"真正的内行，不会认为儿童读物的编制工作比成人的读物容易"。①

艺术身份指某种艺术的独特性的标识或特色，具有内在的本质规定性，属于定性分析，但在面对新的历史情境的时候，艺术身份的危机不可避免地出现了，这就触及人们如何看待艺术的量变和质变问题。比如摄影艺术，在最早出现的时候就不被认为是艺术，持这种观点的就有波德莱尔等人。而随着摄影艺术的发展壮大，摄影已经获得它的艺术身份了。② 艺术身份研究不是抽象地讨论何为艺术、何为非艺术，而是将历史维度、文化维度纳入其中，考察某一艺术（作品）从不具有艺术身份到具有初步的艺术身份，再到真正的艺术身份等一系列的发展过程及其成因。

艺术身份必然触及艺术的新变问题及其人们对这一变化的看法。如孟繁树在评价秦腔艺术家魏长生时说，他虽然涉足他腔，但总体上说，秦腔的艺术身份是没有发生根本性的变化的。③ 在艺术身份的动态和静态维度上，戏剧理论家王评章的观点较为辩证。他认为，戏曲有两重身份：一是艺术身份，二是文化身份。艺术身份类似于艺术本身，包含着动感、动力和主动性、独立性。文化身份指的就是戏曲体现着传统文化的历史性内涵，故而有着浓厚的传统性，"沉重凝厚"。简言之，所谓艺术身份是艺术自身的发展规律，而文化身份是历史凝结下来的传统内涵。④

除去艺术身份指向某一艺术的身份、地位外，艺术身份还指向一种总体的艺术身份，其最直接的表现就是艺术的学科身份。长期以来，艺术学科一直寄居于文学学科当中，这无疑表明艺术学科低于文学学科的地位。进入90年代特别是21世纪之后，中国当代艺术水涨船高，火爆异常。然而，艺术学科地位的提升只是一个显在的标志，实际上，艺术学科身份还涉及艺术理论、艺术史、艺术批评三大领域的关系问题。然而，艺术理论、艺术史、艺术批评却没

---

① 王丕来：《谈连环画的读者对象问题》，载《出版工作》1982年第1期。
② 李天元：《照相机的视角——探索摄影创作的角度和观念》，载《装饰》2009年第7期。
③ 孟繁树：《魏长生系秦腔表演艺术家辨》，载《当代戏剧》1985年第7期。
④ 王评章：《戏曲文学与地方文化、剧种个性》，载《戏曲研究》2005年第1期。

有有效整合起来，特别是艺术理论尤其薄弱。对此，有些学者提出了一些可操作的建议和设想，对艺术研究与学科建设是有着积极意义的。①

艺术自身的焦虑进一步弥漫在艺术家身上。在 90 年代以来的中国，艺术家面对的一个重大问题就是如何重新选择和确立自己的艺术家身份。尹吉男认为，90 年代以来的市场经济的发展使艺术家的身份发生了一个重新确立的过程："艺术家更像'名士'、'明星'"，而非艺术家。② 朱小钧从跨国艺术交流的意义上强调中国当代艺术家天然地无法脱离其民族文化身份，它们共同的关键词不是先锋、不是前卫，而恰恰是"中国性"。这正是赛义德所揭示的东方主义问题，这无疑为中国当代艺术的发展带来了隐忧：是否会越来越远离中国文化的本土而变得和中国现实没有关系？这样的隐忧似乎并非因有了巨大的艺术资本增值空间而烟消云散。③ 黄笃认为，新世纪当代艺术的展览形态日益成熟，此时已经很难用西方理论、传统理论、意识形态理论来阐释，在这种情况下，当代艺术家的身份可能更加注重"个性"，使身份问题进入更为微观和个体自觉的层面。④

新世纪以来，艺术家身份问题在艺术领域已经引起了充分的注意。2003年，《美术观察》集中讨论了艺术家的身份问题。罗一平讨论了艺术家的文化身份，他认为"文化身份是一种意识形态性的定位，是具体阶级、阶层、群体、职业的结构标志"，所以艺术家需要"亮出自己的身份证"⑤。朱青生、张渝、梁越、郅敏等人的文章辨析艺术家的身份的不同维度，对不良倾向也进行了反思。⑥

艺术家的身份总是随着社会历史情境的变化而变化，也必然反映在艺术家的个体身上。艺术家身份表现为艺术家的某种社会角色意识及相应的艺术立场。如钟友循在分析中国当代政治抒情诗第三代诗人的时候，指出他们"摒弃了前两代'权威发布人'和'民间叛逆者'的艺术身份"，而更注重诗歌本身

---

① 如徐子方：《当代中国艺术学科错位及在中国大陆地区的出路——兼论艺术学升格为艺术门类的问题》，载《艺术百家》2010 年第 3 期。

② 尹吉男：《重新确认中国当代艺术家身份》，载《大艺术》2010 年第 1 期。

③ 朱小钧：《中国艺术家的多重国籍和暧昧身份》，载《新周刊》2008 年第 12 期。

④ 黄笃：《当艺术史终结和身份危机之后——关于中国当代艺术的思考》，载《美术馆》2010 年第 1 期。

⑤ 罗一平：《艺术家的文化身份》，载《美术观察》2003 年第 4 期。

⑥ 朱青生：《如果人人都是艺术家，人在哪里?》、张渝：《身份的歧途》、梁越：《职业的和业余的》、郅敏：《玩偶·智者·艺术家》，均载《美术观察》2003 年第 4 期。

的特性。① "权威发布人"、"民间叛逆者"就是艺术家的某种角色及艺术立场，但这种立场并非真正的艺术立场，相比后者，其艺术建树是欠缺的。

艺术家身份体现为艺术家对自己身份的选择、定位与坚持。实际上，艺术家身份不仅是以他从事艺术创作来界定的，而且更多地是从其在艺术领域与社会文化语境中的角色、地位、作用与影响（美学的、文化的或经济的）来界定的。艺术家身份具有多方面的内容，如代际身份，表现为时代性及文化教育问题，性别身份，特别是女性艺术家身份，区域（地域）文化身份，角色身份，诸如学院派、民间、专业艺术家以及多重身份问题等，民族文化身份，特别是那些海外（或有海外经验的）艺术家身份等。

二、身份问题的出场

艺术身份是一个非常当代化的新兴话语，就中国文化艺术语境而言，出现时间只有 30 年，密集出现也只是最近 10 年的事情，并且广泛涉及电影、文学、戏剧、舞蹈、音乐、美术（绘画、雕塑）、书法、工艺美术等多个领域，触及艺术研究、文学研究、美学研究、民族文化研究乃至历史研究、哲学研究等领域，但总体上来说还未被深入系统地把握，主要体现在"三多三少"：使用多而探讨少，作品分析较多而理论概括较少，门类分析较多而系统分析较少。②

从学术研究的推进性角度而言，艺术身份是非常值得充分重视并加以细致探讨的学术新问题。那么，为何艺术身份会成为一个使用广泛的艺术话语呢？它究竟是在何种言说语境中出现呢？

首先是资本主义的艺术现代性语境。在 19 世纪之前，处于上升期的资本主义世界，艺术充满着人文主义的色彩，但 19 世纪以后，高歌猛进的资本主义遭遇危机（战争、掠夺与人性的贪婪等），艺术现代性日益凸现其批判性、否定性的维度，美的善的艺术让位于丑的恶的艺术。但是，即便是最惊世骇俗的艺术也逐渐为资本主义消化掉了，如今成为价值连城的艺术瑰宝。西方艺术日益行业化、资本化，无论是法兰克福学派，还是后现代艺术，都有资本的渗

---

① 钟友循：《〈拂拭岁月〉：政治抒情诗的第三代——兼及中国当代诗歌创作中的"理趣"》，载《衡阳师范学院学报》2000 年第 5 期。

② 虽然"艺术身份"使用频率大增，但专门研究"艺术身份"的论著却少得可怜。

透介入，从而使现代艺术的批判性与资本主义世界达成谅解，艺术成为发泄精神压力的场所，成为娱乐的代名词，成为反抗的白日梦。艺术无法前瞻未来，因为它缺乏哲学的维度，在不断的感性的追新中，秉承后现代精神的当代艺术已经放弃书写宏大叙事的能力，已无法对资本主义世界产生实质的影响。于是，艺术到底受控于资本，还是批判社会？是进行一场新的社会革命，还是促进人类的精神生态？是展现一种立足于新的社会基础的艺术模式，还是继续在旧有的模式中安然入眠？在全球化语境中，艺术的价值、功能等身份问题并非和中国无关。

其二，艺术资本国际运营的语境。当今艺术国际由欧美主导，近代以来，欧美建立了国际性的艺术收藏机制、拍卖机制、展览机制、评价机制，艺术发展的行业化程度最高，艺术资本运营程度最高。在这里，评价艺术的标准不再是简单的美学价值、艺术价值，而是要考虑更多的其他因素，比如国际资本运营、艺术话语等。其实，欧美艺术也非铁板一块，他们之间的竞争也从未止息，最直接的体现就是各大艺术排行榜各有侧重。[1] 在这方面，中国艺术行业国际化程度很低，中国艺术家必须参加西方的游戏并遵守西方的游戏规则。

其三，艺术全球化语境。艺术资本国际运营是当代艺术的内部差异，而艺术全球化则是外部差异。东方艺术无疑成为西方艺术国际化的注脚，也为欧美艺术资本增值开辟新的空间。中国当代艺术火爆异常主要由两股势力推高：一是中国经济崛起使中国艺术资本积累渐成规模，一些新贵开始进入艺术行业，但他们不懂艺术，只是投资；二是艺术资本国际的运作抬高中国艺术市场价值，并由中国买单。但是问题在于，当代中国艺术水涨船高也预示着当代艺术创作的市场导向、资本导向、西方导向的三位一体。其实，一件作品是否拍出高价、畅销、卖座受制于多种因素，而最根本的艺术导向已经不是最重要的，随之而来的就是假劣伪冒的艺术品必将泛滥成灾。

其四，当代艺术学术语境。90 年代以来，随着文化研究席卷文学艺术研究领域，学院派研究的现实维度逐渐彰显。兼及艺术、文化、理论三重维度的当代艺术学术研究进入当代艺术领域，发掘艺术身份问题的重要意义，从而意味着艺术身份已经从话语使用进入话语审理之中。[2]

---

[1] 比如英国的 Art Review 的"艺术家权力榜 100"以美国（第一）、英国（第二）为主，德国的《资本》"艺术指南"则以德国为主。主要在于他们评分的依据有侧重，可以说他们都拥有极高的艺术话语权。

[2] 杨荣：《论少数族裔文学研究中的身份问题》，载《当代文坛》2012 年第 2 期。

三、艺术行业化与身份扩张

除了上述语境外，艺术身份的急速扩张还与艺术行业的日益分化密切相关。现代社会发展的一个基本特征就是行业化，最近以来日益扩大的艺术行业对艺术身份提出了新的问题。

概言之，从主体角度而言，艺术身份就是艺术行业中的具体角色和功能。这一个意义上的艺术身份其实就是 art profession，或者就是 profession。profession 的原意就是职业，具有专门性、行业性，主要是以艺术或某一行业为主要生活或工作的人，比如专门从事艺术收藏的，这样的艺术身份就是收藏家（collector），其他还有画廊负责人（gallerist）、美术馆馆长（museum director）、建筑师、艺术家（artist）、策展人（curator）、批评家（critic）、拍卖行（auction house）、艺术博览会负责人（art fair）基金会负责人（foundation director）等等，还有一些是以其他身份进入艺术行业的，比如酋长、银行家、建筑师等等。不过，对艺术行业影响最大的还是画廊负责人、艺术家、收藏家、美术馆馆长。

英国《Art Review》推出"The Power 100：2007"，对全球艺术界影响力年度性总结，按照作品的成交量计算，中国当代艺术家占有 100 位全球艺术家排行榜中 36 席。不过值得注意的是，"艺术市场领域所涉及的职业范围包括艺术家、建筑师、博物馆美术馆馆长、艺术批评家、艺术策展人、画廊、艺术博览会、拍卖行、收藏家、收藏机构，而收藏家或收藏机构占有充分的数量，他们从 2006 年的 21% 上升到了 2007 年的 31%；由画廊、拍卖行、艺术经纪人、艺术博览会等相关的艺术市场参与者占比例也达到了 30%。在前 10 位的排名中，收藏家的所占比例为 40%，画廊经纪人的比例达到了 30%，策展人和艺术家的所占比例则分别为 20% 与 10%"[1]。尽管这一数据稍早，也从一定程度上说明非艺术家的人士在艺术领域中的重要地位。

这种意义上的艺术身份不能简单说是艺术家的身份，因为这些从事艺术行业的人未必都是艺术家。艺术行业已经被分割为出品（投资）、创作、展览（宣传）、收藏、拍卖（销售）等多个领域了。在国际上，这种艺术身份的分化

---

① 吕澎：《中国当代艺术的语境》，http://cul.sohu.com/20080723/n258327799.shtml。

相对成熟。这也就告诉了我们一个这样的事实：艺术领域不仅仅是艺术家的，还包括很多相关的人。除了上面提到的，这里我们还可补充诸如艺术鉴定家、艺术史学者、艺术研究者、艺术法学家（律师）等等。

艺术行业化的实质就是制度化、场域化①，和传统的宫廷艺术、政治艺术不同。艺术行业化大大地提高了艺术家的自主性，不再受制于政治、道德，而另一方面也使得其他角色能够进入艺术行业，而日益庞大的艺术行业又压制着艺术家的自主性。其实，艺术行业的存在也不意味着就回归了艺术本身，一件艺术品究竟扮演什么样的功能是由艺术行业的多重因素（艺术身份）决定的。

艺术行业是以功能来划分的，不同的功能划分出不同的行业分区，各区之间存在密切的联系。从功能角度来理解艺术行业，艺术行业大体有七个功能方向：

一是以资本－市场为方向，以经济为指标，其顶端就是占据艺术市场最大的人士，既可以是艺术家，也可以是拍卖行老板、艺术公司老板、美术馆馆长、银行家、策划人（策展人）、出版商（出品人）等。就艺术品而言，这一功能方向的目标主要是资本和声誉赚取。

二是以社会为方向，强调艺术的公共空间、社会功能，如今艺术已经成为公共生活的重要内容，比如城市雕塑、大型展览、公益演出等，其顶端是提供一种新的城市图景或者生活想象。就艺术品而言，这一功能方向的目标主要是承担社会责任。

三是以美学为方向，追求艺术的独创性，将艺术行业历史化，其顶端就是那种风格独具甚至划时代的艺术家，具有艺术史的意义。就艺术品而言，这一功能方向的目标主要是艺术创新与价值阐明。

四是以文化为方向，文化无非是精神文明，除了艺术之外还包括哲学、宗教、思想等意义，其顶端就是这样的艺术是否凝聚了本民族的哲学精神、宗教意识、思维方式、美学理想。就艺术品而言，这一功能方向的主要目标是传承文化，彰显民族身份。

五是以理论和批评为方向，主要存在于高等院校与科研机构，探讨艺术史、艺术理论，进行艺术批评，这一类就是艺术史家、艺术理论家、艺术批评家。就艺术品而言，这一功能方向的主要目标是对艺术品的创作、文本、欣赏

---

① 这方面的研究有迪基的艺术制度理论（《艺术制度的新理论》）和布迪厄的文学场研究（《艺术的法则——文学场的生成与结构》）等。

经验做出总结，揭示普遍性规律。

六是以艺术教育为方向，主要存在于学校，也扩展至社会各个方面，如博物馆、展览馆等，通过艺术教育促进艺术的全面传播和人生境界的提升。就艺术品而言，这一功能方向的主要目标是通过对艺术品的欣赏，增进艺术兴趣，培养艺术生力军。

七是以艺术管理为方向，主要是行政管理，比如中国美协、音书协等，高校艺术系科等，对艺术的学科建设、人员管理、机构设置、各项活动等方面做出安排，增强专业性和效率。就艺术品而言，这一功能方向的主要目标是促进围绕艺术品进行投资、社会服务、美学创新、文化传承、理论批评、艺术教育的各类人员、机制、活动等的组织化、制度化。

上述七个方向只是就大体而言，同时它们之间的关系并不是截然相分的，而是相互结合在一起，比如艺术家同时兼任投资总监、艺术理论家、艺术教育家、艺术管理者等。因此，不能认为艺术身份只具有市场的意义，而忽略了社会的、美学的、文化的、理论的、教育的和管理的维度。

四、艺术身份的三大维度

艺术身份的最终落实仍然是作为 art 的艺术身份，也就是从艺术品进行探讨艺术身份问题，这就是艺术言说自我的具体内容。作为 art 的艺术身份的自我言说有着多层次的构成。

艺术身份的第一个维度是本体身份。所谓本体身份指的是艺术的存在秩序问题，也即言说秩序，决定着艺术言说的定位。本体身份最明显的就是艺术与非艺术的区别，即对何谓艺术品的回答，而这样一个最初的问题却一直是现代艺术的难题。艺术与非艺术的问题不仅仅是属于艺术领域，还深刻触及哲学、社会历史语境等方面。① 在此意义上，艺术是生成的，而非固定不变的。

本体身份的第二个层面是真艺术与假艺术的区别。真假问题是相对于艺术原作而言的。由于原作的独一无二性，这使得假的作品也具有了一定的艺术价值，比如一些高质量的摹本、仿本等，但有些则是出于谋取暴利或其它非艺术

---

① 如美国学者卡罗尔甚至提出了艺术资格认证的策略，强调被认证为艺术品的人工制品是否体现以往艺术思维或者是其的自然结果（Noel Carroll. *Philosophy of Art：a contemporary introduction*. Rutledge, 1999）。

的目的以假乱真，比如假托之作、拍卖假的艺术品等，此时艺术身份的真假区分就极为重要了。艺术真假的区分并非易事，"真作假时假亦真，假作真时真亦假"，因此需要艺术史、艺术鉴定、考证学等的支撑，同时还需要极为丰富的鉴定经验和艺术良知，即便如此，有些艺术品至今都真假难辨，成为千古疑案。

第三个层面是主流艺术与边缘艺术的区别。艺术都是平等的，但有主次之分，这个主次有着特定的历史规定性，并且还形成了特定的艺术歧视，这在历史上屡见不鲜的。主流与非主流的维度有很多，有政治纬度上的，有经济维度上的，有道德维度上的，有美学维度上的等等。

无论是艺术与非艺术的区分，还是真与假、主流与边缘的区分，都涉及艺术的命名与命名后的艺术史谱系与话语权力，这些多重因素决定着艺术本体层次的不断滑动，而有的艺术可能滑向艺术的秩序之外，成为消失的艺术、灭绝的艺术。

艺术身份的第二个维度是美学身份。美学身份是判定一件作品最为内在的尺度，它大体分为五个层次。美学身份最直接的是艺术的美学类型，也就是艺术门类与层级，属于知识学层次。每一个艺术门类，无论是大类，还是小类，都有其特征，强调艺术门类的差别性，是艺术类型学、分类学的内容。这一层次更多地涉及某一艺术到底如何分类的问题，而当它不能被分类的时候，就独立成一类了，而这样的艺术在当代越来越多。

第二层次是区分好坏、美丑，更多的依靠个人观感。我们听一首音乐，首先感到的就是好听或者不好听。这虽然是个人性的，但却是浅层的，甚至有的时候也是抽象的，没有很丰富的内在感受。

再深入是美感范畴（审美范畴），较个人观感更具丰富性，诸如美（优美）、崇高、悲剧、喜剧、滑稽、荒诞等等，在中国则有《二十四诗品》。这些是对某些审美风格接近的作品的理论概括。美感范畴的使用已经超越了简单的个人化的美与不美的直感了，而发展到高级的审美评价体系。但是，作为审美鉴赏的概括化和类型化，美感范畴并不是终极的，比如同样是悲剧作品的中国的《红楼梦》和英国的《哈姆雷特》，又该如何区分？或者《红楼梦》和《窦娥冤》又该如何区分？

这就涉及美学身份的第四层次——风格身份，包括民族风格、时代风格、流派风格、个人风格等等。民族风格用于区分不同文化，时代风格用于区分历史，流派风格用于区分群体，个人风格用于区分个体，简言之，就是在千差万别的艺术现象中寻找到异同之处。不过，民族风格、时代风格、流派风格、个人风格也不是绝对的。比如区别吴冠中和徐悲鸿的作品是非常容易的（民族、时代风格比较接近，而流派与个人的风格不同），但如何区别吴冠中风格相近的作品呢？

这就进入美学身份的第五个层次，也是最细微的层次——作品（艺术品）分析。艺术品分析是非常重要的，因为它就是"独一个"。作品美学的表现形式就是作品批评，其目的有两个：一是判定经典艺术家，相对于民族、时代、流派而言，二是厘定经典艺术家的经典作品序列、谱系。相对于个人而言，二者是紧密结合的。厘定经典作品序列、谱系就是要在风格迥异与风格相近的作品中区分某一艺术家的代表作。所谓代表作就是某一艺术家的艺术成就的最高体现，它既可以是一件具体的作品，也可以是深蕴于作品之中的独特的方法论体系和创作精神观念。

美学身份从最单纯、最常见的类型，到美与不美的直感，再进入复杂的审美范畴，再进入具体的民族、时代、流派、个人风格，最后落实到单个作品的分析，这正是艺术美学身份的真谛。美学身份不是大而化之的，而是具体可感的，美学身份话语的层级也就是越具体越好，越精微越好，一言以蔽之就是"致广大而尽精微"①。艺术品分析并无固定的章法，而是需要充分调动相关的文化、美学、艺术史知识和鲜活的美感经验，并假以优美的语言，在此意义上，一篇好的艺术品分析就是一种艺术的二度创作，可惜很多艺术品分析却是套话连篇、空洞苍白，根本不具有区分性，更遑论美感了。

艺术身份的第三个维度是文化身份。艺术的文化身份是讨论最多的话题。艺术的文化身份问题是一个涉及文化解释学、文化民族学、文化人类学、文化地理学、文化社会学乃至文化美学、文化生态学的重要课题，有着相当的理论深度和艺术前沿性。

艺术的文化身份表征为一种文化立场。就中国当代艺术而言，主要针对西方文化艺术的冲击，坚守本国、本民族、本书化的立场，不再唯欧美或西方艺术马首是瞻，在艺术上表征出一种文化的自觉意识和理性意识。②

王岳川认为，"随着社会经济氛围的总体转型，先锋艺术的身份变得日益暧昧、日益复杂，甚至成为变化迅猛世界的旁观者"③。20世纪以来，中国艺

---

① 《礼记·中庸》。
② 参见本书第十二章。
③ 王岳川：《90年代中国先锋艺术的拓展与困境》，载《文艺研究》1999年第5期。

术丧失了自己的身份，面对西方的时候要么按照西方的话语说话，要么按照东方主义的话语说话。中国当代艺术应该有自己的立场，敢于表现中国艺术的审美观、价值观，而不是被西方凝视，被西方围观，成为东方人落后、愚昧、野蛮的当代形式。① 彭彤认为当代艺术进入90年代以后，遭遇全球化语境，"中国当代艺术竭力强调和呈现自身的东方身份与中国意识"。但这种诉求未必就是艺术的坦途，失败之作则表现了某种"伪东方"。而像罗中立这样的艺术创作则与这一伪东方是拉开距离，而是上升到人类的、世界的层次。在此意义上，罗中立的艺术既是内在地包含着东方精神，又超越东方精神而具有世界性的内涵。② 陈钟也担忧中国当代艺术缺乏的正是一种真正的艺术精神，因而表面泛化的中国当代艺术也只不过是"当代艺术，中国制造"而已，中国只是在生产当代艺术，但没有创造出新的、属于中国的当代艺术。③

对于艺术的文化身份，国外学者也有相关的讨论。美国美学家柯蒂斯·卡特讨论了生成于某一文化语境中的艺术作品如何在另一文化语境中得到理解的问题。这一问题实际上触及的是艺术作品的跨文化交流、理解的问题。艺术文化身份三个层次（艺术文化、大众文化、世界性的文化）是理解跨文化艺术欣赏的关键。④ 由卡特的文章我们可以知悉，当代西方对艺术的理解不再仅仅着眼于艺术本身，而是从文化的角度、从文化交流的角度来考察艺术。以约瑟夫·马戈利斯（《艺术与哲学》、《激进而非蛮横的阐释》）、安德鲁·哈里森、阿瑟·丹托⑤等为代表的分析美学家、哲学家，都将理解艺术的方向转移到社会、文化、历史。西方在这一点的拓展，对中国艺术理论研究有着积极的借鉴意义。

在我看来，艺术的文化身份并非让艺术直接承担政治、道德、教化功能，而是说，某一艺术本身体现为民族的艺术，能够表征一国、一民族的文化特色，这种艺术是产生于特定国度、特定社会、特定历史、特定文化的。有人可能说，我的艺术只体现个人。艺术家作为个人，无可厚非，但艺术的个人不是抽象的个人，而是产生于某种文化秩序之中的，你使用的艺术语言（线条、笔

---

① 王岳川：《"妖魔化中国"与当代艺术身份危机》，载《美术观察》2008年第4期。

② 彭彤：《超越东方身份与中国意识——罗中立九十年代油画的"东方精神"》，载《美术学报》2007年第1期。

③ 陈钟：《让中国当代艺术标准化吗？——对本土艺术环境的一点感想》，载《艺术市场》2007年第9期。

④ ［美］柯蒂斯·卡特：《论艺术作品的文化身份问题》，载《江西社会科学》2009年第9期。

⑤ 丹托的著名观点是"艺术界"，认为艺术理论或者艺术史是构成艺术的重要因素。

墨、形式、元素等）不正是这一文化所赋予的吗？而你的个人的思想与精神也打上了这一文化的意识与无意识。①

文化身份并非纯而又纯，就表现形态而言，就有累积（叠加）型、取代型、交融型等。累积型如中国文化历代的发展之总和（如先秦子学、汉代经学、魏晋玄学等等），取代型如欧洲文化对北美印第安文化的取代以及后殖民文化等，交融型如融合中国文化和本土文化的日本、韩国文化等。文化身份不能仅仅就观念而言，而必须将观念与历史事实结合起来，即便是美国，发掘包括印第安文化在内的少数文化已经成为当代多元文化运动的重要内容。

文化间的交流使文化身份不再是铁板一块的，大体分为整体意义上的文化身份、元素意义上的文化身份和气质上的文化身份。整体上的文化身份称之为民族艺术，是民族形式与民族内容的集中反映，比如剪纸、刺绣、国画、编钟，完全没有别样的元素，这种文化身份就是纯粹意义上的文化身份。元素意义上的文化身份指的是某一艺术体现了某一文化的碎片、元素等，是民族形式与内容的变形、游离，比如欧美电影里涉及中国的影像就多是元素式的。气质上的文化身份表现出某一文化独有的精神禀赋，它并不专注于形式或内容，而是通过形式、内容抵达对文化精神的某种新的理解。② 文化身份落实在个人身上不可能是全面的。就艺术家而言，对传统文化与外来文化的摄取总是选择性的，这也导致即便是有着相同的文化身份，其艺术风貌也可能是完全不同。之所以如此，乃是基于艺术家们不同的精神气质，因为人本身才是最丰富的。

五、艺为心声与精神自赎

身份虽触及身，但却与心密不可分。在我看来，身份即心灵、即精神。对艺术身份的极度渴求归根到底乃是寻求心灵的皈依之所，由此完成艺术身份焦虑的精神自赎。

近年来，当代艺术身份的诉求越来越强烈，这种诉求有两个背景：一是意识形态化，二是西方化。而这两个背景恰恰是悖论式的，因为人们容易将西方

---

① 无意识是人类文化的第三大发现（另外两个是布鲁诺的日心说、达尔文的进化论），自弗洛伊德以后，后世学者如荣格、拉康等进行了深入的分析。除此之外，解释学、文化人类学等也有相关的探讨。

② 卢禹舜：《画家的技术高度是精神高度使然》，载《艺术探索》2010年第1期。

视为标准的、普遍的，而将东方视为意识形态的、非自由的。持有一种艺术自由主义态度，必然反对意识形态的规约，从审美现代性的角度而言，当代艺术就必然是反叛的艺术、批判的艺术乃至扭曲丑陋的艺术。那么，我们所追问的是，反抗什么？人们很容易说，就是反抗意识形态束缚，反抗不自由。为了试探当代社会对这种所谓自由反抗的容忍度，一些艺术家铤而走险，开枪、放血、裸体、吃死婴、屠杀动物，等等。其实，艺术是最自由的，艺术将人解放出来，但艺术又是双刃剑，艺术造就伟大的艺术家，也造就疯狂，梵高、海明威不就如此？还有猫王、杰克逊，生活本身已经不再正常。艺术家的最大困惑是为利益所驱动，被自己的声名所束缚，因此需要超越自我，寻找新的灵感。这是艺术家自由的真正表现。然而，为了寻找到灵感，有的艺术家远离尘嚣去了深山老林、海外孤岛，而有的艺术家选择吸毒、放纵人生乃至自杀。能说真正的自由就仅仅是外在的束缚吗？你不经历心灵上的痛苦，是很难体会艺术的真谛的，这就是艺术自由的代价。可惜很多人只会自虐，将变态的痛苦发挥至极致。

在此，我认为对艺术自由精神的理解可以借用康德的启蒙观念。康德论述启蒙运动时说，启蒙就是"脱离自己所加之于自己的不成熟状态"。所谓"不成熟状态"就是指"不经别人的引导就缺乏勇气与决心去加以运用"。[①] 人类不缺乏理智，但往往被某种东西所引导（迷惑），这个东西在启蒙运动的时候就是神，它还可以是金钱、地位、权力、物欲、虚名等等，启蒙就是要发现人自身的"静力"和"定力"，不是依靠别人。马克思认为，对规律的掌握的自由是人的本质，而为了获得自由，必须充分掌握必然规律并对异化加以克服。否则，自由也就只是插科打诨而已，对人类整体和人自身的自由全面发展并无实质推进。

人文精神与自由精神密切相连。康德说，人是目的，他不能仅仅成为工具。艺术不能仅仅成为实现某些非艺术目的的工具，而必须对实现人与人类的自我完善有着重要的意义。有一位画家这样说，他的画分三部分：一是为商人画，可以卖钱，积累自己的经济资本，养活自己；二是为展览、评委、体制画，可以得大奖，获得主流的认可，积累自己的艺术符号资本；最后一类是给自己画，实现自己，呈现个性，这一层次才算有人文境界的，而很多人只停留

---

① ［德］康德著：《历史理性批判文集》，何兆武译，商务印书馆1997年版，第22页。

在前两个层次上。但是，给自己画只是人文精神的初级，还要"为生民立命"①，体现出对人类沙文主义、种族主义、男性中心主义以及主体性霸权等进行深度反思，在更大的层面上表达对社会、民族、人类、世界、生命的关注和文化建构。

自由总是超越的，或者说超越本身就是自由的体现。超越有两种：一是横向的，不同领域的跨越与打通，就是"致广大"。中国文化历来强调六艺皆通、文史哲兼修，根本目的就是强调"游于艺"②，"君子不器"③，而不是做个视野狭小的"艺匠"（所谓职业艺术家）。在此意义上，艺术跨越门类的局限（如诗书画合一）才能真正成为"大文化"的艺术，跨越民族的局限（东西、南北的会通）才能真正成为"世界性"的艺术。

第二种超越是纵向的，由个我而大我，由物质（技术）而精神，由人为而自然，一言以蔽之就是"天人合一"。从第一级台阶到第一万级台阶，从平原到高原，再到最高峰，是数十年乃至穷其一生的艺术生命锤炼和精神蜕变，无论是"十年一境"④，还是"衰年变法"（齐白石、林散之），或者孔子说的"朝闻道，夕死可矣"⑤，都说明一个道理，生命不止，精神不息。

艺术身份的汇聚之地正是艺术精神超越，从外在技艺上说，就是千锤百炼、巧夺天工，从内在价值上说，就是表征历史人文意识与生生不息的宇宙精神，而这正是艺术身份的境界所在。

---

① 张载："为天地立心，为生民立命，为往圣继绝学，为万世开太平。"
② 《论语·述而》："志于道，据于德，依于仁，游于艺。"
③ 《论语·为政》。
④ 《论语·为政》："吾十有五而志于学，三十而立，四十而不惑，五十而知天命，六十而耳顺，七十而从心所欲，不逾矩。"
⑤ 《论语·里仁》。

第十二章　文化身份与再中国化

从国际而言，当代艺术这一诱人称呼之下存在着持久不断的争论，以至于当代艺术呈现出一种未定型的悬浮状态。中国当代艺术是表现着当代人的精神风貌和文化追求的中国艺术形式，与中国精神的疏离使得中国当代艺术以去中国化为代价而获得了全球化的轰动效应，不断被炒作而火热的当代艺术已然处于危机之中，包括美术、影视、文学等在内的中国当代艺术在当代国际艺术体系中的一边热一边冷的尴尬处境及其与中国的模糊关系，使得中国当代艺术本身成为一个问题。这个问题的核心在于，中国当代艺术是否为"中国"的"当代"的艺术，也即它同当代中国与文化中国的关系究竟怎样？这就是中国当代艺术的文化身份问题，对此问题的批评审理将是进一步透视中国当代艺术的文化命运与精神走向的重要步骤。

一、西方化的当代国际艺术体系

作为先锋思想的艺术形式，中国当代艺术新世纪以来在中国的发展，可用火热来形容。短短十余年，中国当代艺术的资本增值空间大幅提升。在拍卖市场上，中国当代艺术品最高单位成交价和最高总成交价不断被刷新。[①] 国际艺术网站 Artprice 按销售状况统计推出世界百强当代艺术家排名，在 2005 年，中国占 17 位，到 2006 年，中国占 24 位，张晓刚则以拍卖总价 2370 万美元高

[①] 2006 年 3 月，张晓刚的《血缘系列：同志 120 号》以 97.92 万美元成交。2006 年 11 月，刘小东的《三峡新移民》以 2200 万人民币被买走，2007 年 11 月，蔡国强的《APEC 景观焰火表演十四幅草图》以 74247500 港元成交，成为亚洲当代艺术世界拍卖最新纪录。2007 年香港佳士得"亚洲当代艺术"与"中国二十世纪艺术"两项拍卖共取得 7.77 亿港元的高价，比 2006 年春季上升了 28%。

居第 2 位。据 Artprice 统计，到 2007 年 7 月，世界 100 强中的中国当代艺术家已经达到 31 位。2012—2013 年度，更是有 20 位中国人进入世界 50 强当代艺术家行列。① 相关数据表明，在 2006 年，中国当代艺术价格较之过去 5 年涨了 440%。虽然经过了 2008 年的金融危机，暴涨暂停，甚至开始回落，但是当代艺术品被人为炒作起来的价格基线也令普通人望而却步。这充分说明了中国当代艺术在国际当代艺术体系中的巨大的资本增值。

与此同时，从事中国当代艺术拍卖的中国拍卖公司迅速崛起，中国所占市场份额也逐年扩大。北京从事相关业务的拍卖行已增至 7 家。2005 至 2006 年的 2 年中，七大拍卖行共设 23 个专场，总成交额为 16.68 亿元。据统计，2006 年春季拍卖，仅中国嘉德、匡时国际、北京保利、北京诚轩等 4 家拍卖公司的总成交额就高达 13.01 亿元，2007 年春拍更高达 17.24 亿元，增幅近33%。据雅昌艺术网《2007 年度拍卖市场调查报告》显示，自 2000 年以来，中国艺术品市场平均增长速度为 68% 左右。在近年来的当代艺术拍卖市场中，中国已位列世界第三位，次于美国和英国，显示了中国拍卖市场日益增强的趋势。

新世纪以来，中国当代艺术的火热使得艺术资本与经济资本相互转化，原来穷困潦倒的当代艺术家们摇身变为百万富翁。② 在中国当代影视、中国当代文学等艺术领域也不乏各类千万身价者，他们依靠巨额的片酬、版税等成为新一代的宠儿。尽管不是所有艺术家甚至只有少数人变成了富翁，但是艺术可以转化为资本却是不争的事实，而这一事实本身又不断地驱动着当代艺术家。③

不过，这种火爆并不意味着中国艺术市场是成熟的。2008 年席卷全球的金融危机使中国艺术市场大幅缩水，画廊数量锐减，艺术品价格下跌。2006 年前后出现的那些拍得天价的艺术家已开始被市场无情"洗牌"。如曾梵志的《天空系列·眺望》，两年前在台北拍出 856 万元，2013 年秋在香港佳士得估价 900 万元，结果只拍出 805 万元。在北京苏富比拍场上，曾梵志的《无题No. 8》，与两年前曾在北京拍出 632 万元相比，本次只拍出 590 万元。周春芽《太湖石》，2009 年在北京以 89 万元拍出，2011 年在西泠秋拍以 310 万元拍

---

① 《2012—13 年 ArtPrice 全球前 50 位当代艺术家》，http://art. china. cn/haiwai/2013－10/16/content_6379159. htm。

② 《穷光蛋变百万富翁》，载《时代人物周报》2005 年第 28 期。

③ 青松：《见证中国当代艺术——〈墙：中国当代艺术二十年的历史重构〉展览及研讨会综述》，载《天津美术学院学报》2005 年第 3 期。

出，2013 年春季在中国嘉德降至 280 万元求售流拍，2013 年 12 月，在北京苏富比再次降至 250 万元求售，但是再次流拍。[①] 当代艺术市场整体不容乐观。"就当代艺术品市场交易情况而言，2012 年，国内画廊盈利不足 7％充分显露当代艺术品一级市场交易的萧条。而北京 798 艺术区大量画廊撤离，展览质量大不如前，当代艺术品交易的现状可想而知。二级市场持续萎缩，当代艺术作品交易量和总成交额都大幅缩水，显示出前所未有的疲态。"[②] 当代艺术迎来"寒冬"，这必然促使中国艺术市场从"虚高"进入比较正常的发展状态。因此，"对于希望当代艺术长久发展的各界人士而言，经历喧嚣与黯淡的当代艺术品市场，能够在未来的选择标准中更多地向艺术价值、文化价值靠拢，让学术标准和市场标准两重因素共同决定艺术作品的价格"[③]。中国当代艺术到了寻求自己身份的时候了。

过去十年，市场高价的事实并不足以代表中国当代艺术家的艺术价值和国际地位。中国当代艺术的国际文化身份依然阙如。在当代国际艺术评价体系中，中国当代艺术的身影寥若晨星。可以说，那些"虽然在市场上高价成交的国内当代艺术家的作品都是在国外收藏家手上镀金之后在拍卖场上创下天价，但真正获得国际主流艺术博物馆、艺术评论家认可的却微乎其微"[④]。德国《资本》有"艺术指南"栏目，每年会列出一个国际当代艺术 100 强，进入这个名单的标准是：必须活着，在世界重要的博物馆、美术馆和文化机构举办过 180 次以上个人画展，在过去的 12 个月内参加过 150 个有影响的群展，受到过享有盛名的杂志的评价，具有高指标的作品总出售额。这一系列指标显然并非仅针对价格。2005 年德国《资本》杂志公布了国际当代艺术家 100 强排行榜，美国占 34 位，德国占 30 位，美德可谓三分天下有其二，中国连一席之地都没有。[⑤]

在国际艺术评审机制中，西方占据主导地位。1997 年，在中国引起瞩目

---

① 詹皓：《艺评：中国当代艺术危险了》，http://news.xinhuanet.com/yzyd/culture/20131209/c_118476167.htm。

② 《〈最后的晚餐〉1.8 亿港元成交 当代艺术品的天价疑云》，http://news.china.com.cn/roll-news/news/live/2013—10/19/content_22984741.htm。

③ 孙文芳：《中国当代艺术市场回暖？天价之下难掩弱市》，http://www.sn.xinhuanet.com/2013—12/03/c_118393878.htm。

④ 《〈最后的晚餐〉1.8 亿港元成交 当代艺术品的天价疑云》，http://news.china.com.cn/roll-news/news/live/2013—10/19/content_22984741.htm。

⑤ 《国际当代艺术 100 强》，载《当代美术家》总第 40 期。

的"中国当代艺术奖"（CCAA）却由外国人所设，可能导致中国当代艺术貌似国际化的西方化和去中国化。中国当代电影依然不容乐观。在国际影视评价体系中，最重要的是西方的各类电影大奖。尽管最近几年中国电影业获得迅猛发展，但总体而言各大电影奖项中国份额小，参与评价体系运作的机会少。而中国本土的电影奖项的国际地位仍处于本土化和区域化运作阶段，对国际而言，各华语电影奖几乎可以忽略不计。中国当代文学与国际文学评价体系若即若离，中国当代文学处于国际文学评价体系的外围。问题的实质在于，当代国际艺术体系蕴含着意识形态以及文化偏见、审美偏见等因素。诺贝尔奖的政治与文化偏见问题早已经为人们所熟悉。而国际电影在美国大片模式的冲击下大都败下阵来，成为美国大片的天下。① 中国当代文学遭遇国际化批评（汉学批评）进一步引起了批评话语权的争夺，使得本土批评进一步遭受冲击。

在我看来，对国际当代艺术体系缺乏较为全面的了解，致使中国当代艺术未能获得自己的艺术意识、文化意识和批评意识。国际当代艺术内部充满话语冲突和争夺。就艺术观念而言，以卡莱尔、博纳米为主的稳健派，强调传统、经典、学院、规范，而以奥里瓦、泽曼为代表的激进派，强调开放、创新、新艺术形式等。② 双方轮流主持威尼斯双年展，中国当代艺术同激进派关系密切，而激进派的背景就是美国。以美国为代表的激进派艺术不断蚕食和挤压以法国等为代表的传统当代艺术，从而引发了国际当代艺术话语争夺。波德里亚直截了当地指出："当代艺术的整个虚伪正在于此：乞求无价值，无所指，无意义。"③ 卡莱尔也说："当代艺术不存在，只有一些艺术家。'当代艺术'中已经空无一物了，因为再也没有任何规则，没有任何规范为它的风格的整体组织的合法性做担保了。"④ 在卡莱尔看来，"现代艺术和先锋派都是 20 世纪的集权体制的同谋犯人"⑤。可以说，对当代艺术批评最激烈的是法国。法国有一份《国际当代艺术：体制和市场之间——一份消失的报告》，尖锐地指出："当今的世界化或全球化，完全不妨碍国际当代艺术界的美欧或美德双家的垄

---

① 据相关数据统计，美国的电影产量只占世界电影产量的 10% 左右，但却占据了世界电影市场份额的 60% 左右，美国电影的国外票房远远高于国内票房，是名符其实的"世界电影"，但即便美国的国内电影市场也雄踞全球第一。

② 杭海宁：《中国双年展策划人制度的现状评析》，载《中国摄影家》2007 年第 7 期。

③ ［法］波德里亚：《艺术的阴谋》，原载法国《解放报》1996 年 5 月 20 日，见河清著：《艺术的阴谋》，广西师范大学出版社 2005 年版，第 303 页。

④ 《费加洛报·文学增刊》，2004 年 6 月 25 日。

⑤ ［法］马克·西门尼斯著：《当代美学》，王洪一译，文化艺术出版社 2005 年版，第 125 页。

断，或美国霸权……正是美德两国的艺术家在国际当代艺术中占据着统治地位。"① 作为曾经引领世界艺术潮流的艺术帝国，法国的艺术传统极其深厚，但遭到当代艺术的冲击，其地位迅速跌落。由此也说明了，国际当代艺术的"美国化"实质。② 有学者认为，美国电影在视听快感的表层结构下隐藏的正是"美国精神"。美国精神体现在两个方面：一是意识形态霸权，美国和美国人在整个世界上具有无与伦比的优越性。二是影片中个各类英雄使美国精神得到更具体的人格表征。这些英雄深刻体现了美国文化中个人至上主义的精神特质。

美国化的另一体现就是后现代化，这表现在艺术形式上。当代艺术越来越偏重抽象、形式、材料、观念等，呈现出后现代图景中的艺术狂欢状态。虽然从地位看，传统的绘画、雕塑与新艺术形式各占据半壁江山，③ 但实质上，当代艺术已经成为主流。④ 由于当代艺术对新材料、新技术的广泛运用，在很大程度上冲击了几千年来形成的传统艺术表达方式和艺术欣赏方式。国际当代艺术对物质符号形式的重视必然将艺术本身的美学意义进一步压缩，对此不可不察。

二、当代国际艺术体系对中国艺术的影响

当代国际艺术体系渗入资本运作、权力话语与形式观念等因素。国际艺术体系西方化实质给中国的难题就在于，如何既进入这一国际体系之中，同时又保持自己的中国性。因此，在问题重重的当代国际艺术体系中，中国当代艺术究竟扮演了什么样的角色和文化使命，就成为中国艺术家和理论家不得不面对的现实问题。

中国当代艺术这种边缘化处境是与西方当代艺术观念冲击分不开的。在西方当代艺术观念面前，中国艺术遭遇合法性危机。当代艺术的后现代性与文化

① 转引自河清：《"当代艺术"的"同质多样性"》，载《文艺研究》2005 年第 7 期。
② 河清著：《艺术的阴谋》，广西师范大学出版社 2005 年版。
③ 《资本》公布的当代国际艺术家 100 强排行榜的前 10 名中，绘画和雕塑等传统艺术形式占 5 名，影像艺术 2 名，装置、观念、摄影等新艺术占另外 5 名。
④ 国际上使用的当代艺术主要指，绘画、雕塑、观念艺术、装置艺术、摄影、媒体艺术、影像艺术、波普艺术、批评艺术、反审美艺术、现成品艺术、行为艺术、贫穷艺术、极简艺术、素描等 15 类。在这 15 类中，前 6 类又是当代艺术的主要门类，且多数由美国推动而国际化。

偏见使得中国艺术偏离传统而丧失存在合法性。1980 年代，世界第一大国际艺术展——威尼斯双年展主办方邀请中国参加，但对当代艺术浑然不知的中国选送的却是民间剪纸（1980，第 39 届）和刺绣（1982，第 40 届）。当代艺术后现代性的根本特性就是反传统、反审美，打破艺术与生活的界限、打破艺术与美的必然关系、打破艺术与道德训诫的关系，其形式主义与个性主义可见一斑。

这一方面反映了中国不谙国际艺术状况，一方面也反映了中国不适应国际艺术体系，否则不会在以后长达 20 年内，中国再无以国家身份参加威尼斯双年展。① 直至 2005 年，中国才再次参展威尼斯双年展，此时中国当代艺术已是如日中天了。以至于有人描述"几乎在 5 年前还游离于公众生活之外的当代艺术忽然成了时尚话题和国家名片，发展速度之快令人始料不及。"②

当代艺术强调的视觉冲击力、挑战性、先锋性都使得传统、古典的艺术迅速失效而被逐出当代艺术的范围。中国传统艺术（书法、国画）一直不为西方人所大幅度接受，或遭遇西方的文化误读。西方以先在的艺术评价体系衡量一切非西方的当代艺术，使得中国当代艺术在走向国际的时候变形（形式突变、精神扭曲）了。追模西方当代艺术的中国当代艺术在形式和内容都无法切实体现中国立场和中国身份，而成为国际当代艺术的翻版和支流。

具有先锋性和试验性的当代艺术只是当代中国艺术的一部分，但其名称具有强烈的误导性。这种实验性、先锋性、反传统性的艺术可称为"当代主义"艺术。当代艺术延续了现代西方一贯的艺术精神气质，不断地求新、求变。而正是在这个层面上，中国无法全面而顺利地进入国际当代艺术的核心体系，而只能采取西化的策略，采用西方当代艺术形式、认同西方当代艺术观念和评价准则，从而成为西方中心主义的注脚。当代主义艺术在形式上流连忘返、在观念上标新立异，形式、观念的不断滑动使得中国当代艺术逐渐远离其精神地

---

① 1993 年以来，中国当代艺术家则以个人的方式参加威尼斯双年展，第 45 届（1993 年）有王广义、张培力、耿建翌、徐冰、刘炜、方力钧、喻红、冯梦波、王友身、余友涵、李山、孙良、王子卫、宋海东；第 46 届（1995 年）有张晓刚、蔡国强、余友涵、刘炜、李山、张培力；第 47 届（1997 年）有申玲、王玉平、方力钧、刘小东、王友身、喻红；第 48 届（1999 年）有艾未未、马六明、方力钧、王兴伟、庄辉、杨少斌、卢昊、岳敏君、王晋、张培力、梁绍基、周铁海、谢南星、陈箴、王度、蔡国强、张洹、赵半狄、邱世华、丁乙；第 49 届（2001 年）有海波、萧昱、徐震、蔡国强、高氏兄弟（因护照原因未能到达现场）；第 50 届（2003 年）主题展有顾德新、杨振忠、张培力、朱加、曹斐、徐坦、金江波等，中国馆（设在广东）有王澍、展望、杨福东、刘建华、吕胜中。

② 青松：《见证中国当代艺术——〈墙：中国当代艺术二十年的历史重构〉展览及研讨会综述》，载《天津美术学院学报》2005 年第 3 期。

基，而滑向了虚无主义。

国际当代艺术体系西方化进一步构成了中国当代艺术的发展悖论。从当代艺术自身历程而言，西方已经试验过各类当代艺术形式，在中国当代艺术出现的时候，其西方背景是有目共睹的。西方经过长期的当代艺术实践，已经形成自身的一套创作观念、市场机制、收藏体系和评价标准。面对强势的西方当代艺术，中国当代艺术只能亦步亦趋西方当代艺术，唯此才能得到西方的赏识。而另一方面，具有中国风格的中国当代艺术又为既有的西方国际当代艺术体系所不知或者有意排斥，使得中国呈现一种空洞的扁形形象。可以说，中国当代艺术评价体系的西方化导致的是中国当代艺术的西方化。一个健全而完善的中国当代艺术评价机制是中国当代艺术自身独立的表现。中国当代艺术严重脱离中国实际，一味追求西方效应，使得中国当代艺术的总体内在精神侏儒化。以先锋性、试验性为核心的当代艺术由于更多地来源于西方当代艺术自身的发展历程，导致中国在缺乏较成熟的艺术发展链条的基础上，急遽落入后现代与当代艺术的反叛、调侃、无意义的狂欢之中。西方当代艺术在一定程度上循着自身的历史发展，具有较大的独立性，这是西方制度现代性和审美现代性充分发展的体现。中国当代艺术如何既保持其积极的批评性，同时又参与中国当代社会文化的营建显然是根本问题。否则，一味地创新和追求形式，就可能斩断与传统、现实的精神文化联系，丧失中国精神和中国立场。

三、去中国化的语境与模式

国际当代艺术体系的西方化实质使得中国当代艺术在国际化同时必然出现去中国化的精神症候。在一定程度上，西方化即去中国化。中国当代艺术的去中国化并非仅属于艺术本身，而是在深刻的国际历史文化语境下出现的。

战后苏联社会主义意识形态和美国资本主义意识形态对东亚产生了决定性影响。二战以后，美国主导了东亚东部（韩国、日本、台湾），苏联则主导了东亚西部（中国大陆、蒙古、朝鲜）。在国际意识形态更替和斗争中，去中国化迅速展开。美国进驻韩国的最大的文化事件就是韩国宣布废除汉字。同时，朝鲜也废除了汉字。韩国废除汉字是西方意识形态与东方意识形态的斗争的结果，朝鲜废除汉字则是社会主义意识形态战胜封建意识形态之后采取的措施（此时中国大陆的简化字改革也有此原因）。蒙古受苏联影响，仿斯拉夫文字改写了原来的蒙古文，这就是西里尔蒙文（新蒙文）。苏联对中国的影响更是有目共睹：中国的高等教育进行苏式改造；中国的文艺理论受到苏联文艺理论的深刻影响，等等，这些影响至今犹存。

在东亚天下体系中，中国与朝鲜、日本等国的关系是朝贡体系。随着民族主义在中国文化圈的确立，去中国化成为民族独立的重要象征，即通过与历史和传统划清界限树立和展现现代国家形象。日本自古以来受惠于中国的东西很多，但日本去中国化也最厉害——去亚洲化（脱亚入欧）。实际上，对日本而言，亚洲主要指中国。脱亚入欧根本上是民族主义心理的表现，同落后的中国划清界限才能使日本成为现代国家，尽管日本存在极深的汉文化影响。韩国在二战后获得独立，此后不遗余力地进行现代民族国家建设，先有去中国化（去汉字），后有中国化（即韩国文化世界化）。晚近以来，韩国大张旗鼓地推出韩国文化，冲击日本和中国在东亚的地位，树立韩国的东方文化大国形象。韩国的去中国化策略是一种抢中国化，把中国的东西改装后称为韩国的东西，这完全是一种反历史主义的文化歪曲，变相使中国非中国化。当代台湾问题交错了中国、日本和美国。由于台湾是一个在意识形态上与中国大陆不同的地区，台湾的民族主义可以称为民主主义的民族主义，通过意识形态的民族化建构以期获得自我的民族国家。民主民族主义固然有合理的因素，但在全球化时代，无视文化的对话与交流，在这种极端民主民族主义支配下的去中国化策略都将是违反历史的。

民族主义和殖民主义势不两立，但与后殖民主义却关系微妙。后殖民话语分析的意义在于，通过话语、文本等揭示西方帝国主义对殖民地的文化渗透和改写。萨义德在分析后殖民心态的时候提到了自我东方化的概念，这种自我东方化即是典型的后殖民心态。① 西方将中国纳入东方主义体系之中，中国也开始自我去中国化。在全球资本主义体系中，西方占据主导地位。资本主义信仰金钱和权力，划分了中心与边缘，在全球资本主义体系之中，财富和权力分布不均。中国当代艺术家如果要获得国际文化体系的承认，首先就是去中国化，也即自我东方化。中国当代艺术家如果不表达对自由、民主的追求，就必然表达对专制、黑暗的批判，即相信甚至信仰西方价值。去中国化成为中国国内后殖民主义心态的文化表征。他们一再延误中国化进程，一味强调西化和去中国化，片面强调西方理论的旅行和中国问题的西方化解释，使得中国的思想、艺

---

① ［美］萨义德著：《东方学》，王宇根译，三联书店 1999 年版。

术、文学等长期处于与中国当代现实脱节和与传统割裂的漂浮状态。

去中国化主要是由西方推动的，而受动者是中国和中国文化圈。细加区分，去中国化大致呈现三种模式：首先是资本模式。资本模式是指将去中国化作为赚钱的工具，因此也称为利润模式、商业模式、消费模式。今天的社会是一个大众文化消费社会，是一个肤浅而没有深度的社会。正是在此意义上，消费进一步肢解了文化传统。文化消费主义必然是对文化高度的削平。由美国和西方主导的资本主义社会面对的不仅是西方受众，还面对民族主义情浓厚的非西方。西方不仅在自己的文化和艺术中增添不痛不痒、充满异国情调的东方和中国元素外，还将东方和中国本身改头换面，纳入到西方文化价值评价体系之中，并且可以扩大世界市场，大赚其钱。

二是文化模式。资本模式以赚钱为最高目的，任何与资本增值无关的中国元素都被抹去，而任何中国元素都会打上了资本的印记。资本模式的背后是文化模式。因为资本主导的消费不可能没有一个共同文化价值观的存在。文化模式强调的是优越性。在西方看来，西方优秀的东西都是东方所不具备的，因为他们是上帝的选民。在这种价值观支配下，任何有悖于西方价值观的价值都被视为不合法，包括中医、气功和整体观念等，乃至社会主义制度本身。[①] 文化的优越感使得中国当代艺术在进入坚硬的西方文化主导的国际体系中屡屡受挫。于是，表现落后、愚昧的各类艺术形象就堂而皇之地受到西方的追捧。这种当代艺术正反衬西方文化的优越性。这种根深蒂固的优越性，不仅表现在社会的进步性上，更体现在西方对自我的盲目自信即西方自我中心主义。

三是美学模式。美学诞生于理性对感性的规约。西方现代性的发展导致审美现代性对制度现代性的批判和冲击，于是哲学诗学化。资本主义非常强调制度现代性，法的精神无所不在，自由意识和个体意识极为鲜明，他们相互尊重，对社会关怀较弱。强个人性和弱社会性使得西方各类当代艺术观念层出不穷，但整个社会却是平稳的。由西方主导的去中国化的美学模式就是生硬地将个人主义、形式主义纳入中国当代艺术的精神内核之中，从而剥离了中国艺术传统的注重意境的人文精神，使得当代艺术极度个人化、反叛化、丑陋化。个

① 对于曾梵志的《最后的晚餐》（布面油画，220×395厘米，2001年），苏富比对该件作品解读是：曾梵志的《最后的晚餐》把所有的宗教人物换成戴上面具的少先队成员，系着红领巾在桌前吃着西瓜。此作是对经济日益发达的中国的一种隐喻，红领巾代表共产主义理想，而原作中的犹大，则由一个戴着金黄色西式领带的人物饰演。《最后的晚餐》以恢宏的气势，捕捉了中国社会在1990年代经济改革时期的面貌改变，是当代中国艺术中极具代表性的一件作品，完全体现了当代。这一解读完全是站在西方资本主义世界观的立场上来俯视中国。

人化的去中国化使得中国艺术退回个人的欲望，而反叛化和丑陋化的去中国化使得中国艺术在社会建设的关键时刻成为无情的看客和调侃者，体现了深刻的美学犬儒主义倾向。如果说资本模式使得中国元素肤浅化和碎片化，文化模式使得中国元素贬值化和停滞化，那么美学模式则使得中国元素个人化和狂躁化，丧失了对精神文化传统和心灵的内在透视。

去西方主导外，去中国化的参与者还包括东方自身。当代日本动漫、韩国影视的大举"中国化"也是一种去中国化——使中国日本化、韩国化，不仅从中国赚取大量利润，同时还传播了日本和韩国的文化形象。日韩当代文化艺术产业向中国推进，它们大量关注青年亚文化和流行文化，比如 2012 年红遍全球的韩国时尚歌手 PSY 的《江南 Style》一曲，韩国政府特意颁发"2012 年大韩民国大众文化艺术奖文化勋章"。日韩当代文化艺术以其外在的民族性、形式的流行性和文化的变异性迅速在中国走红，使得中国文化艺术在东方遭遇生存和信心困境。中国文化艺术不仅在西方面前无法抬头，还遭遇到了日韩的挤压。

四、去中国化的中国艺术症候

在国际文化历史背景中出现的去中国化，以三大模式改写了中国当代艺术。毋庸讳言，中国当代艺术已深陷去中国化困境之中，呈现出多重症候。

在西方看来，中国文化艺术在与西方文化艺术相比较的视野中处于落后性、低等性状态。中国被从历史的发展链条中抽出，中国艺术只能描写中国落后的方面，衬托西方文化的进步和优越，这是西方去中国化文化和美学模式的体现。今天当代中国艺术在海外的火热承载了国家复兴的一种隐喻，但在历史主义的光谱上却是灰色的。有学者意识到：中国当代艺术"其所出现的'后殖民'文化心态和背离中国文化传统的倾向值得警惕和反思"[①]。可以毫不夸张地说，中国当代艺术的国际化实际上是以去中国化为代价的。由于中国建设的经济中心定位，使得经济资本与文化艺术资本的互动早已成为当代中国的某种共识。但资本并不是以文化为最终目的，很可能造成对文化误读曲解。中国当代的文化元素（汉字、色彩、生活方式）不断被肢解、重组和拼贴，在中国文

---

① 管郁达：《中国当代艺术与"后冷战时代"的国家形象塑造》，载《美术观察》2006 年第 5 期。

化的符号运作中，中国精神飘逝了，中国文化与中国人的精神联系中断了，而仅仅成为西方优越性的一种劣质陪衬而已，或者需要被添加新的核心内容的不完善的文化形态。中国当代艺术一再冲击国际艺术体系，冀图获得国际的承认，实际上只能在丧失自我的同时丧失艺术本身的使命。艺术的悲剧就在于仅仅成为一个时代的症候，而不能成为这个民族的精神食粮。中国当代艺术描写了野性的生命形式（相对于西方的理性意识）、压抑的生存状态（相对于西方对自由的倡导）和无望的人生未来（相对于西方的末世论和进步主义），使得中国艺术仅仅成为文化人类学的注脚。

中国悠久的历史文化艺术传统被西方从时间中拽出，而被置于当代的平面社会之中。中国当代艺术中的中国元素呈现出漂浮性、虚假性和历史无根性，在稍纵即逝的时间之流中成为苍白生命的写照。流行文艺在中国的大规模登场，使得中国人都可以一展歌喉、一试身手。大众文化在中国的超级狂欢使人们忘记了精神的痛苦与超越性的拯救希望。在欲望的快感中、在符号的陶醉中、在追星的疯狂中，自我已经溢出，个体已经不再具有自我控制和自我反思的功能。大众"就像被风暴卷起的树叶，向着每个方向飞舞，然后又落在地上"[1]。大众性、消费性艺术削平了艺术的高度，也清除了艺术的泥土气息。[2]太多的中国高雅艺术抵挡不住商业化运作而处境尴尬。当代艺术的迅猛冲击使得太多的中国民间艺术在不断流失，而丧失了当代性。早在1988年，中国民俗学家钟敬文就呼吁抢救中国民间艺术，实际上情况到现在都没改观。据报道："江南正月十五的傩戏班子只剩垂暮老人，忙于外出打工的年轻人无暇操办敬神的古事；陕北剪纸老婆婆肚里繁多的花样，也不再吸引女孩子的眼神；和四处延伸的电视线路'作战'的陇东皮影，50年前可以演出100多个剧目，现在最好的艺人也只能演20个剧目。"[3] 中国高雅艺术的精神高度和中国民间艺术的生命朴素性进一步被废黜，直接导致了当代中国艺术精神生态的失衡。

中国艺术历来强调目击道存、技近乎道，而中国当代艺术则将官能发挥极致，并且刻意在官能背后叠加所谓的深意，进一步消解了意义，而凸显了感官刺激性，即中国当代艺术不再关注精神性的东西，而是注重感官刺激、欲望满足，意义空洞而苍白。艺术没有成为人们的精神食粮，反而成为人们的精神垃

---

① ［法］古斯塔夫·勒庞著：《乌合之众》，冯克利译，中央编译出版社2004年版，第22页。

② 王会莹：《商品化趋势下的民间艺术现存状态研究》，载《西北民族大学学报（哲学社会科学版）》2007年第6期。

③ 蔡敏、卢尧：《民间艺术遭遇传承危机》，载《安徽工人日报》2004年11月12日。

圾。近年来，当代中国艺术领域的"怪现状"层出不穷。渲染一时的"日常生活审美化"在中国引爆以来，至今没有停息下来。① 日常生活的审美化或艺术化进一步消解了艺术的高度和精度而沦落为日常生活的点缀。日常生活的平庸性、日常性和单调性恰恰是艺术需要批判的，它只是"为艺术而艺术"的更加通俗的版本而已。大众文化和消费文化的迅猛发展已挖空了艺术的纯度，使得艺术在不断降解的同时成为日常生活庸俗化的婢女。于是，一切丑陋不堪的行为艺术和怪异艺术就堂而皇之地登场了。

滥觞于 80 年代的西方舶来品的行为艺术，正在中国如火如荼地上演着，至今已有 20 多年的历史了，对它的学术思考也在逐渐明朗化。② 中国行为艺术源自西方，其价值前提与当代的后现代思潮有关。当代艺术与非艺术的界限日益模糊，艺术不再追求独自性，而强调参与性；不再追求美和善，而是表现丑陋和暴力；艺术也不再超越生活，而是直接呈现生活。行为艺术就是其中的一个代表。行为的载体是身体，身体招摇过市的同时，其内部的欲望也被全方位地调动，于是，私生活写作与身体写作也成为文学界的另一种写作方式和生存方式。身体的美容化也堂而皇之地加入人类的顾影自怜的行列——瘦身、美容、健美、养生，身体在被科学化、医学化之后，剩下的就是空洞的形式，身体再也无法担当思想的承载者。这种向内转的"欲望化的身体"和向外转的"景观化的身体"，成为吸引眼球的刺激物。至此，艺术终于羞羞答答地放弃了一切束缚，成为裸体的展现。艺术家通过裸露的身体去宣扬艺术的权利，使艺术成了行为艺术，成了裸体艺术。但是，裸体艺术的阴谋在于通过裸体而获得轰动效应和激发窥视欲，这正是一种欲望的生产，其根本的目的不是裸体，而是通过裸体这一事实去挑战视听极限，甚至消解和废黜中国人文精神。

五、从去中国化到再中国化

置身西方的国际艺术体系使得中国当代艺术走上了西方化和去中国化的迷途。中国当代艺术走向世界并不意味着中国艺术就世界化了，相反却表征出去中国化特征。从人类的精神高度而言，西方化和去中国化的确是中国当代艺术

---

① 陶东风：《日常生活的审美化与文化研究的兴起——兼论文艺学的学科反思》，载《浙江社会科学》2002 年第 1 期。

② 鲁虹、孙振华著：《中国行为艺术：异化的肉身》，河北美术出版社 2006 年版。

自身创新的必要方式，但作为艺术体现民族心理的表征形式，中国当代艺术理应回应当代人的精神困境和提升当代人的审美能力，那么，返回传统、返回自身就成为中国当代艺术超越西方化的必由之路。一些当代艺术家也积极反思现代与传统的密切联系，试图将传统与现代结合起来，出现了返回传统的迹象。当然，返回传统不是要和传统一样，而是要超越传统，再造新传统。这一返回就是新世纪的再中国化。再中国化是中国崛起的国际新语境中的文化表征，也是中国价值的进一步体现。

再中国化并非文化守旧主义，而是激起传统的文化精神。去中国化是中国价值的消解过程，而再中国化就是中国价值重新厘定和阐发的过程。再中国化预示了中国当代艺术从"新—好"的逻辑中走出，而走到了"美—善"的价值维度。再中国化是中国当代艺术文化自觉的表现，由原来的浑然不觉而意识到中国艺术自身的价值和使命。再中国化也是中国当代艺术文化自信的表现，因为随着中国综合国力和国际地位的提升，必然反映到文化心态上。一个古老国度能够焕发新的生机就足以证明传统的正面力量，对自我文化身份的积极肯定就成为再中国化的内在驱动力。再中国化是中国当代艺术文化自强的表现。中国艺术虽然已经获得了再中国化的心理基础，但不可否认的是，中国文化艺术总体实力仍然偏弱，所以，提出再中国化不仅是发扬传统，而是推陈出新，在传统的基础上进一步展现中国文化的生命力。这种自觉、自信、自强归根到底是一种文化自立，是寻求一种真正的文化意识。

作为本体论的中国艺术不仅具有完全的存在合法性，而且也具有历久弥新的精神意义。中国当代艺术的灵魂是中国艺术精神。中国艺术精神属于中国文化精神。文化精神（艺术精神、哲学精神、道德精神等）是这个民族的灵魂，是其存在、发展的内在基础和动力。中国艺术的再中国化不仅深刻体现了中国文化的蓬勃生机，更显示了当代中国人的文化自觉意识。再中国化是中国艺术对自我和中国之间生命关系的精神铭刻，具有新时代的精神生态文化意义。

由于历史原因，中国当代艺术一开始就具有所谓的国际性、国际化特点。巴塞尔艺术博览会亚洲观察员乔纳森·纳帕克认为："中国当代艺术从一开始发展就很全球化，很国际化。其中原因一方面是因为官方在初期对于当代艺术的压制，另一方面就是本土文化缺乏接受当代艺术的天然条件吧。"① 纳帕克

---

① 杭春晓：《西方视野下的中国当代艺术——巴塞尔艺术博览会亚洲观察员乔纳森·纳帕克访谈录》，载《东方艺术》2006 年第 17 期。

的看法有一定道理，但所谓的"天然条件"无疑有一种西方优越性的嫌疑。中国当代艺术的确一开始就以先锋的反叛姿态出现，虽与当代中国的社会文化语境有所错位，但在我看来，中国当代艺术是在西化思潮影响下的中国西化艺术，与中国现实关系极为疏离：当代艺术"冷峻怀疑、无情嘲讽以及自以为关怀现实、超越现实而实际上并无益于现实的'精英精神'早已经沦为空洞的喧嚣，而他们那些令人震惊、愤怒的极端行为也差不多变成了一种可厌的职业化套路"①。

中国当代艺术由于其先锋、前卫、实验的诉求，远离中国民众也就成为必然的趋势。"当代艺术的边缘化表明它不仅游离于过去传统意识形态的直接控制之外，游离于当今艺术节之外的其他领域的学者、普通知识人、文化人、城市市民的注意焦点之外，而且还丧失了来自于民间资本的纯粹支持。"② 由于当代艺术的对叛逆性、调侃性、实验性等的刻意强调，使得艺术的审美功能、教化功能减弱了。艺术功能中被扩大、放大的是视觉功能，那种刺激性、多义性、反叛性使得大众对当代艺术没有产生好感和美感。艺术家以激烈的反传统、反权威、反美学的姿态表达对社会的抗议实际上已经部分地落空了。艺术在经过从教化时代到审美时代的转变之后，现在又走向了消费时代。今天，商业性、消费性成为人生价值选择的推动力量。艺术的商业化、消费化和世俗化使得艺术不再具有其对真、善、美的价值承担。

艺术家是文化的守护者。但今日中国当代艺术普遍缺失了中国文化诉求，片面强调对技术、形式的追求和创新，遗忘了艺术与文化传统和精神价值的紧密联系。传统是艺术之根，自古以来，中国艺术都是氤氲天地之间，充满道风禅趣。③ 近代以来，中国形而上的"道"消失了，回归心灵的"禅"消失了，这个"道"被判为吃人的礼教和专制主义意识形态而遭遇无情遗弃和批判，这个"禅"也被归于于事无补的神秘主义而遭贬低。有些中国艺术丧失了对传统中蓬勃生机的体悟，他们一方面丑化传统、拒绝传统、打倒传统，另一方面美化西方、拥抱西方、抬高西方，义无反顾地去中国化和西方化。其实，西方已经深陷"进步主义"泥淖而不能自拔，不可持续的社会发展最终将葬送地球文

---

① 王红媛：《偏差的定位——质疑"墙：中国当代艺术二十年的历史重构展"》，载《美术观察》2005 年第 9 期。

② 查常平：《当代艺术的边缘化》，载《美术观察》2005 年第 10 期。

③ 王斐著：《心哉美矣：中国艺术里的道悟禅韵》，武汉大学出版社 2009 年版。

明。中国人历来强调"温故知新"①、"慎终追远"②，正蕴含着无尽的生命意识和反思意识。而当代艺术则被"生产意识"所催迫，艺术不再成为生命的见证，而成为以毁弃生命为代价的大工业生产。

中国艺术本体的解释模式被彻底颠覆。"工欲善其事，必先利其器。"③ 达到艺术的事业的辉煌是目的，手段是利器。但今天的艺术"器"与"事"不分，片面强调"器"自身的创造性、创新性。但是，本体论的最高原则就是"形而上者谓之道，形而下者谓之器"④。"器"与"道"是层次差别极大的两个范畴。今天的艺术走的形式化的道路，其末路就在于一切"器"都可能是有限的，但"事"是无限的，正是因为"事"与"人"是不分的。"器"可离"人"，但"事"必须与"人"合一。艺术的创新如果仅仅被落实在"器"上，那是可悲的，正如古人所说"器非求旧，惟新"一样，⑤ 艺术必定在追新中精疲力竭，过劳死。精神得不到升华，也得不到慰藉。所以古人又强调"人惟求旧"⑥，就在于人的精神在经过不断积累之后会得到潜移默化的提升和完善，那种厚积薄发、大气盘旋是扑面而来的，旧者非陈旧，而是历史积淀而成的厚度。艺术如果没有找到自己的"事"与"道"，只是在"器"的层面消磨自己，就会跌入"心比天高，命比纸薄"的无根失重状态⑦，成为这个时代不幸的牺牲者，而无法成为这个时代的精神家园守护者和文化的守夜人。

关注家国、家园是中国艺术的悠久文化传统，这是超越自身之上的生存论关注。可以说，中国当代艺术的再中国化必须立足中国文化立场，强调对文化传统的继承和对精神价值的阐扬，以其清醒的文化忧患意识和价值担当意识参与中国文化的总体进程。

中国当代艺术的精神自觉并非一种纯粹自觉，而是一种生命自觉、生活自觉。生活是艺术的地基，是一砖一石累积而成，没有这个循序渐进结构合理敦实的地基，中国当代艺术的专业化就沦落为急就章、花拳绣腿，慌里慌张参加各类展出。某些中国当代艺术不再承诺价值和意义，只期望着金钱滚滚、名利

---

① 《论语·为政》。
② 《论语·学而》。
③ 《论语·卫灵公》。
④ 《周易·系辞上》。
⑤ 《尚书·盘庚》。
⑥ 《尚书·盘庚》。
⑦ 《红楼梦》晴雯的"判词"："霁月难逢，彩云易散，心比天高，身为下贱，风流灵巧招人怨。寿夭多因诽谤生，多情公子空牵念"。

双收。中国当代艺术的价值迷失也必然导致艺术与美的本然关系的断裂，使得艺术本体迷失，导致中国当代艺术过分重形式化，在线条、色彩、结构等方面特意强调非同一般性、标新立异性，往往使人迷失于形式的创新和冲击力，在不知所云、莫名其妙甚至目不忍睹的形式中人们无法触及精神的深邃宏远，形式、手段成为阻隔精神的迷障。在丧失了美的同时，艺术也丧失了对丑的批判，而成为对丑的一味拥抱。今天的一些中国当代艺术极尽讽刺、调侃、变形、拆解之能事，而对理想、期望、美好、崇高嗤之以鼻，以"玩世现实主义"和"犬儒主义"为自己的座右铭。[①] 艺术本来自生活，生活出问题它会报警，因为它要去化解风险和危险。如果中国当代艺术只将自己的角色定位于远离生活的对生活指手画脚，那么生活本身也将抛弃中国当代艺术。

六、中国当代艺术的再世界化

国际艺术体系与国际审美共识二者仍然处于紧张的关系之中。国际艺术体系可能是以单一的审美标准为基础的，还未有一定的国际审美共识。目前，整个世界的文化体系和艺术体系都是西方的。尽管东方的艺术形式不断地被西方当代艺术家借来，但其西方的文化立场非常明显。而中国当代艺术对西方艺术亦步亦趋，丧失了文化根底而患上文化贫血症。可以说，当代艺术的试验、先锋、后现代等因素过多地干扰了中国文化和中国艺术。当代艺术一路走高，它否定了传统艺术甚至现代艺术。在我看来，当代艺术不能仅仅着眼于先锋、试验、前卫，还应关注更多的面，即从形式主义走向整体主义和文化主义。如果整体主义和文化主义的审美共识不能进入国际当代艺术体系，那么，国际当代艺术体系就是一个不完善的体系。如果国际当代艺术体系依旧坚持其一元的先锋性、试验性、反传统性、反审美性，那么艺术就偏离了艺术本身，而成为与

---

① "玩世现实主义"（Cynical Realism），中国当代美术潮流之一，1991 年画家方力钧、刘炜在一次展览上推出了被称之为"玩世现实主义"的首批作品，这批作品给人的感觉是百无聊赖、玩世不恭，与当时中国人普遍存在的处世方式有一定联系。玩世现实主义也被看作是对 80 年代现代主义的反叛，它更加大众化、去精英化，但容易流于流氓气、痞气。犬儒主义（Cynicism）是玩世现实主义的哲学基础，犬儒主义字面讲就是"像狗一样的人"。早期的犬儒主义有着个体的道德底线，而后期的犬儒主义则将这个底线也抛弃了，他们愤世嫉俗，但又过着狗的生活，他们解构一切宏大叙事，但又拿不出自己的叙事，他们口头说一套，背地里则是另一套，他们是话语上（非精神上）的精神贵族，但又是行动的侏儒。

人性、精神关系不大的一种形式堆砌和观念游戏。

中国当代艺术走再中国化的道路是必由之路，但非最终目的。西方化的道路已然证明问题多多。西方化即去中国化，今天中国当代艺术的再中国化的目的是重新展示中国当代艺术的世界化特征，这种世界化不同于以往西方单方面的国际化、全球化，而是一种积极主动的文化推出和输出，准确说，这种世界化是一种再世界化，是对西方单一国际化、全球化的修正和超越。① 于是，中国当代艺术就从超越西方化的再中国化与再世界化的过程中寻觅到自己的文化立场。

实际上，文化艺术的再世界化进程已成为后发民族国家的文化战略。20世纪 60 年代，日本在经济崛起之初，就拨出专项资金，请来西方日本研究专家翻译三岛由纪夫、川端康成等一流作家的作品。这些西方专家被安排住在日本，让他们了解日本生活，观摩相扑、茶道等各种日本特色的东西。由此日本将本国作家推向了世界，川端康成获得诺贝尔文学奖正是与这一氛围分不开的。今天，日本仍然继续资助外国人的出版，只要是和日本文化相关的，都可以得到日本政府的资助。由于日本颇富成效的文化推进，使得西方人将日本文化艺术看做东亚文化艺术的代表，中国书法被挡在日本现代书法之外，中国茶艺被挡在日本茶道之外，对日益崛起的中国产生了极大的文化艺术上的压力。韩国也紧随日本之后，1973 年成立了韩国文化艺术振兴院，2001 年韩国成立韩国文学翻译院，大力推出韩国作家。韩国文学世界化已成为韩国文学的国家政策。②

对中国而言，问题更为严峻，包括文艺和批评在内的图书输出长期处于逆差状态。据国家版权局统计数据，1995—2003 年中国引进版权 58077 项，输出版权 5362 项，比例是 11∶1。③ 2005 年，对美版权贸易则是 4000∶24。近年来，国家加大了版权输出力度。2011 年，图书版权贸易输出与引进比例由 2010 年的 1∶3.5 缩小到 1∶2.5，但总体来说中国的输入版权仍高于输出版权。

图书输出在一些人看来是小事，但小事的背后却是大问题。第一，经济受

① 王岳川著：《发现东方》，北京图书馆出版社 2003 年版。

② ［韩］朴宰雨：《韩国文学全球化与中国化的现状与展望——韩国文学翻译院尹志宽院长访谈录》，载《当代韩国》2006 年第 2 期。

③ 王博闻：《中国图书版权输出问题分析及对策》，载《第十二届国际图书博览会（2005BIBF）新闻简报 049》，http://link.clubol.com/link/res/other/2005bibf/049.doc。

损。图书市场并非无钱可赚，在多元化的时代，人们的兴趣是多元的，一些思想性的著作同样有市场。一些富有时代性的有艺术创新的图书也会畅销，如《哈利·波特》在全球的热销，并形成了巨型产业链。① 相比中国，这样的图书还太少。说"文学死了"，那是危言耸听，真正的好的文学是想象力的产物。第二，文化软实力受损，国外中国图书数量少，自然给人留下思想、学术产量少的印象，并且我们的图书输出太过注重传统，而西方人可能更喜欢看现代中国的风貌。比如和平发展、生态文明、小康社会等。第三，话语权受损。由于国外中国图书的匮乏，很多西方对中国的解读就过于西方化，进而给西方人灌输西方化的中国。更令人担忧的是，一些西方改变的中国形象又回流到中国，他们用中国元素赚中国人的钱，同时传递西方的价值观，这无疑将使中国在文化领域丧失自己的主动权和话语权。②

因此，扭转图书输出长期逆差就成为中国的重要文化任务。由于图书输出之外的现实"话语输出"不足，导致中国当代艺术理论批判的被动性。艺术研究与批评界铺天盖地的是"引进西方艺术理论"、"西方文艺理论的中国化"，等等，可以说一旦遇到西方艺术理论，不是拿古代艺术理论来招架，就是被动地被收编。在古今错位与对象错位中，无法找到自己坚实的批评地基。

乌里·希克（Uli Sigg），作为新时期以来第一位投资中国当代艺术的西方策展人，共收集了中国当代艺术作品 2000 件，于 1997 年创立"中国当代艺术奖"（CCAA），他对中国当代艺术的持续关注使他成为中国当代艺术的"教父"。希利斯·米勒，美国文学批评家，解构主义的美国代表，2000 年前后来到中国，提出"文学终结"之问，中国文论界哗然，纷纷提出应对措施，同时，米勒教授还于 2000 年任国际文学理论学会（设于中国）的主席。德里达，解构主义创始人，2001 年应邀来中国访问，在与王元化的对话中提出"中国没有哲学，没有思想"③，顿时引起中国文化界的欢呼和不满。欢呼者认为，德大师说我们有思想，与西方迥然不同，干嘛还要唯西是求？不满者认为，中国哲学有几千年的历史，怎么说没有哲学？弗里德里希·詹姆逊，美国文化理

---

① 《哈利·波特》是英国女作家 J.K. 罗琳创作的系列小说，共 7 部。据统计，这一系列小说已经被译成近 74 种语言，在 200 多个国家累计销量达 4.5 亿册。《哈利·波特》更带动了一系列相关文化产业，如电影、游戏、道具、玩具、服装，以及系列景点、公园、游乐园等。单就电影而言，《哈利·波特》8 部电影的全球票房就达 74 亿美元，成为电影史上的"奇迹"。《哈利·波特》如今已经拥有成千上万种特许经营商品，成为一个横跨多个领域的巨型产业链，带动经济规模高达 2000 亿美元。

② 参杨东营：《中国图书对外贸易逆差问题研究》，兰州大学新闻学硕士论文，2011 年。

③ 《德里达中国讲演录》，中央编译出版社 2002 年版，第 139 页。

论家，西方马克思主义在美国的代表，2002 年，发出现代性的一元性的声音，也引起中国学者的争论。沃尔夫冈·顾彬，德国汉学家，研究中国文学史，2006 年底到 2007 年初，先后两次对中国文学做出颇具刺激性的评论，又引起中国文艺研究界的轩然大波。与此成鲜明对比的是，中国对东亚、亚洲、世界文学与艺术所做的评论少有影响，没有一位中国思想家和艺术理论家对美国或西方产生了如此重要的影响，即便有，数量偏少，影响也较弱。中国的思想界、艺术评论界依然处于"刺激—反应"模式当中。国际艺术理论批评所出现巨大的逆差就是中国被边缘化、矮化的最好注脚。在此处境中，通过一种主动的去西方化、再中国化和再世界化对减少西方文化霸权的渗透与遏制去中国化思潮是至关重要的。①

中国崛起对世界历史的影响不容低估，不仅在于经济，更在于文化。中国当代艺术诞生于当代，却具有历史的文化厚度。中国当代艺术是站在中国文化这一巨人的肩膀上的。今天唤醒中国被废黜的思想文化精神不仅有益于中国，也有益于世界。中国当代艺术的再中国化与再世界化本身所蕴含的内容是丰富的。它表明了这样一种观念：中国当代艺术不是一个静态的知识生产体系，而是贯穿着一股活的文化精神和艺术精神，唯此，一种兼容中西、融会古今、比合天人的中国当代艺术就不再灰暗，而成为人类未来一道靓丽的风景线。

---

① 胡晓明：《中国文论的正名——近年中国文学理论研究的"去西方中心主义"思潮》，载《西北大学学报（哲学社会科学版）》2005 年第 5 期；代迅：《去西方化与寻找中国性——90 年代中国文论的民族主义话语》，载《文艺评论》2007 年第 3 期。

第十三章　艺术话语权与国际地位

一、艺术话语权与中国艺术话语权

在艺术话语体系中，艺术话语权（有时也称艺术话语权力、艺术软实力等）接近于"说得怎么样"，是话语效果、效应、影响等层面，当然这也涉及话语主体的言说能力。

与艺术话语相比，艺术话语权是一个更为常用的概念。但是，艺术话语权的研究仍然非常滞后，迄今为止不仅专著缺乏，研究论文也是屈指可数，主要集中于门类的艺术话语权研究，如电影话语权[①]、建筑话语权[②]、美术话语权[③]、舞蹈话语权[④]、音乐话语权[⑤]、书法话语权[⑥]等。更多的还是一些日常化或非学术化的表达，主要出现在各类媒体上[⑦]，深度和系统性都有所欠缺。

何谓艺术话语权呢？西方马克思主义理论家葛兰西提出的"文化领导权"

[①] 杨菊：《左翼电影与它的话语权》，载《北京电影学院学报》2009 年第 1 期。

[②] 宋建华：《建筑世界的话语权》，载《中外建筑》2006 年第 1 期。

[③] 付蓉：《关注绘画艺术中的女权话语》，载《美术之友》2009 年第 3 期。

[④] 易丽青：《舞蹈的话语权问题——兼谈舞蹈的思想性与观赏性》，载《舞蹈》2010 年第 7 期。

[⑤] 蔡奉伶著：《失位与回归：传统音乐文化话语权的丧失与重建》，西北师范大学博士论文，2009 年。

[⑥] 李彤：《政治权力与话语霸权——论封建皇权对书法艺术的统摄》，载《南京艺术学院学报（美术与设计版）》2005 年第 3 期。

[⑦] 王超：《谁将操控中国建筑话语权》，载《中国建设报》2004 年 12 月 8 日；张建青：《发挥美术作品话语权》，载《美术报》2007 年 5 月 26 日。

或"文化霸权"①，指意识形态、文化领域中某种意识形态或文化具有主导性（或霸权性）的地位。葛兰西将马克思主义关于经济基础、上层建筑的二分法发展为经济基础、上层建筑的国家社会、上层建筑的市民社会三分法：国家社会是政治领导权，而市民社会则是文化领导权②，突出了文化的重要性。在福柯那里，话语和权力的关系非常密切，某种知识可能是某种权力的表征，这种知识就成为权力知识。在当代，对话语权做出重要拓展的是美国战略学家约瑟夫·奈的（文化）"软实力"学说，将政治、经济、军事视为硬实力，而理念、价值观、文化等，则是软实力。③ 文化虽软，但影响深远，这和文化领导权、权力话语等是有密切的相关性的。

从性质上说，话语权包含两个方面，一是话语权利（right），指有没有一种言说的合法空间，这种话语是否可以发出，是否通畅、自由等，是否得到尊重和认可。二是话语权力（power），指发出的话语具有的大小不等的影响力，影响较大的就成为话语领导权或者话语霸权。有的时候，话语权力的获得并不意味着就是话语发出那么简单，而是意味着话语发出平台的优越性，比如媒介帝国主义。④ 从内容上说，话语权包括三个方面：第一是表述自主权，或自决权，可以自我进行表述，不依仗于别人，相反依仗于别人或者别人的表述，就是无法进行自我表述。这一点强调的是表述的独立性。第二是媒介平台，指表述所具有的主导空间、核心场域等问题，主流平台是自我表述建立起来的具有广泛影响力的表述世界。有的可以进行自我表述，但其表述无法在表述世界出现。严格而言，无法在表述世界上出现的表述都是潜在表述，无法成为事实表述。比如中国文学批评话语，多在国内进行表述，但很少能够在世界表述平台上（以欧美为主导）进行表述，因而世界也就无视中国批评话语的存在，相反，在世界主流平台上的话语表述却不断影响中国的批评话语，如欧美文论、汉学批评等。第三是表述影响力。发生在表述世界上的自我表述的效果因人而异。积极的方面可以推进自我表述和各类表述的良性循环，不断发出边缘话

---

① 葛兰西认为社会集团的领导作用有两个方面：一是政治领导权（国家社会），二是文化领导权（市民社会），包括精神和道德等维度。

② 国家社会即国家的制度、机关；市民社会是和思想、文化、意识形态相关的新闻媒体、文化团体机构、学术研究机构、民间组织、政党，等等。

③ ［美］约瑟夫·奈著：《美国定能领导世界吗》，何小东、盖云译，军事译文出版社1992年版。

④ 媒介帝国主义，即帝国主义在媒介领域的体现，帝国主义掌控着媒介主体，比如媒介语言（英语）、媒介内容（帝国主义意识形态等），还表现为帝国主义有意识掌控其他国家的媒介，使其成为自己的喉舌，其结果就造成信息不对称、不均衡、不平等，从而保证帝国主义话语权。

语，进而促进世界表述的生态建构，而消极的方面则构成表述霸权，某一表述无视其他表述，具有明显的政治倾向性，充满文化傲慢。

具体到艺术领域，艺术话语权就是表现在艺术领域或与艺术相关的话语权现象。根据艺术话语权的空间关系，艺术话语权大体分为三类：第一类是艺术领域内部的话语权。比如艺术自律的话语权，而非艺术他律的话语权①，艺术发展相对于艺术既定传统的话语权②，艺术接受群体的话语权③，艺术批评相对于艺术创作、作品的艺术批评话语权④，艺术理论相对于艺术批评、艺术创作的艺术理论话语权，等等。这些话语权是艺术领域内部的不同观点、理念之间的合理的、自然的互动关系，但有些则可能引向法律、道德问题。关于艺术内部话语权的获得，查常平认为有三个环节，第一个环节是艺术图式的占有，艺术图式占有就是占有和创造艺术符号，以及艺术家观念的专属表现（署名、风格）等。第二个环节是这种占有的社会认可，即社会传播。第三个环节是这种占有的历史存续，即持续认可。三个环节的话语权主体分别是艺术家、艺术批评家和艺术史家："当代艺术家的首要使命，依然是创造个人性的艺术图式；批评家的先天职责，在于将艺术家的个性艺术图式同有限共在者的精神生命相关联，使之成为一种社会财富；艺术史家的核心工作，则在于背靠艺术的图像志价值逻辑和历史的本真逻辑，对艺术家、批评家所共同推崇的个人性艺术图式做出人类性的评判，即一种个人性的艺术图式在多大程度上呈现出人类文化生命的发展历程。"⑤ 由此可见，艺术话语权力绝非静态，亦非单一主体的行为，而是涉及艺术共同体与艺术社会历史文化空间。

第二类是艺术内部—外部的话语权。比如艺术相对市场的话语权，艺术相对于政治的话语权⑥，艺术相对于道德的话语权等等。这种内部—外部话语

---

① 王林倾向于认为，艺术的话语权是消极的，被那些外在于艺术创作的展览、评论所制约，以至于艺术本身却缺乏话语权，成为他人鱼肉。参王林：《艺术中的话语权》，载《中国文化报》2011年6月21日。

② 邱家和：《侯翰如：艺术就是要摧毁话语权》，载《上海证券报》2010年10月30日。

③ 陈履生：《只有公众执掌公共艺术的话语权才能反映公共艺术的本质特点》，载《文艺报》2004年1月31日。

④ 2004—2005年，轰动一时的"纳西古乐名誉纠纷案"就是一个例子。《艺术评论》刊文质疑"纳西古乐"的真实性，后者的运作方则状告前者侵权，结果是被告败诉，引起文艺批评界一片哗然。不过，文艺批评虽败犹荣，并且更加显示了当今中国文艺批评的寒霜局面，在法学界、文艺批评界令人深思不已。参见马智：《当今还有无正常文艺批评话语权》，载《中国改革报》2005年1月22日。

⑤ 查常平：《艺术话语权力的社会性与历史性》，载《艺术评论》2004年第3期。

⑥ 胡学常著：《文学话语与权力话语——汉赋与两汉政治》，浙江人民出版社2000年版；李遇春著：《权力·主体·话语：20世纪40—70年代中国文学研究》，华中师范大学出版社2007年版。

权，立足点是艺术领域，强调艺术在面对外部因素（如市场）的时候如何确立自己的立场、身份，而不是一味就范，成为对方的工具。① 当然，外部的一些因素也在争夺话语权，力争能够对艺术施加影响，更能实现自己的价值，比如艺术市场的话语权，它并非意味着艺术一定要市场化，但强调艺术市场应遵循艺术规律的特殊性运作模式，建立完善的、理性的艺术市场标准体系和价值原则。相比而言，这种外部艺术话语权的建立健全能够为艺术的发展提供一种良好的氛围和有力的保障，而不是一味放弃这种外部的艺术话语权。内部—外部话语权还包括艺术政治话语权、艺术道德话语权等等，其结构和特征与艺术市场话语权类似，既包括了消极的外在决定因素，也内在地包含着艺术对政治、道德的价值诉求。

第三类是中国相对于西方的艺术话语权问题，即中国艺术话语权。根据当前中国艺术的状况，这一问题大致有三个方面值得审理：

首先是中国艺术的市场资本话语权，涉及中国在当代国际艺术市场中的地位、影响力问题。中国当代艺术市场在新世纪之初发展迅猛，2007 年的时候，中国艺术市场份额已居于亚洲第一、世界第三的地位。有些人乐观地认为中国艺术市场已经有了国际话语权了。其实不然，有两点因素制约中国艺术市场话语。一是艺术价值观还来自西方，而不是中国，中国艺术很多不是从本土化内部出发，而是迎合西方审美价值观。二是缺乏成熟的艺术市场，相比西方发展完备的市场体系，中国的艺术市场才刚刚起步，很不成熟，并且很多是拷贝西方。这两点严重制约了中国当代艺术市场话语权的发展，对未来中国艺术市场话语权也构成了严峻挑战。②

其二是中国艺术的文化话语权、文化主导权。中国艺术的市场话语权已经涉及这一问题。文化维度的艺术话语牵涉更多的问题。有部分学者做了有益的尝试。如于兴义从策展、资本、评价三个角度分析了中国艺术"走出去"以获得国际话语权的问题。③ 这三方面的问题归根到底就是制度与观念的问题。陈燮君从创作角度而言，认为"中国气派"艺术创作对中国艺术的文化领导权有重要意义，中国艺术应立足全球化（信息化）时代场景，坚持民族性和世界性，通过时代性的艺术创作，展现中国文化新形象。④ 陈恩惠提出"自我艺术

---

① 饶翔：《如何提高中国艺术品的话语权》，载《文艺报》2010 年 5 月 28 日。
② 云菲：《中国艺术市场还需增强话语权》，载《中国艺术报》2008 年 9 月 26 日。
③ 于兴义：《增强中国艺术的国际话语权》，载《中国文化报》2009 年 7 月 23 日。
④ 陈燮君：《中国艺术的文化话语权》，载《中国文化报》2008 年 4 月 10 日。

话语",强调艺术性与时代性、精神性和文化性的结合。他认为中国当代艺术一直受制于西方艺术话语,而缺乏自我艺术话语的创造,对此他从三个方面提出自我艺术话语的创造:第一是形象与结构必须反映现代生活的真实本质。第二是技法,反映现代人情结的,且与新的形式相协调相统一的。第三,艺术话语必须是表达中国文化精神的。①

随着中国国际地位的提升,艺术话语权也逐渐引起重视,但是扩大中国艺术的国际话语权仅仅从策展来宣示自己的地位还是表面的和肤浅的,因为缺乏深度的价值体系支撑。这一价值体系无疑就是中国艺术的价值观和世界观。在这一点上,中西艺术呈现巨大的差异性。西方艺术强调真,客观反映外在世界,而中国艺术自古强调天人合一,尤其注重个体精神。近代西方文化艺术思想涌入中国,导致中国传统艺术思维中断而走向了西方技术主义、客观主义的迷途。如果我们宣示的中国艺术还是复制西方的话,中国当代艺术仅仅成为西方艺术的分支,而不可能成为举足轻重的独立的话语体系。② 只要看一看中国传统艺术中的重要门类——国画、书法不及油画、当代艺术就知这一问题的严重性了。可以说,中国当代艺术正处于一个西方化的艺术体系之中。

其三是中国艺术的批评理论话语权。如果前两点的着重点是通过艺术进行市场话语权、文化话语权的建设的话,这一点则通过文化进行艺术批评理论话语权的建设。中国艺术批评理论话语权更是深入到哲学层面。

20世纪,西学东渐,中国艺术深陷后殖民泥淖无以自拔。盛行西方的文化殖民批评其实质是扬西抑中、全盘西化,其结果就是认定中国艺术不及西方艺术,认定中国文化是坏在骨子里,所以需脱胎换骨,然而其结局就是民族虚无主义横行。可以说,无论是现实主义,还是后现代的形式主义,都远离或偏离了中国传统艺术精神。③ 在文学批评领域,也同样有这样的问题。西方人的批评、理论是救国救民救文化之道,国人趋之若鹜,而中国传统批评则乏人问津,或者很难进入当代文学批评现实,有些学者限于专业观念,无暇将古代批评应用于现实批评,等等,这些都导致中国在艺术批评话语权方面软弱不堪,也恰恰表明中国当代艺术话语权缺乏更为根本的哲学支撑和文化精神支撑。

中国学者已经意识到:西方的后殖民主义本身并不是东方文艺批评的方

---

① 陈恩惠:《论"自我艺术话语"的创造》,载《艺术百家》2004年第5期。
② 汪洋:《由中西文化关于"真"的认识差位——看当代中国艺术"话语权"的国际获得》,载《南京艺术学院学报(美术与设计版)》2005年第4期。
③ 刘星:《关于二十世纪西方文化殖民批评的批评》,载《艺术探索》2004年第1期。

案，因为后殖民话语本身就是西方话语的一支，并不完全适应东方，其西方中心主义（后民族主义）根深蒂固。与此同时，东方艺术批评话语则在"去民族化"的道路上渐行渐远，或者贬低民族，或者操持西方话语对民族艺术作削足适履的批评。但是，东方用以对抗西方、与西方对话的恰恰就是民族性，无论是民族艺术，还是民族理论。所谓民族性不是民族主义，而是某一民族的价值体系或者"意义系统"。① 在此意义上，警惕后殖民主义，超越后殖民主义，② 对中国艺术话语权的获得而言就尤为迫切了。

在中国文学理论领域，中国话语权问题也日益突出，从 90 年代的失语论开始就争议不断。中国文学理论的"中国话语权"问题实质上是全球化问题。全球化的一个消极力量是西方中心主义，它迫使非西方的文化丧失了自己的话语权。"长期以来，在西方霸权主义掌控的单极世界里，西方文学等于世界文学，而其他国家和地区的文学处于极其边缘的地位。尤其在国际文学理论界听不到中国的声音。这是极不正常的。"③

由上可知，中国艺术在市场、文化、批评话语权三大方面几乎全线失守，在新世纪提倡中国文学艺术及其理论批评的"中国话语权"就势在必行了，它不仅是反抗西方中心主义的有力方式，也是维护世界文艺生态和多元文化的重要步骤。

二、从话语权到"国际地位"

与话语权紧密相关的一个词是"国际地位"。"国际地位"（international status）原是政治学术语，指一个国家在国际体系中所处的位置和该国在与其他国际行为主体相互联系、相互作用而形成的国际力量对比结构中的状态。"国际地位"研究具有较为明确的全球视野和本国问题意识，在政治学领域有深入的开展④，在人文学（文化）领域也有进展⑤，近年来，在文学艺术研究

---

① 杨乃乔：《西方的后民族主义与东方的民族性——关于世纪之交艺术话语权力的争夺》，载《民族艺术》1998 年第 1 期。

② 王岳川主编：《后东方主义与中国文化复兴》，黑龙江人民出版社 2009 年版。

③ 古风：《文学理论的"中国话语权"》，载《中国社会科学报》2010 年 6 月 1 日。

④ 陈岳著：《中国国际地位分析》，当代世界出版社 2002 年版。

⑤ 周思源：《中国文化 21 世纪国际地位刍议》，载《传统文化与现代化》1997 年第 4 期；王岳川著：《发现东方》修订版，北京大学出版社 2011 年版。

领域也有所表现。

在中国文化复兴和全球化趋势不断加深的情况下，警惕"全球化陷阱"，推进全球化中国正能量增长，推动中国文化软实力建设和思想创新，已然成为中国当代人文学术研究的重要趋势。

晚近以来，随着中国政治、经济等国际地位的不断提升，"国际地位"问题日益凸显，在人文学领域的使用频率也日益增长，说明人文学科对当前置身其中的国际文化动态结构的自觉。今天，国际间文化软实力此消彼长，文化全球化日益深入，文化多元化趋势逐渐凸显，构成了中国文艺与理论国际地位问题的重要语境。但是，我们也应清醒地意识到中国文艺与理论国际地位与中国国际地位的复杂关系。就目前而言，中国经济总量已跃居第二，但一个奇怪的现象是，在 2005 年到 2007 年间，中国在主要发达国家的"受欢迎程度"或者影响程度都呈现下降趋势，其中在日本的下降比例最大。[1] 近年来日本对中国的好感程度已下降到了 10% 左右。这至少说明周边发达国家（日本、韩国）和西方发达国家不情愿一个土老帽国家的崛起。但是中国的崛起是谁也挡不住的，势在必行的是要不断推进中国的文化、艺术、理论的国际地位，尽可能更多地同发达国家进行艺术、文化上的深度交流，减少负面情绪，持续增加中国文化的自身软力量建设。[2]

在新世纪，随着中国文艺的文化自觉和理论自觉的逐渐形成，加之西方文艺与文艺理论正处于转变期，中西文艺的整合条件业已具备，特别是相关理论为这一问题提供了思想的支撑。

第一是文化软实力理论，文学艺术及其理论批评是某一文化体的哲学、思想乃至精神的体现，它的影响力表征着文化的影响力，在艺术领域就是以"艺术软实力"[3]，或者艺术的"软力量"，突出艺术在文化价值观上的重要性；第二是文化生态理论，生态学原指生物多样性，用于人文领域就是文化多样性，某一文化所处之地位并不是固定不变的，而是随着历史等发生变化，这就是文化的动态平衡和多样平衡，在艺术领域就是艺术生态；第三是世界主义理论，如中国的"天下"观，歌德的"世界文学"，沃勒斯坦的"世界体系"理论，

① 唐彦林：《美国对中国软实力的评估及对中国软实力建设的启示》，载《当代世界与社会主义》2009 年第 6 期。

② 在 2012 年 5 月英国 BBC 的一次统计中，中国的全球欢迎程度位居第五（前四名分别为日本、德国、加拿大、英国），除了在周边日本、韩国等外，中国普遍在世界上的欢迎程度都所有提高。

③ 刘春梅：《像春风一样沐浴大地——对中国文化艺术软实力的看法》，载《艺术教育》2010 年第 3 期。

以及当下的"全球治理"思潮等，都是对全球化的构想，通过批判性审理，它们将成为世界艺术史与理论史建构的有益资源。

中国文艺与文艺理论是现代中国国家意识和文化意识的一部分，其内容体现着中国文化的精神与价值。在此，我们首先需要明确中国当代文艺与文艺理论在全球化语境中需有自己的审美自觉与文化自觉，但这种自觉不是民族中心主义（文化沙文主义、原教旨主义）的，也不是西方中心主义（殖民主义、虚无主义）的，而是意识到中国文艺与文艺理论的自我言说（中国话语）与他者言说（西方话语）之间的双向对话、交流、建构关系。在全球化日益深入开展的时代语境中，研究中国文学艺术的国际地位问题，对促进中国文学艺术的传承与创新，增进对中国文学艺术的自我理解和反思性理解，对中国文学艺术与理论进一步走向世界，凸显中国文学艺术与理论世界化影响，都具有突出的理论价值和现实意义。

中国文艺与理论的"国际地位"含义有二：一是纵向的，中国文艺与理论在世界艺术史与理论史上的地位；二是横向的，中国文艺与理论在当前世界上的"影响力"，对当代世界文艺和文艺理论有发言权和说服力。就第一点而言，世界艺术史和世界文艺理论史还没有有效建立起来，或者受制于西方中心主义而没有中国文艺与理论的地位。就第二点而言，近代以来，中国国际地位急剧下滑，不再是强国，其文化也随之遭受贬低，中国文学、艺术与理论等也一落千丈。因此，中国文艺的国际地位问题虽非常重要，但却是一个非常艰难的问题，它不只是对事实的梳理和概括，而意味着新的理论框架提炼和价值判断更正，具有更高的理论层次，因而具有重要的现实意义。

三、中国艺术国际话语流通之匮乏

在我看来，衡量一国艺术之国际地位的标准有二：一是艺术话语（术语、概念）流通数量是否巨大；二是是否具有艺术史叙事的主动权、主导权。就前者而言，其体现的就是各类艺术词典。就后者而言，其体现就是各类艺术史.写作。

《艺术与艺术家词典》（*Dictionary of Art and Artist*）是当今最具权威的艺术词典之一，前身是 1966 年出版的《艺术百科全书》（*Encyclopedia of the Arts*），原收录 1945 年以前的艺术运动和艺术家。1985 年，经过修订的《艺术与艺术家词典》出版。这部词典"首次提供了当代艺术和当代艺术家的广泛信息，兼之对以往艺术的细心梳理，使本词典在总体上堪称前所未有的参考书"。这部词典收入词条 2500 余个，囊括远古至现当代艺术，除了收录西方艺术，还广泛收录非西方的拉丁美洲、亚洲、非洲、大洋洲艺术。"前所未有"应该是当之无愧的。

那么，这部代表性很强的词典和我们的题目有什么关系呢？从正面说，应该说是没什么关系的，但从反面说却大有关系。在这部词典里，中国艺术话语虽然得到反映，但可以毫不客气地说，中国艺术话语在世界艺术话语中几近了无地位！这部词典尽管自称收入非西方艺术，但俯拾即是的却是英、美、法、德、意等欧美艺术，身影难觅的仍然是东方艺术。

就中国艺术而言，收入中国艺术的词条仅仅 20 个。其中，朝代词条 7 个：汉、六朝、唐、宋、元、明、清；艺术家词条 7 个：顾恺之、王维、吴道子、马远、夏圭、赵孟頫、董其昌；艺术词条 6 个：中国艺术、书法、文人画、中国风、南宗、北宗。除去朝代词条外，中国人非常熟悉的国画、皴法、石窟艺术等，并没有成为词条。有些词条看似专属于中国，但其实又不专属于中国，如青铜，"古希腊和古代中国的青铜雕塑家都达到了后世无法逾越的水平"[①]。当我们陶醉于商代的青铜艺术的时候，可知古希腊也有美轮美奂的青铜艺术？

那么，在这部词典里收入日本艺术的状况又如何呢？日本是较早进入现代的东方国家，但日本艺术在该词典中的反映似乎也并不比中国好到哪里去。这部词典共收入日本艺术词条 28 个，其中时代词条 7 个：藤原时期、平安时代、镰仓时代、桃山时代、江户时代、德川、室町或足利；艺术家词条 10 个：雪舟、狩野家族、土佐家族、酒井田柿右卫门、铃木春信、喜多川歌麿、葛饰北斋、安藤广重、国吉康雄、河原温；艺术词条 11 个：日本艺术、大佛像、日本版画、手卷、墨绘、挂轴、唐绘、切金、寄木造、大和绘、浮世绘。尽管20 和 28 个差不到哪里去，但是细微差异显示了中国艺术和日本艺术在西方世界的不同遭遇和地位。

在中国人眼中，日本受惠于中国甚多，在古代历史上，中国也是输出国，而日本是输入国，虽然中国词条和日本词条之差并不大，但足以表明西方人眼中的中日艺术地位和中国人所理解的中日艺术地位并不一致。这部词典用一个

---

① ［英］尼古斯·斯坦戈斯主编：《艺术与艺术家词典》，范景中主编，刘礼斌等译，三联书店 2010 年版，第 65 页。

冷冰冰的事实告诉中国人，西方对中国的理解和对日本的理解是对等的，西方并没有受制于中国中心主义。①

相反，我们对日本的了解并不见得好过西方。一个简单的例子就是，中国人对自己的朝代耳熟能详，甚至对西方的历史分期也耳熟能详，但谁敢保证对日本历史耳熟能详？尤其令国人汗颜的是，日本被收入 10 个艺术家词条，这 10 个艺术家词条对普通中国人而言可以说大多数人都感陌生。可能专业人士对浮世绘艺术还熟悉些，但像狩野、土佐等艺术家们，如果不专修日本艺术史，估计专业人士也所知甚少。

尤其值得注意的是，词典收入的中国 7 位艺术家均是明代以前的，清代以后特别是 20 世纪的中国艺术家一个也没有，反观日本，几乎收录的都是 17 世纪以后的艺术家（雪舟除外），并且还收录两位 20 世纪的日本艺术家（国吉康雄、河原温）。我们引以为豪的清代艺术家如王铎、傅山、赵之谦等，还有现代艺术大家如齐白石、徐悲鸿、张大千等，在这部词典中都没得到反映。

从艺术技法体系而言，西方对中国艺术技法的了解很有限，而对日本艺术技法的理解则较为充分。这部词典收入的日本艺术词条数为 11 个，中国为 6，除了具有数量优势外，这些词条多侧重于具体的技法，而中国艺术词条里没有一个是关于技法的。可以说，词典对中国艺术技法类内容的显现是极为贫乏的。如果说这部词典对中国、日本艺术词条的收录还是较为公平的，数量差别还不大的话，但是在另一部词典里，日本艺术对中国艺术则是大胜。这部词典就是爱德华·露西－史密斯（Edward Lucie－Smith）著《艺术词典》（三联书店 2005 年版）。

这部词典收入源自日本（日语）艺术的词条有 63 个（约占全书 2000 多词条的 3%）②，而收录源自中国（汉语）艺术的词条仅 15 个（是日本词条的四

---

① "大多数学者……承认日本文明是一个独特的文明，它是中国文明的后代，出现于公元 100－400 年之间。"（亨廷顿著：《文明的冲突》，新华出版社 1998 年版，第 29 页）"大多数学者"说明，将中国文明和日本文明并列的观念在西方极为普遍。

② 红摺绘、屏风、拉门、屈轮、具体派、泼墨、埴轮、平户瓷器、凤凰（中日）、伊万里瓷器、印笼、日本风式艺术、日本主义、挂轴、柿右卫门瓷器、狩野画派、唐绘、切金、日本麒麟、老九谷瓷器、香箱、金堂、尾形光琳画派、九谷瓷器、绘卷、莳绘、民芸、木纹、纹章、南蛮艺术、锅岛瓷器、南画派、梨地漆饰、根来漆器、根付、日本画、锦绘、绪缔、织部茶具、乐陶器、萨摩烧、唐三彩（中日）、濑户漆皿、赤铜、犬狮、障子、祥瑞瓷器、春宫画、水墨画、墨绘、摺物、砚盒、榻榻米、井天目炻器、研出、壁龛、鸟居、土佐画派、锷刀、浮世绘、佗、大和绘、禅画。

分之一)①。具有灿烂辉煌艺术史传统的中国艺术和日本相比简直是相形见绌，难道中国艺术有愧于世界吗？② 非也。原因其实很简单，乃是日本艺术主动世界化之结果。

在19世纪后半期，日本正值"脱亚入欧"时期的明治维新，日本艺术在西方可谓风靡一时，而此时大清帝国江河日下，谈不上艺术世界化。西方看重日本艺术，一方面是因为日本的开放国策。当时西方人"对日本艺术的尊重是与将日本视为进步国家的当代观念一致的"③。与此相反，由于中国的闭关锁国，西方人的中国印象"自近代以降，这朦胧迷蒙的东方世界逐渐沉淀为无聊的国度，成为浸郁在夜壶屎尿之中的国家"④。除了国策外，另一方面是因为日本艺术的独特性，比如浮世绘（日本版画）对西方艺术具有深远影响。由于日本艺术在现代西方的巨大影响，直接改变了西方对东亚艺术的认识：在19世纪中后期以后，东亚艺术在西方的代表（或起源）是日本艺术，而非中国艺术。即便像泼墨、水墨画、挂轴这些中国艺术界熟悉的关键词，在西方人眼中它们来自于日本，而不是中国，尽管它们源于中国。⑤

中日艺术在西方之遭遇仅是小差距，更大差距是东西方差距。在《艺术与艺术家词典》中，将中国、日本算在一起，总计也只有48个，再加上朝鲜2个（朝鲜艺术、白南准），共计也就50个，约占2500余个词条的2%。艺术话语流通量如此之低，显然与东亚文化在历史上所取得的辉煌成就是不相称的。

就20世纪中国文化学术而言，王岳川认为，"中国连一个文化学术名词也没提出来"⑥。可以说，20世纪的100年，就是中国文化学术原创性失败的100年。有学者指出，在西方术语铺天盖地登陆中国的时候，"反过来看，天、理、

---

① 暗花、纹章瓷器、广州珐琅、广州画派、青白瓷器、中国风式、佛犬图、凤凰（中日）、汝窑炻器、麒麟、罗汉、唐三彩（中日）、饕餮、鼎、五彩。

② 史密斯的另一部专著《二十世纪伟大的艺术家》论述了约100位艺术家，但没有论述一位中国艺术家，缺席的还有日本、印度、非洲等非西方艺术家，非西方艺术家只有墨西哥等国的艺术家被论及了。参爱德华·露西—史密斯著：《二十世纪伟大的艺术家》，吴宜颖等译，联经出版事业公司1999年版。

③ [美]沃伦·科恩著：《东亚艺术与美国文化》，段勇译，科学出版社2007年版，第22页。

④ [英]维克托·基尔南著：《人类的主人：欧洲帝国时期对其他文化的态度》，陈正国译，商务印书馆2006年版，第162页。

⑤ 日本版画与明清版画有着密切的联系，但对这一点人们还没有普遍的认识。参高云龙著：《浮世绘艺术与明清版画的渊源研究》，人民出版社2011年版。

⑥ 王岳川：《中国连一个文化学术名词都没喊出来》，载《羊城晚报》2010年12月13日。

性命、道、心、风骨、气韵、通变、实录、史德、境界、生计、群、通儒等中国本有的学术语言及其运思方式，全都在现代中国学术思考中隐退了，成了学术史研究的内容。这就是中国的'现代化'？"① 从话语角度来说，中国艺术全线溃败。

其实，艺术话语流通数量偏少只是结果而非原因。比艺术话语流通更严重的是艺术史叙事问题，这才是问题的关键。

四、西方中心主义艺术史叙事

帕特里克·弗兰克的《视觉艺术史》（*Art Forms：History of Visual Art*）是一部欧美高校主流教材，初版于 1972 年，2006 年出版了第 8 版。② 在这样一部主流教材中，中国艺术或东方艺术是怎样被反映的呢？

该书共分三大部分，第一部分是"艺术文化传统"，第二部分是"现代艺术"，第三部分是"后现代艺术"。"传统－现代－后现代"，这是西方典型的艺术史叙事，其变体是"古代－中世纪－文艺复兴－近代－现代"。③ 但无论如何，"起于古希腊，终于后现代"，这是世界艺术史叙事的主线。这一叙事的主线毫无疑问是西方中心主义的，甚或西方艺术霸权主义的。在这一线性的艺术史叙事中，中国艺术和东方艺术可以说遭遇了前所未有的危机。

《视觉艺术史》第一部分传统部分，共分为两大方面，一方是西方艺术，即欧洲艺术，另一方是非西方艺术，包括亚洲、大洋洲、美洲艺术等。在第一章"从最早期艺术到青铜时代"里，东西方艺术共处于同一纬度，并且东方还占据着重要的内容。但是，稍后的第二章、第三章则是浓墨重彩的西方古代艺术，从古希腊、罗马一直到文艺复兴、巴洛克，是西方艺术的华丽登场。此后三章分别是亚洲传统艺术、伊斯兰艺术和非洲、大亚洲和美洲艺术。位于第三章的中国艺术，只有区区 8 页，但写得还是极为精到的，从青铜器到书法，再到文人画，脉络清晰。在《艺术与艺术家词典》里没有得到反映的怀素、王羲之、范宽、倪瓒、吴镇、唐寅、八大山人等中国艺术大家悉数出现。然而令人奇怪的是，除马远外，《艺术与艺术家词典》里收入的顾恺之、王维、夏圭、

---

① 陈立柱：《西方中心主义的初步反思》，载《史学理论研究》2005 年第 2 期。
② ［美］帕特里克·弗兰克著：《视觉艺术史》，陈玥蕾译，上海人民美术出版社 2008 年版。
③ ［法］艾黎·福尔著：《世界艺术史》，张泽乾、张延风译，长江文艺出版社 2004 年版。

赵孟頫、董其昌则未进入该艺术史叙事。

从"传统"这一部分的艺术史叙事而言,有四点值得注意:一是"西整东散",西方有着完整的艺术史,而东方艺术史还处于空间化状态,被分割为中国、日本、印度等;二是"详西略东",对西方有着充分的论述,而对东方则论述相对较少(就个别部分而言,而非就整体东方而言);三是中国艺术只是东方艺术的一支,而非全部,我们津津乐道的"中西艺术"其实是有问题的;四是西方对东方的关注远较中国对东方的关注全面丰富,中国对东方艺术的关注多偏重于亚洲(中东、印度、东南亚),而西方除了对亚洲外,还对大洋洲、非洲艺术也有深入了解。

如果说在古代部分,西方和东方还算对等的话,那么在现代艺术史中,西方和东方的比例就严重偏向西方了。这里要说明的是,现代艺术在西方一般起于 17 世纪,而在东方世界,现代的起点在 20 世纪,在时间上,西方就占据优势。在第二部分的 5 章内容中,有四章讨论西方现代艺术,从 17 世纪一直到 20 世纪中期。只在最后一章讨论了亚洲和非洲的现代艺术,分别是日本、中国、印度、伊斯兰国家、非洲的现代艺术。非西方的部分被一锅烩了。这一部分有两点值得注意:第一点非常明显,西方现代艺术是如日中天,而非西方艺术则是大河断流。西方现代艺术共 4 章,洋洋洒洒近 100 页,而东方现代艺术仅 1 章,只有可怜的 8 页;第二点,日本现代艺术在东方现代艺术中居于前列,大体日本更早进行现代化,并且取得了实质性的突破。

从对等到严重偏向西方,可以说在西方崛起的同时,东方在不断没落,直至消失不闻。为何如此说?全书的第三部分是后现代艺术,在这里东方的身影几乎消失,只有个别东方艺术家被提及(如日本艺术家森万里子)。引领时代风潮的还是欧美,特别是美国。在书后所附的《世界艺术史年表》中,共分 9 个区域:美洲、俄罗斯、北欧、南欧、中东、非洲、印度、中国、日本。在 17 世纪之前,9 个区域可以说是"各领风骚数百年",但是到了 17 世纪以后,欧洲艺术崛起,成为世界艺术的中心,独领风骚三百年,直到 20 世纪 50 年代以后才被美国所取代。而就后现代艺术而言,美国是当之无愧的世界艺术中心。①

从古代到现代、后现代,西方逐渐占据世界艺术的核心,这似乎正印证着东方艺术从古代以来就处于不断的失败之中。难道东方艺术就不能成为现代艺

---

① 河清在《艺术的阴谋》(广西师范大学出版社 2005 年版)中说的很清楚,当代艺术就是美国当代艺术。

术的核心，不能构成后现代艺术吗？① 问题的答案并不在于回答"是"，在于反思问题本身。就传统而言，那已是过去，我们无法改变，但谁规定了我们的传统？就现代而言，它是我们的处境，但是谁设定了我们的处境，难道无法改变吗？就后现代而言，它是西方艺术趋势，但并不必然意味着是中国艺术的方向，难道不该有中国艺术自己的方向吗？在缺乏反思的情况下，中国可以通过更加"西方化"的方式进入现代、后现代的西方艺术世界，赚取更多的钱，但无法进入世界艺术史的核心，也无法真正成为我们自己。

可以说，在西方所设定的"传统－现代－后现代－……"的宏大叙事的历史走向里，没有东方的位置，没有中国的位置。这就是中国艺术国际地位的最终谜底。

当然，要破除这个谜，正是中国人自己。就中国艺术国际地位这一问题而言，无怪乎二点：一曰中国身份，二曰中国气象。中国身份，不是在拥抱西方的时候丧失自我，而是在容纳他者的时候创造自我。中国气象，就是发出中国艺术自信之音，传递中国精神，参与世界艺术史建构。唯此，中国艺术才能不断提升世界艺术话语中艺术话语的流通比例，才能真正建立中国艺术史叙事，才能去表述自己，而不是被他人所表述。能够表述自我一个基本条件是有没有理论话语权，也就是中国文艺理论的国际地位问题。

五、"无声的中国"

但是，中国文艺理论的国际地位仍然令人丧气。

1995 年，季羡林说："我们东方国家，在文艺理论方面噤若寒蝉，在近现代没有一个人创立出什么比较有影响的文艺理论体系，王国维也许是一个例外。没有一本文艺理论传入西方，起了影响，引起轰动。在无形中形成了一股崇洋媚西的气氛。"② 他又说："想使中国文论在世界上发出声音，要在世界文论之林中占一个地位，其关键不在西人手中，而全在我们手中。"③ 季羡林的

---

① 即便在中国人著的"世界当代艺术史"中，多参考西人著作，中国当代艺术也缺席。参王受之著：《世界当代艺术史》，中国青年出版社 2002 年版。

② 季羡林：《东方文论选·序》，载《中国比较文学》1995 年第 10 期。

③ 季羡林：《门外中外文论絮语》，见《中国古代文论的现代转换》，陕西师范大学出版社 1997 年版，第 4－19 页。

说法也许太过绝对，但大体上中国现代文艺理论和灿烂的古代文艺理论不相匹配。在这种情况下，中国文艺理论能够和西方对话已属凤毛麟角，像王国维、朱光潜等也只是少数而已。不过，季羡林提出要中国人自己"发出声音"，我认为是非常确当的。

大约同时，香港学者黄维梁认为："在当今的世界文论中，完全没有我们中国的声音。20 世纪是文评理论风起云涌的时代，各种主张和主义，争妍斗丽，却没有一种是中国的……尽管中国的科学家有多人得过诺贝尔奖，中国的作家却无人得此殊荣，中华的文评家无人争取到国际地位。"① （笔者注：今天，获诺贝尔奖的并非无中国籍人士，2012 年获得诺贝尔文学奖的莫言是第一位中国籍作家）"中国声音"再次被强调，然而却是"无声的中国"。黄维梁和西方接触较多，他的这一看法应该是有说服力的。黄维梁提出，中国没有给 20 世纪文学理论贡献任何一种理论，这一点令人警醒。他明确提出的"中华的文评家无人争取到国际地位"，似乎是中国文艺理论国际地位这一问题的最早的提出。但是，中国文论缺乏国际地位这一问题却与另一场持续不断的争论发生着错位的联系，这一争论就是文论"失语症"，发起人是曹顺庆。

在曹顺庆轰动性的论文《文论失语症与文化病态》中②，开篇即引用了季羡林、黄维梁等人的观点。客观而言，季羡林、黄维梁的文字只说明中国文论缺乏世界性的地位，但没有对原因进行分析，曹顺庆的论文则将中国文论没有世界地位归咎于"文化病态"，诸如文化虚无主义、偏激等，其中表现最集中的在于原创性的缺失，由于不自信等而一味西化导致中国文论不能自己说话。但是，这一诊治还有一些问题值得探讨：

第一，中国文论国际地位的缺失并不仅仅是原创性缺乏的问题，也包括文化交流欠缺、翻译输出不到位、意识形态对立、中西认知模式不同等多方面的问题，不能一概认为中国文论缺乏国际地位就是中国文论没有原创性的表现。第二，中国文论原创性的缺失乃是斩断了与传统的血脉联系，因而需要"接上传统文化血脉"，这引发了对西化派的反思和批判。好似中国文论原创性的获得就必须（或首先）走进古代才能实现，或者中国文论的世界意义只能由中国古代文论来承担，而西化很严重的中国现代文论无法担当大任，也很难与西方

---

① 黄维梁：《龙学未来的两个方向》，载《比较文学报》1995 年总第 11 期。

② 曹顺庆：《文论失语症与文化病态》，载《文艺争鸣》1996 年第 2 期。

构成平等对话。① 第三，中国文论原创性的缺失并不因为是吸收了西方的文论话语，甚至将吸收西方文论话语等同于西化派（文化病态），将中国文论原创性的缺失归咎于西方文论，其结果就反西方文论并重回中国传统文论之路。这一点就导向了民族主义立场，而与后殖民主义思潮形成某种联系了。②

文论失语症触及了中国当代三大思潮，第一文化保守主义思潮，第二激进主义思潮，第三后殖民主义思潮。文论领域的文化保守主义的表现就是重新发现中国古代文论，将中国古代文论作为中国当代文论创新和与西方对话的代表。这一点不仅普遍存在于中国文论界③，也存在于西方汉学文论界④，当然，汉学界的文论研究并不是文化保守主义的体现，而是西方中心主义（东方主义）的体现。中国文论界在经过文论"失语症"的冲击、熏陶、推动之下，发现很难再对中国现代文论（20世纪中国文论）保持一种高度认同的态度了，特别是对马克思主义文论。

激进主义思潮和文化保守主义一样，都否认中国现代文论所取得的成绩，或者说就是毫无成就。⑤ 但是文化保守主义是退回到古代，而激进主义则以决绝的方式直面未来。由于激进主义是对中国现代文论（西化）的否定，其未来大概两途：一是虚无主义，坚决不退回古代，二是犬儒主义，坚决只说不做。所以，激进主义除了表述某种姿态、观点外，大概很难在文论学术研究上有什么成绩。

后殖民主义思潮和文化保守主义、激进主义有深刻的思想联系。后殖民主义强调东西方二元论，即西方高高在上，东方则处于边缘、未成熟状态，因此也就无法表述自己，而只能被西方所表述。文论失语症就是后殖民主义绝好的例子：中国文论无法表述自己，而只能使用西方的话语表述自己。但是，当中国文论界走向古代的时候，恰恰连后殖民的批判精神也丢了，因为后殖民认为，根本没有什么纯粹的民族性，而都是混杂性、混合性。混杂性是东方对西

---

① 肖锦龙认为，中国文论的世界意义在于中国古代文论，其原因在于中国古代文论特有的入思方式和对文学鉴赏的倚重。参肖锦龙：《米勒文学根基论的盲区与中国文论的世界意义》，《文艺理论研究》2006年第5期。

② 叶世祥：《"文论失语症"与后殖民主义》，载《温州师范学院学报（哲学社会科学版）》2002年第4期。

③ 曹顺庆后来的主要任务就是以中国古代文论为基础建构中国现代文论体系。如《重写文学概论——重建中国文论话语的基本路径》，载《西南民族大学学报》2007年第3期。

④ 西方汉学界的中国文论研究差不多全部集中于中国古代文论研究，只有极少部分进行中国现代文论的研究，如高利克的《中国现代文学批评的发生史》。

⑤ 葛红兵：《为二十世纪中国文艺理论批评写一份悼词》，载《芙蓉》2000年第1期。

方的策略，从而使铁板一块的西方不再纯粹，达到解构西方中心主义的目的，但是同时也解构了东方的纯粹性。所以，后殖民主义是一把双刃剑，它刺痛了我们的神经，但又无法给我们指明最终的道路，我们依然处于迷失之中。要寻找到自己的真实身份，不是靠过去，而是靠现在的积极建构。

90 年代中期提出的失语症在一定程度上开启了中国文学理论国际地位的问题，但它并不是唯一的源头，在中西比较文学领域，就隐约有这样的意念。成书于 20 世纪 70 年代初的刘若愚的《中国文学理论》就提到本书的"终极目的"，"在于提出渊源于悠久而大体上独立发展的中国批评思想传统的各种文学理论，使它们能够与来自其他传统的理论比较，而有助达到一个最后可能的世界性的文学理论（an eventual universal theory of literature）"。① 括号中的英文也可以译为"普适性文学理论"。这种普适性文学理论不是西方的，而是中西综合的。为了达到这种综合，对中西传统诗学的比较研究就非常重要了。然而，刘若愚在强调中西传统诗学比较的同时，却对中国现代文学理论表达某种贬低："至于二十世纪的中国文学理论，除了纯粹传统性的批判家所信奉的以外，我将不予讨论，因为这些多少受到西方影响的支配，不管是浪漫主义，或象征主义，或马克思主义，因此所具有的价值与趣味，与构成大多独立发展的批评观念之源泉的中国传统文学理论，不可同日而语。"② 强调中国传统文学理论的独立性非常正确，但由此而轻视中国现代文学理论，则值得商榷。在我看来，一种普适性的文学理论绝非是抽象的综合，而是现实性、实践性的综合，如果不考察中国现代文学理论的得与失、经验与可能，谈论一种抽象的普适性文学理论，我认为是不切实际的。刘先生致力于中西传统文论的比较，至今已过去了 50 年，但是我们始终没有看到在刘先生比较研究引导下出现普适性文学理论的可能。西方文论"独步天下"并没有得到根本的改变，而一味将传统原汁原味地复制到当代，也同样无法促进中国文学理论真正获得其国际地位。也许普适性文学理论仍然具有吸引力，但是在多元时代，中国文学理论的独特性和原创性或许更值得尊重。

比刘若愚更早意识到中国文艺理论国际地位的是民国时期的刘华瑞。他有一本书《中国文化在国际上地位》。书中提到，中国影响世界的主要在于中国工艺美学在 17 世纪欧洲的流行，其外也不出儒释道等哲学，在文艺理论上没

---

① 刘若愚著：《中国文学理论》，杜国清译，联经出版事业公司 1981 年版，第 3 页。
② 刘若愚著：《中国文学理论》，杜国清译，联经出版事业公司 1981 年版，第 7 页。

有详细说明。① 刘华瑞对中国文化国际地位的思考同民国时期保守主义思潮有关联，表现了一种克服西化思潮、重建对中国传统文化的信心的态度。

当然，我们还可以再上溯到中西第二次大碰撞时代——近代历史上的守旧主义思潮，自视文教优于泰西②，或者中西第一次大碰撞时代——明末清初的"西学中源"之类的看法，不过，那已经和今天谈到的中国文艺理论国际地位问题相去甚远了。中国文艺理论国际地位这一问题，明确意识到中国文艺理论的国际地位业已丧失殆尽，并力图重新赢得它的国际地位、尊严与信心，表现出积极有为的学术立场。因此，提出这种问题并加以认真探讨显然需要新的文化语境的出现。

失语论提出不久，随着全球化思潮在文学研究界的开展，"文学理论国际化"的问题也随之提出。2001 年，王宁在一篇论文里表明了中国文论国际化的重要策略——全球化。全球化的策略就是中国文论"暂时借用西方的话语"。其中之一就是文学理论的翻译，或者说就是中国文论的国际化策略。"如果我们借用'全球化'这一策略来大力弘扬中国文化和美学精神，那么我们的文学理论研究就不可能只是被动地接受西方影响，而是积极地介入国际理论争鸣，以便发出中国理论家的全球化进程中中国文学理论的国际化越来越强劲的声音。"③

在文论"失语症"提出大约 25 年后，中国学者开始较为明确地触及中国文论的国际地位问题了。2010 年，从事文学理论研究的扬州大学几位师生发表了一组文章，其主题是"中国文论'走出去'的若干问题专题探讨"④。之所以取这个主题，很大的一个原因是近年来中国政府提出的"中华文化走出去战略"⑤。这一战略反映到文学领域，就是"中国文学走出去"，但是"中国文

---

① 不过其罗列了大量的汉学家，其中车妥礼（Zotloli，今译晁德莅）著有《中国文学》，葛禄伯（Grube，今译顾威廉）著有《中国文学史》，闵士特怕（Muensterberg，今译明斯特伯格）著《中国美术史》，怕洛哥（Palaiologos）著《中国美术》等。这些著作却没有在刘华瑞的著作中得到反映。刘华瑞著：《中国文化在国际上地位》，国际文化合作协会 1936 年版。

② 近代早期，王韬认为西方重"实学"，"而弗尚诗赋词章"，言外之意，中国的文学艺术可以无愧于西方。可惜到了近代晚期，诗赋词章早已是明日黄花，陈独秀更是认为"今日中国之文学，委琐陈腐，远不能与欧洲比肩"（《文学革命论》，载《新青年》2 卷 6 号，1917 年 2 月）。于是，中国文学艺术陷入了万劫不复的厄运，等待它的就是不断沉沦。

③ 王宁：《全球化进程中中国文学理论的国际化》，载《文学评论》2001 年第 3 期。

④ 古风等：《中国文论"走出去"的若干问题专题探讨》，载《扬州大学学报》2010 年第 2 期。

⑤ 2005 年《文化建设'十一五'规划》提出，要在未来五至十年中，推动实施五大发展战略：文化创新战略、公共文化服务战略、文化产业跨越式发展战略、中华文化走出去战略、人才兴文战略。2012 年中国文化"走出去"协同创新中心在北京外国语大学成立。

论走出去"却没有得到充分重视，因此才有这样一个专题的讨论。

该讨论明确指出，通过讨论引起中国文论界的重视，"从而为中国文论争取国际地位"。应该说，中国文论的国际地位问题至此已经提出。从其讨论的内容而言，中国文论国际地位的获得还主要是文化战略性的，尤其是文论翻译等成为最重要的途径，即"中国文论翻译输出"。在这一点上，王岳川早有此意识，他是文论界第一位提出要输出中国现代学术的文论家。① 然而在文论翻译提出约 10 年之后，中国文论界始终没有太大的作为。当然，我们也深知文论翻译输出对中国文论国际地位的获得非常重要，但又不止于翻译输出，其背后更多的学术性因素更值得审视，比如中国文论的入思模式、评价体系、原创性、对外交流、文论共识、世界文论史叙事等，都需要认真审理。

2010 年，令中国文论界感到振奋的是，在西方文论界中居于重要地位的《诺顿理论与批评选》新版（第二版）收录了中国文艺理论家、美学家李泽厚的论文，于是李泽厚成为第一个进入西方文论知识体系的中国文论学者。② 这一事件也再次激发了大家对中国文论国际地位的兴趣。

迄今为止，翻译成外文而在西方有影响的中国现代文论著作并不多见。③比如《讲话》，有很多译本，但特殊的历史背景和意识形态因素又很难在学术界产生足够深入的影响。当然也不否认西方存在的意识形态偏见。当代文论界的顶级专家如钱中文、童庆炳等的文论著作也没有英译本问世。④ 能够在西方有影响的要数李泽厚。李泽厚在 20 世纪中国文论史上具有重要的学术地位，并且在海外的影响也基于学术层面，他的《美的历程》、《华夏美学》、《美学四讲》均有外文译本。当然，李泽厚的学术影响并不意味着李泽厚的学术成就就是中国文论界最高的，而只是就传播面而言，李泽厚是传播至西方最广泛的一位。实际上，如顾明栋所言："中国文论的现状是，只有很少一部分已被译成英文。"选择中国现代文论而不选择中国古代文论，仍然表现了西方中心主义

---

① 王岳川提出要翻译 100 本中国现代学术著作，包括王国维、季羡林等。王岳川著：《发现东方》，北京图书馆出版社 2003 年版。

② 李泽厚的入选除了李泽厚本身的学问外，还有一个不可忽视的因素是推荐李泽厚的顾明栋是美国《诺敦理论与批评选集》特别顾问，他也是美国德州大学的比较文学教授。

③ 古风说："据我所知，大概只有毛泽东的《在延安文艺座谈会上的讲话》、艾青的《诗论》、朱光潜的《文艺心理学》、钱锺书的《诗学五论》和李泽厚的《美的历程》等被翻译成外文在域外传播。"古风等：《中国文论"走出去"的若干问题专题探讨》，载《扬州大学学报》2010 年第 2 期。此外王国维的《人间词话》也有英译本，不过《人间词话》也被认为是近代文论。

④ 钱中文、童庆炳等人的文论著作有海外版，如韩国新星出版社的《钱中文文集》、《童庆炳文集》，但也是中文版，在英语文论界的影响有限。

的不彻底性，因为"大多数编委们认为，中国古代文论，由于历史、文化、思想和写法的特点，其概念、名称、术语、观点以及用典等，即使加以详细的注释，西方读者也未必能理解。而且古代文论偏重感悟式评点，虽有独到的见解和精辟的思想，但常常是蜻蜓点水，一带而过，没有进行深入的探讨，不合文选的编辑方针"①。这一段话反映了西方对中国文论根深蒂固的看法，中国古代文论太民族、太传统，它根本不可能原封不动地进入现代文论体系当中。这一点着实让中国文论界扫兴之极，即便我们的中国传统文论再翻译数百部，注释再详细，也无法根本上改变中国文论在世界文论的地位问题。究极而言，西方希望了解的仍然是比较好地结合了传统，同时又具有现代风貌，适合西方人阅读习惯的中国文论，而不仅仅是古文论的"翻译版"。当然，这仅是从西方接受者的角度而言。

上述是和中国文论国际地位联系较近的一些问题，还有一些领域也不同程度地同中国文论国际地位问题发生着联系，需要作出理性的分析与检讨。

中国文论国际地位与比较诗学关系密切。但是中外"比较诗学"研究却很难触及这一问题，其主要原因在于中西比较诗学的"共时化"模式（结构主义）非常注重双方的差异性，而过滤了双方的历史性。曹顺庆的《中西比较诗学》，提炼了 11 对概念（如"物感"与"模仿"等），从艺术本质论、起源论、思维论、风格论、鉴赏论等五个方面来讨论中西诗学的差异。② 黄药眠、童庆炳主编的《中西诗学比较体系》，从范畴、事实两大方面进行比较分析。③ 余虹著《中国文论与西方诗学》，从学理、文化、历史等不同角度比较分析了二者的差异性，或曰"不可通约性"。④ 大体而言，由于坚持中西艺术理论的体系性、结构性的差异，因而比较的结果是异大于同，未能超越历史比较结构而进入世界艺术理论史结构，还处于艺术理论的"相对论"时代。这一差异性还有一点值得注意，就是差异的后殖民主义解读：你（中）的差异是低层次的，而我〔西〕的差异性则是高层次的；你（中）的差异性是死了的，而我〔西〕的差异性是活的。西方现当代文论从古希腊到后现代，可谓一脉相承，而中国

---

① 顾明栋：《〈诺顿理论与批评选〉及中国文论的世界意义》，载《文艺理论研究》2010 年第 6 期。

② 曹顺庆著：《中西比较诗学》，北京出版社 1988 年版。

③ 黄药眠、童庆炳主编：《中西诗学比较体系》，人民文学出版社 1991 年版。

④ 余虹著：《中国文论与西方诗学》，三联书店 1999 年版。

文论的传统则是中断的，这好比一个死人和一个活人比。① 西方当然更希望这种对比、差异永远持续下去，而中国文论永远被钉在死亡的耻辱柱上。

中西比较诗学当中的影响研究与中国文论国际地位的关系较近，然而主要侧重于西方艺术理论对中国现当代艺术理论的影响。② 影响自然也会产生自己的文论，但无论怎样也只是二等公民，要实现原创性就必须像德国的现象学（海德格尔）之于法国的存在主义（萨特）一样，不是模仿，而是发自本性、源自本国、立足文化的原创性。这种负影响的例子过多无疑预示着中国"正影响"的缺乏，实际上中国艺术理论对西方现当代艺术理论的影响关注较少，或者集中于古代艺术理论对西方现当代艺术理论的影响，如中国古代艺术理论对西方"意象派"的影响③，但"意象派"又反过来影响了中国新诗。像"意象派"这样属于中国艺术理论影响西方艺术理论的一个个例，普遍性有待进一步加强。当代西方文艺理论名家如米勒、杰姆逊、顾彬等，对中国文艺理论（包括中国文化、思想）的点评（如德里达、顾彬、杰姆逊等），还缺乏较为系统性、反思性的审视和研究。

比中西比较诗学更接近中国文论国际地位这一问题的是"海外汉学文艺理论研究"。刘若愚等浸淫西方学术甚深的汉学家（包括华裔），借鉴西方学术方法，以西方艺术理论为主要参照系，观照中国古代艺术理论，虽扩大了中国古代艺术理论在西方的传播，但终究不是中国原本的艺术理论面貌，是已"西方化"的中国艺术理论。④ 这方面中国学者作了很多的翻译、介绍，也作了一些研究，如王晓平等著《国外中国古典文论研究》⑤、王晓路著《西方汉学界的中国文论研究》⑥，梳理汉学家对中国古代文艺理论的研究，但全面性、理论性还有待进一步推进。"汉学文论"的另一个不足是多局限于古代，对中国现当代文艺理论缺乏足够的重视，刘若愚、宇文所安等莫不如是。同时，西方汉

① 近来西方生态思潮涌动，却出现了一个生态西方主义的怪胎，比如他们认为中国云南等地，就是保护生态，不用开发和发展，否则会造成生态问题。初衷虽好，但这种观赏化的生态满足的正是西方人的视角，是典型的后殖民心态。

② 马驰：《西方马克思主义对中国当代文论的影响与启迪》，载《黑龙江社会科学》2006 年第 1 期。

③ 刘岩：《论中国古典诗歌对英美意象派诗歌的影响》，载《中国文化研究》1995 年第 2 期。

④ 宇文所安提出理解中国文学理论的第四种方法"原典阅读"法，相对于刘若愚的"以西释中"法、魏世德的"景溯源法"和余宝琳的"问题探讨法"。这一方法是比较贴近中国传统的，是西方汉学界不断自我反思的结果。

⑤ 王晓平等著：《国外中国古典文论研究》，江苏教育出版社 1998 年版。

⑥ 王晓路著：《西方汉学界的中国文论研究》，巴蜀书社 2003 年版。

学界的文论研究，并没有进入西方文论界的主流，比如艾布拉姆斯、米勒、杰姆逊、德里达、萨义德等，对中国古代文论可谓一无所知或所知甚少，这一点特别需要注意。

与中国文艺理论国际地位相关性最大的是西方所著的"二十世纪文艺理论史"等著作，或者"文论选"。E. W. 佛克马和 E. 贡内一易布思著《二十世纪文学理论》①，是迄今为止第一部将中国纳入世界文艺理论体系的著作，但中国文艺理论的形象过于单一，主要集中于马克思主义文艺理论，并且含有一定的意识形态偏见，对其他理论形态也缺乏必要的关注。实际上，"文学理论"已经完全西方化了，它是西方提出来的，总结的是西方文学理论的成果，主要的思想贡献也来自西方，所以即便称之为"文学理论"，而不加任何限制，也都是西方的。这一点我们也应该格外重视。② 进入文论史是文论地位的表现，另一个表现是进入文论选本。塞尔登编的《文学批评理论：从柏拉图到现在》是文学理论界较具权威的选本，在这一套文学批评理论体系中，看不到一个中国文论家。我们引以为豪的孔子、老子、刘勰等，消失得无影无踪，但这本书的书名没有说自己是"西方文学批评理论"，而译者却说"这本书是一本颇有特色的西方文论选本"③。艾布拉姆斯的《文学术语词典》是西方文学理论界的权威词典，至今已出第 7 版，然而这部词典同样也没有宣称自己是"西方文学术语词典"，可是没有收入一个中国文论词汇和术语！我们对此却浑然不知，这部词典在最初译成中文的时候取名《欧美文学术语词典》④，当时已经意识到"本书涉及的文学术语范围都是欧美文学"，但新版为何取原名，就没有再说明了。⑤ 唯一进入西方主流文论选的中国文论家是李泽厚。《诺顿理论与批评选》2010 年第二版首次收录中国文论家李泽厚的论文，这一版也是西方比较明确地消除西方中心主义的一个表现，然而在 148 位文论家中，有 130 位是西方文论家，占全部文论家总数的 87.8％，西方中心主义倾向仍然非常明显，

---

① ［荷兰］E. W. 佛克马、E. 贡内一易布思著：《二十世纪文学理论》，林书武等译，三联书店1988 年版。

② 如伊格尔顿的《文学理论导论》就是对 20 世纪文学理论的梳理，但在翻译成中文的时候却改名为《二十世纪西方文论》。但是伊格尔顿从来不会明确认为自己所写的是西方的文论，而只是我们的一厢情愿而已。比如"儒学史"，就是中国儒学史，何必再加中国两字？

③ ［英］拉曼·塞尔登编：《文学批评理论：从柏拉图到现在》，刘象愚、陈永国译，北京大学出版社 2003 年版，"译序"。

④ ［美］艾布拉姆斯著：《欧美文学术语词典》，朱金鹏、朱荔译，北京大学出版社 1990 年版。

⑤ ［美］艾布拉姆斯著：《文学术语词典（第 7 版）》，吴松江译，北京大学出版社 2009 年版，"出版前言"。

或者说要消除西方中心主义非常困难。对中国文论而言，它要进入西方文论体系更是困难。第一是"文学理论"（包括批评理论、美学）的西方专属性，这是西方近现代以来独立形成的话语。第二是西方文学理论自身成体系性，非西方很难体系性地进入，甚至连符号进入都相当困难。第三是中国文学理论原创性匮乏，没有很好地结合传统与西方。第四是中国文学理论的意识形态背景，引起西方文学理论界的猜忌和偏见。第五是中国文学理论"古代化"或曰"汉学化"倾向所致，一味好古，正是中了西方后殖民主义的圈套。①

从以上分析可知，中国文艺理论国际地位问题已经呈现，而且非常迫切，但是这并不意味着这一问题已经被深入地研究了。西方文论一方独大的状态已经被视为常态或被内在化，在一些中国文论家的眼中根本没有中国文论的华丽身影。迄今为止，以中国文艺理论国际地位为专题的研究论文可谓凤毛麟角。涉及较多的还是某一文艺理论作品或思潮在文艺理论史上的地位问题，如一些研究中国文艺理论作品在中国艺术理论史上的地位问题。② 可以说，中国文艺理论国际地位问题研究不但数量偏少，而且在研究的深度和规模上都有待进一步提高，其中最突出的问题是"西方一元论"和"中西二元论"。"西方一元论"就是认为西方是文论的源头和最高标准，一切文论都需走向西方文论。"中西二元论"就是中西文论各说各话，即中国文艺理论被放置在中国文艺理论史序列中来讨论，与此相类似，西方文艺理论则被放置在西方文艺理论史序列中来讨论。"西方一元论"整体性有余，多元性不足；"中西二元论"多元性有余，整体性不足。中国文论的国际地位不是靠西方文论来评判的，也不是靠中国文论来评判的，它需要一个更为公正、客观、全面的世界性文论来评判。

六、国际地位问题的基本视域

大体而言，国内文艺理论界对国际地位问题还较陌生，重视不够，中国文

---

① 中国古代文论研究界曾有一度"去古代化"的倾向，一些学者认为"中国古代文论"不必叠床架屋再加"古代"二字。不过，中国古代文论真要"去古代化"，也不是仅仅去掉"古代"两个字，而是真正实现中国古代文论对当代文学发言。否则中国文论即便去掉古代，不也同样是古代文论吗，二者实在没有任何实质性的区别。笔者认为，中国文论如果要"去古代化"，就必须古今贯通，而不能自足于古代。
② 舆膳宏：《〈文心雕龙〉隐秀篇在文学理论史上的地位》，载《北京大学学报（哲学社会科学版）》1996年第3期。

艺理论的国际地位研究较为匮乏，也就只能是初步的、探索性的，因而也增加了这一问题的难度。

中国文艺理论完全具备国际地位所拥有的重要品质，但国际地位与其成就是不相称的，原因有二：一是受制于西方中心主义，中国文艺理论没有受到公正的评价；二是受制于基本的文化条件，如综合国力、思想观念和传播措施等，西方尚未认识到中国文艺理论的价值。针对第一个原因，中国文艺理论的国际地位之获得并不是启用民族中心主义，而是世界主义，超越中西二元论，走向世界整体论、有机论，由此才能真正理解中西方文艺理论都是区域文艺理论。针对第二个原因，中国文艺理论将进一步融入全球化进程，对接并修正西方文论体系，提取最大公约数与普适性内涵，输出中国话语，以有效诠释世界文学现象和文化现象。

回答中国文艺理论国际地位问题，需要在中国当代文艺研究的基础上，围绕身份、影响和历史叙事等关键问题进行。中国文艺理论的国际地位问题至少包含三方面的内容：一是中国文艺理论精神与身份；二是中国文艺理论世界影响力；三是世界文艺理论史建构。

中国文艺理论的国际地位是中国文化影响力和软实力的重要表征。文艺理论国际地位的获得与该文艺理论的历史语境、文化基因、创新意识等密切相关。在清理学术史的基础上，探讨国际地位之于人文学术的意义，提炼中国文艺理论的文化精神和价值体系[1]，立足于当代语境，思考中国文艺理论对于世界文艺理论之贡献，搜罗西方汉学家、西方文艺理论家、西方文学家等关于中国文艺理论的看法，通过比较分析，使我们认识到中国文艺理论所处地位及问题，积极推进中国文艺理论的对外交流和传播，思考世界文艺理论史叙事构想，通过地缘文艺理论整合和全球化文艺理论推动，凸显世界文艺理论谱系中的中国文艺理论价值。

中国古代文艺理论精神意向和价值体系有两大支柱。一是"人文取向"。周初以降，经由孔子直至当代，"仁"成为中国文化的核心，也成为中国文学和文艺理论的核心。胡晓明认为："中国诗学中的思想传统，归根究底，实为一种人文精神。所谓人文精神，即与宗教精神、自然科学精神相对而言，以人道、人生、人性、人格为本位之一种知识意向、价值意向。"[2] 我认为此论是

---

[1] 时胜勋著：《中国文论身份研究》，河南人民出版社 2011 年版。

[2] 胡晓明著：《中国诗学之精神》，江西人民出版社 2001 年版，"导言"，第 1 页。

极为精当的。二是"天下取向"。天下是中国古代政治哲学的核心,天下是整体意识,而非离散意识,中国文艺理论不应该局限于一时一地,而应对全体人类文化有所关切。① 中国现代文艺理论建构分为现代性建构、民族性建构、全球化建构。20 世纪初以来,中国文艺理论大体实现了一体化的现代性建构,完成了中国新文艺理论这一国家(民族)文化建构,最主要的体现是中国现(当)代文艺理论的诞生和"中国文学批评史"叙事的建立,如 20 世纪 20—30 年代的方孝岳、罗根泽、郭绍虞等人的《中国文学批评史》。20 世纪中期以来,一体多元化的民族建构稳步开展,民族性成为一个重点,除了汉族文艺理论外,中国其他少数民族文艺理论也得到重视。② 20 世纪后期,多元化的全球化建构也开始起步,在全球文艺理论中,中国文艺理论所发挥的影响力越来越重要。

中国文艺理论的国际影响力分为三个方面:文艺理论话语权、文艺理论共识建构、文艺理论传播。

文艺理论话语权同政治、经济、文化密切相关,但又有着自己的相对独立性。文艺理论是解释体系,必须对当前汉语、英语、法语、德语、俄语等文学和文艺理论做出说明和评价,而不止于中国和汉语,由此才能真正赢得自己的话语权。文学理论话语权问题已经引起了中国学者的充分重视。姚文放认为,在面对西方强势话语的被同化的局面时,中国文论不能被动一体化,而应使自己成为西方话语的"反话语"。何谓"反话语"?就是"以西方话语作为言说的起点和支点,从中寻得可供进一步发挥的话题,既保持自己独立的价值取向,又借此进入了与国际对话的话语场,以积极主动的姿态介入了中心话语,取得自己的发言权,发出自己的声音"。但这一原则还显抽象,为此姚文放又提出五种具体操作方法:第一是"清理文学理论的话语资源",确立当代意识和中国意识;第二是"考察文学理论话语的生产机制",坚持"权利(非权力)的规则";第三是"发挥话语主体的创造性和原创性",敢于说自己;第四是"更新语词载体和言说方式",立足现实、融会古今中外,不能闭门造车;第五是"从文学理论研究的层面进入文学理论教学的层面",发挥话语的体制力量。③笔者认为姚文放的五点方法是非常中肯的。

---

① 关于天下的世界观内涵,可以参考赵汀阳著:《没有世界观的世界》,中国人民大学出版社 2003 年版;《天下体系:世界制度哲学导论》,中国人民大学出版社 2011 年版。

② 彭书麟、于乃昌、冯育柱主编:《中国少数民族文艺理论集成》,北京大学出版社 2005 年版。

③ 姚文放:《关于文学理论的话语权问题》,载《文学评论》2001 年第 5 期。

但是我们也非常清醒地看到这种方法的可行性问题。说出一种原则和方法很容易，但实行起来却极为艰难。我们的文论家往往倾向于做挥斥方遒的指挥者，但在实践上却很难有大的创获。一个例子可以看出来，如今影响中国文艺理论界的几位西方大师，往往不事原则，他们直接对文学研究发表自己的看法，而不仅仅是着眼于某种形而上的宏观设计。比如汉学家顾彬对中国现当代文学的批评曾经引起轩然大波，米勒等人的一番"文学终结"的言论也在中国影响颇大，但在世中国文艺理论家对西方的文学批评的影响却鲜有如此者。大体而言，我们只是在说文学理论，而不是在说文学。还有一个问题是，我们不能直接对西方文学发言。因此，重视中国文艺理论的阅读行为（批评家）和外语力量（双语文论家），形成中国的"批评体系"和"西方学体系"，对提升中国文艺理论国际影响力而言是非常重要的

随着全球化的深入，文艺理论的国际交流和对话日益频繁，中西文艺理论之间的理解也从文本理解走向了更加全面立体的理解，这有助于中西文艺理论走向世界化，进而对一些基本问题形成共识。具有世界影响的"国际比较文学协会"（ICLA）迄今为止已经举办了 20 届（2013 年），但没有一届在中国大陆召开，却在日本、韩国、台湾地区、香港地区等召开过。国际性会议的举办对于选择议题，提升中国文艺理论的国际影响无疑是直接的。另外，不对等的文艺理论对话也造成很多误解，召开更为开放的圆桌对话，求同存异，无疑将促进中外文艺理论的深度理解。

全球化时代中国文艺理论须应时而变，加快世界化步伐。然而，中国文艺理论输入大于创新。面对"创新的焦虑"，中国文艺理论应该"走进经典、守正创新"，扭转过于被动的局面。其后，需要加大对外翻译、绍介的力度，将中国现当代文艺理论大家如王国维、宗白华、朱光潜等人的文艺理论持续有效翻译到国外，进而追踪这些理论在世界的旅行、接受、变异状况，总结中国文艺理论国际化的可行性与策略。[①]

世界文艺理论史建构分为可能性和可行性两方面。世界文艺理论史的建构是评价中国文艺理论国际地位的重要前提。在"世界历史"领域，中国史成为

---

① 《文学理论前沿》（中国中外文艺理论学会会刊、国际文学理论中文刊）比较有意识地推进当代文论家，每辑大约有 2 位，已介绍的有钱钟书、朱光潜、蒋孔阳、王元化、李泽厚、钱中文、童庆炳、胡经之、朱立元、曾繁仁等。

重要的组成部分①，但是即便如此，全球史是否可能也没有定论。2000 年举行的第 19 届国际历史科学家大会把"全球史能否成立"作为首要的主题而加以讨论②，说明国际上对于"什么是真正的世界史"也没有一致的意见。有中国学者就不无担忧地指出："18 世纪以来以'世界史'名义写作的无数的历史著作真的可以叫做世界史吗？"③

在史学界都还对世界史充满困惑的同时，"世界文艺理论史"又如何建立？即便如此，文论界也应该反思世界文论史何以可能的问题。从理论上说，世界文艺理论史的建构是全球化时代人类文化深入交流的思想体现，全球化已经启动，但我们不能过于被动，互通有无、深入交流已经成为全球文化交往的常态。其二，有助于打破西方中心主义和民族中心主义的思想桎梏。西方自身对西方中心主义也有自觉④，但很不充分。比如坚持世界主义立场的《朗文世界文学选》，尽管收入非西方的作品，但总量也不超过三分之一。米勒指出："世界文学课程尽管怀着最美好的愿望，但几乎可以肯定，至少在西方，存在欧洲中心主义或者美国中心主义的倾向，在世界文学课程教学中，关于文学和阅读的理解几乎都坚持欧洲中心主义思想。"⑤ 这不仅是西方自身的问题，也是中国文学理论没有充分世界化（如翻译欠缺、输入不够等）的表现。我们如果一味要和西方对话以消除西方的误解，但是西方并不了解我们，何谈对话？既不能对话，何谈共识？其三，有力促进包括文学在内的人文学共同面对全球文化问题，比如生态、移民、网络文化等。这里特别要说明的是，世界文论史绝非抽象的普适性文学理论（如刘若愚所言）。世界文论史首先体现了对非西方文论的尊重。

在我看来，世界文论的建构不是理论的建构，而是实践的建构。我们需要思考的不仅是理论的可能性，还有实践的可行性问题。在今天，世界文论建构的实践路向有两个有意义的地方：一是地缘文论，二是全球化文论。在古代，

① ［美］斯塔夫里阿诺斯著：《世界通史》，吴象婴、梁赤民译，上海社会科学院出版社 1999 年版。

② ［英］帕特里克·奥布赖恩（Patrick P O'Brian），英国伦敦大学历史研究所教授，他是全球史研究的开创者之一。

③ 陈立柱：《西方中心主义的初步反思》，载《史学理论研究》2005 年第 2 期。

④ 米勒非常严肃的指出："我们在美国应该尽可能多地、尽可能早地了解中国文化。惟有如此，当我们与中国对话时才不至于不知所措。"希利斯·米勒：《在全球化时代阅读现（当）代中国文学》，载《当代作家评论》2011 年第 5 期。

⑤ ［美］希利斯·米勒：《全球化和新的电信时代文学研究的未来》，载《文艺报》2000 年 8 月 29 日。

东亚文化的交流频繁，所以东亚文艺理论（中日韩文艺理论）在古代有着自己的国际体系，而随着全球化时代的到来，中国中心已经失效，西方中心如日中天：目前，国际化水平最高的文艺理论是欧美文艺理论，其次是日本，再次是港澳台地区文艺理论。但是，中国文艺理论拥有巨大的思想空间，因而在参与全球化文艺理论建构过程中就不是被动的西方化，而是主动的中国化，由此才能真正促进全球化、多元化文艺理论。比如立足中国的"国际文学理论学会"就是一个例子，该学会于 2000 年 8 月在北京成立，其秘书长由王宁担任，并主编出版《文学理论前沿》，积极向世界推进中国文学理论。[①] 这一学会是否真正具有国际性的影响尚有待时日，但作为中国文论走向世界的一个平台却是有意义的。不过，据统计它在国内外还没有主办过一次有实质影响的会议，其本身的运作机制和开放性还有待于进一步完善，它在国内的影响力还低于中国中外文艺理论学会和中国文艺理论学会。

文艺理论的国际地位不仅是某国或某民族的文化软实力之体现，还表明它对世界文学、文化的胸怀和责任，即她的"文学智慧"。在人类发展的新时代，中国文艺理论不仅应成为世界的，而且也必须成为世界的，因为它不仅要对本国文学做出诠释和评价，还要对整个世界文学做出诠释和评价，进而维护、增进整个人类的精神文化生态。

---

① 王宁对文学理论国际化的关注比较多，他提出要将艺术与人文科学引文索引系统（A&HCI）引入中国，如果《文学理论前沿》能入选这一系统，对推动西方了解中国现当代文论是非常有益的。王宁还对中国现代文学国际地位有积极的探索："我们今天中国的语境下讨论经典的形成与重构问题，就无法回避中国现代文学在世界文学中的地位问题。"王宁：《经典化、非经典化与经典的重构》，载《南方文坛》2006 年第 5 期。

第十四章　精神资本与核心竞争力

长期以来，中国在为中国艺术缺乏世界性的地位而苦恼，然而在 20 世纪 90 年代以后，中国艺术终于可以抬起头来了，中国艺术资本一路走高，俨然成为一个大国的文化象征。然而令人沮丧的是，新世纪十多年来的艺术资本急剧扩张，并没有给我们带来一大批的艺术大师、艺术精品和艺术原创观念，至今仍深陷创造力匮乏的境地。这究竟是为何呢？近二十年的中国艺术资本飞速增长，对中国当代艺术而言究竟意味着什么？

一、资本语境下的艺术资本

在 21 世纪之前的中国，人们一提到资本，往往指资本主义，是属于需要批判的对象。而在新世纪之后，中国已经完成了市场经济转轨，资本一跃成为一个炙手可热的正面的词，开始广泛运用于经济、社会的各个领域。

随之而来，艺术与资本的关系也发生了密切的联系，艺术品拍卖水涨船高，艺术与金钱越来越成为财富的代名词，于是艺术一晃儿成为国际国内大大小小资本投资的重要对象。在西方，"几百年来，富有的人们一直在收藏艺术品，这不仅是为了他们自身的享受，而且还是由于他们深信，艺术品可以用于交换，随着购买者财力的增长，艺术品还会升值"[①]。这一信念也感染了中国，搜藏艺术品成为中国富人的重要选择。

在新世纪，艺术资本在艺术市场、艺术传播、艺术文化交流等领域成为一个出现频率极高的主题词。网络界已有"中国艺术资本网"，艺术资本相关报

---

① ［美］杜博夫著：《艺术法概要》，周林译，中国社会科学出版社 1995 年版，第 27 页。

道也充斥网络。较大规模的艺术资本讨论也随之出现，如 2008 年 6 月 20 日，首届全球视野下的中国当代艺术与资本高峰论坛在清华大学举办。2012 年 5 月 9 日，一场围绕艺术资本的讨论——"2012 中国文化艺术资本化、金融化模式研讨会"在宁波召开。"艺术资本时代"呼之欲出。① 由此可见，艺术资本已经呈现燎原之势。学术层面的艺术资本言说也在跟进②，据粗略统计，论及艺术资本问题的文章不下百篇，另有若干篇文章直接讨论"艺术资本（主义）"。

朱其较全面勾勒了艺术资本主义的若干重要问题。中国当代艺术已经进入市场化的轨道之中，但在对艺术资本的狂热追逐中，艺术丧失了本真精神，最主要的就是"艺术水准的平均化、艺术精神的虚无化、艺术图像的模仿化"③。在另一文中，朱其认为，当代艺术已经远离了当初的先锋精神，尽管金钱名利得到增长，但其基本精神已经越来越空洞化。在商业、市场的冲击下，前卫艺术已经分化为新官方艺术、新商业艺术和残留先锋精神的前卫艺术。④ 朱其的基本观点表现了他对当代艺术资本主义化的担忧，同时强调当代艺术理应继续保持她曾经具有的批判精神。

吕澎以历史主义为立论的基础，着眼于资本的社会学意义，强调资本对现代社会的特殊性，认为资本对中国当代艺术的不可或缺的意义。⑤ 客观而言，吕澎的观点是抓住了一个普遍真理，并积极应用于中国当下。资本有效打击了封建专制威权，人们不再受制于某种单一的政治权力，更多的人获得了广泛而平等的联系。资本主义精神也表明资本附着了更多的文化理念，而非金钱本身。⑥ 这一点应该充分肯定。

罗中起探讨了资本主义艺术生产的三大特性，即资本性、世界性、意识形态性。资本性是艺术商品化，但艺术的资本性有其积极的方面，其中最重要的是解放了艺术自身的生产力。世界性是资本性的延伸，资本主义艺术生产就是世界性的艺术生产，民族的封闭性不再可能。意识形态性在资本主义社会发展中有不同形态，早期是启蒙意识形态，中期是阶级意识形态，晚期演变为文化

---

① 张天雨：《一场正在上演的中国艺术市场资本革命》，载《艺术市场》2011 年第 1、2 期。

② 杜大恺主编：《清华美术卷 8：中国当代艺术与资本》，清华大学出版社 2009 年版。

③ 朱其：《艺术资本主义的实验》，载《读书》2008 年第 2 期。

④ 朱其：《艺术和资本的辩论以及后极权主义的文化意识》，载《书画艺术》2008 年第 5 期。

⑤ 吕澎：《新世纪十年的艺术与资本问题》，载《荣宝斋》2011 年第 2 期。

⑥ ［德］马克斯·韦伯著：《新教伦理与资本主义精神》，于晓、陈维钢译，陕西师范大学出版社 2006 年版。

霸权意识形态，其保守性、消极性日益明显，但也日趋复杂隐蔽。①

张书的《论艺术资本在中国》并没有使用艺术资本主义，而是坚持使用艺术资本，认为艺术资本主义是艺术"被资本主义的金钱所操控"，而艺术资本则有可能获得它较为完善的艺术运营模式，从而促进艺术的发展。②

高名潞指出，中国当代艺术的资本积累阶段虽然是不可避免的，但存在巨大的问题，即"中国当代艺术的价值系统出了问题，特别是把艺术的产业化视为艺术创作规律，这就造成了对艺术价值认识的混乱，而资本操作就乘虚而入，为了资本积累而破坏美学和社会学价值"③。还有一些讨论了艺术资本，有的看到艺术资本化的规范性方面④，而大力提倡之，有的指出它的两面性，既促进艺术发展，又制约艺术发展，而加以反思和质疑。⑤赵孝萱还概括了当代中国艺术资本化的十大表现，如"资本掌握话语权"、"艺术品金融化时代来临"等，其中有一个是"学术与批评缺位的问题"⑥，这实际上已经指出，当代艺术资本的讨论，学术研究是缺位的。因此，学界是到了该认真反思资本与艺术的关系问题了。

大体上，多数有关艺术资本的讨论都倾向于归结到艺术的发展或价值上来，这一倾向是非常难能可贵的，这给我们提出一个棘手的问题：资本对艺术而言，除了金钱，还意味着什么？

二、作为精神资本的艺术资本

从总体上说，在中国语境中讨论艺术与资本的关系主要有两个层面。其一是资本主义层面，着眼于社会学、政治经济学等层面。其二是艺术市场层面，主要探讨艺术在市场中的资本运营状态和模式，属于经济学的范围。无论是着眼于资本主义还是市场，多数都是对艺术外部规律的研究，并且将资本仅仅视为经济学层面的资本。尽管资本的原初含义仍有进一步探讨的必要，而从学术

---

① 罗中起：《论资本主义艺术生产的现代性特征》，载《文学评论》2007年第6期。
② 张书、高小华：《论艺术资本在中国》，载《文艺争鸣》2009年第1期。
③ 高名潞：《当代艺术资本、产业与体制》，载《东方早报》2011年11月14日C03版。
④ 谭秦：《艺术资本化势在必行》，载《上海证券报》2011年7月1日T06版。
⑤ 祁艳：《艺术资本的双刃剑割伤了谁?》，载《中国美术馆》2011年第1期。李健亚：《资本过度介入艺术引质疑：艺术"造星"星火已燎原?》，载《新京报》2014年3月14日。
⑥ 赵孝萱：《艺术市场资本化趋势十大现象解读》，载《艺术市场》2011年13期。

推进角度而言，在资本话语拓展方面，国际上有四种学说值得审视：一是法国思想家的布迪厄的"文化资本（象征资本）"理论；二是美国战略理论家约瑟夫·奈的"文化软实力"理论；三是美国心理学家大卫·R. 霍金斯的精神能量理论；四是英国心理学家丹娜·左哈儿等的"魂商"（精神资本）理论。

布迪厄将资本做了两种区分：一种是直接产生金钱、利润的资本，这种资本称之为经济资本；另一种则不直接体现为金钱、利润，这种非经济学意义上的资本，布迪厄将其分为社会关系资本、文化资本（或象征资本）两类。从艺术角度而言，经济资本、社会资本都是较为外在的，而文化资本则是较为内在的。对文化资本，布迪厄分为三种形态：一是身体化的形态，或者说是精神化的形态，这种资本（文化、知识等）必须内化到你的生活、生命和思想意识之中；二是客观化的形态，主要表现为物质实体，比如图书、艺术品、古董等；三是制度化形态，主要表现为文凭以及各类资格认证。①

约瑟夫·奈提出软实力理论。约瑟夫将一个国家的综合实力分为两部分：一是有形的硬实力，如经济、科技、军事等；另一是无形的软实力，比如文化、意识形态、社会制度等。② 概言之，所谓文化软实力主要是价值观的问题，强调软实力对人的精神和心理、社会关系处理、人与自然的关系等问题上的重要性。具体来说，可以包括生活（行为）方式、价值观、审美、宗教观念等。

20 世纪 90 年代，大卫·R. 霍金斯在 *Power Vs. Force：The Hidden Determinants of Human Behavior*（《心灵能量：藏在身体里的大智慧》）中提出精神能量（也译"意念力"）理论。③ 他通过大量的临床数据证明，人类的精神状态决定人的身体状况。人类的精神状态越好，导致人的振动频率就越高，人的身体就越好。那么，什么样的精神状态才是好的呢？他划分了 17 个等级：比如最低的是羞愧（shame），能量只有 20，能量 200 以下的都为负能量，如内疚（guilt，30）、冷漠（apathy，50）、悲伤（grief，75）欲望（desire，125）、恐惧（fear，100）、愤怒（anger，150）、骄傲（pride，175）等，高于

---

① ［法］布尔迪厄著：《文化资本与社会炼金术》，包亚明译，上海人民出版社 1997 年版，第 192—193 页。

② ［美］约瑟夫·奈著：《美国定能领导世界吗》，何小东等译，军事译文出版社 1992 年版，第 25 页。

③ 关注意念力的著作坊间不时有流传，但对意念力进行层级划分和学术性的说明，是该书的特点，因而区别于一般的只关注技巧的意念力著作，并且版次有 1995、1998、2004 等，大陆在 2012 年均出版了中译本，可见此书的影响力。

200 的都是正能量，如勇气（courage，200）、淡定（neutrality，250）、主动（willingness，310）、宽容（acceptance，350）、明智（reason，400）等。其中超过 500 的能量是高正能量，如爱（love，500）、喜悦（joy，540）、平和（peace，600）等，最高的能量为开悟正觉（enlightenment），能量达到 700－1000。① 能量系数之间不是简单的加减关系，比如能量为 400 的人，并不等于两个能量为 200 的人，其关系是 1：40 万，就是说，能量为 400 的人的正能量可以抵消掉 40 万个能量为 200 的人的负能量。而能量 700 的人可以抵消 7000万个能量为 200 的人。② 在文学艺术上，流行艺术大多数都在 200 以下，而经典的伟大作品都在 500 以上，表现了爱、喜悦、平和、开悟，抵达了人类精神的最高峰。之所以很多人欣赏不了经典，就是因为他的精神能量很低。然而，由于人类的精神能量是不断提高的，因此伟大经典将有着恒久的艺术魅力。这也提示艺术家应该向人类精神最高水平进发。

魂商理论是近年来的心理学及管理学前沿问题。③ 20 世纪心理学有两大发现，一是智商（IQ），二是情商（EQ）。智商即智力资本，指人的理性能力，情商即社会资本，指人与他人的理解和交往能力，魂商（SQ）即精神资本，指人类自身的自我理解、超越能力。魂商理论提出的一个时代背景就是：现代人"生活在一个精神空虚的文化氛围中"，"被物质主义、私利享乐、狭隘的个人中心、意义缺失和责任感缺失所污染"。④ 因此，在这个时代的任务就是"提高魂商"。

布迪厄、约瑟夫·奈、大卫·R. 霍金斯、丹娜等人都将文化、精神与资本关系的理解往前做了重要推进。从这些前沿理论来说，文化、精神与资本的关系已经日益密切。一些学者也意识到艺术领域中的文化资本问题⑤，但讨论艺术精神资本的还极为少见⑥。因此，将艺术资本从仅仅局限于经济资本的论

① 日本学者江本胜在《水知道答案》中也有类似的结论，比如说爱、谢谢等，水分子就呈现辉煌壮观的场景。尽管这一实验还有很多争论，但也从另一个方面提示：美好的情感是精神的正能量。

② ［美］大卫·R. 霍金斯著：《心灵能量：藏在身体里的大智慧》，蔡孟璇译，台湾方智出版社 2012 年版。

③ 目前，在管理学领域越来越重视心理、精神的重要性。参［美］路桑斯著：《心理资本》，中国轻工业出版社 2008 年版。

④ ［英］丹娜·左哈尔、艾恩·马歇尔著：《魂商》，华夏出版社 2009 年版，第 18 页。

⑤ 黄剑：《在艺术场域中文化资本的价值分析》，载《上海大学学报（社会科学版）》2005 年第 5期。

⑥ 西沐曾论及"艺术精神消费资本"，因西沐从艺术品市场角度考察，故而集中于此。见《关于艺术资本若干问题的探讨》，雅昌艺术网专稿，2010 年 10 月 11 日。

域中推向更大的文化、精神领域是非常有意义的。

实质上，资本是一种交换与再生产的关系，由于交换和再生产的内容及表现方式并不仅仅局限于金钱资本一种，因此资本衍生出新的意义就不可避免，这就是文化资本和精神资本。从整体上加以观照，艺术资本大体划分为三个层次：第一，艺术市场资本，包括各类金钱投资、传媒投入等，市场资本的根本就是经济资本。[①] 第二，艺术符号资本（或艺术形象资本），即形式资本，包括各种客观化或者物化的符号、知识、元素、形式等。第三，艺术精神资本，类似于布迪厄所说的身体化、生命化的文化资本，但并不意味着就直接导向于外在的资本，尽管有这种潜能。与魂商近似，但不单纯偏于心理和宗教意识。

如果说市场资本是着眼于艺术作品的整体和艺术资本增值及运营模式，艺术的符号资本就不仅仅着眼于艺术品整体了，而是寻找到某一类艺术品共同的艺术结构和文化语境。由于纯粹的符号并不独立，而是服从于一定的政治、经济、文化的观念，因而符号资本同群体的切身利益密切相关，并具有区分、认同的功能。某一件作品不仅是个人的，还是群体的，是群体利益和群体身份的体现，而任何肢解、曲解这件艺术品的行为都将是对利益的某种挑衅。因此符号资本的根本特征就是维系利益。如果说艺术市场资本的目的是赚取利润，艺术符号资本是维系利益，那么艺术精神资本的目的就是产生意义——精神再生产、意义再生产、价值再生产，是一种可持续性、创造性的精神生产活动。

各类资本都以稀缺性为原则和标准。市场资本的稀缺使物品昂贵，符号资本的稀缺使资本珍贵，精神资本的稀缺使资本可贵。当我们不能占有这些资本的时候，我们只能满足于复制资本、次等资本、劣质资本，或者分有它们而无法独享它们。资本的稀缺性实质上就是资本的有限性问题。其实地球上的一切东西都是有限的，包括空气、水、日光，有限的极端形式就是稀缺（昂贵）、稀有（珍贵）、稀少（可贵）。

赚取利润、维系利益、产生意义是艺术资本的三大层面。其中产生意义的艺术精神资本是艺术资本的核心层次，只有艺术精神资本的无比强大、无比珍贵，艺术资本在维系利益、形成身份方面才具有强大的功能，相应地也就带来更多的经济利益和更丰富的形象资本。相反，如果艺术精神资本偏弱，利润的赚取与利益的维系都是不稳固的和不持续的。

---

① 关于艺术品资本市场，西沐有详细的论述，参西沐著：《中国艺术品资本市场概论》，中国书店2010年版。

因此，从某种意义上说，精神资本是某一艺术家或者某一民族、国度的"核心竞争力"，或曰 CPU（中央处理器）。当"核心竞争力"这一 CPU 瘫痪的时候，经济资本、符号资本也就轰然倒地。可以说，精神资本的兴衰更替直接决定着某一文化艺术的兴衰更替。

三、艺术精神资本与精神再生产

从根本内容或运行机制而言，艺术精神资本就是艺术的精神投入与艺术精神再生产。这里的精神主要指的是智力、情感、价值观、意志力、胸襟、气度以及技能和敏感度等。市场资本的内容是可见的金钱及可以被金钱量化的东西。符号资本的内容是利益（政治利益、文化利益等）。艺术精神资本的投入与再生产就是产生意义并将这种意义物化为具有普世意义的艺术品的过程。

艺术精神资本的再生产机制的首要方面是精神时间投入。就个人而言，有一种理论叫 1 万小时理论（或 10 年理论）。如果一个人要想在一个领域内取得一定的成就，必须投入 1 万小时以上。比如要在音乐领域有所成就，如果坚持每天练 3 个小时，1 万小时相当于 10 年左右。[①] 1 万小时就是业余和卓越的差别。即便是专业艺术家，高强度的精神时间投入至少也要 5 年时间才能有所成就。1 万小时定律说得更清楚些就是长期积淀，由小渐大，由低到高，从量变到质变，同时这一过程也是耐力、耐性的培养。

就家族、流派而言，艺术成就的获得还遵循世代规律。比如王羲之的书法成就，离不开其祖父、父亲以及卫夫人等前辈艺术家的教育和熏陶，其后直到七世孙智永仍然是书法大家。一个家族为了实现在艺术领域的辉煌成就需要几代人的努力。这样的家族就是艺术世家，在起点和成就上都较一般人要高，取得成就的几率也大。

就艺术史而言，艺术成就的获得还有一个周期规律，就是说某种文艺臻于鼎盛需要一定的周期。它从涓涓细流到成大江大河往往需要上百年的积淀。比如词，从唐代初期开始，一直到五代宋代，将近 300 年，才从通俗文学一跃而

---

① ［美］科伊尔著：《一万小时天才理论》，张科丽译，中国人民大学出版社 2010 年版。

为精英文学，在两宋时代达于鼎盛，成为宋代文学的典型标志。[①]

　　就一个国家而言，在世界范围内成为艺术强国需要上百年的时间投入。在民族意识的培养上、在文化教育制度的完善上、在哲学思想的推进上、在艺术环境的营建上，往往需要国家整体上的长期建设。比如近代俄罗斯文艺，在19世纪之前，俄国文艺与欧洲文艺根本不处在一个层次上，但经历了彼得大帝、叶卡德琳娜二世等近100年的文化建设，在涌现了普希金等批判现实主义之后，俄罗斯文艺一跃成为欧洲文艺的重要一极，集中体现了俄罗斯艺术精神。[②] 同样的例子还可以举美国。由此可见，对个人、家族、文体、国家而言，长时间持续性的精神投入的目的就是大范围地深度性地进行艺术再生产，以臻达艺术的巅峰。

　　艺术精神资本再生产机制的第二个方面是精神空间拓展。精神空间有四个维度：

　　一是艺术现场。艺术现场就是说我们必须到现场去，进入现场，而不是虚拟的。如欣赏作品，艺术现场就是必须去欣赏原作，而不能仅仅欣赏复制品。

　　二是生活世界，强调"可居"。[③] 比如一幅绘画（比如梵高的《农鞋》），看到原作，这是进入艺术现场，而进入绘画得以出现的生活之间，并居于此地，这是生活世界。生活世界使我们能够更真切地体验艺术生发的时空场景。

　　三是文化共同体，追求"会通"——跨越时间和空间的局限，和古人对话；跨越专业的局限，和他种艺术对话；跨越文化的局限，同他人对话。文化共同体看似容易其实很难，往往无法达到文化共同体的状态。在古今方面，今人往往六经注我，古人面貌无法得以呈现。在专业方面，现在专业壁垒非常明显。在流派上，本门弟子学习别门武功被认为是叛徒，相互不承认对方的合理性。在国际文化上，坚持民族自我中心，不承认、不理解其他民族的文化艺术，或者肆意贬低妖魔化其他民族艺术。在这样的情况下，增进文化共同体意识无疑是非常重要的。

　　四是思想意识，是空间的自我开放性，也即空间必须意识到自己的局限性，从而试图超越这种局限。比如，如果我们承认"艺术即技术"这种看法，

---

　　① 王国维："凡一代有一代之文学，楚之骚，汉之赋，六代之骈语，唐之诗，宋之词，元之曲，皆所谓一代之文学，而后世莫能继焉者也。"（《宋元戏曲考》）以历史时间计，某一文体臻达巅峰的时间平均都在一二百年以上。

　　② 奚静之著：《俄罗斯苏联美术史》，天津人民美术出版社2000年版。

　　③ ［北宋］郭熙：《林泉高致·山水训》，周远斌点校纂注，山东画报出版社2010年版。

那么艺术的空间就会被缩小，仅仅局限于技术，于是炫耀技术就成为艺术的根本，这无疑是降低了艺术，但是如果我们说艺术还是"一种哲学"，是"一种价值观的呈现"，还是"一种文化"①，等等，无疑就扩大了艺术的空间，从根本上也就解放了艺术。② 我们看到的艺术就不仅仅是技艺的艺术，还有可能是哲学的艺术、价值的艺术、文化的艺术，等等。

艺术精神资本再生产机制的第三个方面是精神境界提升。精神境界就是精神水准，就是精神所抵达的高度。在精神时间、精神空间投入的基础上，精神境界才能有所提升。佛教认为，人的领悟有"顿悟"和"渐悟"两种。如果说精神时间、精神空间多属于"渐悟"的话，那么精神境界提升则属于"顿悟"。"顿悟"并不神秘，它其实是精神长期投入到一定关口之后的突然开窍。

精神时间、精神空间都可以说是一种长期的修行、锤炼，最后达到高超的程度，但高超的程度只是就精纯而言，而不是进入更高层次。更高层次的精神境界也许并非技艺的精纯，而是境界的高远。卖油翁将油从一枚铜钱孔倒入壶中，这是技艺的精纯，但并没有由此表现出更具价值的精神内涵。技术的纯熟往往导致"油滑"，此时我们更应该强调精神境界的提升。这个提升的方向就是"愿望"③，是发自本心地去追求，而非外在的强迫所致。爱一个人，就是发自本心地去爱，并非某人说你应去爱。

因此，在"实然"、"应然"之外，还有更重要的"愿然"。"愿然"有欲望的因素，但比欲望更纯粹，用中国的一个词说就是"向往"。④ 心没有所向往之物，精神境界也就无从提升，也不知道要提升到哪里去。设想，如果高更不向往神圣、终极，他能画出《我们是谁？我们从哪里来？我们到哪里去？》吗？这种发自本性、本心的向往才是精神境界提升的原动力，使人们历经千难万险，抵达艺术的最高峰和精神自我救赎之境。

四、艺术精神再生产的价值地基

如果说精神时间、精神空间、精神境界是艺术精神资本的宏观维度的话，

---

① ［英］雷蒙·威廉斯著：《关键词》，刘建基译，三联书店2006年版，第106页。
② ［美］沃特伯格编：《什么是艺术》，李奉栖等译，重庆大学出版社2011年版。
③ 与愿望相类似的还有愿景、梦想等，文艺作品里提到的桃花源、天下、大同世界、太虚幻境等等，就是具体的体现。这说明艺术都在追求一种超越性的时空，用以安顿灵魂。
④ ［西汉］司马迁著：《史记·孔子世家》："虽不能至，然心向往之。"

那么从更为具体的角度而言，艺术精神资本就必须深入到艺术史、艺术精神、艺术创作的机理，揭示艺术精神资本运行的价值基础。

首先是艺术谱系资本。艺术谱系即艺术的时空结构，从空间上说是世界艺术谱系，从时间上说是艺术史谱系。艺术谱系就是艺术价值的参照系。在艺术谱系中，某一件艺术品的独特价值得以彰显。如果《红楼梦》不放在中国传统小说的谱系中，那么很多人仅仅认为是一部描写男女爱情的小说而已，而无法认识到《红楼梦》在艺术成就和思想成就方面的巅峰位置。谱系的存在使我们认识到一件艺术品到底是代表作还是一般的作品，是精品还是次品，是真迹还是赝品或者仿品。当然，艺术谱系并非一盘散沙，而是为历史汰变之后的精华所编制，是时代精神与艺术精神的统一。比如"二王"书法既是魏晋书法尚韵的代表，也是数千年书法史的高峰之一，就在于他们既存在于魏晋那一时代，又在其后的千年时空之中获得广泛认可。①

谱系就是章法和规则，也是标准的体现。任何伟大的作品都绝非横空出世，而总是有着各方面的因缘。无师自通的艺术天才并不存在，总需要在艺术谱系中确立自己新的起点。对艺术创作而言，艺术谱系的根本意义在于杜绝模仿，鼓励创新和原创。这个创新是绝对意义上的创新，而非相对的。不能因为某种艺术发生了空间和时间的转移，它就成为创新的表现，因为只要放置在艺术谱系中，那种西方的舶来品和历史的炒冷饭就原形毕露了。

就艺术精神资本而言，既定谱系的存在既是巨大的精神财富，可以为我所用，但也是巨大的精神负担，超越古人越来越难。在这种情况下，有三种选择，第一是"集大成"。②集大成有两个特点，一是完备，二是最高水平，可以说到了尽善尽美的地步。这也说明，前人的成果未必都是负累，而很可能是后人的跳板。当然，对一部分人而言，既定谱系就是一种负累，他们采取的就是第二种选择——"反谱系"。反谱系只是相对意义的，因为谱系本身就是一个囊括中心与边缘、主流与支流、精英与民间等在内的谱系，甚至包含更多的异质因素。③反谱系的问题在于它有可能成为谱系的插科打诨，而不具有扭转

---

① 金开诚、王岳川主编：《中国书法文化大观》，北京大学出版社1995年版。

② 《孟子·万章下》："孔子之谓集大成，集大成也者，金声而玉振也。"

③ 罗根泽指出中国文艺思想史的载道、缘情二元循环模式：载道盛行于周、秦、汉、唐、宋、元、明、清，缘情盛行于六朝、五代、晚明、"五四"。（罗根泽著：《中国文学批评史》，上海书店出版社2003年版）从分量上说，载道是谱系的主流，缘情是谱系的支流，也可称反谱系。李泽厚提出中国美学的"儒道骚禅"，"儒道互补"，儒为主，道、骚、禅为辅（李泽厚著：《华夏美学》，中外文化出版公司1989年版）。

乾坤的意义。这是反谱系所特别需要注意的。第三种是"非谱系",完全脱离本土文化传统,这就是近代以来的殖民化与西化思潮。但非谱系并不绝对,总是会和本土谱系发生若干关联,其间的话语冲突与争夺也异常激烈。①

第二是文化价值观资本。艺术谱系是艺术的历史事实,而文化价值观则是艺术创作的本体论基础。文化价值观从大处说就是文化世界观,从小处说就是艺术立场、艺术态度。文化精神是支持艺术创作的根本观念。文化价值观资本是指某种文化价值观是否被认同,而成为一种精神资本。应注意的是,价值是因人而异的,一部人认同的是这部分价值,而另一部分人可能认同别的价值。这里并不是将价值相对化,而是强调为大多数人所认同的价值才是真正的价值,同时对少数人认同的价值又不加以排斥和回避。

在讨论文化价值观认同的时候有三种方式可以选择:一是"核心—中间—边缘"(或"主流—半边缘—边缘")模式;二是"传统—现实—理想"(或"过去—现在—未来")模式;三是"西方—东方"模式,或者具体说是"美国—西方—东方—远东"模式。三者各有特点。第一种模式为空间模式,第二种模式为时间模式,第三种模式为文化地理模式(西方中心主义模式)。"核心—中间—边缘"模式来自于某种价值建构,将某些价值视为核心价值,全部文化共同体都认同的那些价值就是核心价值,核心价值不容侵犯、不容违背。中间价值指的是为部分人所认同的,适用范围也不是全方位的。边缘价值指对特殊的人群有意义,也限定在特定的时间和空间当中。"传统—现实—理想"模式受制于流动的时间,我们都生活在现实中,但历史和未来不时地制约着我们,在这种情况下,究竟是以传统为准则还是以现实为准则,或者是以理想为准则就有了争议。传统派认为应该坚持传统,现实派认为应该因现实而有所损益增删,理想派认为不能迁就过去,必须加以批判和改变。②"美国—西方—东方—远东"模式,就是将美国视为文化价值的最高端,西方其次,东方又次,远东最低。

在文化价值观认同上,第一种模式尤为重要。如果我们不知道什么是中国的核心价值,那么艺术的追求也就丧失了方向,只会追逐一些别人的残羹冷

---

① 就外部而言有亨廷顿的文明冲突论(亨廷顿著:《文明的冲突与世界秩序的重建》,新华出版社 1998 年版),就内部而言则有齐泽克的文明内部冲突说(齐泽克著:《意识形态的崇高客体》,中央编译出版社 2002 年版),后者揭示了这样一个事实:任何一个文化共同体都不是铁板一块的。

② 20 世纪初期西方的"未来派"艺术,拥抱科技、向往未来,是以未来为基准的价值观的代表,但由于缺乏未来整体建构的反思性意识,最终走向了唯技术论。

炙。第二种模式同样不可忽视，特别是其中的理想价值。也就是说什么样的价值将成为明天中国的核心价值，明天的中国将为世界呈现何种新的价值。第三种模式虽最为直接，但却影响极大。美国文化之所以成为文化价值观的顶端，不仅在于其综合国力的强大，还在于他们继承了欧洲文化传统，并且开创性地结合北美大陆的地理，塑造了一群眼界开阔、血脉喷张的新美国人。美国人眼中根本就不存在什么美国与欧盟、印度、中国的区别，只存在一切都可以为我所用的观念：全球即美国，甚至美国即世界。可以说，作为世界第一强国的美国位置不改变，认可美国成为全球核心价值体现者的观念至少还要维持 50年。① 历史证明，没有任何一个国家将是价值的永恒承担者，17—19 世纪时欧洲以说法语为荣，而随着大英帝国和美国的崛起，英语在 20 世纪取代法语成为全世界第一语言。总之，在文化价值观上，一个颠簸不破的原则就是：不进则退。

第三是艺术主题资本。文化价值观认同是立场和态度问题，在文化的各个领域都存在，而就艺术来说，艺术主题资本是艺术精神资本的重要内容。艺术主题就是某一艺术品所要揭示的某种价值。艺术主题的炼取并不是张扬某种个人主义、区域主义，不是将私人、局部的东西放大，而是强调价值对人类整体性的重要意义。艺术主题资本就是说你的艺术主题是否具有资本的强度。这就需要对艺术主题进行炼取，除了艺术谱系、文化价值观外，最主要的方式是艺术体验。

艺术体验来源于学识、经历、经验，但高于它们。艺术体验指的是艺术家的体验结构、体验能力，是艺术经验长期积累而形成的精神心理结构。艺术体验的特点在于，以生命的圣洁进入艺术体验，剥离不必要的各类外在要素（如名利、金钱等）。② 艺术体验的根本目的在于使体验成为一种饱含个体精神和文化深度的体验。这样的主题审美体验比规范型、日常型体验更为深刻、复杂、精炼、突然，往往需要付出更多的精力和心力，并且与灵感、迷狂、沉醉、救赎等结合在一起，以至于每经历一次深度体验就类似于灵魂得到净化一样。

主题审美体验决定了某一作品所表达的主题、思想、意义，是艺术的核心和灵魂。艺术创新的表现之一就是主题创新。主题分为母题、主题两类。母题

---

① 2011 年，汇丰银行（HSBC）高级全球经济学家沃德（Karen Ward）曾预测到 2050 年，中国将取代美国成为世界上最大的经济体。21 世纪中期以后，中国在世界上的地位将越来越重要。

② 王岳川著：《艺术本体论》，中国社会科学出版社 2005 年版。

是人类自古以来所关注的最为重要的主题，也称为元主题，比如真、善、美、自由、正义等等。主题是母题的具体化，也更具个人性、民族性和时代性，在作品深处熠熠生辉。[①] 简言之，主题就是艺术品的灵魂。比如《蒙娜丽莎》的主题并非微笑，而是对人的赞美，对人的重视才是《蒙娜丽莎》的价值所在，如果离开了这一点，仅仅关注微笑就无法从根本上阐释它的意义。艺术主题的鲜明与否、独创与否、深浅与否等直接决定了这件艺术品是否具有审美价值的可能性。

第四是艺术表现力资本。艺术表现力对价值而言并非工具，而是意味着工具本身就内蕴着价值。可以说，你要表现某种价值就必须用某种特殊的表现力，特殊的表现力可以使价值更为清晰感人，使价值更为丰满可感。北宋范宽的《溪山行旅图》如果离开了作品独一无二的手法和构图，还是苍劲挺拔的《溪山行旅图》吗？[②] 中国艺术的表现力是及其丰富高妙的，被宗白华称之为"伟大的表现力"[③]。现代以来，艺术创新主要表现为表现力的创新，通过一种新的表现手法，使价值得以呈现。艺术史表明，表现力是一把把钥匙，没有丰富表现力，艺术家要揭示广阔人类社会的价值就相当困难。

艺术表现力简单说就是形式。形式分为两个层次，初级的形式是可以学习到的技法，通过日积月累而达到熟练的地步，成为艺术创作的无意识。高级的形式是方法论体系，专属于某一艺术家本身的，是艺术家千锤百炼后所得，融有深度的艺术生命体验，是个体原创性的。这些方法论体系多数是非公共知识，是不可见的。不过，可以通过师徒学艺的方式言传身教，但未必全部传授，或者未必全部都学。这无疑使得大师之后再无大师，这些方法论体系镶嵌于作品本身，活的方法论体系已经失传，随之失传的还是形成这一方法论体系的个体精神体验。[④]

---

① 比如文艺复兴开辟了人文的主题，启蒙运动开辟了求知的主题，法国大革命开辟了革命主题，19世纪西方开辟了批判主题，20世纪西方开辟了虚无与荒诞主题，当代开辟了生态主题，等等。这些主题在不同时代的作品中得到了深度的展现。

② 钟跃英著：《原创性艺术》，上海书店出版社2009年版，第57—58页。陈师曾评范宽"落笔雄伟老硬，真得山骨"。见陈师曾著：《中国绘画史》，中国人民大学出版社2004年版，第64页。

③ 宗白华著：《美学散步》，上海人民出版社1981年版，第135页。

④ 艺术界曾有一度讨论"笔墨等于零"（吴冠中语），此论虽有夸张之嫌，但相比纯粹的、孤立的技术与技法，融有生命体验和原创精神的方法论体系无疑更为重要。

五、核心竞争力与精神资本提升

作为"核心竞争力",对艺术家个人,对国家、民族而言,艺术精神资本至为重要。中国艺术精神资本这一话题迄今还没有引起充分的重视。中国艺术精神资本是在民族国家、文化身份的框架中讨论中国自身的艺术精神资本到底有哪些资本。然而,中国艺术精神资本面临的问题却非常严峻。

其一,中国当代艺术缺乏自己成熟的艺术谱系。谱系的混乱导致艺术判断的混乱,以至于市场、金钱、名望、地位成为判断艺术高下的标准。中国艺术谱系的混乱有两个表现:一是中国传统艺术谱系的断裂,20世纪可以说是一个反传统的世纪。二是当代艺术谱系的美学地基和价值地基的丧失。整个20世纪中国艺术身处西方中心主义、意识形态、市场三大场域之中,始终找不到中国艺术自身的独立价值地基。这无疑使得中国艺术谱系在中断中缺乏过渡而显得生硬,在开放中缺乏筛选而显得芜杂。于是,世界在看中国现当代艺术的时候往往一头雾水,无法从根本上对中国现当代艺术做出客观公正的评价,而只会以中国传统艺术作为中国艺术谱系的核心,或者更多倾向于和西方艺术走得比较近的艺术类型。这必然导致中国当代艺术只能在抛弃传统之后走向西方的怀抱,而不可能成长为独立的艺术价值体系。

其二,中国当代艺术领域中文化价值观资本强度不够。表现之一是艺术唯技术、唯娱乐、唯产业,艺术走向炫技、娱乐、赚钱,艺术的价值承担功能多被忽略。表现之二是"扬西[美]抑中",具体说就是对中国认同偏低,对西方特别是欧美认同偏高。在一些艺术家眼中,他们根本不看好中国,对中国内部自身的价值缺乏应有的重视,也不会认为中国人所重视的价值会成为人类的价值,中国人所追求的价值往往成为价值的异类,这种价值扭转实际上正是西方中心主义和文化帝国主义的最好注脚。表现之三是"厚今薄古"。这是扬西抑中的必然结果。现代之西不是别的,就是反传统之西。反传统之西发生在18世纪,由于对技术的强调,传统艺术中的宗教、道德、神话、历史等因素不再成为艺术的主题,艺术家开始"随心所欲地创作",而这正是"现代艺术的开始"①。然而，200年的现代艺术却中断了3000年的中国艺术传统。扬西抑中必然贬低中国价值，贬低中国价值就是无视中国价值的人文性、整体性和连续性，斩断古代和当代的水乳联系。其实在一些西方现当代艺术家那里，反西方传统的同时，却往往很看重中国传统艺术。比如梵高、高更、毕加索、庞德等都对包括中国在内的东方、非洲传统艺术非常热爱，并自觉将其纳入到自己的艺术创作之中，而中国艺术家对这些西方艺术家却并不太感兴趣。

其三，中国当代艺术的艺术主题资本总量偏低，经典艺术主题偏少。在艺术领域我们总是会听到千人一面、千篇一律的评价，这实际上就是艺术主题炼取乏力的表现。主题就是价值。主题炼取就是价值炼取。人类精神的丰富就在于对新的价值的不断拓展和接受。有些艺术经典在刚出现的时候往往不被认可，就是因为这种价值炼取还未被普遍接受，比如王羲之书法等。因此，艺术价值对提升人类的价值世界尤为重要，只有我们理解得更多，接受得更多，我们的心灵才会更丰富。而目前的一些艺术作品往往主题雷同，出现一种主题大家就蜂拥而上。比如一些影视热衷于谍战、言情、清宫、都市、玄幻、炫技，其实主题不过是情爱、英雄之类，虽然故事千变万化，不过才子佳人、帅哥美女，画面尽管可观，但内容陈旧老套，缺乏那种令人思索的价值关切和哲学底蕴。一些当代艺术则脱不开文革、怀旧、玩世、反讽，恶心自己、取悦外人，还冠以东方民族的自我反思，浑然不觉时代需要的恰恰是文化的自主性、多元性和价值性。与此相反，则有一些艺术作品敏感地关注了吸毒（如《门徒》）、艾滋病（如《最爱》）、生态保护（如《可可西里》）、底层（如"打工文学"、"底层叙事"）、民族精神寻根（如《墨攻》《孔子》）等问题，关注人类的生存困境、道德困境、人性困境及其可能解救方案等，在主题上进行了开拓。

艺术家不仅要做时代的记录官，事无巨细，更要做哲学的思考者，哪些是人类应该关注的问题，哪些是人类应该反思的问题，哪些是大命题，哪些是真命题，等等。艺术家丝毫不逊于哲学家和人文学者，因为他们共同的目标都是价值。②而如果艺术家放弃了价值，以为艺术的价值只是体现为赚钱，吸引观众眼球，其结果必然为观众所放弃。缺乏了对价值的深度揭示，流行艺术、通俗艺术、装饰艺术、大众艺术只提供生活的谈资，充当生活的点缀，在艺术价

---

① ［英］罗斯玛丽·兰伯特著：《剑桥艺术史：20世纪艺术》，钱乘旦译，译林出版社2009年版，第1页。

② ［美］F.大卫·马丁、李·A.雅各布森著：《艺术导论》，包慧怡、黄少婷译，上海社会科学院出版社2011年版。

值谱系上并不具有核心地位，甚至可以说它们还不是那种令人思考、沉醉的真正的好的艺术，因为毕竟艺术不是娱乐、不是装点、不是谈资、不是休闲、不是刺激、不是说教、不是图解，艺术有它们所不能取代、不能触及的地方。

其四，中国当代艺术的艺术表现力资本严重匮乏。这一问题和艺术主题资本不足是一致的，因为没有新的主题，都是陈旧的主题，所以使用的表现手法也陈旧不堪，叙事老套，技法单调。一些当代中国的艺术家模仿西方艺术，不仅模仿主题，也模仿手法。更严重的在于中国当代艺术方法论体系完全是西方的一套，缺乏精神性的方法论体系锤炼，盲目追赶西方，而忽视中国艺术方法论体系来自于中国自身。在经济大浪的裹挟之下，艺术表现的创造力无人问津。中国对西方当代艺术的追捧自不必说，连中国现代艺术的主流艺术——油画，也曾经对"油画民族化"有经久不息的讨论。① 其实，西方油画的作画方式和中国传统绘画的作画方式是完全不一样的。可以设想一下，如果中国当代艺术最好的就是油画，中国当代艺术连自己的独创性的艺术表现体系都是西方的，中国艺术还有何独创性的价值呢？在历史上，中国绘画的主导材料是墨，采用的透视法是散点透视，色彩以黑白为主，以黑白二色极尽天地万物，而如果中国水墨艺术就此失传，而改用油画材料，改用西方透视法，中国艺术还能创造出像范宽的《溪山行旅图》和张择端的《清明上河图》吗？更何况《溪山行旅图》、《清明上河图》等艺术精品的艺术手法（构图、布局等）也是西方所难望其项背的。② 无怪乎毕加索曾说白种人根本就不懂艺术。③ 一些西方艺术史家对中国艺术是有很高评价的，如赫伯特·里德认为，"世界上没有任何一个国家能象中国那样，享有如此丰富的艺术财富；从全面考虑，也没有任何一个国家能够与中国艺术的卓越成就相媲美"。④

中国传统艺术的方法论体系对西方而言就是一座巨大的宝库，它们以迥异于西方艺术的姿态屹立在艺术之巅，以至于曾有西方人不无夸张地说，要品味中国草书至少需要500年。⑤ 中国书法曾被誉为中国哲学的核心，也是西方所很难理解的艺术形式。西方人对中国艺术的理解远未达到中国人对西方艺术理解的程度。西方人对中国艺术的理解多停留在与西方绘画接近的现代油画方

---

① 曾景初：《油画民族化问题刍议》，载《美术研究》1979 年第 3 期。

② 美国艺术史家艾德瑞兹认为："中国宋代的山水画，那用长长短短的线条组成的山水画，西方画家根本无法企及。"见陈传席：《中国画在世界艺术中的实际地位》，载《美术》2000 年第 7 期。

③ 杨继仁著：《张大千传》，文化艺术出版社 1985 年版，第 586 页。

④ ［英］赫伯特·里德著：《艺术的真谛》，辽宁人民出版社 1987 年版，第 71 页。

⑤ 范景中：《贡布里奇：中国文化令我深爱》，载《中华读书报》2001 年 12 月 12 日。

面，在古代方面也止于工艺层次的中国艺术（比如瓷器）。那种抵达中国哲学核心的书画艺术，特别是草书，他们往往很难理解其中的妙处。而实质上，理解中国艺术就是理解中国艺术精神，理解中国人的灵魂、世界观和价值观。

对于生长于中国文化沃土的中国艺术，在理解上中国人比西方人具有先天的优势，可惜中国人不愿意再去发现自己，而将这种权利拱手让于西方。那么，几百年之后，当西方人普遍理解了中国草书并开始追慕草书的时候，我们才来发现中国草书，发现中国书画，发现中国艺术吗？

当代中国艺术热衷于讨论艺术资本，这非常必要，因为它使艺术挣脱了唯政治权力的束缚，而具有了自己的独立性，进一步解放了艺术生产力，但是，如果只是热衷于讨论中国艺术资本究竟能赚取多少钱，带来多少利润，那么我认为这些讨论离艺术还很远。相反，中国艺术资本的讨论只有深及艺术精神资本，深及中国艺术的精神价值地基，中国艺术才能在艺术资本话语轨道上找准自己的位置，真正提升"核心竞争力"，从根本上展现一个悠久大国的当代艺术生机和文化精神新气象。

第十五章　中国艺术精神的当代价值

中国艺术精神属于中国文化精神。文化精神是这个民族的灵魂，是其存在、发展的内在基础和动力。[①] 中国艺术精神不仅是贯穿历史的精神现象，也是当代文化阐释的重大课题。在当代社会，中国艺术精神究竟具有怎样的言说语境，在此语境中她对中国文化性格而言究竟有何促进，中国艺术精神究竟根基如何，又呈现何种形态，她在当代所需迎接的挑战有哪些，希望如何，等等，这些是艺术话语研究所思考并应予以回答的问题。

一、中国艺术精神与当代文化语境

当前，研究艺术精神的论著已有相当的数量了。[②] 从整体来说，当代中国艺术精神的言说有以下突出的特点。

首先，中国艺术精神是站在文化现代化这一崭新语境中或者平台上的一种精神呈现。文化现代化是新世纪的文化任务。而发现东方也已经成为文化现代化领域中的一个颇具影响力的文化战略。[③] 在我看来，在文化现代化和发现东方语境中探讨中国艺术精神显然具有更清晰的目的性与价值诉求，即中国文化

[①]　文化精神包括艺术精神、哲学精神、道德精神、法的精神、商业精神等。

[②]　涉及艺术精神的专著主要有唐君毅著：《中国文化之精神价值》，台北正中书局 1953 年版；徐复观著：《中国艺术精神》，台北学生书局 1966 年版；姜澄清著：《易经与中国艺术精神》，辽宁教育出版社 1990 年版；赵明、薛敏珠著：《道家文化及其艺术精神》，吉林文史出版社 1991 年版；朱良志著：《中国艺术的生命精神》，安徽教育出版社 1995 年版；余虹著：《艺术与精神》，社会科学文献出版社 2000 年版；徐岱著：《艺术的精神》，首都师范大学出版社 2001 年版；张蓉等著：《中国文化的艺术精神》，西安交通大学出版社 2001 年版；张法著：《中国艺术：历程与精神》，中国人民大学出版社 2002 年版等。

[③]　王岳川著：《发现东方》，北京大学出版社 2011 年版。

要有全新的自我形象定位、世界将成为中国文化的舞台。在西方中心主义与东方主义笼罩下的中国文化并不是真正的中国文化。在新世纪,中国文化要冲出一条希望之路,就必须由我们来担当文化发现的主人公,就必须艰难地进行文化整合、创新、输出的工程,因而也使中国艺术精神具备了强烈的现实感与使命感。

中国艺术精神的第二个显著特点是在精神生态危机中谈论中国艺术精神。我认为,精神生态危机首先在于东西方二元对立的文化冲突中东方精神的尴尬、缺失同西方精神的繁荣之间所形成鲜明对比,即"东西方的精神生态失衡";其次是中国艺术精神中所体现的传统与现实之间的张力,即"古今精神生态失衡";最后是个体与自身(肉身)、他者、文化传统的一种紧张关系,即"个体精神生态失衡"。中国精神的自卑与附庸化,传统精神的流失与僵化,个体精神的丧失与矮化,深深地刺痛了每一个关心中国文化命运的人。

同时,中国艺术精神将其所置身的当代中国的大变革作为自己的时代背景。就社会性质而言,西方发达国家已经处在后工业社会的阶段,而中国等广大发展中国家仍然是处在农业文明向工业文明过渡或者工业文明发展阶段。社会发展不平衡就必然导致一种"精神生态的不平衡"。中国从农耕社会或者文明过渡到工业文明,的确在环境、生活方式、生存态度上发生着巨大变化。今天正是数千年未有之巨变。对中国人而言,土地就是生命。但是,城市化的过程中,土地淡出人们的视野,"地皮"显得极为注目。土地生长庄稼、草木,而地皮上却寸草不生。土地是生命的象征,而"地皮"是利益的象征。这显然是社会变革的一个典型事件。然而远离土地并不一定就带来最终的幸福。西方人在过度城市化之后的"生态学回归",回到自然、乡间去;在过度消耗自然后保护自然,亲近自然。这是文化现代化的表现。这种"生态学回归"对进行中的中国城市化、工业化而言并非无关紧要。

最后,中国艺术精神也不回避全球化时代中国文化的走向。在全球化、消费、信息时代,回溯中国艺术精神,究竟是要从这脱胎于古典文化土壤中生发新的生命,还是沉醉其中逃避此世?一个尖锐的问题是,中国艺术精神有无可批评的地方?有学者曾描述过中国人的文化心理与行为方式,其中包括了诸多缺陷。[①] 中国文化的缺陷必然是中国艺术精神的缺陷。

1980 年代,有一部记录片《河殇》曾轰动一时。[②] 该记录片的主要观点是

---

① [美]明恩溥著:《文明与陋习——典型的中国人》,舒扬等译,书海出版社 2004 年版。
② 《河殇》,陈汉元策划,苏晓康、王鲁湘等撰稿,1988 年,中央电视台播映。

"黄色文明"衰落了，"蓝色文明"是中国的希望，对中国文明持悲观态度而对西方现代文明持乐观态度。然而，今天看来，中国文化真的衰落了吗？西方现代文化果真是中国的未来吗？面对遭遇现代挑战的几千年的中国文化，有人致力于保存中国文化①，有人提出"中国文化的复兴"②，有人提出中国文化有益于世界③，等等，这些尝试与努力都难能可贵。这里面有一个微妙变化，就是从"中国文化"到"文化中国"的转变。④ "文化中国"不仅是对"文化"的激活，又是对"中国"的激活。

100多年来，西人"倾慕"的是中国"文化"而不是中国。概因为文化具有历史性与现实性。西方列国掠夺大量文物⑤的同时榨取中国数以亿计的黄金白银⑥。"文化掠夺（殖民）"、"利益榨取（控制）"，西方列国对中国大约不出这两种态度，典型表现就是"西方中心主义"与"东方主义"。中国欲求独立首先是军事、经济、政治的独立，但这还不够，进一步需要文化、思想、精神的独立。对于中国人而言，现实性文化（军事、政治、经济、科技等）要不断地创新突破，历史性文化（文学、艺术、中医、哲学思想等）需要保护和不断地阐释。文化现代化不是在"文化中国"或者"中国文化"之中选一，而是"立足中国"又"指向文化"，二者缺一不可。因为，中国属于中国，但中国文化属于世界。文化现代化强调的就是中国文化的"世界性"，而不是中国文化的"本位性"。文化现代化进程中的中国艺术精神不是重新建立一个民族的艺术精神，而是为这个世界提供一种艺术精神，是在这个精神失衡的时代为世界

---

① 比如冯骥才提倡的保护民间文化，他是中国民间文艺家协会的主席。

② 比如蒋庆的《读经与中国文化的复兴》、林毅夫的《论经济发展与中国文化的复兴》等。

③ 比如钱穆（《中国文化对未来人类可有之贡献》）、季羡林（"21世纪是中国文化的世纪"）、汤一介（《中国文化对21世纪人类社会可有之贡献》）诸先生。

④ 当然，"文化中国"据杜维明介绍，早在1987年就有人讨论了，而杜先生也是从1990年以来就一直思考这个问题。见杜维明：《文化中国与儒家传统》（1995年）。

⑤ 自1840年，重大的文物流失有圆明园、敦煌、甲骨文等。"据中国文物学会统计，中国文物流失惊人，数以百万计，精品即达几十万件，涉及47国。其中一部分是战争情况下被抢走的。英国、法国、美国、日本和俄国是收藏中国文物的大国。纽约大都会博物馆所收藏中国绘画最多，大英博物馆所藏中国绘画最精。在美国，有上千件中国古代大型青铜器，出类拔萃之作至少百件。"（河南博物院，文博动态国内动态，2003年1月。）

⑥ 第一次鸦片战争中国赔款2100万银元，3年内付清；第二次鸦片战争中国赔款1600万两白银；中日甲午战争中国赔款2.6亿两，8年内付清；辛丑条约中国赔款9.8亿两，39年内付清（见李育民：《中外不平等条约史话》，社会科学文献出版社2000年）。巨额赔款大大加深了中国的经济危机。通过赔款，西方列强严格控制了中国的经济命脉，不断榨取高额利润。其实早在马可·波罗就用"遍地是黄金"来描述中国了。对西方而言，中国不仅有丰富的文化，还有大量的财富。

提供一种新的价值选择。

　　政治、经济、军事、科技等固然可以泛称文化，但一般意义上"中国文化"却常常专指中国的文学、艺术、建筑、礼乐制度等。后者这种延续性极强的文化是民族精神的根本，因此构成许多"文化精神"阐释的基本内容。但是，在"发现东方"语境之中的艺术精神恰恰是极为重视当代中国文化的历史性与现实性。艺术精神并不是以排斥现实为前提的，恰恰是以反思现实并依托、促进现实为基础的。

二、文化现代化与中国文化的自我更新

　　中国文化性格历来强调"包容"精神，与包容精神相关的还有"和合"、"中和"等，这种包容与和合精神产生于古代中国是不奇怪的，但今天这种精神的确需要反思一下。在"边缘"与"落后"并存的情况下，中国的文化性格也面临新的优化与调整。突出什么样的文化性格在当代显得尤为重要，这同样是一种基于精神生态学的思考。生态学发源于西方，其基本立场之一是从"自然生态平衡"的角度来看社会发展①，之后衍生精神生态学、社会生态学等。人类生态危机恰恰是社会危机，甚至是精神危机。优化和调整自己的文化性格正是解决社会发展失衡的重要途径之一。

　　文化的突出特点是对大自然的征服，从而养成了人类积极进取的拓展性格。一切自然如果对人具有一种亲和性无不是人类改造的结果，只是这种改造的程度轻重不同罢了。在人类之初，征服自然不是西方人的特性，而是全人类的特性。在荒野，在大海，在深山老林，在沙漠戈壁，在冰天雪地，等等，亲近自然完全是不可能的。中国上古有一个"大洪水"的神话，这个水不是黄河水，而是海水，或者类似海啸，当时距今约有 15000 年。据一些资料显示，当时的水位大约在 1000 米左右。广大的华北以及华南、华东尽在淹没之列。那个时候发的洪水是毁灭性的，死于那次灾难的人不计其数。这场大洪水与《圣经》所记载的大洪水有某种联系。② 自然对人类而言不但是浩瀚无边的，更是

---

　　① 傅华著：《生态伦理学探究》，华夏出版社 2002 年版。本书对"人类中心主义"做了辩护，有部分道理。

　　② 李卫东著：《人类曾经被毁灭》，九洲图书出版社 1998 年版，第 333—379 页。该书对史前文明的想象极为丰富，但尚处于假说阶段。大洪水的基本依据是人类的神话和传说。

残酷无情的。这已经为地质学、天文学所证实。自然的野性与神性对人来说具有一种莫名的恐惧。所以，人类倾其全力征服、改造自然，这一过程就是"自然的人化"。

但是，人类对自然的征服往往落入利益牢笼，这种征服最终导致自然成为任意奴役、随意变更的对象，从而给整个自然带来难以估量的损失和破坏。此时，"精神拓展"显然是比"物质征服"更为重要。在物质征服哲学笼罩下，人类之间、人与自然之间、人与社会之间必然是一种终极的不和谐关系，而一切的人类艺术也都是在设计一座"乌托邦"之城。没有纯粹的精神，只有回归物质并超越物质的精神。在精神特别是艺术精神的照耀下，人性的完美得到展现。在物质发展极为繁荣的时候，精神显得尤为重要。在"文化输出"的语境中谈的不仅是物质上"征服"，同时更是精神上的"开拓"，是顺天而动。征服自然是因为人类生活在自然的必然规律之中，人类必须掌握这些规律，加以利用。而开拓性不仅是物质上，更是精神上。"开拓"比"征服"更加强调一种动态的平衡，不是让外物拜倒在自己脚下，而是以亲和性为目标。因此，开拓性是亲和性的基础。

虽然物质征服性与精神拓展性是不同的文化性格，但是，二者实同出一源。在当代中国，物质征服性与精神拓展性相辅相成，二者的结合对当代中国是极为重要的。中国社会似乎并没有发展出一种积极的外拓型性格，而是发展出一种"包容"的内敛型性格，这种包容的性格就是大度、宽容。尽管这种包容精神具有非常重要的意义，但这种包容是有缺陷的，就是缺乏主动性，即没有开拓远大空间的行动和热情，满足于等待、逆来顺受。总的说中国文化性格是"取经"、"内化"，而不是"输经"（输出）、"外化"（世界化）。更糟糕的是中国包容的品性在历史上曾经一度断绝而沦为封闭，比如明清两度闭关锁国，这同包容而言又是等而下之了。最近30年来，中国提出了"改革开放"在一定程度上恢复了包容的精神，但是仍然没有从根本上改变中国的文化性格。"开放"是开窗开门，自己仍坐在屋子里。但是，西方人都到我们的屋子里来了，我们的开放不还是落了一个层次了吗？我们的祖先不是没有走出去过[①]，在今天，我们更要发扬中国自古以来"走出去"的精神，优化我们的民族精神。不再满足"睁眼看世界"，而是要"改造世界"。

自然环境的恶劣，需要人类去征服去改造，如今，精神环境的恶化同样需

---

① 朱亚非著：《风雨域外行：探寻古代中国人走向世界的足迹》，山东画报出版社2004年版。

要人们去征服去改进。中国的"边缘化"深刻撞击着流传已久的"中央之国"的观念，而先进发达的西方科技又不断地动摇着中国人原有的心态与生活方式。中国生存环境的恶劣造成中国文化的一个致命弱点是对天与地的依附性太大，"靠天吃饭"与"眷恋故土"二者成为中国文化特性的鲜明体现。虽然中国人养成了顽强、忍耐、节俭、安贫乐道、知足常乐的性格①，却严重削弱了强烈的进取精神。如何实现农业的现代化，从而将中国人从土地的束缚中解放出来，如何成为世界公民，从而获得新的尊严，是中国最严峻的任务。中国文化内涵丰富，她有"愚公移山"与"四海为家"等思想，当代中国恰恰需要这种"知其不可为而为之"的精神和"世界主义"的立场。由于中国文化历来强调精神世界对外在世界的提升与净化，而往往忽略了对外在世界的直接改造，诸如安贫乐道、知足常乐、平均主义在很大程度上削弱了中国人锐意创新的锋芒。中国文化由于太过强调虚静、阴柔、内敛而需要新的飞动、阳刚、外拓的补充。以《周易》为基础的中国精神在刚强方面主要体现为"生生之为易"的生生精神、"自强不息"的主体精神、"革故鼎新"的革新精神，"生"、"强"、"新"谱写了中国文化精神中最具魅力的"中国气象"，从而成为中国人最可珍视的"国魂"。② 这三种精神对当代中国而言将比儒家仁爱精神、道家自然精神、佛家空灵精神更具有深刻的现实意义。文化现代化恰恰是这种精神与立场的体现，从而进一步优化了中国的文化性格。

文化现代化超越了封闭、包容、开放的文化性格，提出了一个崭新的口号——"开拓"（文化输出）。中国文化本身固然强调来者不拒，但现在也强调应"走出去"，因为世界也是中国的。中国要到世界上，要将好的东西带到那里去，去开拓自己的空间。"走出去"的文化输出应运而生，同时也是对中国文化性格的重新塑型。中国文化性格本身有有太多凝固的、保守的特性，需要给她一种开疆拓土、雄浑刚健、激扬世界的气度。在全球时代，中国寻求的不是物理空间的霸占而是对精神空间拓展，是自己强大而持久的精神（文化）影响力。文化输出不是殖民、不是垄断，而是开拓、扩展。这种拓展是基于一种多元的文化态度和积极的世界主义立场。中国作为泱泱大国不仅仅是惠及四邻，而是惠及世界，成为世界文化的重要部分。在此意义上，中国艺术精神在全球化时代将充分显示了自己对世界文化与精神生态的重要意义。

---

① ［美］明恩溥著：《文明与陋习——典型的中国人》，舒扬等译，书海出版社 2004 年版。

② 唐明邦主编：《周易评注》，中华书局 1995 年版，绪论，第 8—9 页。

三、从精神到艺术精神

精神语出《庄子·天道》。《庄子》一书共有五处提到精神，关键性的如《庄子·天道》的"水静犹明，而况精神"！对精神之"静"给予充分强调，在庄子看来，"虚静恬淡寂寞无为者，天地之本，而道德之至"，这是对道家"虚静无为"思想的集中阐扬。《庄子·刻意》认为"精神四达并流，无所不极，上际于天，下蟠于地，化育万物，不可为象，其名为同帝"。《庄子·知北游》曾引老子之言，秉承清净无为，提倡"澡雪精神"，祛除一切负累、涤荡心灵，从而获其"道境"，精神与天地具有同等的地位。超拔绝尘的"庄子精神"就是《庄子·天下》所说的"独与天地精神往来而不傲倪于万物，不谴是非，以与世俗处"，体现了对精神的高度自觉与不懈追求。虽然精神语不出在《内篇》，但其内在理路是一致的。所以，从某程度上说，是《庄子》唤醒了中国艺术精神。①

其后《淮南子》卷七《精神训》则是一篇集中阐释精神的重要文献。② 在其篇名注中，对精神有一个概括性的说明："精者，人之气，神者，人之守也。"③ "精神"源于"天"，与精神相对的"形骸"则生于地。可以说，《庄子》以来的对精神、形骸的区分充分显示出中国人对精神内在世界的自觉和成熟。④ 精神成为人，特别是中国文人不可缺少的生命要素。后来，精神成为艺

---

① 汪春泓：《从时代背景看〈逍遥游〉本义及其对中国艺术精神的唤醒》，载徐中玉主编：《古代文学理论研究》（第二十辑），华东师范大学出版社 2002 年版。

② 《淮南子》二十一卷《要略》认为："'精神'者，所以原本人之所由生，而晓寤其形骸九窍，取象与天，合同其血气与雷霆风雨，比类其喜怒与昼宵寒暑，并明审死生之分，别同异之迹，节动静之机，以反其性命之宗。所以使人爱养其精神，抚静其魂魄，不以物易己，而坚守虚无之宅者也。"（何宁：《淮南子集释》，中华书局 1998 年版，第 1444 页。）

③ 何宁：《淮南子集释》，中华书局 1998 年版，第 503 页。

④ 处于《老子》、《庄子》与《淮南子》之间的《文子》亦有对精神的阐发："精神本乎天，骨骸根于地，精神入其门，骨骸反其根，我尚何存！"奇怪的是，《庄子》、《文子》、《淮南子》皆是道家思想的体现者。虽然《论语》中提到了精（"食不厌精"），也提到几次神（大多为"鬼神"之神），皆同"精神"搭不上关系。不过例外的是《孟子·尽心下》对"神"的空前提升："充实之谓美，充实而有光辉之谓大，大而化之之谓圣，圣而不可知之之谓神。"然而，从先秦至秦汉思想总体看，"精神"的"命名权"应属道家，并且司马迁也用"精神专一"（《史记》卷一三〇太史公自序第七十）来评论道家。当然，儒家的"艺术精神"也得到学者的重视，亦有积极方面。

术评论的重要范畴，比如《文心雕龙》沿用庄子"澡雪精神"强调对精神的荡涤。① 唐司空图《二十四诗品》中则列精神一品，在内涵上虽不及《庄子》，但其"生气远出，不著死灰"② 亦是庄学一脉。

2000多年后，到了近代，精神则被用来翻译英文 spirit。③ 在当代汉语语境中，精神的概念具有多义性。④ 除了基本义项灵魂（与物质和身体相对）、大脑活动、精髓（主旨）、活力等外，在我看来，精神首先是一种富有生气的表现状态。此种精神可以称为"生气"、"气象"、"气韵"、"气血"等。第二，精神还是一种积极的文化价值立场，而深切的人文关怀是最重要的一种价值立场。她是一种开放的、进取的、宽容的、自由的、真诚的精神立场。第三，精神也是一种深刻的存在（生命）体验。体验，成为中国艺术精神中最为重要的核心关键词。体验是一种"人"，是一种同情之态度。所体验之物构成我生命的一部分，在此时此刻它属于我、我属于它。体验也是一种"出"，是一种想象与回味。所体验之物作为我生命的一部分已经内化到我的精神之中，虽然经历从其在场到不在场的过程，但这种不在场的"踪迹"构成我生命的依稀可辩的灯光与萤火。个体存在、生存不甘死寂与沉默，以其飞动、灵动、自由、自然在时世纷扰中反抗束缚、争取意义，从而获得精神的超越。就精神的特点而言，她具有持久性、广泛性、典型性诸特点，并在此基础上谈论个体精神、时代精神、文化精神。相对于物质、社会、历史，精神是一种"无"，而这种"无"却无时无刻不影响着人。精神尽管作为一种"无"是虚的，但这种虚恰恰给生命提供了新的空间，对"存在"而言具有决定性意义。⑤ 正如前面所言，已经有不少学者涉足中国艺术精神这一领域。他们对文学艺术精神阐发了自己的观点，对人们理解艺术精神具有一定的参考意义。

因此，作为精神的一种表现形态的艺术精神不是提供一套艺术品的知识和理论，而是对"存在"和"生命"呈现一种积极的氛围、启发一种深切的体验与深邃的思考，是贯穿历史、遍布个体的"血脉"和"气息"。所以，她还不是一般意义上的美学特征。至如中国艺术精神，更是与中国哲学、文化关系密

① ［南朝梁］刘勰撰：《文心雕龙注释》，周振甫注释，人民文学出版社1981年版，第295页。

② ［唐］司空图撰：《诗品集解》，郭绍虞集解，人民文学出版社1963年版，第24页。

③ 王力著：《汉语史稿》，中华书局1980年版，第521页。

④ 《现代汉语词典》"精神"有"人的意识、思维活动和一般心理状态；宗旨，主要意义；活力、生气"等。在哲学层面上，"精神"又往往与"物质"或"肉体"对举。

⑤ ［德］海德格尔著：《形而上学是什么》，熊伟译，载洪谦主编：《西方现代资产阶级哲学论著选辑》，商务印书馆1982年版，第342—360页。

切。故而，"中国哲学精神的开放性，使得中国艺术精神成为一个不断敞开的生命体，一个不断提升民族精神的文化氛围，一个具有宇宙观、生死观、功利观、意义论的华夏文化象征体"①。

四、中国艺术彰显华夏精神

结合上文与自己的理解，这里对中国艺术精神略做引申。

中国艺术精神显示了中国美感形式的独到与风格的多样。没有丰富的艺术形式和多样的风格就没有丰富的中国艺术精神。中国艺术精神含纳了中国文学、音乐、书法、舞蹈、绘画、建筑等门类。中国各类艺术中的具有民族特性的艺术形式如黄钟大吕、二胡、古琴、琵琶、埙、编钟、山水画、唐诗宋词、狂草等等，已经构成中国人的基本的审美感受形式。任何一件中国的艺术品无不体现了中国的民族特性。

中国艺术精神显示了中国人丰富的想象力、创造力与心力。中国艺术精神不是止于物象，而是抵达"道镜"。道境就是盘古开天、高山流水、逍遥世界、香草国度、桃花之源、西天之路、太虚幻境、笔墨之间等等。此"道境"是中国人的巨大的想象力、创造力和心力的体现，由此构成中国人寄存理想的精神世界，并在这种"无"的境界中体会到一种超越，从而感受到"天地"之大美。

中国艺术精神显示了中国人深厚的情感与人格感染力。文学艺术如果没有情感、意志、人格、精神就会苍白无力。愚公移山，庄子妻死而歌，屈子九死不悔，太白大笑出门去，清臣泪洒祭侄稿，窦娥六月飞雪天，雪芹一把辛酸泪，鲁迅野草之浓烈，阿炳二胡之凄婉，这种大彻大悟、大爱大恨、大悲大喜、至刚至柔，构成了中国艺术雄浑壮丽的"境界"之美。

中国艺术精神显示了中国人深切的人文关怀与价值诉求。悲天悯人、关注众生、惩恶扬善、针砭时世，代不乏人。大道之行天下为公，孔子问人不问马，老子常怀圣人之心，春闺与战场之间的悲剧，老杜为民所谋的广厦，孟郊的游子吟，还有先天下之忧而忧、清官侠士的楷模，这些对民情、世情、爱情、亲情的深切关怀，对人生辛酸与冷暖、幸福与悲哀、痛苦与快乐的关注，

---

① 王岳川著：《目击道存——世纪之交的文化研究散论》，湖北教育出版社 2000 年版，第 190 页。

成为中国文化精神的优秀传统，从而感动了千千万万的人。

中国艺术精神显示了中国人深邃的生命存在意识与思想魅力。对人生的看法、对历史的看法、对世界的看法，这种思考无不体现在艺术领域之中。屈原的天问，那一百多个问题究竟解决了多少？幽州台的歌声不是震撼了太多的"来者"？山水画中的空白不是留下了千年的思索？那书法、舞蹈的灵动不是体现了生命的不朽？至如体现了中国哲学的尽善尽美的孔门诗教，自然任性的老庄神态，妙悟空灵的禅宗境界，这些都成为中国艺术深厚的思想土壤。

中国艺术精神秉承中国文化精神中"生生之为易"的生生精神、"自强不息"的主体精神、"革故鼎新"的革新精神，以仁爱精神、自然精神、空灵精神为附翼，勇于开拓、不断创新，从而在当代世界文化精神生态营建中具有重要作用。

五、中国艺术的审美超越理想

中国文化强调个体间的群体性和与自然的亲和性，注重在个人与群体、现实与理想、自然与精神之间达到一种和谐，从而凝结成为中国（艺术）审美超越精神。中国艺术的审美超越精神是中国艺术精神的重要主题之一。[①]

中国文艺自然、朴素、超迈、空灵，在有限的时空内表现着无限的精神，文学艺术成为中国人特别是中国文人不可或缺的生活内容，因此有人认为，中国文化是艺术的文化和诗性的文化。[②] 美、感性对艺术而言不可或缺。对美的追求，对感性的张扬，也成为艺术的目的之一，由此也使得艺术成为人类解放的先声。艺术与审美、感性的密切关系可见一斑。对艺术进行美学的研究，或者从审美角度来研究艺术是近代以来的事情。18 世纪出现了美学（aesthetics），美学的出现是基于感性与理性的对立。但实际上，这并不是简单的对立，而是理性对感性的统摄，也就是说感性也将被理性分门别类地划归到科学领域。

---

① 有学者认为中国以实用理性为主，中国文化是平民文化，缺乏超越性的维度，我认为是值得商榷的。这其实仍然是黑格尔式的对中国的理解。中国文化的超越性并不是西方意义上的超越性，而是强调精神在此岸的安顿，而非高高在上的彼岸的超越性。

② 楼宇烈：《中国文化的艺术精神》，载于《中国哲学研究论文集》，商务印书馆 2004 年版。还可参看莫励锋：《论中国文化的诗性特征》，《中国韵文学刊》第 18 期。

作为美学的形容词形式，"审美的"（aesthetic）是一个重要概念。从基本意思来说，该词是美感的、以美的方式观看的、有鉴赏能力的意思。在汉语中，审美却具有动词的意味，比如曾被滥用的"审美疲劳"。但是，审美实际上是审美的，比如审美经验，即这种经验是审美的。另一方面，用"审"字也是有问题的，它是一个动词。"审美"忽略了美以外的感性因素，也忽略了欣赏的感性特征。一般而言，美、艺术都是关于感性的，而超越是超感性的，艺术的审美与超越如何联系在一起呢？实际上，超越并非与感性相脱离，因为人的生存本身就是感性的、直观的、体验的。

在哲学上，存在自身分为两个层次：一是世界，一是超越。对实在、一般意识和精神而言，其所感知的是世界。对生存而言，其所领悟到的是超越。"在其中，通过它，我们是我们自己，并且是自由的，它就是超越。"① 显然，超越与生存是紧密相连的。生存与超越都是不能对象化加以纯粹知识上的把握的，因此它们不是我的客体。

"超越"在古代汉语已有使用，其基本意思有"超出"、"越过"或"逾越"（规范）等，近古汉语已经有"超越万古"的说法了。② 严格说超越是一个西方的概念。Transzendenz 是中世纪哲学的一个主要概念，其基本意思是"超出事物之外而在事物之上"③。但其形容词有两个，transzendent 和 transzendental，康德区分二者并给后者以新的意义，即"先于经验而使经验成为可能的必要条件"，一般翻译为先验，前者就被翻译为超验的。超越是外在存在的基本方式之一（另一是生存），与生存须臾不离，也就是与感性须臾不离。超越有两层含义：一是目的性即超越的结果，即"超越存在"；一是过程性即超越活动。"超越"一般并不是否定被超越的，而是与被超越保持着各种各样的精神联系。

超越虽然是一个西方词汇，但其内涵却是世界性的，在此意义上，中国艺术中的超越因素不可否弃，其意义也非同一般，值得进一步研究和借鉴。

其一，孔颜乐处的理想境界。

"孔颜乐处"是儒家审美超越精神的高度概括，最早提出者是北宋哲学家

---

① Karl Jaspers, *Von der Wahrheit*, Neuausgabe, München: R. Piper & Co. Verlag, 1991, S. 107.
② "臣帖木儿僻在万里之外，恭闻圣德宽大，超越万古。"《明史》卷三三二列传第二二〇。
③ ［德］海德格尔著：《存在与时间》，陈嘉映等译，三联书店 1999 年版，第 504 页。

周敦颐。① 孔子追求的是仁，但仁又离不开艺。艺的主要功能"乐"，即陶冶性情。乐在某种程度已经是审美意义上的超越精神。

（1）自然之乐。亲近自然是中国人的天性。一味埋头知识与书本无法获得真正的精神享受。"莫春者，春服既成，冠者五六人，童子六七人，浴乎沂，风乎舞雩，咏而归。"② 与自然亲近如同回到母亲的怀抱，感受到天地的无私与博爱。"知者乐水，仁者乐山。知者动，仁者静。知者乐，仁者寿。"③ 知者与仁者，以及一切心怀天地的人总能在自然中找到乐趣，找到精神对应物，从而感到自然的亲切。人生天地间正是在同天地的交往中体悟人与世界的同一关系。

（2）道德之乐。道德之乐的典范是颜回。"贤哉，回也！一箪食，一瓢饮，在陋巷，人不堪其忧，回也不改其乐。贤哉，回也！"④ 颜回对孔子学说领会深刻，对仁亦有自觉追求，能够从仁中获得乐趣。尽管没有口腹之乐，尽管贫穷，但却能从道德的修养中体会到一种幸福和满足。孔子和颜回都是"忧道不忧贫"，"其（指孔子）为人也，发愤忘食，乐以忘忧，不知老之将至云尔"。⑤ 他们总是"乐（道）而忘忧（贫）"。道德在于塑造一个完善的人，一个精神饱满的人，一个超越物质享受追求精神完善的人。

（3）艺术之乐。儒家将艺术"教化"化，其"尽善尽美"的命题使得其对艺术的教化功能极为重视。"兴于诗，立于礼，成于乐。"⑥ "志于道，据于德，依于仁，游于艺。"⑦ 尽管儒家之乐含有艺术之乐的成分，但艺术之乐更多地是以对象性的礼乐为特征的。也就是说，"乐艺"的最终目标是"乐道"。单纯的艺术之乐并不为儒家所强调。也在此意义上，"放郑声"也被雅斯贝尔斯所认可。⑧ 从某种程度上说，孔门的艺术之乐恰恰是超越性的艺术之乐，而非耳目之享受。因此，"游于艺"只能是"精神"之"游"。

（4）知识之乐。否定中国人缺乏求知欲是草率的。中国人对求知并不是出

---

① "昔受学于周茂叔，每令寻颜子、仲尼乐处，所乐何事。"《河南程氏遗书》卷第二上，《二程集》，中华书局 2004 年版，第 16 页。

② 《论语·先进》。

③ 《论语·雍也》。

④ 《论语·雍也》。

⑤ 《论语·述而》。

⑥ 《论语·泰伯》。

⑦ 《论语·述而》。

⑧ ［德］雅斯贝尔斯著：《什么是教育》，邹进译，三联书店 1991 年版，第 95 页。

于其他功利之目的，而是追求与知识的"共在"关系。学诗可以知道许多草木虫鱼之名，其目的是更加有意识地亲近和相处。① 孔子亦提倡学习和认识的"乐"之特性，只要将事情看作是快乐的才乐于去做。"知之者不如好之者，好之者不如乐之者。"② 知识之乐也正是孔子教育思想的核心，正如论语开篇所说，"学而时习之，不亦说乎？"知识的寻求也是一种快乐，而不是一种负累。

（5）交往之乐。道德的生成是自我教育的结果，但其不能脱离交往。所以，在知识上，如果"独学而无友"则"孤陋而寡闻"；在道德上如果没有榜样和典范，则"见贤思齐"就不可能。"诗，可以群。"③ 说的也正是艺术的交往之乐。就连自然之乐也是在和同伴、天地的交往中获得的。交往之乐避免了个人中心主义的孤独，而是在"乐多贤友"④ 中体会到意义和价值。

其二，自然逍遥的神形意态。

（1）"道法自然"。《老子》一书是"圣人"的哲学。"圣人"与"民"构成二元关系，因此有政治哲学的色彩。不过作为人格的一种，圣人亦有借鉴之处，圣人的特征是无为、处下、自然、虚静、恬淡。

老子对自然的敏感观察和体悟，并取象于天形成自己的自然哲学。老子认为"上善若水"，"夫唯不争，故无尤"。⑤ 水是生命之源，保养而孕育生命，其特性在于不争、无为、永处低处，以无私博爱滋养万物。水生于自然、归于自然。自然者无为而治，"是以圣人处无为之事，行不言之教，万物作而弗始，生而弗有，为而弗恃，功成而弗居。夫唯弗居，是以不去"⑥。圣人取法自然之道，在于"人法地，地法天，天法道，道法自然"⑦。自然成为最高的范畴。

水在老子哲学中多指江河雨水，即淡水。淡水甘纯无味，故道"淡乎其无味"。无为、无味同虚静一脉相承。因为，"重为轻根，静为躁君"⑧。所以，"清静为天下正"⑨。以水的气质为基础，圣人润物细无声，于潜移默化之中"行不言之教、无为之政"。

---

① 蒙培元著：《人与自然——中国哲学生态观》，人民出版社2004年版，第108页。
② 《论语·雍也》。
③ 《论语·阳货》。
④ 《论语·季氏》。
⑤ 《老子》第八章。
⑥ 《老子》第二章。
⑦ 《老子》第二十五章。
⑧ 《老子》第二十六章。
⑨ 《老子》第四十五章。

以其"无为""不争"的处世哲学"去甚，去奢，去泰"①。异于常人之处就在于以婴儿淳朴之心看世界，所以与其说老子永怀的是"权术之心"，毋宁说是"赤子之心"。在知识上"为学日益"，在道上则"为道日损"。"损之又损，以至于无为。"② 无为就是原初状态，就是婴孩和自然的状态，而非成人与人为的状态。

老子还强调"大音希声"、"大象无形"等辩证美学。在意识上强调"无为而无不为"的境界，返回到婴孩的状态，由此开启艺术自由的广阔空间。

（2）逍遥心性。《庄子》瑰丽奇谲，充满逍遥、自由、适性的精神，其高蹈独拔的精神气质使任何解释都似多余：

①天地的"大我"精神。"天地与我并生，而万物与我为一。"（《齐物论》）"且夫乘物以游心，託不得已以养中，至矣。"（《人间世》）"精神四达并流，无所不极，上际于天，下蟠于地，化育万物，不可为象，其名曰同帝。"（《刻意》）"夫至人者，上窥青天，下潜黄泉，挥斥八极，神气不变。"（《田子方》）"天地有大美而不言，四时有明法而不议，万物有成理而不说。圣人者，原天地之美而达万物之理，是故至人无为，大圣不作，观于天地之谓也。"（《知北游》）"胞有重阆，心有天游。"（《外物》）"逍遥于天地之间而心意自得。"（《让王》）"上与造物者游，而下与外死生无终始者为友。"（《天下》）"独与天地精神往来而不敖倪于万物，不谴是非，以与世俗处。"（《天下》）

②自由的"超我"精神。"若夫乘天地之正，而御六气之辩，以游无穷者，彼且何乎待哉！"（《逍遥游》）"今子有五石之瓠，何不虑以为大樽而浮乎江湖。"（《逍遥游》）"今子有大树，患其无用，何不树之于无何有之乡，广莫之野，彷徨乎无为其侧，逍遥乎寝卧其下。"（《逍遥游》）"至人神矣！大泽焚而不能热，河汉沍而不能寒，疾雷破山而不能伤，飘风振海而不能惊。若然者，乘云气，骑日月，而游乎四海之外。死生无变于己，而况利害之端乎！"（《齐物论》）"相濡以沫，不若相忘于江湖。"（《大宗师》）"鱼相忘乎江湖，人相忘于道术。"（《大宗师》）"知天乐者，无天怨，无人非，无物累，无鬼责。"（《天道》）"物物而不物于物，则胡可得而累邪！"（《山木》）"人能虚己而游世，其孰能害之！"（《山木》）"其（圣人）于物也，与之为娱矣；其于人也，乐物之通而保己焉。"（《则阳》）

---

① 《老子》第二十九章。
② 《老子》第四十八章。

③纯粹的"真我"精神。"众人役役，圣人愚芚，参万岁而一成纯。"（《齐物论》）"故圣人将游于物之所不得遁而皆存。"（《大宗师》）"夫虚静恬淡寂漠无为者，天地之本，而道德之至。"（《天道》）"古之至人，假道于仁，託宿于义，以游逍遥之墟，食于苟简，立于不贷之圃。逍遥，无为也；苟简，易养也；不贷，无出也。古者谓是采真之游。"（《天运》）"纯粹而不杂，静一而不变，惔而无为，动而天行，此养神之道也。"（《刻意》）"纯素之道，唯神是守，守而勿失，与神为一；一之精通，合于天伦。"（《刻意》）"故养志者忘形，养形者忘利，致道者忘心矣。"（《让王》）"故圣人法天贵真，不拘于俗。"（《渔父》）

《庄子》极天地而慕圣人，游江湖而求自由，混尘世而自成纯，因而天地、自由、纯粹之精神乃庄子审美超越的集中体现。

追求自然，与今天的生态主义思潮不谋而合。人类乃至每个人都是在追求一个终极的梦想，安顿自己的灵魂。道家美学对此用心最多。像陶渊明的《桃花源记》等就不断回应这一主题。即便是当代艺术，也有所反映，比如徐冰近期的作品《桃花源的理想一定要实现》（2013），尽管其过于繁琐的造型亦值得商榷。

其三，家国天下的社会关切。

家国天下是中国现实生存的主要方式，将其作为审美超越来把握似乎显得不恰当，但家国天下的生存理念并不排斥文学艺术，而且在文学艺术中存在着大量的对家国天下精神的颂扬和追求。人不能仅仅在伦理关系中，不能仅仅在自我关系中获得精神确证，更需要和整个国家天下为一，这一政治精神是中国人精神世界不可缺少的支柱。家国天下的精神的基础是忧患意识和民族精神。对中国民族而言，内忧外患不断，如何在困难面前波澜不惊，如何居安思危，永远保持清醒的爱国心和责任心，对任何一位中国人，特别是诗人和思想家而言都是极为重要的。

在《诗经》时代，对社稷家国的忧思就感人至深："彼黍离离，彼稷之苗。行迈靡靡，中心摇摇。知我者，谓我心忧；不知我者，谓我何求。悠悠苍天，此何人哉?"（《诗经·国风·王风》）一唱三叹令人无比感伤悲痛。我国伟大诗人屈原作为一个政治家和文学家将自身的生命与家国社稷为一，他"长太息以掩涕兮，哀民生之多艰"，因此他才"忽奔走以先后兮，及前王之踵武"（《离骚》）。其后则有杜甫"穷年忧黎元，叹息肠内热"（《自京赴奉先县咏怀五百字》）。更不用说人们耳熟能详的"先天下之忧而忧，后天下之乐而乐"（范仲淹《岳阳楼》）。而张载"为天地立心，为生民立命，为往圣继绝学，为万世开太平"（《张子语录》）的恢弘志向早已成为家国天下的最好概括，也成为中国优秀文人难以割舍的责任意识。自近代以来，中国经历了千年未有之巨变，一代又一代热血青年投笔从戎，完满实现了审美生存的超越，与家国历史为一。

回顾中国的哲学源泉，她早在那第一滴生命之水中就给予中国人以深刻的忧患意识："君子安而不忘危，存而不忘亡，治而不忘乱，是以身安而国家可保也。"（《周易·系辞下》）因此，才有人揣测说："作《易》者，其有忧患乎？"中国没有悲剧意识却有强烈的忧患意识。但是，中国有了忧患意识已经可以使一个民族历经风霜屹立于世。中国人往往将个人的小我同天地、天下联系起来，从个体修为到"治国平天下"，从"乐多贤友"到"四海之内皆兄弟"，又有谁认为中国人是一个孤独的民族，一个封闭的民族呢？

今天，在全球化和全球资本主义时代，霸权主义与殖民主义仍然根深蒂固。从中东乱局可以看出，一个破碎的国家是最不安全的，人人可以欺之，但苏东剧变之后的俄罗斯仍然在困境中不断释放自己的大国雄心，在困境中重新崛起。同样，中国这样一个经济富庶的国家，更应该有自己的忧患意识，不是只担心钱被人掠走，而是担忧人心的腐化堕落，创造力的抹平，想象力的匮乏，或者被人攻心而功败垂成。中国崛起的不仅仅是经济，而更应是文化，是理性的与反思的精神。只要人心保持忧患，有昂扬的充沛的创造力、想象力，国家就有希望，民族就有希望，就如同关汉卿所言的"铜豌豆"一般，[1] 遇到再大的危机都有着超强的自我修复能力。

六、中国艺术精神的价值担当

20世纪以来，中国知识分子谈论的艺术精神多有"精神救国"的情结，其所透露出的以悲观为底色的理想主义是深切的普适性关怀与深厚的人文情怀二者的结合，所彰显的与其说是"知其不可为而为之"，毋宁说是"无化精神"。"无化"就是"精神化"，而非"虚无化"。"艺术精神"就是"无化精神"的集中体现。

然而，在这个时代，感官刺激之"有（声、色）"已然溢出了艺术本身，

---

① ［元］关汉卿《南吕一枝花·不伏老》："我是个蒸不烂煮不熟捶不扁炒不爆响珰珰一粒铜豌豆……你便是落了我牙，歪了我嘴，瘸了我腿，折了我手，天赐与我这几般儿歹症候，尚兀自不肯休。"

直接就是艺术，摒除了艺术超拔于生活的超越性维度。① 那么，在当代是否还可以谈这种"无化"或"精神化"，实在令人担忧。难道艺术精神果真成了时代的灰姑娘而了无益处？这显然涉及中国艺术精神在当代的遭遇，即中国艺术精神传统如何应对现实，新的中国艺术精神如何形成等问题。艺术精神的载体是艺术，所以艺术精神的危机正是艺术的危机。在当代中国，艺术遭遇的困境与面临的挑战是多重的。

首先，当代文艺"精神含量"的降低。1990 年代以来艺术的确多元化和多样化了，但它带来的负面影响却是降低了艺术的精神含量。肤浅的、表面的、临时的、匆忙的、粗糙的、pop 的趣味往往成为艺术留恋的对象。当代艺术，特别是当代电影电视、流行音乐、行为艺术、通俗文艺等占据了文艺创作与欣赏的主流。精神含量的降低不仅表现在技术和精力上，更表现在心力和思想上。经典文艺所蕴涵的艺术精神将比流行的、通俗的更加深厚。在一个人的精神世界里，体验（阅读、欣赏）无疑是生命的重要内容。如果没有那些优秀经典的滋养，一个人生命体验与生命意识就无法得到深化和强化。可是在消费社会，炮制作品的技术日益提高，而作品的精神含量却没提高，同时欣赏经典的能力又在退化。"感官性"战胜了感性，而感性又无法深入理性。经典性遭遇通俗性，精神性遭遇肉身性②，现实性遭遇虚拟性，博德里亚认为："在模拟的前景中，不仅世界消失了，连其存在与否这个问题也不能被提出。"③ 艺术精神的魅力如何展现是一个重大的课题。

其二，当代人"精神时间"总量在不断缩减。在快节奏的时代里，许多人沉落在日常生活当中，有做不完的事情，置身复杂的社会关系之中，难以有足够的时间去阅读、去倾听、去体验。④ 于是流行艺术成为人们的首选，而经典却乏人问津。流行艺术以肤浅、新奇俘获人心，但丧失深度，而经典则因过于高深而被当代人所抛弃。当代人的时间管理概念仍然模糊不清，仍然跌入科学时间意识或者日常时间意识之中，而无法获得生命与超越时间意识，静下心来，沉潜于经典之中。中国艺术精神中的生命体验对人生存具有重要意义。缺乏这种超越的、生命的时间意识，人类的"诗意生存"将难以实现。

① 陈履生著：《以"艺术"的名义》，人民美术出版社 2002 年版。
② 王岳川：《肉体沉重而灵魂轻飘》，载《美苑》2004 年第 5 期。
③ ［法］让·博德里亚：《完美的罪行》，王为民译，商务印书馆 2002 年版，第 9 页。
④ 中国出版科学研究所：《第三次全国国民阅读与购买倾向抽样调查报告》，http://www.sina.com.cn，2004 年 12 月 3 日。调查显示，最近 5 年来，中国国民阅读率持续走低。

其三，新时代的"精神积淀"不足。在从农业社会向工业社会的转变中，中国发生的深刻变革强烈呼唤着优秀文艺的出现。1985 年，欧洲五个文学大国评出欧洲最伟大的 10 位文学家，其中时代最早的就是但丁。[①] 这 10 位全部是文艺复兴（现代西方的开端）以来的文学巨匠。但在中国，直到 20 世纪中期还是农业文明。人们需要回味"古典"获得一种超越历史的体验，也更需要当代优秀文艺的滋养获得当代的生命角色意识。在这个历史过渡时代，古典文学艺术的精华如何自然地流注到当代艺术中并形成新的时代精神，如何灵敏捕捉当代人心灵轨迹、创作足以反映当代人精神风貌的文学艺术作品，这是未来数百年中国文艺家的历史使命。

最后，全球化时代中世界审美范式失衡与中国艺术（精神）的缺失。当代世界，西方和美国文化主宰了审美方式（消费的、西方式、后殖民式的），中国审美方式仅仅是补充而已。在东方主义[②]与民粹主义的笼罩下，中国文艺国际形象不容乐观。如果西方或美国成为中国艺术的评判者，那是中国艺术极大的悲哀。随着全球时代的到来，一方面是西方审美范式成为主流，另一方面是西方文学艺术涌入中国，而真正的中国艺术又无法打入西方世界。在世界大舞台上，缺了中国角色，缺了中国精神，那必然滑向文化虚无主义。在全球化时代，以发现东方为基础的中国艺术精神将成为展现中国形象、赢得国际审美共识的重要契机。

实际上，中国艺术精神对当代中国和世界而言具有重要意义。在当代商业社会、消费社会、信息社会中，真血气真精神的艺术将有效缓解快节奏生活所带来的压力与危机，对人灵魂的涤荡、精神的安顿、斗志的激发起着重要的积极作用。中国艺术精神提供的是做人原则、为艺原则与闻道原则的统一。中国艺术精神通过一种感召力、感染力使这种精神内化到每个人的内心世界当中去，她的最高目标是促使一个完整新人的出现。这种人就是艺术的人，就是"游于艺"[③] 的人。

文化艺术精神对民族、个体都是极为重要的。文化艺术精神是文化艺术，但又超越文化艺术，是文化艺术的精髓，并在言、象、意的多维互动中展现精神的无穷魅力。中国文化艺术精神传统是善美合一，"德艺双馨"、"技进乎道"

---

① 曹莉著：《永远的乌托邦》，清华大学出版社 2004 年版，第 100 页。
② ［美］萨义德著：《东方学》，王宇根译，三联书店 1999 年版。
③ "游于艺"可以同西人海德格尔所阐扬之"诗意地栖居"（荷尔德林语）相互参照。巧合的是庄子也有自己的"游"（即《逍遥游》）。儒道二"游"精神可以说是中国艺术精神的又一鲜明特色。

是艺术精神的基本保证。

中国艺术精神不仅强调中国人对传统艺术的重新领会从而形成当代的精神风貌，同时也积极参与世界艺术精神生态的营建从而形成良性的世界文化精神生态。中国艺术精神走向世界的道路不是单一的，可以是对外文化翻译、输出和交流，也可以是外国人的汉语文化学习等。文化的"处身性"决定了文化输出必须以整体的方式展现出来，而文化的整体展现主要是生活方式、文化心理和文化精神三个纬度。因此，遍布世界各地（包括中国）富有"中国民族气质"的文化艺术植被与群落、经典的阅读、思想的交流对话等是减少误读、误解、成见和偏见从而整体展现中国文化艺术精神的基本保证。

在全球化与文化现代化语境中，中国艺术精神的基本立场是世界主义的。中国艺术精神不仅为了自身，而且也为了世界。刚健清新的中国艺术精神与追求超越的西方艺术精神并不是截然对立，而是有着诸多相通互补之处，二者的有机融合将是营建、维护世界文化艺术精神生态平衡的重要道路。因此，走向世界的中国艺术精神需要和西方艺术精神进行对话、融合，进而为人类的艺术精神的全面发展做出贡献。中国艺术积极参与世界艺术，但不认为中国艺术就是最终的方向，也不认为西方艺术就是世界艺术的方向。同时又重视纯朴的民族特色，民族特色不是人为的，而是自然生成的，也就是说中国艺术是用中国人所喜闻乐见的审美形式集中展现当代中国人的精神风貌与理想诉求。世界主义与民族价值在保证中国艺术走向世界的同时也展现了真正的中国形象。

中国艺术精神的当代价值是一个题目极大、内容极多、形式极多样的系统内容，涉及教育、管理、传播、对外交流等部门和领域，需要投入巨大而细致的努力。在文化现代化语境中，中国艺术精神为当代人类的精神走向提供一条可资借鉴的探索道路，并且在"目击道存"的意义持存中成为人诗意栖居的召唤者和精神家园的守护者。这是中国艺术精神应有的自信和价值担当。

第十六章　现代性困境与精神叙事

　　文化现代化是人类社会发展的新阶段、新内容，但并不意味着人类在这一进程中将是一帆风顺的。人们在享受现代化的成果的时候，也将为现代化的恶果付出代价。对西方和中国而言，文化现代化首先要遭遇的就是现代化进程中的诸多问题，诸如整体性破碎、工具技术理性蔓延、虚无主义、精神降解等，它们可能已经构成了文化现代化的严峻挑战。如何应对这些挑战，重建精神叙事，成为文化现代化和艺术话语研究不可回避的重要任务。

一、现代社会：整体破碎与精神降解

　　人类的现代文明不可谓不繁荣，但贫富差距和社会公正一直是人类难以摆脱的历史困境。这是全球资本主义体系必然导致的人类社会困境。东西问题正让位于南北问题。此时，南方的崛起对维护人类正义具有不可或缺的重要意义。[①]

　　根据联合国的一项统计资料：目前全世界每年有 1070 万儿童活不到他们5 岁生日那天。全世界有 10 亿人每天靠不到 1 美元在世界维持生存，还有 15亿人依靠 1 到 2 美元艰难度日。[②] 同时，现代世界又不断产生着"废弃的生命"。大批失业者、难民、穷人被排斥于现代文明所提供的繁荣之外。[③] 世界经济体系的核心国家不断榨取边缘国家的剩余价值，并将一切环境问题转嫁给

---

　　① 联合国开发计划署：《人类发展报告 2013——南方的崛起：多元化世界中的人类进步》。
　　② 联合国开发计划署：《人类发展报告 2005——不均衡世界中的援助、贸易与安全》，第 3、4页。
　　③ [英] 齐格蒙特·鲍曼著：《废弃的生命》，谷蕾、胡欣译，江苏人民出版社 2006 年版。

他们。世界银行首席经济学家劳伦斯·萨默斯（Lawrence Summers）在负责撰写 1992 年的世界发展报告中竟然认为，将污染严重的工业迁移到第三世界国家在经济上是有意义的，其基本逻辑就是第三世界人的生命"不值钱"①。可以说，环境全球问题的"地方性解决"贻害甚深。其实，援助全球穷人根本不需要发达国家的大量资金，正是因为它们的无知与冷漠使这个世界愈加不公平。②

处在"资本主义世界体系"下的中国社会结构近年已经发生了重大变化。"到 90 年代中期以后，中国社会已经形成高度两极分化的局面，约 80％的人口基本处于社会底层，原有的社会中间阶层的主体（产业工人、商业服务员工）已经下降为底层的一部分，中间阶层的规模因而大大缩小了。"③ 这一现象同整个世界资本主义体系紧密相关。作为世界资本主义的"外围国家"，中国制造业工资或者工人工资只是美国的 2.3％，是"半外围国家"的 1/20 到 1/30。中国拥有巨大的廉价劳动力资源。在 1999 年，农民人口占全部人口的 44％。同时，中国却只有相对低水平的无产阶级化水平。1999 年，工人只占人口的 22.6％，而发达国家则在 45％左右。④ 根据预测，中国经济的快速发展必然带动社会结构的变革，即无产阶级人口的进一步提高（主要是农村的工业化和农业人口的城市化），同时将要求更多的利润（工资和各类福利），然而这对中国和世界资本主义体系的影响是极为深刻的。诸如贫富分化、社会不公、阶层对立、底层生活状态加剧、利益再分配与文化权益两极化等等尖锐的社会问题。如果在物质财富的急速增加的同时，收入分配没有得到改进，社会繁荣、共同富裕的目标就落空了。

由上所知，现代社会的病态性已经相当明显，根源何在？文化是否是人类医治现代性危机的最后方子？无论是继续完善现代性，还是有选择性地推进后现代性，都必须妥善处理现代性与文化的关系。如果现代性是骨架，那么文化

① ［印］范德纳·希瓦：《处于边缘的世界》，见《在边缘——全球资本主义生活》，达巍等译，三联书店 2003 年版，第 156、157 页。不过，想一想今日"同命不同价"的赔偿逻辑，对中国而言这恐怕是一个绝妙的讽刺。
② ［美］托马斯·博格：《援助全球穷人》，见《丽娃河畔论思想（第一辑）》，华东师范大学出版社 2004 年版，第 111—126 页。
③ 李民骐：《世界体系视野中的中国社会结构》，载陈燕谷：《视界》第 11 辑，河北教育出版社 2003 年版，第 6 页。
④ 数据参考社会科学院课题组：《中国目前社会阶层研究报告》，第 123 页，转引自《视界》第 11 辑，河北人民出版社 2003 年版。

就是一个精神灌注的活的生命体。文化的整体性才是现代性的精神血脉。

丧失了文化的整体性，现代性就走入歧途。曾有学者尖锐地指出："对于学术来说，现代性表现为思想创新退化为知识生产，对事物的全面理解退化为学科化的零碎信息。"① 可以推论，现代性使得整体性急速消失。学术如此，思想如此，艺术也如此。艺术曾经有着无数的光环，最辉煌的就是，艺术体现了人类的完整性（自由）。但是，整体性的丧失，艺术终于沦落为技术。没有技术的艺术成为当代世界的灰姑娘。艺术还能设想有朝一日在人类精神的天空自由翱翔吗？这的确是一个值得思考的问题。

目前，全球化时代的到来，使空间已经被空前突出了出来。但这种空间没有时间的深度，没有精神的气息，"全球化"就是这种空洞的空间。全人类整体性不仅指空间整体性（世界化），也指时间整体性（历史的当下化）。与古人相通不是指与古人历史的拉近，而是指在精神境界上可以进行理解性的对话。中国有着深刻的历史意识，历来强调温故而知新，强调以史为鉴。西方不同，西方具有强烈的现在意识，现在是直通永恒的唯一途径，于是一切向前，进步、发展成为人们的基本信念。当然这一观念也在遭遇技术悲观主义和生态主义的责难。由西方缔造的现代是一个没有历史的、专注"现在"的时代。与此相反，文化则必须接通整个人类历史，特别是精神史。所以，从根本上说，文化是历史性的，精神沉积性的。而过去、现在和未来的划分就进入了现代性的怪圈，因此应当引入"精神境界"②。西方极度推行全球化没有使这个世界饱满起来，而是日益贫乏下去。

全球化非常迅猛，但全球化意识形态机器始终没有被打破，背后的权力问题始终困扰人类。目前，全球化机制被一种消极力量（西方中心主义、霸权主义、帝国主义、新殖民主义、资本主义等）所掌控。中国文化的突围首先在于中国自古就有"天下意识"，只是后来被"中国"所取代，或者将中国等同于天下。天下丧失了，国家凸现了，但一个和谐的天下再也没有出现过，或者说，这是一个没有"世界观"的世界。③ 1648 年，《威斯特伐利亚条约》的签订标志着民族国家世界体系的确立。现代正是高扬民族国家利益的时代，民族国家世界体系就是现代的主要标志。尽管有人鼓吹全球化正在使民族国家走向

---

① 赵汀阳主编：《中国年度学术 2003》，中国人民大学出版社 2003 年版，"关于年度学术的编辑说明"。

② 王岳川：《当代文论的精神症候与文化空间拓展》，载《思想战线》2005 年第 4 期。

③ 赵汀阳著：《没有世界观的世界》，中国人民大学出版社 2005 年版。

消亡，我认为民族国家的消亡很可能是以一个国家的霸权胜出和多元文化的丧失为代价的。这也是全球化形式下掩盖的最大的阴谋。

全球化的本质特征是资本运作，一切都可以带来金钱和利润。目前毒品和军火成为世界上利润第一大和第二大的商品。后者对战争和恐怖主义负有不可推脱的责任。根据联合国统计数据，目前约有 2 亿人吸食各类毒品。① 其中，美国所占人数最多。利润第二大的军火更是世界另一大不稳定因素。② 比如，以色列就控制了全球大约五分之一的军火交易市场，中东（北非至中亚）也成为战争频仍的地区。因此，利润驱动着进步与发展，也驱动着邪恶与不幸，即便世界大战、核大战，依然会有人想着发战争财、死人财。只要这种看法存在，核大战就会有出现的可能。

"利益"正在成为地球的推动器。但是，利益、利润、金钱、名誉、地位这些究竟对一些人有什么至关重要的意义？为什么在贫富差距这么大的情况下，幸福感都缺失了呢？联合国教科文组织执行局主席阿齐扎·贝纳尼不无忧虑地说："当今世界将物质发展放在首位，在物质进步的祭坛上牺牲了诸多道德和精神价值。"③ 在没有道德和精神价值的世界，人们有安全感、幸福感吗？

2006 年 7 月 28 日，英国莱斯特大学心理学家 Adrian White 推出了全球幸福国家排名表，世界各主要发达国家竟然都是靠后的，比如美国第 23 位，英国第 41，日本第 90，等等。前十名恰恰都是一些中小国家，比如第一是丹麦，第二是瑞士。④ 幸福指数涉及健康、财富、教育、国家认同感、国家景色的美丽程度，其实，幸福也不是一个完全量化的概念，不过健康、财富和教育的确是现代人不可忽视的幸福因素。因此，一定的健康、一定的财富和一定的教育是幸福的必要条件。如果疾病、贫穷、失学的情况很严重，那么在这个世界上，恐怕就没有多少人认为自己是幸福的。⑤ 但问题在于，幸福的基础条件却

---

① 香港电影《门徒》揭露了吸毒的一部分原因，即吸毒源自空虚。其实吸毒的原因很多，如好奇、享乐等。

② 统计资料显示，西方发达国家是武器的主要出口国，而进口国则是发展中国家和新兴工业化国家。据美国国防部公布的数据，2009 年美国对外军火出口 381 亿美元，比 2008 年增长 4.7%，再创年度新高，继续稳居全球首位。

③ ［法］热罗姆·班德主编：《价值的未来》，周云帆译，社会科学文献出版社 2006 年版，第 6 页。

④ 参见《首张"幸福指数世界地图"问世》，http://www.ebiotrade.com/newsf/2006－11/2006111691807.htm。

⑤ 2012 年中央电视台曾采访普通民众，以"你幸福吗"提问，得到的结果竟然有"我姓曾"。由此可见，当代中国对幸福的陌生和采访设计内容的空洞。

没有得到改善，反倒希望人们在心灵鸡汤的灌输中过抽象、虚假的幸福生活。

幸福和文化有什么关系呢？其实，文化如果不和幸福联系起来，文化很可能就走向了歧途。健康、财富和教育固然可以带来幸福，它们只是基础，还只是初级的幸福。幸福是基于现实的、超越物质的精神体悟，这种感应被心理学探讨过。今天的人之所以不幸福，是因为感应幸福能力的丧失，就如同今天的人的审美感应能力的丧失一样。

幸福能力和审美能力的丧失有以下几个原因。第一是形式主义。形式主义也可以称为抽象化、机械化、程式化、数量化等等，粗眼一看就知道我们生活中的形式主义。① 第二是物质性和感性驱动。物质性主要是指人类的物质享受，为了获得更优越更好的享受不断地发明、创造。感性驱动也导致了精神困境，酒精、性快感、吸毒等是最极端的表现方式。这些带来短暂的身体快感，但更是带来深度的虚无感、无望感。在青年人当中有相当的感染性。第三是超越的淡漠。② 超越的淡漠是前两个的结果。当人们只注重形式的、表面的、物质性的东西的时候，这些东西就成为生活的重心。一切将围绕着它们转。比如，快乐就被形式化为"帮助他人"，但快乐未必就是帮助他人，如果不理解快乐的本质，你的帮助他人就可能是出于别的目的。也就是说，对真正的有价值的东西人们存而不论，而是通过可以把握的中间形式来加以把握，这就是人类精神的无限倒退。越是神秘的东西、不可量化的东西就越是要把它形式化、量化。但是，当人们关注这些的时候，尤其是机械复制、电子复制大规模出现之后，原来的精神韵味和气息就消散了。③ 这是人类精神的偷懒，也是人类精神的无能。这种单一化、形式化、物质化并没有让生活更单纯，反而更单调，更没有韵味。

一次性、短暂性、乏味成为时代的精神特征。那种基于内心欲望的视觉冲击力、感官刺激、"震撼"成为艺术的表现特征。近年来的《英雄》、《无极》、《满城尽带黄金甲》等国产大片莫不如此，而讲故事的能力和艺术表现力却没有提高。"视觉盛宴"俨然成为电影的方向。视觉享受固然如汉赋一样体现了

---

① 俞吾金：《形式主义批判——对当代中国文化病症的反思之一》，载《探索与争鸣》2006年第8期。

② 杨春时提出以贵族精神（即人的高贵性、超越性）克服现代性的世俗、感性倾向，有一定道理。但贵族精神亦给人少数人精神的嫌疑，贵族精神的实质是人的神性，它蕴含在所有人心中，需要发现和培养。杨春时著：《现代性与中国文学思潮》，三联书店2009年版。

③ ［德］本雅明著：《机械复制时代的艺术作品》，胡不适译，浙江文艺出版社2005年版。

中国当代急剧增长的物质财富和生活自信，但其精神缺钙则令人忧虑。[①] 如今，视觉文化研究也应运而生。但视觉文化并不等同于视觉本身，视觉文化更在于解读某种非视觉性的掌控。视觉文化的研究在于凸显人的自觉性，而非被视觉所绑架。今天，在"读图"成为这个时代的主流审美方式的情况下，视觉批判理应启动。

现代是一个数量化的"快的时代"。快的时代对精神而言并没有多少好处。在物质时间大行其道的时候，人们对"精神时间"的研究始终是一个薄弱环节。在一切求快的"快餐时代"，我们应该提倡"慢生活方式"，在文字已不具有往日魅力的时候去凝思、畅想。简言之，现代人不能在短期效应中让渡对长时间的生命感悟与精神回味。

二、克服技术时间的统治

文化与技术可以说不是一个层次的，文化的时间是精神时间，而技术的时间是物理时间，或者物质时间。技术时间，即标准时间，是平均化、均等化的时间，时间本身是中性的，而技术时间则将人生标准化。今天，文化对技术的一种反抗或者修复，就在于让物理时间融有精神时间，或者说是让物理时间更具有人性化。那种一个钟表管天下事情的时间"暴政"触目惊心。[②] 因此，物质的时间暴政应该济以精神时间的人文关怀。如时间的伸缩性、可逆性、不均衡性、扭曲性、非时间性等。当艺术评委专家不再局限于程式化的技术，不再限于时间而仓促打分的时候，真正的文化氛围或许会慢慢出现。当代的文化都是在物理时间的安排下进行的，不知不觉间就被物化时间所俘虏。精神是超越（物理）时间的，是自由伸缩的、弥漫的。没人敢规定写一部长篇小说需要多少时间。可是根据中国作协统计，2000 年以来，中国每年产生约 1000 部长篇小说，而 2012 年一年就有 5300 部，而其中多数作品淹没不闻，原因何在？就是量大质低。十年磨一剑已经赶不上市场的规律了。学术界也有同样情况，当

---

① 夏楠：《视觉盛宴下的精神残羹——"中国大片"的文化反思》，载《电影评介》2007 年第 15 期。

② 吴国盛著：《时间的概念》，北京大学出版社 2006 年版。

前的人文制度规定：一个项目必须在规定时间内完成（一般来说 1－3 年）。①
凡是规划和计划就有漏洞，都有不可预测的因素，精神创造尤其如此。

　　文化如果有过度的技术性时间的渗透很可能会让精神不自由，从事艺术、
学术研究的人的精神时间应该得到尊重。真正的学者不因规划、计划而参与学
术，而是随着内在精神本性的成长和历史省察能力的提升而不断分泌思想、产
生成果。因此，技术性时间意识强烈并不意味着历史意识强烈，往往历史意识
强烈的人，时间意识并不怎么强烈，因为历史是时间的人文化。时间的流逝只
能增添历史的伟大与深邃。但现在相反，时间的流逝反而让人觉得历史根本无
所谓，历史不过是时间的过去而已，只有抓住现在，人才有意义。现代人不再
考虑深沉的东西，是因为不断前进、不断进步的时间观让他们漠视历史、怀疑
历史、蔑视历史、抗拒历史，即历史虚无主义，同时让他们对未来发疯、发
狂、着魔，恨不得一下就到那个令人兴奋的年代，即消费主义、技术进步
主义。

　　上世纪 50 年代，毛泽东提出"赶超英美"，其实是一个"形式化（或数量
化）的运动"，不是实质上的。因为中国和英美是非常不同的，可比的也只是
数量，比如钢产量等，但大工业制度怎么赶，技术怎么赶，科学怎么赶，思想
怎么赶，幸福感怎么赶？② 正是中国的技术性时间意识是如此的强烈，才让中
国人有如此的危机感（典型表现就是，中国落后西方多少多少年），同样也有
自豪感，和对未来的信心（典型表现是，在未来多少年以内，中国将超过日本
和美国）。在这种情况下，悠久的历史、深厚的传统、丰富的文化就只能被边
缘化。"赶超英美"如此，"文革"如此，最近的"经济乐观主义"也是如此。
然而，其恶果是唯经济主义、环境恶化、道德缺失、贫富分化加剧。

　　技术性时间之所以如此厉害是因为近代（现代）社会是一个科学技术社
会。③ 这是一个不争的事实。科学技术的主要特征是对象化、二元对立的主客

---

　　① 比如《国家社会科学基金项目管理办法》中规定："哲学社会科学规划国家社科基金设立重点
项目、一般项目和青年项目，每年评审一次。成果形式为研究报告、论文、专著等，研究报告、论文
的完成时限一般为 1 年，专著一般为 2—3 年。"在这种制度下，成果的顺利完成就显得困难。2006 年
11 月至 12 月，全国哲学社会科学规划办公室共审核、审批了国家社会科学基金项目成果鉴定结项材料
123 份，其中达到结项标准的有 59 项成果，结项率不足一半。后来国家社科基金项目的完成时间，改
为了 3—5 年，初步缓解了项目功利化的问题。
　　② 1957 年的中国的钢产量只有 535 万吨，可是 1958 年就要达到 1070 万吨。在没有相应的技术
情况下，盲目的数字崇拜最后只能导致社会生产力的急剧下降。其实，随着社会总体性的全面发展，
2005 年的中国钢产量已经成为了世界第一。
　　③ ［德］雅斯贝斯著：《历史的起源与目标》，魏楚雄、俞新天译，华夏出版社 1989 年版。

思维模式。整个世界被作为研究的对象，而不是与我们息息相关的另一个自我，于是世界成为主体的"世界图像"。① 这一看似整体的观察方式，其实恰恰使世界脱离了世界本然的整体性，人类可以傲视自然，而自然只能屈服人类。人与自然的脱离使得文化丧失了自然，文化终于沦落为技术性的细节。如今，如果文化不来进行整体性重建，那么，支离破碎的社会现实就将导致更大的危机。

文化整体性的消解，技术性时间是一个至关重要的因素。技术性时间的思想基础之一就是进化论。进化论就是传统、历史的大敌。现代性的基础之一也是进化论。可奇怪的是，对中国而言，西方竟然成为进化的目标了。这就是中国文化被进化论拦腰斩断之后的悲剧命运。首先，"新就是好"，一切旧的都没有价值，只有新的才是目标，明天会比昨天好，等等。第二，西方就是新的，西方就是我们的目标。"新等于好"，"西方等于新"，结果"西方等于好"。就是这个逻辑支配了中国一百多年的历史进程。其实，价值无需创新，只需认定。无论是重新认定，还是反复认定。反之，任何一种价值的出现也绝非出于成为新的这一目的。对于今天的全民创新，笔者不以为然，对以西为新，更不以为然。

可是，中国看西方为什么认为西方是新的呢？为什么会有一种"新就是好"的这种感觉呢？其实，中国人首先注意的就是好的东西，哪怕这种东西是旧的，也就是说新与好并不是天然关系，如《尚书》就说："人惟求旧；器非求旧，惟新。"② 人主要是精神、观念，器主要指物质等。在西方刚进来时，"好优先于新"还没被打破，其思想体现就是"中体西用"。但是，随着西方的深入，新与好有某种程度的结合，新的东西构成一种时代潮流、时代气氛，一个完全陌生而强大的文化赫然出现在中国人面前。也就是说，新的不仅是器，也是某种精神。在这种情况下，"新"与"旧"谁拥有"好"的标签，谁就会得到青睐。事实上，好的天平（也即价值判断的天平）落到了"新"上。这一落是致命的，不是原来的"好既可以新又可以旧"，而是"新的均好，旧的均不好"。以前"旧中之好"也被完全抹煞，恨不得将中国掀个底朝天，将中国人都改造成外国人，在思想上的体现就是全盘西化的西体西用。西方对中国文

---

① ［德］海德格尔：《世界图像时代》（1938），见《林中路》，孙周兴译，上海译文出版社1997年版。

② 见《尚书·盘庚》。当然，《诗经》也有"周虽旧邦，其命维新"。其实，"旧"正是一种（周的）传统，这种传统在新时代获得其主导性地位（天命）。

化的"重创"只有那代人可以深切地感受到。因为一切耳熟能详的东西都已经过时，已经不合法了。

如果 20 世纪初中国文化是一成西方、九成传统的话，到 20 世纪末就反过来了，九成西方、一成传统。"全盘西化"几乎已经实现，但西方文化的极端发展的危险也随之出现。就像中国文化的极度发展也同样会出现"衰竭综合症"。在全球基本都是西方文化的情况下，如何整体地反思并加以补救就是全人类的事情。中国已经获益于西方，但也获害于西方。中国目前的任务就是从西方文化的外部给全球文化注入一种活力。一百多年前，打败中国的是技术、科学，并不是文化，文化并不是被打败的。文化只是不适应某一社会的现实而遭淘汰的，同时又需要适应一种新的现实，文化适应现实的能力是极为强大的，除非遭遇文化灭绝、种族灭绝，即便如殖民，其文化复兴也始终存在。只要文化适应这个时代，它就是鲜活的。今天，重塑人类精神的不是科学技术，而是文化。这种文化并无定型，而是有其骨气和血肉，这就是东方文化的开放精神。

三、直面虚无主义的蔓延

现代的一切几乎都技术化了、片面化了，只有未经技术化的文化还保持了人的某种完整性。当然，对文化的理解非常多，但文化的整体性或者说弥漫性似乎是不能否认的。第二，文化和价值是不可分割的，这也使那些丧失价值关怀的伪文化、假文化难以容身。价值就在于一种对人类精神的提升，是一种高度。第三，文化同"目的论"也同样不可分割。文化目的论是说，文化是为了塑造人、完善人、提升人的。中国诗学中的"兴、观、群、怨"[①] 就是说明。文化自身的特性，即"人文化人"[②] 就具有某种至善的目的。所以，文化的整体性、价值性和目的性使文化成为人不可或缺的东西，这也是"文化世界观"的基本表现。

东方文化有两大敌人，第一是现代西方中心主义，第二是技术时代普遍的

---

① 《论语·阳货》。
② 《周易》："观乎人文以化成天下。"

虚无主义气息,[①] 包括商业、市场、资本等方面,而第二个敌人是由第一个敌人产生的。这两个敌人其实就是一个敌人,就是人类自己。人自从认识到自己终有一死之后,就被虚无主义所困扰,建构偶像、祖先崇拜就是反抗虚无主义的方法,实际上,人类的敌人只是自己。人类创造的观念、技术在给人带来好处的同时也成为压迫人类自己的消极性力量。[②] 虚无主义的产生正是人类中心主义不断膨胀的结果,完成了从神性到世俗性,从理性到感性的蜕变,人类精神一路向下,成为难以阻挡的趋势。修复自然生态平衡何其难哉,修复精神生态平衡更是难上加难。

反观今天的文学艺术界,文化的缺失相当严重。技术性已经渗透到文学艺术当中去了。悠久的艺术传统几成绝学,专业艺术家满天飞。艺术仅仅成为身体的人如何完成既定的、形式的、程式的一些动作而已,只是看上去像是,但本质上不是。其最终结局就是,书法沦落为一种"画的艺术",美则美矣,但失却书法本真;[③] 而文学也沦落为"写的艺术",以至于白色写作、垃圾写作、流水写作充斥街头;舞蹈沦落为"跳的艺术",以至于狂怪流行,而心灵猝死。更有甚者,像"行为书法"[④]、"下半身写作"[⑤]、"裸舞"等,竟堂而皇之以艺术的面貌出现在大庭广众之下。这究竟是艺术,还是在亵渎艺术?是想成为艺术,还是想通过反艺术而成为艺术?艺术那种心灵沉静的氛围、氤氲天地的气息、仙风道骨的精神荡然无存。于是,书法的繁简、落款、铭章可以不再追究,舞蹈的基本精神也被程式化所取代,成为机械化的身体摆动。此时,谁还关心文化、历史、精神?断片化、零碎化是艺术的一种精神躁狂症,它将永远

---

① 虚无主义是怀疑主义的一个分支,强调无价值、无意义、无目的。但是,虚无主义将自己设定为价值、意义和目的则又重回意识形态霸权。后现代主义也强调虚无,但拒绝将虚无作为自己的意义,后现代是自我解构,它随风而来随风而逝。虚无就像癌细胞,在一定阶段是无害的,但急速迸发就成癌,它将人类拖入万劫不复的深渊。虚无主义有很多种类,如历史虚无主义、民族虚无主义、文化虚无主义、艺术虚无主义等。参江政华著:《欧洲文化与虚无主义》,湖南人民出版社 2004 年版。

② Jerzy A. Wojciechowski:*Ecology of Knowledge*,Washington,D. C. :Council for Research in Values and Philosophy,c2001.

③ 书法抽象化,或者绘画化,虽源出中国,但非正脉,现代日本则将其放大,"少字数"书法、书法画等流行,代表人物是手岛右卿。日本现代书法对绘画性的强调,给西方现代抽象表现主义绘画影响深刻。

④ 陈履生著:《以"艺术"的名义》,人民美术出版社 2002 年版。

⑤ 下半身明确以反对上半身(诸如人文、理性、传统、价值、精神等等)为宗旨,并宣称下半身才是艺术。我想这过于一厢情愿,下半身写作不同样是上半身运作之结果(如写作、思维、无意识)。其实,上半身和下半身的整体的人才是艺术本身。这种割裂人的整体性的艺术宣言并无任何新意,尽管其对上半身主义的反叛仍有其部分价值。

作为负价值的"熵"而耗散虚空下去。整体性的崩溃终将导致艺术在碎片上苟延残喘、无病呻吟、自作多情。

整体被片断、表面、瞬间、刺激所取代，价值被恶搞、扭曲、变形、肮脏所取代，目的被当下、虚幻的未来所取代。整体、价值、目的等被后现代肆意嘲讽、挖苦和抛弃，在此意义上，后现代是个破坏者。后现代的破坏依然走了二元对立的路子，它没有充分也无力通盘考虑事物的复杂性、变异性、多样性，比如"颠覆"这个词本身就有二元对立的意味。人类的智慧是有限的，后现代也不是人类思维的终结。其实，"反者道之动"①。反也是一个返回（反思、反观），而不仅仅是一味向前。从历史深处寻找启示，是人类思维的美德。宏大叙事本身不错，借宏大叙事为一个人、一部分人谋私利的行为才是可耻的。幸福、正义等都是不可解构的（德里达明确说，正义是不可解构的）。否则，世界和平就同臭名昭著的"大东亚共荣"有何区别，人和畜生又有何区别，爱情和性又有何区别？正是由于后现代消极方面的极度发展，才使得作为宏大叙事的"文化"沉落为技术性的细枝末梢、感官刺激与符码拼凑。后现代掀起的阵阵狂沙固然凌冽异常，它使我们反思哪些设计一开始就是错误的，哪些部件是粗制滥造的，但它只在于摧毁，而无法建构一个世界，最终后现代将和这片沙漠一样无情。这是东西方面临的共同问题。

艺术的意义就在于体现人类整体性的文化美、生命美和精神美。像舞蹈的柔韧性和动感，是生命对天地之馈赠的审美享受。舞蹈是人的生命的艺术，是物质（身体）与精神（情感、意志等）的完美结合，用身体作素材，以自然的和谐为韵律，在大地之上展现精神的空灵与宇宙的深邃。在此意义上，人就是大自然杰出的艺术品，大自然所创造的人的身体不以表现假、恶、丑为终极目的，而以表现自然的和谐和生气为终极目的，书法、文学、音乐莫不如此。当艺术是把人作为完整单位来审视的时候，而不是以人的某一部位作单位来审视的时候，艺术的文化意义才能真正显示出来。如今的局部艺术已经让文化丧失殆尽，让精神丧失殆尽。

人类曾将一座又一座辉煌的精神大厦摧毁，中国如此，西方也是如此。建立一个东西比摧毁一件东西要困难千万倍，打碎旧世界并不意味着一个新世界的出现，出现的毋宁说是虚无主义，将一切无价值、无意义、无目的进行到底，逃脱不了始于反抗，终于反抗的命运。虚无主义像幽灵一样徘徊在人类精

---

① 《老子》第四十章。

神家园，如阴霾一般使人难觅阳光，人类误入歧途，无家可归。古希腊神话里的"潘多拉的盒子"充满罪恶、苦难、瘟疫，但最后还有一个希望。当人类因贪欲的膨胀和节制的缺乏而将一切罪恶、苦难、瘟疫都放出来的时候，人类也应该放出它的希望，而不是再次将希望封存在这个邪恶的盒子里。[①]

今天的"发现东方"[②] 的历史重任就在于，以文化整体性克服技术的片面性，以精神价值克服虚无主义的泛滥，以文化目的论克服当下的精神沉沦。文化整体性的目的不是建立一个僵化的、绝对的、一元化的文化体系，而是延续人类艺术的超越性的、多样性的自由命运，修复这个时代支离破碎的精神生态，并最终为人类精神家园的重建奠定地基。

四、走出消费主义的幻影

今日世界，科技昌明，商品发达，极大地提高了人类的物质生活水平，然而由科技理性构建的现代世界充满复制的符号和信息，千变万化正让位于千篇一律，艺术的独一无二性和身份性也受到冲击。在物质发达的世界里，人类的精神没有日益强大，而是愈渐萎缩，从大屠杀到艾滋病，从悲惨的自杀到沉浸消费的消费主义等，成为人类精神疯狂与羸弱的最好体现。这个只有广度没有深度，只有宽度没有高度的世界，就是一个精神贫困的世界。缺乏了文化，人类高速发达的社会就被肤浅、调侃、做秀所支配。在这个飘渺无依的世界里，艺术的命运究竟何在，人类的精神家园需要谁来守护？

当代的物质不可谓不丰富，物质财富极大地丰富的同时消费主义也随之出现。建立在生产主义基础上的消费主义成为艺术发展的一大障碍，艺术创作沦落为艺术生产。于是，艺术如何抵御沉沦于这种消费性和商品性的厄运，去顽强追求超越性和精神性，是一个需要认真对待的严峻问题。

消费主义是以消费为主要目的的生活方式，其特征是超前（按揭单款）、炫耀（名牌）、时尚（流行）、奢侈（香水、服装）、浪费（一次性、保质期）等。超前消费引起了归属感的变化，人们提早透支了生命，也就使生命本身此

---

① 根据希腊神话，潘多拉（宙斯用以报复人类而造出的女人）出于好奇心打开一个魔盒，一团黑烟冲了出来，原来是贪婪、虚无、诽谤、嫉妒、痛苦、瘟疫、战争、苦难等等，当她因害怕再盖上盒子时，却把希望也盖进里面了。

② 王岳川著：《发现东方》，北京大学出版社 2011 年版。

在的意义消失了，因为生命在超前消费中的意义除了享受物质外，剩下的就是挣钱、还贷而已。人不是体验每分每秒的流逝，而是盼望明天的到来。至于整个社会对不可再生资源与环境的透支却没有谁可以来埋单。追求身份的消费原则支配着人们的消费趣味，以不同于他人的方式去追求被物质化、符号化的生活的意义，这看似充满个性，实际上早已淹没在物质的巨大洪流当中。也就是说，他或她不是通过内在精神来标识自我，而是通过符号来标识自我，依然困在物质枷锁之中。而炫耀性消费观则是差异性消费观的一个变种，可取之处更是少之又少。

与物质消费相比，艺术消费是一种精神吸收。精神吸收一方面指物品有精神内涵，一方面指需要精神投入，所谓的精神投入是指具有集中、深入、多次的思维和欣赏活动，是千锤百炼、反复咀嚼、细细品味。精神吸收主要是思想活动和艺术欣赏活动，但艺术欣赏活动是精神吸收的主要内容。纯粹的思想活动是学术和科研以及艺术家的创作，这不再是精神吸收，而是精神成果的生产了。精神生产所面对的现象则更为复杂，需要投入巨大的精力才能获得精神成果。精神吸收的对象是含有大量人文营养的精神产品，精神含量相对集中，因此需要细细的多次咀嚼、反复品味、不断吸收和重复利用，一言以蔽之就是"慢"，当然并没有纯而又纯的精神营养品，更何况每个人的精神吸收能力也有高下之别。

与物质领域消费主义盛况空前形成鲜明对比的是，在精神领域从来没有形成所谓的吸收主义。购物成为日常性的，而欣赏则似乎永远是时断时续的。购物的快感在于我们能够在付钱之时占有物品，而欣赏艺术则没有如此直接的感受。艺术品可以通过购买而获得占有的快感，但这种占有不同于物质品，而是每一次欣赏都会得到精神的拥有，占有与拥有是不一样的。

有形的物质消费和无形的精神吸收严格说是不具有可比性的，但消费主义的物质性已经严重影响了精神吸收。商品的外形（广告、设计和包装）更加艺术化、感性化、审美化、欲望化和多样化，它们牵引、刺激、鼓动着人们的消费意愿。因此，它们成为商业活动的重要因素，没有好的广告、设计、包装、宣传就意味着没有好的销路。商品的附加值相当部分是由它们提供的。很多商品的广告词、宣传语、包装设计就像美轮美奂的一件艺术品一样，激发购物欲望，满足消费者购物时的视听享受和虚幻的价值麻醉。而社会效应的商品化、炒作化、轰动化、宣传化、广告化等，则是商业逻辑、商品策略与资本机制的进一步扩张和膨胀。

对物品的占有显然比精神吸收更直接，所得到的实际快感也更直接。于是，我们将不得不重新审视感性了。购物就是不折不扣的感性活动，看到一件又一件具体的商品，购买、消费，然后丢弃，甚或浪费或遗忘。但是，艺术活动所需要的感性实际上是纯粹感性，即纯感性，或者"活感性"①。纯粹感性排除了日常感性的芜杂而添加了智力和思维乃至形而上的伦理、哲思的因素。纯感性是相对日常感性而言，不是相对于理性而言的。如今的情况是，消费感性对纯感性构成巨大挤压。身体消费迅速成为时尚，一部分人极度热衷于美容、化妆甚至整容等。最后必然是身体自恋自虐淹没了精神超越，他者的眼光模糊了自我的理性视线。

消费的冲击使得人们在艺术品中增加了日常感性或者消费感性的因素。文学中出现了越来越多的露骨的性、身体和暴力的描写及内幕、隐私描写等。这些描写杂糅了艺术感性、日常感性和躯体感性，使问题日趋复杂。随之艺术品中的日常和躯体感性因素有增加的趋势，比如行为（裸体、下半身）艺术、淫秽（乱伦）作品、怪异（惊骇、恶心）作品在不断挑战人们的审美底线。

现在的时代是庸俗唯物主义（消费与商品拜物教）的天下，就是技术大生产带来的物质财富丰富的消费主义的天下。消费主义挤压艺术、渗透艺术、俘虏艺术、占有艺术。在物质与精神的角逐中，艺术精神自觉的集中表现是寻觅艺术的超越之路。秉有精神性和超越性的艺术家不是将艺术限制在身体与个我，而是将艺术放大到社会，以新形式、新方法、新思想来表现异化人生的无奈、彷徨、焦虑和苦闷，提倡纯粹超越的充满劬劳但富有诗意的精神艺术生活。

真正的诗意栖居属于精神世界。人的诗意生存之所以被称为诗意生存恰恰是因为诗意是超越的。所谓诗意超越也就是诗意的自由。自由的诗意即自由的艺术、自由的人生、自由的精神。人有两种自由，积极的自由与消极的自由，前者是自我决断，后者只是自我放纵，艺术自由属于前者。艺术也许不是审美的、优美的、赏心悦目的，它在这个时代更应该是"生存"的，像斯特林堡、梵高、卡夫卡。当代艺术不是召唤旧有的"存在主义"，而是召唤一种超越的生存精神，用爱、尊严、自由、责任、良知和正义尽自己所能去挽救这个日益败坏的世界。尽管完全挽救这个世界却并非艺术一己之力所能实现的。

---

① 王岳川著：《艺术本体论》，中国社会科学出版社 2005 年版。

五、人文教育与正价值建构

世界之败坏是整体性丧失的必然结果，人处在物质的边缘，精神处在人的边缘。现代世界是一个精神贫困的世界。① 在今天，精神生态的提出，使艺术不得不思考人赖以存在的文化生态的问题，如文化多样性、物质精神平衡、可持续性发展、文化传承与保护、精神心理健康等。对此，有三个方面值得省察，即人文教育的危机、文化价值体系的混乱、大众文化的超级狂欢，这可以统称为文化生态的失衡。

教育对塑造人而言是首要的，所以教育严格说就是人文教育，即"观乎人文，以化成天下"②。它传送价值，促进人类精神的更替、循环、提升。家庭教育、社会教育和学校教育分担着不同的教育目标。在当代中国，家庭教育没有引起人们的足够重视，如粗暴的家长制、肤浅的西方化、过分的溺爱型教育，社会教育又处于无序状态，电视电影不分级，不节制，近似大染缸和狂轰乱炸，而庞大的学校教育则被抢占稀缺资源的"左脑型"应试教育所制约。家长制作风、掌上明珠教育方式和社会浮躁风气四处蔓延，使得学校教育的环境极为不利。

人文教育的载体是教材，但现在的教材老化不堪，尤其是语文教材，古今中外优秀的作品没有充分选入，同时反映时代精神的作品又乏善可陈，作品得不到多元性的解读，结果是教材滞后又面目可憎，思想陈旧，缺乏灵活性与时代感。人文教育的环境开始风化而变得易碎，技术性和实用性的教育观、消费主义的出现、媒体的发达和网络的普及、日益开放而无节制的社会语境（如性、青春、伦理），导致教育自身脱离人文轨道，同时大量未经筛选和处理的文化符码进入还没有形成独立判断的未成年人的精神世界，致使他们的价值观、人生观错位，而滑向了技术、欲望、身体、金钱的不归路。

中国的美育或者艺术教育并不成功。从小学到大学，音乐、美术、书法、舞蹈等课不但可有可无，而且所接触的作品也无太多的当代性。由于一般普通民众接触的多是传统的主流的艺术形式，强调现实主义，使得普通民众对多样

---

① 取自荷尔德林《面包和酒》中的"……在贫困时代里诗人何为？"
② 《周易·贲·象传》。

性的当代艺术存在某种隔膜，即使是 80 年代的朦胧诗一开始的时候也引起很多争论。由于当代艺术对批判性、调侃性、实验性、创新性等的刻意强调，使得艺术的审美功能、教化功能、认识功能减弱了。被扩大放大的就是感官功能，那种刺激性、暧昧性使得大众对当代艺术没有产生好感和美感。现今艺术家已经成为特立独行、行为怪异、奇装异服之类人的代称，这无疑加重了人们对当代艺术的误解和成见，当代艺术批判性的精神内核也被抽空。

由于当代艺术的火热，影视、美术、音乐等，使得大批学子带着明星梦而选择艺术院校。然而，中国的美术院校招生往往文化课分数偏低，这种以技术性为主的选拔考试，使得艺术的生力军出现了问题。① 这些无知、无畏、少文化的艺术家不是在开垦自己的精神，而是在浪费自己的天才。商业性、消费性成为人生价值选择的推动力量。艺术的商业化、消费化和世俗化使得艺术不再具有其对真、善、美的价值承担。艺术在经过了从教化时代到审美时代的转变之后，现在又走向了基于市场的消费、遴选时代，教化、审美已经不再是当之无愧的中心。这就是当代艺术的悲剧处境。② 艺术不能担当人文教育的重任就是对教育的绝妙讽刺。整个社会的美学风向标也转向成名、追星、模仿秀、猎奇、媚俗、装酷或惊世骇俗、玩世不恭，审美的道德退隐使艺术脱离了美而滑向了搞笑、调侃、丑陋甚至恶心、恶俗。而那些默默从事形式创新、价值凝练、生命净化的艺术则不被看重，或者为了展览而放下自我的身段。可以说，中国人文艺术教育的危机使得社会缺乏应有的价值信念支持和伦理道德支持，人心由此变的脆弱、贫困和无根，而这种脆弱、贫困和无根又反过来恶化人文艺术教育，构成一种恶性循环。

教育的价值是以人为本，人类文明的价值也是以人为本，中国文化的人文价值在《周易》中就早已体现，而当代以实用主义、享乐主义、犬儒主义为核心的新的价值观念迅速进入人们的精神世界。更多的金钱、更多的权力、更多的物质享受、更多的荣誉与符号资本成为国人难以抵御的诱惑。然而，当经济开始恢复并重新崛起的时候，新的孤独、新的彷徨、新的苦闷、新的价值危机将再次出现。经济富足并没有解决人的精神皈依问题。人文精神讨论也好，国学热也好，都是对重建价值世界的尝试和努力。但是，价值体系的坍塌和紊乱

① 艺术类高考中的文化课分数线一般在二本线的 60-70% 左右，这直接影响了艺术生对文化课的不重视，没有认识到深厚的人文素养恰恰是艺术不可或缺的。

② 王广义、方力钧、张晓刚、岳敏君等是国际声名日隆的中国当代艺术家，其作品拍卖价是同类作品中最高的。

是空前的：中国传统中的孝悌、仁爱、诚信观念也逐渐淡漠；积极的士大夫精神也被官僚作风与科层习气所淹没，而现代的服务与奉献意识又没有及时有效形成和确立；儒学的入世精神由于缺乏必要的制度环境支撑而游离于社会表层；佛道仙骨的精神追求也被"追名逐利"所挤压而被视为迂腐。同样在西方，"享乐主义已经取代节俭和禁欲"，"传统价值观已经被侵蚀，而且被强调享乐、游戏、好玩及公共展示等事物取代"①。来填充这个价值真空的也不是所谓的民主、自由、个性、信仰，而是喧哗、狂欢、沉迷、戏仿和偶像。主流价值成为口号，传统价值成为点缀，西方价值成为生搬硬套，流行成为唯一的精神归宿。这是一个无根的、到处漂浮飞荡的世界，是一个怎么都行、都好的世界，是一个仅仅为了活着和活得更好的世界。

贫困世界也是大众世界，是只有广度没有高度、只有扩张性没有反思性、只有热度没有持久性的世界。亲切感取代敬畏感，膜拜取代冷静的反思，当下将历史放逐，而后自我放逐。大众世界里的文化呈现为一种文化的超级狂欢。新的大众取代了旧的大众，它不再具有民间的性质而与官方相对，而是具有了人间的性质而与天堂相对。世俗化（去神圣化）进程在民间和官方同时进行，而天堂的道路却无人去铺，不是因为太遥远，而是因为太清高。

流行艺术的广泛参与性淡化了精神稀缺性，娱乐性淹没了人文性，技术储备冲击了人文素养。网络的兴起使五彩缤纷的虚拟世界打碎了现实世界，而广阔的网络平台使得所有的人都可以成为轰动网页的文学家，文字对他们而言已不再神圣。神秘和神圣的世界让位于"不过如此"的世界，同时他们也被视为"不过如此"。

电视的日常化使得人们更加不需要生活本身的意义，电视成为生活本身，而电视节目的参与化使得电视最终俘虏了观众。据统计，目前我国电视台总数已超过 2000 家，频道数量超过 3500 家，是日本电视台的数倍，是美国电视台的几十倍。中国彩电总拥有量超过 3 亿台。根据一项调查，北京地区 2000 年电视接触率高达 93.5%，在报纸、广播、电视、杂志、书籍、网络 6 类媒介中比例最高。并且接触电视的时长在 3 小时以上的比例就占 49.3%，远远高

---

① ［美］乔治·瑞泽尔著：《当代社会学理论及其古典根源》，杨淑娇译，北京大学出版社 2005 年版，第 204 页。

于其他媒介，也就是说接触电视的时间份额最多。①

电影在大片（高投入、大制作）、高科技（3D）和商业的推动下再次获得市场上的繁荣，然而当大片模式左右了电影，价值的多元化和深度探讨也就形同虚设，同时随着电影制作的商业主义和欣赏的趣味主义，也导致电影行业的价值衰落和意义迷失，走上一个商业化与娱乐化的创作不归路，而它们对心灵的揭示则一再缺失。如果不赢得人心，又如何赢得票房？或者不赢得人心，赢得票房又意味着什么？这对电影来说是极为严峻的挑战。

媒体互动成就了凡人的明星梦，当媒体允诺了这一目标，千百万人趋之若鹜，带着奔向胜利的喜悦，也带着大批人的被除名和大批金钱的被慷慨抛掷。标榜民间，试图网络全天下的人才，但天才总是少数，这种投机模式却左右了人们。脱口秀、达人秀、抢答、脑筋急转弯等类的"术语狂欢"使程式化占据核心，终于完全驱逐了长时间的凝思与理性自觉的批判。人们在娱乐化的节目中尽情释放自己，同时放逐自己，并彻底遗忘自己而成为屈指可数成功人士的他者陪衬。

大众文化的超级狂欢使狂欢中的人们忘记意义，因为狂欢本身就是意义。大众时代的超级狂欢无法凸现个体价值的深刻危机，在快乐、忘我、激情、游戏、嬉笑和疯狂中，人们意识到今生不需要永恒，因为此时即是永恒。狂欢的世界不缺乏热闹，但缺乏宁静；狂欢的世界不缺乏声音，但缺乏倾听；狂欢的世界不缺乏人物，但缺乏英雄；狂欢的世界不缺乏丰富的食品美酒，但缺乏理性的镇静剂，"喝一杯"最终醉死了"想一想"。大众废黜了沉思、灵魂和英雄，也就废黜了自我。置身狂欢之中，大众不再体会孤独的意义，而是感受到酣畅淋漓的快感、快意。然而，狂欢之后的孤独开始悄悄弥漫，因为狂欢不是常态，但为了不再承受孤独无聊的煎熬，大众会再次去狂欢，执意要将狂欢进行到底，同时也将醉生梦死进行到底。因此，这恰恰是一个缺乏孤独，但处处是孤独的时代，也是一个逃避意义和追问的时代，或许逃避本身就是意义？

当教育不能提供批判的头脑和自由的灵魂，当文化不能提供"正价值"支撑，当大众的狂欢不再拥有深度和意义，精神的贫困乃至赤贫也就不可避免，

---

① 喻国明：《北京人媒介接触行为的结构性变化及其特点——来自 2000 年北京居民媒介接触行为的抽样调查报告》。实际上世界范围内，观看电视依然是主要的休闲方式，日本人观看电视每天平均在 5 小时以上，美国人在 4 小时以上，世界平均观看电视时间在 3 小时以上。《2005 年—2006 年度中国电视剧市场报告》显示，电视观众人均每天收看电视剧的时间是 56.5 分钟。2007 年 2 月份，"2007 电视剧制播年会"（上海）发布了 2006 中国电视剧上海排行榜，相关数据显示，上海观众最喜欢的电视节目形式仍旧是电视剧，在收看电视剧的时间长度上，上海人也以每日平均 64.9 分钟位列全国之首。

赢得了整个世界却将自己输得精光。文化土壤的沙化，社会环境的雾霾化，英雄的黯然退场，精神的衰落沉沦，这样的世界还能维持多久？

六、重建中国艺术的精神叙事

今天的生活世界观让位于技术世界观、物质世界观和贫困世界观。生活世界是未经科学化、技术化、知识化的世界，生活世界是人类的意义地基，那里有意义和爱。① 由复制、消费、贫困构成的新世界观图景的消极性正在于对日常生活价值观的遮蔽，在无形中消解了艺术生活理念，消蚀了艺术的文化精神，重建中国艺术的精神叙事迫在眉睫。

精神叙事的前提在于艺术精神自觉。艺术精神自觉并非一种纯粹自觉，而是一种生命自觉、生活自觉，或曰整体性自觉（非主客对立）。如果艺术成为与生命、生活无关的自觉，那么这种自觉依然是虚假的。但这里不是在提倡一种所谓的日常生活审美化，因为在日常生活审美化中，日常生活本身是没有得到足够的反思和营建的。由于生活世界遭受庸俗唯物主义、实用主义、工具主义的严重遮盖，如何获得生活世界的本真性成为人类思考的重要的任务。艺术精神自觉的目的就在于在新世界图景中寻找到自身的生命定位和生活定位，让艺术在人的日常生活中呈现其价值。

"艺"在古代从来没有成为专业，而是成为人们的生活方式之一。古代中国文人（秀才）阶层必修的琴、棋、书、画四艺，还有更早的礼、乐、射、御、书、数六艺②，同人的生活是密切相关的。可是，当代艺术生活已经不再具有生存性，或者说是个性，而成为一种消费，一种闲暇时间的消遣。艺术的消遣化和艺术的专业化是同时发生的。真正的艺术恰恰不是专业性的。

今天的艺术生活已经不同于远古，其基本的特点是艺术创作出现了大生产化。个体成为艺术大生产的终端接收机：艺术企业家生产什么，人们就欣赏什么，或者人们需要什么刺激，艺术企业家就生产什么。于是，艺术的独特个体创造性已经被边缘化，取而代之的是销量、排行榜、门票、利润等的经济指标。当今，每年的文学艺术作品产量是以前的几十、上百倍甚至更多，而精品

① ［德］胡塞尔著：《生活世界现象学》，倪梁康译，上海译文出版社2002年版。
② 《周礼·地官·保氏》。

少而又少。因为人们追新成为时尚，无暇经典。有些艺术家只是在不断地抒写那种没有深厚体会的个体经验，将自身外化为艺术，而没有将世界纳入其中。艺术正在走向孤独的内心和精神的死胡同。没有了广阔而亲切的现实生活生存体验，个体也不再有时间进行艺术生活的审美创造和精神阐释，艺术家不再有艺术创作的灵感，拍脑门的创意横行，于是"一夜成名"之后的"江郎才尽"的悲剧接连发生。

"诗言志"、"思无邪"，这两大文艺纲领正是中国艺术精神的体现。艺术如果没有志向，没有理想，没有良心，没有关怀，没有童心，而是充满着感官刺激和邪恶念头，又如何担当"诗意栖居"的重任，还如何让人可"游"？艺术生活理念的丧失不正是一个现代"礼崩乐坏"世界的绝佳体现？艺术作品是浓厚艺术生活的产物。没有汇聚全民心性智慧的整个民族对艺术的热爱，单靠若干作家的努力，或洁身自好，明哲保身，中国艺术不可能发扬光大。艺术生活理念如果不注入人心、浸润心田，优秀的中国艺术作品也就不可能如火如荼地出现。

实际上，中国艺术不再是"江山代有才人出"，而是面临着青黄不接的危险。由于现代性、全球一体化的趋势，有太多的民间艺术在流失，以至于民间文化遗产保护的日程不断加快和提前。还有太多的高雅艺术高雅得找不到观众，国家也缺乏强有力的引导，而一味地推向市场，使高雅艺术不得不精英化或市场化。而大部分观众穷得不敢奢望高雅，于是满足于盗版和粗制滥造，或者不知高雅为何物，以俗为雅，以丑为雅。曾经令我们心驰神往的乡土文学艺术，如今在现代化、城市化潮流中，再也没有吸引力。① 在时尚的裹挟之下，中国当代艺术已经不再有家国天下的意识了，小圈子、江湖性、市场性艺术大行其道。艺术固然是个人的自由选择，但如果艺术只是成为个人和艺术之内的事，而国家和社会毫无责任，那么，艺术和人就面临双重失落，最终也必然导致国家成为没文化的国家。

精神叙事的关键在于艺术生活理念的成型。艺术生活理念是艺术大繁荣的基本前提，也是艺术回归生活的内在诉求。艺术生活理念首先是对待艺术本身的态度问题，即对艺术持一种敬畏感，将艺术视为提升生命价值的中介和桥梁。在此意义上，艺术不是一般的"人学"，而是高于人本身的，对灵魂、精

---

① 白烨在谈到《2012文情报告》时说："再找不着纯粹的乡土小说、即传统意义上的乡土小说了。"

神之人的关注，去拷问人的终极意义。因此，艺术是人的存在方式，尤其是人的精神的存在方式。艺术生活理念也是对待艺术所处的文化世界的态度，也就是具有深切的族群认同感和人类归属感，积极融入世界，通过交往、批判而获得文化世界中的身份。艺术起着重要的社会调节作用，正如古代诗论所言"诗可以群"①。艺术生活理念也是个体性的精神探险，即个体对人类精神困境的超越，跋涉荒诞与无意义，对人类精神空间的拓展，追寻精神的绿洲和原初的伊甸园。当下生活有着多重束缚，精神世界的塑造则给人以痛苦的自由，并反作用于生活，让我们的生活冲破阴霾迎接阳光。对艺术自身的、对艺术文化世界的和对个体精神性的三种态度显示着全球资本主义时代艺术深层的人文价值关怀。具有了这种关怀，中国艺术的文化身份就不仅是民族的、现代的，也是人类的、未来的。

艺术生活理念是艺术的深厚土壤，如果这种理念流失了、消解了，艺术就如在沙滩，难以持久。无论中国传统艺术怎么面临危机，无论中国当代艺术有着什么样的问题，关键的一点在于：艺术如何成为生活和生命的精神"原动力"和"正价值"。如果人的生活被经济、利益、名望以及各类纠缠不清的事情所拖累，那么，艺术还有何意义？可是，现代人忙得不可开交，不阅读一部作品，不欣赏一部原作，不观赏一部电影，不聆听一首音乐，不驻足一道风景，从根本上遗忘了艺术生活的意义。闲适时间的丧失正是艺术丧失的一个根本原因。闲适时间并非一种无所事事的时间，而是一种真正的精神时间，去剥离生活的赘物，去陶冶内在的心灵。如果仅仅是看看电影听听音乐那样简单，那么艺术仅仅是一种生活的调味品，而不是生活本身，更不可能成为生活的内在基础。因此，我们可能获得了忙碌的、富裕的、满意的生活，却丢失了真正的、健康的、超越性的生活。

今天，科技的工具理性与消费的实用理性消解了文化艺术的存在意义，重构了文化艺术的存现方式。对此，艺术世界观不得不察。我认为，艺术非但没有进入生活，反而被所谓的生活强行驱逐，只有改头换面才能获得认可，这是对艺术的极大伤害。于是，不再是艺术影响生活，而是生活影响艺术。艺术世界观正是去反思精神萎缩与生活异化的深层原因，而并非成为精神萎缩和生活异化的玩偶和殉葬品。因此，新世界观图景中的艺术精神叙事不仅在于重新追问世界之为世界，也在于重建生活自身的本真意义。这是精神叙事的重要

---

① 《论语·阳货》。

任务。

首先，艺术不能放弃对人生的意义的拷问，在时间和物质的洪流中抓住永恒的东西。"人生天地之间，如白驹过隙，忽然而已。"① "子在川上曰：'逝者如斯夫，不舍昼夜。'"② 波德莱尔说，现代性是短暂、过渡和偶然，但艺术还有另一半，即永恒。文化的产生就在于对永生和永恒的追求，艺术精神自觉也在于营建一个生生不息的生命世界，如"天行健，君子以自强不息"③。对每一个人而言，离开了这个生命世界，就如同行尸走肉。

其二，艺术也不能放弃对星空的价值的追问。星空是宇宙，也是黑夜，那也正是人心宁静的时刻。宇宙浩瀚而人身渺小，宇宙无限而人生短暂。追问星空如何璀璨、清澈、深邃，是每个处在焦虑中的心灵的必然抉择。追问星空使人类知道宁静和悠远的价值，懂得宇宙和生命的意义。当我们不再仰望星空，当星空因被污染或我们的心灵被污染而仰视不见之时，追问星空更为迫切。

最后，追问文化和艺术的真正使命。文化是人类的精神家园，是价值与意义的起源之地，而艺术就是这个家园的忠实守护者。艺术不止于美丽，艺术不仅让我们熟悉和认识世界，不仅让我们感受美的世界，而且也是对灵魂的拷问，对生命的提炼，对真理的敞开。

对人生、宇宙、艺术的三重意义的重新思考正是艺术精神叙事的重要道路，也是中国艺术话语研究的题中应有之义，需要引起人们的足够重视，否则文化艺术的精神生态将不可能重建，人类的诗意远景也将永无诗意。

今天的艺术精神叙事是相对于艺术精神沉迷而言，艺术精神早已有了自己的叙事，只是在现代被遮蔽了。在先秦的精神世界里（如庄子）就呈现出一种对纷乱时代人生意义的关切，这种关切正是中国艺术的一种精神自觉和自我叙事。④ 可是，在经历了人类中心主义与理性的肆意扩张之后，哲人们发出了"上帝死了"（尼采）、"人死了"（福柯）、"知识分子死了"（利奥塔）等等判词，成为世界颓废的明证，这个世界弥漫着遮蔽一切意义与价值的虚无主义梦魇，我们尚未建立人类的价值体系，而是一再推迟。经由科学主义、技术理性、消费主义的轮番轰炸，人的意义已经被替换为符号和资本。以拆解传统为

---

① 《庄子·知北游》。
② 《论语·子罕》。
③ 《周易·系辞上》。
④ 汪春泓：《从时代背景看〈逍遥游〉本义及其对中国艺术精神的唤醒》，载徐中玉主编：《古代文学理论研究》第二十辑，华东师范大学出版社 2002 年版。

目标的后现代，试图消解宏大叙事，试图消解本体论，但人类不能离开正义与自由，意义与价值。对未来的人类而言，重建价值不是 10 年、100 年的任务，而是数千年的文化使命。

艺术不能在反抗人类中心主义的虚无主义的怂恿下遗忘自己的使命，而成为虚无的傀儡、无意义的玩偶。艺术必须在新的世界观图景中有其新的精神叙事，尽管这只是艺术的"精神之搏"，但不意味着不产生相应的社会意义。精神与社会的互动，必然将引领更多的人参与到"后虚无主义时代"的拯救世界和重建世界的事业中来。这也是艺术精神叙事的思想意义与社会价值之所在。

第十七章　符号体系与全球共识

创造中国艺术的当代新叙事，重新赢得中国艺术的国际地位，是当代艺术话语研究的主题。经由对立场、身份、精神的探讨，最后落实到符号美学体系和国际审美共识之达成上。

中国艺术美学源远流长，自成体系，是世界艺术美学的瑰宝。然而，近代以来的中国艺术美学却丧失了它应有的辉煌，被西方文化优越论所裹挟，成为低端和边缘。在文化现代化和文化多元化发展的时代，重新审视中国艺术美学体系，并进而探讨国际审美共识达成之可能，是当代艺术研究的迫切任务。

中国艺术美学体系的梳理大体有三种方法：一是哲学美学方法，划分为儒、释（禅宗）、道、骚。二是艺术史方法，从先秦一直到明清或者近现代。三是门类艺术研究方法，从文学、美术、音乐、舞蹈、建筑等角度加以分析。本书使用的方法与此不同，是以符号学来加以说明，在吸收了上述三种方法基础上做了一种新的综合性的探索和尝试，也更加契合当代文化场景。需要说明的是，符号并不止于形式，而是将形式与意蕴结合起来，也即将中国符号与中国精神结合起来，这样的符号就是有意味的形式，它奠定了中国艺术美学体系的符号基础。中国符号种类繁多，本书只从四个角度加以阐述，即中国音符、中国线条、中国画面、中国造型。这四种符号体系并非严格区分的，它们之间亦是相互融合的关系。

一、中国音符：东方文化的天籁之音

庄子将声音分为三类，即人籁、地籁和天籁，天籁是声音的最高境界。①

---

① 《庄子·齐物论》。

这符合庄子崇尚自由、天真、自然的艺术精神。老子说，"大音希声"，这似乎证明，如今喧嚣的文化霸权主义和消费主义声音，未必是真的声音。老子所言的"大音"，转瞬即逝，如有若无，故而是"希声"，因此需要用心去倾听，这才是大音的本质。大音者，生命之音之谓也。在全球化时代，中国音符虽然在西方与时尚的声音中败下阵来，但是她的天籁之音应该被发出、被倾听、被感染，这是文化现代化的使命。

中国音符，突出表现就是音乐。由于保存条件的限制，古代音乐只有乐谱、曲谱留存，很难听其原貌了，而现代则不同了，随着留声机、磁带、唱片、音频技术等的出现，音乐的保存和传播获得了解放。中国音乐在当代的发展也有独特之处。当代音乐中有两大方面：一是器乐，二是声乐。

器乐在中国历来发达，富有极强的民族性，比如编钟、胡琴、二胡、古琴、笙萧、笛子、埙、琵琶，以及民间器乐如唢呐、腰鼓等。但是，在当代器乐中西方的器乐似乎成为主流，比如钢琴、架子鼓、长号、萨克斯管等。中国器乐或者处于后殖民东方主义的凝视之中，成为落后农耕文化的表征，如埙、二胡等；或者成为不具有主流性的民间文化形式，如唢呐等。甚嚣尘上的是西方的乐器钢琴、小提琴等。在幼儿教育中，练习钢琴的比比皆是，而研习二胡、唢呐的凤毛麟角。中国传统器乐或凝重肃穆如编钟，或悠扬婉转如古琴，或如泣如诉如二胡，或激情昂扬如腰鼓，无不是民族精神的一个又一个音符。中国音符的当代表现如果离开了传统器乐，那将是大打折扣的。

在声乐上，最突出的一个领域是流行音乐，与民族音乐、美声音乐等三足鼎立。民族声乐感情真挚，有浑厚的乡土气息和民族风情，如信天游、山歌等。美声音乐属于专业音乐，源于西方，在当代中国也广为流传，如男女高音、大合唱等，也与戏剧等相结合。由于流行音乐的广泛的群众性，在当代获得了很好的接受效应，西方的猫王、杰克逊等获得流行天王的美誉就是证明。

中国当代流行音乐起于港台，然后从港台流入内地，在中华大地全面开花，逐渐融合。流行音乐富有时代性、地域性特征。1980年代、1990年代和新世纪，都有不同表现，但大体而言，有两条道路：一是集体性民族性，二是个体性个性化。在当代流行音乐中，集体性民族性与个性化表达同时并存，既有《十五的月亮》、《小白杨》的共同事业与理想，也有《小城故事多》、《一无所有》的情感呢喃与宣泄。二者在不同时代有所偏重，越到当下，个性化表达越占主流。但是，由于音乐接受群体的多样性，集体性民族性的表达也占据一定的空间，哪怕是革命时代的歌曲，如《南泥湾》等，也为人所传唱。当代流行音乐的主体主要是少年和青年大学生及白领一族，唱出的是他们面临大时代的情感困惑与宣泄，因而情感（爱情）歌曲成为主要内容。同时，民族风情也呈燎原之势，从少数民族歌曲（尤其以藏族歌曲、蒙古族歌曲为代表）到古典诗词进入流行音乐，都表明当代流行音乐多元化的局面日益形成。

最近几年，音乐日益成为电视的重要栏目，比如《中国好声音》、《我爱记歌词》、《快乐女声》、《星光大道》等，与选秀因素结合起来，将中国声音进一步推向历史与生活的前台，引起了诸多轰动效应。这差不多形成了与当代艺术相抗衡的局面。一般而言，视觉性造型性的当代艺术仅仅止于搜藏、拍卖、观赏等，而当代流行音乐则通过电视、网络、广告等媒体进入千家万户。

音乐自古与文学就不可分割，有声的不仅有音乐，也有文学，而这恰是很多人忽视的。这就是有声文学，主要表现就是汉语，其衍生就是汉语文学，也包括其他民族语言及其文学。文学和声音很早就结合在一起，古代诗乐舞不分就是一个体系。汉语是中国文学的主要载体，并且产生了璀璨的汉语文学（文言文学和白话文学）。① 汉语文学不仅是阅读的，也是有声的，可倾听的。《诗经》是民歌，宋词也是歌唱的，即便是小说，在当时也是勾栏瓦肆中的说唱，并不仅仅是供人阅读的。

然而，灿烂辉煌的汉语文学却在遭遇挫折：一是与声音的疏离，成为案头文学，从而使得底层民众与文学割裂，那些有声的文学则被命名为民间文学（诗歌、神话等）而被边缘化，无法成为主流。二是遭遇了西语文学的冲击，"西优中劣"成为主导观念。海德格尔曾说德语和希腊语最适宜思想（哲思），那可能是因为他还没有体会到汉语的微妙。"汉字是物质性的，又是观念性的，所以汉字被人思，又能促人思。"其根本原因在于"汉字不仅提供了思维的原始字象的鲜活感和神秘感，而且使人通过这一符号（尤其是象形文字）把握到字背后的深蕴的'原始意象'（archetype），在意象并置或多置中，将具体的象升华为抽象之象，从而以一寓万，万万归一"②。因此，认定汉语劣于西方语言是不负责任的。

上述两种冲击中，第一种已经开始获得新的转机。这是因为有声文学的发展。在历史上，文字尚未产生之前，文学首先是口语文学，而后才是文字文学。而随着文化现代化进程的加快，网络文学、有声文学等成为新的趋势。③

---

① 胡适著：《白话文学史》，安徽教育出版社 2006 年版。
② 王岳川著：《发现东方》，北京图书馆出版社 2003 年版，第 125 页。
③ 如今网上已有了"有声文学"等网站。

可以说，文学是有声的，它不仅仅是文字，它叩响一个民族的心扉，也传递一个民族的精神。

随着当代视听艺术的发展，语言的魅力得到进一步的呈现，口语化的表达使汉语文学跃然于声音之中。

在诗词方面，声音表现有两种：一是入乐，二是有声朗诵。诗歌本身就富有音乐性，它合辙押韵，讲求对偶平仄，适于演唱，《一剪梅》、《枫桥夜泊》、《寂寞沙洲冷》、《卜算子》、《明月几时有》、《念奴娇》、《满江红》等不也都有了新的现代音乐形式了吗？可以说，古典诗词终于获得了声音的激活，再现了中国音符与民族心声。即便不入诗歌，诗歌本身的朗读、朗诵才能真正将情感加以释放和流露，这仅仅是阅读所不能实现的。① 诗歌朗诵在 1980 年代还有很多群众基础，这主要在于青年大学对诗歌、情感的追求。到了 1990 年代以后，流行艺术成为主流，诗歌朗诵反而沉寂。不过，央视制作的诗歌朗诵会、春节诗会以及其他地方电视台的诗歌朗诵会等，仍有一定意义，它们使诗歌发出声音，给人以美好的享受。

小说与声音关系同样密切。小说声音化有两类：一是评书，二是影视化的台词。评书是小说的最早形式之一，在当代仍有表现，比如单田芳的评书等。小说影视化的台词是声音化的现代形式。在中国流行甚广的"四大名著"早已经被改编为电视或电影，其语言不也可以被倾听（台词）？故事中的主角固然还是古人，但诉说的却是民族的心声，回响的是历史的经验，或警示后人，或反思历史，或成为当代中国文化产业化的重要形式。现代小说走向影视已经成为潮流，这是否预示着中国文学将面临"声音转向"？这是值得思考的问题。

散文也可以声音化，其典型体现就是电视散文。电视散文的兴起使散文有了新的空间。上个世纪有《西藏的诱惑》和《苏园六记》等佳作。央视的《电视诗歌散文》栏目从 2004 年开始先后推出了《边城印象》、《丽江印象》、《玉树印象》、《南京印象》以及 2007 年开始的《印象中国》系列等，将散文美与画面美结合起来，传达一种自然的美感。② 一些当代散文名篇也进入了电视散文的行列，比如史铁生《我与地坛》、余秋雨的《文化苦旅》等。

1980 年代以来流行的相声、小品也是有声文学，而如今流行的脱口秀，

---

① 如诗人食指，在一些场合，总是以朗诵自己的诗歌作为自己的表达方式，而不仅仅是创作本身。
② 王贤波、周晓峰：《电视散文的生存空间新探》，载《新闻爱好者》2012 年第 5 期。

则将单口相声与小品文、杂文等结合起来，使用了大量的喜剧元素，或嬉笑怒骂，或针砭时事，或讽刺调侃，使得中国文学的轻松、幽默、诙谐等特性展露无遗，成为大众新的宠儿、情感宣泄的新形式，在中国当代电视栏目中牢牢占据一席之地。脱口秀有很强的时代性、时尚性、叙事性，短小精悍，贴近大众，浅显易懂，受众面广。在小品等日益青黄不接的时候，脱口秀迅速填补这一真空，成为新世纪人们喜闻乐见的新的中国声音形式。

可以说，中国文学在获得了声音的加入之后，其表现力有了新的提升。尽管全民的阅读状况堪忧，但在强调文学阅读的同时强化文学的声音，不是从另外一个方面展现了汉语的魅力了吗？如果在当代世界文化艺术中，有了更多的中国诗歌、散文、小说、戏剧、小品文的声音，那么，这对中国音符的世界性传播是有积极作用的。从西语冲击而言，中国当代文学固然还有着诺贝尔情结，但已经并不那么浓烈了。取而代之的正是对本民族语言文学的发扬。除了汉语，其他少数民族文学也有了新的发展。

在这个文化多元的时代，作为中国音符的有声艺术，应该成为世界艺术声音的一种，被倾听，被重视，而不是在西方艺术的喧哗中继续沉默。

二、中国线条：生命迹化的人文内涵

赫伯特·里德曾说，"对于中国人来讲，美的全部特质存在于一个书写优美的字形里"，线条"能够唤起人们的判断、欣赏和愉悦之感"，在中国艺术家那里，"线条往往具有无限的表现力"。① 因此，说中国艺术是线条的艺术，一点不为过。

中国线条，突出表现是舞蹈和书法。舞蹈是通过身体本身在表达生命的流畅性与飘逝性。舞者表现生命有两种方式：一是模仿大自然中的线条，比如孔雀舞。二是挖掘自身的动作，比如霹雳舞的机械性。舞蹈的线条主要通过服装与手臂、腰、腿等实现。

就舞蹈服装而言，中国古典戏剧（如京剧）中的"水袖"，有着极强的表现力，可以表现不同的情感。"用袖舞蹈，通过舞袖传递思想情感，这始终是

---

① ［英］赫伯特·里德著：《艺术的真谛》，王柯平译，辽宁人民出版社1987年版，第72—73页。

古代中国人舞蹈的重要方式。"① 在中国古典文献中，经常有"罗衣从风，长袖交横"（傅毅《舞赋》）、"裙似飞鸾，袖如回雪"（张衡《观舞赋》），这充分说明，在表情达意方面，袖（包括裙）尤为中国人所钟情。使得中国舞蹈充满灵动。就水袖的姿势而言，就有抖袖、挥袖、拂袖、抛袖、扬袖、甩袖、摆袖、搭袖、绕袖、折袖、挑袖、翻袖等，水袖的基本动作有甩、掸、拨、勾、扬等。不同的姿势和动作产生不同的线条美，有了行云流水的自如与自然之美。古典舞的代表《霓裳羽衣曲》就是长袖舞，被誉为"千歌万舞不可数，就中最爱霓裳舞"（白居易）。

如果水袖还属于服装的线条的话，那么，用身体表现线条也同样引人注意。长袖舞不仅是长袖，更在于身体的旋转、抖动等动作，长袖只是进一步凸显了人类身体的表现力而已。除了手臂，还有身体。中国古典舞强调"细腰"之美，就是为了充分实现身体的灵活、轻盈。身体线条上，中国古典舞（敦煌舞）还吸收了印度的一些因素，比如敦煌石窟中的菩萨，身体通过扭腰、出胯、拧身呈现优美的 S 型，有的还配以"8"字型绸花，可谓婀娜多姿，极富动感。这一点在中国古典舞多有表现，比如当代古典舞《丝路花雨》就吸收了这一点。除了古典舞，流行舞蹈、武术等对线条的重视也有不同表现。

其一，广场舞。流行于城市中老年女性群体之中，据粗略统计有 1 亿人左右。广场舞以简洁、易学为主要特征，富有集体性，只要音乐响起就能汇拢一批人。但是广场舞的喜闻乐见也构成了其美学缺陷，即动作和程式单一，群体舞蹈的性质使得个性难以凸显。广场舞的兴起类似于新时期的交谊舞，是民众精神需求的一种表现，但由于中国表现精神和情感的方式过于单一，广场舞的出现一下使得中老年女性有了情感宣泄和人际沟通的平台。广场舞本身的线条美只限于摇摆、下蹲、回环步伐等，范围较小，动作有限。从性质上，还是较为传统和通俗的，与秧歌等相似，是低强度的舞蹈形式。

其二，街舞。街舞原为外来舞，后来引入中国，对青少年影响较大。相比广场舞，街舞的动作强度更大，属于中等强度。街舞的动作有，360°旋转、翻滚、全身倒立，几乎是将全身调动起来，用身体来体现动感。这些是中老年人群所难以胜任的，而恰恰是年轻人的强项，体现年轻人的生命力、

---

① 上海古籍出版社编：《古代艺术三百题》，上海古籍出版社 1989 年版，第 543 页。

个性特征，也富有很强的观赏性。街舞没有完全的规定动作，随意性很强，充分发挥了舞者的自由性和创造性，也使得街舞的表现力得到了解放。在韩国，街舞是国家三大经典舞蹈之一，可见他们对街舞的重视程度。2013 年流行的《江南 Style》就有街舞的因素。在中国，街舞的发展才刚刚起步。由于中国是一个崇尚温柔敦厚之美的国度，街舞发展空间还未得到广泛的认识，但是已经在青少年心中有了地位，这也预示着街舞在中国未来发展的新可能。

其三，花样滑冰。花样滑冰是体育项目之一，但是由于它结合了冰上体育和舞蹈，因而富有很强的观赏性。由于冰上动作的开展比徒步更具有速度，因而线条的形式感更强。这是舞蹈中作为线条的艺术的最高形式。其基本动作有跳跃、旋转、转体等，再配以音乐，花样滑冰总给人美的享受，惊叹于自然（冰）与生命（身体）的融合。相比广场舞和街舞的大众性，花样滑冰更具专业性，同时其美学形式也达到较高水准。

其四，中国武术。除了舞蹈，中国武术也重视线条，比如太极拳、鹤形拳等。这些武术动作并不是以观赏性为主要目的的。武术的线条也是通过身体来实现，但其关键在于强身健体、克敌制胜，注重线条的力度、密度、速度。在有些武术套路中，动作的速度是相当快的，否则将难以取到克敌制胜之效果。港台电影对中国功夫的传播使中国线条富有了力量美，构成当代中国线条美学不可分割的一部分。中国武术的线条美学并非暴力美学，这和一般意义上的格斗美学还不一样。格斗以进攻性为主，而中国武术是以柔克刚，刚柔并济，使得武术充满了人文内涵，而非仅仅是攻击杀伐的工具。

如果说广场舞、街舞、花样滑冰、中国武术是通过身体展现线条，那么中国书法则将中国汉字的线条发挥得淋漓尽致，从而产生了中国独一门的艺术。

书法是线条的艺术，是中国文化的核心符号体系，也是唯一将文字的书写性发挥之至极的艺术形式。中国书法的载体是汉字。汉字有五体，篆、隶、楷、行、草。汉字"以其净化了的线条美——比彩陶纹饰的抽象几何纹还要更为自由和更为多样的线的曲直运动和空间构造，表现出和表达出种种形式姿态、情感意兴和气势力量，终于形成中国特有的线的艺术：书法"①。书法是表情达意之形式，充满着文化内涵。一部书法史就是一部文化史。书法的内容是文化，高雅者如经史子集的书写，日常者如喜怒哀乐的信札。书法需要在一

---

① 李泽厚著：《美的历程》，文物出版社 1981 年版，第 41 页。

定的时间、一定的心境、一定的气氛下才能创作。蔡邕说："书者，散也。"①散就是"散怀抱"，就是庄子所谓的"心斋"②、"坐忘"③、"凝神"、④"澡雪精神"。⑤ 现在书法的主体主要是服膺中国文化精神的书法家，而成为一种真正的精英艺术和贵族艺术。书法远离了民众是必然的，远离民众并不意味着没落，而是从更高层次上超越自我，并提升民族审美趣味。在硬笔取代毛笔，键盘取代硬笔的时代，将书法人文化、艺术化是真正实现书法的方式。

书法的线条是通过徒手，将毛笔、黑墨、宣纸、汉字等要素结合起来而实现的，因此书法被誉为"徒手线的艺术"。"运笔的轻重、疾涩、虚实、强弱、转折顿挫、节奏韵律"⑥ 是书法的灵魂，因而使书法的表现力臻达极致。一幅好的书法包括了很多因素，它不是简单地在划线条，而是将字写得出神入化、巧夺天工。这是耐力、心力、笔力、眼力、文化力等综合的结果。

耐力要久，持之以恒，数十年如一日，临创不辍。心力要定，心力不够，则心浮气躁，气若游丝，生气全无。笔力要正，笔力不够，则软绵无力，缺乏劲道，旁门左道泛滥。眼力要准，眼力不够，则心眼不一，布局混乱，全无章法。文化力要重，文化力不够，则专注于形式，浮于表面，缺乏浑厚之感。在此意义上，中国书法的确不是纯粹的技术性的笔墨艺术，它基于笔墨又超越于笔墨。笔墨只是其形，需形神兼备，才能真正成为中国文化的符号、指纹、基因与心电图。

三、中国画面：目击道存的美学意蕴

中国艺术的画面感令人陶醉。画面是视觉的，但不止于视觉。中国艺术中画面感总是在有限的空间抵达无限的空间，注重写意性。中国艺术通过明暗、

---

① 蔡邕：《笔论》，见《历代书法论文选》，上海书画出版社1979年版，第5页。
② 《庄子·人间世》："回曰：'敢问心斋。'仲尼曰：'若一志，无听之以耳而听之以心；无听之以心而听之以气。耳止于听，心止于符。气也者，虚而待物者也。唯道集虚。虚者，心斋也。'"晋郭象注曰："虚其心则至道集于怀也。"
③ 《庄子·大宗师》："堕肢体，黜聪明，离形去知，同于大通，此谓坐忘。"郭象注："夫坐忘者，奚所不忘哉？既忘其迹，又忘其所以迹者，内不觉其一身，外不识有天地，然后旷然与变化为体而无不通也。"
④ 《庄子·达生》："孔子顾谓弟子曰：'用志不分，乃凝于神，其痀偻丈人之谓乎。'"
⑤ 《庄子·知北游》："汝齐戒，疏瀹而心，澡雪而精神。"
⑥ 李泽厚著：《美的历程》，文物出版社1981年版，第44页。

虚实、动静、远近等的变化和搭配，使中国画面成为呈现中国人精神的诗意视觉世界。即便在文字性的诗歌中，这样的画面感也很强，比如温庭筠《商山早行》"鸡声茅店月，人迹板桥霜"。中国美学注重的不是颜色的绚烂[①]，或者逼真的事物形式，而是肃穆感、沉静感、幽深感，它降低视觉刺激，而注重精神意向，给人以无限的遐想，体现了"目击道存"的中国精神[②]。

中国画面，集中表现是绘画和电影。中国绘画和中国书法关系密切，这主要在于中国书画的区别只在于书法的载体是文字，而绘画则是万千物象，其他如笔墨纸砚，二者都使用。这就是文字和图像的区别。这一区别也是书法与绘画的实质区别。当然，书画也有一致性，就是它们的线条性，只是书法的线条是凭借文字，而绘画的线条则是轮廓线。

中国绘画分为两类：一是水墨画，即国画（包括人物、山水画等），二是"中国西画"（包括素描、水粉、水彩、油画）。现在国际艺术市场炙手可热的就是中国西画，特别是油画。而油画是当代绘画中的主流绘画形式。油画在西方有500年的历史，而中国画则有1000多年的历史。为什么在当代世界艺术领域中国画却在市场上败给油画呢？这不能不考虑到文化的因素。

中国画是以墨为主的，纸是宣纸，强调散点透视，主要题材是山水，注重虚实相生的意象性，而非写实性，并且多有形而上的精神诉求。在这方面，中国绘画和西方绘画产生了冲突。西方油画的颜料是固态泥状，不是在纸上而是在油布上，强调的是焦点透视，主要题材是人物或以人物为主，注重效果逼真的写实性。大体而言，中国画给人的想象空间要大于油画。油画打败中国绘画的主要武器是科学主义——焦点透视法和解剖学。焦点透视是试图在二维平面重建三维世界，这一目的是古希腊模仿论所奠定的。解剖学使艺术家对人体（五官肢体）的比例把握更为准确。所以，古典油画（风景画、宗教画、肖像画）几乎无一例外都是写实性的，就在于将自己提升到摹写现实的地步，而中国绘画则并不专注于此。现代以来，中国油画在世界的走红其实是中国绘画独特语言的丧失。

在油画的平台，中西方使用同样的语言形式，固然在一定程度上拉近了东西方艺术审美的距离。但是，这也是以丧失东方文化身份为代价的。在形式主义那里，形式即本质，如果绘画的形式丢掉了民族特色，即中国文化所独有的

[①] 如《老子》有"五色令人目盲"等。
[②] 《庄子·田子方》。

"技"，那么内容也就相应地被改变了，即"道"将无法通过西化的"技"来抵达。虽然油画也反映了一些中国的现实，但艺术并不仅仅是反映现实的，其背后还有她的精神和哲学。那种天地玄远、鸿蒙太空、仪态万千、以形写神如果不通过水墨是很难表现出来的。尤其中国画以其自身的特性更能表现自然与人性的亲切、韵致，而西方油画则侧重表现社会中的现实人性，积极的与消极的，但总的来说仍是以人为中心，缺乏自然与物感等因素，总的思想基础是文艺复兴以来的人文精神和科学精神。而中国画的精神基础则是道家的自然美学和禅宗的泛神论美学。① 因此，中国绘画历来也重视人，但更重视"天人合一"的审美理想和精神境界。这一形而上学的精神追求使得中国画具有了审美超越性的维度。

西方油画并不擅长表现大风景，因其故有的焦点透视使得包括西方油画在内的整个西方绘画缺乏对大风景的表现。而且即使是风景油画其写实性亦相当明显。中国画的散点透视能够灵活自如地表现山川事物的婉秀多姿，人寓居于大自然之中，其意象性也为油画所不逮。中国画透视法是"由远及近"，富有生活气息，契合中国文化"反身而诚"的思维逻辑，西洋画的透视法是"由近及远"，颇富宗教意识，给人以心灵的超拔。② 不过，这不意味着中国油画不能吸纳传统因素。一些富有创造性的中国当代艺术家，如鸥洋等人的"意象油画"，尝试用油画的方式来表现中国传统的艺术世界观，取得了一定的成效。③ 我认为这是得中国绘画之精神的。

今天的世界艺术体系，包括展览体系、收藏体系、评价体系都是以西方为主的，体现了西方人的审美观念和文化观念。其严密的科学性传统使得中国画被认为是不学无术、随意为之的艺术形式。曾经就发生过美国白宫撤出里面的国画作品。这明显出自西方的"审美偏见"和"文化偏见"。所以，当今中国西画在国际艺术市场的走红并没有代表中国艺术的崛起，相反则反映了中国绘画（国画）的西化的悲剧命运。

中国电影（电视）是中国画面的当代形态，但中国电影不能仅仅是画面的，它要通过画面来表现深层的东西，就是中国人的精神。电影是纯西方艺术

---

① 儒家也有自然美学，比如《论语》中的"吾与点也"，就是儒家自然美学中的特例，不过仍有较浓厚的人文性内涵在其中。后世儒家知识分子多吸收了道家的自然美学精神，寄情山水，在自然天地安顿自我。

② 宗白华著：《美学散步》，上海人民出版社 1981 年版。

③ 梁江主编：《意象油画——鸥洋 24 年实验文献》，人民美术出版社 2010 年版。

形式，或者是纯现代形式。中国在引入电影的时候曾经发生了文化排斥。这一是因为中国人认识世界并不是以"真实"（理性）为基础的，而是以"真诚"（情感）为基础的。过于真实的画面显然为中国人所排斥。比如戏曲，动作程式都极富虚拟性，尽量不写实，不是拿着真刀真枪，而是通过形式传达意蕴。绘画也是如此，写实绘画在中国传统中始终不占主流。二是因为电影、摄影这一写实技术颠覆了中国人的世界观。中国人对待现实只有一种方式，就是观看现实本身，现实就是现实，任何艺术的表现都是低一等的。然而，电影和摄影的出现使得中国人对现实的态度产生了困惑和焦虑，照片和录像，哪个才是更真实的？但是，经过现代技术的洗礼，电影已经成为中国艺术之一。然而，尽管技术可以是西方的，但灵魂必须是中国的，这就要追问中国电影画面的精神问题了。

中国电影画面有四类：一是近现代以来的革命历史画面；二是当代的社会人情画面；三是走向古代的传统古装画面；四是依傍技术和想象力的魔幻技术画面。

革命历史画面以近现代以来的革命、抗战与建设为主题，分为两类，一是国家叙事，二是族群（家族）叙事。前者注重整体性、大事件，后者注重日常性、小事件。国家叙事如《鸦片战争》、《大决战》、《红河谷》、《建国大业》等。革命画面的基础是革命叙事，表现了中国人抗击外敌的民族精神，共同铸造反封建主义、反帝国主义、反官僚主义的现代历史叙事，凝聚民族意识，形成强有力的民族国家认同感。历史画面的基础主要是族群叙事、家庭叙事，围绕一个具体的地方来说，尤其擅长以家族为中心，有些底层叙事的意味，比如《走西口》、《闯关东》等。有些历史画面也从文学当中汲取了营养，如《白鹿原》、《一九四二》。

社会画面主要表现的是当下的世界观，如人生百态、人情冷暖、人生的追求与困惑困境等，比如《三峡好人》、《重庆森林》、《人在囧途》、《门徒》等。社会画面的基础是社会心理—情感叙事，通过小人物、小事件传递人们的理想、信念、精神寄托。在社会剧烈变迁的大时代，社会画面尤其可贵，它或者是插科打诨中流露现代人的精神状态，如《疯狂的石头》，或者在平静无奇的叙事中传递人情世故，如《桃姐》，或者是在分分合合的情节安排中表现现代人的情绪情感，如《如果·爱》。关注人情冷暖与世故，电视的作为比电影要大，比如《渴望》、《编辑部的故事》、《大丈夫》、《离婚指南》等。在社会画面中，还有严肃的批判性的思考，比如生态问题（如《可可西里》）、吸毒问题

（如《门徒》）、艾滋病问题（如《最爱》）、黑社会问题（如《无间道》）、反腐问题（如《生死抉择》）、职场问题（如《杜拉拉升职记》）、底层问题（如《三峡好人》）、青少年心理问题（如《玩酷青春》）等。这表现了电影的社会良心。

古装画面处理的是古代题材，但却是现代人的诠释，类型较多，这主要在于中国的历史资源极为丰富。古装画面与当下拉开了距离，展现的是传统的、江湖的、民间的世界，与现代的、官方的、主流的世界不同。古装画面中有武侠画面、爱情画面、历史画面、宫廷画面等。武侠画面如《投名状》、金庸影视剧等，在港台甚为流行，然后在大陆也有发展。一些现代武侠影视剧也可以归于此类。古装画面也包含历史画面，这与革命历史不一样，古装画面主要处理的是传统中国。古装历史画面往往并不以历史写实性为主，多是通过戏说、新说、笑说来表达现代人的情感和观念，正说者有《贞观长歌》，戏说者有《戏说乾隆》，新说者有《隋唐英雄传》，笑说者有《铁齿铜牙纪晓岚》等。古装爱情题材在电视剧中有更多的体现，比如琼瑶剧《还珠格格》、传奇爱情剧《新白娘子传奇》等。在武侠画面中，爱情也是主题之一，但不限于爱情，如复仇、权力、正义等。古装画面中的宫廷画面尤为人们所津津乐道，如《汉武大帝》、《康熙大帝》、《甄嬛传》等。这里面多以宫廷斗争为主线，辅以爱情线索，契合现代官场和职场，但也有可能掩盖了历史真相。帝王剧客观上有存在的合理性，但如果荧屏上铺天盖地都是大帝、皇后之类，充斥着勾心斗角，会给人以陈旧、无望之感。古装画面中的一些历史纪录片还是比较有深度的，如《大明宫》、《圆明园》等，将现代诠释与历史内容结合起来。

魔幻技术画面是新近出现的，最早的魔幻技术画面要数电视剧《西游记》。后来得力于特技和电子技术的发达，魔幻技术画面已经成为中国画面的重要内容。特技、后期制作等也成为电影不可或缺的环节。魔幻技术画面的优点使电影具有了更强的表现力，包括 3D 技术的使用，大场面的制作也已经驾轻就熟，比如《赤壁》中浩浩荡荡的船队场面。但是，魔幻技术画面的不足在于过分看重技术，导致叙事能力的下降。比如《满城尽带黄金甲》，画面美轮美奂，但故事讲述却较为拖沓冗长。如果画面不是以叙事、不是以表现人物、不是以推动情节塑造人物为目的，这样的画面就是死的画面，没有精神深度。

从表现手法而言，革命历史画面的表现手法是现实主义，历史被理想重构了，共同感和历史感被加强和丰富了。社会人情画面的表现手法是写实主义，以当下人情世故为核心，使得现代人有片刻喘息的机会。古装武侠画面的表现手法是新历史主义、浪漫主义，历史和情感被激活了，但也出现了变体、变形乃至扭曲。魔幻技术画面表现的是超现实主义或后现代主义，在神怪、科幻、梦境等中想象力得以解放，然而技术本身并不是画面的核心要素。现在，电视台春节档一次又一次地重播《西游记》，尽管它的技术含量相对于魔幻大片是很低的，但其人物刻画却远远胜于它们。革命历史画面、社会人情画面、传统古装画面、魔幻技术画面并不是绝对分立的，而是相互融合的，但总有个度。如果革命历史画面可以让渡现实主义，大量引进后现代主义、新历史主义、技术主义，那么就冲淡了革命历史画面的本然目的，其他画面也与此类似。

中国画面，无论是水墨绘画的意境美，还是中国影视的多样性，都离不开对文化深度和人性深度的开掘，不是漂浮在画面上，而是沉淀到画面深处，通过力透纸背、穿破屏幕抵达对文化精神的冲击，臻达对"道"的追求，这才是中国画面的真实意义。

四、中国造型：诗意栖居的精神家园

中国造型是中国艺术的实体化表现形式，它构建了中国人的物质家园，但抵达精神维度，是在物质中体现精神。中国造型，主要表现是雕塑和建筑。雕塑和建筑是主要的造型艺术。雕塑在中国传统社会中主要有人物类雕塑、兽类雕塑、器物雕塑三类。

人物类雕塑主要是生活人像、宗教佛像等。佛不是人，但具有人形，故放在人物类雕塑中。人像雕塑主要有士兵，最著名的就是秦始皇兵马俑中的兵俑，非常传神。日常人物雕塑也是人物雕塑的重要内容，比如东汉的说唱俑，日常生活中的福娃、寿星等。宗教佛像雕塑是以宗教人物为对象的雕塑，最著名的是三大石窟。在中国传统生活中，最常见的主要是观音、罗汉雕塑以及各类民间神像（财神、关公、寿星）。这主要因为中国传统社会是一个农业社会，民间佛教、道教信仰浓厚，因此民间神像和宗教造像最为普遍。如今的现代社会，这些人物雕塑都渐渐淡出了。

兽类雕塑中常见的有狮子、龙、马等。狮子雕塑几乎遍布中国，有门前的狮子，有桥上的狮子，有墓道上的狮子等。龙的雕塑多是浮雕，出现在宫廷之中最多，如故宫九龙壁。传说龙生九子，如负重的赑屃，经常与石碑等在一起。马与战争的关系密切，也为中国人所重视，秦始皇兵马俑中的马匹雕塑、唐太宗昭陵六骏等就是证明。除了狮子、龙、马，其他如凤凰、麒麟、牛、象、骆驼、鹤等也有广泛的使用。这些兽类雕塑有的是基于祥瑞之意，如鹤；有的是为了避邪，如狮子；有的是彰显威严，如龙。在现代社会，一些雕塑还被传承下来了，如狮子等，但技术含量和美观效果都不足。

器物类雕塑更加广泛，但多数出于吉祥之意，如如意、发财雕塑。器物类雕塑的实用性更强，多属于玩赏、家居之用，木雕、石雕、泥塑等多有这类功能。

现代雕塑日益发挥了公共功能，比如城市雕塑、园林雕塑等，成为城市和公园的重要景点。比如王府井大街上的市井人物造型，富有生活气息。但有一些后现代主义的雕塑却与雕塑的公共作用相冲突，比如北京市五道口商场前的大红人，以及新闻报道提及的其他城市一些很庸俗的雕塑。这些雕塑尽管有其存在的合理性，但放置在公共空间，就要顾及公共伦理道德。

造型艺术中的建筑更能直观地体现中国，中国传统建筑是土木建筑，和西方的砖石建筑不同。中国传统建筑有单体和复合体两种，单体如牌楼、塔等，复合体建筑更多，如城市、宫殿、园林、寺庙、城堡、官邸、民居等。中国传统建筑（群）或错落有致，如平遥古城，或对称整饬，如故宫，或富有生活气息，如四合院，或曲径通幽别有洞天，如园林，等等。中国传统建筑不追求高度，如代表皇权至高无上的故宫，最高处（太和殿）也不过30多米，不像西方的教堂、碉堡等的向上飞升，而是追求平面的错落感，山水相依，层峦叠嶂，环环相扣。总体上，中国传统建筑强调含蓄美、内敛美和生活美，与西方外扩型、宗教型、理念型建筑不同。在这些建筑中，中国人实现了诗意的栖居。

但是，到了现代，传统建筑遭遇大规模的改造，城郭不见了，城门没有了，四合院没有了，取而代之的是高楼林立的大厦，宫殿、园林成了公园，丧失了栖居的功能。相比传统建筑，现代建筑更加注重美观实用、简洁大方，也更符合现代社会，不必拘泥于传统本身。然而，现代建筑在一体化的过程中却丧失了诗意栖居，仅仅发挥了满足居住的单一功能。更有甚者，今天仿古建筑、后现代建筑层出不穷，有的争议不断，建筑丧失了应有的栖居感，而给人以支离破碎的无家感。

第一，一味做大、做高，豪华铺张，什么建筑都建得高耸入云、巨大无比。这客观上形成了所谓的地标性建筑，但无形中也使人有了压力感。第二，缺乏美感，设计粗糙，做工不精，甚至徒有其表，给人以粗野之感。第三，缺乏文化气息和生活气息，有些建筑拘泥形式，不顾实际，没有体现建筑的本质功能。第四，没有整体感，缺乏规划，只见树木不见森林，破坏人文景观。

就北京而言，像水立方（国家游泳中心）、鸟蛋（国家大剧院）、智窗（中央电视台新大楼）、鸟巢（国家体育馆）等，引起的争议很大，诸如一味求大，耗费材料，劳民伤财，设计缺乏美感，影响北京城市景观等。① 就北京的城市人文环境而言，它是中国最为著名的古都，城市文化极为完整，如二环以内。在面对现代的时候，如何定位自身？显然，北京错过了它最好的时间，现在的北京已不再具有古都的实质，除了紫禁城等遗存。

北京已经丧失其独特的古都城市的文化魅力，传统的文化因素如孤岛一般散落在北京城，四面开放的摊大饼式的发展（六环、七环）使北京城最后成为一个圆形。北京的传统建筑在不断地被拆除，先是城墙、门楼，后是四合院，然后是各类会馆、故居。北京的现代城市品味是以丧失传统为代价的。其实，不只是北京，中国各城市都几乎是千篇一律的大楼、高楼、新区，中国传统木制建筑早已经被淘汰。土木建筑中，木材料的匮乏也是一个原因，而土材料无法保证更高，即便是古典建筑也是徒有其表，如北京西站。在这样的一个背景下，北京城还有多少是传统的东西很值得思考。

如今，西方后现代建筑被请了进来，鸟巢（国家体育馆）、鸟蛋（国家大剧院）、智窗（中央电视台新楼）等已经出现在北京城内。中国人没有能力贡献自己的设计，还是西方人的设计更胜一筹？可以比较一下悉尼歌剧院。悉尼歌剧院的贝壳与大海具有天然关系，白色与蓝色的协调使得悉尼歌剧院成为悉尼的标志性建筑，而鸟蛋和这片土地有什么内在的文化联系吗？曾经被认为是一颗明珠的国家大剧院，其现代建筑材料已无法给人以柔和之美，其巨大的形状亦无法给人以亲切之美，明珠之说亦无法落实，它以最完美的线条表现出来的却是并无文化内涵的东西。

建筑的实用性、形象性被过分地突出了，而文化内涵则不足。这一切引来的问题就是，中国的艺术精神不适合现代社会。人口的压力使得建筑越来越高，那种安然屹立在大地上的建筑消失不见了。那种对建筑的精雕细琢让位于技术的简单而毫无可观赏性，尤其是大量的玻璃材料、粉刷材料的使用使得建筑本身无法揭示精神内涵，也无法给人以丰富的想象力空间。置身在高楼林立的市区，人们感受到的不是生活的舒适和自然，而是紧张和局促。

体现中国造型的雕塑和建筑是中国人生活世界最为直接的艺术形式，它们建构着中国人的诗意栖居的精神家园，因而绝非止于物质性。今天的雕塑遭遇

---

① 有争议的建筑并不止于这些，如凯旋大厦、东方广场、北京西站、香山饭店等。

后现代雕塑的冲击，面临如何转型的问题，即在传统性与现代性之间找到平衡，在民族性与全球性之间找到平衡，在高雅与通俗之间找到平衡。雕塑是公共艺术，承担着塑造人审美情趣的任务。建筑则是身心安顿之所，在强调舒适的同时，也要注意文化气息。不能在丧失传统建筑的形式之后，再丧失传统建筑所倡导的含蓄、内敛、自然之美。

五、文化自信重建与全球审美共识

中国音符、中国线条、中国画面、中国造型，都属于符号体系，而非一般性的符号。它们深刻体现了中国哲学中的形而上性、生活性、自然性与生态性，都是自成体系的，但是也面临着很多现实问题。

最大的挑战在于，它们很多已经被符号化而进入了西方文化艺术体系之中，抽离了中国精神。这样的符号，只是西方艺术美学中的他者和陪衬。当然，完全体系化的中国符号很难被西方所欣赏，比如中国书法。因此很多艺术家做了尝试，把符号破碎化，像徐冰早期做的"新英文书法"，在老外那里颇受欢迎，因为西方人突然觉得书法和字母有着密切的联系（如"工"对应 i，"口"对应 o，"山"对应 w），无形中增加了好奇心。但是中国艺术美学体系不能止于好奇的对象，书法的线条美也不能降解为字母的笔画，否则还如后殖民所揭示的那样，中国永远是一个破碎的国度。

中国艺术美学既然不能破碎化，那该如何呢？我认为应该建立全球审美共识，学会欣赏他者，即审美共享。今天，如果中国艺术要成为全球性的艺术，就需要将中国艺术美学体系转化为全球性的审美共识，同时重建文化。二者是一而二二而一的问题。那么，何谓全球性的审美共识？又如何追问并重建文化呢？费孝通先生有十六字，值得借鉴。这十六字就是："各美其美，美人之美，美美与共，天下大同"①。

首先，"各美其美"就是审美自信，首先要对自己的美有高度的认识，而不是矮化自我。中国的古典舞、汉语文学、书法艺术、水墨画、土木建筑等，都有着深厚历史积淀，散点透视、泼墨写意手法、天人合一、虚实相生，也都

---

① 1990 年 12 月，在就"人的研究在中国——个人的经历"主题进行演讲时，费孝通先生总结出了文化自觉的十六字："各美其美，美人之美，美美与共，天下大同。"此论影响甚广。

是中国艺术的伟大遗产，然而却与现代的关系愈加疏离，在西方艺术面前抬不起头来。人们竞相模仿现实主义、抽象主义、后现代主义，而忘记了中国艺术的诗言志、一往情深、尽善尽美、形神兼备、目击道存、技近乎道、道法自然等的美学意义。我认为中国要重建自己的文化自信和审美自信，不能坐等别人来发现你。举例而言，现在韩国将端午、暖炕等作为申遗项目，反观我们自己，中国传统艺术领域有很多很多值得保护和发扬的地方，比如古琴、古筝、书法等。只要是我们自己特有的，就应该大胆地发扬。随着我们的研究和宣传，自然会成为世界欣赏的对象。如果我们都不欣赏，外国人又如何欣赏呢？

第二，欣赏差异，而不一味排斥，这就是"美人之美"。美人之美就是对他人美的地方基于肯定性的评价，当然并不意味着全部肯定，可以有自己的立场。现在的中国人对西方不仅是"美人之美"了，而是将别人的美单一化、绝对化，从而影响到了对自己美的判断。更有甚者，以西方的后殖民主义眼光为自己的眼光，西方欣赏什么，我们就造什么，使中国永远成为西方现代化的田园风光和异国情调，丧失现代化的主体性。所以说，仅仅欣赏差异还是不够的，比如中国农村，如果你（以西方而言）过分欣赏差异，你就不自觉地强调农村不要变化，原生态最好，其实这是一厢情愿的，生态化的新乡村更有吸引力。要知道，在文化现代化进程中，走向乡村是必然，但是我们中国既要走向城市，又要走向乡村，而不是一味地永远不变地待在乡村，拒绝发展。

因此，还需要第三点，"尊重发展"，以开放的态度对待他者。差异容易给人静止的感觉，而发展则是事物的必然。中国文化是差异性的文化，但也是发展的文化。每个时代都贡献了不同的艺术精品和美学观点。发展本身就是吐故纳新，不断地扬弃旧我、推出新我。所以，对不同文化的发展应保持宽容开放的态度。当然，发展并不是关起门来的发展，而总是互通有无，相互拿来。

因此，还需第四点，"美美与共"。"美美与共"就是创造共同美，或者审美共识共享结构。审美共识并不意味着有一个共同的美，而是大家对美有某种共识和共享。

其一，美的可沟通性、可理解性。彼此所认为的美的对象并不一致，比如中国认为龙（long）很美（尊贵），而西方则认为龙（dragon）很丑（凶残），但可以通过沟通而达到理解（此龙非彼龙，文化语境不同，赋义不同）。中国为什么可以欣赏西方的电影，难道不是审美训练和改造的结果吗？那么，反过来问，西方为何不可以欣赏中国（比如泼墨山水画），显然是西方对中国艺术的审美训练和改造不够。在被西方审美训练和改造的进程中，我们是被西方人训练的，因而不断走进西方的体系，但无法走进核心。其中最大的问题是放弃了我们本民族的艺术精神与观念，如果我们能主动输出和出击，将传统美学体系现代化（而非翻译化），用我们最熟悉的强项（东方美学、华夏美学精神）来对西方的弱项，类似于田忌赛马，我们就有可能取胜。如果看不到自己的优势，那中国艺术将在自怨自艾中永远没有出头之日。

其二，美的多元性与差异性，以阳刚为美，以阴柔为美就是体现，西方有悲剧（希腊），但中国也有自己的戏剧形态（元杂剧），林黛玉美并不意味着朱丽叶不美，或者相反。西方崇尚五彩，中国则将黑白发挥至极致（特别是在艺术中），即便在当代，黑白也是中国艺术独有的精神气质所在。中国符号美学体系是差异的，但未必差异就不被欣赏。中国人一直困惑于我们的身份问题，以为自己和西方一模一样了，不知道未来何去何从。但是，差异性的资源在中国传统当中俯拾即是，有太多的文化艺术遗产还沉睡在历史深处中，等待我们的发现和激活。因此，回归传统、认同传统、传扬传统、创化传统是当代中国差异美学的必由之路。这也提示西方，不要以后殖民主义的眼光审视中国，中国从传统中汲取养料，并非复古主义。背靠传统而面向现代，背靠中国而面向世界，这是中国艺术美学的必然选择。

其三，文化内部的多样性与复杂性。在同一文化内部也有不同的审美立场，不能说同一文化内部就是同质化的。在西方，既有美国实用主义美学，还有德国理性主义美学，也有法国的浪漫主义、后现代主义美学，可谓百舸争流，精彩纷呈。在中国也是如此，从简单的餐饮地理学而言，就有川菜、粤菜、鲁菜、湘菜等，共同构成了"美食中国"。同样，在艺术美学领域，中国美学就有四大分支，即儒家美学（人道）、道家美学（逍遥）、禅宗美学（形上追索）和屈骚美学（深情）。① 除此之外，还有少数民族创造的美学文化遗产，如藏族美学、蒙古族美学等。还有江南的婉约之美、塞北的雄奇之美、西部的粗犷之美、沿海的开放之美等。我们既要欣赏中外美学差异性，也要欣赏中华美学自身的差异性，由此我们才以以立体地面对世界。这也提醒西方，不要把中国同质化、单一化，而要立体地、整体地审视她。反之亦然。

其四，美的丰富性使自我更加完善。对他人和自我的不同方面的欣赏将使我们更加理解自我，当我们学习一门语言的时候，我们就打开了一个新世界，同样当我们学会欣赏另一种美的时候，我们的心灵也会日渐丰富。如果说西方

---

① 李泽厚著：《华夏美学》，中外文化出版公司 1989 年版，第 231 页。

是一个新的世界，那么，传统也是一个世界。这个世界不是新的世界，而是我们的故园、故乡。我们可以义无反顾地投向西方，为何不能义无反顾地再回到自己的世界中呢？如果我们既获得西方的差异性的美学，又获得本民族的认同性的美学，中国当代美学的焦虑就可能得到部分化解。

总体而言，中国艺术美学体系的重新建立与全球审美共识的获得是相辅相成的。在一片西方化、美国化的趋势中，中国应该从本民族中汲取营养。

首先，注重艺术理念（世界观）上的回归，重新认识天人合一、目击道存、道法自然、虚实相生、游于艺等观念对中国当代艺术的哲学意义。中国美学是一座巨大的宝藏，尽管可能因为其科学性不足而被现代人、西方人所轻视，但是其思想含金量却是其他民族不能比拟的。有学者提出，在文化现代化进程中，中国要实施"全民文化素质议程"、"中华文化振兴战略"、"中华文明精粹工程"①，传统文化将是重中之重。

其二，重视中国传统艺术自身的表现力。人类是使用工具的高级生灵，但不止于使用工具本身，而通过工具的使用超越自身的局限性，抵达自由境界。千锤百炼才可以有出神入化、巧夺天工之美的产生。以生命的本然性是无法实现这一点的，必须有外在的精湛的表现力，才可以将自身内在的情思表露出来，甚至创造自我。中国当代艺术应从音符、线条、画面、造型等四个方面全面整理、研究、发扬中国传统艺术的表现力体系，重视这些非物质文化遗产的传承和发扬，而不只是一些断简残篇甚至断章取义的理解，否则，表现力的消亡就是中国艺术精神的消亡。

其三，重视中国传统艺术对情感、价值的形而上学关注，即艺术的美学意蕴。美学的真正使命在于使人得以完善，其核心是关注情感、价值、终极意义与精神救赎，中国艺术美学体系始终强调一往情深、美善相济，注重艺术的精神安顿和价值操守，归根到底就是让人在艺术中获得解放、完善和实现。这一点与现代哲人所倡导的人类自由全面的发展是一致的。

在文化现代化的 21 世纪里，中国可以因过去 200 年的落后而黯然神伤，也可以因缺乏现代西方那独到的技术而艳羡不已，但是如果对未来一百年中国文化现代化的进程丧失了信心，这才是最大的失败。

---

① 中国现代化战略研究课题组、中国科学院中国现代化研究中心编著：《中国现代化报告2009——文化现代化研究》，北京大学出版社 2009 年版。

结　语　中国当代艺术的叙事自觉

中国艺术话语研究虽然是一种基础性的理论研究，但却具有充分的现实意义和可能场景。我认为，任何理论研究如果不置身于时代与可能性之中，这种理论就很可能是没有针对性的。

本书的主旨就是通过艺术话语研究尝试性探讨当代中国艺术的表述体系建构问题。当代中国艺术的表述体系并非一次性建构，而是多次建构，不仅是正向建构，还包括反向建构，不仅是一体性建构，也包括多元性建构，甚至不仅是建构，也包括解构。在建构进程中，表述是艺术话语的核心问题。

首先，我们要理解艺术话语。从艺术与话语的关系而言，这里的"艺术话语"需要同两类情况相区别：一是艺术与话语，或者从话语角度来理解艺术；二是对文学话语、美术话语、电影话语、音乐话语、书法话语等的并列式的简单相加。就前者而言，艺术话语是一个结合紧密的词，它至少表示艺术就是一种话语活动，话语具有本体论的地位。就后者而言，艺术话语有它的论域，可以视为二级艺术话语的公约数，艺术话语所关注的问题是所有二级艺术话语都可能关注的问题，但未必都会集中关注。

从观念而言，人们对艺术话语有两个误解：一个误解是将艺术话语理解为艺术语言；另一个误解是将艺术话语理解为文本化的艺术话语，仍然坚持文本中心主义。这两个误解是紧密结合在一起的，也正是观念迷误的体现。20世纪西方学术界发生了语言学转向，在20世纪中期之前，对语言的理解主要是结构主义的，从静态的、系统的、规范的角度来理解语言。在结构主义语言学的影响下，文学、艺术的语言研究才得以开展起来。但是，到了20世纪中期以后，结构主义语言学观念受到诸多新的挑战，这既有思想层面的后结构主义思潮对历史性、非系统性、边缘性、批判性的重视，也有语言学领域对言语、话语、跨语际交往的关注，也有文化研究对文化身份、社会结构、生产、性别、媒介等的强调，这直接导致了话语研究在当代的开展和繁荣。正是在这一背景下，艺术话语研究在中国才得以开展。

本书导论和第一章所坚持的都是文化现代化语境中的中国问题意识，将中国艺术问题引入到艺术话语研究之中，而非简单止于对艺术话语的理论性研究。对当代的反思可以视为艺术话语较明确的当代意识，这里以"问题"、"前沿"为主线进行反思，探讨艺术研究所应抵达的高度。艺术话语无疑也是艺术研究前沿拓展的结果，当然，它作为前沿并不意味着已经被研究得很透彻，或许它才刚刚开始。

本书在第二章、第三章主要探讨了艺术话语的学术史与理论问题。第二章属于学术史梳理，展现了艺术话语发生的多重思想轨迹。第三章从关键词角度具体阐述了艺术话语的各个方面、维度的问题，可以视为艺术话语研究内部的一个"骨架"。为了进一步获得清晰具体的、有针对性的问题意识，本书对话语本体论问题给予充分的重视，第四章以文学话语本体论为中心，探讨了走向艺术话语本体论的可能性问题。第五章以价值本体为中心，探寻艺术的价值之问，和文学话语本体论一章成呼应，但也不同。如果说文学话语本体论还是抽象的理论性的说明，那么艺术价值本体论的具体内容"类艺术"和"艺术人文学"则是更具时代性的问题，它提示艺术本体论恰恰就是人的本体论与价值本体论。艺术研究的人文关怀也是贯穿本书始终的主线。

作为艺术话语核心的表述，其最突出的机制是叙事。叙事拆解一元论，还原艺术世界的本来面貌。因此，无论是艺术史，还是艺术理论，都是艺术叙事的体现。在现代西方艺术史中，我们能清晰地看到现代西方艺术史和西方文化现代性的内在关联，或者说离开了西方文化现代性来讨论现代西方艺术史显然是不全面的。艺术史叙事不可能是铁板一块，它总是在不断呈现着艺术世界的丰富性和可能性。对西方或中国艺术而言，各类的艺术史都是一系列的"故事"，甚至"往事"，而非真理。作为"故事"、"往事"，自然有我们的喜怒哀乐，但别人的喜怒哀乐自然需要"别样"的表达。我们要做的只是去"重温"（或"复现"）这些"故事"，并尽可能"重温"更多的"故事"，由此我们才能更真切地理解今天和明天的艺术，还有中国今天的艺术和中国明天的艺术。与这一情景密切相关的是中国艺术理论的经典化叙事问题。我认为，首要的是建构 20 世纪中国文艺的经典体系。体系不是知识的大杂烩，它是一个价值筛选厘定的过程。中国文艺如果不确立自己的经典化策略，不建构自己的经典体系，我们的"表述世界化"的可能就将难以实现。

从经典化开始，后面的全部内容归结起来只有一个问题，就是"叙事实践"（表述实践），或者表述主体性（艺术与文化）。艺术表述实践有三大内容：一是艺术立场，二是艺术身份，三是艺术精神。有人会问，这些作为艺术表述实践是否成立？实践，并不意味着一定是身体劳动，它还包括我们的主体性的精神拓展。

首先我们必须要有明确的立场，立场是我们的价值起点。我们不反对多重立场，但反对模糊立场。不反对立场的多样化，但反对立场的零碎化。多重、多样的立场使我们更加理解自己的处境，而模糊、破碎的立场只会让我们丧失自我、迷失自我。真正的立场实际上并非止于个体，它总是指向人本身的整体性或人文整体主义。在本书中，我始终坚持这种整体性。

艺术身份是立场的更具体的表现，或者互为表里。艺术身份是当代艺术前沿问题，特别在全球化时代，艺术行业的急剧扩张已经使艺术身份问题越来越迫切了。艺术身份已经不仅仅是艺术和艺术家的问题了，它和非艺术家的普通人息息相关。艺术身份的根本不在于去识别某物、某人，而在于它是否真正实现了对我们心灵的敞开荡涤。否则，当我们以某种身份进行艺术活动的时候，只看到金钱、名誉、欲望，那离我们的心灵还很远，对中国艺术而言，它同样需要表达"中国心"，在"西方化"、"去中国化"的道路中经历"再中国化"的精神洗礼。表述的另一问题在于意识到表述的特定国际话语（知识—权力）情景，本书探讨了 20 世纪以来中国艺术话语权的丧失和国际地位下滑的状况，在这一状况下，中国艺术如何表述自我是一个迫切的问题。

如果说立场是表述的根基、态度，身份是表述的形态、状态，那么精神就是表述的"风骨"。风骨这个词是中国古典诗学的关键词，其原指魏晋时代特有的精神气息。但作为某种气息、气场、气度、气象等并不局限于魏晋，它贯穿中国文化艺术的始终。本书结合时代特色提出三点，第一点是"艺术精神资本"，从精神的再生产角度探讨艺术常青的可能性问题。第十五章还探讨了中国艺术精神的当代价值，承接艺术精神资本。第二点是重建中国艺术的"精神叙事"。精神叙事不同于商业叙事、形式叙事、欲望叙事，而是追慕远古华夏精神和中华气度，直面当代艺术的重大问题，警惕现代性所造成的线性（技术）时间观、虚无主义、消费主义等各类陷阱，真正将理性的价值、文化的尊严、人性的自由和感性的飞扬注入艺术创作之中，而不是抽离它们，使艺术成为理性缺场、文化匮乏、人性僵化、感觉麻木的符号堆砌。第三点是"全球共识"，探讨了中国艺术的符号美学体系及其全球审美共识如何达成的问题，这是艺术话语研究的题中应有之义，也是本书归结之处。从中国音符、中国线条、中国画面、中国造型四个角度入手，探讨文化自信重建与审美共识达成的可能。

大体而言，本书从艺术话语入手，以表述为主线，结合中国当代艺术本身，对艺术话语的观念、当代性、叙事、权力—知识、叙事实践（主体性）等做了个体性的论述，它们未必就穷尽了艺术话语的多方面内容，也未必意味着这些研究就是终极真理。其中还有一些问题限于篇幅，只是点到为止，后续还需做更专门深入的研究，比如艺术语境、艺术交流、艺术生态等。

本书通过对中国艺术话语的研究，要实现的目标是增进中国艺术叙事（表述）体系之建构，为文化现代化作出思想准备，我认为有四个方面值得注意。

首先，艺术话语弥合当代艺术界的裂痕。表述，不仅仅是艺术领域的问题，或理论领域的问题，也是文化领域的问题。目前，艺术创作、艺术批评、艺术理论研究、艺术传媒等各自为战，甚至相互不服气。实质上，艺术创作并不能因为有创作经验而轻视艺术批评，尽管各自都有不同的领域，但在话语结构上是近似的，可通约的，并非不能相容，不能对话。艺术话语是艺术思维深层自觉的表现，既包括感性的艺术话语，也包括理性的艺术话语，它们都是一种表意实践（价值建构与叙事）。由于话语具有的弥漫性，使得艺术各个领域具有某种共识的框架，以价值为中心，以叙事（表述）为原则。由此，艺术创作与艺术接受找到了恰当的结合点。无论是艺术自身，还是艺术外部，无论他们的立场、观念有多么不同，但共同点在于，他们都是在从事一种以价值为核心的话语表意实践活动，而根本上无高下之分，亦非绝对对立。通过话语的切入，有效弥合艺术各个领域的裂痕，构成对话、辩难。

其二，从文本研究到交往对话实践，从动态角度来研究艺术活动。话语不单是说出的话那么简单，而是意味着根本性的世界观，它拒绝独断论。当代艺术的最大的一个弊端就是独断论，从浅层次说是一言堂或圈子，从深层次上说是思想僵化的表现，如论资排辈、文人相轻、门户之见等。艺术话语的基本立场是多元化和非中心化立场。多元化和非中心化立场反对僵硬的一体化、二元对立化，强调释放各个因素的意义空间和可能性（潜质）。艺术话语不是一种意识形态性质的研究，而是一种全景式、生态式、意向式的研究，注重各个因素不同的价值、功能和意义，而不一味去确定唯一和终极。多元化和非中心化并不意味着艺术话语的一盘散沙，毋宁说是剥离附着在既有艺术身上的各类表象，发现艺术话语的谱系、秩序、规律与可能性。艺术话语的"6W2H"——

谁在说（who）、对谁说（whom）、说什么（what）、何时说（when）、何处说（where）、为何说（why）、怎么说（how），说得怎样（how about），一般的研究多局限于某一个或某几个方面，尤其局限于说什么（话语内容）、怎么说（比如失语症问题）等，而没有从总体上加以观照。艺术话语研究坚持一种对等、对应、对称的交往对话立场，强调话语实践的主体性、语境性、过程性、互动性、生成性和开放性。固定静态的话语文本固然是艺术话语研究的起点，但不是终点。艺术话语研究的终点是呈现话语实践的本然状态、可能状态和理想状态。

其三，思想史（或观念史）进路与反思性艺术学。当代学术研究有个弊端就是学术化。学术本来是追求真理，但学术化却可能遮蔽真理，具体说就是实证化、数据化、文本化、空洞化。艺术话语研究倡导的是一种思想史的研究路径。因为话语不是语言，语言是固定的，而话语是具体的，鲜活的，只有放置在具体的艺术语境之中和特定的主体性之上才能有效理解。因此，艺术话语避免宏大叙事，专注于特定语境下的具体概念、话语、命题，而不遽然下断语。艺术话语的思想史研究并不排斥学术研究，而是将话语本身的精神内涵加以揭示。艺术话语研究的精神实质是一种思想清理和问题反思。艺术话语研究的精神实质是现象学精神，悬隔那些未经反思的判断，而是直面问题本身，以自己的个体之思与意向性清理去追问和触摸艺术事实，呈现意义本身的可能空间。

其四，推进艺术学研究的理论层次。艺术学研究有三重境界，第一是描述，即在艺术界，人们该如何表述当代中国艺术（或当代中国艺术是如何自我表述），有怎样的表述。第二是批判，当代中国艺术的表述有何问题，为何有这些表述，这些表述是否到位，是否隔靴搔痒、言不及义，是否被别的什么因素制约了。[①] 第三是建构，通过描述、批判，尝试建立合乎当代中国艺术的表述原则、方式、体制等等。当然，本书还仅仅处于第一个层次，后两个层次是努力的方向。

弥合艺术界裂痕、注重对话实践、倡导反思性艺术学、推进艺术研究境界，这四个意义是本书所要着力实现的，也即中国艺术的人文省思与价值体系建构的初衷。当代艺术界无论在艺术创作，还是在艺术市场或者艺术学科都呈现繁荣局面，但是繁荣局面要成为理论提升的地基仍然有待时日，因为这种理论兴趣所关注的不是创作本身，不是市场本身，不是学科本身，甚或不是艺术

---

① 朱晓剑：《当我们谈论艺术的时候，我们在谈论什么？》，载《艺术市场》2011年第11期。

本身，而是人本身。

在今天，"当代"，"中国"，"艺术"，都已问题重重的时候，追问"谁的当代"，"谁的中国"，"谁的艺术"，进而探讨艺术与中国、与当代的人文联系，正是艺术话语的研究方向。我们并非是民族主义者，仅仅满足于当代、中国，我们实质上是"人文艺术主义者"，通过艺术去呈现这个时代，这片热土，每一颗心。

这就是中国艺术话语研究的本意。

参考文献

一、中文文献

[1] [法] 埃蒂娜·贝尔纳著：《现代艺术》，黄正平译，吉林美术出版社 2002 年版。

[2] [美] 爱德华·卢西·史密斯著：《1945 年以后的现代视觉艺术》，陈麦译，上海人民出版社 1988 年版。

[3] [美] 爱德华·W. 萨义德著：《东方学》，王宇根译，三联书店 1999 年版。

[4] [苏] 巴赫金著：《巴赫金全集》中文版，河北教育出版社 1998 年版。

[5] [英] 巴克森德尔著：《意图的模式》，曹意强等译，中国美术学院出版社 1997 年版。

[6] [英] 巴特·穆尔-吉尔伯特等编：《后殖民批评》，杨乃乔、毛荣运、刘须明译，北京大学出版社 2001 年版。

[7] [美] 本尼迪克特·安德森著：《想象的共同体：民族主义的起源与散布》，上海人民出版社 2005 年版。

[8] [西] 毕加索等著：《现代艺术大师论艺术》，常宁生编译，中国人民大学出版社 2003 年版。

[9] [法] 布尔迪厄著：《文化资本与社会炼金术》，包亚明译，上海人民出版社 1997。

[10] [法] 布迪厄著：《艺术的法则：文学场的生成与结构》，刘晖译，中央编译出版社 2000 年版。

[11] [美] 布洛克著：《现代艺术哲学》，四川人民出版社 1998 年版。

[12] 曹意强著：《艺术与历史》，中国美术学院出版社 2001 年版。

[13] 曹意强等著：《艺术史的视野——图像理论研究的理论、方法与意义》，中国

美术学院出版社 2007 年版。

[14] 常宁生编著：《国外后现代绘画》，江苏美术出版社 2000 年版。

[15] 陈平原著：《文学史的形成与建构》，广西师范大学出版社 1999 年版。

[16] 陈清侨编：《身份认同与公共文化——文化研究论文集》，牛津大学出版社 1997 年版。

[17] 陈定家主编：《全球化与身份危机》，河南大学出版社 2004 年版。

[18] ［英］丹娜·左哈尔、艾恩·马歇尔著：《魂商》，华夏出版社 2009 年版。

[19] ［美］丹托著：《艺术的终结之后：当代艺术与历史的界限》，江苏人民出版社 2007 年版。

[20] ［法］蒂埃里·德·迪弗著：《艺术之名——为了一种现代性的考古学》，秦海鹰译，湖南美术出版社 2001 年版。

[21] 丁宁著：《绵延之维——走向艺术史哲学》，三联书店 1997 年版。

[22] ［美］F. 大卫·马丁、李·A. 雅各布斯著：《艺术导论》（英文第六版），上海社会科学院出版社 2011 年版。

[23] ［美］费尔克拉夫著：《话语与社会变迁》，殷晓蓉译，华夏出版社 2003 年版。

[24] 费孝通著：《费孝通九十新语》，重庆出版社 2005 年版。

[25] ［俄］弗·谢·索洛维约夫等著：《精神领袖——俄罗斯思想家论陀思妥耶夫斯基》，徐振亚、娄自良等译，上海译文出版社 2009 年版。

[26] 高建平著：《全球化与中国艺术》，山东教育出版社 2009 年版。

[27] 高岭著：《商品与拜物：审美文化语境中商品拜物教批判》，北京大学出版社 2010 年版。

[28] 高名潞著：《墙：中国当代艺术的历史与边界》，中国人民大学出版社 2006 年版。

[29] 高名潞著：《意派论：一个颠覆再现的理论》，广西师范大学出版社 2009 年版。

[30] 高玉著：《"话语"视角的文学问题研究》，中国社会科学出版社 2009 年版。

[31] 辜正坤著：《中西方文化比较导论》，北京大学出版社 2007 年版。

[32] ［美］海登·怀特著：《形式的内容：叙事话语与历史再现》，北京出版社 2005 年版。

[33] 河清著：《现代，太现代了！中国：比照西方现代与后现代文化艺术》，中国人民大学出版社 2004 年版。

[34] 河清著：《艺术的阴谋》，广西师范大学出版社 2005 年版。

[35] ［美］亨廷顿著：《文明的冲突与世界秩序的重建》，新华出版社 1998 年版。

[36] 胡经之主编：《中国古典文艺学丛编》，北京大学出版社 2001 年版。

[37] 洪子诚著：《中国当代文学史》修订版，北京大学出版社 2007 年版。

[38] 姜黎黎著：《中国当代艺术概论》，四川美术出版社 2013 年版。

[39] 江宁康著：《美国当代文学与美利坚民族认同》，南京大学出版社 2008 年版。

[40] 金元浦、陶东风著：《阐释中国的焦虑：转型时期的文化解读》，中国国际广播出版社 1999 年版。

[41] ［美］科伊尔著：《一万小时天才理论》，张科丽译，中国人民大学出版社 2010 年版。

[42] 蓝爱国著：《游牧与栖居：当代文学批评的文化身份》，中国社会科学出版社 2005 年版。

[43] ［英］雷蒙·威廉斯著：《关键词：文化与社会的词汇》，刘建基译，三联书店 2005 年版。

[44] ［法］利奥塔著：《后现代状况——关于知识的报告》，车槿山译，三联书店 1997 年版。

[45] 李倍雷、赫云著：《中国当代艺术研究》，光明日报出版社 2010 年版。

[46] 李建盛著：《艺术学关键词》，北京师范大学出版社 2007 年版。

[47] 联合国教科文组织：《世界文化报告 2000——文化的多样性、冲突与多元共存》，北京大学出版社 2002 年版。

[48] 凌继尧主编：《中国艺术批评史》，上海人民出版社 2011 年版。

[49] 刘道广著：《中国艺术思想史纲》，江苏美术出版社 2009 年版。

[50] 刘小枫选编：《人类困境中的审美精神》，东方出版中心 1994 年版。

[51] 鲁虹著：《中国当代艺术 30 年（1978—2008）》，湖南美术出版社 2013 年版。

[52] 鲁枢元著：《超越语言——文学言语学刍议》，中国社会科学出版社 1990 年版。

[53] 罗钢著：《叙事学导论》，云南人民出版社 1994 年版。

[54] 罗根泽著：《中国文学批评史》，上海书店出版社 2003 年版。

[55] ［法］罗兰·巴特著：《写作的零度》，李幼蒸译，中国人民大学出版社 2008 年版。

[56] ［英］罗斯玛丽·兰伯特著：《剑桥艺术史：20 世纪艺术》，钱乘旦译，译林出版社 2009 年版。

[57] 罗荣渠著：《现代化新论：世界与中国的现代化进程》，商务印书馆 2009 年版。

[58] 吕澎著：《20 世纪中国艺术史》（增订本），北京大学出版社 2008 年版。

[59] 吕澎著：《中国当代艺术的历史进程与市场化趋势》，北京大学出版社 2010 年版。

[60] ［德］马克斯·韦伯著：《新教伦理与资本主义精神》，于晓、陈维钢译，陕

西师范大学出版社 2006 年版。

[61] [法] 马克·西门尼斯著：《当代美学》，王洪一译，文化艺术出版社 2005 年版。

[62] [美] 马泰·卡林内斯库著：《现代性的五副面孔：现代主义、先锋派、颓废、媚俗艺术、后现代主义》，顾爱彬、李瑞华译，商务印书馆 2002 年版。

[63] [英] 迈克·费瑟斯通著：《消费文化与后现代主义》，刘精明译，译林出版社 2000 年版。

[64] [法] 福柯著：《福柯集》，杜小真编选，上海远东出版社 1994 年版。

[65] [英] 尼古斯·斯坦戈斯编著：《现代艺术观念》，侯瀚如译，四川美术出版社 1988 年版。

[66] [美] 欧文·潘诺夫斯基著：《图像学研究：文艺复兴时期艺术的人文主题》，上海三联书店 2011 年版。

[67] 秦凤、杨勇编译：《公共艺术介入生活》，中国美术学院出版社 2010 年版。

[68] [法] 让·波德里亚著：《消费社会》，刘成富、全志钢译，南京大学出版社 2000 年版。

[69] [法] 让－弗朗索瓦·利奥塔尔著：《后现代状态：关于知识的报告》，车槿山译，三联书店 1997 年版。

[70] 申丹著：《西方叙事学：经典与后经典》，北京大学出版社 2010 年版。

[71] 时胜勋著：《西学·维新·传统》，河南人民出版社 2011 年版。

[72] 时胜勋著：《中国文论身份研究》，河南人民出版社 2011 年版。

[73] 施旭著：《文化话语研究：探索中国的理论、方法与问题》，北京大学出版社 2010 年版。

[74] 斯舜威著：《中国当代美术 30 年》，东方出版中心 2009 年版。

[75] 苏宏斌著：《文学本体论引论》，上海三联书店 2006 年版。

[76] [英] 苏立文著：《东西方美术的交流》，陈瑞林译，江苏美术出版社 1998 年版。

[77] [瑞士] 索绪尔著：《普通语言学教程》，高名凯译，商务印书馆 1980 年版。

[78] [英] 特雷·伊格尔顿著：《二十世纪西方文学理论》，伍晓明译，北京大学出版社 2007 年版。

[79] [美] W. J. T. 米歇尔著：《图像学：图像，文本，意识形态》，陈永园译，北京大学出版社 2012 年版。

[80] 王南溟著：《现代艺术与前卫》，上海大学出版社 2012 年版。

[81] 王诺著：《欧美生态批评》，学林出版社 2008 年版。

[82] 王瑞芸著：《从塞尚到波洛克》，金城出版社 2012 年版。

[83] 王洋著：《历史之路：威尼斯双年展与中国当代艺术 20 年》，中国青年出版社 2013 年版。

[84] 王天兵著：《西方现代艺术批判》，中国人民大学出版社 2003 年版。

[85] 王岳川著：《艺术本体论》，中国社会科学出版社 2005 年版。

[86] 王岳川著：《发现东方》，北京大学出版社 2011 年版。

[87] ［瑞士］沃尔夫林著：《艺术风格学》，潘耀昌译，辽宁人民出版社 1987 年版。

[88] ［美］沃伦·科恩著：《东亚艺术与美国文化》，段勇译注，科学出版社 2007 年版。

[89] ［美］沃特伯格编：《什么是艺术》，李奉栖等译，重庆大学出版社 2011 年版。

[90] 西沐著：《中国艺术品资本市场概论》，中国书店 2010 年版。

[91] 谢少波、王逢振编：《文化研究访谈录》，中国社会科学出版社 2003 年版。

[92] 徐岱著：《艺术新概念：消费时代的人文关怀》，浙江大学出版社 2006 年版。

[93] ［以色列］亚菲塔著：《艺术对非艺术》，王祖哲译，商务印书馆 2009 年版。

[94] 叶朗著：《美在意象》，北京大学出版社 2010 年版。

[95] 叶维廉著：《中国诗学》增订版，人民文学出版社 2006 年版。

[96] 易英著：《西方 20 世纪美术》，中国人民大学出版社 2010 年版。

[97] 于学文著：《中国当代艺术中的西方模版》，人民美术出版社 2012 年版。

[98] ［美］约翰·拉塞尔著：《现代艺术的意义》，常宁生译，江苏美术出版社 1996 年版。

[99] ［美］约瑟夫·奈著：《美国定能领导世界吗》，何小东等译，军事译文出版社 1992 年版。

[100] ［荷兰］约斯·德·穆尔著：《后现代艺术与哲学的浪漫之欲》，徐骆译，武汉大学出版社 2010 年版。

[101] ［美］詹姆斯·保罗·吉著：《话语分析导论：理论与方法》，杨炳钧译，重庆大学出版社 2011 年版。

[102] ［美］杰姆逊著：《后现代主义与文化理论》，唐小兵译，精校本第 2 版，北京大学出版社 2005 年版。

[103] 张法著：《走向全球化时代的文艺理论》，安徽教育出版社 2005 年版。

[104] 张瑜著：《文学本体论新论》，上海三联书店 2010 年版。

[105] 中国文化软实力研究中心等：《文化软实力蓝皮书：中国文化软实力研究报告（2010）》，社会科学文献出版社 2011 年版。

[106] 钟跃英著：《原创性艺术》，上海书店出版社 2009 年版。

［107］ 周宁著：《天朝遥远：西方的中国形象研究》，北京大学出版社 2006 年版。

［108］ 周宪著：《视觉文化的转向》，北京大学出版社 2008 年版。

［109］ 周小仪著：《唯美主义与消费文化》，北京大学出版社 2002 年版。

［110］ 朱立元主编：《当代西方文艺理论》，华东师范大学出版社 2005 年版。

［111］ 朱良志著：《中国艺术的生命精神》修订版，安徽教育出版社 2006 年版。

［112］ 朱其著：《新艺术史与视觉叙事》，湖南美术出版社 2003 年版。

［113］ 朱青生著：《没有人是艺术家，也没有人不是艺术家》，商务印书馆 2003 年版。

［114］ 朱朱著：《灰色的狂欢节　2000 年以来的中国当代艺术》，广西师范大学出版社 2013 年版。

［115］ 宗白华著：《美学散步》，上海人民出版社 1981 年版。

二、外文文献

［1］ Barbara Johnstone, *Discourse Analysis*, Second Edition. Malden, Mass. : Blackwell. 2002.

［2］ F. David Martin, Lee A. Jacobus, *The Humanities through the Art*, sixth edition, The McGraw—hill Companies, Inc, 2004.

［3］ Guy Cook, *Discourse*, Oxford：Oxford University Press, 1989.

［4］ Guy Cook, *Discourse and literature: the interplay of form and mind*, Oxford：Oxford University Press, 1994.

［5］ Jessica Prinz, *Art discourse/discourse in art*, New Brunswick, N. J. Rutgers University Press, 1991.

［6］ J. P. Gee, *An Introduction to Discourse Analysis：Theory and Method*, London：Taylor and Francis Limited, 1999.

［7］ Jan Blommaert. , *Discourse：A Critical Introduction*, Cambridge University Press, 2005.

［8］ Marwan M. Kraidy, *Hybridity：The Cultural Logic of Globalization*, Temple University Press, 2005.

［9］ Michel Foucault. *The Foucault effect : studies in governmentality : with two lectures by and an interview with Michel Foucault*, Chicago：University of Chicago Press, 1991.

［10］ Noel Carroll. *Philosophy of Art*： *a contemporary introduction*. Rutledge. 1999.

［11］ Nico Carpentier ，Erik Spinoy ed. ，*Discourse theory and cultural analysis media*，*art and literature*，Hampton Press，2008.

［12］ Ronald Carter ed. ，*Language*，*discourse*，*and literature*：*an introductory reader in discourse stylistics*，Unwin Hyman，1989.

［13］ Russell Ferguson(et al)ed. ，*Discourses*：*conversations in postmodern art and culture*，New York：New Museum of Contemporary Art；Cambridge，Mass. ：MIT Press，1990.

［14］ Spivak，"Can the Subaltern Speak?"，Cary Nelson and Lawrence Grossberg，*Marxism and the Interpretation of Culture*，University of Illinois Press，1988.

［15］ Teun A. van Dijk ed. ，*Discourse and literature*：*new approaches to the analyses of literary genres*，Amsterdam；Philadelphia：J. Benjamins Pub. Co. ，1985.

［16］ Teun A. van Dijk，*Discourse and Context*：*A sociocognitive approach*，Cambridge University Press，2008.

［17］ Wodak，R. ＆ M. Meyer，*Methods of Critical Discourse Analysis* (2nd ed)，London：Sage Publications，2009.

［18］ William Furlong，*Audio arts*：*discourse and practice in contemporary art*，London：Academy Editions；New York，NY：Distributed in the United States by St. Martin's Press，1994.

［19］ Z. S. Harris，"Discourse analysis"，*Language* 28：1—30.

后　记

　　这部《中国艺术话语》的最初文字始于 2006 年，断断续续到今天才算完成。这本书的主题无疑是艺术，它在古代中国取得了灿烂辉煌的成就，即便在 20 世纪 80 年代，也是时代的先锋，引领着思想的不断飞升，赢得了历史的尊重。然而，到了 90 年代特别是 21 世纪以后，中国艺术遭遇资本市场和"当代艺术"，一时间，艺术可以致富，艺术可以不艺术，最终使得艺术被时尚、市场的洪流裹挟而去。在这样的背景下，如何对中国当代艺术进行整体审视就颇为棘手。对此，我始终坚持批判和建构的双重态度。批判者，保持距离，冷静思考。建构者，艺术仍然是我们的精神食粮（粗粮或细粮），无论是健康的，还是异变的，都应认真加以审理并得到清理和完善，对未来中国艺术而言也应如是观。

　　《中国艺术话语》属于当代理论研究。对中国这样一个当代变化如此全面、深刻的国度，重视对当代的理论研究是有益的、迫切的。当然，这不意味着本书就要不断追新，而是强调进入并超越时代。我始终认为，任何一种智力劳动，要成为思想或哲学，必须注入当代性、处身性的内涵。一个学者，难能可贵的正在于他有个体性的思考。"个体性"学术不是把研究对象客观化，而是真正意识到研究对象（艺术、理论）对个体心性的提升、陶养的潜在作用。我相信，个体性思考的涓涓细流终将汇聚为历史的主流，这也是历史的本来面貌。由于本书是一种理论上的个体性思考，因而在《中国艺术话语》中获取具体的艺术技法参考的愿望或许会落空。如果说本书对技术有所参考的话，也只是提供一种启示，即技术是非常重要的，因为它是表现力，是艺术的一极，但只有将表现力与文化、精神、意义等结合起来，才能产生好的作品，这也提示艺术家进行更为综合的修炼。

　　本书初稿的大部分文字已发表在《清华大学学报》、《学术月刊》、《人文杂志》、《民族艺术》、《文艺理论研究》等书刊上，有些还曾被《新华文摘》、《中国社会科学文摘》等转载，在此对上述刊物深表谢意。在本书里，我又对这些文字做了较大范围的修订和深化，以突出全书的体系性与逻辑性。

　　本书的写作与出版得到北京大学中文系、北京大学、北京市社会科学基金等相关项目的资助，在此一并致谢。

　　感谢岳川先生的谆谆教诲，不断写作是人生的本然状态。感谢学界前辈及友人对拙稿的鼓励并提出批评性建议，使我在写作的时候有更明确的反思意识。感谢中央编译出版社对本书出版的大力支持。感谢好友范继义兄对本书的赞赏并提出了宝贵的修改意见，积极联系运作本书出版事宜。

　　感谢年迈的父母对远方游子的默默之爱，他们存在的每时每刻都是我最幸福的时刻。感谢妻子悉心照顾家庭，尤其在我援藏期间，独自操持家务、带孩子，但她始终充满着对未来的信心，坚信明天更美好。感谢小女给我带来的天伦之乐，她的一颦一笑都令我陶醉，这是上天的恩赐。谨以此书献给我的亲人，虽然你们或许看不懂，但只是为了说明一点，我们永远在一起。

　　最后，一部书的出版，是一种告别，也是一次启程。写作，净化灵魂，释放自我。这部书的写作，不仅使我对艺术有了更全面的理解，对生命也有了更深刻的认识，即人应该有高远的人生境界与文化情怀，在走向未来的人生道路上，无论经历什么，都要知足，珍惜，感恩。愿与读者诸君共勉，并请批评指正！

2014 年 6 月 6 日于北京大学